밤과
낮
사이

밤과 낮 사이 1

패트리샤애보트 * 톰피치릴리 * 마틴에드워즈 * T.제퍼슨파커

낸시피커드 * 조이스캐럴오츠 * 샬레인해리스 * 마이클코넬리 * 피터로빈슨

제레미아힐리 * 스콧필립스 * 메건애보트 * 빌크라이더

스티브호큰스미스 * 게리필립스 지음 — 이지연 옮김

자음과모음

✳ 차례

그들
욕망의 도구

패트리샤 애보트

1931년, 오빠는 우리 집을 지키기 위한 돈을 마련하기 위해 자기 누나, 나의 언니를 마을 남자들에게 팔았다. 로니 언니는 그해 겨울 몇 주에 걸쳐 열두 명의 남자들과 동침함으로써 우리 가족을 무료 급식소 앞에 늘어선 줄로부터, 구빈원으로부터, 영락으로부터 구했다.

마지막 남자가 언니의 침대를 떠난 후에, 짐 오빠는 구겨진 5달러 지폐를 갖다가 타이푸 차 깡통 속에 있던 돈에 보탰다. 코리얼스 크로싱 남자들의 거칠고 못 박인 손을 타며 닳아서 나달나달 보풀이 인 지폐들이었다. 짐 오빠는 그 70여 달러 되는 돈을 우리 아버지가 몇 달 전 작별 인사를 남길 때 썼던 바로 그 봉투에 넣고, 봉투를 다시 봉해서 우편함에 갖다 두었다. 오빠는 어머니가 그걸 보고,

비록 지금 어디에 있건 간에 아빠가 우리에게 얼마간 돈을 전해줄 방도를 강구했다고 생각하길 바랐다. 바로 다음 날에 그 일이 그대로 이루어졌다. 어머니는 우리 얼굴 앞에 자랑스럽게 지폐들을 흔들어 보였다. 어머니는 밀린 집세를 냈고 가장 골치를 썩이던 청구서 한두 장을 해결했으며 저장고에 음식을 채웠다.

그해 말에 어머니가 병원에 제대로 된 일자리를 얻었고, 우리 가족은 아슬아슬 넘나들던 벼랑 끝에서 한발 물러섰다. 어머니의 마음속에 아빠가 그 돈을 보낸 게 아니라는 생각이 한 번이라도 고개를 든 적 있었을지 나는 의심스럽다. 어머니는 종종 아빠가 보낸…… '선물'을 놓고 그 정황을 큰소리로 추측해보곤 했으며, 나중까지도 왜 아빠가 다시는 돈 한 푼 보내주지 않는 걸까 의아해했다. 그래서 실망을 하긴 했지만, 단 한 번뿐이었던 아빠의 후한 선물 때문에 어머니는 아빠에 대해서 마음이 누그러졌고 짐 오빠가 뭔가 악이 받친 말을 할 때면 매번 아빠를 감쌌다. 그러면서 우리에게 아빠가 그때 우릴 위해 희생했던 걸 들추어 말했다. 짐 오빠는 분명 진실을 꿀꺽 삼켜 내려야만 했을 것이다. 어머니는 모르는 편이 낫다고 스스로를 타이르면서 말이다. 오빠가 어떻게 어머니에게 가엾은 로니 언니가 우리를 구한 거라고 말할 수 있었겠는가?

물론, 나도 그 일을 알 처지에 있지는 않았다. 1931년이었고 그 시절 열한 살 먹은 여자아이는 성에 관하여 알아서는 안 되었다. 하지만 남자들의 장화 신은 발소리가 내 침대에서 몇 걸음 떨어져 있지도 않은 나무 층계를 쿵쿵 밟고 올라가는데, 그런 건 그때 우리 집만 한 집에서는 안 그런 척하기 힘든 문제였다. 삽입 성교에 부수되는 소음들도 마찬가지였다. 방문객들이 올 시각에 나는 잠을 자고 있었어야 했다. 하지만 나는 졸음과 싸우며 깨어 있었다. 마음속으로 일종의 경비병이 된 양 그렇게 행동했다. 그리고 짐 오빠의 걱정스러운 '조용히요!' 소리에도 불구하고 나를 깨우는 것은 남자들의 굵직한 음성보다는 층계의 나무판을 디딜 때 나는 삑삑거리는 소리였다. 그해 2월에 나는 방문객의 수를 열두 명까지 헤아렸다. 오는 남자마다 전에 왔던 사람보다 더 시끄러웠다. 아침이 되어 짐의 침대 옆 탁자 속에 손을 넣어 확인해보면 차 깡통 안에 수확물이 더 불어 있어서 나에게 진실을 알려주었다.

짐 오빠와 나는 그해 겨울 위층에서 벌어졌던 일에 관하여 내놓고 이야기한 적이 한 번도 없었다. 그런데 그 일은 우리 두 사람 사이에 결속감을 주기도 하고 틈새를 벌려놓기도 했다. 그로부터 이어진 여러 해에 걸쳐 짐 오빠가 일구어낸 장한 결과에 대하여 내가 좀 좋은 마음을 가질라치면 저절로 1931년으로, 오빠가 로니 언니한테 어떤 짓을 했던가로 생각이 돌아갔다. 하지만 역으로, 내가 오빠에게서 마음이 뜰 때마다 (우리가 따로따로 떨어져 산 지 이렇게 오래되었고 보면 그런 일은 종종 있었다) 나는 또 우리 둘을 묶은 끈을 다시금 발견하는 것이었다. 그러한 비밀을 공유했다는 데서 생겨난 끈이다. 아니면, 오빠가 그런 계략을 꾸미지 않고 실행에 옮기지 않았더라면 우리 가족의 운명이 과연 어떻게 되었을지가 새삼 깨달아지기도 했다.

그렇기는 해도 나의 기억은 어린애의 기억이었고, 또 흘러가는 한 해 한 해가 켜켜이 층을 지으며 진상을 흐려놓았다. 70년이 흐른 후, 나는 내가 기억하는 것과 내가 지어낸 것, 상상한 것을 분리하려고 무진 애를 써본다. 어떤 독특한 냄새, 엎치락뒤치락하는 소리, 겨울날의 하늘빛, 그러다가 나는 우리 어머니의 침대로 돌아가서 어린 시절의 예민한 청각과 불완전한 추론을 가지고 귀를 곤두세운다.

우리 어머니가 읍내 반대쪽 끝 집에 죽음을 앞둔 여자분 옆을 밤새 지키며 시중드는 일을 맡지 않았더라면, 짐 오빠가 했던 짓들은 처음부터 아예 불가능했을 것이다. 어머니는 저녁 식사 시간 이후로 이른 아침까지 집을 비웠다. 우리 저녁을 차려줄 때 이미 외투를 입고 단추를 채우고 있었던 것이다. 어머니는 하룻밤에 2달러 50센트를 벌었다. 딸이 위층에서 버는 돈보다 퍽이나 적은 액수였다.

"먹고 나서 그릇 치우는 거 잊지 마라, 로즈." 어머니는 매일 밤 집을 나서면서 나에게 그렇게 말씀하셨다. "접시는 깨끗이 말려서 찬장에 넣어두는 거야." 아침 식사 시간에 어머니가 집으로 왔는데 접시들이 여전히 설거지대에 있고 식탁에 깐 기름 먹인 식탁보에 찌꺼기가 말라붙어 끈적끈적하면 어머니는 속이 상했다. "그리고 문 잠그는 거 잊지 마라." 어머니는 짐 오빠에게 일러두었다. "깜깜해진 뒤에 이쪽 길로 막 나가는 남자들이 지나다니니까."

우리는 저녁밥을 한입 더 물어뜯으면서 둘 다 고개를 끄덕였다. 어머니가 문을 열고 나가기 전에, 로니 언니가 끼어들어 언니 특유의 묘하게 형식을 갖춘 말투와 높고 맑은 음성으로 말했다. "그럼 전 뭘 할까요, 어머니?"

"네가 애들을 잘 봐주렴." 어머니는 매일 밤 그렇게 말했다. "맏이니까. 알았지, 베로니카?"

로니 언니는 엄숙하게 고개를 끄덕이고 우리를 돌아보며 확인을 구했다. 언니는 그해에 열일곱 살이었는데 읽을 줄도 쓸 줄도 모르고 자기 구두끈도 매지 못했다. 찢어지게 가난한 가정의 학습 부진아를 위한 특수교육 따위 1931년에는 어디를 뒤져봐도 없는 거나 다름없었는데 시골 지역에서는 더더욱 그러하였다. 로니 언니 같은 아이들은 결국 정신박약아(당시에 썼던 용어다)를 위한 시설에 들어가게 되곤 했다. 로니 언니는 학교 선생들이 수업 중에 언니가 일으키는 혼란을 참아줄 수 있었던 한계까지는 학교를 다녔다. 그리고 그 후로는, 내 짐작에는 그게 3학년 때쯤이었던 것 같은데, 어머니와 아빠가 어느 해 6월에 언니에게 가짜로 졸업식을 해주면서 로니 언니는 이제 어른이니까 집에 있어야 하는 거라고 말했다. 그 후로 언니는 거의 모든 시간을 집에서 보냈다. 어머니는 다른 아이들의 모진 말이며 부주의한 행동 들이 언니를 다치게 할까 봐 두려웠던 것이다.

몇 가지 면모를 보면 로니 언니가 그렇게까지 티가 나게 다르지는 않았다. 언니는 대화 주제가 간단하고 질문이 직접적이라면 대화를 나눌 수 있었고, 또 꽃에 대해서는 알아야 할 모든 것을 알고 있었다. 언니는 단정했고 또렷하게 말을 했다. 언니의 능력 중에서 가장 기묘한 것은 귀로 듣고 피아노를 칠 줄 안다는 것이었는데, 그래서 매주 일요일이면 교회에서 그렇게 피아노를 쳤다. 한 단 높은 무대 위에 앉아 두 손을 피아노 건반 위에 올려놓은 언니의 모습은 천사와도 같았다. 그리고 거기서 마을 남자들이 언니의 가장 놀라운 개성에 차츰 사로잡히다시피 되어갔던 것이다. 바로 언니의 아름다움이었다. 로니 언니는 간단히 말해 우리 중 그 누구를 들어봐도 그 사람이 본 중에서 가장 예쁜 소녀였다. 짐 오빠나 나는 둘 다 생긴 게 그리 매력적이지 않았다. 언니가 갖지 못한 것을 생각해본다면 그 보상은 충분히 공평한 것 같았다.

아빠가 우리 곁에 있었던 동안에는 어떤 남자도 우리 집 근처에 얼씬 못 했다. 우리 아버지가 특별히 덩치가 큰 분은 아니었지만, 예측할 수 없는 성질이 있어서 자기 몸을 지키는 데, 그리고 나중에는 우리를 지켜주는 데에도 그 덕을 보았다. 마을 남자들은 아빠가 젊었던 시절의 괴상한 싸움 건들을 기억하고 있었다. 이미 이긴 싸움인데 그 후로도 한참 동안이나 상대방을 두들겨 팼던 일들, 아빠가 자기네 농담을 좋게 잘 받아들였다고 생각했고 실제 아빠를 화나게 할 생각은 전혀 없었던 청년들을 매복 기습했던 일들. 그런 상황이 오기만 하면 아빠는 서슴없이 남의 코나 귀를 물어뜯어버릴 거라는 식의 전설이 대두되었다. 내가 기억하는 아빠는 멀고 생경해서 안아주거나 입 맞춰줄 때 편치 않던 분, 그럴 돈 따위 갖고 있지 않은 사람들로부터 어떻게 1달러를 짜낼 것인가 하는 일에 온통 정신이 가 있었던 그런 분이다. 그리고 또 술꾼이기도 했다, 물론.

하지만 일단 아빠가 마을을 떠나고 나자 사내들이 근처에 와 어슬렁거리기 시작했다. 대부분의 남자들은 로니 언니가 지진아라는 걸 제대로 파악 못 했고, 또 그런 문제가 그 당시에는 뭐랄까……, 지금보다 별로 대수롭지 않은 것이기도 했다. 지능이 낮은 것이 평생 아이들을 기르고 양식을 재배하고 동물을 치면서 사는 농장 아낙네에게 꼭 그렇게 치명적인 결점은 아니었다. 로니 언니의 장애는 누구든 언니와 시간을 보내본다면 뚜렷이 알 수 있는 것이었지만, 적어도 대부분의 사람들이 언니를 눈으로 볼 수 있는 유일한 장소인 교회에서 피아노 앞에 앉아 목사님이 고개를 끄덕하며 시작 신호를 주기를 기다리는 언니의 모습은 아무런 문제도 없는, 능숙한 피아니스트 그 자체였다. 우리는 아무도 그 모습으로부터 눈을 뗄 수 없었다.

　나는 그해에 우리 집으로 통하는 길로 올라왔던 남자들이 누구 한 사람이라도 로니 언니를 해코지할 마음을 품었다고는 생각하지 않는다. 하지만 그 전 가을 동안에는 짐 오빠가 집 근처에 어슬렁거리며 국화를 돌보거나 현관 앞을 비질하는 로니 언니를 굶주린 눈길로 바라보는 낯선 남자를 발견한 게 한두 번이 아니었다. 한번은 실직한 엔지니어 하나가 앞뜰에서 로니 언니를 붙들고 왈츠를 추고 있던 상황에 짐 오빠가 딱 도착한 적도 있었다. 그때 남자와 언니는 웃느라고 숨을 못 쉴 지경이었다. 그해에는 아무것도 할 일이 없는 사내들이 많았다. 어린 시절 이래로 무슨 일을 해본 일이 없는 사람들, 욕구를 아이같이 유치한 방법으로밖에 채울 줄 모르는 사람들 말이다. 하지만 결국에는 겨울이 왔고, 날씨가 추워지자 로니 언니는 집 안에 머물렀다.

지나간 70년 이상의 세월에 걸쳐, 로니 언니를 이용하여 우리의 재정 문제를 해결하자는 짐 오빠의 발상이 어디서 유래했을까를 생각하며 보낸 저녁들이 셀 수도 없다. 짐 오빠가 직업을 구해보려고 했던 것은 같다. 인근에 살던 친척들에게 전화를 해보고, 아빠가 어디로 갔는지 행방을 찾아보려고도 했다. 자기 생각에 어머니는 아무것도 못 하실 것 같았다고 나중에 오빠가 말했다. 회상해보면, 어머니는 어느 시점이 되면 아빠가 돌아와서 돈을 주어 우리를 구해낼 것이라고 믿고 계셨던 게 틀림없다. 그랬기 때문에 몇 주 뒤에 우편함에 들어 있었던 돈에도 놀라지 않으셨던 것이다.

매주 교회에 앉아서 로니 언니가 단상으로 걸어 올라가 〈갈보리 산 위에〉를 칠 때 남자들의 얼굴이 느슨하게 헤벌어지거나 바짝 긴장하곤 하는 것을 바라보면서, 짐 오빠는 분명 우리의 문제를 해결할 유일한 해답이 언니의 탐스러움에 있다고 생각하게 되었을 것이다. 아니면 혹시 오빠가 다니던 고등학교 영어 교사 타이슨 선생님이 그 발상의 씨를 뿌렸던 건지도 모른다. 그 마지막 날 밤에 층계를 올라가는 사람을 내가 보았고, 그 사람은 분명히 찰스 타이슨이었다. 뒷날에 와서 조각들을 한데 끼워 맞추자니 돌아버릴 지경이었다. 그리고 후년에 와서는 짐 오빠도 총체적 진실을 더듬어 찾으려는 나의 시도를 깔끔하게 회피해왔던 것이다.

우리 마을은 동네가 작았고, 그해 겨울에 우리 집에 왔던 남자들이 비록 비밀을 지키기로 했다 하더라도 누군가 한 명은 그러지를 못했다. 겨울이 지난 봄의 어느 날, 우리 가족이 신세 지던 외과 의사 라지 선생님은 정기 검진을 가장한 방문에서 어머니에게 로니 언니가 더 이상 '지켜지지 못하고' 있다면서 퍽이나 강한 어조로 가급적 빨리 언니에게 불임수술을 시켜야만 한다고 종용했다.

"안 그러면 가을쯤 되면 어느 놈의 아이를 배고 있을 겁니다." 라지 선생은 충격을 받은 어머니에게 뚱하게 예언했다.

버크 VS 벨 사건정신지체 장애인들의 강제불임수술이 1927년 미국 대법원에서 통과된 일이 겨우 몇 년 전의 일이었고 지진아 소녀들에게 불임수술을 시키는 것은 당시로서는 일상적인 일이었다. 사회적 다위니즘과 우생의 시대에 '정신박약'이란 사람들에게 가혹한 눈길을 받았으며, 그 문제로 고통받는 개인보다는 사회 쪽이 더 보호를 받아야 할 것처럼 비쳤다. 나라에서는 빈민과 병자들, 신체장애자들을 눈에 보이지 않게 격리하는 데 전력을 다했으며 그들을 나라의 강제력 앞에 아무런 힘도 의지도 없는 무력한 존재로 만들고자 했다. "어머님의 의무입니다." 라지 선생이 말을 이었다. "더 이상 로니 같은…… '부족함'……을 가진 아이가 태어나지 않도록 확실히 해두셔야죠."

간호사들이 의사들에 대하여, 그리고 의사들의 '과학적인 선고'에 대하여 품곤 하는 존경심 탓으로 어머니는 강력한 논리로 무장한 라지 선생의 조언 앞에 버틸 수가 없었다. 그래서 로니 언니는 어느 날 물건 사러 대처에 나간다는 명목하에 유괴되듯 끌려갔고, 가까운 도시의 한 개인 병원에서 수술을 받았다. 어머니는 짐 오빠에게 그때의 여행에 대하여 결코 상세한 이야기를 해주지 않았다. 하지만 아무튼 로니 언니는 의사를 무서워했으니만큼 분명히 무척 고통을 겪었을 것이다. 우리 마을 남자들은 자기네의 약점에 대한 벌을 아주 효과적으로 그들의 희생자인 로니 언니에게 부가한 셈이다. 그들 모두가 얼마든지 정신박약 소녀들의 음탕한 행실에 대하여 고개를 절레절레 흔들고도 남았다. 로니 언니를 불쌍하다는 듯, 또 역겨운 듯 바라보면서 말이다.

언니가 돌아온 건 사흘 뒤였다. 고리버들로 만든 새장에 넣은 연어색 카나리아를 자랑스러운 듯이 들고서 왔다. 그 카나리아는 우리에게 줄곧 그 생각을 불러일으키는 상징물이 되었다. 언니 자신은 그렇지 않았을지 모르나 우리는 그걸 볼 때마다 언니가 잃어버린 것을 생각하지 않을 수 없었다. 이름이 '스위티 파이'였던 카나리아는 그해에 유행한 노래인 〈인생은 한 사발의 버찌랍니다〉를 쉴 새 없이 뾰롱뾰롱 불러댔는데, 곧 식구들 모두 그저 그 소리를 듣고 있을 수밖에 없게끔 되었다.

우리 네 식구가 도로 안정을 찾고 평범한 일상 비슷한 것을 영위하게 되었을 때, 또 무엇보다도 내가 약간 더 나이가 들게 되었을 때에 나는 그간 일어난 일들 대부분에 대하여 속으로 짐 오빠를 원망하기 시작했다. 오빠는 왜 누구하고 의논도 하지 않고 그렇게 극단적인 행동을 감행했던가? 내가 그 일을 물어볼 만한 나이가 되기 전에 오빠는 갑자기 코리얼스 크로싱을 떠났다. 버지니아 주 노포크의 해군 본부에 일자리를 얻어 간 것이다. 지역 단과대에서 이

수한 몇 가지 기술교육 과정 덕택에 오빠는 그 자리를 따낼 수 있었고, 그 후로는 집으로 돌아오는 일이 드물어졌다. 전쟁과 그 전쟁에서 짐 오빠와 같은 사람들이 '발명한' 것이 해낸 활약으로 인하여 우리 사이는 더더욱 거리가 벌어졌다.

1937년에, 자녀들을 다 길러낸 나이 지긋한 남자가 로니 언니에게 청혼했다. 나는 그 무렵 고등학교에 다니고 있었고 언니의 결혼식에 들러리를 섰다. 어머니와 나는 둘 다 마음이 편치 않았다. 성인 남자가 로니 언니 같은 아이에게 (왜냐하면 로니 언니는 언제나 아이였으니까) 과연 무엇을 바라는 것일까 두려웠고 언니가 아내 노릇을 할 수는 있을까 두려웠다. 하지만 에드 형부는 좋은 사람이었다. 형부는 얼마간 돈이 있어서 낮 동안 살림을 돌봐줄 여자를 고용했다. 로니 언니는 정원을 가꾸고, 닭 모이를 주고, 형부가 언니를 위해 산 피아노를 쳤다. 혹시 왜 아이가 생기지 않는 걸까 형부가 의아한 생각을 가졌을지는 모르지만 말로 물어본 적은 없었다. 어머니는 전쟁 중에 재혼했다. '처자 유기'를 이유로 끝내는 아빠와 이혼이 성립되었던 것이다. 아무튼 어머니도 어머니 나름으로 조금은 행복해졌다.

나는 교사가 되었지만 결혼은 하지 않았다. 아무래도 대부분의 남자들에게는 근사한 외모가 높은 지능보다 더욱 중요하게 여겨진 모양인데, 그래도 공평하게 말하자면 내가 결혼에 대해 그다지 마음이 동한 바가 없기도 했다. 나는 나의 인생을 학생들과 책들, 그리고 대를 이어 많이도 길러온 줄무늬 고양이들에게 쏟고 살았고 내가 한 선택에 통탄했던 적은 없다.

짐 오빠와 나는 그 후 60년 세월을 거의 서로 만난 일이 없다. 저 숫자를 쓰노라니 그럴 수는 없을 것 같은 기분이다. 하지만 사실이 그렇다. 오빠가 어쩌다 집에 와도 그저 하루 이틀 왔다가 가는 거였고 나 말고 다른 식구들이 언제나 오빠 주위에 있었다. 그중에서도 로니 언니가 오빠한테 제일 바짝 매달려 있곤 했다. 딱 한 번 오빠가 좀 오래 와 있었던 건 1970년대 말 로니 언니가 죽었을 때였다. 나는 오빠에게 어떻게든…… 뭔가를 물어보려고 애를 썼다. 바로 언니의 장례식 날 누군가가 (누구였는지는 잊어버렸다) 장례식에 참석한 사람들이 모두 고령이라는 이야기를 꺼냈을 때였다. "쉰 살 아래인 사람이 한 명도 없네요." 친척 누구의 친구였는지, 식장 뒤편에서 작은 원을 그리고 선 조문객들의 면면을 보다가 그렇게 말했다. 우리는 모두 모인 사람들을 둘러보았고 그녀의 말이 옳다는 것을 알았다.

"이 방 안의 평균연령은 이미 '죽은 후'야." 사촌이 덧붙였다.

"뭐, 우리 중에 아이가 있는 사람이 아무도 없으니까요. 이유야 뭐든 간에요." 내가 방어적으로 말했다. 우리는 모두 잠시 동안 신발을 내려다보고 있었다.

"로즈는 결혼을 아예 안 했고." 짐 오빠가 마침내 말했다. 오빠의 음성은 걸걸했다. "그리고 난 결혼이 늦었지. 전쟁이며 뭐며 해서." 오빠는 목청을 가다듬었다. "물론 로니 누나는…… 아이를 가져서 괜찮을 사람이 아니었고……." 짐 오빠가 이 말을 할 때 애석한 어조이기는 했지만, 단정적인 그 말에 나는 대번에 의심의 여지도 없이 로니 언니 문제를 들고 라지 선생을 찾아갔던 사람이 바로 짐 오빠였구나 생각했다. 그 순간 기괴하고 섬뜩한 소름이 내 등골을 타고 올랐고, 오빠를 결코 용서 못 할 거라는 생각이 진정으로 들었다. 오빠는 우리 맏언니를 끔찍한 방법으로 써먹었고 나는 비밀을 지켜오면서 오빠와 공범 의식을 가졌던 것이다. 오빠가 언니를 이용해서 돈을 마련한 것 자체도 몹쓸 짓이었다. 하지만 그 일이 끝난 뒤에 언니로 하여금 그런 대가를 치르게 한 것은 정말 도저히 용서할 길이 없는 행위였다.

지난주에 나는 짐 오빠에게 전화를 걸어야 할 때라고 결정을 내렸다. 올케언니는 1년쯤 전에 세상을 떠나서 우리는 둘 다 홀몸이었다. 몇 백 킬로미터의 거리만이 우리 둘 사이를 갈라놓고 있는데 그렇게까지 멀고 먼 거리라고는 할 수 없었다. 그럼에도 우리는 근 10년 가까이 만난 일이 없다. 작년에 처음 안 나의 병 탓으로 올케언니 베티의 장례식 떼에도 참석하지 못했기 때문이다. 내 주치의가 최근 내가 앞으로 10년은 살지 못할 것이라고, 어쩌면 1년을 못 갈 수도 있다고 확실히 이야기해준 이상 이제는 오빠와 이야기를 해봐야 할 때였다.

"나예요." 짐 오빠가 전화를 받기에 내가 말했다. 10년 세월이 내 목소리를 변하게 한 모양이다. 말 없는 침묵이 길어진 것을 보면 말이다.

"로즈냐?" 오빠가 마침내 말했다. 그 음성에서 나이로 인한 쇠약을 느낄 수 있었다. 오빠가 다시 말했다. "로즈로구나."

"나예요." 나도 되풀이했다. 내 음성도 북받치는 감정으로 걸걸해졌다. 우리는 잠시 이야기를 나누었다. 가족과 친구들에 관하여, 그날 있었던 일에 관하여. 그리고 나서 내가 오빠에게 내 진단 결과 이야기를 했다.

오빠는 한숨지었다. "그냥 얘기나 하자고 전화한 게 아닌 것 같더라."

"우리가 가족의…… '끈'이라는 걸 찾은 적이 없긴 했죠." 나는 항상 그 단어가 싫었다.

"일요일로 할까? 교회 마치고?"

"다음 일요일은 어때요? 아직 운전은 해요?"

"내 올즈올즈모빌. 미국산 차종에 시동이 걸려만 주면야."

우리는 다음 일요일 오후로 약속을 정했다. 그리고 나는 내 몰골을 보고 오빠가 기겁하지 않게끔 할 수 있는 한 최선을 다했다. 머리를 다듬고 말아서 정돈했으며, 가장 좋은 옷을 꺼내 차려입고 몇 달 안에 이런 적이 없었을 정도로 세심하게 매무새에 신경을 썼다. 나는 의사가 처방해준 약을 한 알 더 여분으로 챙겨 먹고 나서 조용히 앉아 오빠를 기다렸다. 집 앞길로 차가 오는 소리가 들릴 때마다 나는 목을 쭉 뽑았다. 하지만 정말로 오빠가 당도한 것은 우리가 약속했던 시간이 다 되어서였다.

나는 오빠가 들어오도록 문을 열어 잡아주었는데, 오빠의 모습을 보자 기분이 좋았다. 팔십 대 중반이나 된 사람치고 오빠는 혈색이 꽤 좋았고 몸무게도 전과 별 차이가 없는 듯했다. 오빠는 우리 세대 사람들이 좋아하는 편인 (아니면 그냥 늙은이들이 좋아하는 색깔일까?) 흐린 푸른색과 베이지색 옷을 입고 있었다. 분명히 오빠는 나보다 더 오래 살 팔자였다. 그리고 나는 그게 참 고마웠다. 적어도 내 죽음을 애도해줄 가족이 한 명은 있는 것이다.

나는 짐 오빠에게 정원을 구경시켜주었고 내가 가꾼 백합과 노루오줌꽃, 향수박하에 대한 오빠의 칭찬을 기껍게 들었다. 그런 뒤에 우리는 아직 생존해 있는 몇 안 되는 친척들에 대한 이야기를 나누었고, 도로 집 안으로 들어와서 나는 아이스티를 두 잔 내왔다.

"오늘이 무슨 날인지 오빠는 알아요?" 우리 둘이 자리를 잡고 앉은 후에 내가 물었다.

짐 오빠는 잠시 나를 바라보았고, 그런 뒤에 고개를 끄덕였다. "누나가 죽은 지가…… 그러니까 이제 22년 되었나? 어머니 돌아가신 지는 35년이 되었지. 아빠는 거의 40년 전에 돌아가셨고. 살아 있는 사람보다 이미 세상 떠난 사람들을 더 많이 알고 있구나 하는 생각, 넌 해본 적이 있냐?" 짐 오빠는 물끄러미 창밖으로 눈길을 던진 채 그렇게 물었다. 창가에는 큰금계국이 노란색으로 반짝이며 오빠의 시야에 테두리를 쳤다.

"그래도 누나는 결국 그렇게 안 좋은 인생을 살았던 건 아니야. 에드 자형하고 잘 살았으니까. 그 시절에 누나 같은…… 그런 여자들이 조금이라도 잘살 줄로 생각하는 사람은 아무도 없었지. 로니 누나는 자기 가정이 있었고, 누나만의 피아노가 있었고, 평생 아무도 누나를 함부로 한 사람이 없었잖아."

나는 그 말을 그냥 넘기고 오빠 바로 뒤, 창을 통해 내다보이는 층층나무에 날아와 앉은 홍관조를 지그시 쳐다보았다. "언니가 도시에서 들고 왔던 그 망할 새, 기억나요?"

짐 오빠가 웃음을 터뜨렸지만, 그 웃음소리에 즐거움은 깃들어 있지 않았다. "그놈이 지저귀던 게 무슨 노래였더라? 〈햇빛이 비치는 쪽으로 걸어요〉였던가?"

"〈인생은 한 사발의 버찌랍니다〉였어요. 스위티 파이는 다른 노래는 도무지 배우지 못했잖아요. 그것도 딱했죠, 로니 언니가 음악을 그렇게 좋아했는데. 언니는 아마 새하고 이중창을 하고 싶었을 거예요."

"네 기억력은 여전하구나." 짐 오빠는 대견하다는 듯이 말했다. "난 그놈의 새장 위에다 덮개를 씌우고 싶었던 게 한두 번이 아니야."

물론 세세한 것 하나하나까지 죄다 기억하고 있죠. 나는 조급한 마음으로 생각했다. 나의 미래는 그해에 움직일 수 없이 정해졌던 것이라고. 나는 오빠의 마음이 아프라고 가차 없이 칼을 찔렀다. "그 새가 죽었을 때 로니 언니는 심장이 터지게 울었죠."

짐 오빠가 자리에서 일어나 창을 더 활짝 열었다. "그 후에 누가 누나한테 개를 사다주었지, 그랬지? 이름이 버스터였어. 버스터 맞지? 더럽게 게걸스러운 놈이었어. 그렇기는 해도 난 끝도 없이 짖어대는 그놈의 소리가 그 새가 뾰롱뾰롱 한없이 지저귀던 거에 비하면 차라리 들을 만했어." 오빠는 셔츠 맨 위 단추를 풀었다. "어휴, 올 여름도 푹푹 찌려나 보다! 에어컨은 왜 안 다니, 로지야? 몇 푼 주지 않아도 설치할 수 있을 텐데."

"여름 냄새가 아쉬워서요." 내가 서둘러 이야기를 이끌어갈 때 오빠는 고개를 끄덕이고 있었다. "짐 오빠, 그해 겨울에 대체 무슨 일이 있었던 거예요? 아빠가 멀리 떠나버린 뒤의 그 겨울 말이에요." 서투르게 던지고 말았지만 결국 물었다. 나의 질문은 우리의 관절염 걸린 손가락으로 집적거릴 수 있게끔 우리 눈앞에 내던져진 채였다. 앉았던 의자로 돌아가는 오빠를 나는 슬그머니 주시하였다.

도로 자리에 깊숙이 몸을 들여 앉으면서, 오빠는 다시금 고개를 흔들었다. "그해 일을 돌아보면 후회스럽고 속상하기만 하단다."

"이렇게 오랜 세월 오빠 혼자만 알고 있기가 수월치는 않았겠죠." 나는 실제로는 별로 들지 않는 동정심을 꾸며보였다.

"이야기를 듣고 나서 나에 대한 평가가 좋아질 일은 없을 게다. 네가 무슨 일이 일어났다고 생각하고 있었든, 실제 일어난 일은 훨씬 더 나빴으니까." 오빠는 손목에 찬 자기 시계를 보았다. 그리고 내 벽난로 위에 놓인 탁상시계와 시간을 견주어보았다.

"2분 늦어요." 내가 일러주었다. "그리고 오빠가 할 얘기 말인데, 그 어떤 얘기라 해도 아무것도 모르는 채로 죽어가는 것보다는 나을 거예요." 나는 등받이가 수직인 의자에 앉아 들을 태세를 굳히고 고집을 세웠다.

짐 오빠는 지친 듯이 고개를 끄덕였다. "네가 진지하게 이야기하고 있다는 건 알겠다."

"그렇다면 죽어가고 있다는 것에도 특혜가 있긴 있네요?"

"그게 지금 웃자고 하는 소리냐?" 오빠가 꾸짖는 투로 반문했다. 그러고는 내가 대꾸하는 것을 기다리지 않고 그대로 이야기를 시작했다. "아빠가 집을 영영 떠난 건, 로니 누나의 침대에 올라가 있던 걸 나에게 들킨 후의 일이야. 난 그저 아무 생각 없이 그 문을 열었던 건데 아빠가 누나 위에서 그러고 있더라." 그런 사실을 받아들일 수 있음을 보여주려고 단단히 마음을 먹고 있었기에, 나는 고개를 끄덕였다. 그러면서 실은 내가 언제부터인가 그 일이 그렇지 않았을까 하는 의심을 품어왔다는 것을 깨달았다.

"어떻게 그랬는지, 참 온갖 생각이 다 들었지." 내 머릿속 생각들의 메아리인 양 짐 오빠가 그렇게 말했다. "아빠는 정말…… 부주의했어. 아무 생각도 없는 사람이었지. 누나 침대 머리판이 내 방 쪽 벽에 그렇게 쾅쾅 부딪쳐서 소리가 학교 밴드부 타악기 소리 저리 가라였는데, 그래 놓고 내가 그 소리를 들었다고 해서 그렇게 놀라는 척을 하다니 말이야."

"어머니도 무슨 일이 벌어지고 있는지 알았던 거예요?" 지난 25년의 세월 동안 이 사회는 어머니들이 보고도 못 본 척 외면하는 일이 가정 내에서 자주 벌어진다는 사실을 학습한 바 있다. 하지만 우리 어머니가 그랬다고 생각하기는 싫었다.

"그렇지는 않았을 거야. 어머니는 거의 집에 안 계셨잖니. 어머니가 설마 그걸……, 그걸 참으셨다고는 생각 안 한다. 아무리 어머니가 거의 대부분 일들에 대해서 아빠를 참아주셨다고 해도 그렇지."

"오빠가 그 자리에서 아빠한테 꺼지라고 그랬어요?"

짐 오빠는 낯을 붉혔다. "아니, 도무지 무슨 말을 할 수가 없었어. 아빠가 허둥지둥 자기 옷을 그러쥐는데 그냥 그 자리에 멀거니 얼어붙어 있었지. 그 당시에 열다섯 살은 끔찍이도 어린 나이였지 않니. 그리고 아빠는 자칫하면 성깔이…… 홱 도는 사람이었고." 무지하게 사소한 일들에 뚜껑이 열려 통제 불능이 되고도 남던 사람인 아빠를 기억하며 나는 고개를 끄덕였다. "로니 누나는 알몸이었어. 그런데 아빠는 누나 몸을 덮어주려고도 안 하더라." 짐 오빠가 말을 이었다. "어머니가 자기가 '필요할' 때 옆에 있는 법이 없다느니 하는 얼토당토않은 소리나 지껄이고 있었지. 속 뒤집히게." 오빠의 입술이 역겨움을 못 이기고 일그러졌다.

"그럼 아빠가 떠난 건…… 언제죠? 다음 날인가요? 아무 얘기 안 하고?" 아빠의 편지에 뭐라고 쓰여 있었던지를 상기하려고 했지만 되지 않았다.

짐 오빠가 고개를 끄덕였다. "그러고 나서 하루인지 이틀 후 밤중에, 내가 자다가 돌아눕는데 로니 누나가 내 침대에 들어와 있었지."

나는 본의 아니게 몸서리를 쳤고 짐 오빠는 고개를 돌렸다. "나는 누나를 건드리지 않았어, 당연하지. 구역질이 났지만 그런 기색을 보이지 않으려고 애를 썼어. 누나는 가끔 보면 그런 거에는 아주 예민하기도 했잖니." 내가 끄덕였다. "누나를 자기 침대로 돌려보내 재워야 한다는 생각밖에, 다른 생각은 들지도 않았어. 하지만 다음 날 밤에도 내 방에 왔고 그다음 날도 그러는 거야. 그게 누나한테는 놀이 같았던지, 아니면 성행위에 익숙해졌던 건지 난 모르겠다. 로니 누나 머릿속에 무슨 생각이 들어 있는지 누가 알았겠니?" 오빠는 그 생각이 힘겨운 듯했다. "어쩌면 누나는 그냥 자기 잠자리에 따뜻한 사람 몸뚱이가 있는 게 좋았던 건지도 모르지. 그 집이 추울 때는 되게 추웠으니까."

"언니가 내 침대에 들어온 적은 없어요." 내가 일깨워주었다.

"난 누구에게 말을 해야만 했어."

"오빠가 얘기할 사람이 누가 있었어요?" 내가 마침내 그렇게 말했다.

"그렇지. 그때 내가 누구에게 얘기를 하겠니?" 오빠는 자리에서 일어나 방 안을 걷기 시작했다. "어머니한테는 절대 못 하지."

"타이슨 선생?" 내가 짐작을 말했다. 오빠는 놀란 듯이 나를 돌아보더니, 고개를 끄덕였다. "오빠는 항상 무슨 문제가 생기면 그 선생을 찾아갔죠. 안 그래요?"

짐 오빠가 목쉰 웃음소리를 내었다. "그래, 타이슨 선생을 찾아갔지. 문제가 있는 아이들은 모두 방과 후에 타이슨 선생이 일하던 교실에 모습을 나타내곤 했어."

나는 고개를 끄덕이면서 고등학교에는 모두 한 명씩 '타이슨 선생'이 있는 것일까 궁금하게 생각했다. 내가 40년을 재직한 학교에도 한 명 있었다. 그쪽은 여자 교사였고 이름은 필포트라고 했다. 하지만 그 역할은 대부분 남자 교사들이 맡았고, 또한 대부분의 다른 교사들은 그 교사를 메스꺼울 정도로 혐오한다.

"그래서 타이슨 선생이 로니 언니랑 자고 돈을 낼 남자들을 찾아보라고 얘기해줬어요?" 나는 이제 그 말들을 뱉어내지 않고는 참을 수가 없었다.

짐 오빠가 나를 빤히 보고 있는 걸 알 때까지는 내가 다 들리게 말한 줄을 깨닫지도 못했다. 오빠는 무척 놀란 얼굴이었다. "남자들이라니, 무슨 남자들?" 짐 오빠는 아직도 진실을 가려보려는 거구나 하고 나는 화가 나서 생각했다. 지금 하는 이야기에 아직 설명이 되지 않은 부분들이 남아 있을 텐데? "타이슨 선생한테 찾아갔지." 짐 오빠는 내가 끼어든 것에는 아랑곳하지 않고 말을 이었다. "그랬더니 선생이 나와 함께 우리 집에 와서 로니 누나에게 그런 행동은 부적절한 짓이라고 타일러주겠다고 하더구나. 그 당시에 그런 걸 부적절하다고 했는지 아니면 뭐라고 했는지 잘 모르겠다만. 나는 선생님이 말만 해주면 누나가 알아들을 거라고 믿어 의심치 않았어. 열다섯 살의 나에게 타이슨 선생은 전능해 보였거든."

"그래서 그 사람을 집으로 데리고 왔군요."

오빠가 끄덕였다. "너는 학교에 있었고, 어머니는 일 때문에 밖에 나가고 안 계셨지. 타이슨 선생은 나에게 로니 누나와 둘만 있게 해달라고 했어. 충분히 그럴 만하다고 생각했지. 아무튼 나는 선생이 로니 누나한테 타이를 이야기를 같이 듣고 싶은 마음은 없었거든. 그래서 뜰로 나와서 닭 모이를 주었던가 그랬지. 그런 다음에, 한 15분인가 지나서, 다시 집 안으로 들어갔지."

"그 작자가 언니한테 무슨 짓 안 했어요?" 나는 물으면서도 오빠의 대답이 두려웠다.

"아니." 짐 오빠는 머뭇머뭇 말했고, 오빠의 눈을 보자 오빠가 그 시절 우리 집의 그 거실로 돌아가 있다는 게 느껴졌다. "로니 누나는 이미 어디로 갔는지 없고 타이슨 선생이 소파에 앉아 있었어."

"틀림없이 언니를 기겁하게 만들었던 거예요." 내가 기억하는 타이슨은 추남이었다. 손쓸 길 없는 빨강머리 탓에 동화 속 괴물처럼 보이는 남자.

"선생은 '정신박약' 여자아이들이 좀처럼 배우지 못하기는 해도 어느 정도 진전은 있었다고 확언했어. 선생이 한 말 그대로야. 그러더니 우리 집 재정적 문제에 관해 묻더군."

"우리 집 빚 얘기를 그 사람한테 했어요?"

"왠지 그 선생에게 뭐든지 다 얘기해야 할 것 같은 기분이 들었어. 그때 나는 두려웠다."

"그러면 그러고 나서 선생이 자꾸 로니 언니와 단둘이 만나게 된 건 어떻게 해서 그렇게 된 거예요?"

짐 오빠는 이맛살을 찌푸렸다. "로니 누나하고 만난 게 아니야, 로즈. 그 선생이 원한 건 나였어."

"아니, 설마."

오빠는 목청을 가다듬었다. "전혀 짐작도 못 한 일은 아니었어. 선생이 애초에 운을 뗀 건 이미 몇 달이나 전의 일이었거든. 그리고 내가 로니 누나 이야기를 선생한테 했을 때, 선생 보고 우리 집에 와서 누나한테 뭐라고 말 좀 해달라고 했을 때, 아마 그게……, 그게 뭔가 다른 뜻으로 비추어졌을 거야."

"오빠는 그 작자 얘길 어쩜 그렇게 너그럽게 해요?" 말하면서 나는 몸서리가 났다. "어린애들은 늘 자기가 잘못해서 이런 일이 닥쳤다고 생각하죠. 절대 그런 게 아닌데도."

"그 선생이 내 어깨에 손을 얹는 것이나 머리를 툭 쳐주는 것에는 이미 길이 들어 있었지. 움찔하지 않게 된 지도 몇 달은 지났고." 나는 오빠 말에 고개를 끄덕여주었다. "그날 일을 치르고 나니까 선생이 탁자 위에 5달러 지폐를 한 장 놓더라고. 나는 선생이 차에 시동을 걸 때까지 그걸 그대로 가만히 놔뒀지. 시동 거는 소리를 듣고야 내 주머니에 쑤셔 넣었어. 선생은 자꾸만 날 찾아오고 또 왔지. 내가 어머니께 드린 금액이 쌓이도록 몇 번이나 왔어. 몇 번이었는지 기억도 안 난다."

"열두 번이었어요." 내가 말해주었다. 우리는 둘 다 조용히 흐느껴 울었다. 그렇기는 해도 우리 둘 다 우는 데는 영 서툴렀기에 눈물바람은 시작한 것만큼이나 빨리 그쳐버렸다. 그리하여 우리는 서로의 눈물에 얼룩진 얼굴을 지그시 마주 보았다.

"선생은 내 사물함에다 짧게 쪽지를 써서 넣어두곤 했어. 그날 밤 자기 시간이 빈다고 말이야. 쪽지에 자기 이름 머리글자로 서명을 해놓았지. ……꾸며 쓴 장식 글자로, 마치 그러지 않으면 내가 그 쪽지를 자기가 아닌 다른 누구에게서 온 것으로 착각이라도 할 것처럼." 짐 오빠가 설레설레 고개를 저었다. "선생이 그 짓에는 별로 능숙하지 않았어, 섹스 말이다. 그 짓은 항상 금세 끝났지. 선생은 창피한 얼굴이 되었고. 그 대신 나에게 읽으라고 하고 싶은 책 이야기를 하는 걸로 위신을 회복하려고 열을 올렸지. 아니면 자기가 들은 음악 얘기를 한다든가. 가끔은 그냥 나를 품에 안고 있고 싶어 했어. ……내가 관두게 하지 않으면 언제까지나 끌어안고 있었지." 오빠는 잠시 말을 끊었다. "그게 나한테는 한층 더 소름 끼쳤어. 정다움에 대한 욕구를 이해할 수 없는 열다섯 살 나이였으니까."

"그럼 우리 가족을 살린 사람이 오빠였네요? 그 오랜 세월 동안 난 그게 로니 언니였다고 생각하고 있었어요."

"내가 그렇게 암시를 줘서 그런 생각을 하게 만들었지 싶구나. 위층에서 그러고 있는 게 나하고 타이슨 선생인 줄 네가 알고 있었다면 나는 견딜 수 없었을 거야." 우리의 눈길은 동시에 정처 없이 허공을 헤맸다. 우리는 몇 분 동안 침묵 속에 앉아 있었다. 그해에 일어났던 일들을 회상하고 있었다. 마침내 내가 말했다. "짐 오빠, 그럼 라지 의사 선생님이 로니 언니에게 불임수술을 시킨 건 왜였어요? 언니가 남자들과 잠을 자고 있었던 게 아니면 오빠는 왜 의사 선생을 찾아갔어요?"

"로니 누나는 계속해서 내 침대로 오곤 했지." 오빠가 고백했다.

"나는 누나가 아무리 그래도 버틸 수가 있지만, 누구 다른 사람이라면 못 버티고 일을 칠지도 모르잖아. 누나는 그 집에 혼자만 있을 때가 정말 많았고."

"그러면 라지 선생이 언니가 이미 숫처녀가 아닌 걸 알고 불임수술을 시키자고 한 거예요?

짐 오빠가 고개를 끄덕였다. "나한테 장본인이 누구였느냐고 한 번 묻지도 않더라. 이웃집 남자애 누구일 거라고 생각한 거지. 아니면 나라고 생각했든지. 난 지금도 로니 누나한테는 그 수술을 해주는 편이 옳았다고 생각해. 누나가 어린애를 기르는 건 도저히 무리였을 거야."

과연 그랬을는지 내 생각은 좀 달랐지만 그건 그냥 넘겼다. "글쎄, 오빠가 나한테 말 안 한 건 옳았어요. 옳았지 싶어요. 그런 얘기 들었대도 몇 년이고 하나도 이해 못 하고 지냈을걸요. 그 인간은 어떻게 됐나 궁금하네. 타이슨 선생 말이에요."

"죽었겠지. 분명히."

"그럼 오빠는 그 일에 대하여 그자한테 갚아줄 기회가 전혀 없었던 거예요? 복수해줄 수 없었어요?" 나는 오빠를 면밀히 살폈다. 짐 오빠는 다시금 시계를 들여다보았다. "타이슨 선생이 그냥 사라져버린 거예요? 그런 다음에 오빠도 고향을 떠났고요?"

"당한 만큼 갚아주기는 했지." 짐 오빠가 말했다. 음성이 흔들리고 있었다. 나는 머뭇머뭇 고개를 끄덕였다. 오빠가 타이슨 선생을 죽여버렸다고 말할까 봐 겁이 났다. "내가 그 선생이 쓴…… 만남

약속 쪽지를, 너라면 그 쪽지를 그렇게 부르겠지만, 그걸 다 보관해두었거든. 돈을 넣어두던 타이푸 차 깡통에다가 넣어두었지. 그리고 몇 년 후 집을 떠날 준비가 되었을 때 그것들을 경찰에 넘겨주었어, 열한 장 모두."오빠는 조금 몸서리를 쳤다.

"그 사람들이 뭔가 조치를 하긴 했나요? 경찰이?"그 당시 남자들은 지금보다 더 멋대로 놀아도 용인을 받았다.

"옛날 그 시절에 사람들이 이런 종류의 일들을 어떻게 처리하곤 했는지 너도 알지. 아니, 어쩌면 너는 잘 모르겠구나."오빠가 한숨을 쉬었다. "경찰에서는 재판을 하는 게 나에게 그리 좋을 것도 없다고 설득했지. 자기네가 알아서 손을 쓰겠다고 그랬어. ……조용히 처리하겠다고. 내가 좀 난리를 쳤더니 그들이 하는 말이 그 작자가 십중팔구 또 그런 짓을 했을 거라고 그러더라. 또 다른 막다른 길에 몰린 어린애를 데리고 말이야."짐 오빠는 숨을 들이마셨다. "그 말을 들으니까 생각이 났지. 나보다 어린 다른 남자애 하나가 그 선생 차에 따라 타는 걸 몇 번 본 일이 있었어. 결국에는 나도 사람들더러 처리하라고 동의했단다. 내가 생각하기에 그이들이 뭔가 꽤나 끔찍한 수법을 썼던 것 같구나."

"경찰들이 그자가 그냥 다른 학교로 옮기게 놔두진 않았겠지요?"

"아니야. 아무튼, 그 이후에 나는 다시는 타이슨 선생을 보지 못했어. 이튿날 보니까 그 선생 담당 교실의 사물함 문이 덜렁덜렁 열려 있고 선생의 물건은 모조리 없어졌더라. 그 선생이 언제나 책상

위에 얹어두었던 찻주전자랑, 책들이랑, 옷걸이에 걸어둔 파란 가
디건까지 싹 다 없어졌지."

나는 고개를 내둘렀다. 짐 오빠는 그때 소년이었는데도 우리 가
족을 위협했던 어른 남자 둘을 모두 쫓아냈다. 우리는 그 후에 같이
저녁을 먹으러 외출했다. 오빠와 나 둘이서. 일요일 밤에 만찬을 즐
기러 외출하는 다른 사람들과 똑같이 보이고자 우리 둘 다 최선을
다했다. 우리는 와인을 주문했고, 후식도 시키고, 식후에는 브랜디
까지 들었다. 미소 지으며 살갑게 대해준 태도로 미루어보건대 틀
림없이 웨이트리스는 우리가 나이 지긋한 부부이며 생일이나 결혼
기념일을 맞아 식사하러 온 줄로 알았으리라. 우리 집에서는 아들
딸과 손자들이 우리가 어둡기 전에 무사히 돌아오기를 기다리고
있을 줄로, 분명히 그럴 줄로 알았으리라.

밤과 낮 사이

톰 피치릴리

그의 얼굴은 너무나 큰 고통에 차 이리저리 일그러지고 있었다. 그것이 지면으로부터 20미터나 되는 높이에서 내가 처음 본 프랭크 브래들리의 모습이었다.

그의 발이 내 머리 위에서 디딜 곳을 찾아 버둥거렸다. 우리 둘 다 안전줄을 붙잡고 대롱대롱 매달려 있는 상태였다. 그의 낙망한 신음이 프런트 산맥의 능선에 메아리쳤고, 아랫입술을 뚫릴 지경으로 깨물어버린 탓에 자디잔 핏방울이 분무하듯 바람에 실려 내 이마로 뿌려졌다.

열기구가 평평한 쪽 옆면으로 한 그루 소나무에 세차게 부딪치는 바람에 밧줄을 잡고 매달렸던 나머지 두 사내들은 그만 떨려 나갔다. 둘 중 어느 쪽도 추락하면서 비명은 지르지 않았다. 하나는 등으로 땅에 떨어졌고 떨어지는 힘이 커서 땅속으로 1미터나 박혀 들어갔다. 다른 한 명은 커다란 바위에 내동댕이쳐져 사타구니가 박살 나고 척추가 절단되었으나 목숨은 건졌다. 그는 바위에서 튕겨 올라 바람개비처럼 돌면서 개 산책로에 얼굴부터 떨어져 포메라니안을 꽉 끌어안은 나이 지긋한 아주머니 앞으로 나뒹굴었다. 나는 붙들고 버텼다. 프랭크 브래들리, 나에게 찢어져라 고함을 지르는 이자와 똑같이 말이다. "놓지 마쇼! 내 아들이야, 내 아들이라고! 조니야!"

놓으려고 하지도 않았다. 사람은 창졸간에 나머지 인생 전체의 방향을 결정할 결단을 내릴 수도 있다. 어떤 행동을 했다가 그만 영원토록 지옥의 낙인이 찍혀 저주를 받을 수도 있다. 단 한 차례 실수를 저지름으로써 양심을 팔아넘길 수도 있다. 최선을 다하고도 일이 제대로 되게끔 하지 못할 수도 있다. 바람 속에 빙빙 돌아가느라 바구니에 탄 아이를 눈으로 보지는 못했지만, 아이가 우는 소리는 잘 들렸다. 아이는 무척이나 겁을 먹었고 아주 어린 듯했다. 아마 예닐곱 살밖에 안 되었을 것이다. 조종 장치를 조작하기에는, 이 물건의 고도를 낮추는 밸브 스위치를 누르기에는 빌어먹게도 너무 어렸다. 나는 생각했다. '저런 어린애를 열기구에 태우다니 어떻게 된 놈의 아버지냐? 게다가 이 바보 자식이 어쩌자고 애는 바구니에 놔둔 채로 자기는 나와서 밧줄을 잡았던 거야?' 6층 건물 높이의 공중에 떠 있고 점점 더 올라가는 중이라면 머릿속에 온갖 생각들이 스쳐가게 마련이다.

브래들리가 처참한 상황에 처해 있는 것은 있는 것이고, 공원 풀밭이 발아래로 점점 빠르게 지나가는데 나는 그자를 흠씬 두들겨주고 싶었다. 그때는 아직 그의 이름을 몰랐지만. 하지만 여전히 줄을 붙잡고 있었던 데다 발아래 평평한 땅이 이제 다 끝나가고 있었다.

열기구가 또 한 그루 우뚝 솟은 소나무를 들이받고 튕겨 나왔고, 굵은 가지들이 사정없이 브래들리의 등을 할퀴어 밧줄을 붙든 손에 힘을 빼놓았다. 움켜잡았던 손이 풀리자 브래들리는 사지를 휘저으며 4미터쯤 추락하여 나와 같은 높이에, 다른 쪽 밧줄을 붙잡고 매달렸다. 그가 부르짖었다. "놓지 마!"

힘이 미치는 한 끝까지 붙들고 있기는 하겠지만, 결국에는 나도 손을 놓지 않을 수 없을 것이다. 우리 둘 다 손을 놓게 되겠지. 그렇게 생각하자 무진장 겁이 났다. 나는 죽어라 밧줄에 매달렸다. 아까 그 남자처럼 끝장이 나는 건, 땅속으로 관이 묻힐 깊이의 절반쯤을 미리 심어진 채로 발견되는 건 절대 싫다. 사람들은 오로지 그자를 도로 묻기 위해 일단 땅에서 파내야 할 것이다. "이젠 안 되겠어요!" 내가 소리쳤다.

"놓지 마!"

"이봐요……."

"놓지 마!"

나도 속으로 맞섰다. '그놈의 놓지 말란 소리 좀 그만해!'

열기구는 소나무에서 소나무로 통통 부딪치며 튀었지만 속도는 전혀 줄지 않았다. 나뭇가지가 기구의 얇은 비단을 찢어놓을 수도 있었다. 하지만 어떻게 된 건지, 천은 (어울리지 않지만 굳이 그렇게 불러도 괜찮다면) 기적적으로 멀쩡했다. 이제 공원 부지의 숲이 앞으로 300미터 정도 남았고 그 뒤로는 프런트 산맥의 돌투성이 등성이까지 휑하게 빈 벌판만 깔려 있다. 거기까지 가게 되면 깎아지른 골짜기 벼랑과 무자비한 산바람이 그 이후의 25킬로미터를 맡아서 우리를 로키 산맥 높이 올려놓을 것이다.

나는 계속 생각했다, 서부로 이사 오는 게 아니었다고. 이스트빌리지의 허름한 내 아파트가 실은 그리 나쁘지 않은 곳이었다.

우리 힘으로는 기구를 끌어 내릴 수가 없다. 기구는 또 한 그루의 거목에 부딪쳐 튕겨났고 기운이 쭉 빠지는 끔찍한 충돌음이 사방에서 우리를 난도질했다. 기구가 미친 듯이 진동하며 밧줄들이 비틀려 꼬였다. 나는 옆으로 나무줄기에 가 박혔고 소나무 바늘잎 뭉치에 얼굴을 찢겼다. 두 발이 가지에 닿았다. 그런가 했더니 도로 공중에 떴고, 그런가 했더니 다시 가지가 와 닿았다. 떨어져야 했다. 이런 문제는 생각하고 자시고 할 여지가 없다. 그냥 바로 할 수밖에 없는 일이다.

또 한 번 지독하게 부딪치면서 하마터면 팔이 어깨에서 빠질 뻔했다. 브래들리와 나, 둘 다 같은 순간 손을 놓쳤다. 우리는 지면에서 20미터도 더 되는 높이에서 굵은 나뭇가지에 매달렸다. 브래들리가 찢어지는 비명을 질렀다. 아마 나도 소리를 질렀던 것 같다. 브래들리는 지독한 괴로움이 담긴 눈을 나에게 부라리며 나뭇가지를 타고 버르적버르적 기구 쪽으로 다가가려 했다. 기구는 나무에 걸리지 않고 벗어나면서 또다시 상승하려는 참이었다.

어마어마하게 긁히는 소리를 내면서 바구니가 마지막까지 닿아 있던 나뭇가지를 미끄러뜨리고 구속에서 벗어났다. 그런데 기구 천은 아직도 찢어지지 않았다. 브래들리는 미치광이처럼 바구니에 가까이 가려고 용을 썼다. 한 손 한 손 고쳐 잡을 때마다 나무껍질이 벗겨져 땅바닥으로 후두둑 비 오듯 쏟아져 내렸다. 브래들리의 손바닥은 엉망진창이었다. 그가 바구니까지 다다를 가망은 전혀 없었다.

바구니 안의 남자아이가 악을 쓰고 울었고 내 목구멍에서는 숨 막힌 흐느낌이 터져 나왔다. 아이가 훌쩍이며 "아빠, 구해줘"라고 말하는 것이 들렸다. 극도로 겁에 질려 있었으나 여전히 아빠가 자기를 구해줄 거라고 믿는 아들의 목소리였다. 하지만 아이의 얼굴이 열기구 바구니 위로는 보이지 않았다. 아이의 얼굴을 보고 싶었다. 한순간만이라도. 아이의 얼굴을 보는 것이 나에게는 정말로 중요했다. 왜인지는 몰랐다.

브래들리가 울부짖었다. "조니!"

그와 나는 기구가 솟아올라 아이의 울음소리가 더 이상 들리지 않을 만큼 멀리 날아갈 때까지 바라보고 있었다. 기구는 골짜기에 치부는 바람을 타고 높이, 더 높이 떠올라갔다. 때로 절벽에 통 부딪치기도 하면서 상승하다가 마침내 벼랑 위로 넘어가 거의 보이지 않게 되어버렸다.

악전고투를 하느라 우리 둘 다 숨이 턱까지 찼지만, 브래들리는 나를 돌아보고 또다시 눈을 부라릴 만한 기운은 남아 있었다. "너! 손을 놓았지!"

"그쪽도 났잖소. 우리 힘으론 어쩔 수 없었어요."

"네가 붙잡고 늘어졌어야지!"

"우리 힘으론 붙잡을 수 없었던 거요."

이렇게 높은 공중에서 뻣뻣한 소나무 이파리와 진액으로 범벅이 된 채 그 사내의 말에 대꾸하면서, 내 얼굴에 뿌려졌던 그자의 피가 말라붙어가고…… 그렇게 그냥 매달려 다음은 어떻게 될지 속수무책인 사이에 그자의 아들은 멀리멀리 흘러가고 있었다.

나무에서 기어 내려오는 데 20분이 걸렸다.

내가 조심스럽게 가지를 붙들고 몸을 내리는 동안에도 브래들리는 나무 위에 남아 울부짖고 나를 욕하고 있었다. 발이 땅에 닿았을 때쯤에는 구급차 두 대와 소방차 한 대, 경찰차 여덟 대가 숲가에 바짝 붙어 주차되고 경찰관들과 공원 경비원들이 사방을 헤집고 있었다.

내가 누구를 향해 두 걸음도 채 떼기 전에 방금 일어난 일의 충격이 갑자기 한꺼번에 닥쳤다. 가슴에 무엇이 뻑뻑하게 엉기는 느낌이 들더니 두 손이 심하게 떨리기 시작했다. 다리에 힘이 빠지고, 머리에서 피가 쫙 가시는 느낌이 왔다. 시커먼 파도가 밀어닥쳐 눈을 덮쳤다. '코왈스키'라고 이름표를 단 경찰관이 붙들어주지 않았더라면 나는 아마 그대로 엎어지고 말았을 것이다.

경찰관은 회색 눈에 몸에는 얼마간 진짜배기 근육이 붙어 있었고 완력도 셌다. 그가 나를 한 손으로 붙잡아 일으켜 세우고는 말했다. "앉으세요."

"괜찮습니다."

"알아요, 그래도 앉으십시오."

하지만 나는 소나무들 사이 어디에도 앉고 싶은 마음이 없었다. 눈으로 하늘을 훑었지만 기구는 아무 데도 보이지 않았다.

"애는요?"

"애라니요?"

"기구에 애가 탔잖아요."

"거기에 사람이 있었다고요?"

"아니 그럼 사람들이 뭐 하러 죽자고 거기 매달렸다고 생각합니까? 누가 기구를 따라가고 있기는 한가요?"

"수목 지대를 지나서 골짜기 바위 벽 너머로 가버렸어요."

"산림 순찰대를 산 위로 올려 보내야 할 겁니다."

경찰관은 엄지손가락으로 무전기를 켰지만, 왕왕거리는 소리들을 듣자 하니 이미 소란이 왁자했다. 사람들이 꽥꽥 고함을 치고 멀리 사이렌 소리도 추가로 더 울리고 있었다. 포트 코핀스와 그릴리를 비롯한 인근 마을로부터 몰려온 것이다. 모든 사람이 잘못된 장소로 차를 몰아가고 있었다. 헬리콥터 한 대가 머리 위로 지나갔다.

코왈스키가 말했다. "무슨 일이 있었는지 말해보십시오."

"별로 말할 것도 없어요."

"그래도 말씀해보세요."

우리는 서로가 스스로도 기연가미연가 하는 이유 때문에 뉴욕을 떠나 콜로라도로 이주해온 사람임을 알아보았다. 우리 두 사람 모두 똑같이 살던 곳이 그립고 전반적으로 정신이 혼란스러운 분위기를 띠고 있었고, 두려움을 감추기 위해 거짓으로 센 척을 하며 '아무튼 그게 무슨 상관이야?' 하는 태도를 내세우고 있었다. 똑같은 사람이라야 상대방도 그런 줄을 안다. 코왈스키가 살아오면서 어느 시점엔가 발을 삐끗 잘못 디뎠고, 그 실책이 그의 인생을 너무도 심하게 더럽혔기에 거기에서 벗어나기 위해 3000킬로미터도 더 떨어진 곳으로 옮겨 오지 않을 수 없었다는 것은 보기에도 뚜렷했다. 뭔가 추문이 있었겠지. 코왈스키는 아마 받아서는 안 될 사람에게서 돈을 받았든지, 아니면 한몫 떼어줘야 할 사람에게 주지 않았든지 했을 것이다. 그 실수가 무엇이었든 간에 그는 그 실수의 대가를 지금도 치르고 있는 중이며 앞으로도 평생 치르면서 살아야 할 것이다. 내 경우야 이야기가 좀 다르다.

경찰들이 둥글게 에워싸고 다가들었지만 아무도 무슨 말을 하지 않았다.

나는 내가 공원에서 롱스피크 산봉우리를 멀거니 바라보면서 차기작이 될 소설이나 노래 가사의 영감을 얻으려고 하고 있었던 경위를 설명했다. 생각이 말라붙어 바닥을 보일 때에 내가 보통 하는 일들이다.

요즘 들어 나는 지독히도 자주 공원에 와서 여기저기에 앉아 있곤 했는데, 그래 봐도 머릿속이 도무지 시원하게 풀리지를 않았다. 그사이 딱 한 줄을 썼을 뿐이다. '밤과 낮 사이'라고. 그게 어디서 빌려온 문구라는 건 알고는 있었지만 그다음 구절이 이어서 나와주기만 한다면 상관없었다. 하지만 아무것도 나오지 않았다.

그래서 나는 다음 문장을 짜내느라 기를 쓰면서 하얗게 텅 빈 공책을 노려보았다. 그 자리에 그렇게 한동안 앉아 있으면서, 내 손을 이끌어 움직이게 해줄 무엇인가를 기다렸다.

그런데 그 대신에 어마어마한 그림자가 공책 위로 드리워졌고 웬 남자가 고함을 치더니 두 사내가 내 바로 앞으로 달음질쳐 갔다.

홀린 듯이 고개를 들자 거기에 기구가 있었다. 브래들리가 안전 밧줄 한쪽을 붙잡고 달랑달랑 매달린 채로 고래고래 도와달라 소리를 질렀고, 다른 두 사내들은 기구를 붙잡으려고 온 힘을 다하는 중이었다. 그들은 기구에서 드리워져 땅에 끌리는 밧줄들을 잡으려고 팔을 뻗었다. 기구는 둥실둥실 낮게 날며 흔들렸지만 그래도 땅에 부딪치지는 않았다.

다음 문장이 떠오르기를 기다리며 앉아 있는 자리에, 문장 대신에 그런 상황이 닥쳐온 것이다.

나는 어릴 적에 롱아일랜드에서 본 이후로 열기구를 본 적이 없었고, 그래서 어떻게 기구를 놓칠 수가 있는지 이해가 가지 않았다.

나는 일어서서 그쪽 방향으로 비틀비틀 뛰기 시작했다. 그렇게 몹시도 희한한 상황에 처한 것이 아마도 나를 끌어당겨 쫓아가게 만들었던 것 같다. 조만간 목 아래로 전신마비가 되고 말 사내가 달리면서 나를 돌아보고 외쳤다. "바구니에 아이가 탔어요! 저걸 도로 끌어 내려야 해요!"

나는 1초쯤 더 망설였다. 그 상황에서는 누구라도 보였을 만한 정상적인 반응이다. 우리는 낯선 상황과 낯선 사람을 그렇게 탁 믿어버릴 수 없다. 그냥 물러나 앉아서 텅 빈 공책을 들여다보며 씨름하는 편이 한결 쉽다. 하지만 어린애가 뭐라고 웅얼웅얼 우는 목소리로 말하고 그게 바람결에 들려오자, 아마도 그것이 나를 움직이게 만들었던 것 같다.

나는 공원을 가로질러 대략 50미터쯤을 전력 질주한 끝에 결국에는 밧줄을 잡았다. 그때쯤에는 브래들리가 몇 미터인가 더 밧줄을 기어올라서 거의 바구니에 닿을 것 같은 위치까지 가 있었다. 그리고 다른 두 사람도 밧줄을 붙들어 움켜잡았다. 나는 머리부터 땅에 처박힐 것 같은 괴상한 공중 다이빙 묘기를 부렸던 것인데, 어떻게 해서인지 성공했다. 바구니에서 늘어진 안전 밧줄을 붙들고 매달린 채 획 하고 공중에 떠서, 말하자면 다른 세 사내들과 함께 비행을 하고 있게 되었다. 게다가 더 높이 떠오르고 있었다.

애초에 이런 상황이 벌어지지 않도록 방지해줄 기능이 탑재돼 있었을 것이고 비상 차단 장치도 10가지쯤은 있었을 게 분명했다. 누가 가열 장치를 작동시키고 있는 것도 아니니까 아무리 바람이 분다 해도 기구는 점차 내려가야 옳았다. 위를 올려다보았지만 바구니 밑바닥밖에는 아무것도 보이지 않았다. 그러다가 내가 매달린 밧줄이 바깥쪽으로 몇 미터 흔들려 나가는 바람에 몸이 빙글빙글 돌아갔다.

세상에는 이따위 짓을 재미로 하는 운동광들이 있다. 분명히 있다. 목을 길게 뽑아 올려다보았더니 가열 장치가 아직도 켜져 있었다. 주황색과 파란색 불꽃이 널름널름 타오르고 있었다. 일이 정말 단단히 틀어졌는데 나는 그 한가운데 뛰어들고 말았다. 기구가 저절로 강하하지는 않게 생겼다.

뛰어내리기에는 이미 늦었다. 우리는 공원 한가운데에 있는 작은 연못 상공에 와 있었다. 예쁘기는 하지만 인공 연못이라 깊이가 대략 1미터 20센티미터밖에 안 되었다. 만약에 우리 중 한 사람이라도 기구에서 떨어진다면 아무리 물 위로 떨어진대도 그 충돌의 위력이 무릎뼈가 가슴통에 처박힐 정도일 것이다. 내가 어렸을 때 아버지는 베트남 밀림 위로 뛰어내렸다가 착지를 잘못한 낙하산병들이 어떤 결말을 맞이했는지에 대해 종종 얘기해주곤 했다. 20년이 지났지만 그 이야기는 내 머릿속에 여전히 또렷하고 생생한 이미지로 자리 잡고 있다. 다른 건 다 제쳐두고라도 아버지가 제정신이었는지, 나는 그 속내를 파보고 싶었다.

아이는 큰 소리로 울고 브래들리는 신음을 내질렀다. 더 이상 기어오를 수가 없었던 것이다. 그가 내는 소리로 볼 때 브래들리는 머리가 제대로 돌아가는 사람, 아니면 정신이 반듯한 사람 같지 않았다. 아니, 아예 사람 같지도 않았다. 그가 아들에게 소리쳐서 가열 장치를 끄라고 시켜야 하는데. 나는 소리를 지르려고 입을 벌렸지만 내 목소리는 내 귀에도 잘 안 들렸다. 불어닥치는 바람이 목소리를 도로 목구멍 속으로 밀어 넣었다.

운이 좋다면, '도대체 내가 지금 뭘 하고 있는 거지?' 싶은 순간을 나중에 살아서 복기해볼 수가 있다. 그렇게 사건 당시를 돌아보면 어떻게 그런 일이 벌어졌는지 도저히 믿을 수 없다. 내가 어쩌다가 그런 상황에 처하게 된 건지, 그때는 어떻게 그런 일을 했는지 나 스스로도 알 도리가 없다.

지금 나는 무사히 도로 땅으로 내려와 있다. 도움의 손길을 내밀었던 다른 두 사내는 무사하지 못했다.

"대체 무슨 일이 벌어진 겁니까? 이 남자 누구죠? 이놈의 기구는 도대체 어디서 날아왔고요?"

코왈스키가 '질문하는 사람은 접니다, 선생' 하고 핀잔을 줄 뻔한 게 이걸로 두번째였다. 하지만 그런 말은 상황 종결을 보려고 기다렸다가 에스티즈 공원 저 높이에 올라갈 부유한 은퇴자들에게나 먹히지 나에게는 해봐야 먹히지 않을 줄은 그도 알았다.

브래들리가 올라가 있는 나무로부터 고함지르는 소리가 많이도 들려왔다. 사다리차를 대서 소나무 가지 사이로 사람을 올려 그자를 억지로 붙들어 끌어 내리는 데에는 소방수가 세 명이나 동원되어야 했다. 브래들리는 소방수들에게 잡혀 내려오면서도 울부짖었고 땅에 내려지자마자 사납게 날뛰었다. 펄펄 뛰며 주먹을 날리고 짐승보다도 더 심하게 캭캭 위협하는 소리를 질러댔다. 아들의 이름을 부르기를 마치 아이가 바로 몇 걸음 뒤에 있는 것처럼, 고개를 돌리면 바로 시야에 들어올 수 있는 것처럼 애타게 외쳤다.

브래들리는 말리는 사람을 뒤꿈치로 찍고 홱 뒤로 돌다가 느닷없이 소리 내어 웃기 시작했다. 나는 이전에 결코 그 누구에게서도 그런 웃음소리는 들어본 일이 없다. 이스트빌리지 뒷골목의 광인이나 약물중독자라도 그렇게는 웃지 않았다. 너무나 섬뜩한, 내 몸을 훑고 지나가는 듯한 소리에 나는 무심코 한 걸음 뒤로 물러섰다. 코왈스키도 같은 감정을 느꼈는지 숨을 들이마시며 턱을 쳐들고 가슴을 부풀렸다. 그 웃음소리의 타격으로부터 스스로를 방어하려는 듯한 행동이었다.

경찰관 세 명이 소방수들에게 합세하더니 모두가 브래들리를 땅바닥에 납작하게 깔아 눌러 엎드려놓고 수갑을 채웠다.

나는 "어라, 이보세요……!" 하고 뭐라 말하려 했지만 코왈스키가 곧장 나에게 눈총을 주고는 다시금 무전기에서 나오는 소리를 듣고 또 거기 대고 말하기 시작했다. 보아하니 브래들리가 경찰관 몇 명을 무릎과 팔꿈치로 찍고 박고 한 모양이었다. 경찰관들의 얼굴에 피가 점점이 뿌려져 있었다. 누군가 그들의 동료 경찰관을 공격했다 치면 경찰관들은 무조건 절차대로 해버린다. 세상 어디를 가든 마찬가지다. 그 문제에 있어서 경찰들은 모두 한결같다.

그들은 브래들리를 경찰차로 들어다가 뒷좌석에 던져 넣었다. 그 차가 벌판을 가로질러 그곳을 빠져나갈 때, 브래들리는 뒷좌석에서 몸을 돌려 나를 노려보았다. 그는 더 이상 웃고 있지 않았다, 하지만 내게는 그 환장할 섬뜩함이 그대로 남았다.

"당신네들이 지금까지 알게 된 걸 말 좀 해보시죠." 내가 말했다.

코왈스키는 입을 꽉 다물었으나, 곧 어깨를 한번 으쓱하곤 말을 했다. "아직 관련 정보가 다 들어오지 않은 상태입니다. 이 작자 말인데, 이름이 프랭크 브래들리고, 네바다에서 몇 번인가 체포된 적이 있는 정도였다가 은행 강도로 확실히 유죄를 얻어맞고 들어갔던가 봅니다."

"뭐라고요?"

"그랬다네요. 마누라는 아들을 데리고 갈라섰고요. 이자가 생각하기엔 자기가 돈을 충분히 못 벌어다줘서 그랬다 싶었는지, 그냥 그대로 은행으로 걸어 들어가서 지배인 모가지를 움켜쥐고 강제로 현금 서랍 두어 칸을 비우게 했답니다. 무음 경보기를 다섯 개는 건드려놓으면서요. 3000달러쯤 되는 돈을 들고 밖으로 걸어 나오자 물감탄彈이 터졌죠. 지역 경찰이 현장에 갔더니 이자가 온몸이 자주색으로 물든 채 은행 주차장에 우두커니 서 있더래요. 아무리 좋게 봐줘도 계획을 세워서 움직이는 유형이라고는 못 할 인간이죠."

나는 절레절레 고개를 저었다. "그건 그냥 멍청한 정도가 아닌데요. 미친놈이에요."

"그러게요. 글쎄, 그럴지도 모르죠. 주 형무소에서 2년을 살고 나와서 마누라한테 찾아갔나 봐요. 그랬더니 여자는 네바다를 떠서 콜로라도로 와 있었죠. 뒤를 캐서 베르투까지 쫓아왔고, 어린애를 채다가 차에 태우고 튄 겁니다. 애한테 아이스크림도 사주고 장난감도 사주고 풍선도 사주마 말하면서요. 저 아래 17번과 287번 도로 뒤로 봄맞이 축제가 열리고 있는데 그 옆으로 차를 몰고 지나갔던 겁니다. 거기 열기구가 마련돼 있었죠."

"맙소사. 그자가 그걸 강탈한 겁니까?"

"웃자고 한 짓이 아니었나 싶군요. 아마 아들한테 '자, 봐라! 아빠가 주는 풍선이다' 했겠죠. 아무튼, 그 기구는 밧줄로 땅에 매어두어서 한 20미터만 올라갔다가 내려오게 돼 있었죠. 그런데 브래들리가 아이를 태워놓고 안전 밧줄을 풀어버린 겁니다. 주최 측 직원한테는 가열 장치를 있는 대로 켜서 기구를 띄워 올리라고 강요하고요. 기구는 제자리에 둥둥 떠 있다가 거센 바람에 휩말렸죠. 직원은 바구니 반대편으로 뛰어내려서 3미터쯤 되는 높이를 추락해 발목을 삐었답니다. 브래들리는 어떻게 해보려고 조종 장치를 이것저것 마구 만져놨고, 그다음은……, 아시겠죠."

"정신 나간 작자가 러블랜드 공원 위로 바람에 떠밀려 날아왔군요. 어쩌다 그랬는지 밧줄 하나 붙잡고 매달린 꼴로요."

"그겁니다."

"아이가 무사할 가능성이 있을까요?"

"모르죠, 제 시간에 찾을 수 있다면야."

그럴 가능성은 사실 없었다.

코왈스키도 알고 나도 알았다. 나는 장대하게 펼쳐진 로키 산맥을 바라보았다. 그러면서 기구가 베르투에서부터 여기까지 이미 얼마나 먼 거리를 날아왔던가를 생각했다. 만약 바람이 동쪽에서 불고 있지 않았더라면, 그래서 기구가 이쪽이 아니라 그릴리로 날아갔더라면 시간이 얼마가 걸리건 사람들이 결국에는 추적해서 찾아낼 수 있었으리라. 그 방향으로는 한 50킬로미터쯤 농지 외에 다른 것은 아무것도 없으니까.

하지만 나지막한 가장자리 산지로부터 서쪽으로 향하면, 가열 장치가 계속 켜진 채로 기구가 점점 높이 떠갈 경우 어쩌면 프런트 산맥을 넘어 계속해서 날아갈 수도 있다. 결국 절벽에 가 박히며 아이를 300미터나 되는 산에서 내던져버리게 될 때까지 말이다.

코왈스키는 경찰차가 브래들리를 싣고 가버린 쪽을 물끄러미 바라보고 있었다. 나도 그 방향으로 눈길을 두었다. 섬뜩한 느낌 때문에 몸이 다 괴로웠다. 뒷목의 살갗이 조이는 느낌이었다. 그 웃음이라니. 맙소사.

경찰서에 가서 정식으로 진술을 마치고 서류에 서명을 했다. 경찰서 측에서 아파트까지 나를 태워다주었는데 일단 내려주자 뒤도 보지 않고 가버렸다. 소파에 앉아 텀블러로 위스키를 마시는 동안, 사방의 벽이 달려들어 덮칠 것 같은 느낌이었고, 두 손은 마치 아직도 밧줄을 잡고 매달려 있는 것처럼 욱신거리는데, 다시 누워본들 잠자기는 글렀다고 생각하다가……, 그대로 잠이 들어서 그 어린애 꿈을 꾸었다.

아이는 죽어가고 있었다. 하지만 아직 확실히 죽은 것은 아니었다. 아이는 내 앞에 서서 조그마한 한쪽 손으로 내 가슴을 누르고 있었다. 하지만 아이의 머리는 완전히 반대 방향으로 돌아간 채였다. 아이가 말하는데, 그 말소리가 아이 뒤편으로 희미하게 꺼져갔다. 나는 '아빠'라는 말과 '살려줘'라는 말, 심지어 내 이름을 부르는 소리까지 들었다. 도망을 칠 수도 말을 할 수도 없는, 도대체 그 어떤 행동도 전혀 할 수가 없는 그런 꿈이 있는데 이 꿈이 그랬다. 지금 내가 잠들어 있는 줄은 알았지만 꿈에서 깨어날 수가 없었다. 쿠션을 움켜쥐고 있는 감각이 어딘가 먼 곳의 일처럼 느껴지고, 거기에서 완전히 내 것만은 아닌 어떤 목소리가 내는 연약한 울음소리를 듣고 있었다. 나는 어린애의 어깨를 붙들어 돌려세우려고 했다. 그러나 아이의 머리는 자꾸만 반대 방향으로 돌아갔다.

매체들이 광란했다. 콜로라도에서는 굉장한 뉴스 거리였다. 희한한 사건이자 휴머니즘으로 가득 찬 이야기 아닌가. 한편으로는 생판 남이면서도 아이를 돕기 위해 나서서 애쓴 한 무리의 사람들을 볼 수 있다. 그중 한 사람은 생명을 잃었고, 또 한 사람은 어깨부터 아래로 전신이 마비되었다. 그자의 이름은 빌 맨도인데 모든 채널은 그에 대한 보도로 도배가 되었다. 얼굴 반쪽이 붕대로 친친 감겨 있는데 붕대에 감싸인 곳 가장자리로 보아하니 개 산책로에 얼굴부터 추락하면서 뼈까지 이르도록 갈려버린 모양이었다. 마비가 되어서 다행인 일 하나는 박살난 두 다리와 척추에 감각이 없어 진통제를 쓸 필요가 없다는 것이었다. 그는 정신이 또렷한 것 같았고 영웅답게 말을 했다. 내 어린 시절 추억 속의 영웅들처럼, 최악의 상황이 닥치고 최악의 부상을 입어도 굳은 의지와 고결한 품성으로 굳건하게 대처할 줄 아는 남자들처럼 말이다. 그 앞에서 나는 고개를 저을 수밖에 없었다.

기자들이 내 아파트 관리실 문 앞 잔디밭에 우글우글 진을 쳤다. 나는 사흘 동안 전화기를 내려놓았고 문 두드리는 소리도 무시했다. 마침내 카메라꾼들도 기다리기 지겨워서 가버렸다. 나는 잠에서 깨어 있는 동안은 한순간도 빼놓지 않고 케이블 TV의 뉴스를 보았다. 혹시라도 그 아이 소식이 들어오지 않았나 해서였다. 그러나 수백 명의 자원봉사자들이 프런트 산맥 지역을 온통 다 뒤지고 골짜기와 분수령의 동쪽 사면을 헤집었는데도 기구를 본 사람은 아무도 없었다. 정말 그럴 수는 없을 것 같았다.

밤이 되면 헬리콥터들이 타타타타 소리를 내며 하늘을 가로질러 국립공원으로, 그리고 수천 평방킬로미터에 달하는 산지와 숲으로 날아갔다.

코왈스키가 닷새 후에 전화를 했다. 사방에서 사이렌 소리가 들려오는 오후였다. 그가 말했다. "브래들리가 도망쳤어요."

"무슨 소립니까?"

"무슨 소리 같습니까?"

"전적이 있는 은행 강도로 풀려난 지 고작 이삼 일 만에 기구를 탈취해서 도와주려던 착한 이웃을 죽게 만든 놈인데, 그래 그놈을 튀게 놔뒀다고요?"

"이 나라 사법 체계를 욕하십쇼, 내 잘못이 아니니까. 그자는 정신이 나가버린 게 보기에도 너무 분명해서 위에서 감시를 붙여 병원에 넣었어요. 정신 병동에요. 병원에서는 아이를 잃은 슬픔으로 우울증이 왔다고 했죠. 그 작자를 생각하면 불쌍하게 생각할 수밖에 더 있습니까, 애는 죽고 인생이 온통…… . 꽃이며 카드가 트럭으로 들어왔어요. 침상에 수갑이 채워진 채로 96시간을 내리 잠을 잤답니다. 병원에서는 무반응 수면이라고 부르더군요. 혼수상태는 아니고 그냥 깊이 잠든 거라고요. 의사들은 그자가 죽어가는 중인 것 같다고 생각했어요, 살 의욕을 잃어서 말이죠."

"허, 참."

"꼭 자기 스스로 억지로라도 죽으려고 하는 것 같았답니다. 호흡부전이 일어나기 시작해서 병원에서 긴급 구명용 카트를 갖다 놨죠. 제세동기, 산소마스크, 그런 거 전부 다요. 5분이 지나서 호흡을 다시 정상으로 만들어놨는데, 그자가 깨어나더니 간호사를 죽어라 발길로 차고 주차장에서 차를 훔쳐 달아났어요."

아마 내가 혀로 쯧 소리를 냈던 것 같다. "끝내주는군요."

"아무튼, 브래들리는 자유를 찾은 지 한 시간 만에 또 한 군데 은행을 털었어요. 중환자용 병원 가운만 입은 채로요. 어디서 총을 조달했는지 아무도 몰라요. 이번에는 조금 영리해졌더군요. 물감 주머니는 빼버리고, 거의 3만 달러를 강탈했어요. 경보 장치를 하나 울려놓긴 했지만요. 하지만 그자는 서둘러 그 자리를 떴고 지금도 도주 중입니다."

나는 총을 구하기 위해 어딘가에 잠깐 차를 세웠을지언정 중대 절도 행위를 저지르기 전에 바지를 입을 생각은 미처 하지 않은 인간에 대하여 생각해보았다.

"그자는 나를 잡으러 오는 겁니다." 내가 말했다. "내가 밧줄을 놓았기 때문에 내가 자기 아들을 죽인 거라고 생각하고 있어요."

내가 나 자신의 중요성을 과장하여 생각하는 피해망상 작가가 아니라 해도 그 생각은 하지 않을 수 없었다. 브래들리의 그 웃음소리 때문이다. 그것은 그냥 미친 웃음소리일 뿐이 아니었다. 거기에는 '너 두고 보자' 하는 뜻이 담겨 있었다.

코왈스키가 콧방귀를 뀌었다. "그자는 미치광이예요. 그자가 어디 가려는 데가 있다면 다시 전처한테나 갈 겁니다."

"아니요, 거기 갔던 건 오직 아들을 데리러 갔던 겁니다. 아이는 무슨 소식 없나요?"

"없어요. 기구도 종적이 없습니다. 아마 프런트 산맥에 걸려서 못 넘어가고 어디 밭에라도 내려앉았겠죠. 모르겠습니다. 아마 한동안은 기구가 어떻게 되었는지 알 수 없을 겁니다."

"이보세요……."

하지만 코왈스키는 더 들을 마음이 없었다. 그는 쉽게 싫증을 내는 유형의 경찰관이었다. 그리고 언제나 자기가 대화를 주도해야 성이 풀리는 사람이었다. "선생 책을 한 권 구해서 봤는데요. 절반쯤 읽었지만 별로더군요. 그래서 마누라한테 줬어요."

"저기요……."

"마누라는 뭐든지 다 읽어요. 마누라도 책 참 별로랍디다."

"내 말 좀 들어봐요. 브래들리가 다음에 나타날 곳이 여기예요."

"한 가지 가능성이겠죠."

"그 이상이에요. 이자가 지금 우리 집 현관문을 열고 들어왔어요. 나한테 총을 겨누고 있어요. 끊어야겠어요."

나는 전화를 끊었고 브래들리는 내 집 현관에 서서 나를 향해 미소 지었다. 아파트 관리인이 계속해서 건물 안으로 몰래 들어오려고 시도한 기자들을 상대하기가 지긋지긋해 방범 벨을 꺼버린 거로구나 싶었다. 한 번 더 확인하지 않은 탓에 죽게 생겼다. 콜로라도에 와서 영 느슨해졌다. 나는 더 이상 제대로 피해망상을 곤두세우지 못하고 꼭 코왈스키처럼 그냥 지루해하며 끝을 기다리고 있었던 거다.

브래들리는 그 소름 끼치는 웃음을 웃기 시작했고 내 몸의 모든 근육이 수축되고 수축되다 못해 덜덜 떨리게 될 때까지 계속 웃었다. 최소한 이자가 바지는 입고 있구나. 다행이라고 생각했다. 알몸에 달랑 병원 가운 한 장 걸친 사내의 손에 세상 하직한다면 그 얼마나 끔찍한 일이겠는가. 웃음소리는 점점 커졌고 나는 숨이 너무 가빠져서 나중에는 머리가 핑 돌았다. 한순간 내 눈에 머리가 뒤로 돌아간 아이가 자기 아버지 뒤에 서 있는 게 보였다. 여전히 '아빠!' 하고 부르면서 하얀 손으로 나를 가리키고 있었다.

미치광이와 한판 붙어본 일은 전에도 있었다. 세상 사람들 대부분이 그런 경험이 있겠지만, 뉴욕 사람이라면 100퍼센트 다 미친놈과 맞닥뜨려봤을 것이다. 그런 미친놈들이야 흔히 보는 놈들이긴 한데, 그렇다 해도 상당히 맛이 가 있다. 내 경우에는 주로 헤어진 여자 친구들이 그랬다. 남은 평생 나를 보살펴주고 싶다는 말로 시작하여 종국에는 내 차에 불을 지르는 여자들 말이다. 스토커가 따라붙은 적도 있다. 내가 쓴 공포 소설 하나가 지옥으로 통하는 문을 열어서 자기 아버지를 풀려나게 만들었다고 주장하는 놈이었다. 그자는 손에 자동 나이프를 쥐고 맨해튼의 내 아파트에 들이닥쳤는데, 칼날을 갈비뼈 사이에 찔러 넣는 게 아니라 거꾸로 쥐고 찍으려고 들었다. 칼끝이 내 흉골 위로 미끄러져 빗나가는 바람에 1센티미터 조금 더 되는 깊이로 쫙 살이 도려내졌다. 이것도 뉴욕 이스트빌리지를 떠난 이유 중 하나다.

프랭크 브래들리가 내게 겨눈 총은 총신이 짧은 38구경이었다. 콜로라도에서 쓰는 총이 아니다. 이 궁벽한 동네 사내들은 콜트 45구경과 소총을 들고 다닌다. 하지만 쓰기 좋기로야 총신 짧은 38구경만 한 게 없다. 술집에서 카우보이 친구들에게 보여주며 으스대거나 엘크를 사냥하러 가는 데 쓸 총은 아니다. 38구경의 목적은 오직 하나뿐이다. 누군가의 이마에 총구를 들이대고 그자를 빠르게 골로 보내는 것.

우리는 2분 동안 그러고 서 있었다. 기나긴 2분이었다. 브래들리의 홍소는 마침내 잦아들었지만 그는 여전히 나를 비웃고 있었다. 내가 살면서 많이 보았던 표정이며, 전에도 번번이 그랬던 대로 이번에도 미칠 듯한 분노가 치밀었다.

이렇게 가까이 마주하고 보니 이자가 어떤 인간인지가 눈에 보였다. 과거에도 그러했고 앞으로도 영영 그러할 것이다. 박살난 희망들 하나하나가 그의 얼굴에 올올이 새겨져 있다. 놓쳐버린 기회들, 인생을 바꿀 수도 있었을 계기들, 실패로 돌아간 노력들, 어리석었던 행동들, 그리고 그렇게나 큰 대가를 치를 일은 아니었던 실수들. 그 모든 것들이 다 제 손으로 저지른 일이고 제 잘못이었다. 그러나 이자는 그 모든 것들에다 100가지 변명을 붙이고 잘못을 떠넘길 희생양들을 끌어다 대었다. 애써서 들여다볼 필요도 없이 전부 훤히 보였다.

"브래들리, 있잖아요…….."

"얘기하지 마. 네놈이 하는 말 듣고 싶지 않아."

그래서 우리는 또 몇 분 동안을 그렇게 서 있었다. 우리 둘 다에게 과거에 대해서, 또 과연 미래가 있을 것인지에 대해서 조금 더 생각할 시간이 생긴 셈이었다.

어느 정도의 시간 동안 그 상태를 견뎌내고 보면 그 무엇에든 익숙해지지 못할 것이 없다. 총구가 나를 겨누고 있는데도 나는 조금씩 긴장이 풀어졌다. 상대방이 방아쇠를 당기지 않고 보내는 시간이 길어질수록 결국 쏘지 않겠거니 하는 생각이 드는 법이다. 그 무엇이라도 그놈의 웃음소리를 듣고 있기보다는 나았다.

"자, 가." 총신으로 가리키며 그가 말했다.

나는 복도를 따라 걸어서 주차장으로 나왔다. 단두대로 향하는 귀족 같은 허망한 체신을 다 그러모아서 몸을 지탱했다. 브래들리가 시동을 걸어놓은 머스탱을 가리켰다. "네가 운전해."

"어디로 갑니까?"

"말하지 마. 내가 말해줄 거다."

그가 지시하는 대로 차를 몰았다. 우리는 한동안 기묘한 도형을 그리며 그 일대를 아무렇게나 돌아다녔는데, 나중에는 이게 아마도 기구가 날아온 길, 즉 베르투에서 287번 도로를 지나 공원에 이르는 경로인 것 같다는 데에 생각이 미쳤다. 나는 축제 행사장을 설치했던 빈터를 알아보았다. 우리는 도로 차를 몰아 시내로 들어왔고 공원과 호수를 빙 둘러 지나쳤다. 그리고 그자는 산맥 쪽으로 방향을 정했다.

나는 골짜기를 달려서 점점 더 높아지는 로키 산맥 길로 들어섰다. 이렇게 되면 뭔가 어리석은 짓이라도 해야 하는 게 아닐까 하는 생각이 맴돌았다. 예컨대 좁은 낭떠러지 바위 벽에 차를 갖다 박는다든가. 머릿속에 꽉 차는 게 멍청한 생각들뿐이라서 나는 어떻게든 그 생각들을 뒤지고 헤치며 뭔가 묘안이 떠오를 때까지 애를 써보았다. 아무것도 떠오르지 않았다.

"넌 여긴 왜 온 거야?" 그자가 물었다.

"당신이 나한테 총을 겨누고 있으니까 온 거 아뇨."

"여기, 이쪽 동네에 왜 왔냐고."

"나도 그 이유를 생각해내느라 용을 쓰고 있었네요."

브래들리는 권총 총신을 내 머리에 휘둘렀다. 총신이 짧은 총인 게 천행이었다. 겉보기에는 조용하고 그럭저럭 차분해 보인다 해도 이자는 도화선 박힌 폭발물 덩어리였다. 사실은 총을 다룰 줄 모르는 것이다. 그자의 일격은 툭 건드린 정도밖에 안 되었지만 그래도 난 그걸 가볍게 생각하지 않았다. 이자가 스스로 무슨 짓을 하고 있는지 모른다는 사실은 곧 다음번에는 내 머리뼈를 빠개버릴지도 모른다는 걸 뜻한다. 아니면 38구경이 사고로 격발될지도 모르고.

"네가 무슨 짓을 했는지 알아?" 그가 물었다.

"운 나쁘게 얽혀버린 거죠." 내가 대답했다.

"네놈이 내 아들을 죽였어."

"이봐요, 나는 도움을 주려고 했소. 밧줄을 붙들고 20미터 높이 공중에서 힘닿는 데까지 최대한 오래 매달려 있었단 말이오."

"오래 못 매달려 있었어! 오래 붙잡고 버티질 못했다고!"

"당신도 못 버텼잖소."

그자는 총신을 이번에는 내 갈비뼈에 찔러 넣으며 그르렁거리고 신음을 했다. 말이라고 할 수 없는 말들을 내뱉었다. 그자의 악몽 속에서나 뜻이 통할 말들이었다. 나흘 내내 그는 스스로 강제한 잠을 자며 죽음을 향한 길로 나아가고 있었는데, 그래 놓고 그냥 척 잠에서 깨어나 나를 가지고 이 연극을 벌이고 있다. 나를 희생양 삼아 그 자신의 양심을 찌르는 가책을 덮어버리려고 말이다.

문득 묘한 소리가 들렸다. 칭 하고 울리는 작은 소리인데, 차 안에서 났다. 곁눈질로 보았더니 브래들리가 사슬 끝에 달린 열쇠 하나를 빙빙 돌리고 있었다. 그는 내가 보는 것을 알아채고는 열쇠를 보란 듯이 들어 올렸지만 말은 하지 않았다. 그것은 버스 정류장의 물품 보관함 열쇠였다. 방방곡곡을 헤매고 다니던 시절에 실컷 봤던 물건이다. 당시에 나는 어딘가에 정착해서 사라진 내 안의 예술혼을 다시금 되살리고자 돌아다녔던 것이다. 때로는 일단 떠돌기 시작하면 그냥 계속 그런 생활을 하게 되는 수가 있다. 이렇다 할 이유도 없이. 버스를 타고 또 타고, 무엇인가 이거다 싶은 것이 다음번 모퉁이를 돌면 나타나주기를 바라면서, 사실 그게 무엇일지 전혀 감도 잡히지 않지만 그냥 그렇게……. 브래들리는 열쇠를 도로 주머니에 쑤셔 넣었다.

우리는 점점 높이 산을 올라가서 결국에는 차가 갈지자 급커브 길을 타기에 이르렀다. 지금까지 10킬로미터가량 산길을 오르는 동안 기온은 6~7도는 족히 떨어졌다. 지금부터 300미터를 더 올라가면 입김이 나오게 될 것이다. 우리는 마을을 뒤로하고 오두막집들도 지나쳐서 계속해서 핸들을 꺾고 또 꺾으며 산들 사이를 뚫고 가고 있었다. 차가 털털거렸다. 희박한 공기 탓에 엔진 상태가 나빠진 것이다. 엔진 타이밍인지 점화플러그인지 에어 필터인지를 어떻게 해야 될 것 같았지만, 빌어먹을, 알 게 뭐람. 브래들리는 갈수록 점점 더 흥분했다. 마치 우리가 어떠한 특별하고 은밀한 장소로, 자기의 과거를 묻어 쉬게 할 장소로 향하고 있음을 아는 듯이.

지면에 눈이 보이기 시작했다. 바위 위에 눈이 남아 있었다. 대기는 희박해졌지만 너무 추운 탓인지 우리 주위에는 아직 충분한 공기가 약동하듯 휘몰아쳤다. 나는 이렇게 높은 곳까지 올라와본 적이 없었다. 바람이 차를 잡아 찢을 듯 불어닥쳐 타고 있는 우리를 마구 흔들었다. 찻길이 점점 가늘어졌다. 끝내는 더 이상 차로 갈 수 없는 곳까지 왔다.

"이제 어쩔 거요?" 내가 물었다.

"나와. 걸어서 올라간다."

우리는 차에서 내렸고 브래들리가 나를 쿡 찔러 앞장세웠다. 뾰죽뾰죽한 바위투성이 땅을 가로질러 갔다. 콜로라도에 온 지 5년이지만 국립공원을 하이킹한 적은 한 번도 없었다. 하긴 다른 데서라도 하이킹 따위 한 적이 없긴 하다. 브래들리는 나를 강제해서 수직으로 깎아지른 절벽을 오르곤 하는 그놈의 아드레날린 중독자들 모양으로 바위를 붙들고 기게 만들었다. 이렇게 군살이 붙은 몸으로 오래는 버틸 수가 없을 것이다. 브래들리도 나를 그렇게 오래는 굴릴 필요가 없다. 그가 나를 어딘가 낭떠러지 끄트머리로 데려가려고 한다는 것을 나는 알고 있었다. 그가 떨어질 낭떠러지, 내가 떨어질 낭떠러지다. 어쩌면 브래들리는 혼자 이곳에 와봤을지도 모르겠다. 절벽 끝에서 몸을 던질 마음을 먹은 채로 말이다. 어쩌면 그도 나처럼 어디로 가는지도 모르고 그냥 걸어가고 있는 것일 수도 있다. 그냥 막연하게 이제부터 벌어지게 될 일을 맞이하려는 것인지도.

우리는 꺼진 듯 밑이 없는 비탈 위에 이르렀다. 너무나 높은 곳에 올라와 있는 탓에 손가락, 발가락과 가슴에도 전기가 흐르는 것처럼 저릿저릿한 떨림이 일었다. 한 발만 더 내디디면 막막한 어둠 속으로 떨어져 내릴 거라는 무시무시한 자각이 엄습했던 것이다.

바람이 우리 주위로 흐르듯이 불었다. 브래들리는 다시금 총구로 내 등을 찔렀다. "움직여."

"싫소."

"그럼 내가 널 죽일 거다."

"이거 봐요, 브래들리…… 죽음을 당하게 된 사람한테 두 가지 선택지를 주면 죽이는 데 조금이라도 더 수고를 들이게 만드는 쪽을 선택하기 마련 아니겠소."

"난 방아쇠만 당기면 돼."

"그래도 당신한테 시키는 쪽이 나 스스로 하는 것보다 낫소." 왜 그게 그렇게 되는지는 몰라도 난 정말 그렇다고 생각했다. 나는 아직도 그렇게까지 크게 걱정하고 있지 않았다. 어쩌면 고산병이 왔는지도 모른다. 아니면 내가 한동안 속으로 죽고 싶었는데 이제야 그 사실을 자각하기 시작한 것이었을지도 모르겠다.

"움직여! 벼랑 끝으로 가!"

"난 안 떨어질 거요."

"아니, 떨어질 거야. 우리 둘 다 떨어지는 거야."

"왜 이런 짓을 하시오?"

그가 왈칵 달려들어 총신을 내 턱 아래에 찔렀다. 뒈지게 아팠다. "내 아들이 겪은 게 어땠을지 네놈한테 알려주고 싶은 거다."

내가 그르렁거렸다. "애를 거기 태운 건 바로 당신이잖아. 바로 당신이 애를 기구에 태워 날려 보낸 거야."

"닥쳐!"

"손을 놓은 것도 바로 당신이지. 나나 마찬가지로 놔버렸잖아. 우리 둘 다 어쩔 수 없었어."

"닥치라고! 빌어먹을!"

그는 총신을 더 세게 찔러 올려 내 숨통을 막았다.

"자, 뛰어내려! 당장 뛰지 않으면 골통에 한 방 박아줄 거야."

"이 상황에 그게 어떻게 나를 겁줄 일이 되겠소?"

"네놈이 뛰어내리면 살지도 모르지."

"3600미터 높이에서? 허, 참도 살겠군."

빌딩으로 치면 120층이다. 우리는 엠파이어스테이트 빌딩보다 더 높은 곳에 와 있었다.

분노와 비통함으로 정신이 돌아버렸을 뿐 아니라, 실제로 브래들리는 이 게임을 어떻게 끝낼지 전혀 생각해놓은 바가 없었다. 여기에는 그가 바랐던 것만큼의 스릴이 없었다. 그는 나의 죽음이 자신의 고뇌를 한 점도 덜어주지 못하리라는 사실을 서서히 알아차리려는 참이었다. 그 자각은 매우 빠르게 그를 내리 덮쳤고 동시에 견딜 수 없는 공포가 차오르는 듯했다. 이제 곧 그는 아무도 없이, 오로지 자기 안의 죄책감과 단둘이 남겨지게 되리라. 그의 내부에 차오른 두려움은 내 것보다도 훨씬 컸다. 그의 눈 속에 그에 대한 예감이 공포와 함께 점점 커져가는 것을 나는 보고 있었다.

얼음장 같은 바위를 딛고 선 내 두 발이 조금씩 바깥쪽으로 미끄러져 나가는 중이었다. 나는 무엇인가 어리석은 행동에 돌입할 준비를 하고 있었다. 사람들은 모두 쉽게만 생각한다. 그냥 공격하면 되지, 그냥 빙글 돌아 발길질을 날리면 되잖아. 주먹을 먹이고 회전하고 손날로 찍으라고. 상사한테 찍소리 한 번 못 할 사람들이다. 친지들한테는 사정없이 무시당하고 일평생 남이 입에다 쓰레기를 처넣어도 꿀떡 삼키며 살아갈 자들. 그런 주제에 죽음을 목전에 두고 행동을 취하는 게 쉽다고 생각하는 것이다.

그때, 그게 보였다. 우리가 있는 곳으로부터 15미터도 채 떨어지지 않은 곳에, 저만치 아래쪽의 바위 사이에, 거의 절벽 끄트머리에 그게 있었다. 차를 타고 올라오는 길 내내 나는 저걸 보게 될 거라고 생각하고 있었다. 왜냐하면 자신의 두려움과 마주했을 때 그것은 또한 자신의 숙명과 마주한 것이기도 하며, 그러한 순간에는 어떤 환장할 일이라도 일어날 수 있기 때문이다.

나는 브래들리의 어깨 너머를 가리키면서 말했다. "저기 기구가 있소."

기구는 30킬로미터나 되는 거리를 흘러왔고 프런트 산맥에 부는 바람에 힘입어 1800미터 이상을 올라왔다. 불가능한 일이라고 나는 생각했다. 불가능한 일이어야 마땅했다. 도대체 기구가 이 정도 높이까지 올라올 방법이 있을 리 없다. 아무리 세차게 치부는 산바람이라 할지라도 그것을 이렇게까지 멀리 보냈을 수는 없다. 설사 아이가 어쩌다가 가열 장치를 내내 활짝 열어두었다고 해도, 그것으로 기구를 이 높이에까지 올릴 수는 없었어야 옳았다.

기구는 몇 킬로미터 전에 이미 벼랑에 처박혔어야 했다. 천이 찢어지면서 모든 것이 산지의 한가운데로 곤두박질쳤어야 했다. 그러나 어떻게 해서인지 기구는 비행 중에 삐죽삐죽한 바위들을 전부 피했다. 바위 능선 뒤로 숨어서, 점점 성글어지는 국립공원 수목

한계선의 나무들에 가리어 아무의 눈에도 띄지 않고 험준한 산등성이들에 몹시도 가까이 춤을 추면서 아이를 태운 기구는 계속해서 위로 떠올랐던 것이다. 수백 명의 자원봉사자들이 아이를 찾아 나섰건만 아무도 보지 못했던 게 당연하다.

기구는 쐐기처럼 좁은 바위틈에 끼여 있었다. 바구니는 반으로 접혔고 바람이 빠진 기구 천은 납작하게 쭈그러져 바구니 위에 늘어져 있었다. 사람들의 눈에 비치는 열기구는 아름답고도 거대한 물체다. 그러나 이 쭈그러든 기구는 옷장 하나에 구겨 넣을 수도 있을 것 같았다.

브래들리가 큰 소리를 질렀는데 절망과 환희가 뒤섞인 소리였다. 그는 총을 떨어뜨렸고 나 따위는 잊어버렸다. 나는 이자가 미친 놈이라는 사실을 계속해서 되뇌어야만 했다.

브래들리는 바위틈으로 달려 올라가 기구의 천을 잡아당기기 시작했다. 끼여 있는 바구니를 빼내려고 애를 썼다. 그는 아들의 이름을 목이 터져라 소리쳐 불렀고, 벼랑을 에워싸고 왕왕거리며 울려오는 메아리는 마치 괴로움에 찬 천 명의 남자들이 천 명의 죽은 아들들 이름을 부르는 것만 같았다.

나는 권총을 집어 들어 낭떠러지 아래로 던져버렸다.

브래들리가 고함쳤다. "도와줘!" 나는 잠깐 동안 그를 빤히 보다가 바위를 기어올라 그쪽으로 건너갔다. 브래들리를 위해서가 아니었다. 아이의 얼굴이 보고 싶었다. 아이가 어떤 얼굴을 하고 있는지를 내가 실제로 보는 것이 여전히 몹시도 중요하게 느껴졌다.

브래들리가 바구니 한쪽 끝을 잡았고 내가 다른 끝을 잡아, 당기며 힘을 써서 접혀 있던 바구니에 그가 기어 들어갈 틈이 생길 때까지 벌렸다. 브래들리는 몸을 숙이고 잠시 그대로 있었고 나는 휘청거리며 옆으로 비켜나 어떻게든 비좁은 공간을 들여다볼 만한 각도를 찾았다.

건조하고 싸늘한 산 기후가 최근의 며칠간 소년을 고이 보존해 두었다. 이 정도 고도에는 험한 바위틈에 끼인 아이를 집적거릴 동물이나 곤충도 없었다. 바구니가 납작하게 짜부라질 정도로 세게 벼랑에 부딪쳤건만 소년의 살갗에는 상한 데가 없었다. 아이는 티셔츠와 반바지를 입었고 운동화는 양쪽 엄지발가락 부분에 구멍이 났다. 바구니는 찌그러져서 고치처럼 아이의 몸 주위를 두르고 있었으면서도 정작 안으로 돌출해 아이의 살에 닿은 곳은 한 군데도 없었다. 그 또한 하나의 기적이었다. 그런 걸 기적으로 치겠다면 말이지만.

아이는 여전히 얼굴을 나로부터 돌린 채였다. 내가 볼 수 있었던 것만으로는, 피부 빛깔 하나만 제외하면, 완벽하게 건강한 아이가 잠들어 있는 듯했다.

브래들리가 부르짖었다. "조니!" 그는 아이를 두 팔에 안았고 삐끗 넘어지면서 바구니 벽에 기댔다.

바구니가 미끄러지기 시작했다. 나는 몸을 날릴 수도 있었다. 어쩌면 바구니를 붙잡을 수도 있었겠지만 굳이 그렇게 할 이유가 없었다. 바구니는 선반처럼 돌출해 있는 벼랑 끝 바위 위를 드드드 미끄러져갔고 거기에 끌려 바위 위를 흐르는 바람 빠진 비단 천에 강물 같은 잔물결이 일었다.

바구니는 옆으로 기울려고 했지만, 툭 튀어나온 곳에 세게 부딪치면서 도로 바로 섰다. 비단 천이 다시 부풀어보려는 듯이 공중으로 펄렁 날렸지만 부풀지는 못했다.

잠깐 동안, 브래들리는 두 팔로 죽은 아들을 감싸 안은 채 벼랑 끝 허공에 걸려 있었다.

그가 한 손을 내 쪽으로 뻗쳤다. 나도 팔을 뻗었고 그가 내 오른팔 상박을 움켜잡았다. 바구니가 낭떠러지 가장자리로 기우뚱 넘어가기 전에 브래들리를 끌어내는 데 쓸 수 있는 시간은 대략 5초 정도인가 싶었다.

나는 그자의 눈을 보며 생각했다. '30분 전에 미친놈이었던 것처럼 이놈은 지금도 미친놈이다. 어쩌면 한층 더 심해졌을 거다. 아직도 나를 탓하고 있겠지. 이자한테는 아까나 지금이나 아무런 차이가 없을 거야. 특히 아이가 바닥 모를 절벽 아래로 떨어져 시체조차 영영 찾지 못하게 된다면 더욱더.'

사람은 창졸간에 나머지 인생 전체의 방향을 결정할 결단을 내릴 수도 있다. 어떤 행동을 했다가 영영 지옥의 낙인이 찍혀 저주받은 인생을 살 수도 있다. 한차례 실수로 양심을 팔 수도 있다. 최선을 다하고도 일을 망칠 수 있다. 나는 계속해서 생각했다. '이거다.' 계속해서 생각했다. '단 한 번뿐인 마지막 기회다.'

내가 브래들리의 얼굴에서 보고 있는 것들을 브래들리도 똑같이 내 얼굴에서 볼 수 있을는지 궁금했다. 멍청한 생각을 하고, 시도했다가 엉망인 결과를 빚고, 어처구니없는 데다 노력을 쏟고, 그리고 실망하고.

스토커한테 쫓겨서 뉴욕을 떠나는 게 아니었다. 내 꿈을 잃어서는 안 되는 거였다. 스스로 단단히 마음을 먹었다면 고난을 헤쳐나갈 수 있었을 것이다.

나는 자유로운 쪽 손을 브래들리의 옷 주머니에 찔러 넣어 사물함 열쇠를 낚아챘다.

돈이 있는 곳이 거기일 것이다. 3만 달러면 도로 내가 살던 뉴욕으로 돌아갈 수가 있다. 이제야말로 내 인생을 한 방에 바로잡을 참에 자그마한 출발 자금이 되어줄 것이다. 데모 테이프를 만들 수도 있고, 책을 한 권 더 쓸 동안 시간을 벌어줄 수도 있다. 상당히 괜찮게 팔려나갈 책을 써서 내가 끝 모를 텅 빈 페이지들의 처참한 공백을 노려보며 보낸 모든 시간들이 헛되지 않았음을 혼자라도 입증할 거다.

나는 바짝 몸을 기울이고 말했다. "열기구를 훔쳐서 자기 자식을 태우다니, 천치 같은 짓이었어, 개자식아."

브래들리가 붙든 손을 떨치기 위해 나는 두 번이나 세차게 팔을 털어야 했다.

바구니가 벼랑 가장자리로 다시 1미터쯤 더 처졌다. 비단 천은 어린애의 속삭임처럼 사락거렸다. 브래들리는 무슨 행동이라도 해볼 수 있었을 것이다. 내가 밧줄을 잡고 매달렸던 그날 오후에 했던 것처럼 무작정 몸을 날려볼 수도 있었을 거다. 하지만 그에게는 이제 그렇게 할 만한 의지가 없다는 것이 내 눈에도 보였다. 브래들리는 진정 살 의욕을 잃은 상태였다. 상상해보라.

그는 잃어버린 자기 아들을 두 팔에 안고 거기에 서 있었다. 벼랑 끝으로 기울어 사라져갈 때까지도 그의 얼굴에는 아무런 표정이 없었다.

열쇠가 내 손 안에서 가냘프게 울렸다. 인생을 허비한 모든 사내들을 위하여 울리는 미미한 마지막 종소리처럼. 나는 여전히 아이의 얼굴을 보지 못한 채였지만 그 얼굴은 앞으로 영원히 나와 함께할 터였다. 이제부터 펼쳐질 내 인생과 작업의 한 페이지 한 페이지마다 그 얼굴이 비추게 될 것이다.

뭐, 그 정도는 감수할 수 있지.

책 제본가의 도제

마틴 에드워즈

책을 닫으면서 졸리는 누군가가 자신을 보고 있다는 것을 의식했다. 그가 좋아하는 감각이었다. 마치 캄포 산티 아포스톨리^{베네치}^{아의 한 지역} 상공에 높다랗게 타고 있는 태양처럼 따스하다. 졸리는 몸을 뒤로 기대 젖히면서 나른한 동작으로 두 팔을 쭉 뻗었다. 그러면 얼굴을 많이 가리는 구치 선글라스 뒤에서 눈을 굴려 살펴볼 수가 있다.

밀짚모자에 흰 양복을 빼입은 키가 크고 구부정한 남자가 줄줄이 놓인 붉은 벤치들 쪽으로 절름거리며 다가오고 있었다. 기다란 나무 지팡이로 바닥을 덮은 판석을 탁탁 짚으면서, 스쿠터나 세발자전거를 타고 고함지르는 꼬마 아이들과 부딪치지 않고 용하게 피하면서 다가온다. 졸리는 한숨을 쉬었다. 연상의 남성들로부터 관심 받는 것은 졸리에게는 종종 있는 일이었다. 하지만 그런 사람들은 금세 질린다. 그래도 영국의 비주류 사립학교 중 한 곳에서 심어진 흠잡을 데 없는 예의범절은 결코 그를 떠나지 않았다. 그리고 또, 졸리는 목이 말랐다. 목을 축인다면 근사할 것이다. 누군가 다른 사람이 내는 돈으로 한잔한다면. 벤치는 애새끼들이 뚜껑 덮인 우물 위에서 서로 엎치락뒤치락 어울려서 소리 지르고 노는 틈을 타서 서로 담소를 나누는 엄마들이며 여행 안내원이 속사포처럼 쏟아내는 교회 프레스코화에 관한 설명에 귀 기울이고 있는 땀투성이의 관광객 무리로 붐볐다. 그 남자가 다가오자 졸리는 앉아 있던 벤치에서 몸을 움츠려 자기 옆에 작게나마 자리를 내주었다.

"어이구, 이것 참 고맙소." 미국인의 말투다. 시골 억양도 얼핏 비친다. "하루의 한중간에 발을 쉴 수 있는 것도 복이지요."

졸리는 이 남자가 아마도 줄지은 가게들 앞쪽으로 수로를 건너질러 놓은 다리 위에서 자신을 뜯어보고 있었으리라고 짐작했다. 졸리는 빙그레 웃기만 하고 아무 말도 하지 않았다. 오다가다 만난 사이에는 무엇이 되었든 때 이르게 열어주지 않는 게 졸리의 규칙이었다.

남자는 졸리가 무릎에 내려놓은 책을 찬찬히 보았다. "『베네치아에서의 죽음Death in Venice』. 아주 멋지군요."

"잘 쓰는 작가지요." 졸리가 여지를 내주었다.

"내 말은 이 판본 자체가 멋지다는 겁니다, 안에 있는 내용 말고요." 남자는 그들 앞쪽에 자리 잡은 녹색 간이 상점을 손짓해 보였다. 잡지들과 카날 그랑데베네치아의 대운하의 전경 사진과 함께 진열창에 복닥거리고 있는 것은 유치한 표지로 장식된 조젯 헤이어의 책들이며 『야만인 코난Conan the Barbarian』의 번역본들이었다. "하긴 젊은 양반의 독서 취향이 일반 대중에 비해 한결 세련되었다는 거야 척 봐도 알 수 있긴 하지만 말이오. 그래도 요 근래에 와서 내 마음을 무엇보다 더 사로잡는 것은 예술품으로서의 책권이라고 고백할 수밖에 없구려. 내가 좀 자세히 봐도 괜찮겠소?"

대답을 기다리지 않고 남자는 소설책을 집어 들어 맨해튼의 보석상이 묵직한 다이아몬드를 소중히 다룰 때처럼 애정과 확신이 담긴 손놀림으로 책을 가늠해보았다. 그 책은 녹색 천으로 양장 제본이 되어 있고 손때 탄 책등에 희미해진 금박 글자가 박혀 있었다. 누군가가 앞표지에 잉크를 쏟았고 책 앞부분의 책장들에는 벌레가 갉아놓은 흔적도 있었다.

"아하, 세커가 낸 영문본 초판이구면. 댁의 안목에 감명받지 않을 도리가 없구려. 토마스 만을 읽고 싶어 하는 젊은 사람들은 대개 싸구려 페이퍼백으로 만족하는데 말이오."

"좀 색다르긴 하지요. 그게 이 책의 매력입니다. 전 아무래도 특이한 걸 좋아한답니다." 졸리는 그 말을 해놓고 잠시 뜸을 들였다. "가격으로 말하면, 제가 그렇게 주머니가 넉넉하지는 않아서요. 강둑길의 중고 책을 파는 가판대에서 골랐으니 페이퍼백 파는 책방에서 사는 것보다도 돈을 덜 준 거죠. 제가 낸 푼돈 얼마보다야 가치가 있겠지만 이게 값진 책일 리는 아마 없을 겁니다. 보시면 아시겠지만 상태가 안 좋아요. 어쨌거나, 현대에 다시 찍어낸 아무런 개성도 없는 판본을 갖느니 저라면 초판을 갖겠습니다."

남자가 여위고 풍상에 닳은 손을 내밀었다. "그렇다면 댁은 내 마음에 꼭 맞는 친구일세그려! 희귀한 책에 대한 애정, 바로 그것이 우리 둘 사이에 맺어진 결속감의 이름이라네. 그런데 참, 내 이름은 샌본이오. 대리어스 샌본."

"졸리 매독스입니다."

"졸리? 설마하니 졸리언을 짧게 줄인 이름은 아닐 테지?"

"제대로 짚으셨네요. 제 어머니가 『포사이트 사가The Forsyte Saga』를 정말 좋아하셨답니다."

"허허, 그러면 좋은 책에 대한 애호는 대를 물려 내려온 것이로구면. 졸리, 알게 되어 정말이지 너무나도 기쁘네."

때마침 교회당 종이 울려 시간을 알리자, 졸리는 짐짓 죄송하다는 듯 헛기침을 하고는 가짜 롤렉스 시계를 들여다보며 생각하는 척을 했다. "으음, 제가 좀 서둘러서 어딜 가야 할 것 같습니다."

샌본이 웅얼거렸다. "아이고, 이렇게 바로 가야만 하겠나? 날씨가 덥네. 괜찮다면 나하고 마실 것이나 한잔하면 어떻겠나?"

졸리는 망설이는 시늉을 해 보인다. "그것참, 유혹은 되네요. 여자 친구가 일이 끝나려면 아직 한 시간 더 있어야 해서 딱 지금 만날 건 아니지만……."

루치아 얘기를 비친 건 전술적인 한 수였다. 샌본에게 '메시지'를 전달해서 오해가 없도록 하자는 것이다. 미국인이 가죽 같은 얼굴에 오글조글 주름을 잡으며 환히 웃는 것을 보니 그 부분은 전혀 개의치 않는 듯했다. 졸리는 이 늙은이가 광장에 어정거리는 비둘기 중 한 마리 같다고 생각했다. 손톱만 한 빵 부스러기라도 눈에 띄기만 하면 그 즉시 날아 내려온다.

"그러면 시간이야 넉넉하구먼. 같이 가세나. 여기서 몇 미터 안 떨어진 곳에 내가 아는 작은 가게가 하나 있는데 와인이 그야말로 값을 따질 수 없이 귀중한 초판본 장정 가죽만큼이나 결이 곱다네."

그러는 것이야 해로울 게 없다. 늙은이의 주춤거리는 걸음걸이에 보조를 맞추어가며 졸리는 샌본을 따라 다리를 건너고 선인장류를 즐비하게 밖에 내놓은 가게를 지났다. 선인장들의 괴상한 형태는 볼 때마다 재미있었다. 샌본은 졸리가 곁눈질하는 것을 알아차렸다. 예민한 사람이다. 졸리는 생각했다. 멍텅구리가 아니야.

"아까 말한 그대로구먼. 특이한 것에 혹하는 게지."

졸리는 고개를 끄덕였다. 노인이 술집에 가서 한잔하자고 권하는 대신에 호텔에 가자고 했다고 해도 화들짝 놀라지는 않았을 것이다. 하지만 고맙게도 그런 제안에 어떻게 응답할 것인가 고민하는 곤란한 처지에 처하는 일은 면했다. 좁다란 골목길의 미로를 예닐곱 번이나 이리 꺾고 저리 꺾어 간 끝에 두 사람은 조명이 시원찮은 술집에 당도하여 안으로 들어섰다. 시끌벅적 소란스럽던 캄포를 겪고 난 터라 그곳은 게토의 교회당만큼이나 고요하게 느껴졌다. 계산대 뒤에는 아무도 서 있지 않았고, 환하던 바깥에서 막 들어와 눈이 어둠침침한 실내에 적응되고 나자 졸리의 시야에 포착

된 손님은 단 한 명뿐이었다. 햇살이라고는 가닿지 못할 깊숙한 안쪽 구석 자리에 코듀로이 재킷을 입은 작은 체구의 시들어빠진 남자가 반쯤 빈 와인 잔을 앞에 놓고 앉아 있었다. 샌본은 절룩이는 걸음으로 그 남자에게 가더니 지팡이를 휘둘러 자기가 데려온 손님을 가리켰다.

"주치니, 여기는 졸리 매독스라네. 우리처럼 특이한 것을 잡아내는 감정가 동지야. 희귀한 책을 포함해서 말일세."

남자는 매부리코에, 작고 검고 냉혹한 눈을 하고 있었다. 얼굴이 꼭 축제 때 쓰는 가면을 닮았다. 질병이 범접 못 할 만큼 길게 튀어나온 흑사병 의사의 새 부리 가면중세 흑사병 창궐 시기에 의사들이 쓴 가면처럼 삐죽한 코였다. 남자가 한 손을 뻗쳤다. 손이라기보다 차라리 갈고리발톱 같다고 졸리는 생각했다. 게다가 떨고 있었다. 소심해서 떠는 것은 아니었다. 남자는 이 빠진 입으로 어쩐지 기이한, 거의 악의가 깃든 것처럼 보이는 기쁜 빛을 띤 웃음을 짓고 있었던 것이다. 필시 모종의 마비 증세를 앓고 있는 모양이었다. 파킨슨병 같은. 사실 젊고 한창 때인 졸리는 늙고 병듦에 관하여 아는 게 거의 없었다.

"내가 왜 특별히 책에 대해서 언급을 했는지 궁금하겠지, 졸리?" 샌본이 굳이 수사적인 질문으로 말을 꺼냈다. "그건 왜인고 하면 여기 있는 나의 좋은 친구가 이탈리아에서 제일가는 책 제본 명장이기 때문이라네. 주치니는 아무나 아는 이름은 아니지. 심지어 여기 베네치아 사람들도 잘 몰라요. 하지만 이 양반이 자기 분야에서 갖고 있는 달인의 기술은 내 장담하는데 그 누구에게도 뒤지지 않는다네. 독특한 보물을 수집하는 수집가로서 이 양반의 재능을 나보다 더 잘 알아주는 사람도 없지.”

유인원같이 생긴 웨이터가 발을 질질 끌면서 문간에 나타나더니 와인과 세 개의 커다란 와인 잔을 날라 왔다. 웨이터는 말 한마디 꺼내지 않았지만 샌본과 주치니가 낯익은 손님이라는 사실은 명백했다. 샌본은 물러가는 웨이터의 등에 눈길도 주지 않고 와인을 따랐다.

“이탈리아에서 이보다 더 훌륭한 건 맛볼 수 없을 거라 내 장담하지. 그야말로 액체로 변한 비단이네.”

졸리는 와인을 한 모금 입에 머금고 향을 음미했다. 와인 맛에 대해서는 샌본 말이 맞았다. 하지만 대체 원하는 게 뭐지? 누구나 원하는 게 있게 마련이다.

“여기는 관광차 여행 왔는가?” 미국인이 물었다. “누가 알겠나, 댁도 나처럼 될지도 모르지. 내가 처음 이 도시에 왔을 때는 일주일만 머물 생각으로 왔다네. 그게 19년 전의 일이고, 이제는 내 목숨이 여기 달린 것인 양 도저히 떠날 수 없는 몸이 되었어.”

졸리는 자기가 베네치아에 온 건 한 달 전이라고 설명했다. 돈은 하나도 없었지만 얻어내는 방법은 알고 있는 그였다. 며칠 동안 졸리는 찰리 채플린처럼 옷을 입고 살아 있는 동상 노릇을 했다. 산자카리아 인근에서 관광객들을 상대로 무언극을 하여, 그들이 깡통 속에 던져주는 동전으로 먹을 것을 먹고 마실 것을 마시기에 충분한 수입을 올렸다. 하지만 졸리는 가만히 서 있는 것이 아주 싫었고 몇 시간이 지나자 사람들에게 사진을 찍히고 있다는 우쭐한 즐거움에도 결국 싫증이 났다. 어느 날 오후, 싸구려 피자집에서 잠시 쉬다가 졸리는 루치아와 이야기를 나누게 되어 그만 대화에 푹 빠졌다. 루치아가 그가 시킨 카푸치노를 갖다 주다가 그렇게 된 것이다. 루치아 역시 베네치아에서는 이방인 신세였다. 원래 타오르미나에 살았는데 부모님이 돌아가시고 나서 고향을 떠났고 그 후로 이탈리아 각지를 발길 닿는 대로 떠돌아다니고 있었다. 두 사람의 공통점은 둘 다 아무것에도 진득이 정착을 하지 못한다는 점이었다. 그날 밤 루치아는 돌소두로에 있는 자기 방으로 졸리를 데리고 갔고, 졸리는 그때부터 죽 그녀와 함께 머물고 있었다.

"대단하구먼!" 샌본이 새로 사귄 젊은 친구의 잔을 다시 채워주면서 탄성을 올렸다. "젊은 친구, 전공은 뭔가?"

졸리는 자기는 아직 기꺼이 온몸을 바칠 만한 무엇인가를 찾고 있는 중이라고 했다. 몸도 영혼도 바칠 수 있는 그런 뭔가를. 대학 시절 이후로 졸리는 이리저리 떠돌아다녔다. 학교는 영국에서 마쳤지만 교사나 공무원이 된다는 건 졸리에게는 살아도 사는 게 아닌 것처럼 느껴졌다. 졸리는 자기 자신이 자유로운 영혼을 가지고 있다고 생각하고 싶었다. 그렇기는 해도 손으로 하는 일은 좋아하기에 6개월 동안은 꼭두각시 인형사로서 아이들 파티 자리나 지방 자치단체의 행사 같은 데에서 공연하며 즐겁게 지냈다. 그러다가 그게 지루해지자 발길 가는 대로 영불 해협을 건넜다. 졸리는 프랑스에서 3개월을 보내고, 스페인에서 그 갑절의 기간을 보내고 나서 바로 로마에 와 자기 운을 시험해보자고 마음을 먹었다.

"조선사 기술을 배우면 어떨까 생각했어요. 스케로에서 하루 있으면서 곤돌라를 만드는 남자하고 얘기를 해봤죠. 심지어는 가면 만드는 사람은 어떨까 하고도 생각을……." 졸리는 건방지게도 주치니의 옆얼굴을 흘끔 보기까지 했다.

샌본이 말참견을 했다. "이 도시에 그거 하려는 사람은 차고 넘치지. 왜 그쪽으로 밀고 나가지 못했는지 알 것 같구먼."

"글쎄요, 누가 알겠어요? 이러다가 어느 날엔가 내 운을 시험하러 이리 돌아올지도 모르죠."

"가족은 있나?"

"부모님은 돌아가셨고, 누나는 오스트레일리아로 이주해서 거기서 웬 서퍼들의 왕 같은 외모의 한량 녀석을 만나 결혼했어요. 그러니 묶인 끈은 없는 셈이죠. 저 혼자 즐겁게 잘 삽니다."

"그런데 여자 친구는?" 샌본이 물었다. "혹시 결혼식 종소리 들을 일이 있으려나?"

졸리는 웃지 않을 수 없었다. 와인 탓이 아니었다, 와인이 제법 독하긴 했지만……. 그게 아니라, 그와 루치아가 어쩌면 미래를 함께할지도 모른다는 얘기 때문에 웃은 것이었다. 루치아는 예쁘장한 프리마돈나다. 딱 한 가지 일에만 쓸모가 있다. 그리고 졸리가 그 말을 하지는 않았지만 샌본의 창백한 잿빛 눈동자에 떠오른 곰곰이 생각에 잠긴 빛을 보면 무슨 얘기인지 알아들은 게 분명했다.

"우리가 자네랑 자네 여자 친구랑 함께 저녁 식사를 해야겠네. 부디 와주게. 와주면 정말 기쁠 거야."

"아, 아닙니다. 정말로, 그렇게 폐를 끼칠 수는……."

샌본은 손 한 번 내젓는 것으로 항의성을 물리쳤다. 이 사람이 나이는 늙고 행동은 신중하지만 자기 뜻을 관철시키는 데 익숙한 사람이라고 졸리는 인식을 했다. "부탁일세. 내가 고집 좀 피워보세. 해산물 요리 하는 작은 식당을 한 군데 아는데 음식이 어찌나 훌륭한지 먹었다 하면 잊지를 못할 거야. 내 말이 맞지 않나, 주치니?"

여윈 남자가 클클거리고 웃더니 고개를 끄덕였다. 그의 조그마한 눈에 반짝 사악한 빛이 흘렀다.

"글쎄요, 그래도 될지……."

하지만 몇 분 지나기도 전에 그 일은 그러기로 합의가 되었고 졸리는 미국인의 덕담이 귀에 쟁쟁한 채로 내리쬐는 햇빛 아래로 비틀비틀 나섰다. 주치니의 작은, 흑사병 가면 같은 머리는 작별 인사를 할 때도 보일락 말락 까닥했을 뿐이다. 주치니는 졸리가 그 술집에서 반 시간을 보낸 사이에 입에 담은 말마디가 단어로 쳐서 스무 개 남짓밖에 안 되었다. 이렇게 취기가 세게 올라오는 와인에 익숙지 않았던 졸리는 눈을 깜박거렸다. 하지만 얻은 쾌락에는 고통을 감수할 만한 가치가 있었다.

졸리가 루치아한테 가서 만났더니, 루치아는 저녁 약속을 놓고 한바탕 불평을 터뜨렸다. 불평불만은 루치아의 천성이었다. 그녀는 졸리가 하자는 일마다 선선히 그러자고 하는 법이 없이 구태여 싫다고 하여 졸리를 고생시키는 것이 자기 의무라도 되는 것처럼 굴었다.

"노인네 둘하고 같이 저녁을 먹어? 도대체 왜 우리가 그래야 되는데? 내일이 지나면 우린 서로 떨어지게 될 텐데 어쩌면 영영 못 볼지도 모르잖아. 자긴 나한테 벌써 싫증이 났어?"

과장해서 말하는 게 루치아의 전매특허지만, 졸리 생각에도 루치아 말대로이긴 했다. 그가 베네치아를 떠나면 그 후로 두 사람은 다시는 서로 만날 일이 없을 것이다. 계획은 졸리가 로마로 가고 루치아는 보름쯤 더 있다가 식당에서 한 달 일한 급료를 받아가지고 그쪽으로 가서 만나자는 거였다. 졸리가 그렇게 계획을 짜두어서 두 사람의 사이가 저절로 사그라져 꺼질 기회를 갖도록 했다. 졸리는 연애하다 깨지는 장면이 질색이었다. 두 사람이 '영원한 도시'에서 다시 합치지 않는다면 그 편이 아주 편할 것이다. 졸리가 베네치아로 돌아오고 싶어진다면 아무런 부담 없이 돌아오는 편이 낫다. 바다에는 물고기가 얼마든지 더 있으니까. 말다툼을 한 것으로 말하자면, 사실 루치아는 부자가 사는 푸짐하고 근사한 한 끼 식사에 대한 기대감이 솟아오르자 졸리가 그랬듯이 퍽 구미가 당겼고, 20분 후에는 불평을 그치고 무엇을 입고 갈지에 대해 심사숙고하기 시작했다.

두 사람은 루치아의 거처로 가서 사랑을 나누었고, 시간이 임박하자 루치아는 저녁의 만남을 위해 옷을 차려입었다. 졸리가 보아도 루치아는 누군가 새로운 사람을 만난다는 기대감에 설레고 있었다. 만날 남자들이 늙었다지만, 그래도 루치아는 그들 앞에서 자기 모습을 뽐내고 싶어 했다. 감탄과 찬사야말로 졸리가 침대에서 시도해본 그 어떤 특이한 짓보다도 더 루치아를 달아오르게 만들었다. 처음에는 졸리도 루치아가 참 사랑스러웠다. 심지어 졸리는 어쩌면 루치아도 깊이 있는 내면을 간직하고 있을 거라고 자기 자신을 속이기도 했다. 하지만 실상 루치아는 이 도시의 수로 중에서도 가장 꼴불견인 수로만큼이나 얕은 내면의 소유자였다.

망하지 않을까 은근히 기대했던 졸리의 생각과는 정반대로 저녁 식사 모임은 성공적이었다. 초반에 어색하고 뻑뻑하던 대화는 진하고 풍미 가득한, 그리고 겁이 날 만큼 비싼 레드 와인 덕택에 금세 매끄러워졌다. 새로 갈아입은 하얀 양복 차림의 샌본이 주로 말을 했다. 주치니는 자기 후원자 양반이 대신 말씀을 하도록 턱 하니 맡겨놓고 자기는 짧은 검은색 드레스를 입은 루치아가 넉넉히 드러내 보여주고 있는 팽팽한 살결을 음탕한 눈으로 샅샅이 뜯어보는 일에 골몰했다. 복사뼈 부위에 해 넣은 루치아의 문신이 미국인의 눈에 띄었다. 작은 파란색 하트였다.

"우리 젊은 친구 졸리를 기념해서 박은 건가요?" 샌본이 일부러 보라는 듯이 눈을 빛내면서 물었다.

루치아가 고개를 홱 들어 올렸다. "시칠리아에서 한 거예요. 열여섯 살 생일날에요. 제가 처음으로 사랑에 빠졌을 때죠."

"정말 우아하고 깜찍한 문신이구먼, 이 문신이 장식하고 있는 숙녀분만큼이나 예쁘구려." 샌본은 칭찬의 말을 입 밖에 낼 때면 매번 살짝 고개를 숙여 보이는 습관이 있었다. "이것 좀 보게, 주치니. 내 말이 맞지 않나?"

여윈 남자가 몸을 확 기울여서 문신을 꼼꼼히 살폈다. 부리처럼 삐죽한 코가 정말 그렇다는 듯이 쭝긋거렸고, 어두운 눈에 반짝 비친 빛은 음흉한 긍정의 뜻이었다. 그처럼 음탕한 태도에 루치아까지도 볼을 붉혔다.

샌본이 은근슬쩍 이야기를 끌어갔다. "나는 오랜 세월 문신사들의 기술을 우러러보았네만, 아가씨 하트 문신이 훌륭한 예로군."

루치아가 예쁘게 웃음 지었다. "고맙습니다, 샌본 씨."

"대리어스라고 불러줘요. 난 우리가 친구처럼 지냈으면 하니까."

"그래요, 그럼, 대리어스."

저자의 뜨겁고 끈적한 욕정의 광채 속에서 아예 일광욕을 하고 있군. 졸리는 빵을 한 조각 뜯어서 씹었다. 물주의 성적 성향에 관하여 졸리는 앞서 가졌던 생각을 조정하고 있었다. 어쩌면 이 음탕한 노인네가 졸리가 베네치아를 떠난 후에는 들이댈 생각인 모양이다. 그야 상관없지. 루치아 입장에서는 '어서 오세요'일 테니.

"자네 그거 알겠나, 주치니? 난 여기 우리 루치아 양의 하트 문신이 소피아의 비둘기 못지않게 우아한 것 같아. 자넨 어떻게 생각하시나?"

제본가는 무엇인가 잇새에 낀 것을 빼내려던 짓을 멈추고 루치아를 보며 사티로스_{그리스 신화의 음탕한 반인반수}의 미소를 베풀었다.

"으흠, 그래. 그런 것 같군."

주치니는 영어를 별로 잘하지 못했고 미국식 영어를 이상하게 흉내 낸 악센트를 썼다. 옛날 영화를 보면서 얻어 배운 것 같은 억양이었다. 이자가 생각하는 인기 남자 배우란 피터 로어^{1930~40년대} ^{활동한 할리우드 배우}일 것이다. 샌본은 대체 무엇 때문에 이자와 어울리며 시간을 보내는 걸까? 둘이 애인 사이가 아니고, 예전에든 지금이든 그런 관계는 아니라면 왜? 졸리는 혹시 소피아란 사람이 샌본의 딸인지 물어보았다.

"그럴 리가 있나, 아니야. 안타깝게도, 자네와 마찬가지로 나도 가족이 없다네. 소피아는 여기 주치니와 내가 어쩌다가 알게 된 젊은 아가씨야. 그게 그러니까…… 2년인가 3년 전이지, 아마. 저 아래 비아 가리발디에 있는 바에서 일하던 아가씨였어. 우리 둘 다 그 아가씨를 참 많이 아꼈다네. 그 아가씨가 여기 목에 참으로 사랑스러운 비둘기 문신을 하고 있었지. 두 날개를 활짝 펼쳐 날고 있는 비둘기 모양으로 말이야. 여기 루치아의 사랑스러운 하트 문신도 그렇지만 그 아가씨 것도 재능 있는 예술가의 손으로 새겨진 것임에 틀림이 없었네."

"잘 만들어진 예술 작품을 좋아하시나 봐요?" 바람이 들어간 루치아가 그렇게 물었다.

샌본은 루치아의 손을 가볍게 토닥였다. "정말로 좋아한다오, 우리 예쁜 아가씨. 내 취향은 꼭 훌륭한 책들에만 국한되어 있지는 않아요. 그렇기는 해도 내 수집품들이 내가 가진 것 중에서 가장 귀중한 것들이기는 하지만 말이오."

"좀더 얘기해주시죠." 졸리가 말했고, 마침 음식이 나왔다.

저녁을 먹으면서 샌본은 자기 생애에 관하여 그들에게 얼마쯤 이야기를 해주었다. 그의 돈은 유산으로 물려받은 것이었다. 샌본의 할아버지는 어떤 석유 회사의 대표였다. 그래서 샌본은 세계를 여행하는 데 빠져 몇 년을 보냈고 진귀한 물건에 대한 취향을 한껏 충족시켰다. 쉰 살이 되기 전에는 베네치아에 와본 일이 한 번도 없었는데, 석호 안으로 배를 타고 들어가 바치노 디 산 마르코에서 보이는 전망에 넋을 잃은 순간 그는 이 도시를 집 삼기로 마음먹었다. 이 도시를 집으로 삼는다 함은 즉 카날 그랑데를 굽어보는 저기 어디 웅장한 팔라초^{궁궐 같은 대저택} 같은 대저택에 들어가 살면서 지난 세월에 걸쳐 현명하게도 차곡차곡 구매해둔 아파트들에서 나오는 집세로 수입을 구축한다는 뜻이었다. 아무리 베네치아가 물에 잠길 거라는 얘기가 분분해도 시내에 부동산이 있으면 제법 짭짤하게 돈이 벌린다. 아무래도 수요가 늘 공급을 능가하니까.

"나는 언제나 책에 대한 애정을 간직해왔지. 그렇기는 해도 여기 있는 주치니 이 양반을 만날 때까지는 진지하게 수집에 임하진 않았네만. 아가씨도 책을 읽나요, 루치아, 우리 예쁜 아가씨?"

루치아는 고개를 저었다. "아뇨. 전 너무 젊잖아요. 졸리한테도 제가 그래요, 당신 나이 때는 책 읽을 시간 따위 없어야 되는 거 아니냐고요. 졸리는 인생을 좀 즐겨야 해요."

"글쎄, 책이란 그저 여기 주치니 양반이나 나같이 다 말라비틀어진 늙다리 영감태기들의 즐거움만은 아니라오. 아가씨 남자 친구한테 너무 야박하게 그러지 마요. 내가 보기에 여기 우리 젊은 졸리 군은 자기 스스로 썩 잘 살고 있는걸. 형편이 되는 한 실컷 돌체 비타달콤한 인생를 누리고, 그러다 틈이 나는 대로 해묵은 책을 만끽하고 있으니 말이오."

졸리는 주치니가 루치아의 드레스 앞쪽을 흘긋 들여다보는 순간을 포착했다. 두 사람의 눈이 잠깐 마주쳤고, 왜소한 사내는 치아가 없는 입으로 미소 지었다. 어쩌면 이 작자마저도 책을 제본하다 말고 잠깐 쉬는 시간을 내는지도 모르겠다. 루치아와 하룻밤을 보낼 수 있다면 너끈히 그러고도 남겠는걸. 하지만 그럴 일은 없을 거야. 샌본이 나눠 먹을 생각이 아니라면 말이지. 졸리는 갈치 요리를 맛있게 먹었다. 그는 상관하지 않을 터였다. 루치아는 미국인 환영인 여자니까. 이 미국인이 돈과 선물을 흠뻑 퍼부어만 준다면 루치아가 만족해서 이자 하자는 대로 할 거라는 데 의심의 여지가 별로 없다. 자기가 질릴 때까지는 해주겠지. 루치아가 전에 한번 졸리에게 털어놓은 이야기로, 밀라노의 랩 댄스 클럽여자 스트리퍼가 남자 손님의 무릎에 앉아 춤추는 유흥업소에서 일하다가 결국 그 업소 주인 남자와 살았다고 그랬다. 그 남자는 마피아에서 제법 높은 위치에 올라가 있는 위인이었는데, 몇 주가 지나자 그자가 루치아의 불평불만에 지쳤고 그래서 루치아는 긁힌 자국 하나 없이 온전하게 그에게서 벗어날 수 있었다. 값만 제대로 치러준다면 루치아가 기꺼이 해주지 않을 일은 그다지 많지 않을 것이라는 게 졸리의 생각이었다.

샌본이 관절염이 있어 혹이 울퉁불퉁 난 손가락으로 딱 소리를 내어 웨이터에게 커피를 가져오라고 청하기 전에 졸리의 눈꺼풀은 이미 처져 내려가고 있었다. 무슨 일이 벌어지는지 그가 미처 인식하지 못한 사이에 루치아는 내일 밤에도 다시 샘본이 초대하는 것으로 하여 저녁 식사를 함께하자는 샘본의 요청을 수락해버렸다. 졸리는 반대하고 나서지 않았다. 공짜로 밥을 먹는 일이고, 또 샘본이 음흉한 꿍꿍이속이 있는 추잡한 노인네라고 한들 누가 상관하겠는가?

샘본은 루치아의 아파트에서 멀지 않은 선착장까지 타고 돌아갈 곤돌라 값을 내주겠다고 우겼다. 집에 오는 길에 루치아는 오늘 만난 미국인 칭찬에 침이 말랐다. 졸리는 구태여 말씨름을 하는 게 현명하지 못한 짓인 줄 알고 있었지만 끝에 가서는 도저히 참을 수가 없어서 원래 두 명의 늙다리들과 함께 저녁 시간을 허비하기 싫다고 앙탈했던 건 너 아니냐고 지적하고 말았다. 이제 루치아가 나서서 또 한 번 밥을 먹기로 해놓지 않았나. 베네치아에서 보내는 졸리의 마지막 밤에, 둘이서 오붓이 있고 싶어 할 그의 마음은 아랑곳도 않고 말이다.

"졸리, 그럼 자기가 대리어스만큼 근사하게 저녁을 살 수 있어? 그렇지 않을 텐데."

다음 날은 어제보다 더 더운 날씨였다. 루치아는 일찌감치 일을 나갔고 오후에는 쇼핑을 할 거라고 했다. 햄 샌드위치로 점심을 때우고 나서 (저녁에 근사한 만찬을 먹게 될 텐데 괜한 걸로 식욕을 꺼뜨릴 필요가 없다) 졸리는 카스텔로성채의 정원 주변을 마지막으로 거닐기 위해 배에 올랐다. 잎이 무성한 나무 아래에 앉을 자리를 찾아서 『베네치아에서의 죽음』을 마지막까지 읽어치우고 좁다란 골목길을 이리저리 걷다가 한가롭게 집으로 돌아왔다. 생선 장수들의 가판대며 초콜릿 가게에서 풍겨나는 냄새들을 깊이 들이마시고 있자니 이제 라 세레니시마'최상의 평온'이라는 뜻. 베네치아의 별칭를 떠나게 되면 돌아올 날이 언제쯤일지 궁금해졌다. 졸리는 샌본이 이곳을 떠나지 못하는 이유를 알 것 같았다. 일단 베네치아의 아름다움에 중독되고 나면, 나머지 세상은 이곳에 비하여 밋밋하게만 보인다. 하지만 졸리는 로마를 한번 겪어보고 싶은 생각이 간절했고, 또 전날 밤의 일이 있은 후인 이제는 이전에 그런 적 없을 정도로 뚜렷이 지금이 바로 루치아와 헤어질 때라는 생각이 들었다. 루치아는 샌본이면 감지덕지할 거다.

아파트 방으로 돌아와보니 루치아는 안달복달을 하고 있다가 이제 졸리가 한몫 거들자 이런 적이 거의 없을 정도로 거세게 신경질을 부려댔다. 그녀는 샌본에게 잘 보이고 싶어서 안달이었고, 몸에 착 감기는 빨간 드레스까지 새로 사왔다. 목선을 어찌나 대담하게 확 팠는지 외설의 경계에 아슬아슬하게 걸쳐 있는 드레스였다. 아마 루치아가 받는 한 달 월급 정도는 들였을 것이다. 신중하게 계산된 투자로군. 물론 자기가 돈을 냈다면 말이지만. 졸리는 루치아가 낮 사이에 샌본을 만났고 자기 매력을 동원하여 샌본에게서 현금을 우려내는 데 성공한 게 아닐까 생각하고 있었다. 샌본이건 루치아건 능히 그럴 만하다. 그래서 뭐? 그랬다 한들 졸리가 상관할 바가 아니었다. 이제 곧 졸리는 이곳을 떠날 테니까.

미국인과 그 따까리는 약속한 시각에 맞추어 그들을 기다리고 있었다. 리알토 근처의 레스토랑에 실내 테이블을 잡고 앉아 있었는데, 오늘 밤 샌본의 양복은 연한 크림색 계통이었다. 주치니는 상대적으로 후줄근해 보였다. 주치니의 얼굴은 전보다 한층 더 무시무시한 축제 가면을 연상케 했다.

"루치아, 정말 아름답구려!"

샌본이 루치아의 양 뺨에 입 맞추고 주치니도 똑같이 했다. 졸리가 이 책 제본가를 만난 이래 이렇게 활기 있어 보이는 모습은 처음이었다. 작고 어두운 두 눈으로 볕에 그은 루치아의 살갗을 재는 듯이 뜯어보는 품이, 보나 마나 그녀가 아무 옷도 걸치지 않았을 때의 모습은 어떨지 상상하고 있는 것이다. 주치니의 주목을 끌자 루치아는 기분이 좋았다. 어쩌면 그녀는 이 두 늙은이가 자기를 놓고 서로 다투기를 바라는지도 모른다. 하다못해 주문을 받으러 온 웨이터마저도 반이나 드러난 루치아의 가슴에 부적절할 정도로 오래 눈길이 가는 것을 스스로 어쩌지 못했다. 식당은 최고급 쇠고기 스테이크를 전문으로 하는 집이었고 샌본은 볼랑저 와인을 네 병 시켰다.

"오늘 밤 우리 축배를 드세나!" 샌본이 선언했다. "지나간 스물네 시간을 기리며, 우리가 굳건한 친구 사이가 되었으니까. 비록 졸리는 내일이면 길을 떠나고 또 사랑스러운 루치아도 뒤따라가기는 하겠지만 내 확고히 믿기는 우리 네 사람이 그리 오래지 않아서 다시 한데 뭉칠 날이 올 걸세."

유리잔이 챙 하고 부딪쳐 울릴 때 루치아의 두 눈은 빛이 났다. 식사를 하는 동안 대화는 졸리의 향후 계획 쪽으로 돌아갔다. 졸리는 그건 유동적이라고 확실히 못을 박았다. 그렇게 사는 게 내 스타일이다, 운을 믿는 것이. 졸리는 그렇게 말했다. 샌본이 여기에 반박하여 젊은이라 할지라도 뿌리는 필요한 것이라고 우겼다.

"내 실수에서 배움을 얻게나, 졸리. 이 기막히게 아름다운 도시의 경이를 발견하기까지 나의 인생은 방향이 없었다네. 사람은 자기 존재에 닻을 내려줄 무엇인가가 있어야만 해. 장소라도 좋고, 굳건한 우정의 친구들이나, 어쩌면 생업이 될 수도 있겠지."

주치니는 익숙지 않은 활달함을 발휘하여 고개를 끄덕였다. "그래그래, 맞는 말이야."

"여기 이 착한 양반 말을 귀담아듣게나. 이 양반은 공예의 기쁨을 알고 있거든. 뭔가를 창조하는 데서 오는 둘도 없는 즐거움 말일세. 바로 이 지점에서 자네는 나를 앞설 수가 있는 걸세, 졸리. 나는 내가 수집해놓은 책들이 자랑스럽네, 그야 부인할 수 없지. 하지만 내 스스로 걸작을 창조하는 기쁨은 경험해본 일이 없단 말이야. 나는 그림도 못 그리고, 작곡도 못 하고, 글도 술술 잘 쓴다고는 도저히 말할 수가 없어. 나는 뭔가 형태가 있는 실질적인 기술이라고 할 만한 것은 도무지 가지질 못했네. 하지만 자네, 졸리, 우리 젊은 친구야. 자네는 달라. 자네가 만약 가진 재능을 훌륭하게 발휘하기로 한다면⋯⋯."

"나한테 좋은 생각이 있어요!" 루치아가 손뼉을 쳤다. 샴페인 기운이 머리까지 올라간 것이다. 딱 한 잔 마신 시점부터 루치아는 이미 언성이 높아졌고 살갗은 발그레 익어 있었다. "자기가 일단 로마에 가서 구경을 하고, 돌아와서 주치니 씨 제자로 들어가 훈련을 받는 거야."

흑사병 의사의 안면이 쭉 째지며 무시무시한 미소를 그려내는데 한편으로 샌본은 신이 나서 외치고 있었다.

"끝내주는군! 이걸세, 졸리. 자네의 해답이 이거야. 루치아 양, 아가씨는 정말 똑똑하구먼. 그렇게만 되면 돌 하나로 새 두 마리를 잡는 셈이지. 졸리는 그 능력이 극상의 경지에 이른 스승에게서 가르침을 받을 수 있고, 주치니는 너무 늦기 전에 자기 생업의 요령을 전수할 훌륭한 제자가 생기는 거니까." 여기서 샌본은 목소리를 낮추었다. "그리고 또 내가 미처 언급하지 않고 빼놓았던 중요한 이야기가 있는데⋯⋯, 주치니, 말해도 되겠나? ⋯⋯알겠나, 졸리? 여기 있는 이 훌륭한 친구는 자네도 어쩌면 보아서 눈치를 챘을지 모르지만 실은 끔찍한 병증에 시달리고 있는 몸이라네. 파킨슨병이 신경계를 침범하고 있어서 주치니가 묵묵히 고통을 참아온 지도 꽤 되었어. 하지만 작업을 하는 게 이 친구에게는 점점 더 어려워지고 있거든. 말할 수 없는 비극이지, 때로는 나도 그저 암담하다네. 주치니가 제대로 기동할 수 없는 게 서글플 뿐 아니라 나의 이기적인 동기도 있어. 왜냐하면 누가 이 친구의 사업에 뒤를 잇느냐 말이야. 누가 이 친구의 정말로 특별한 기술을 익혀서 나에게 훌륭한 책들을 계속해서 대줄 수 있겠느냐고? 그런데 자네, 바로 자네한테 어쩌면 내 기도의 응답이 있는지도 몰라."

"그건 아닐 것 같은데요." 졸리가 천천히 말했다.

"어머나! 하지만 자기, 꼭 해야 해!" 루치아가 소리쳤다. "얼마나 좋은 기회야! 천재한테 가르침을 받는 건데!"

필시 샌본이 미리 루치아한테 이 얘기를 가르쳐놓고 옆에서 거들라고 시켰을 것이다. 낮 동안에 둘이 만난 거고, 그저 샌본이 새 드레스 값만 치러주려고 만났던 것만이 아니었다. 이 미국인은 가장 간섭이 심한 부모를 닮았다고 졸리는 생각했다. 젊은이들이 자신에게 신세 지게 하고, 자기 호령에 착착 따르게 하고, 지갑 끈을 조였다 풀었다 해서 결코 자신의 손아귀에서 벗어날 수 없게 만드는 게 그의 원이다.

"이모저모 찬찬히 생각해볼 수는 있겠죠. 로마에 가면요."

졸리는 샌본이 여행을 집어치우라고 할 줄 알았다. 그런데 늙은 이가 그를 놀라게 했다. 샌본은 그저 활짝 웃으면서 그보다 더 훌륭한 대답은 해줄 수 없을 거라고 중얼거리는 것이었다. 주치니는 심지어 그의 어깨에 장난스럽게 한 방 먹이는 시늉까지 했다.

"착한 제자지, 그렇지?"

졸리가 육즙이 풍부한 고기를 꾸역꾸역 입에 넣고 있는 동안 샌본은 책 제본이라는 예술에 대하여 이야기했다. 일본 책들의 사철 제본, 중철 제본, 온통 복잡한 기하학적 무늬로 뒤덮고 칠보 장식을 아로새긴 장 그롤러의 대형 가죽 장정본, 그리고 살인자와 노상강도의 살가죽을 벗겨 표지로 삼은 책들에 관하여 이야기했다. 그는 또 체베렐에 대해서도 이야기했다. 14세기에 이탈리아에서 인기를 끌었던, 염소 가죽이 책 표지로 둔갑하여 낭창낭창하고도 튼튼하며 오돌토돌한 입자 무늬가 큼직큼직하게 들어가 있는 책 얘기에, 가죽에 기름을 먹이는 방법을 일일이 묘사하고 또 설명을……

"졸리, 일어나!"

졸리는 루치아의 뾰족한 팔꿈치가 옆구리를 찌르는 걸 느꼈다. 샌본이 그를 향해 자애로운 백부 같은 눈길을 쏟아붓고 있었다. 크리스마스 푸딩을 과식한 가장 아끼는 조카를 살피는 눈이었다. 주치니는 와인을 음미하는 중이었는데 여전히 때때로 노골적인 눈길을 루치아의 풍만한 가슴골에 던지곤 했다.

"죄송합니다. 깜박 졸았나 봐요."

"미안하단 말은 아예 말게나, 제발, 이 친구야." 샌본이 말했다. "자네가 졸린 건 와인에다 이 날씨가 합쳐져서 그런 걸로 알라고. 어쩌면 살짝 트리스테세'슬픔'이라는 프랑스어가 곁들여져서 더 그랬겠지. 내 말이 맞지, 졸리 군? 오늘 밤이 자네가 라 세레니시마에서 보내는 마지막 밤으로 한동안은 떠나 있을 테니까 말일세. 그러니 이곳을 뒤로하고 떠남에 있어 후회의 프리송'전율'이라는 프랑스어을 느끼지 못할 자 누구겠는가?"

샌본은 빈 잔들을 다시 채웠고 졸리가 고개를 설레설레 젓는 것은 보려고도 하지 않았다.

"그러니 모두들 우리의 좋은 친구 졸리를 위해서 잔을 드세나. 졸리 군이 빠른 시일 내에 아주 살려고 이리로 돌아올 것을 진심으로 바라는 마음으로 건배하세!"

그는 손을 뻗어서 졸리의 팔뚝을 토닥였다. 눈앞이 흐릿한 채로 졸리는 늙은이의 이 몸짓을 어떻게 해석해야 할지 정신을 집중해보려고 했다. 손을 댄 채 미적거리고 있지는 않았다. 이렇게 인심 좋게 대해주는데 그걸 뭔가 성적인 꿍꿍이가 있는 걸로 내가 억울한 누명을 씌우고 있었나? 어쩌면 샌본의 후한 대접에 일상적인 것 이상의 다른 의미는 정말 전혀 담겨 있지 않았는지도 모른다. 부자이고 보면 밥 두어 끼 사고 훌륭한 와인 몇 병 사는 데 드는 돈쯤이야 잔돈푼일 것이다. 샌본이 정말 그냥 보이는 그대로의 사람일 수도 있을까? 외롭고 나이 든 백만장자로, 젊고 아름다운 사람들과 벗하는 것을 간절히 원할 뿐이고 병든 친구한테 극진할 따름이며 음흉한 속내 같은 건 아예 없었던 건가?

샌본이 뭐라고 말을 하니까 루치아가 아주 크게 한참이나 웃는데 졸리는 마치 도로에 드릴질 하는 소리 같다고 생각했다. 루치아는 술이 세다. 졸리는 겪어보아 알고 있었다. 그런데 그런 루치아조차도 차츰 온정신이 아닌 모습이 되어갔다. 졸리는 루치아가 자기한테 마피아 두목과 헤어진 그날 밤 이야기를 했던 기억이 났다. 루치아는 불끈 용기를 내어 가방 속에 작은 칼을 챙겼다. 만약 그자가 해코지를 하려고 했다면 루치아는 배짱을 돋워서 자기 목숨을 지키기 위하여 싸웠을 것이다. 졸리는 루치아의 생존 본능이 발휘할 힘을 의심치 않았다. 혹시라도 자기가 위협을 받는다고 생각되면 한순간도 망설이지 않고 확 대들 여자다. 만약 주치니가 서투르게 수작을 부린답시고 루치아를 겁주면 과연 무슨 일이 벌어질까?

졸리는 하품을 했다. 머리가 핑핑 돌았고, 성인들 사이에 합의하에 이루어질 수도 있는 일에 관하여 계속 신경 쓸 정신이 남아 있지 않았다. 케 세라, 세라.

그다음으로 졸리가 인지한 것은 누군가 자기 팔을 툭툭 치고 있다는 것이었다. 숙취의 안개 속에서 샌본의 부드러운 음성이 들렸다.

"졸리, 이 친구야. 자네 괜찮나?"

눈꺼풀을 떼는 것만으로도 악 소리를 지르고 싶을 만큼 고통스러웠다. 맙소사, 대체 얼마나 마신 거야? 졸리는 샴페인에 약한 편이었지만 이 정도로 지독한 두통을 겪어본 일은 없었다. 졸리는 눈을 세차게 깜박거리며 주위 사물들을 알아보려고 애썼다. 그가 누워 있는 곳은 퀴퀴한 냄새가 나는 작은 방 안 딱딱한 침대 위였다. 작고 높은 창을 통하여 환한 햇살이 비쳐 들고 있는데, 지금 여기가 어딘지 전혀 감이 잡히지 않았다. 샌본이 침대 곁에 서 있었다. 팔짱을 끼고 졸리를 뜯어보는 중이었다. 갑자기 더럭 겁이 났다.

"내가 어디 있는 거죠?"

"내 말 듣게, 이 친구. 겁낼 거 하나도 없어. 자넨 그저 좀 너무 많이 마신 것뿐이야, 그게 다라네."

"술에 뭘 탄 거죠." 그렇지 않고서야 정신이 까무룩 나가버린 걸 설명할 길이 없다. 전에는 한 번도 이런 일이 없었다.

"아니야, 아니야. 무슨 소린가." 샌본은 침대 곁을 지켜주는 사람으로서 최상의 태도를 보여주고 있었지만 졸리는 그가 거짓말을 하는 거라고 믿어 의심치 않았다. "자네가 술이 너무 과했어, 단순히 그거였네. 그리고 루치아한테 대고 토해서 온통 엉망을 만들어버렸지. 솔직히 말해 그건 잘한 짓은 못 되었네."

"루치아요?" 졸리는 귀퉁이가 일어난 벽지를 멍하니 쳐다보고, 눈에 선 찬장과 문을 보았다. "나를 어디로 데려온 겁니까?"

"들어보라고, 만사 다 괜찮다니까. 루치아가 화났어, 그게 다야. 주치니가 루치아를 보살펴주었으니까 걱정할 것은 없네. 지난밤 루치아가 자네를 자기 침대로 데려가 돌봐주지 않은 데 대해서라면, 내가 자넬 이리로 데려오겠다고 나섰던 거야. 자, 이제 일어나서 옷을 입어야 할 걸세. 내 기억엔 자네가 피아잘레 로마에서 1시에 나가는 고속버스를 탈 생각이라고 말했던 것 같은데?"

더럭 일어난 공포심이 졸리를 집어삼켰다. 꼼짝없이 이 늙은이의 포로가 되어버렸다.

"절 어디로 데려오신 건지 말씀 안 하셨잖아요."

"그게 뭐 비밀이라고. 졸리, 그렇게 화들짝 놀랄 필요 없네, 착한 친구가 왜 그러나. 여기는 내가 6개월 전에 매입한 아파트야. 도저히 호화롭다고는 할 수 없는 곳이네만 식당에서 딱 돌 던지면 닿을 거리였거든. 이렇게 하는 게 제일 나은 해결책 같았네. 어젯밤 자네 상태로는 혼자 알아서 하라고 놔둔다는 건 도저히 할 수 없었고, 루치아는 자네를 자기 집으로 데리고 돌아갈 기분이 아니었거든."

졸리가 기침을 했다. "그럼…… 가고 싶으면 가도 되는 거예요?" 샌본의 양피지 같은 얼굴에 부드러운 당혹의 표정이 비쳤다. "무슨 소리인지 모르겠군. 왜 못 가겠나? 난 자네한테 잘해주려고 할 수 있는 데까지 힘을 다한 것뿐이야."

내가 바보였구나. 졸리는 생각했다. 이 사람은 겁낼 사람이 아니다. 그러면 의문은…… 루치아와 주치니 사이에 무슨 일이 일어났는가 하는 것? 주치니가 손을 뻗쳤을까? 루치아는 그 작자를 그러라고 그냥 내버려뒀을까?

"미안합니다, 대리어스. 제가 지금 제정신이 아니에요."

"걱정할 것 없네. 이런 일도 있게 마련이지. 저쪽 문이 욕실이야. 미안하지만 황금 수도꼭지는 달려 있지 않다네. 그래도 기본적으로 필요한 건 비치돼 있을 거야. 씻는 건 자네가 알아서 씻게. 괜찮겠지? 참, 그러고 보니 자네 가방이 저쪽 문가에 있네. 내가 오늘 아침에 루치아 양 아파트에 가지러 갔거든."

"고맙습니다." 졸리가 속삭이듯 말했다.

"여기 현관문 열쇠가 있네. 나갈 때 문을 잠가주면 좋겠는데, 그래주겠지? 나는 사업상 봐야 할 일이 좀 있네만 이따가 버스 정류장에 나가서 자네 가는 걸 봄세. 내가 해줄 수 있는 건 고작 그 정도니까."

졸리는 늙은이의 상냥한 얼굴을 물끄러미 바라보았다. 목멘 소리로 그가 말했다. "고맙습니다."

"그런 생각은 하지를 말게. 친구 됐다 뭐에 쓰나, 안 그래?"

두 시간 뒤에 졸리는 피아잘레 로마에 도착했다. 손에는 가방을 들었다. 거기 닿자마자 금세 광고판 옆에 서 있는 샌본의 모습이 눈에 들어왔고, 미국인은 절름거리면서 반겨 그에게 다가오기 전에 지팡이를 들어 올려 알은체부터 했다. 샌본은 검은색 우단 주머니 하나를 어깨에 지고 있었다.

"훨씬 나아 보이는구먼. 그저 세수하고 빗질만 해도 얼마나 놀라운 변신이 이루어지는지, 참 대단하지!"

"정말 감사하게 생각합니다." 졸리는 겸손히 말하면서 아파트 열쇠를 샌본에게 넘겨주었다.

"그런 생각은 하지도 마시게." 샌본이 목청을 가다듬었다. "사실은 말이지, 내가 이쪽으로 오는 길에 루치아하고 이야기를 해봤는데…… 이런 얘기 말로 하기가 참 쉽지가 않구먼. 졸리, 하지만 내가 보기에 그 아가씨는 자네와 로마에서 합칠 생각이 조금도 없는 모양이야. 안됐네."

졸리는 숨을 들이마셨다. "뭐, 순리대로 흘러가는 거겠죠." 샌본이 고개를 수그렸다. "그게, 사실 내가 보기에도 꼭 그렇게 보이더라고. 뭐, 작별 인사를 오래 끌 생각은 없네. 자네가 지난밤 우리가 나누었던 이야기를 잘 반추해보기를 바라고, 우리가 머지않아 라 세레니시마에서 다시 만나기를 바라네."

애써서 미소를 보이면서 졸리가 말했다. "누가 알겠습니까, 어쩌면 제가 친절하신 제안을 받아들여 주치니 씨의 뒤를 이을 수도 있겠죠. 명품 책을 묶어내는 것보다 훨씬 안 좋은 밥벌이도 많을 테죠, 하긴."

샌본의 늙은 두 눈에 화르르 빛이 올라왔다. 목소리도 떨리는 채 그가 말했다. "졸리, 내가 자네를 처음으로 본 순간에 난 자네가 정말 딱 적격자라는 걸 바로 알았다네. 사실은 말이지, 내가 비밀 하나 털어놓음세. 자네한테 그렇게 대담하게 다가가서 수인사를 트기 전에 난 캄포 산티 아포스톨리에서 전에도 두어 번 자넬 본 적이 있었어."

"그랬습니까?" 졸리는 이게 어리둥절해할 일인지 우쭐할 일인지 분간이 가지 않았다. "그럼 루치아도 보셨겠군요?"

"사실을 말하자면, 그래, 보았지. 그렇게나 아름다운 피조물 아닌가. 그 끝내주는 검은 머리카락에 꿀빛 살결에. 그래, 물론 베네치아에 사랑스러운 아가씨들이야 루치아 말고도 아주 많지. 내 비록 나이는 이래도 자네 심정이 얼마나 슬플지 충분히 짐작이 간다네. 나 역시 우리 친구였던 그 아가씨 소피아를 생각하면 자네와 같은 기분이거든. 그녀와 마지막으로 이야기를 나눈 그때 이후로 말일세. 하지만 소피아와 나는 연인 사이는 아니었어. 육체적인 상실감 때문에 자네는 두 배로 힘이 들 걸세."

"이런 일도 생기는 법이죠."

"그래, 인생은 그렇게 이어져나가는 거지. 그리고 자넨 영영 루치아를 잊지는 못할 걸세. 그거 하나는 내 확실히 알지. 하지만 자네의 인생은 만약에 자네가 주치니의 제의를 받아들이기로 한다면 한결 풍성하게 피게 되는 거야. 진실로, 장인으로서 그 양반의 솜씨는 둘도 없거든. 생각해보게나, 그 양반의 뒤를 이어 한 걸음 한 걸음 따라가면 되는 거야. 자네 자신의 이름을 만들어 걸고 하찮다고는 할 수 없는 재산을 쌓는 걸세.”

“주치니 씨가 부자인가요?”

“이보게, 이 친구야. 겉모습에 속지 말라니까. 만약에…… 아니야, 그냥 자네가 돌아와서 그때 리알토 가까이에 있는 주치니의 호화스러운 자택을 방문해볼 기회를 가지면 되는 거야. 나하고 주치니가 사업상 절친하다고는 하지만 그 양반은 값을 호되게 부르지 않는 법이 없는 양반이야. 그래도 나는, 아니, 나와 같은 다른 사람들은 최상의 작품에 기꺼이 돈을 치르려고 하거든. 무엇인가 하나뿐인 것, 독특한 것을 살 수 있다면 기꺼이.”

두 사람은 악수를 나누었고, 샌본은 어깨에 걸메었던 주머니에서 선물 포장지로 싼 꾸러미를 꺼냈다. 그것을 졸리의 품에 찔러 넣었다.

“자네가 이걸 가졌으면 하네. 우리 우정의 증표야. 그리고 자네 앞에 소수에게만 허락된 향락을 즐길 기회가 놓여 있음을 상기시켜주는 상징물 역할도 할 거야. 그의 생업을 배우도록 자네를 이끌어주겠다는 주치니의 제의를 꼭 수락하도록 말일세.”

“고맙습니다.” 졸리는 두 뺨에 확확 불길이 일었다. 앞서 그렇게나 무수히 잘못된 의심을 품었으니 이제 다소나마 부끄러운 마음이 들지 않을 수 없었다. "책 제본이 제가 할 일일지 아무래도 전……."

"잘 생각해보게나. 내 부탁은 그뿐일세." 샌본이 빙그레 웃었다. "시간적으로 짧은 동안이나마 나는 자네가 어떤 사람인지 충분히 보았고, 자네가 자기 스스로 어엿한 장인이 될 기회를 허투루 여기지 않으리라는 데 확신을 갖고 있네. 자네가 나에게 말하지 않았나, 특이한 것을 좋아하는 취향이라고. 그리고 자넨 책에 대한 애정도 있지……. 어이쿠! 이거, 자넨 이만 가봐야 할 텐데. 잘 가게, 내 친구. 참, 여기서는 이렇게 말해야겠지. 아리베데르치^{'다시 만날 때까지'라는}^{이탈리아의 작별 인사.}"

늙은이가 절름거리며 멀어져갈 때 졸리는 저도 모르게 그의 등을 향하여 손을 흔들고 있었다. 알림판에 이르러서, 시야에서 벗어나 나가기 직전에, 샌본은 경례를 하듯 지팡이를 들어 올려 보였지만 돌아보지는 않았다. 버스가 기다리고 있었고 졸리는 창가 자리를 찾아 차지하고 앉았다. 운전기사가 기어를 넣을 때쯤 졸리는 받은 선물의 포장지를 찢었다. 그리고 한참 동안 그 물건을 들여다보았다.

선물은 책이었다. 묵은 신문지와 버블랩으로 조심스럽게 감싸여 있었는데 놀랄 것도 없었다. 책의 제목은 '제본술의 상세 요령에 관한 짧은 논문'이었다. 하지만 졸리의 주의를 끈 것은 박혀 있는 글자들이 아니었다. 비록 가슴속 깊이에서는 언젠가 이 책이 자신의 성서가 될 줄 이 순간 이미 알고 있기는 했지만.

앞표지는 표지 재료를 잘 다루고 윤을 내어 매끄러운 금갈색을 띠고 있었다. 졸리는 정확히 이러한 재질은 한 번도 접해본 적이 없었다. 만져봤더니, 살짝 오톨도톨한 감이 있었다. 고운 사포 같다. 책등과 뒤표지는 훨씬 스웨이드 같은 감촉이었다. 그러나 졸리를 도취시킨 것은 제본 재료의 질감이 아니었다.

첫눈에는 표지에 로고가 박혀 있는 줄 알았다. 하지만 두번째로 그것을 흘긋 보았을 때 졸리는 자기 착각을 깨달았다. 표지 아래쪽 귀퉁이에 검푸른 색으로 무슨 문양이 있었다. 날고 있는 비둘기 문양이다. 두 날개를 활짝 편.

졸리는 루치아의 발가락들에 입 맞추던 기억을 떠올리며 숨을 멈추었다. 그녀의 복사뼈 위에 잉크로 새겨 넣어진 우아한 하트 문양을 그는 떠올렸다. 공포와 흥분의 전율과 더불어 그는 떠올렸다, 주치니가 문신사들의 예술 작품을 추어올리던 것을. 그 검고 무시무시한 작은 두 눈의 시선이 루치아의 보드라운 꿀빛 살결에서 떨어질 줄 모르고 더듬듯이 보던 광경을.

졸리는 딱딱한 좌석에 완전히 몸을 기댔다. 시골 풍경이 차창 밖으로 지나가고 있었지만 거기에는 전혀 주의를 돌리지 않았다. 샌본은 졸리를 졸리 자신보다도 더 잘 이해하고 있었다. 그렇게 오래도록 찾던 끝에 마침내 그가 찾던 것을 찾아내었다. 머지않아 그는 라 세레니시마로 돌아갈 터였다. 그리고 그곳에서 주치니는 졸리에게 책 제본사의 기술 중에서도 가장 어두운 비밀을 기꺼이 나누어줄 것이다. 주치니는 샌본이 갈구하는 책을 만들 방법을 졸리에게 가르쳐줄 것이다. 그들 세 사람이 함께 그 책으로 루치아를 추억할 책을 말이다.

스킨헤드 센트럴

T. 제퍼슨 파커

그렇게 해서 우리는 이리로 이사를 왔다. 아이다호 주의 스피리트 호수로. 짐의 친구들 여럿이 살러 와 있던 곳이다. 라구나 해변에서 40년을 살다가, 집 밖을 걸으면 고작해야 몇 채의 집이 여기저기 뚝뚝 떨어져 있는 광경을 보니 너무도 놀랍다. 앞쪽 저 멀리 연못 위로 안개가 약간 떠돌고, 나무들이 끝도 없이 늘어서 있고, 그리고 조용하다. 그것 역시 한 가지 놀라움이었다. 어느 때건 소나무 사이로 부는 바람의 쉿쉿 소리는 들려오지만 태평양 해변 고속도로의 차 소리며 사이렌 소리에는 댈 게 못 된다. 나는 고속도로를 타고 올라가 루비스미국 식당 체인며 노스트롬 랙캘리포니아에 있는 대형 아웃렛에 가던 일이 그리웠다. 내 친구들과 자식들이 그리웠다. 전화나 이메일로 노상 이야기를 하기는 한다지만 가까이서 사는 것하고는 같을 수가 없다. 우리는 집에 손님방을 두었다.

우리 부부가 살아온 인생은 대체로 괜찮았다. 우리의 첫아들은 13년 전에 죽었고, 그것이 우리 부부에게 일어난 일 중 최악의 사건이었다. 아들 이름은 제임스 주니어였는데 제이제이로 통했다. 그 애도 자기 아버지처럼 경찰관이었고, 경찰관으로서 일하다 순직했다. 그 일이 있은 후에 짐은 거의 죽기 직전까지 술을 마셨으나 어느 날 뚝 끊었다. 짐은 나에게나 아이들에게 손가락 하나 댄 적이 없고 언성을 높인 적도 없다. 라구나 해변 경찰과도 죽 관계를 유지했다. 나는 캐런과 리키를 돌봐주어야 했고, 그래서 1년간 약을 먹고 상담을 받았다. 아이를 여읜 슬픔으로부터 내가 배운 것 하나는 자기 내면으로 웅크리고 들어앉기보다 다른 사람들을 위해 무엇인가를 할 때에 한결 마음이 낫다는 것이다.

우리는 이제 사람이라고는 거의 씨가 말랐지만 나무와 물고기는 넘쳐나는 곳에서, 짐이 꿈꾸던 대로 살고 있다.

호수 하나 건너편으로 스킨헤드삭발머리의 우익 성향 청소년들이 몇 명 살고 있다. 그리고 그중 한 명인 데일이 지난여름 우리가 이사 오던 날에 이쪽으로 건너와서 혹시 자기한테 시켜줄 일이 있겠느냐고 물었다. 덩치 큰 녀석으로, 열아홉 살이고, 두 팔과 두 종아리에 온통 문신이 얼룩덜룩하고, 빨간 머리는 자글자글 짧고, 눈은 오래된 얼음 색깔이었다. 짐은 시킬 만한 일은 없다고 했다. 하지만 둘이서 장작 난로 이야기를 시작하더니 이야기가 거실에 있는 버몬트 주물 난로에 새 연통이 필요하지 않을까 하는 데로 흘렀다. 데일은 한

번 살펴보고는 아줌마 아저씨 두 분 다 연기에 훈제가 될 생각이 아니시라면 교체를 해야 하겠다고 말했다. 이틀 뒤에 데일은 짐을 도와서 연통을 설치했고 짐은 후하게 품삯을 주었다.

그리고 2~3일 후, 나는 패물을 넣어둔 작은 주머니를 꺼내려고 상자를 찾았다. 이삿짐 상자 중 하나에다가 한쪽에 숨기듯이 넣어 두었던 것이다. 그런데 주머니가 없었다. 원래 내가 이삿짐 상자마다 어느 방에 가야 할지 딱지를 붙여두었지만 이삿짐센터 직원들이 상자를 아무 데나 내려놓았다. 아무튼 상자에는 '침실'이라고 표시가 돼 있는데 떡하니 거실에다 갖다 놓은 것이다. 내가 마을로 샌드위치를 사러 가고 짐은 잠깐 바깥에 나갔을 때 데일이 손을 댈 수도 있었을 위치다. 짐은 담배 한 대 피우려고, 아니면 첫 한두 달 동안 어지간히도 그랬던 것처럼 나무들 사이에 들어가 소변을 보려고 자리를 비웠던지도 모른다.

짐은 나에게 보석류는 알아서 직접 챙겨 들고 옮겼어야 하는 거였다고 말했고, 그 말이 옳았다. 내가 직접 챙겼어야 했다 이거지. 경찰들이 어떤 식으로 말하는지 알 거다. 그러곤 자기가 다음 날 헤이든 호수 너머의, '스킨헤드 센트럴'에 가서 데일을 만나보겠다고 했다. 토박이들하고 만남을 갖는 방법 한번 끝내주는군.

하지만 다음 날 아침에 빼빼 마른 어린 소년이 우리 집 현관 포치에 나타났다. 거무스름한 머리카락은 앞머리가 거의 눈을 덮으려 하고, 셔츠는 안 입었고, 청바지는 허리에서 느슨하게 처져 사각팬티가 드러났고, 엄청나게 큼지막한 운동화에 운동화 끈은 풀려 있었다. 열두 살이나 열세 살쯤 먹은 아이다.

"이거 댁의 물건 맞아요?" 소년이 물었다.

짐이 패물 주머니를 받았다. 중국 수가 놓여 있고 검은색 조임 끈이 달린 예쁜 파란색의 조그마한 주머니. 짐은 주머니를 밝은 아침 해를 향해 들어 올려보았다.

"아줌마 거다." 짐이 말했다. "여보, 없어진 거 있어?"

나는 조임 끈을 풀어서 주머니 속에 든 것을 손바닥에 쏟았다. 그리고 저희끼리 뒤섞여 있는 반지며 귀걸이, 팔찌 들을 이리저리 뒤적여가며 살펴보았다. 패물이래야 대개는 복장에 맞춘 장신구류에 준보석들이었지만, 그중 진주 목걸이랑 라구나에서 보낸 어느 크리스마스 날 짐이 나에게 선물한 루비 귀걸이와 짧은 목걸이 세트가 눈에 띄었다.

"값나가는 건 다 있어요." 내가 말했다.

"너 데일의 동생이냐?" 짐이 물었다.

"넵."

"이름이 뭐지?"

"제이슨."

들어오라고 해보았다.

"괜히 뭐 하려요."

"이렇게 우리한테 돌려주면, 나중에 데일한테는 뭐라고 할래?"

"뭘 뭐라고 해요?"

소년은 터덕터덕 현관 포치 층계를 뛰어 내려가 와그작 소리가 나도록 착지했다. 그러고는 자전거를 일으켜 세웠다.

"몸조심해라."

"원래 알아서 잘 살아요."

"우리 집에 장작 팰 게 많이 있고 받침대도 튼실한 게 있는데." 짐이 말했다.

제이슨은 십 대 아이들이 하는 식으로 짐을 재어보았다. 정확히 짐을 보는 것도 아니고 제대로 오래 쳐다보는 것도 아니고, 마치 짐이라는 사람은 그저 한 번 곁눈질이면 다 훑어보고도 남는다는 듯이 슥 보았다.

"좋아요, 토요일에."

나중에 나는 짐에게 왜 데일한테는 일 줄 것이 없다고 하더니 제이슨에게는 일을 제의했느냐고 물어보았다.

"나도 모르겠어. 아마 제이슨이 일 달라는 말을 안 해서 그랬나."

제이제이가 죽게 된 건 짐과 그 아이가 둘 다 라구나 경찰에 몸담고 일했던 까닭에……. 아버지와 아들이 같은 부서에서 일하는 것은 흔치 않은 일이었다. 하지만 모두들 아무러면 어떠냐 하는 태도였고, 흥미가 가는 게 인지상정이다 보니 둘이 나란히 신문에 난 일도 몇 번 있었다.

부자父子 범죄 척결대, 라구나 관할구역에서 일하다.

라구나가 어디인지 모르겠다면, 그곳은 캘리포니아 주 오렌지 카운티에 있다. 예술가들의 집단 거주지이자 관광촌으로 알려져 있으며 홍수나 지각판 이동이나 들불 같은 자연재해에 취약한 곳이다. 제이제이 이전에 경찰 업무 중 살해된 라구나 해변 경찰서 소속 경찰관은 단 한 명밖에 없었다. 그 일은 한 옛날에, 1950년대 초에 있었다. 순직 경관의 이름은 고든 프렌치였다.

아무튼, 짐은 제이제이에게 그 일이 벌어진 그날 밤 당번 지휘관이었고 '경찰관 사상' 긴급 무전이 들어왔을 때에도 변을 당한 경찰관이 누구인지 알게 될 때까지는 자리를 지켰다.

짐이 현장에 도착했을 때, 제이제이가 탔던 순찰차는 태평양 해변 고속도로 갓길에 그대로 세워진 채 경광등을 번쩍이고 있었다. 일상적인 교통 순찰 중에 차를 멈추게 했는데 범인이 차에서 내려 제이제이가 미처 총을 뽑기도 전에 쏴버린 것이다. 제이제이의 파트너는 그때까지 제이제이 옆을 지키지 않을 수 없었지만 그러면서도 본부에 무전을 넣었다. 그들은 제이제이를 사우스코스트 메디컬 센터로 실어갔지만 제때에 대어 가지는 못했다. 애당초 47년 전에 사우스코스트 메디컬 센터를 지은 이유 중 하나가 라구나에 병원이 없었던 탓으로 고든 프렌치가 총격을 받고 사망한 때문이다. 그래서 그 후에 병원을 지었는데, 그랬는데도 너무 늦고 말았다. 인생이란 그런 일들로 가득한 법이다. 참이기는 하나 그 모양새는 볼품없이 빚어져 있는 일들로……. 제이제이는 스물다섯 살이었다. 아직 살아 있다면 서른여덟 살이 되었을 것이다. 그 아이가 남행 차선 위를 갈지자로 달려오는 그 코롤라^{일본 도요타의 대중적인 차종}를 보지만 않았더라면 말이다. 총을 쏜 자는 체포되어 사형선고를 받았다. 지금 샌쿠엔틴 형무소에 있다. 그자가 항소하는 데 앞으로도 최소한 6년은 더 시간이 지체될 것이다. 사형 집행이 이루어진다면 짐은 그 자리에 가고 싶어 한다. 나도 갈 것이다. 가서 눈 한 번 깜박이지 않을 것이다.

우리가 그다음으로 제이슨을 본 건 이틀 뒤 철물 건재상에서였다. 가게 문 옆 벽에 그 아이의 자전거가 기대 세워져 있는 것을 보았고, 짐이 나를 위해 붙잡아준 철망 문을 통과하여 들어가는데 계산대 앞에 있던 그 아이의 모습이 눈에 확 들어왔다. 제이슨은 니트 비니를 쓰고 뭔가 해골 그림 같은 게 들어가 있는 검은색 긴팔 티셔츠를 입었는데, 바지는 여전히 허리에서 흘러내려 늘어진 채였다. 하긴 이번에는 사각팬티는 보이지 않았지만.

"얼음이라도 대보렴." 점원이 기분 좋게 주워섬겼다.

제이슨이 무엇인가 봉지에 포장된 물건을 가지고 몸을 돌려 우리 옆을 지나가는데, 입술이 두껍게 부풀었고 시커멓게 피도 맺혀 있었다. 선글라스를 썼는데도 퉁퉁 부어오른 두 뺨이 딱 보였다.

짐이 대번에 빙글 돌아서 제이슨을 따라 나갔다. 철망 문 너머로 둘이 얘기하는 소리가 들렸다.

"데일이 그랬어?"

"아뇨."

그러고는 침묵이었다. 나는 제이슨이 아래를 내려다보는 걸 보았다. 짐이 양쪽 골반부에 두 주먹을 얹어놓고 선 것도 보았는데,

그 균형 잡힌 자세는 짐이 완전히 성이 났을 때 하는 자세였다.

"그다음에 무슨 일이 있었니?"

"아무 일 없었어요. 상관 말고 저리 가요, 좀."

"너희 형한테 내가 한마디 해주마."

"그러는 거 안 좋아요."

제이슨은 한 다리를 크게 휘둘러 자전거에 올라앉더니 자갈이 깔린 주차장을 달려 나갔다.

다음 날 저녁에, 데일이 우리 집 자동차 진입로로 검은색 닷지 램 차저 픽업트럭을 몰고 들어왔다. 시간은 짐이 '와인시'라고 부르는 때로 대략 6시경인데 그 시간쯤에 우리는 와인 한 병을 따가지고 앉아서 물수리가 우리 집 앞으로 보이는 연못에서 뛰어오르는 송어들 중 좀 큰 놈을 잡아보려고 하는 광경을 바라본다.

트럭은 현관 포치 가까이까지, 짐이 주차 공간의 끝을 표시하려고 박아놓은 통나무에 이르기까지 쫙 밀고 들어왔다. 데일은 운전석에서 마치 금방 차에서 나올 것처럼 몸을 앞으로 굽혔지만 나오지는 않았다. 창이 내려가고, 데일이 우리를 쏘아보는데, 얼굴이 시뻘겋게 달아 있었다. 거기에 머리까지 짧은 빨간 머리이다 보니 금방이라도 펑 하고 불타오를 것처럼 보였다.

"아빠가 나보고 이 집으로 건너가서 보석 건에 대해서 사과하고 오래요. 그래서 지금 여기 와 있네요."

"그걸 우리한테 돌려줬다고 동생을 그렇게 때려?"

"딱 그 자식이 맞아 싼 것만큼만 팼는데요."

"열두 살짜리 어린애를 그렇게 심하게 패는 법이 어디 있어."

"걔 열세 살이에요."

"알면서 말 돌리는 것도 작작 해라." 짐이 말했다.

데일은 트럭 엔진 회전수를 확 높였고, 배기관 밑 땅바닥에서 대번에 붉은 흙먼지가 피어올랐다. 데일은 여전히 좌석 등받이에 등을 기대지 않고 앞으로 기울인 자세였다. 마치 7월에 차를 뙤약볕 아래 세워놓았다가 차에 탔는데, 하필 옷도 등이 확 트인 홀터넥이나 비키니 수영복 상의밖에 안 입었을 때 그러는 것처럼 말이다. 하지만 지금 여기는 6월의 아이다호고 시간도 저녁이다. 기온은 기껏해야 20도쯤 될 것이다.

"내려라. 등 좀 보자."

"무슨 소리예요?"

"무슨 말인지 너도 잘 알 텐데."

"아저씬 개뿔 아무것도 몰라요." 데일이 말하고 억지로 등을 좌석 등받이에 붙였다. "내가 다 알아서 할 수 있어요."

그러고는 트럭 엔진을 세게 돌리며 슬슬 후진하기 시작했다. 나는 데일이 다시 등을 좌석에서 떼어 윗몸을 앞으로 기울이고 백미러를 보려고 눈길을 치올린 것을 보았다. 트럭을 후진시켜 차량 진입로에서 빼면서 데일은 내내 확실하게 차 뒤를 살피고 있었다. 트럭을 타는 젊은 녀석들은 거의가 한쪽 팔을 내뻗치고 몸을 돌려서 자기 눈으로 차가 가는 길을 보려고 한다. 좌석에 팔을 두르기도 한다. 제이제이가 늘 그랬다. 나는 제이제이가 운전을 배울 때 그 모습을 지켜보는 게 좋았다. 너무나 순수하게 주의를 집중한 채 조금도 딴 정신을 팔 줄 모르던 그 모습. 데일은 차를 몰아 도로로 내려갔고, 먼지가 차의 뒤를 따를 듯이 뭉게뭉게 일어났다.

"누가 저 녀석 등에 회초리질을 해놨어요." 내가 말했다.

"아빠겠지."

"당신 전화 좀 거세요."

짐이 고개를 끄덕였다. 경찰관은 호기심 대장들이다. 은퇴를 했다는 이유만으로 그들이 이 일 저 일에 간섭하고 드는 게 뚝 그친다는 법은 없다. 짐에게는 이 나라 전역에 널리 깔려 있는 친구들의 네트워크가 있다. 물론 그 대다수가 서부에 있지만 말이다. 은퇴한 사람이 많지만 몇몇은 아직 활동 중이고 그들은 자기들끼리 이러쿵저러쿵 투덜거리고 씹고 수다 떨기를 모르는 사람은 절대 못 믿을 정도로 해대는데, 정보를 교환하고 뒷얘기를 해주고 연락할 곳을 알려주고 등등으로 경찰에 관련 있을 만한 사안이라면 그 무엇에 대해서든지 얘기를 나눈다. 만약 어떤 사내가 있어서 그자에 관해 뭔가 알고 싶다면, 누군가는 도움을 줄 만한 누군가를 알고 있다. 대개는 인터넷으로 하지만 전화도 한몫을 한다. 짐은 그 네트워크를 '영감탱이 경찰 연락망'이라고 불렀다.

"데일의 아버지는 아주 호남아라서 근사한 윗옷 좀 얻어 입었더구먼." 짐이 말했다. "동네 술집에서 치안 방해로 걸려 가중 폭행죄로 들어갔는데 항소 기각이 됐어. 아내에게 폭력을 휘둘러서 접근 금지 명령을 받았고, 또 다른 폭행이 걸려서 주에서 10개월간 복역

했지. 보이시 시에서 학교 다니던 베트남 애를 때린 건데, 주먹으로 턱을 부숴놨대. 데일이 맨 처음에 1학년 입학하는 날에 멍투성이로 나타나서 학교에서 아동 학대 혐의를 제기한 게 있었고. 데일은 그 후로 학교에 안 나가고 집에서 공부했어. 애들 아빠가 1993년부터는 깨끗해. 아내는 남편을 떠나지 않고 그대로 붙어 있고. 공소 제기된 기록도 없고, 형 산 것도 없고. 토리 배저와 테리 배저라. 아이고, 이름이 뭐 이래."

물수리가 나무 위에 내려앉아 있는 동안, 나는 그에 대하여 잠시 생각해보았다.

"토리란 사람이 아리안 형제들_{백인 우월주의 단체} 단원인가요?"

"그런 말은 안 하더군."

"13년간 기록이 깨끗하다면, 제이슨이 태어난 때부터네요. 그러면 그 사람이 노력은 하고 있다고 말할 수 있겠죠."

짐이 고개를 끄덕였다. 나는 속으로 셈을 해보고 있었고, 짐도 그러고 있다는 것을 알았다. 1993년 이래로 깨끗했단 말이지. 그해는 제이제이가 죽은 해다. 우리 부부는 그 아이를 떠올리지 않고는 그해를 생각할 수조차 없다. 짐이 무슨 생각을 하고 있는지 내가 정확히 알지는 못하지만, 그래도 그 연도가 튀어나온 순간에 그가 1993년 8월 20일의 당번 지휘관 책상 앞으로 돌아갔으리라는 것 하나는 안다. 짐이 그 '경찰관 사상' 무전을 완벽할 만큼 아무런 잡음 없이, 음절 하나하나, 글자 하나하나까지 또렷하게 지금 귓전에 듣고 있으리라는 것을 장담할 수 있다. 나, 나로 말하면 제이제이가 일곱 살 먹었을 때를 생각한다. 제 친구들과 함께 버스 정류장까지 보도를 막 달려가던 그 아이를 생각한다. 아니면 제이제이가 어렸을 때 앞머리를 이마가 다 덮이게 곧바로 끌어 내려 빗곤 했던 걸 생각한다. 사실을 털어놓자면 나는 때로 몇 시간씩이나 그 아이를 생각한다. 그 아이의 25년 생애 전체를 생각한다. 누군가 1993년이라는 연도를 언급하건 안 하건 상관없다.

그 주 토요일에 제이슨은 다시 우리 집으로 건너와서 장작을 팼다. 나는 집 안팎으로 들락거리며 제이슨이 받침나무 위에 통나무 토막을 가지런히 올려놓고 뒤로 물러서는 모습, 나무가 와작 도끼에 맞아 반쪽으로 다시 반쪽으로 점점 작게 쪼개져가는 모습을 바라보았다. 제이슨은 두 차례 일을 멈추고 그 흘러내리게 입은 청바지의 뒷주머니 한쪽에서 조그마한 파란 수첩을 꺼내어 다른 쪽 뒷주머니에서 꺼낸 펜으로 거기에 무엇인가를 끼적였다. 기온이 쌀쌀해지는 중이었지만 그래도 현관 포치에서 셋이 함께 점심을 먹었다. 제이슨은 별로 말이 없었고, 나는 레모네이드가 그 아이의 입술에 쓰라린 줄 보기만 해도 알 수 있었다. 눈 주위의 부기는 가라앉았지만 한쪽 눈에 든 멍은 여전했다. 제이슨은 오는 9월이면 고등학교에 입학할 터였다.

"형이 때리면 아빠가 막아주니?" 짐이 뜬금없이 물었다.

"이젠 데일 형이 더 힘이 세요. 하지만 대부분 막아주세요."

짐은 그에 대하여 더 아무 말도 하지 않았다. 이 남자와 거의 40년 가깝게 결혼 생활을 해온 나로서는 입을 다문다는 게 못 믿겠다는 말인 줄 아주 잘 안다. 그리고 물론 눈앞에 터진 입술과 시커멓게 멍든 눈이 있으니 짐의 생각이 옳다.

"너, 지낼 곳이 필요하면 하루 이틀쯤 우리 집에 와서 자도 된다." 짐이 말했다. "아무 때나 괜찮아."

"언제든지 오렴." 나도 말했다.

"네." 제이슨은 먹고 있는 샌드위치를 내려다보면서 말했다.

나는 그 아이에게 수첩에 뭘 쓴 거냐고 물어보고 싶었지만 묻지 않았다. 나 역시 내가 남들 몰래 간직하려고 하는 것들을 넣어두는 장소가 있다. 물리적인 장소는 아니지만 말이다.

그날 밤 늦게 우리는 스피리트 호수 건너, 에드와 앤 로건 부부의 집에서 열린 파티에 갔다.

파티에 온 사람들은 대부분이 캘리포니아 남부 지역에서 일했던 은퇴 경찰들이었다. 왕년에 오렌지카운티에서 보던 얼굴들에다 몇몇 롱비치 사람들도 있었는데 나는 몇 번 만나도 그렇게 친해지지 않았지만 짐은 그이들하고 죽이 잘 맞았다. 나는 차츰 경찰이라면 대체로 다 좋아하게 되었다. 그리고 그러면 됐지 싶었다. 경찰의 아내들도 좋았다. 아내들끼리 서로 얘기가 잘 통했다. 제이제이가 죽기 전에는 경찰관들에게 나를 밀쳐내는 폐쇄적인 부분이 느껴졌는데 나중에는 모든 사람에게 모든 일들을 다 설명할 수는 없다는 걸 실감하게 되었다. 사람은 내부에 무엇인가를 안전하게 넣어둘 장소를 보유하고 있어야만 한다. 그 무엇이 고작해야 생각이나 기억일 뿐이라 해도 그렇다. 그곳은 현실 세계의 대극, 사람들이 나무에서 가랑잎이 지듯 쉽게도 죽어가는 현실과는 반대되는 곳이다. 그리고 경찰을 놓고 말들 하는 그 케케묵은 얘기 즉 경찰들은 사람을 우리 편이냐 아니냐로 딱 갈라놓고 본다는 얘기 말인데, 경찰들이 정말 그렇게 생각한다는 점에서 그 얘기는 철두철미 진실이다. 대부분의 사람들 사고방식이 그렇다. 다만 '우리 편'과 '저쪽 편'이 상황별로 다를 뿐이다.

우리가 로건네 집에 다다랐을 때는 한 사내가 집 밖 데크에 땔나무를 쌓아 올리고 있었다. 키가 작고 살집이 두툼한 사내는 무표정한 눈으로 고개를 끄덕해 알은체를 했고 그게 다였다. 나중에 짐과 나는 맑은 공기를 좀 마시려고 밖으로 나왔다. 바람이 세고 서늘했다. 그 사내가 마침 나무 쌓기를 마친 참이었다. 사내는 일할 때 끼는 가죽 장갑 두 짝을 철썩 마주쳐 소리를 내면서 우리 쪽으로 걸어왔다.

"데일 일은 사과드리지." 그가 말했다. "내가 그놈 아비요. 그놈이 이 근처에서 미덥기로 소문난 아이는 아니라서요."

"사과할 필요는 없어요." 짐이 말했다. "그런데 데일이 어린애는 아니지요."

"그 녀석이 주머니에서 빼돌린 건 하나도 없다고 맹세하던데."

"그 안에 다 있었어요." 내가 말했다.

배저는 장갑을 한쪽 주머니에 쑤셔 넣었다. "제이슨은 당신들이 좋은 사람들이라고 그럽디다. 하지만 그 애한테 더 이상 일거리를 맡기지 않으면 고맙겠소. 그리고 그 애가 혹시라도 그쪽에 들르거든 그대로 집에 가라고 보내주쇼."

"집에 가면 당신이 두들겨 패려고?" 짐이 말했다.

"그건 늘 있는 일은 아니오. 우리 집에선 가족 간의 일은 가족 안에서 해결하지."

"법이란 게 있소."

"댁이 법은 아니잖소."

배저는 데일과 똑같이 오래 묵은 얼음 같은 눈을 가졌다. 셔츠에는 톱밥이 묻었고 장화 끈에는 나무 부스러기가 붙어 있었으며, 그에게서는 갓 쪼갠 소나무 심 냄새가 났다. "내 아들들한테 상관하지 마쇼. 어쩌면 당신들은 캘리포니아로 도로 이사를 가야 될지도 모르겠구먼. 그 동네에는 당신네들 모양으로 혼자 잘나서 동정심 철철 넘치는 오지랖 넓은 양반들이 아주 많이 필요할 것 같으니까."

우리는 일찌감치 파티에서 나왔다. 거의 집에 다 와서, 짐이 우리 집 차량 진입로 직전의 수풀 속 나무들 사이에 세워져 있는 트럭을 발견했다. 방향을 꺾을 때 우리 차의 헤드라이트가 트럭 그릴에 비쳐 반짝이는 걸 용케도 본 것이다. 나는 남편이 도대체 그런 걸 어떻게 알아보는지 모르겠지만 짐은 아직도 먼 거리에 있는 것을 보는 데는 보통 사람보다 월등한 시력을 발휘했고, 따라서 언제나 내가 못 보고 넘어가는 것들을 보곤 한다. 바람이 불어오고 있었는데, 아마 그 덕택에 딱 알맞게 나무들이 갈라져서 반짝이는 게 보였던가 보다.

짐은 전조등을 끄고 우리 집까지 아직 한참 거리가 남은 지점에서 차를 세웠다. 실외 방범등이 켜져 있었으므로 내 눈에도 연못 수면의 반짝임과 흔들리는 나뭇가지들이 보였다. 짐이 내 자리 쪽으로 손을 뻗어서 좌석 밑 총집에 넣어두었던 38구경 자동 권총을 뽑았다.

"그냥 차를 빼서 보안관을 불러와도 되잖아요."

"여긴 우리 집이잖소, 샐리. 안에다 열쇠를 두고 나왔어요."

"조심해요, 짐. 이런 일을 겪자고 은퇴해서 여기 온 건 아니에요."

짐이 그렇게 아무 소리도 없이 트럭에 탔다 내렸다 할 수 있는 사람인 줄 예전에는 정말 몰랐다. 짐은 오른손에 총을 들고 다른 손에는 손전등을 든 채 차량 진입로를 따라 내려갔다. 무슨 일이 벌어지든 대비가 되어 있는, 균형 잡힌 발걸음이었다. 짐은 덩치 좋은 사내가 아니지만 키가 183센티미터는 되고 몸집도 아직 퍽 탄탄하다.

문득 우리 집 현관 포치 쪽에서 물러나는 데일이 보였다. 한 손에 녹색 석유 깡통을 들고 몸을 수그린 자세로 돌아오고 있었다. 짐이 고함을 질렀고, 데일은 몸을 돌려 짐을 보더니 석유 깡통을 떨어뜨리고 주머니에서 뭔가를 꺼냈다. 불길의 장막이 집 외벽을 따라 확 터져 올랐다. 데일은 집 바깥에 빙 둘러 불을 붙이고는 모습을 감추었다.

나는 콘솔 박스를 넘어 운전석으로 가서 트럭을 빠르게 차량 진입로로 몰았고, 급제동을 했다가 자갈을 튀기며 불 속으로 돌진할 뻔했다. 도로 조금 뺄 수밖에 없었다. 돌이 사방으로 날았다. 나는 좌석 뒤의 고정쇠에서 소화기를 떼어내어 집 주추를 따라 걸으면서 빙 둘러 뿌려진 석유 위에 하얀 가루를 분사했다. 한쪽 처마 아래 높은 곳에 달려 있던 새 둥지에 불이 붙었기에 거기에도 한 방 쏴주었다. 새끼 새들이 짹짹거리는 소리가 들린 것도 같다. 소화기가 분사되는 소리와 내 귓속의 이명을 분간할 수 없었다.

그런 뒤에는 주변을 돌면서 땅바닥이나 집 벽에 약간 남은 잉걸불을 밟아 끄고 다녔다. 마침 부는 바람이 차갑고 눅눅했던 것도 도움이 되었다. 심장은 쿵쾅거리고 숨은 가쁘다 못해 목구멍에 탁탁 막혀 누구한테건 뭐라고 한마디라도 말을 할 수는 있었을지 잘 모르겠다. 짐한테도 아무 말 못 한 것 같다.

한 시간 뒤에 짐이 돌아왔다. 혼자였고 숨을 헐떡이고 있었다. 짐은 나에게 수신호를 보내어 아무 말 말고 트럭으로 돌아가라고 했다. 짐은 경광등과 자동 권총을 콘솔 박스에 넣고 차량 진입로로 빠르게 차를 뺐다. 짐의 숨결이 뒤쪽 유리에 뿌옇게 김을 서려 놓았다. 짐의 얼굴에는 땀방울이 줄줄 흘러내렸고, 몸에서는 나무 냄새와 기진맥진한 냄새가 풍겼다.

"트럭을 가지러 올 거야." 짐이 말했다.

그러고는 곧바로 차를 도로로 올려 데일의 트럭이 나무 사이에 대기하고 있는 길모퉁이 쪽으로 갔다. 우리는 램 차저와 거리를 두고 척 보아 보이지는 않을 장소를 택하여 차를 댔다.

우리는 해가 뜰 때까지 앉아 있었다. 해 뜬 뒤에도 7시까지 그대로 기다렸다. 차 뒤에 담요 두어 장과 물을 실어둔 게 있었는데 그렇게 한 게 다행이었다. 7시가 조금 지나서 앞 유리 너머로 데일이, 두 팔로 자기 몸을 감싸고 덜덜 떨면서 기진맥진한 걸음으로 숲을 헤치고 나오는 데일의 모습이 보였다.

짐은 데일이 우리를 볼 때까지 기다렸다가 기세 좋게 트럭에서 뛰어내리며 38구경을 뽑아 총구를 땅으로 내리고 '경찰이다!'라고 외쳐 데일을 멈추게 했다. 데일은 과연 멈춰 섰는데, 다음 순간 몸을 돌려 도로 빽빽하게 서 있는 미루나무들 속으로 모습을 감추었다. 짐이 그 아이를 바짝 쫓아갔다.

두 사람이 돌아올 때까지 반시간이 걸렸다. 짐은 데일을 두 손을 머리 뒤에 깍지 낀 모습으로 앞세워 마치 전쟁 포로처럼 몰고서 당당히 돌아왔다. 둘 다 옷이 더러워지고 찢어져 있었다. 하지만 짐의 권총이 허리띠에 끼워져 있는 걸로 짐작하건대, 분명 데일이 또다시 도주하지는 않을 것이라고 생각한 듯했다.

"당신이 몰아." 짐이 나에게 말했다. "데일, 너는 뒷자리에 타라."

나는 묻는 눈으로 짐을 보았지만 짐이 한 말은 한마디뿐이었다. "쿠르 달렌으로."

쿠르 달렌까지 가는 동안 누구도 말 한마디 하지 않았다. 거리는 멀지 않았다. 차가 도시에 이르자 짐은 휴대전화로 전화를 걸어 모병소 주소를 알아냈다.

모병소 바깥에 차를 세웠다.

"샐리에게 네가 지금 이 사태에 대하여 어떻게 하기로 결정했는지 말해봐라." 짐이 일렀다.

"내가 군에 입대를 하든지 아니면 아줌마 남편이 날 체포해버리 겠대요. 그래서 입대하려고요."

"잘됐구나, 데일." 내가 말했다.

"그게 뭐가 잘된 건지, 잘된 거 하나라도 말씀해보시죠."

"입대를 하면 몇 년 동안은 말썽에 휘말릴 일이 없을 테니 그게 첫번째지."

우리는 데일을 앞세워 모병소 사무실로 들어갔다. 미국기가 있고 포스터가 있고 몸에 딱 붙는 셔츠에 내 일생 본 것 중 가장 칼같 이 주름을 세운 바지를 입은 하사관이 있었다. 하사관은 처음에는 우리 때문에 상당히 당황했지만 짐이 우리 부부는 데일네와 가족 끼리 아는 사이인데 데일이 군에 입대하려고 마음먹었고, 다만 데 일의 엄마 아빠는 사정이 있어 여기 올 수가 없었노라고 설명했다. 그래 봐야 왜 데일과 짐의 옷이 이렇게 더러워지고 그저 조금만 찢 어진 게 아닌 정도로 엉망이 되었는지는 설명이 되지 않았지만 말 이다. 하사관은 고개를 끄덕였다. 이런 광경을 전에도 본 일이 있는 듯했다.

"몇 살이지?" 그가 물었다.

"열아홉입니다."

"그러면 아무 문제도 없다. 전혀 아무 문제 없지."

기입해야 할 문서며 설문지들이 잔뜩이었다. 데일은 자기는 준 비가 다 되었다고, 지금 바로 군에 몸을 담아 이라크로 건너갈 각오가 됐다고 확언했다. 가서 머리에 넝마 두른 놈들을 상대로 운을 시험해볼 준비가 됐다고 말이다. 데일은 자기는 머리를 깎을 필요가 없다는 얘기를 가지고 농담을 하려고 했고 하사관은 시답지 않은 웃음을 웃었다.

그런 다음 하사관은 신체검사에 앞서 의례적으로 해야만 하는 신원 확인 절차가 있어서 시간이 30분쯤 걸릴 거라고 했다. 어디 갔다가 다시 와도 좋고 그냥 앉아서 기다려도 된다고 했다.

그래서 우리는 밖으로 나왔다. 바람은 도로 잦아들었고 날이 점점 더워지고 있었다. 길 건너편에 아침 식사를 파는 식당이 보였다. 태양이 창에 반사되어 커다란 오렌지 빛 직사각형을 만들었고, 베이컨과 토스트 냄새가 솔솔 풍겼다.

"뱃가죽이 등에 붙었어요." 데일이 말했다.

"나도 그렇다." 짐이 말했다. "샐리, 아침 들겠소?"

우리는 아침을 먹었다. 데일은 제이제이와는 뭐 하나 닮은 데가 없었지만 또한 모든 게 다 닮기도 했다. 나는 그 아이가 저 머나먼 피에 젖은 사막으로 건너가 이곳에서는 발견할 수 없었던 무엇인가를 발견하게 되기를 바랐다.

그리고 돌아와서 자기가 찾은 것이 무엇인지 우리에게 이야기해주기를 바랐다.

심술생크스 여사 유감

낸시 피커드

친애하는 나의 조카손녀 새러에게

　네 어미가 감사 편지를 쓰게끔 너에게 용기를 준 것은 참으로 가상하다만, 이번에 네가 보내온 편지는 아무래도 엉망이었다고 말하게 되어 유감스럽구나. 엉망이라는 건 공연히 혹독하게 하는 말이 아니라 말 그대로 엉망이었다는 뜻이란다, 애야. 네가 '이제 겨우' 열 살이라는 건 알고 있다만 그게 형편없는 편지를 쓸 수밖에 없는 구실은 못 되지. 아무리 너 같은 어린애라도, 소위 '학습 장애'가 있는 아이라 해도 네가 쓴 것보다는 당연히 더 잘 쓸 수가 있다.

　하나하나 열거해보마.

　편지 쓰기를 시작하기 전에 손을 씻어라. 아이의 손자국도 네 나이쯤 된 아이의 것은 더 이상 '소중하고 사랑스럽지' 않단다.

내가 너에게 준 책 제목은 '그린 게이블즈의 앤Anne'이지 '그린 게이블즈의 안Ann'이 아니다. 청결 다음으로 중요한 것이 퇴고란다, 알겠니.

너는 네가 그 책을 읽었다면서 '참 좋았어요'라고 썼다만, 네가 좋아한다는 것의 예를 몇 가지만 보아도 네 말이 진실임을 입증하기에는 갈 길이 퍽이나 멀 것 같다.

나이 지긋한 여자에게 '잘 지내시죠?'라고 묻지 마라. 대답이 '잘 지낸다'일 가능성은 퍽 낮으니까. 대신에 이렇게 쓰렴. '이 편지가 닿을 무렵 잘 지내고 계시기를 바랍니다.'

이 편지가 닿을 무렵에는 네가 좀더 제대로 된 편지를 쓰려고 마음먹고 있기를 바라마.

사랑하는 너의 대고모, 필리스로부터

추신: 네 어미에게 고급 편지지니 펜을 사는 데 헛돈 쓰지 말라고 얘기 전해라. 넌 아직 어린 여자애에 불과하고, 잡화점에서 파는 문방구로도 네겐 충분하니까.

필리스 생크스는 만년필을 내려놓고 편지지를 반으로 접어 편지지와 짝을 맞춘 봉투에 넣었다. 봉투에 주소를 쓰고, 봉하고, 우표를 붙였다. 이 햇살 비치는 아름다운 6월의 토요일 오전에 필리스가 쓸 편지는 이제 두 통만 남았다. 그리고 이와 비슷한 다 쓴 편지

126

들이 무더기로 쌓여 있었다. 이 세상에 좀더 채찍질을 해줘야 할 것이 그렇게나 많고 자신이 그 일에 헌신할 시간은 너무 적다는 슬픈 사실만 아니면 필리스는 기꺼운 마음으로 매주 수행하는 이 과업을 고대할 터였다. 교직에서 은퇴한 지금은 정원 가꾸는 일이며 자원봉사 때문에 시간이 모자란다. 하지만 최소한 이제 필리스는 9학년중학교 3학년들의 정신을, 아니면 대충 그게 정신이라고 통하는 뭔가를 빚어 만들고 있지는 않으니 그녀의 지도가 이롭게 작용할 만한 다른 사람들을 인도할 기회가 있는 셈이다.

친애하는 카슨 부인께

내가 오래도록 친구로 생각해온 사람이 나에게 강력히 추천해준 까닭에 귀하의 소설 『사랑의 수수께끼』를 읽게 되었습니다. 단지 첫 장을 읽은 것만으로도 나는 이전에 몰랐던 두 가지 사실을 알게 되었습니다.

어느 것이든 당신이 쓴 책을 나에게 추천하는 사람이라면 도저히 나를 잘 아는 사람이라 할 수 없습니다. 명백히, 그녀는 생각과는 달리 내 친구가 아닌 것입니다. 이 실수에 대하여 나는 그녀를 탓하지 않으며 다만 나 자신을 탓할 뿐입니다. 내가 그 사람에게도 편지를 써서 그렇게 말할 터이니 귀하는 그런 줄 아시면 됩니다.

출판 여부를 정하는 기준이 경악스러울 만큼 낮아졌군요. 이 사실은 당신 책을 낸 출판사에 보낸 편지에 지적하여두었습니다.

귀하에게 분명 얼마간 재능이 있기는 합니다만, 그 가진 재능을 그토록 신경에 거슬리는 어휘를 담고 있는 그토록 무미건조한 이야기에다 기꺼이 낭비했다는 사실이 더한층 서글프기만 합니다. 나는 귀하가 생활하면서 직접 그러한 어휘들을 사용하지는 않을 것이라 확신하며, 따라서 도대체 무엇 때문에 귀하의 독자가 될 사람들에게 그러한 말들을 갖다 안기려 하였는지 도무지 상상이 가지 않습니다.

내가 다시는 귀하의 다른 책들을 도서관에서 대출하지 않을 것이고, 또한 양심상 결코 아는 사람들에게 추천도 하지 않을 것임을 알려드리게 되어 유감스럽습니다.

그럼 총총.

당신의 진정한 벗, 필리스 생크스

퇴고한다. 접는다. 넣는다. 주소. 봉함. 우표 붙이기.

필리스는 지난 한 주 동안 모아놓은 시빗거리 더미에서 가장 두꺼운 서류철을 집어 들었다. 지역 신문에 실렸던 기사 몇 편이 담겨 있는 서류철이다. 매 기사마다 눈에 확 띄는 빨간 잉크로 표시가 되어 있다. 문법, 문장부호, 맞춤법 교정, 사실 관계에 의문이 있는 부분 동그라미, 더 나은 문장의 예를 곁들여 문장 구성을 손본 곳들. 필요할 경우, 필리스는 기사를 작성한 기자 이름이 적혀 있는 곳에다 대문자로 또렷하게 'AAH?'라고 적어 넣었다. '사회적 약자 보호에 따른 고용Affirmative Action Hire?'의 줄임말이다. 필리스는 군이 무엇

128

의 줄임말인지 설명하거나 따로 몇 줄 주석을 첨부할 필요도 없었다. 편집장 마빈 프롤리치가 매주 월요일마다 필리스로부터 미주알고주알 지적질을 하는 편지를 받고 있는 터이니 알고도 남을 것이기 때문이다. 그런 지도 몇 년째이고 보니 이젠 프롤리치도 필리스 생크스가 쓰는 약어들에 훤하다. 이 최신판 우편물의 출처도 그에게는 전혀 수수께끼가 아닐 것이다.

필리스는 오전 동안 쏟은 자신의 노고에 뿌듯해하며 뒤로 기대앉았다.

그러고는 유백색 봉투들을 그러모아 가지런히 쌓아 올리고, 그 편지 더미를 기세등등하게도 문밖의 우편함으로 몰고 나갔다. 필리스의 집을 담당하는 우편배달원 다이앤 스티븐스가 그 편지들을 수거하러 올 것이다. 필리스는 다이앤이 도착할 때에 맞추어서 편지를 가지고 나가려고 늘 신경을 썼다. 그래야 지난번 배달에 어떠한 문제가 있었노라고 알려줄 수 있고, 이 젊은 배달원 아가씨한테 입고 있는 파란 셔츠 자락을 바지에 넣으라거나 머리 좀 빗고 다니라고 일깨워줄 수 있을 터이기 때문이다. 그래, 일하다 보면 더울 수 있다. 좋다, 무거운 가방을 메고 다니느라고 옷차림을 완전히 단정하게 하기란 어려울 게 틀림없다. 하지만 그렇다고 해서 트럭 안에서 옷을 주워 입고 나온 것 같은 꼬락서니로 도착해도 된다는 핑계는 되지 않는다. 다이앤은 어찌 되었든 미합중국 우정국을 대변하는 공무원이며 필리스네 집이 있는 이곳 그녀의 담당 구역 주민들이 그녀의 고용주이다.

최근에 와서 필리스는 다이앤과 자꾸 길이 엇갈리는 듯했는데, 때로는 필리스가 생각하기에 고작 몇 초 차이로 엇갈린다 싶었다.

오늘 필리스는 보통 때보다 좀더 오래 우편함 곁에 어정거리고 있었다. 그런데도 스티븐스 양이 오지를 않자 필리스는 한숨을 내쉬고, 수거할 우편물이 있다는 표시로 우편함에 달린 깃발을 세워 놓은 후 집으로 돌아왔다.

필리스가 창밖을 내다보아 우편함 깃발이 도로 누워 있는 것을 발견하기까지는 그야말로 눈 한 번 깜박할 사이였다.

월요일에, 새러 보딘은 대고모 필리스에게서 온 편지를 읽고 그만 울음을 터뜨렸다. 덜덜 떨리는 새러의 손에서 그 편지를 낚아챈 새러의 어머니 에이미는 당장 분노에 불탔다.

그날 저녁 새러의 아빠를 향해 에이미는 말했다. "그런 짓을 하다니 죽여버릴 테야!"

"이번엔 또 얼마나 심했는데 그래? 그리고 새러가 어쩌다가 그 편지에 손이 간 거야?"

"당신이 읽어봐. 얼마나 심한지 당신이 직접 보라고! 새러가 나보다 먼저 집에 와서 우편물을 가지고 들어오는 바람에 읽게 된 거야. 내가 그 저주받을 물건을 먼저 보고 내버렸어야 했는데 그만."

"당신 고모님은 대체 왜 그러신대?"

"왜 그러긴, 약에도 못 쓸 고약한 성질머리의 늙어빠진 마귀할멈이니까 그러지! 오장육부에 친절함이라고는 요만큼도 안 붙어 있으니까! 그 할망구가 그래, 새러가 학습 장애인 걸 가지고 '소위' 학습 장애 운운하면서…….”

“뭐? 맙소사.”

“그랬어. 그리고 또 우리 집 편지지가 새러가 쓰기엔 너무 고급이래.”

에이미의 얼굴은 이제 눈물이 가득 어린 채 괴로운 심정에 일그러졌다.

“필리스 고모 말대로 하면 새러한테는 싸구려 잡화점 종이 정도면 충분하대.”

에이미는 남편이 건네준 화장지에 코를 풀었다.

“새러랑 나랑 둘이서 같이 그 편지지를 골랐어. 우리가 살 수 있는 것 중에서 최고로 좋은 걸 고른 거야. 누구한테 선물을 받았으면, 그 사람에게 얼마나 고맙게 생각하는지를 보여줄 수 있었으면 좋겠다고 둘이 의논을 했거든.”

“세상에 정말 업보라는 게 있다면…….” 에이미의 남편은 뒷말을 암시하며 말을 줄였다. 아내가 남편이 꺼낸 말을 받아서 대신 끝을 맺었다. “……그럼 필리스 고모는 종이에 천 번쯤 베여서 죽게 될 거야!”

남편은 웃음을 터뜨릴 뻔했다. 너무 바보 같은 소리였기 때문이다. 하지만 그러다 열 살 먹은 딸아이 사진이 눈에 들어오고, 글을 읽는다는 게 그 아이에게 얼마나 힘든 일이었는지를, 또 그 아이가 글자를 모아 단어를 쓰고 한 단락의 글을 짜 맞추기 위해 얼마나 고투했는지를 생각하자 아내의 것과 맞먹는 분노가 덮쳐왔다.

"선생님이었잖아!" 보딘은 분개했다. "교사 생활 몇 년 하셨지?"

"한 150년쯤 했지." 에이미는 반쯤은 흐느끼고 반쯤은 웃으며 그렇게 말했다.

"당신의 다정한 필리스 고모님한테 내가 한마디 해도 괜찮지?"

"당연하지!" 에이미가 외쳤다. 그러고는 고마움에 차서 덧붙였다. "난 진짜 아무 상관 없어. 누가 뭐라고 좀 해줘야 해."

시빌 카슨은 다소 두려운 예감을 품고서 유백색 봉투를 열었다.

애독자의 편지는 참으로 희비가 교차하는 축복이다. 한편으로는 글이 잘 써지지 않는 날 편지 한 장이 그녀의 정신을 고양시켜줄 수 있다. 손가락 사이에 마법이 걸린 느낌으로 도로 글쓰기에 매달리게끔 등을 밀어 보내줄 수 있다. 그런 편지는 시빌에게 그녀가 생계를 위해 하고 있는 이 일을 하게 되어 정말 잘되었다, 고마운 일이다 싶은 느낌이 들게 했다. 아무리 그 생계가 요즘 들어서는 변변치 못하다 해도 말이다. 하지만 편지는 다른 한편으로 시빌을 시켜면 절망의 구렁텅이에 처박아버릴 수도 있었다, 오늘 같은 날에는. 시빌은 이미 가장 최근에 낸 소설에서 포기할까 말까 아슬아슬한 벼랑 끝을 탔다. 물론 그렇게 포기할 만한 여유는 없었지만. 한 번만 더 세게 얻어맞으면 완전히 거꾸러져버릴지도 모른다. 혹시라도 시빌이 뭔가 다른 종류의 일자리를 찾아낼 공산은 크지 않았다. 무엇보다도 이제는 젊은 나이가 아니다. 또한 글쓰기 말고는 할 줄

아는 것도 없다. 시빌은 30년 동안이나 소설을 써왔고, 매번 다음에 낼 소설은 돈을 좀 벌어주어서 한숨 돌릴 수 있게 해주겠지 생각했다. 지금까지는 그런 일이 일어난 바 없다. 사람들은 작가라면 모두 다 부자일 줄 알지만, 시빌은 그저 다음 책 계약을 완수할 때까지 겨우겨우 버틸 만큼밖에 벌지 못했다. 심지어 지금은 그나마도 해내지 못하고 있다. 이번 책은 석 달 전에 이미 탈고를 했어야 했다. 하지만 이야기가 도무지 풀리지를 않았다. 시빌은 자기가 아는 온갖 글쓰기 수법을 동원하여 자기 자신을 속여가며 다시 이야기를 이끌어보려 했으나 여전히 원고지에는 독자가 읽고 싶어 할 만한 일은 하나도 벌어지지 않았다. 만약 마감을 맞추지 못하면 돈도 받지 못할 것이다. 돈이 들어오지 않으면 청구서들도 지불할 수 없으리라⋯⋯.

제발 부탁이야. 시빌은 예쁜 편지봉투를 천천히 열면서 속으로 생각했다. 제발 좋은 내용의 편지였으면. 지금만큼은 도저히 비평은, 아무것도 없는 허공에서 느닷없이 뺨을 때리는 듯한 고약한 '애독자' 나리의 편지는 감당 못 할 것 같다. 그런 비평은 마치 편지봉투나 컴퓨터 화면에서 손이 쑥 나와서 자국이 날 정도로 세게 후려치는 것 같아서, 얼굴은 말짱할지 모르나 영혼에는 피멍이 든다.

시빌은 편지지를 꺼내 펼쳤다.

지금은 어떤 것이든 독자 편지는 읽지 말아야 하는 게 아닐까. 아직 거기 쓰여 있는 말들을 내려다보지는 않은 채로 시빌은 생각했다. 어쩌면 이 편지가 나를 의기소침하게 만들 기회를 주어서는 안 되지 않을까. 하지만 그녀는 곧 스스로를 나무랐다. '어린애같이 굴지 마. 막대기와 돌은 맞으면 아프지만……'

시빌은 편지를 끝까지 죽 읽고, 살그머니 무릎 위에 내려놓았다.

말은 들어봐야 간지럽지도 않다?

그 무슨 가공할 거짓말이냐! 옛날부터 지금까지 내내 사람들을 기만해온 거짓 경구!

'어쩌면 나는……' 시빌은 목구멍에서부터 흐느낌이 끓어오르고 있었다. '나는 내 독자 중에서 한 명을 죽이는 그런 소설을 써야 할까 봐.'

"여기요, 편집장님. 심술생크스 여사의 이번 주 습격이에요."

마빈 프롤리치의 비서가 빙긋 웃으며 매주 월요일이면 도착하는 서한을 그의 책상 위에 툭 던져놓았다. 그들은 이 '자원봉사' 편집장님의 본명을 조금 비틀어 '심술생크스 여사'라고 별명을 지어 불렀다. 바로 필리스 생크스다. 일주일에 한 번씩 시계처럼 꼬박꼬박 (이런 표현을 쓴다면 심술생크스 여사가 '틀에 박힌 비유'라고 지적질을 해대겠지만) 그들이 냈던 기사를 자기 식으로 교정 본 것이 배달된다. 온통 눈이 어질어질할 지경으로 빨간 잉크투성이가 돼서 온다.

"가끔은 말이지, 저 빨간 잉크가 그 여자 피라고 상상하고 싶어져." 마빈이 비서에게 털어놓았다.

"편집장님!" 비서가 깔깔 웃었다. "실제로 그러시면 큰일나요."

마빈은 한숨지었다. "알아. 하지만 기분은 근사하겠지."

마빈의 성질을 정말 긁어놓는 것은 이 여자가 가해놓은 수정이, 거기 담긴 정신은 그렇지 않다 해도 말 그대로는, 때때로 옳기도 하다는 점이었다. 심지어 마빈은 심술생크스 여사의 '편집질'로부터 몇 가지 배운 바도 있었다. 하지만 그 수정본들은 받아보는 족족 어쩌면 그렇게 고약한지, 배운 것이 있다고 해도 그 고약함을 감수할 만한 값어치는 없었다. 또한 그 편지가 그 치 떨리는 줄임말 'AAH?'를 본 기자들에게 안겨준 고통에도 전혀 값하지 못했다. 사회적 약자 보호 고용이냐고? 이 무슨 오만무례한 헛소리인가! 거기에 당한 희생자 하나는 싹트는 재능을 가졌으되 재능만큼 확고한 자신감은 갖지 못했던 젊은 흑인 여성 기자였다. 극심한 편견을 담은 그 한마디가 그 아가씨를 몇 달이나 후퇴하게 만들었다. 바로 지난주만 해도 그 편지는 두 다리에 마비가 있어서 '장애인'이라는 말의 정의에 신체적으로는 부합하는, 하지만 정신적으로나 능력상으로는 전혀 아무런 장애도 없는 편집자 한 명을 격노하게 했다. 마빈은 여성 기자나 다리가 불편한 편집자 둘 중 누구에게라도 심술생크스 여사에게서 온 편지를 보여줄 생각이 전혀 없었으나 두 사람 다 어쩌다 우연히 보고야 말았다.

마빈은 비서를 향해 예언했다. "아마 조만간에 우리의 심술생크스 여사께서는 당할 일을 당하고야 말 거야."

비서는 빙긋 미소 지었다. 마빈은 웃지 않았다.

"그 당할 일이란 게 뭔가요, 편집장님?"

"그녀의 존재 자체가 편집 삭제당하는 일이지."

다이앤 스티븐스가 월요일에 생크스 여사 댁 우편함에 늘 쌓여 있곤 하던 상앗빛 봉투 무더기를 발견 못 했을 때, 그녀는 무엇인가 잘못되었음을 감지했다. 어쩌면 그 늙은 여편네가 시내로 외출을 했을 수도 있었다. 그러나 다이앤은 그럴 성싶지 않다고 생각했다. 필리스 생크스는 그간 자기 집 우편함을 지나서 한 걸음이라도 내디딜 염은 전혀 내지 않는 것 같았기 때문이다. 심지어 그 할망구는 식료품도 집으로 배달을 시켰다.

아마 그래야지만 배달부에게 셔츠를 바지 속으로 집어넣으라고 핀잔을 줄 수 있기 때문이겠지. 다이앤은 그렇게 생각했다.

"아니면 이럴지도 모르지." 짧은 진입로 끝에 서 있는 작은 집 쪽으로 걸음을 떼어놓으면서 다이앤은 혼자 중얼거렸다. "배달을 시켜야 배달부한테 통조림은 이중으로 봉투에 넣어야 되는 거 아니냐느니, 냉동 채소를 빵 덩어리하고 함께 담다니 도대체 무슨 생각이냐고 한 소리 할 수 있어서 그러는 거야."

다이앤은 내키지 않는 마음을 가까스로 다잡았다. 노인이 집 안에서 앓고 있을지도 모를 일이다.

다이앤은 진입로를 따라 걸어가며, 조금 전에 마음속에 솟아올랐던 못된 소망을 벌충하려고 동작을 서둘렀다. 하지만 정면 현관에 다다르자 몇 초간 멈추어 서서 제복 매무새를 바로하고 머리카락을 손으로 쓰다듬어 가지런하게 했다. 옷이고 머리고 그렇게 한다고 해도 저 할망구의 입을 다물게는 할 수 없다. 암, 어림없지. 제복이 말쑥하고 머리 모양이 말끔하다 해도 그 할망구는 여전히 퍼부을 말이 있다. 그런 신발을 신다니 공무원으로서 그게 제대로 된 복장이냐고 트집을 잡을 것이다.

다이앤은 초인종을 울리면서 조금 웃음을 지었다.

사실, 재미있는 일이었다. 다이앤에게는 이 집의 거주자와 우편함에서 만나는 일이 없도록 몸을 숨기는 수법이 있었다. 마침 딱 좋은 자리에 나무가 한 그루 서 있는데 나무줄기가 다이앤의 엉덩이보다 펑퍼짐해서 (생크스 여사는 다이앤의 엉덩이를 놓고 다이앤이 하는 일 덕택으로 운동이 돼서 그런 거라고 말한 적이 있다) 그 나무 뒤에서 현관문이 닫히고 잠금장치가 딸깍 채워지는 소리가 날 때까지 기다릴 수 있었다. 소리가 나면 다이앤은 열까지 세고 나서 우편함으로 달려가 함을 열고 편지들을 끄집어내고 배달할 우편물들을 우편함에 욱여넣고 들키기 전에 걸음아 날 살려라 이웃집으로 뺑소니를 쳤다. 만약 우정국에서 최고로 빠른 우편배달원 올림픽을 연다면 아마 자기가 금메달을 따지 않을까 그녀는 생각했다.

생크스 여사가 초인종을 울려도 나오지 않자 다이앤은 자기 감독자에게 전화를 걸었다.

그리고 이웃집 여자가 건너와 경찰이 들어갈 수 있도록 문을 열어주자, 그들은 집주인이 1층 층계참에 쓰러져 있는 것을 발견하였다. 앙상하게 마른 목에 교살흔이 남아 있었다. 빨간, 그녀의 펜에 담겨 있는 잉크처럼 새빨간 손자국이었다.

피살자의 인적 사항을 보고받자, 그 자신도 몇 년째 꾸준히 생크스 여사가 보낸 편지들을 수령해온 경찰의 수장은 그만 이렇게 외쳤다. "하나님이 보우하사 이거야말로 사상 최고로 긴 피의자 명단이 나올 사건이구먼!" 그 외에도 속으로 생각한 것이 있기는 했으나 덧붙여 말하지는 않았다. '그리고 가장 동정심에 찬 배심원들이 평결할 사건이기도 할걸.'

'붙잡힌다 해도 좋아. 충분히 가치 있는 일이었어.'

아놀드 설리번은 임대 원룸 방 안에 앉아 그 몹쓸 년의 모가지를 움켜쥐고 으스러져라 졸랐던 두 손을 지그시 내려다보았다. 그의 일생을 두고 가장 만족스러운 몇 초간이었다. 그는 다시, 또다시 기억을 되살려 자기가 어떻게 달려들었으며, 그년이 숨이 막혀 헥헥거리며 안간힘을 쓰다가, 목숨이 꺼져갈 때에 어떤 눈을 하고 있었던가를 회상했다.

"자네가 누군지 이제야 드디어 알아냈다네." 지난 일요일, 그 여자는 아놀드를 향해 그렇게 말했다.

아놀드는 식료품이 든 큰 봉투들을 내려놓고 공손히 물었다. "네? 무슨 말씀이신지."

그 여자가 손가락 한 개로 자기 코를 짚었다. "그 식료품 배달 총각이 대체 누군가 하고 난 계속 자문하고 있었거든. 자네를 보면 뭔가 굉장히 낯이 익어서 말이야. 그런데 이제 알겠구먼. 자넨 샘 설리번의 형이지, 그렇지 않나?"

"네." 이미 일흔 살이나 먹은 '식료품 배달 총각'은 그렇게만 대답했다.

노파는 사악하기 짝이 없는 웃음을 지었다. 매주 아놀드에게 10센트 동전 한 닢을 건네줄 때 짓는 웃음이었다. 10센트 한 닢. 마치 지금이 2008년이 아니라 1928년이기라도 한 듯이. 그 웃음은 또 아놀드의 동생 샘이 말했던 대로, 샘의 글짓기 과제물을 반 아이들 앞에서 큰 소리로 읽을 때에 이 여자가 얼굴에 떠올렸다는 웃음이기도 했다. 샘은 그 글에다 다른 남자아이를 향한 자기의 감정을 고백했다. 이 여자가 학급 아이들에게 글을 쓸 때는 열정적으로 쓰라고, 무엇인가 비밀스러운 것, 깊숙이 간직한 진실을 털어놓도록 하라고 격려했으며 선생님 말고는 아무도 그들이 써낸 글을 보는 일이 없을 테니 안심하라고 했던 것이다.

그때는 1957년이었다. 샘은 신체적으로 체구가 작은 소년이었으며, 또래들 사이에서 순진한 축에 들었다. 아놀드가 기억하는 동생은 상냥하고 천진난만한 열세 살 아이였다. 사람을 너무 쉽게 믿어서 탈이었던 아이.

그 세 시간 뒤에, 샘은 지하실에서 목을 매었다.

샘의 장례식 때에 이 여자는 얼굴에 그 웃음을 띠고 있었다.

"자네 그 게이 꼬마의 형이지, 그렇지 않아?" 그 여자가 아놀드를 보고 다시금 물었다. "자네들 부모님이 뭘 잘못하셨는지 모르겠군. 아들 하나는 자살하고, 또 하나는 출세의 사다리를 오르는 게 아니라……." 그 여자는 승리의 빛을 띠고 식료품 봉투들 중 하나의 내용물을 가리켰다. "……콩 봉지나 나르고 있으니 말이야."

그리하여 그는 달려들었다. 여기 이 두 손을 내뻗었다.

부모님이 새미의 그런 꼴을 보시기 전에 밧줄을 끊어 대롱대롱 매달린 동생을 땅에 내렸던 바로 그 두 손이다. 아놀드는 노파의 목덜미에 자기 지문이 남았기를 바랐다. 아마도 십중팔구 발각이 나서 체포될 거라고 생각했고, 그러면 온 세상에 그 여자가 어떤 인간이었는지 낱낱이 알릴 수 있을 거라 생각했다. 어쩌면 세상 사람들은 몰랐을 수도 있다. 어쩌면 깜짝 놀랄지도 모른다.

마빈 프롤리치는 그가 데리고 있는 기자가 쓴, 은퇴 교사 살해 사건에 관한 기사를 다시 한 번 읽었다. 경찰은 아직까지 아무도 체포하지 않았는데, 이는 용의자가 너무나도 많았기 때문이다. 마빈 프롤리치를 포함해서.

앞서 검사가 마빈에게 솔직히 털어놓은 말이 있었다.

"알잖나, 아무리 우리가 이 사건의 범인을 발견해서 재판에 회부한다 해도, 피고인 측 변호사가 피고 외에도 얼마나 많은 사람들이 그 여자를 증오했는지 입증하면서 아주 신나게 판을 벌여놓을 거야. 그거면 그 어떤 배심원이라도 '합리적인 의혹'에 근거한 무죄 평결을 내기에 충분할걸."

마빈은 부드러운 태도로 기사를 수정, 편집했다. 빨간 잉크가 얼마나 혹독한 느낌을 주는지 상기하면서, 연필로 흐리게 고칠 곳을 표시했다.

비서가 들어와서 고친 기사를 넘겨받았다.

"뭐라고 하셨어요?" 마빈이 입속으로 무슨 소리를 웅얼거렸기에 비서가 물었다.

"딩, 동, 댕." 마빈은 아무런 부끄러움도 없이, 마음 깊은 곳에서부터 우러난 즐거움에 젖어 노래를 불렀다. "딩, 동, 댕, 뒈졌구나, 딩, 동, 댕."

첫 남편

조이스 캐롤 오츠

시작은 거리낄 것 없이 떳떳했다. 리오나드는 아내의 여권을 찾고 있었다.

체이스 부부는 첫 가족 여행을 이탈리아로 떠날 참이었다. 결혼 10주년 축하 여행이다. 풍상을 많이 겪은 리오나드 자신의 여권은 그가 늘 두는 위치에 틀림없이 있었지만 남편만큼 자주 쓰지는 않는 발레리의 여권은 남편 여권과 같은 데서 나오지 않았고, 그래서 리오나드는 아내 것으로 되어 있는 서랍들을 샅샅이 뒤졌다. 장식 탁자 서랍, 책상 서랍, 부부 침실 한 귀퉁이에 놓여 있어 가끔 발레리가 책상 삼아 사용하기도 하는 체리우드 테이블의 하나뿐인 야트막한 서랍까지도. 그리고 바로 거기에서, 마닐라지 서류케이스 안에 팩스로 받은 발레리의 출생증명서와 다른 서류들 사이에 있던 여권을 찾아냈다. 서랍 뒤쪽으로 밀려 들어간 한 묶음의 사진들도 찾았다. 사진들은 삭아버린 고무줄로 묶여 있었다.

폴라로이드 사진들. 살짝 빛이 바랜 것으로 보아, 오래된 폴라로이드 사진들이다.

리오나드는 카드를 치듯이 사진들을 뒤섞으며 훑어보았다. 보이는 건 젊은 남녀 한 쌍. 발레리와, 리오나드가 모르는 한 남자였다. 사진 속의 발레리는 놀랄 만큼 젊었고 리오나드와 만난 이후보다 훨씬 아름다웠다. 머리카락은 적동색으로 맨 어깨 위에 폭포처럼 흘러내리고 빨간색 비키니 톱에 흰 반바지 차림이었다. 살빛이 검고 잘생긴 젊은 남자가 그녀 곁에 바싹 붙어 서서 장난기 어린, 몹시 친한 사이의 몸짓으로 그을린 팔을 그녀의 어깨에 두르고 있다. 성적 소유권을 나타내는 노골적인 몸짓이다. 필시 이 사내가 발레리의 첫 남편, 리오나드는 만난 일이 없는 그 남자일 것이다. 젊은 연인들은 야외 카페의 하얀 철사 세공 테이블에 앉은 모습으로, 또는 호텔 방의 발코니에서 사진에 찍혔다. 몇 장의 사진에는 가까운 거리에 굽이치며 펼쳐진 널따란 백사장이며 언뜻 비친 물빛 바다가 들어 있다. 두 사람의 배경에 찍힌 테라스에는 로열 코트 야자수며 불꽃처럼 새빨간 부겐빌레아 꽃이 보인다. 하늘은 적도 지방답게 눈이 시린 파란색이다. 대여섯 장의 사진들은 제3자가 찍어준 것이다. 아마 웨이터나 호텔 직원이 찍어줬겠지. 리오나드는 얼어붙은 채 물끄러미 사진을 보았다.

첫 남편. 첫 남편이 있었다. 야드만……? 그 이름이 맞던가? 리오나드는 칼날처럼 찔러 드는 성적 질투심을 느꼈다. '하긴 나는 두번째 남편이니까.' 그런 생각이 드는 게 싫었다.

폴라로이드 사진 중 한 장의 뒷면에 발레리의 글씨가 쓰여 있었다. '올리버와 발레리, 키웨스트, 1985년 12월.'

올리버. 야드만의 퍼스트네임이 이거였지. 리오나드는 이제 어렴풋이 기억이 났다. 1985년에 발레리는 스물두 살이었다. 지금까지 산 햇수의 거의 절반 나이였고, 아직 올리버 야드만과 결혼한 상태는 아니지만 대충 이듬해쯤 결혼했을 것이다. 이 시점에 두 사람은 새로 사귄 애인 사이였을 게 거의 틀림없고, 키웨스트 여행은 일종의 밀월여행이었으리라. 한 쌍의 얼굴에 저렇게나 관능적이고 거침없이 드러난 행복의 표정이라니! 리오나드의 기억에 분명히 발레리는 첫 남편 사진은 하나도 갖고 있지 않다고 그랬다.

"실수했을 때 그나마 할 수 있는 일은 그 기록을 남겨두지 않는 거잖아." 발레리는 그렇게 말했다. 우습게도 입꼬리를 비죽 끌어 내린 얼굴로.

야드만과 이혼하고 몇 년이 흐른 후인 서른한 살 때의 그녀를 만난 리오나드는 발레리의 첫 남편이 그녀보다 나이가 많고 그다지 매력 있지도 않고 흥미를 가질 만한 인물도 못 되었다고 멋대로 생각할 수 있었다. 발레리는 자기가 '너무 어렸을 때' 결혼했고 딱 5년 살고 '원만하게' 이혼했다고 주장했다. 첫 남편과 사이에 아이도 없었고 함께 보낸 과거도 대수로울 게 없었기 때문이라고. 야드만은 덴버 교외에 터 잡은 가족 소유의 사업에 종사했는데 '돈에만 매달리는 시시한 일자리'였다고 했다. 코네티컷 주 라이에서 성장한 발레리는 콜로라도가 마음에 안 들었고, 그래서 그때의 그 지역과 자기 삶에 관하여 이야기할 때에는 밥맛 떨어진다는 투였다.

하지만 여기에 발레리가 1985년 12월에 올리버 야드만과 함께하며 몹시도 행복했다는 번쩍번쩍 빛을 발하는 증거가 있다. 야드만은 발레리보다 불과 몇 살 위였을 것이 명백하고, 매력 없기는커녕 무지무지 매력 있는 남자였다. 거무스름한 피부, 어글어글한 눈, 선이 날카로운 생김생김, 입매는 어딘지 의기양양하고 심통 사나워 보이는 데가 있다. 버릇없는 꼬마 도련님 같은 입매. 여자라면 얼마든지 응석을 받아주어서 그 입꼬리가 위로 올라가며 좋아서 방싯 웃음 짓게 만들어주고 싶을 것 같다. 거기에는 내막을 짐작할 만한, 야드만이 장난스럽게 발레리를 바싹 끌어당기며 찍은 폴라로이드 사진 한 장이 있었다. 한 손으로는 발레리의 어깨를 그러쥐고 다른 손은 테이블 밑에 가 있는데 십중팔구 그녀의 허벅지를 붙들고 있을 것이다. 야드만의 머리카락은 검고 숱이 많고 젖은 듯이 헝클어져 있었다. 턱 쪽으로는 수염 자국이 거뭇거뭇했다. 근육이 다부진 상체에 딱 달라붙는 흰 티셔츠를 입었고, 아래는 아마 사각 수영 팬츠를 입고 있는 것 같았다. 발은 맨발인데 몹시도 기분이 좋은지 발가락들을 발딱 쳐들고 있다. 그래, 이게 올리버 야드만이었군. 첫 남편. 발레리가 리오나드에게 넌지시 비친 인물하고는 전혀 딴판이다.

리오나드는 이상하다고 생각은 했지만 발레리가 워낙 과묵한 편이라 그럴 거라고 여겼다. 처음 만나 사귈 무렵 발레리는 몇 달이 지나도 리오나드의 과거사를 묻지 않았던 것이다. 심지어 결혼한 적이 있는지도 묻지 않았다. 리오나드가 먼저 알려주었다. 결혼한 적 없다고.

그리고 아이도 없다고. 리오나드는 그때까지 살면서 그 부분에 있어 조심을 했다.

성적 질투심이라고는 실오라기만큼도 없는 여자를 만나게 된 것은 그간에는 다소간 마음이 놓이는 일이었다. 리오나드는 이제 알 것 같았다. 발레리는 자기 자신의 과거 성생활에 관하여 질문을 받고 싶지 않았던 것이다.

리오나드는 폴라로이드 사진들을 물끄러미 내려다보았다. 그냥 피식 웃고 원래 들어 있던 대로 다시 서랍에 넣어둬야 할 거라고 생각했다. 삭은 고무줄이 끊어지지 않게 조심해서. 왜냐하면 리오나드는 아내의 사적인 물건들을 헤집어보는 그런 남자가 아니니까. 그리고 질투심에 치를 떠는 그런 남자 또한 절대로 아니니까.

오만 가지 추잡한 감정들 중에서도 질투야말로 최악이 아닌가! 시기도 그렇고.

그런데 그럼에도, 리오나드는 사진들을 들고 창 쪽으로 더 가까이 붙었다. 허드슨 강 위에 무리 지은 구름 너머 빛나고 있는 11월의 흐린 햇빛이 비쳐 드는 창가에서, 사진 속 젊은 한 쌍이 그 앞에 앉아 있는 테이블 위에 잔뜩 어질러진 유리잔들과 짙은 빛깔의 레드 와인 한 병(보기에 거의 비어 있는 듯했다) 그리고 음식물이 묻은 접시들 위에 벗어놓은 옷가지처럼 구겨진 냅킨들을 리오나드는 들여다보았다. 발레리의 왼손에 반지가 있다. 자그마한 은귀걸이가 반짝이는 그녀의 귓불은 발그레하게, 장밋빛으로 상기되어 있다. 사진들 중 몇 장에서 발레리는 힘에 넘치는 젊은 연인을 꽉 움켜잡고 있었다. 그가 그녀를 움켜잡았던 것처럼. 장난스럽게 이건 내 것이라는 듯이 움켜잡고 있다. 보기만 해도 발레리가 와인에 그리고 사랑에 취해 마음 들떠 있다는 것을 알아차릴 수 있었다. 여기에 사랑의 하룻밤을 보내고 느지막이 잠이 깬 한 쌍의 뜨거운 연인이 있다. 와인을 곁들인 이 거창한 점심은 아마도 그들에게는 그날의 첫 식사였을 것이다. 그리고 십중팔구, 두 사람은 그대로 침대로 돌아가 서로 얼싸안고 쓰러져 오후의 낮잠을 즐겼을 것이다. 가장 노골적인 사진 한 장에서는 발레리가 야드만에게 기대어 팔다리를 쫙 뻗고 눕듯이 하고 있었다. 윤기 흐르는 적동색 머리카락이 야드만의 가슴팍에 흘러내리고, 발레리는 한 팔로 그의 허리를 감고 있는데 테이블 밑에 가린 부분까지 손이 뻗쳐서, 야드만의 무릎에다 손을 두고 있는 게 분명했다. 야드만의 사타구니에다. 발레리, 상스러운 행동을 싫어하는 발레리, 리오나드가 욕설을 입에 담으면 움찔 몸을 굳히고 '지나치게 노골적인' 영화는 싫어한다고 대놓고 말하던 발레리가 요염을 떨며 야드만을 애무했다니. 카메라를 든 제3자가 뻔히 보는 앞에서. 발레리가 짓곤 하는, 어린 소녀인 양 순진한 척하는 표정은 리오나드가 익히 보던 것이었다. 아니에요! 아니에요! 저는 저속한 여자가 아니라고요, 아니에요!

리오나드는 물끄러미 보고 있었다. 그의 심장은 울분에 차 쿵쾅거렸다. 여기에 그가 알지 못했던 발레리가 있다. 입맞춤을 당하여 부은 입술, 당하고 또 하느라고 부은 입술에 젊디젊은 몸. 비키니 수영복의 빨간 천에 팽팽히 눌린 풍만한 젖가슴. 두 유방 사이 세모꼴로 그늘진 살갗에 땀이 배어나서인지 동전만 하게 반짝이는 자국이 있고, 살결을 따라 따스하고 관능적인 광휘가 번져 오르는 듯하다. 리오나드는 이 젊은 여인이 또 한 명의 여인, 자기 아내인 그 여자의 내부에 간직되어 있으리라는 사실을 알았다. 리오나드는 절대 접근 못 할 은밀하고 황홀한 추억으로서. 그는 그저 두번째 남편에 불과하니까.

리오나드는 마흔다섯 살이다. 나이에 비해서는 젊어 보이는 편이지만, 이미 나이 자체가 젊지가 않다.

설사 리오나드가 사진 속 야드만처럼 이십 대 중반이었던 시절이라 해도, 야드만같은 젊음을 뽐내지는 못했다. 그 사실을 인정하기는 고통스럽다. 하지만 실제로 그랬다.

만약에 그가, 리오나드 체이스가 사진 속에 찍혀 있는 젊은 여자에게 접근했더라면, 만약에 그가 어떻게 해서든 1985년에 발레리의 인생에 등장할 수 있었더라면 발레리는 그를 두 번 쳐다보지도 않았을 것이다. 남자로는 보지 않았으리라. 성적인 파트너로는 보지 않았으리라. 이 점을 리오나드는 분명히 알았다.

점심을 먹은 후에, 젊은 한 쌍은 호텔 방으로 돌아가서 블라인드를 내렸으리라. 까르르 웃고 입을 맞추며, 술 취한 무용수들처럼 아무렇게나 넘어졌으리라. 둘이 함께 발가벗고, 아름답고 매끈한 두 몸뚱이가 한데 얽히고, 탐욕스럽게 키스하면서, 어루만지고, 짝짓기 하는 짐승들처럼 아랫배를 서로 밀어붙여댔으리라. 리오나드는 두 사람이 침대 위에 널브러져 있는 광경을 눈앞으로 보았다. 침대는 커다란 놋쇠 침대라 칭칭 울리고 방 안 조명은 어둠침침한데 머리 위에서 나른하게 돌아가는 환풍기 날개. 블라인드의 좁은 틈새로 얼핏 엿보이는 열대의 하늘, 우아한 곡선을 그린 야자수, 여인의 벌린 입처럼 촉촉한 선홍색을 띤 부겐빌레아 꽃 무더기……. 리오나드는 사타구니에 반갑지 않은 성적 흥분을 느꼈다.

"거짓말을 했겠다. 그거야말로 모욕이지."

첫 남편에 관해, 첫 결혼에 관해 틀린 얘기를 해주었다. 왜?

리오나드는 왜인지 알 수 있었다. 야드만은 발레리에게 심각한 첫사랑이었던 것이다. 야드만은 발레리의 인생에 있어서 남성미 넘치는 성적 대상의 표준이었다. '첫사랑만 한 사랑은 없다.' 이게 그 얘긴가? (리오나드의 경우에도 아마 그렇다고 할 것이다. 하지만 리오나드의 첫사랑은 성관계와 상관없는 사랑이었고 그 상대방, 학교 친구의 누나였던 그 소녀에 대한 리오나드의 기억은 희미해진 지 오래되었다.) 몰래 감춰놓은 폴라로이드 사진들은 발레리의 비밀이었다. 그녀의 사적인 비밀, 에로틱한 사생활로 이어지는 연결 고리다.

리오나드는 서둘러서 폴라로이드 사진들을 서랍 속에 도로 넣었다. 삭아 있던 고무줄이 끊어져버렸지만 눈치채지 못했다. 그는 크나큰 충격을 받고 후들후들 떨면서 그 자리를 떠났다. 리오나드는

생각했다. '발레리한테 나는 아무것도 아니었어. 그동안의 일은 모두 웃음거리 익살극이었을 뿐이야.'

　뉴욕 주 로클랜드 카운티. 허드슨 강 서안의 솔트힐 랜딩. 조지워싱턴교에서 북쪽으로 30킬로미터쯤 떨어진 지점.
　강을 굽어보는 낡은 돌집들 중 한 곳에서. '역사적인' '랜드마크'. 비싼 곳.
　그날 이른 저녁 시간에 발레리가 주방에서 또 무슨 식도락가 요리의 준비를 하는데, 리오나드는 주방 문설주에 기대서 손에는 술잔을 들고 추근추근 물어보았다. "그 사람 소식 들은 적 있어? 이름이 뭐였더라, '야드만' 말이야……." 거북한 생각이 그냥 퍼뜩 떠오른 것처럼 별일 아닌 듯이 물었고 발레리는 이맛살을 찌푸리고 요리법에 골몰한 채 없다고 했지만, 그렇게 딴 데 정신이 팔려서 대답을 하니 제대로 듣고 말하는 건지 알 수가 없어 리오나드는 한 번 더 물어보았다. "당신 야드만 소식 들은 적 있어? 아니면 연락이라도 없었어?"그러자 발레리는 리오나드 쪽으로 흘긋 시선을 던지며 희미하게 곤란한 듯한 미소를 띠고 "야드만? 없어요." 했고 리오나드는 말하길 "정말? 한 번도? 이렇게 세월이 흘렀는데?"하니 발레리는 대답했다. "이렇게 세월이 흘렀지만, 여보, 들은 적 없어요."
　발레리는 그림이 잔뜩 들어간 커다란 호화판 요리책을 꼼꼼히 뜯어보았다. 요리책은 펼쳐져 있게끔 집게를 물려서 조리대 위에 세워놓았다. 『카리브 해의 주방』인데, 비싼 책이고 체이스 부부와

집에서나 맨해튼의 엄선한 레스토랑에서 자주 저녁 식사 모임을 갖곤 하는 솔트힐 랜딩의 친구들이 크리스마스 때 선물한 것이었다. 발레리는 옆구리살 스테이크를 준비하고 있었다. 고기를 미리 절이고 소시지, 완숙 달걀, 채소로 속을 채운 이 메뉴는 그녀의 야심작으로, 밑간 양념을 공들여 조제하고 안에 넣을 소는 더더욱 공을 들여 만드는데 지금은 거의 외과 수술에 버금가는 기술로 핏물이 배어나는 넓적한 고기 조각을 '나비 모양으로' 저며 펴는 작업이 필요했다. 이달 말에 있을 저녁 정찬 파티 때 하려고 생각하는 요리이기에 발레리는 조리법을 완벽하게 마스터할 생각이었다. 우연인가. 리오나드는 생각했다. 몰래 감춰둔 폴라로이드 사진 뭉치를 발견한 게 불과 몇 시간 전인데 발레리는 20년 전 첫 남편과 키웨스트에서 처음 먹어보았을 이국적인 카리브 해 요리를 준비하고 있다. 하지만 리오나드는 연방 항소법원 소송 전문의 세무 변호사로 이성적인 남자였고 그건 단지 우연일 뿐임을 알고 있었다. 조금 궁금하기는 하다는 식으로 질문을 던지기를, "야드만은 성 말고 이름이 뭐였지? 당신이 이름은 말한 적이 없는 것 같은데." 했더니 발레리는 짜증스럽다는 듯 작게 웃음을 터뜨리고는 고기에 수평으로 칼집을 넣던 칼을 들어 올리며 "이름이 뭐든 무슨 상관이에요?" 하는데, 야드만은 눈치를 챘다. 자기는 '뭐였지' 하고 과거형으로 물어봤는데 발레리는 '뭐든'이라고 대답했다. 첫 남편은 발레리에게 현재인 것이다. 지나가버린 세월 따위는 없다. 리오나드는 프로이트의 말들이 줄줄이 떠오르기를 무의식 수준에서는 모든 시간이 현재형이며 그러하기에 무의식 속에 가장 강력하게 자리 잡은 대상은 불사의 존재, 죽일 수 없는 존재로 느껴진다고 했다. 발레리는 덧붙여 말하기를 탓하는 듯한 어조로 "물론 말한 적이 있어요, 리오나드. 오랫동안 부를 일이 없어서 그랬지." 했다. 발레리는 옆구리살을 붙들고 낑낑거리고 있었고 나무 도마가 자꾸 미끄러지는 모양이라 리오나드는 재빨리 술잔을 내려놓고 도마를 잡아주었다. 그동안 발레리는 아랫입술을 깨문 채, 사악한 왕 홀로페르네스의 목을 썰어내는 카라바조의 그림 속 유디트처럼 입매를 단단히 오므린 얼굴로 가까스로 칼날을 고깃결에 집어넣어 끝까지 제대로 칼집을 넣었다. 고기는 이제 책을 펴듯 펼칠 수 있게 되었다. 리오나드가 감탄하며, 그러나 뱃속에 찌르르한 혐오감도 느끼며 지켜보는 가운데 발레리는 고기 위에 랩을 한 겹 덮더니 고기 망치로 두들겼다. 짧고 빠르게 통통통 두드려서 고기를 7밀리미터 두께로 반반하게 펴는 것이다. 리오나드는 고기 두드리는 소리에 약간 몸을 움츠렸다. 그가 말했다. "그 사람 말이야, 야드만. 그 사람 재혼은 했나?" 발레리는 짜증스럽다는 몸짓을 하여 지금은 좀 방해하지 말아줬으면 한다는 뜻을 전했다. 중요한 일이라고요! 두 사람의 저녁 식사가 될 고기인데! 발레리는 조심스럽게 칼집 넣은 고깃덩어리를 크고 얕은 접시에 펴놓고 그 위에 밑간 양념(셰리 비니거, 올리브유, 생 세이지, 커민, 마늘, 소금 그리고 통후추를 막 갈아낸 후춧가루)을 부었다. 리오나드는 발레리의 얼굴이 올리버 야드만의 연인이었던 시절에 비하여 살집이 붙었음을 알아차렸다. 몸도 불었다. 중력이 유방을 끌어 내려 처지게 만들고 허벅지도 늘어지게 했다. 두 눈 가장자리며 입 가장자리에는 가느다란 흰 선들이 그려졌고 불그레했던 적동색 머리카락도 빛이 바랬는데, 그렇다 해도 발레리는 여전히 대단히 매력적인 여자다. 부유한 자산가의 딸이라 자신의 가치를 매기는 감각이 그녀의 두 눈에, 광채가 나는 치아에, 머리 위에 걸려 있는 값비싼 조리 기구들의 반짝임을 닮은 그 날카로운 경멸조의 웃음소리에 찬란히 빛난다. 음식에 집중하고 있을 때 발레리의 얼굴에서는 무엇인가 관능적이고 나른한 느낌이 비친다. 거의 어린애의 것 같은 말초적인 기쁨, 기대감에 차 신이 난 그런 분위기가 있다. 리오나드는 생각했다. '음식은 실연당할 위험이 없는 에로스지. 연인과는 달라서, 음식은 절대 거부하는 법이 없거든.'

리오나드는 한 번 더 야드만이 혹시 재혼을 했는지 물어보았고 발레리는 대답했다. "내가 그걸 어떻게 알아요, 여보?" 아주 짜증이 치민 기색이 희미하게 비쳤다. 리오나드는 "당신 친구 중에 그 사람하고 연락되는 사람이 말해줄 수도 있잖아." 하고 물었다. 발레리는 스테이크를 놓은 접시에 뚜껑을 덮어 냉장고에 넣었다. 두 시간 동안 절여둘 참이었다. 두 사람은 저녁 8시 30분 이전에 식사를 하는 법이 없다. 더 늦게 먹을 때도 있었다. 두 사람의 생활에 관습적으로 굳어진 부분이었다. 자녀가 없기에 그보다 이른 시각에, 판에 박힌 미국인의 생활 방식대로 꼬박꼬박 식사를 할 필요가 없었던 것이다. 발레리가 말했다. "친구는 무슨." 그녀는 날카롭게 웃었다. "그 사람하고는 둘이 같이 친한 친구가 없어요." 또다시 리오나드는 그녀가 현재형으로 말한 것을 눈치챘다. '없어요'라. "그럼 그 사람하고 전혀 연락도 안 하고 지냈다는 거야?" 하고 리오나드가 말했고 발레리는 말했다. "연락 없었던 줄 알면서 그래요." 불편한 마음에 눈살을 찌푸리고 한 대답이었다. 아니, 어쩌면 신경질이 났는지도 모른다. 화르륵 화를 내는 것은 약하다는 증거다. 발레리는 그런 약함을 숨기는 사람이다. 거기가 약점이라는 뜻인데, 발레리는 약점 따위 없다. 이제는 그런 것 없다.

리오나드가 말했다. "그래, 그것참 한편으로는 섭섭한 일이군."

요새가 아닌 과거 다른 시대의 개수대를 본떠 디자인된, 구식으로 우묵하게 깊이가 있는 개수대 앞에 서서 발레리는 핏물로 얼룩진 두 손을 거칠게 씻었다. 외과 의사의 메스처럼 날카롭게 날을 세운 번쩍번쩍하는 25센티미터짜리 칼을 씻고, 지금까지 사용한 조리 도구들을 하나하나 씻었다. 그것은 발레리에게 일종의 페티시였다. 자신의 아름다운 주방을 그 안에서 일하는 동안 가능한 한 얼룩 하나 없이 깔끔하게 유지하는 것. 발레리는 작업 중에는 몸에 걸쳤던 아름다운 패물을 벗어놓을 만큼 신경을 썼다.

왼손에 발레리는 다이아몬드가 박힌 약혼반지와 거기 어울리는 단순한 결혼반지를 끼었다. 리오나드가 해준 반지들이다. 오른손에는 사각형으로 에메랄드가 박혀 있는 옛날식 디자인의 반지를 끼었는데, 그 반지는 할머니에게 물려받은 거라고 했다. 그런데 이제 리오나드는 혹시 그 에메랄드 반지가 그녀의 첫 남편이 주었던 약혼반지는 아닌지 의구심이 든다. 그 사람과의 결혼 생활이 끝나면서 그냥 오른손으로 옮겨 낀 게 아닐까.

"누구한테 섭섭하다는 거예요, 리오나드? 내가 섭섭해요? 당신이 섭섭해요?"

그날 밤, 부부의 침대에서. 북극의 평원인 양 막막한 침대에서. 그의 태도에서 무엇인가를 감지한 것처럼, 미묘한 어조의 변화랄까 상처 또는 분노를 안으로 갈무리한 목소리의 떨림이랄까 하는 것을 눈치챈 듯이 발레리는 미소를 짓고 그를 향했다. "당신이 그리웠어요, 여보." 그녀의 말뜻은 그냥 말 그대로였으리라. 왜냐하면 리오나드가 최근에 회사 일로 출장을 갔다 왔기 때문이다. 애틀랜타의 연방 법원에 항소할 준비를 위해 그쪽 변호사들과 공조해서 일했다. 하지만 거기에는 또 다른 의미도 깃들어 있었다. 리오나드는 생각했다. '화해하자고 선심을 쓰는군.' 두 사람의 부부 생활은 차분하고 미리 계산되어 있는 체계적인 것으로 지속 시간은 8분 정도였다. 부부 관계는 밤중에, 잠들기 전에 하는 것이 그들의 관습이었다. 천장이 높은 침실에 조명은 단 한 개만 켜놓는다. 발레리가 장식 탁자 서랍에 넣어둔 라벤더 향주머니에서 풍기는 방향이 실내에 감돌았다. 머리 위로 나무를 흔드는 11월의 바람을 제외하고는 아주 조용했다. '무덤 속 같은 적막이다.' 리오나드는 생각했다. 그는 아내의 미소 띤 입을 찾아 입을 맞추려 했으나 아무리 해도 어긋났다. 두 눈을 감자 갑자기 그곳에는 빨간 비키니 상의를 입은 반들거리는 적동색 머리의 아가씨가 그를 기다리고 있었다. 살갗이 검은 미남의 팔에 안겨 몸을 비틀면서도 눈으로는 그를 흘긋 본다. 아아! 정말 몹쓸 여자야, 저 몹쓸 계집애 좀 보게! 그녀의 입은 굶주린 듯 꼬치고기처럼 뻐끔거리며 젊은 남자의 입을 찾고 있다. 테이블 상판 아래로 내려뜨린 한 손은 남자의 무릎 사이로 들어가려 한다. 사타구니를 더듬는다. 아, 정말 몹쓸 여자야!

리오나드는 발레리도 눈을 꼭 감고 있을 거라는 생각을 했다. 발레리 역시 그 젊은 한 쌍을 보고 있으리라.

'당신 여권 찾았어, 발레리. 여기 폴라로이드 사진들이 같이 있던데, 무슨 사진인지 알겠어?'

사진을 식탁 위에 주르르 펴놓는다. 아니, 식탁보다 침대 위가 낫겠다.

'그냥 궁금해서 말이야. 왜 그 남자에 대해서 거짓말을 했지?'

발레리는 빤히 쳐다볼 것이다. 미소가 흐려지리라. 마치 전혀 예상치 못한 상태에서, 불시에 철썩 얻어맞기라도 한 것처럼 도도록한 입술에 갑자기 힘이 탁 풀릴 것이다.

'어째서 그동안 죽 거짓말을 한 거야. 몇 년이야, 도대체.'

물론 리오나드는 껄껄 웃으면서 말할 것이다. 이 일을 조금도 심각하게 여기지 않는다는 것을 보여주기 위해서. 무엇 때문에 신경을 쓴단 말인가? 오래전 일이다. 지나간 과거다.

하지만 이거 하나는 좀. '거짓말'이라는 단어는 너무 센 게 아닐까. 부유한 남자의 딸은 그런 식으로 몰아세워지는 데 익숙하지 않다. 리오나드도 그런 말에 익숙지 않으니 피장파장이다. '거짓말'이라는 단어는 어쩌면 신체적으로 한 대 갈기는 것 같은 위력을 발휘할 수 있다. '거짓말'이라고 했다가는 발레리가 한 대 맞은 것처럼 흠칫하게 될지 모른다. 그리고 부자의 딸은 혹시 한 대라도 얻어맞는다면 당장에 이혼장을 들이밀 것이다.

그러면 이건 잘하는 짓이 못 된다. 대놓고 따지는 것은.

소송 변호사란 한 수 한 수를 미리 구상하는 전략가다. 숙련된 소송 변호사는 매 수를 둘 때마다 상대방이 어떻게 반응할지 알고 있는 법이다. 요리장처럼, 상대방이 어떻게 움직일지 내다봐야 하는 것이다. 한 방 날릴 때마다 매번 상대가 받아칠 가능성이 생긴다. 발레리는 남자가 약한 것을 싫어하는 여자다. 강철 같은 의지력을 가졌지만 겉으로는 자신 없어 하는 여자, 심지어 우물쭈물하는 양 내숭을 떤다. 사회적으로, 연약한 여자처럼 보이는 것에 얼마나 큰 가치가 있는지 그녀는 안다. 그녀의 성적 자아는 마음먹기에 달린 문제가 된 지 오래고 그녀는 자기 의지를 행사하는 데서 기쁨을 맛보았다. 심지어 스스로 남들에게서 동떨어져서 외톨이가 되어 있더라도. 그 어떤 공공장소에서든 아니면 세간이 아름답게 갖추어진 그녀의 보금자리, 그녀가 완벽하게 매만지는 보금자리에서도 마찬가지다. 깔끔하게 친 그녀의 머리카락은 매끄럽게 빗어내려 한 올 흐트러짐이 없다. 음성은 차분하고 잘 조절된 음조다. 남들을 자극하여 파르르 심한 말을 하게 만들지라도 자신은 어디까지나 차분함을 잃지 않는 그런 목소리. 리오나드는 발레리가 자기 언니

나 어머니를 자극하여 신경질을 내게 만드는 광경을 직접 보았다. 발레리한테는 독특하게 눈으로 웃는 웃음이 있었다. 경멸을 담은 웃음인데 큰 소리로 피식거리거나 하지는 않는다. 발레리는 타인을 냉혹하게 평가하는 사람이다. 만약 리오나드가 폴라로이드 사진 문제로 대놓고 그녀에게 말을 한다면 그 몸짓으로 반격의 포화를 맞을 가능성이 높다. 발레리는 그의 목소리에서 상처 받은 떨림을 감지해내리라. 그의 눈빛에서 가슴을 찌르는 남성의 고뇌를 읽어내리라. 원통하게도 리오나드는 가끔 불능이 될 때가 있었다. 신경 쓰이는 일이 있어서 그렇다고 리오나드는 탓을 돌렸다. 업무의 중압감 때문에, 경쟁을 통해 추려지는 과정에서 떨려 나간 적이 없는 그의 세대 사람들에게도 여전히 경쟁적인 분위기가 남아 있기 때문에 그렇다고. 남자구실을 제대로 '해 보여야 한다'는 기대에 대한 남성의 중압감 때문이라고. (글자 그대로의) 압력도 문제가 되었다. 리오나드는 혈압 문제로 하루에 두 번 혈압 약을 먹고 있었다. 그리고 등 문제도 있다. 가끔씩 이유 모르게 등이 뻐근한데 리오나드는 테니스니 골프를 쳐서 그렇다고 생각했다. 사실은 어디서 오는지도 모르게 그런 막연한 통증이 일곤 했다. 그래서 열렬한 사랑의 행위 도중에 자칫 집중력을 잃거나 발기가 풀리기도 했던 것이다. 마치 생기를 띤 혈액이 혈관 어디로부터인가 새어 나가고 있는 것처럼. 그리고 발레리는 알고 있었다. 물론 당연히 훤히 안다. 한 이불 덮는 사이라는 끔찍한 친밀성은 어떤 비밀도 허용치 않는 법이다. 하지만 발레리는 그에 관하여 무슨 말을 한 적이 한 번도 없었다. 한마디도 하지 않고 그저 그를 안아주었을 뿐이다. 이제 겨우 9년째 남편으로 데리고 있는 남자, 중년의 나이에 후줄근한 허리로 헐떡거리고 비지땀을 흘리는 이 두번째 남편을 다독이려고 안아주는데 마치 어머니가 시원치 않은 자식을 안아주는 것처럼 위안하듯 다정했다. 아니면, 딱하고 한심하게 여기는 것이었던가.

"여보 우리 이 얘기는 하지 말기로 해요. 우리끼리 비밀이야."

그러나 만약 리오나드가 발레리의 소중한 성적 비밀인 폴라로이드 사진 뭉치를 놓고 따지고 든다면 발레리는 태도를 바꾸어 그에게 모질게 나올지도 모른다. 그만한 힘은 충분히 갖고 있는 여자다. 발레리는 그를 비웃을 것이다. 그녀의 비웃는 웃음소리는 고드름이 산산이 부서지는 듯 높고 날카롭다. 발레리는 자기 물건을 뒤졌다고 그를 나무랄 것이다. 무슨 권리로 그가 발레리의 물건을 뒤진단 말인가. 만약에 발레리가 그의 책상 서랍을 뒤져서 그렇게 노골적이지는 않은 포르노 잡지들이며 역시 마찬가지로 덜 노골적인 '아가씨들의 밤나들이', '놀아요, 아가씨들', '휴가철 섹스 중독' 같은 제목을 단 우스꽝스러운 비디오들을 찾아낸다면 어쩔 것인가. 발레리가 다음번 솔트힐 랜딩 만찬 파티에서 친구들에게 폭로할 수도 있다. 표본 침에 꽂혀 발버둥치는 곤충을 가르듯 발레리는 매정하게 그를 절개할 것이고, 아무리 못해도 그의 손에서 폴라로이드 사진들을 쳐 떨어뜨리게 만들 것이다. 트라이플 디저트 접시를 놓고 앉은 자리에서 리오나드가 얼마나 우스꽝스러워 보일 것인가. 얼마나 딱하고 한심하겠는가.

160

리오나드는 몸서리를 쳤다. 얼음장 같은 식은땀이 줄줄 흘러 개울을 이루었다. 뺨 양옆에서 턱으로 꼭 눈물처럼 흘러내렸다.

그러니까 안 된다. 발레리와 정면으로 마주하지는 않을 것이다. 아직은 안 된다. 왜냐하면 사실을 따져볼 때 리오나드 쪽이 유리하니까. 리오나드는 발레리가 은밀히 첫 남편을 못 잊는다는 사실을 알고 있는데 발레리는 그가 아는 줄 까맣게 모른다.

생각함에 따라 미소가 떠올랐다. 살아 있는 먹잇감을 공포로 마비시켜 통째로 삼켜버리는 보아 뱀처럼, 리오나드의 비밀은 발레리의 비밀을 내포할 터이고, 결국에는 소화시켜버릴 터였다.

결혼기념일 여행 삼아 3월에 예정했던 이탈리아 여행은 나중으로 미뤄졌다.

"아무튼 시기가 영 좋지 않아서 말이야, 우리 직장에서……."

이 말은 사실이었다. 애틀랜타 건이 미리 예측 못 했던 파멸적인 방향으로 돌아선 것이다. 발레리의 생활에도 거르지 못할 볼일들이 있었다.

"지금은 시기가 그렇게 좋지가 않아. 하지만 나중에라도……."

리오나드가 보니 발레리의 눈에는 애석함만이 아니라 안심했다는 빛도 비쳤다.

'나하고 단둘이 되고 싶지 않은 거야. 이 여자가 나를 그놈과 비교하는 거지, 안 그래!'

"뢰르 블뤼에 네 명 예약이야. 6시에 도착하면, 어쩌면 6시보다 조금 일찍 가도 될 거야, 그럼 8시 15분 전까지는 거기서 움직일 필요가 없어. 링컨센터가 바로 길 건너거든. 하지만 너하고 네 남편 해롤드 그 양반이 도쿄 파빌리온이 낫겠다고 하면 뭐, 〈뉴욕타임스〉에 평이 실린 뒤로 너희 한번 가보고 싶어 했지? 알아, 나하고 리오나드도 그 기사 보고 한번 갈까 하고 있었거든……."

사실 리오나드는 일본 음식이 싫다. 생살코기를 덕지덕지 넣어 만든 스시 따위 아주 질색이다. 먹을 수가 없다.

그렇게 열렬한 식도락 취미, 와인 취미라니! 비싼 레스토랑에 흠뻑 빠져서는!

'사랑은 어디로 갔을까.' 리오나드는 비탄에 잠겨 생각했다.

사람 미치게 하는 발레리의 차분한 목소리가 들려온다. 무선전화로 친구와 통화하며 층계를 내려가는 중이다. 그가 폴라로이드 사진들을 발견한 날로부터 두 주가 지났다. 리오나드는 다시는 그 사진을 보지 않겠다고 굳게 다짐했다. 그러나 지금 그는 체리우드 탁자 쪽으로 가서, 그 약간 뻑뻑한 서랍을 잡아당겨 열고, 다시 한번 그 사진 뭉치를 찾아 손으로 더듬고 있었다. 사진 뭉치는 그가 놔둔 자리에 정확히 그대로 남아 있는 것 같았고, 리오나드는 아내가 어쩌면 이렇게 부주의한지 욕이 나왔다. 비밀이면 좀 시간을 들여서 더 안전하게 간수하지 않고! (그의 경우, 양이 얼마 되지 않는 자신의 비밀 물품들, 즉 그리 노골적이지 않은 포르노며 싸구려 잡지며 성인 비디오들을, 그것들을 포르노에 대한 별것 아닌 그야말로 최소한의 흥미를 보여주는 증거물이지 결코 몸을 불사르는 욕정의 증거물이라고는 할 수 없는데, 그래도 단단히 주의를 기울여 간수한다. 리오나드는 그것들을 아래층 서류 캐비닛, 국세청 납세 자료며 주식 보유 내역 등 하나도 이해 안 되고 지겹기만 한 서류들 사이에 묻어서 잠긴 서랍 속 깊숙이 넣어두었다. 자신의 비밀은 발레리가 발견할 일이 결코 없다고 리오나드는 자신하고 있었다!)

"올리버와 발레리, 키웨스트, 1985년 12월."

그 무슨 유치한 자부심으로 발레리는 한 쌍의 연인들 이름을 굳이 적어둬야겠다고 마음먹었던가!

눈 덮인 강둑 비탈과 아련히 빛나는 겨울 하늘이 내다보이는 창가에서 리오나드는 탐욕스럽게 사진들을 헤집어 속속들이 뜯어보았다. 이제 그는 그 사진들을 이미 몇 번 본 터였고 그래서 어느 정도 기억에 새겨졌다. 그러고 보니 사진들은 이제 눈에 익었으면서도 동시에 여전히 이국적인 배반의 향기를 품고 있었다. 리오나드는 그나마 덜 바랜 폴라로이드 사진 한 장을 얼굴 가까이에 들고서 혹시라도 그 구릿빛 머리 아가씨가 끼고 있는 반지를 분간할 수 있을는지 실눈을 떴다. 에메랄드 반지 맞나? 발레리는 그때도 반지를 오른손에 끼고 있었다. 어쩌면 올리버 야드만이 반지를 준 것이기는 하지만 그 반지가 아직 약혼반지라는 명분은 갖지 못한 상태였기 때문일지도 모른다. 다른 사진에서 리오나드는 왜인지 그때까지 못 보고 넘긴 것 하나를 찾아냈다. 발레리의 목에 아주 희미하게 멍 자국인가 싶은 것이 있었다. 멍든 게 아니라면 정말이지 꼭 멍든 것처럼 보이게 그림자가 진 것이리라. 그리고 올리버 야드만의 미끈한 피부는 실은 그렇게까지 미끈하지 않았다. 보니까 실제로 사진들 속 야드만은 피부가 거칠거칠했다. 그리고 그 자신만만한, 심술 난 듯한 입매며 두두룩한 입술. 리오나드는 주먹으로 후려쳐 뭉개놓고 싶었다. 그리고 거기에 야드만은 뭉툭하면서도 긴 발가락들을 꼼지락꼼지락하고 있다. 남자의 발가락 크기와 그 부분 크기가 서로 연관되어 있다고들 하지 않던가……?

리오나드는 허겁지겁 폴라로이드 사진들을 서랍 속에 쑤셔 넣고 방을 나왔다.

"아이 낳아 키울 시절은 이미 지났어요."

몇 년 전이다. 리오나드와 아이를 낳고 싶지 않다는 건 그 여자가 리오나드를 사랑한 적도 없다는 뜻인 줄 진작에 알았어야 했다.

"요새는 부모들이 뭐에 들린 사람들 같아. 비용 문제가 다가 아니에요. 사립학교에, 개인 교사에, 대학 학비에. 테라피스트들한테도 돈이 들죠! 돈뿐 아니라, 아이가 생기면 인생이 아이 위주로 질질 끌려다니게 돼요. 내 남편은……" 발레리의 목소리가 나직해졌다. 가정해서 하는 말이었으며, 이 말을 이렇게 솔직하게 털어놓는 상대는 바로 리오나드였다. "내 남편은 시내에서 일주일에 닷새씩 일하면서 저녁까지는 집에 오지도 못할걸요. 게다가……, 당신은 내가 극성 엄마가 돼서 애들을 차에 태워 데려다 주고, 어디가 됐든 그렇게 실어다 주고 시중들고, 그런 게 상상이 가요? 그 시절을 전부 도로 복습하며 살다니, 이번에는 그렇게 살면 그 결과가 뭔지 뻔히 알면서! 맙소사, 그런 인생은 너무 초짜 같잖아요."

발레리는 까르르 웃었다. 눈에는 두려운 빛이 있었다.

리오나드는 얼떨떨했다. 이 우아한 미인이 자기한테 이렇게나 친밀하게 털어놓고 말을 하다니! 물론 그는 발레리를 안심시켰다. 그녀의 차가운 두 손을 꼭 잡고, 바르르 떨며 몸을 기대 온 그녀의 머리카락에 입을 맞추었다.

"발레리, 물론이야. 나도 같은 생각이에요."

그랬다! 그때 그 순간에는 정말 리오나드도 그렇게 생각했다.

두 사람이 서로 소개를 받은 것은 공동의 친구들을 통해서였다. 리오나드는 높은 보수를 받는 소송 변호사로서 뉴욕 시에서도 가장 잘나가는 건축 회사의 법률 담당 부서에 붙어 있었다. 맨해튼 하부에 있는 그 회사 본사 건물은 렉터 거리에 자리 잡고 있었다. 리오나드의 전문 분야는 세법이었고 그는 소송을 준비하거나 연방 항소법원에서 사건을 진행하며 변론을 펼쳤다. 그는 팀으로 일했다. 자칫 뭐 하나라도 잘못 처리했다가는 얻어맞을 수 있는 벌금이 무수히 많았는데, 때로는 그 액수가 몇 억 달러에 이르기도 했다. 반대로 일이 잘 풀리면 엄청난 보수가 들어왔다.

"소송 변호사는 정곡을 찌르잖아요."

발레리는 빈말로 아첨하는 사람이 아니었다. 보면 안다. 대단하게 봐주는 그녀의 태도는 진지한 것이었다.

리오나드는 껄껄 웃었다. 좋아서 얼굴에 홍조가 올랐다. 가슴속 생각으로 그 자신은 미친 듯이 몰려다니는 피라냐 떼 중 한 마리인데, 그나마 제일 빠른 놈도 제일 무시무시한 놈도 아니고, 심지어 그때 나이 서른넷으로 제일 젊은 놈 중 하나도 못 되는 존재였다.

그렇게 끝내주게 우아한 미녀 아가씨가 발레리 페어팩스였다. 페어팩스, 그녀의 처녀 적 성이다. 똑떨어지고 명쾌한 앵글로계로 모호한 구석 따위는 없다. ('야드만'이라는 이름은 냄새조차 풍기지 않았다.) 발레리는 맨해튼에 주재한 시티은행 본사에서 인적자원부 부부장이라는 직위를 달고 있었다. 자기 일에 얼마나 매진하던지! 발레리는 은은한 색조의 아르마니 양장을 입었다. 오트밀, 파우더 그레이, 차콜 같은 색상이다. 그녀는 연필처럼 가늘게 쪽 빠진 정장 스커트를 입거나 날카롭게 줄을 세운 정장 바지를 입었다. 가장자리에 테를 두른, 몸에 딱 맞는 재킷은 어깨에 살짝 패드가 들어가 있었다. 유행에 맞게 깔끔하게 자른 머리카락은 그녀의 얼굴을 돋보이게 했으며, 사실은 견고한 그 여자에게 은근히 부드러운 인상을 보탰다. 발레리의 향기는 비밀스럽고 살짝 쌉싸래했다. 악수할 때 그녀의 손은 탄탄히 꽉 쥐면서도 어떤 특정 상황에서는 져주는 맛이 있었다. 발레리는 갖가지 다양한 주제로 활기차게 대화하곤 했지만 지난날 이야기를 하는 데는 거의 흥미를 보이지 않았다. 그녀는 스스로를 썩 괜찮게 생각했으며 리오나드에 대해서도 좋게 보려고 했다. 그럼으로써 리오나드로 하여금 그녀를 더 흥미롭고 더 신비스러운 사람으로 보게 만들었다.

두 사람이 처음으로 함께한 그날 밤, 당시 리오나드가 살던 이스트 79번가의 아파트에서, 발레리의 얼굴은 흥분과 기대로 상기되

166

어 있었다. 그녀는 와인을 몇 잔 마신 뒤였는데, 그때 시티은행에서 자기가 속해 있는 부서의 부부장이 된 연유를 실토했다. 그녀는 사람 자르기를 워낙 잘해서 그 일을 하라고 뽑힌 것이었다.

"난 절대 감상에 빠져 공적인 판단을 그르치지 않아요. 유전자에 새겨져 있나 봐요."

이제 '해고'라는 말은 안 쓰지. '인원 감축'이라고 해.

아니면 '고용 해제'니, '만료'니 할지도 몰라. 사라진 직장 동료를 놓고 그냥 '떠났다'고 말할 수도 있겠지.

리오나드는 노트북컴퓨터에 자신에게 보내는 개인적인 메시지를 쳐 넣었다.

'난 아니야. 이번에는 아니야. 날 자를 수는 없어!'

또 다른 때에, 사실은 퍽이나 자주, 리오나드는 인터넷 검색창에 야드만의 이름을 쳐 넣었다. (사무실에서만 했지 집에서는 하지 않았다. 리오나드와 발레리는 집에서 컴퓨터 한 대를 같이 썼다. 사이버 공간에서는 나중에 후회한들 그 무엇도 지워지지 않는 법이다. 그렇기 때문에 집의 컴퓨터에서는 절대로 무슨 말도 검색하지 않았다. 혹시 아주 미미한 흔적이라도 남아서 아내가 발견하게 되는 건 원하지 않았으니까.) '야드만'의 검색 결과는 수백 개가 나왔지만 지금까지 '올리버 야드만'은 찾을 수 없었다.

리오나드는 계속 찾아볼 작심이었다.

"……첫 남편."

농양이 생긴 치아처럼, 남모르게 악문 이 사이에서 썩어간다.

렉터 가에 자리 잡은 건물 29층의 사무실에서, 오전 7시 10분 그 랜드센트럴 역에 진입하는 암트랙 열차에 타서, 오후 6시 55분 그 랜드센트럴 역을 출발하여 솔트힐 랜딩으로 돌아가는 열차 안에 서. 다른 사람들과 오가는 관계들의 작은 틈새마다. 동료들과, 고객 들과, 같은 노선으로 통근하는 사람들과, 사회적으로 친분 있는 지 인들과, 친구들과. 빡빡하게 일정이 잡힌 생활의 갈라진 틈에서 올 리버 야드만에 대한 집착은 흡사 식물이 자라기에는 척박한 땅에 도 기어이 무성하게 얼크러지는 질기디질긴 잡초처럼 자라났다.

'분명히 그놈도 알 거야. 나에 대해서. 두번째 남편이 있다는 걸. 알아야 마땅하지! 발레리한테는 남편이 있다고!'

책상 서랍에 넣어둔 폴라로이드 사진들에 발레리가 얼마나 자주 눈길을 주는지 궁금하지 않을 수 없었다. 어쩌면 그렇게 번번이, 심 지어 리오나드와 처음 연애할 때에도, 발레리는 눈을 꼭 감아서 첫 남편을 다시 떠올렸을 것이다. 부루퉁한 입매와 구릿빛 두 손, 딱딱 하고 꼿꼿한 페니스는 피가 뛰어 맥동하고 절대 시들부들한 법이 없다. 심지어 발레리가 리오나드의 팔에 안겨 숨 가쁘게 할딱이며 그를 사랑한다고 말했을 때에도, 그녀는 분명……

몇 주 전 11월의 그 발견 이후로 리오나드는 다른 사진들이 있나 찾아보았다. 발레리가 겉으로 보기에는 아내다운 자부심으로 매우 심혈을 기울여 챙기고 있는 사진첩을 제외하고 그녀의 서랍들과 옷장 속을 뒤졌다. 큰 집에서 제일 손이 가지 않는 곳들, 물건을 상자에 담아 치워놓는 곳들을 뒤져보았다. 아무것도 찾지 못하긴 했지만 그게 아무것도 없다는 뜻은 아니라고 생각을 하는데…….

"렌 체이스!"

명랑한 여자 목소리가 들려왔다. 솔트힐 랜딩에 사는 이웃 주민 하나가 그가 앉은 자리 쪽으로 몸을 굽혔다. (내가 어디 있었지? 암트랙 열차를 탔나? 집으로 오는 열차? 강물 위에 짙게 깔린 물안개로 보아 이른 저녁 시간, 집으로 오는 길이었던 게 틀림없다.) 노트북컴퓨터가 열린 채 눈앞에 놓여 있고 손가락은 평면 키보드 위에 얹어두고 있었지만, 정작 리오나드는 몇 분 동안 꼼짝 않고 창밖을 내다보던 참이었다. "딱 보니까 당신이 있지 뭐예요, 렌. 그런데 발레리는 어떻게 지내요? 두 사람 못 본 지도 참, 그게 아마 크리스마스 때였나요? 아니면…….'

리오나드는 여자를 향해 예의 바른 미소를 지었다. 노트북을 앞에 열어두고 서류 가방과 외투는 옆 좌석에 두었으니, 이 정도면 분명히 방해하지 말아주었으면 좋겠다는 신호가 되었을 테고 여자도 분명히 알아챘을 텐데, 그럼에도 어떤 나이에 이르자 여자는 그런 신호들을 못 본 체하고 아무렇지 않게 명랑한 태도로 그 의미를 묵살하기로 결정한 모양이었다. '나를 건드리지 말고 놔둬요. 난 당신한테 별 관심 없다고요. 여자로 보이지 않고, 사람으로도 안 보여요. 당신은 성가시기만 한 별것도 아닌 존재에 불과해요.' 멜라니로버츠는 발레리와 비슷한 연배이고 희끗희끗한 머리는 꼭 발레리처럼 깔끔하게 잘랐다. 멜라니는 부자의 아내인 동시에 부자의 딸일 공산이 컸다. 하지만 그럼에도 젊은 시절 그녀가 점하고 있었을 유리한 위치는 어느새 종적도 없이 사라져버렸다. 멜라니는 이웃 주민인 리오나드 체이스가 자기가 시내에서 친구들과 점심을 먹고 메트로폴리탄 미술관에서 열린 라우셴버그 전시회를 보러 갔다가 잠깐 바나드에 들러 조카딸을 보고 왔다는 얘기를 미주알고주알 듣고 싶어 할 거라고 생각하는 모양이었다. 리오나드를 바라보는 그녀의 눈은 기대감으로 반짝였는데, 거기에는 한편 얼마간 불편한 감정도 깃들어 있었다. 리오나드의 얼굴에서 그가 지금 하고 있는 생각을 정확히 볼 일이 두려운 것이리라. 리오나드는 인정하지 않을 수 없었다. 멜라니 로버츠의 얼굴에서 그는 자신이 아직도 매력적인 남자로 인식될 수 있다는 걸 알았다. 지금 앉아 있는 자세로 보면 그는 그럭저럭 키가 훤칠해 보이고, 그럭저럭 머리숱도 많은 편이며, 머리카락이 희끗희끗해지고는 있으나 그나마 매력 있게 세어가는 중이다. 피부색이 좀 칙칙하긴 하다. 하지만 그것은 암트랙 열차의 조명이 희뜩희뜩해서 그럴 수도 있다. 그의 얼굴은 더러 엉뚱한 곳이 움푹 패였는가 하면 다른 곳은 턱 아래 늘어진 살처럼 후줄근히 늘어졌다. 콧구멍은 머리뼈 안으로 진입하는 갱도처럼 뻥 뚫려 점점 확대되어가는 것처럼 보인다. 금속 테 이중초점 안경 너머 두 눈은 그늘이 졌고 눈 밑이 거무죽죽하다. 그럼에도 리오나드는 이 추근추근 매달리는 여자의 눈에 그 북통배에 거의 대머리가 다 된 샘 로버츠에 비하여 한결 매력적으로 보일 수 있었다.

170

남의 배우자가 더 매력 있어 보이는 것이야 인지상정이 아닌가. 자기 배우자에 비해 남의 짝은 그만큼 수수께끼의 인물이니까. 친밀함은 연애의 적 아닌가. 매일의 결혼 생활은 불멸성의 적이다. 인생이 지난 한 주를 고스란히 되살고 또 되사는 것에 불과하다면 그 누가 불멸을 원하겠는가?

멜라니 로버츠의 미소가 사라져갔다. 재잘재잘 수다를 떠는 중에 리오나드가 뭐라고 한마디 말을 끼워 넣었어야 했다. "……듣고 있어요, 렌? 열차 안이라 시끄럽긴 시끄럽네요."

차량이 술 취한 듯 뒤흔들렸다. 조명이 깜박거렸다. 신경질적인 웃음을 터뜨리면서, 멜라니는 몸을 가누려고 좌석 등받이를 붙들었다. 솔트힐 랜딩까지 앞으로 8분 남았는데, 이 여자는 도대체 왜 리오나드의 자리를 맴도는 것일까! 리오나드는 몸에 닿아 올 손길에 굶주렸다. 그의 무감각한 몸을 사랑에 차 애무해줄 손길. 지금 빠져 있는 저주로부터 그를 깨워 일으켜줄 그 손길의 건드림을 그는 너무나도 절박하게 갈구하고 있었다. 하지만 솔트힐 랜딩의 이웃 주민인 이 여자와 밀접해진다는 가능성 앞에 그는 움츠러들었다. 펼쳐놓은 노트북 화면에는 아직 회신하지 않은 이메일이 펼쳐져 있었다. 사실은 아예 읽지도 않았다. 오늘 온종일 걸려온 전화들에 대해서도 거의 회신하지 않고 방치했다. 그의 정신을 다른 데로 끌어당기는 무시무시한 중력이 걸려 있었기 때문이다. '첫 남편. 너는 첫번째가 될 수 없어.' 멜라니는 밝은 목소리로 자기가 발레리에게 전화를 걸 테니까 오는 주말에 같이 저녁 식사라도 하러 가자고 말하고 있었다. 나이액에 새로 생긴 그 해물 요리 레스토랑이 어때요? 요즘 화제 만발이더라고요. 리오나드는 허허 웃으면서 자기 좌석의 창 쪽으로 고개를 끄덕했다. 창밖으로 저만치 아래쪽에는 땅거미에 묻혀가는 허드슨 강의 기름처럼 번질번질한 검은 수면이 펼쳐져 있었다. "이런 생각 해본 적 있어요, 멜라니? 저 강물이 꼭 보아 뱀 같다는 생각? 마치 시간 같죠, 결국에는 우리 모두를 집어삼켜 소화시켜버리는 존재요."

멜라니는 날카로운 웃음소리를 내었다. 마치 그의 말을 듣지 못한 것처럼. 아니면 얘기가 충분히 제대로 들려서 그 이상은 듣고 싶지 않다는 생각이 들었을까. 그녀는 미약한 억지웃음을 떠올린 채로 샘한테 리오나드가 안부 전한다더라고 말하겠다고, 발레리한테는 이른 시일 내에 전화하겠다고 하면서 더듬더듬 그의 등 뒤 어디에 있을 자기 자리로 물러났다.

리오나드는 첫 남편의 뒤를 캐어 그를 찾아낼 터였다. 그 작자를 의식에서 지워버릴 것이다. 리오나드 자신의 아내가 새겨져 있을 그자의 옛 기억을 지워버리리라. 리오나드는 문명인이고 멀쩡한 사람이긴 하지만, 체포당해 벌을 받는 게 두렵긴 하지만, 그래도 그것이 그가 하고자 하는 일이었다.

키웨스트에서 찍은 사진들을 발견한 게 11월 초의 일이다. 리오나드의 회사 사장이 건물 꼭대기 층에 있는 자기 사무실로 리오나드를 부른 것은 2월 말이었다.

면담은 짧았다. 그보다 먼저 한 명인가 두 명은 점심 식사를 함께 하자고 불러냈지만 그 방법이 별로 좋지 못했던 모양이다. 리오나드는 점심 식사를 면한 데 대해 고맙게 생각했다. 귓속에 울리는 이명 너머로 그는 들었다. 상대방의 피라냐 같은 아가리를 뚫어지게 보았다. 리오나드 자신의 것과 같은 이중 초점 안경 너머로 강철같이 매정한 눈빛을 보았다.

'인원 감축', '스톡옵션', '해고 수당', '질문 있나?'

법적으로 리오나드가 반발할 근거는 없었다. 윤리적으로는 있을지도 모르겠지만 리오나드는 굳이 붙들고 싸울 마음이 들지 않았다. 회사의 재정 상황이 어떤지 익히 아는 터였다. 9·11 사건 이후로 회사는 걷잡을 수 없이 추락해왔다. 이런 얘기야 〈월스트리트저널〉만 봐도 명명백백 실려 있다. 그러다가 끔찍한 한 방 타격이 들어왔는데 그것은 전혀 예상외의 것, 적어도 리오나드로서는 정말 예상을 불허하는 일격이었다. 애틀랜타 소송 건이다. 연방 법원 판사가 원고인 호텔 체인 측의 손을 들어주면서 3300만 달러라는 치명적인 금액의 보상금에다 징벌적 부과금으로 별도의 800만 달러를 더 얹어 판결을 때렸다. 지난 7년간 리오나드가 고용되어 일해온 건축 회사는 막대한 손해를 입었다. 인정할 수밖에 없지. 리오나드는 이해했다. 실패는 피해자들의 눈빛마다 신열처럼 지글지글 타고 있는 욕지기였다. 펄펄 끓는 열은 감출 길이 없다. 황달 걸린 사람의 노래진 눈도 그렇고.

머지않아 마흔여섯 살이 되는데. 떨려 나가는구나. 전쟁터 같은 이 업계에는 그렇게 낙오된 소송 변호사가 천지에 널렸는데. 리오나드는 손가락들이 부들부들 떨렸다. 시체처럼 차게 식은 그 손으로 헤어질 때 사장과 악수를 나누면서, 리오나드는 그래도 위신 비슷한 것을 지킨 채 그의 시선을 맞받았다.

사무실은 앞으로 몇 주 더 써도 좋았다. 스톡옵션과 해고 수당도 후했다. 그러니 발레리한테는 도대체 무슨 일이 일어났는지 곧바로 알릴 필요가 없을 것이다. 어쩌면 영영 알릴 필요 없을지도······.

"요새 당신 영 딴생각에 빠진 사람 같아. 리오나드, 설마 내가 걱정할 일이 있는 건······?"

잠자리에 들려고 옷을 벗는 중이다. 그날 밤 아름답게 가구를 갖춘 부부 침실, 길게 몰아치는 바람이 창틀을 왈각달각 뒤흔든다. 땜납으로 틀을 한 유리창이다. 물결무늬가 진 창유리를 박아 넣었는데, 과거의 기름 유리를 본떠 만든 것이었다. 집 자체는 1791년에 지은 것이라 한때는 그러한 유리가 끼워져 있었던 것이다.

"뭐 심각한 일이라도 있어요? 난 당신 건강이······."

침실 안 자기가 쓰는 쪽 구석에서 리오나드는 저쪽을 향하여 안심시키려는 어조로 대답을 보냈다. 물론 별일 없다, 건강도 좋기만 하다고. "환장할 바람이야! 온종일 이 모양이었다니까요." 발레리는 누가 뭘 잘못하기라도 한 것처럼 짜증스러운 어조였다. 둘 중 누구도 이탈리아 여행 이야기를 꺼내지 않은 지 한참 지났다. 3월로 미뤄놓았던 것인데 무슨 구체적인 계획은 세운 바가 없다. 결혼 10주년 기념일은 왔다가 지나갔다.

부부 침실의 발레리 쪽 구석에는 붙박이 서랍장과 문짝에 거울이 붙은 옷장들 사이에 벽감이 있어서 발레리도 옷을 벗는 중이었는데, 리오나드 쪽 공간에는 그보다 작은 벽감이 있고 거울 붙은 문은 한 짝뿐이었다. 거기서 리오나드가 옷을 벗었다. 별 얘기 아닌 것처럼 리오나드는 방 저편의 아내에게 말을 건넸다. "나를 사랑하긴 했어, 발레리? 처음에 나하고 결혼했을 때라도 말이야." 자기 쪽 거울을 통해 리오나드가 볼 수 있는 것은 발레리 쪽 거울들 중 하나에 흐릿하게 어른어른하는 모습뿐이었다. 발레리는 그의 질문을 듣지 못한 모양이었다. 집에 휘몰아치는 바람의 소리가 너무나 요란했다. "잠시라도 날 사랑했어? 처음에라도? 사랑한 때가 있기는 했어?" 리오나드는 자기 목소리가 애처롭게 조르는 것 같은지 또는 위협하는 것 같은지도 알지 못했다. 혹시, 혹시라도 발레리가 들었다면, 열차에서 만나 질겁하게 만들었던 그 여자처럼 신경질적인 웃음을 터뜨리고 그에게서 벗어나고 싶어 하리라.

"당신 죽이고 나도 죽어야 할까 봐, 발레리. '인원 감축'이지. 순식간에 끝날 거야."

리오나드는 총을 소유하고 있지 않다. 총은 만져본 일도 없다. 소총? 스포츠 용품점에 가서 소총을 한 정 살 수 있을까? 산탄총으로? 권총은 안 된다. 뉴욕 주에서는 더 까다롭다는 것을 리오나드는 알고 있었다. 허가를 받으려면 신청을 해야 하고, 신상 조사도 있고, 서류가 잔뜩이다. 생각만 해도 머리가 지끈지끈 아프다.

"……저 소리, 무슨 소리죠? 나 무서워요."

침실의 자기 쪽 구석에서 발레리가 얼어붙은 듯 멈추어 섰다. 어쩌면 이토록 바람 소리가 산사태처럼 무시무시한지! 솔트힐 랜딩 위로 우뚝 솟은 30미터나 되는 벼랑이 언젠가 비바람이 되게 몰아치면 와르르 무너져 내릴지 모른다는 경고를 몇 년째 들은 참이고, 때때로 작은 규모의 낙석 유토가 있기도 했는데 지금 들려오는 소리는 흡사 벼랑이 통째로 산산조각 나는 듯했다. 바윗덩이, 자갈의 비, 뿌리 뽑힌 나무들이 집으로 쏟아져 내려와 지붕이 무너지고…… 침실의 구석에 리오나드는 그대로 못 박혀 섰다. 셔츠 단추를 풀다 만 채로, 신발을 벗고 양말만 신은 발로, 기다렸다.

우리는 함께 숨질 것이다, 쏟아지는 낙석에 묻혀서. 그런다면 얼마나 신속히 종말이 다가올까!

산사태는 없었다. 바람뿐이었다. 발레리는 자기 욕실에 들어가 단단히 문을 닫았다. 리오나드는 벗던 옷을 마저 벗고는 침대로 기어들었다. 북극의 초원인 양 널따란 침대. 매트리스가 딱딱하다. 아침이면 무시무시한 바람도 잦아들리라. 또 한 번의 새벽이 찾아들겠지! 강물 위에 안개가 어리고, 희부연 겨울 해가 겹겹이 충진 구름 뒤에서 빛을 내겠지. 리오나드 체이스가 체면을 부여잡고 견뎌내야 할 날이 또 하루 오는 것이다. 리오나드에게는 훤히 내다보였다.

"드웨인 더참 씨죠, 예? 덴버에 잘 오셨어요."

미첼 올리버 야드만이 다가오더니 리오나드의 손을 으스러져라 쥐고 악수했다. 이자가 '미치' 야드만, 부동산업자이자 보험대리인이며 척 보기에 오늘 오후 '야드만 부동산 및 보험 사무실'에 나와 일하고 있는 단 한 명의 직원이었다.

"여기가 덴버라는 건 아니지만요, 아시죠? 여기 매커빌은 그냥 매커빌이지 어디 다른 동네의 교외라고는 부를 수 없어요. 옛날에는 광산촌이었죠, 암요. 저 먼 동부에서 오셨으니 매커빌은 아마 이름도 들어본 적 없으시겠죠. 게다가 이런 경치는요! 서부는 어떨 것이다 하고 생각했던 거랑 직접 보시니까 다르죠, 예? 잘 보셨네요, 드웨인 더참 씨. 전화로 제가 미리 그랬잖아요, 여기는 동부 콜로라도라고. '고지대 사막 벌판'이라 그 말씀이에요. 로키 산맥은 여기하고 방향이 달라요."

야드만의 미소는 이를 다 드러내 보이며 크게 웃음 짓는 벙싯 웃음인데 어딘지 불평하는 듯한 기미도 있었다. 미소 짓는 데 기운 빼는 게 못마땅하다는 식이었다. 여기에 오랜 세월 부동산을 팔아온 사내가 있다. 보면 알 수 있었다. 일부러 그러는 것처럼 서부식으로 모음을 길게 빼 귀에 거슬리는 말투로 말하고 있어도 그의 약삭빠른 눈은 잠재적인 고객을 잽싸게 가늠해보고 있는 것이었다. 바로 '드웨인 더참', 덴버로 오갈 만한 거리에 있는 작은 목장을 좀 보고 싶다고 약속을 잡은 손님이다.

그래, 이 작자가 올리버 야드만이로구나! 키웨스트의 낭만으로부터 21년이 흐른 뒤의 이 남자는 살집이 두둑이 붙고 더 거칠거칠 해졌지만, 그럼에도 거기에는 잘못 볼 수 없는 거들먹거리는 남자 냄새가, 부루퉁한 망나니 도련님 입매가 고스란히 남아 있었다.

야드만은 리오나드의 예상보다 키가 작았다. 길가의 소화전처럼 꽉 짜이고 딱 바라진 체형이다. 이마에는 주름이 잡혔고 퉁퉁한 코에 얼기설기 달리는 실핏줄은 더러 터진 홈이 져 있으며 입에서는 퀴퀴하니 고기 냄새가 풍겼다. 가죽 같은 재질의 카우보이모자를 썼고, 비싸 보이는 주름진 스웨이드 재킷에다 밝은 연두색 셔츠를 받쳐 입고 목에는 검은색 스트링 타이를 걸쳤으며 구겨진 카키 바지에 홈집투성이 가죽 장화를 신었다. 참을성 없게 안절부절못하는 위인 같았다. 정신이 돈 마법사가 할 법한 식으로 쉴 새 없이 이리저리 비틀고 휘젓는 손짓을 보여주는 그의 두 손은 눈에 띄게 큼지막했으며 손가락들이 뭉툭했다. 왼손 새끼손가락에는 거창한 문장이 새겨진 몹시 튀는 인장 반지를 끼고 있었다.

'첫 남편이다.' 리오나드의 심장은 가슴 속에서 두방망이질 쳤다. 그는 지금 자기 적과 대면하고 있었다.

사무실이라지만 가게 카운터 정도밖에 안 되는 공간이고, 찌든 담배 연기 냄새가 풍기는 그곳에서 야드만은 리오나드에게 덴버 시로 '문제없이 오갈 만한 거리'에 있는 '목장 주택'류의 물건들을 사진으로 보여주었다. 야드만은 친한 척 들이대는 공격적인 말투에 불평기 있는 목소리로 계속해서 농을 걸었다. 그리고 이런저런 사실과 숫자와 통계를 쏟아부어가며 간간이 '그렇죠, 예?' 하고 추임새를 넣었다. 그것은 야드만 자신은 미처 자각 못하고 있든가 아니면 스스로도 도저히 어찌할 수 없는 병적인 입버릇인가 본데, 리오나드는 마음을 다잡아먹고 그 소리를 들어 넘길 채비를 하고 있었다. 야드만이 의심스럽게 생각하지나 않을까 입안이 말랐다. 저렇게 친밀하게 뚫어지게 보면서 말을 하니…… "일정이 빡빡하시다고요, 예? 내일 가신다고 했죠, 예? 다니는 직장이 이번에 이전을 하게 됐다 이 말씀이죠? 무슨 컴퓨터 쪽 일이란 말이죠, 예? 덴버에 많아요, 그쪽 회사들. 뭔 전자 회사다, 반도체다, 개중엔 요새 아주 잘나가는 회사도 있죠, 그렇죠? 인구통계를 보면 사람들이 서부 지역으로 옮겨오고 있어요. 그렇다니까요. 인구 이동이라 이거예요. 저 동부에서는 1000만 달러짜리 회사들이 화장실 휴지처럼 꼬르륵 물 내려지는 형편이에요, 들어보셨죠?" 야드만은 기분 좋게 웃어젖혔다. 회사들이 변기 구멍으로 꼬르륵 내려가는 장관을 상상하니 흐뭇했던 모양이다.

리오나드는 드웨인 더참에게 어울리는 순한 말투로 말했다. "야드만 씨, 전 그게……."

"미치. 미치라고 부르세요, 예?"

"미치, 회사에서 덴버 지사로 발령을 내준 게 저한테는 참 행운이랍니다. 우리 회사가 '인원 감축'을 했거든요. 하지만……."

"아이고, 말을 마십쇼. 그놈의 '인원 감축', '규모 축소', 그게 요새 미국이 돌아가는 꼴 아닌가 이 말씀이에요, 예?" 야드만은 갑자기 후끈 달아올라 격한 어조로 내뱉었다. 발음하는 게 야비하기 짝이 없었다. 요새 미이국이…….

리오나드는 순박한 사람이 고집을 피우는 것처럼 굴었다. "야드만 씨, 아내와 저는 이번 일이 일생일대의 좋은 기회라고 생각하고 있어요. 사람 복작거리는 동부를 떠나서 서부로 인생을 '이전'하는 거죠. 우리 부부는 복음주의 감리교 신자인데 콜로라도에 감리교가 부흥이 잘되어 있잖아요. 그리고 열두 살 된 아들이 있거든요. 말을 키우고 싶어 죽겠대요. 그래서 제 아내가 생각한 게……."

야드만이 속을 알겠다는 듯 무례한 웃음을 보이며 말을 자르고 들었다. "그것참 재미있는 말씀이네요, 드웨인 더참 씨. 손님은 우리 '넓고 넓은 무인공산'에 새로 터를 잡으러 오는 신판 '개척자'이시로군요. 탁 풀어진 생활을 누리고 세금 부담도 낮추고 말이죠? 마침 손님한테 딱 적당한 물건이 있어요. 6에이커짜리 목장이 붙어 있는 방 네 개짜리 집인데, 앞으로 가족이 불어날 테니까요. 헛간도 수리가 잘돼 있고, 실개울이 그 땅을 가로질러 흘러요. 울타리도 있고, 정자나무도 있고, 사시나무 숲에다 골짜기 비슷한 데가 있어서 뿔사슴이니 암사슴도 사냥할 수 있죠. 주인이 바로 며칠 전에 내놨답니다. 드웨인 더참 씨, 이게 바로 호박이 넝쿨째라는 거죠, 예?"

야드만은 사무실을 걸어 잠그고 앞문에다 '영업시간 아님' 표지판을 걸쳐놓았다. 리오나드 쪽을 향하고 있지 않을 때에도 부루퉁한 입매의 미소는 박아둔 듯이 그대로였다.

바깥에서, 두 남자는 의견이 어긋났다. 야드만은 잠재적인 고객을 자기 차에 태워서 목장까지 데려다 주고 싶어 했다. 대략 25킬로미터쯤 되는 거리인데, 드웨인 더참은 굳이 자기가 몰고 온 렌터카로 가겠다고 고집을 피웠다. 야드만이 말했다. "아니, 뭣 때문에 구태여 차 두 대를 몰고 가요? 기름 아끼세요. 한 차에 타고 동무하며 가자고요. 보통 다들 그렇게들 하는데, 예?" 야드만의 차는 차창에 스모크 선팅을 넣은 신형 서버밴으로, 범퍼에는 스티커를 붙여 미국 국기 무늬를 그려놓았고 오른쪽 뒷문은 움푹 패었다. 검은색으로 번들번들 윤이 나면서 동시에 형편없이 진흙이 튀어 두꺼운 레이스처럼 떡져 있었다. 차 안에서 개 한 마리가 흥분해서 짖어대면서 리오나드 쪽 창으로 몸을 던져 부딪치고 유리에 질질 침을 묻혔다. "그 녀석 이름은 카스파예요. 케이(K)로 시작하는 카스파죠. 저렇게 짖어대서 그렇지 안 물어요. 카스파가 손님을 물 일은 절대 없어요, 드웨인 더참 씨. 내가 보증하죠." 야드만은 손바닥으로 차창을 치면서 개에게 '조용히 해!'라고 명령했다. 카스파는 에어데일테리어였다. 순종이라고 야드만이 말했다. 끝내주는 종자죠. 하지만 버릇은 확실히 잡아야 해요. "손님이 가족끼리 오손도손 사실 이 미네랄 스프링스의 작고 예쁘장한 목장을 구입하시면 개 키울 생각이 들 거예요. '인간의 가장 좋은 친구'란 말은 헛말이 아니죠."

하지만 리오나드는 야드만, 카스파와 함께 차를 탈 마음이 없었다. 리오나드는 자기 차를 몰고 갈 작정이었다. 야드만은 뿔이 나서 꼬나보았다. 아주 사소한 문제에도 반대를 받거나 뜻을 꺾이거나 하는 일을 거의 당해본 적이 없는 사람인 게 분명했다. 그는 경멸감을 감추려는 노력도 거의 하지 않고 말했다. "그래요, 드웨인 더참 씨. 마음대로 하세요. 댁의 볼바인지 볼보인지 보지인지에 올라타 시라고요. 마음대로 해요. 나하고 카스파가 앞에서 차 몰고 갈 텐데 길이나 잃지 않나 어디 두고 보죠."

두 대의 차에 타 앞뒤로 줄을 지어 그들은 매커빌의 작은 읍을 통과해 갔다. 3월 말, 일요일 오후의 이른 시각이었다. 바람 부는 날씨였고 눈의 맛이 느껴졌다. 머리 위에는 함대 같은 구름이 웅장하였다. 사람을 압도하는 야드만의 개성에서 놓여나니 얼마나 속이 편한지! 리오나드는 전날 밤 잠을 제대로 자지 못한 터였다. 그 전날도 잘 못 잤다. 신경이 팽팽히 긴장되어서 그랬다. 직접 빌린 아담한 렌터카에 타고서 리오나드는 군대 차 같은 시커먼 서버밴을 따라 몇 블록의 별로 볼 것 없는 가게들과 벽토에 미장 무늬를 넣은 공동주택 건물들, 주점들, 성인 비디오 가게, 주州 고속도로로 빠지는 길 초입에 복닥거리는 흔히 보는 패스트푸드점들, 할인 양판점, 주유소, 일렬로 늘어선 번화가 상점들을 지나쳐 갔다. 광산촌이었던 매커빌의 과거에서 남아 있는 것이라고는 '골드 스트라이크 고고장'과 '부자 되세요 라운지', '은테 두른 바비큐' 식당이 다였다. 고속도로를 지나치자 자라다 만 나무들과 바위들로 이루어진 메사윗면은 둥글고 옆면은 벼랑 같은 언덕 지형이 펼쳐졌다. 메인스트리트 661번지 야드만 부동산 및 보험 사무실에 가기 위해서 리오나드는 덴버 공항으로부터 맥 빠지는 교통 체증과 맨해튼 공기도 웬만한 날에는 이보다 맑을 것 같은 뿌연 대기를 뚫고 40분이나 차를 몰고 와야 했던 것이다. 리오나드는 생각했다. '놈이 짐작할 수 있을까? 내가

누군지 혹시라도 감이 잡힐까?'

리오나드는 흥분되어 있었고 마음이 초조했다. 리오나드 체이스
가 어디에 있는지 아는 사람은 아무도 없었다.

읍내를 벗어나자, 시속 90킬로미터 속도제한 도로에서 야드만은
시속 110킬로미터에 육박할 만큼 액셀러레이터를 밟아 뒤에 오는
리오나드를 떼어놓았다. 어디 혼나봐라 하는 것이다. 리오나드도
알았다. 야드만은 자기 차와 리오나드 차 사이에 다른 차량이 끼어
들어도 상관하지 않았고, 나중에 갓길로 차를 빼 리오나드가 따라
잡게 했다. 친한 척 면박을 주는 뜻에서 야드만은 리오나드에게 수
신호를 보냈고 리오나드보다 먼저 차를 고속도로로 뺐다. 빠르게.
서버밴의 후면 창에는 미국 국기가 있었다. 뒤 범퍼에 붙은 스티커
글귀는 이랬다. '부시 체니, 미국을 맡긴다. 계속 빵빵 쏴라, 총알은
내가 댄다.'

야드만의 가족이 한때는 부유했던 게 틀림없다. 야드만은 동부
로 와서 대학을 다녔으니까. 촌무지렁이 시늉을 하고 있지만 이 사
내가 약삭빠르고 계산속 밝은 작자라는 것은 명백했다. 그의 개인
사에나 또 직업 전선에 무슨 일인가가 생겼던 거겠지. 어쩌면 안
좋은 일이 줄줄이 생겼는지도 모른다. 옛날에는 돈깨나 있었나 본
데 이제는 아니다. 그렇지 않았다면 발레리가 야드만과 결혼을 했
을 리가 없다. 그렇지 않았다면 그 선정적인 폴라로이드 사진들을
20년이 넘도록 품고 있었을 리가 없다.

'만약 놈이 짐작을 했다면, 어쩔 건가?'

서버밴이 또다시 멀어지고 있었다. 18톤 대형 트럭을 추월해 앞으로 빠졌다. 리오나드는 언제든지 차를 돌려 가버려도 된다. 차를 몰고 도로 공항으로 가서 원래대로 시카고행 비행기를 탈 수도 있다. 발레리에게 일 관계로 며칠 동안 시카고에 간다고 말하고 왔는데 그건 사실이었다. 리오나드는 연방 법원 경험이 있는 세금 관련 소송 변호사가 필요한 시카고의 모 회사에 면접을 보기로 되어 있었다. 리오나드는 발레리에게 렉터 가의 회사에서 잘렸다는 이야기는 하지 않았고, 그녀가 어떻게든 그 사실을 알게 될 일은 절대로 없다고 확신했다. 그간 그는 일주일에 닷새씩 꼬박꼬박 시내로 통근했고 일과에 변함이 없었다. 다니던 회사 사장이 그 부분에 관해서는 조치를 해놓은 상태였기에 리오나드는 그동안 정중한 대접을 받았다. 사무실은 몇 주 더, 리오나드가 새 직장을 구하는 동안 그대로 써도 되었다. 한두 차례 별로 좋지 못한 장면이 벌어지기는 했지만, 이제는 옛 직장 동료가 된 사람들과도 그럭저럭 큰 탈 없이 지낼 수 있었다. 한 번인가 두 번, 그가 면도하지 않은 얼굴에 부스스한 머리로 나타난 적은 있지만 대부분의 경우 겉으로는 아무 변화도 없어 보였다. 하얀 면 셔츠, 줄무늬 넥타이, 짙은 색 핀 스트라이프 양복. 구두는 여전히 그랜드센트럴 역에서 반짝이게 닦았다. 사무실에 틀어박혀서 문을 닫아 잠그고 리오나드는 창밖을 내다보았다. 아니면 클릭질을 하며 인터넷을 누볐다. 마흔여섯 살에 '인원 감축'을 당한 그에게 관심이 있는 법률 회사는 너무나도 적었다. 하지만 리오나드는 이 방법으로 야드만을 추적하여 결국 찾아내었다. 그리고 시카고에서 면접 보기로 한 것도 진짜였다. 리오나드 체이스의 훌륭한 이력서는, 사장이 써주기로 약속한 '강력히 받쳐주는' 추천장은 진짜였다.

발레리가 그의 팔을, 그의 뺨을 어루만지지 않은 지 오래였다. 염려하는 어조로 '무슨 문제라도 생겼어요, 여보?' 하고 묻기를 그만둔 지도 오래되었다.

이 희미한 흥분과 초조함. 전에도 고도가 높은 지대에 있어본 적은 있다. 아름다운 사시나무, 부부가 딱 한 번 스키 여행을 갔던 그곳. 산타페에도 갔지. 덴버는 해발고도가 1600미터에 이른다. 야드만의 차 바퀴 자국을 그대로 밟아 차를 몰면서 리오나드의 호흡은 빨라지고 얕아졌다. 맥박은 급하고 세차게 뛰었다. 리오나드는 하루가 지나면 흥분으로 들뜬 지금의 상태가 눈알 뒤를 쿡쿡 찌르는 둔통으로 변하리라는 것을 알고 있었다. 하지만 그때쯤에는 콜로라도를 떠난 뒤이기를, 리오나드는 바랐다.

미네랄 스프링스. 이 지역에서도 특히 이 부분은 보기에도 번창하는 동네 같지 않았다. 분명히 덴버 교외 지역이며 더 멀리 떨어진 읍 중에도 잘사는 동네들이 있지만, 여기는 그중에 들지 못했다. 대지는 평평하고 단조롭게 이어지고 주된 색채는 건조된 거름 색이었다. 리오나드는 최소한 산은 있을 줄 알았다. 야드만이 음흉한 미소를 띠고 말했다. 다른 방향이라고. 하지만 어느 쪽이라는 걸까? 리오나드의 등 뒤로 오른쪽에 있을 삐죽삐죽한 덴버의 스카이라인은 수프처럼 걸쭉한 갈색 연무에 묻혀 종적도 없었다.

서버밴이 방향을 꺾어서 움푹 들어간 길로 접어들었다. 풍상에 낡은 목조건물에 통일 그리스도 교회가 있고, 이동식 차량 주거촌이 있고, 아스팔트로 벽을 바른 코딱지만 한 집들이 관목이 우거진 부지 깊숙이 물러서 있는가 싶었는데 예상치 못하게도 가까운 위치에 느닷없이 '입주자 주문에 맞춰 지은 건물'이자 '호화로운 가정집'이라는 퀘일 리지 에이커스 주택 단지가 시야 밖으로 쫙 깔렸다. 거기에서 한층 더 탁 트인 지형이 시작되었다. 풀을 뜯는 소 떼가 딸린 목장들이 있고, 말들이 도로 가까이에 있다가 지나가는 리오나드의 차를 보고 기다란 대가리를 들어 올렸다. 돌연히 마주친 말의 아름다움은 숨을 죽일 만했다. 리오나드는 잊고 있었다. 그는 아들이 없다는 데 대하여 가슴을 찌르는 상실감을 느꼈다. 서부로 함께 이사 올 사람도 없고 콜로라도에서 말을 기를 사람도 없다.

야드만은 서버밴을 옆으로 꺾어 덜컹거리는 길을 한참이나 올라갔다. 여기에 플라잉 S 목장이 있었다. 열려 있는 정문 위에 환영의 의미인 닳아빠진 조종간 모양의 소뿔 한 벌이 구부정히 걸려 있었다. 리오나드는 야드만 뒤를 그대로 밟아 가서 차를 대었다. 갑작스러운 외로움과 열망의 감정이 파도처럼 밀려들어 그를 덮쳤다. '우리가 여기 살 수 있었더라면! 처음부터 새 출발을 할 수 있다면!' 그러려면 그는 좀더 젊어야 하고 발레리는 발레리가 아니어야 할 것이다. 여기에 가질 수도 있을 법한 내 집이 있다. 목재로 짓고 아스팔트로 마감한 길쭉한 평지붕 목장 건물, 날림으로 지은 게 매력인 집. 손을 보고 칠도 새로 해야 할 것이다. 셔터도 갈고 어쩌면 지붕을 갈아야 할지도 모른다. 여자의 손길이 닿은 집인 게 보인다. 백조 모양 석조 항아리들이 앞문 현관에 열을 지어 놓여 있고, 앞마당에는 돌로 꾸몄던 정원이 폐허가 되어 남아 있었다. 집 뒤편으로 몇 채의 부속 건물이 있었다. 사일로가 있고, 작은 헛간이 있고, 버려두고 간 트랙터가 한 대 있고. 썩어버린 건초 더미가 여러 개, 마른 거름 더미도. 울타리는 내버려져 망가져가는 각 단계를 보여주었다. 하지만 거기에는 거침없이 쫙 깔린 경사진 평원과 언덕 지형, 메사라고 했던가, 그런 지형이 기가 막힌 풍경으로 멀리 내다보였다. 줄기줄기 햇살이 뚫고 내려오는 하늘은 아름다웠다. 어마어마한 조각 작품 같은 구름 너머 유리 같은 쨍한 파란색으로 펼쳐져 있었다. 리오나드는 목장 뒤편에서 그 광경을 바라보았다. 언덕 전망이 근사한 집이었다. 눈에 거슬리는 것은 단 하나, 오른쪽으로 저 멀리에 짓기 시작하는 것 같은 주택 단지뿐이었다. 똑바로 앞을 본다면 그 정도 침범은 거의 알아채지도 못할 것이다, 아마도.

리오나드가 서버밴 쪽으로 가까이 가니 야드만은 차 옆에 기대선 채 휴대전화를 들고 뚝뚝 자르는 말투로 통화하고 있었다. 살이 딴딴히 뭉친 얼굴이다. 순종 에어데일테리어 카스파는 차에서 풀려나와 신이 나서 종종걸음으로 주위를 돌아다니며 돌 정원 냄새를 맡는가 하면 한 다리를 들고 볼일을 보았다. 리오나드가 눈에 들어오자 개는 미친 듯이 짖어대고 이를 드러내면서 왈칵 달려들었다. 야드만이 고함질렀다. "물러나, 카스파! 이놈의 개, 말 들어!" 리오나드가 팔을 들어 앞을 막으며 뒤로 움츠려 물러났는데 야드만은 리오나드까지 야단을 쳤다. "카스파는 짖기는 지랄 맞게 짖어대지만 물진 않는다니까요! 내가 말 안 했어요, 예? 이리 와, 이놈의 자식. 제기랄, 앉아, 앉앗!" 얼굴이 벌게진 주인의 명령에 카스파는 앉았지만 마지못해 따르는 기색이 줄줄 흘렀다. 에어데일이 이렇게나 커다란 줄 이전에는 미처 몰랐다. 놈은 거칠고 꼬불꼬불한 털에 검은색과 황갈색의 네눈박이 무늬인데 입술이 늘어진 주둥이에는 희끗희끗 새치가 섞였고 짙은 색 눈이 제 주인처럼 극렬한 성깔을 보여주었다. 야드만은 휴대전화를 닫더니 보기 좋은 미소를 지으려고 애를 써서 표정을 고쳤다. 잠겨 있던 앞문을 열고 리오나드를 집 안으로 안내하면서, 야드만은 판매원 노릇 할 때의 친절하면서도 윽박지르는 음성을 써서 말했다. "교회들이 있단 말이죠, 예? 아까 보셨죠? 이쪽으로 나오는 길에 있지 않던가요? 이 동네는 기독교가 세답니다. 초창기에 눌러앉은 사람들이죠. 개신교 혈통이에요. 모르몬교 인구도 좀 되는데 그쪽 인간들은 아주 제대로죠." 야드만이 살집 좋은 입술을 쩍쩍 빨았다. 모르몬교도 생각을 하는 것이다. '그쪽 인간들'에 대해 썩 인정할 만한 어떤 특별한 점이 있는 듯했다. 아마 돈이겠지.

목장 주택을 보아하니 아무래도 한동안 아무도 살지 않았던 것 같았다. 리오나드는 잠재적인 구매자가 지을 법한 애매하고 예의 바른 미소를 띠고서 집을 둘러보았는데 아마 무슨 작은 동물 같은 게 집 밑으로 기어들어 죽었나 보다고 반 이상 의심이 갔다. 야드만은 농담을 내질러 고객의 질문을 가로막으려 했다. "중혼죄에 대한 벌이 뭐게요, 예? '마누라가 둘'이라는 거죠."

야드만은 같이 웃자는 뜻으로 요란한 웃음을 터뜨렸다. 리오나드는 발레리가 이런 집으로 걸어 들어오는 상상을 하고는 빙그레 웃음 지었다. 어림없는 일이겠지! 야드만의 말로 '싹 새로 개비했다'던 '언덕 조망이 환상적인' 주방과 미처 생각도 못 했던 남겨진 가구들이 장관을 이룬 응접실이 이토록 가깝게 붙어 있는 걸 본다면 그 여자의 섬세한 정신은 멍이 들고 말 것이다. 응접실에는 버터스카치 색 보풀 천을 씌운 기다란 소파와 크고 으리으리한 유리 상판의 차탁이 있었는데 유리에 거미줄 모양으로 금이 가 있었다. 바닥에는 끝에서 끝까지 털이 긴 베이지색 카펫을 깔아놓았고 거기에 더럽게 얼룩이 져 있었다. 두 계단 아래 가족실로 내려가보니 커다란 벽난로와 다시 한 차례 '환상적인 언덕 조망'이 펼쳐졌으며 벽은 무늬를 찍어 돌처럼 보이게 한 판지 마감이었다. 리오나드의 얼굴에 떠오른 경악한 표정을 보고 야드만은 우울한 미소와 함께 말했다. "그래요, 그래. 새 집주인이 이 집을 뜯어고치고 싶어 할 수도 있죠. 어느 정도는요. '새 단장'이라는 거 아니겠어요. 이 식구들은 이 식구들 취향이 있고 손님은 손님 취향이 있고 말이죠. 아인슈타인이 말했잖아요, '세상에 공짜 점심은 없다'고요."

야드만은 항변을 할 테면 해보라는 듯이 리오나드에게 바짝 다가들었다. 리오나드는 재미있어하는 목소리를 지어서 물었다. "세상에 공짜 점심이 없어요? 무슨 얘기인지 전 잘 모르겠군요, 야드만 씨."

"그러니까 대가를 치른 만큼 얻는다 이 말씀이죠. 그렇잖아요, 돈을 내지 않은 부분에 대해서는 살 수가 없는 거예요. 인생철학인 거죠, 예?" 야드만은 서버밴을 타고 오면서 술을 마신 게 틀림없었다. 숨결에서 위스키 냄새가 났고 발음이 살짝 꼬였다.

부동산업자를 달래려는 듯이, 리오나드는 물론 충분히 이해한다고, 새로 구입할 부동산이 어떤 물건이 되었건 간에 거기다 어느 정도 돈을 들일 생각은 하고 있다고 말했다. "그동안 결혼 생활을 하면서 아내와 저는 땅을 조금 사고 싶다는 꿈을 꾸고 있었거든요. 그런데 이번에 기회가 온 거죠. 아내는 마침 유산으로 돈을 조금 물려받은 참이에요. 많지는 않아요, 그래도 좀 됩니다." 어쩌면 부주의하게 큰소리를 치고 있지 않나 하는 염려 때문에 드웨인 더참은 음성이 떨렸다. "그래서 우리 부부는 그 돈을 쓸 참이랍니다." 이렇게나 순진해서 몸이 단 듯한 꼴을 보자 야드만의 얼굴에 숨죽여 먹이를 노리는 포식 동물의 미소가 피어올랐다. "좋은 생각이네요, 드웨인 더참 씨. 아주 좋은 생각이에요."

야드만은 리오나드를 '주 침실'로 안내했다. 거기에는 기괴하게도 분홍색을 입힌 거울이 한 벽을 온통 뒤덮고 있었고, 그 거울 안에 두 남자의 모습은 돋보기를 들이댄 것처럼 터무니없이 크게 부풀어 오른 형태로 야하게 비쳤다. 야드만은 이럴 줄 몰랐다는 듯이 소리 내어 웃었고 리오나드는 그날 아침 면도를 너무 아무렇게나 했다는 데 충격을 받아 얼른 시선을 돌렸다. 희끗희끗한 수염 자국이 얼굴 왼쪽에 꺼칠하고 턱 선에는 빨갛게 베인 자국이 아직 촉촉

했다. 두 눈은 마치 눈알이 눈구멍에 맞지 않는 것처럼 머리뼈 속으로 푹 꺼져 들어갔으며 옷차림은 트위드 스포츠 코트에 캔디 스트라이프 셔츠로 입고 자기라도 한 것처럼 주름이 지고 풀이 죽었다. 실제로 입고 잤을 것이다. 깜박깜박 존 것 정도겠지만, 뉴욕에서 시카고에 갔다가 또 덴버까지 긴 비행을 하는 중에 그랬으리라.

다행히도 주 침실에는 통유리 미닫이문이 있어서 야드만이 가까스로 문을 열었고, 두 남자는 얼른 신선한 공기 속으로 나왔다. 거의 그 즉시 리오나드를 향하여 미친 듯이 짖으며 달려든 에어데일은 야드만이 끼어들지 않았더라면 그를 물었을 게 틀림없다. 야드만은 이번에는 개에게 고함만 친 것이 아니라 콧등을 때리고 머리를 때렸다. 그리고 목줄을 잡아 질질 끌어서 리오나드에게서 떼어놓은 다음 개가 기가 죽어 낑낑 울며 발치에 엎드릴 때까지 욕을 하고 발길질을 했다. 개는 뭉툭한 꼬리를 흔들며 낑낑거렸다. "이놈의 빌어먹을 개새끼가, 네가 잘못해서 벌 받는 거다. 씨발! 이제 끝인 줄 알아. 개 씨발 빌어먹을 놈의 식구들 중에서 누구라도 고분고분 말 안 듣는 놈의 새끼는 이렇게 되는 거야. 씨발, 매번 혼나면서 빌어먹을 새끼가 말을 안 들어." 버릇 나쁜 개가 몹시 창피했던지 야드만은 시뻘겋게 달아오른 얼굴로 깽깽 우는 에어데일테리어를 질질 끌고서 집을 빙 돌아 서버밴을 세워둔 진입로로 나갔다. 리오나드는 두 손으로 귀를 막았다. 펄펄 화가 난 야드만이 욕하는 소리와 불쌍하기 짝이 없는 개 울음소리를 듣고 싶지 않았던 것이다. 야드만이 개를 가둬두려고 억지로 차 안에 처넣고 있는 게 틀림없었다.

리오나드는 생각했다. '저 개가 놈의 하나뿐인 친구인 것을. 놈이 개를 죽일지도 몰라.'

리오나드는 사일로가 보고 싶다는 듯이 집을 뒤로하고 빠른 걸음으로 걸어갔다. 사일로는 일부가 무너져 내려 옥수수 속대와 회반죽으로 보이는 것들이 아무렇게나 널브러진 채 화석처럼 굳어 있었다. 그리고 차가 세 대쯤 들어가는 차고만 한 크기의 헛간이 있었는데 지붕이 푹 꺼졌고 거름 냄새와 썩은 건초 냄새가 강하게 풍겼다. 리오나드에게는 흐뭇한 냄새였다. 거름 더미에 쇠스랑 한 자루가 거꾸로 꽂혀 세워져 있었다. 마치 누군가가 갑자기 목장 생활은 이제 지긋지긋하니 떠나야겠다고 결심했던 것처럼. 리오나드는 찌르르한 흥분을 느꼈다. 아니면 그것은 두려운 전율이었던가? 왜 여기에 온 건지 리오나드에게 무슨 뚜렷한 생각은 없었다. 콜로라도 주 미네랄 스프링스 플라잉 S 목장 폐가에 무엇을 하러 왔던가. 무엇을 하려고 '미치' 야드만을, 첫 남편 올리버 야드만을 굳이 찾아냈던가. 이제 중년의 나이인 그의 아내가 이 사내와, 20년 전의 이자와 나누었던 에로틱한 추억을 소중히 간직하고 있다손 치더라도 그게 리오나드에게 무슨 문제인가? 리오나드는 자기 손을 물끄러미 내려다보았다. 눈앞에, 손바닥을 위로 하여 솔직한 당혹감의 몸짓으로서 쳐든 두 손을 보고 있었다. 장갑을 끼고 있었는데 떨리지 않는 게 그 덕택인가 싶었다. 리오나드는 요새 들어, 그러니까 지난 몇 달에 걸쳐 때때로 손이 떨린다는 것을 자각하고 있었다.

야드만이 바로 헛간 문밖에 와 서서 휴대전화로 또 한 통 전화를 걸고 있었다. 음성 메시지를 남기는 모양이었다. 낮게 깐 목소리가 위협적이고도 유혹적이었다. "당신이지? 나야. 도대체 어디를 싸돌 아다니고 있는 거야? 전화해. 받을 테니." 입속말로 욕설을 씹어뱉 으며 그가 전화를 끊었다.

헛간 뒤에서 언덕 풍경을 바라보고 있던 리오나드를 야드만이 따라잡았다. 늦은 오후의 하늘은 아직 밝아서 선명하고, 웅장한 구름 덩어리는 묘하게 세로로 닦아 세운 직사각 기둥 모양을 하고 있었다. 리오나드는 구름들을 지그시 바라보며 가죽 장갑 낀 손가락들을 구부렸다 폈다 하고 있었다. 공동의 목표를 달성함으로써 맺어진 새로 사귄 친구이기라도 한 것처럼 야드만이 그의 어깨를 철썩 때렸다. 야드만의 숨에서는 새로 마신 위스키 냄새가 났다. "근사한 장소죠, 예? 남자를 꿈꾸게 만들잖아요, 그렇죠? '하늘이 큰 동네', 그게 서부라 이거예요. 나도 한동안은 동부에 살아봤거든요. 아시죠, 사방으로 빌어먹게 옭아매서. 남자가 살 동네가 못 돼요. 이렇게 잘 뽑힌 작은 목장이 늘 갖고 싶었다니까요. 남자가 살려면 이렇게 살아야죠. 말도 키우고. 그놈의 쥐새끼 쳇바퀴 같은 소위 '부동산'은 못써요. 뭐…… 궁금하신 거, 물어보실 거 없어요, 드웨인? 그러니까 가격 절충이 가능한가, 또……?"

"집이 계속 매커빌이었나요, 야드만 씨…… 미치?" 드웨인 더참은 대놓고 물어보면서도 예의를 지키는 화법의 소유자였다. "그냥 궁금해서요!"

야드만은 가죽 재질의 카우보이모자를 삐딱하게 기울여 그의 고객에게 정면으로 노골적인 시선을 주면서 대답했다. "웬걸요, 아니죠. 야드만 성을 가진 사람들은 리틀톤에 쫙 깔렸어요. 매커빌에는 나만 살죠. 임시로 잠깐 사는 거고요."

"야드만 부동산 및 보험 사무소는 가족 사업이죠, 그런가요?"

"뭐, 그렇죠. 한때는 그랬어요. 지금은, 거의 나 혼자 하죠."

야드만이 말하는 품이, 뭔지 몰라도 창피스럽고 유감스러운 일이 있었던 듯했다. '낙오했군.' 리오나드는 생각했다. 야드만의 부루퉁한 입매가 움직거리며 뭔가 더 말할 것 같다가 문득 꽉 닫혔다.

"동부에 살았던 적도 있다고 하셨죠…… 미치?"

"오래 살진 않았어요."

"여행도 가봤나요? 그러니까…… 플로리다에? 키웨스트에 가봤어요?"

야드만이 실눈을 뜨고 리오나드를 째렸다. 이게 어리둥절할 일인지 짜증 낼 일인지 판단이 서지 않는 모양이었다. "그래요, 가봤죠. 오래전 일이지만. 그런 건 왜 묻죠, 형씨?"

"뭐, 그냥…… 낯이 익은 것 같아서요. 내가 어디서 봤던 사람 같아요. 한 번이라도 본 적이 있었나 싶어서. 내 생각에는 키웨스트에서 보지 않았나……." 리오나드는 웃음 띤 얼굴이었지만 귓속에는 이명이 울렸다. "딸린 식구는 있어요? 그러니까 부인이랑 자녀분들이……?"

"아항, 무슨 말씀이신지 알 것 같구먼." 야드만이 쓰게 웃었다. "어떤 사람들은 '식구'가 마음대로 쑥쑥 생기죠, 그렇죠? 내가 무슨 말을 하는지 알아듣겠어요?"

"실례가 됐다면 죄송하……."

"그러니까 내 '사생활'을 꼬치꼬치 캐묻지 말라 이거요, 형씨."

야드만이 웃음을 터뜨렸다. 얼굴에 쫙쫙 주름이 가도록 웃으면서 그는 리오나드의 어깨를 철썩 때렸다. "이봐요, 정신 차려요. 농담한 것뿐이니까. 마누라는 그냥 마누라죠, 예? 애새끼는 애새끼고요. 해봤죠, 가져봤고요. 빌어먹게 세 번이나 했죠. 드웨인 더참 씨, 왜 '삼진 아웃!'이라고 있잖아요."

드웨인 더참이 하기에는 위험천만한 말이었지만, 도발하는 미소를 띠고 그는 말했다. "첫사랑만 한 사랑은 없다, 그런 말이 있죠."

"'처음 따먹은 계집년만 한 년이 없다'는 건데, 그거야 논란의 여지가 있는 얘기 아니겠어요."

이제 야드만은 대화를 가름하고 얘기를 부동산 문제로 돌릴 생각이었다. 그날 오후에 사무실에서 또 한 건 예약이 잡혀 있으니 여기 일에 박차를 가해야 할 터였다. 손에는 해당 물건에 관한 제반 사항이 적힌 서류 뭉치를 쥐고, 야드만은 드웨인 더참이 이 물건에 대해 뭔가 질문할 게 있는지 물었다. 아니면 다른 물건은 어떤지? 지금 당장 보러 가도 되는데. "특히 주택 담보 장기 대출이랑 이자율 말씀인데, 바로 그 부분에서 미치 야드만이 도와드릴 수 있다 이거죠."

리오나드는 손가락으로 가리키면서 물어보았다. "저쪽에 저 언덕들 말입니다. 저 지역이 개발 중인가 보죠? 새로 지은 집이 몇 채

보이던데요. '퀘일 리지 에이커스'라고, 여기 오는 길에 봤는데요."

야드만의 눈에 그늘이 졌다. "저기서 뭔가 진행이 되고 있는 것 같죠, 잘 보셨네요. 하지만 저리로 지나가는 골짜기 중 나머지 부분하고, 그 골짜기로 흐르는 손님 땅의 사랑스러운 실개울하고는 말짱한 모습으로 남아 있는 거예요. 보이죠?"

"하지만 어쩌면 거기도 개발되지 않을까요? 가능성이 있죠, 야드…… 미치?"

신중히 생각해봐야 할 심각한 문제라는 듯이 야드만은 이를 빨았다. 그러고는 말했다. "솔직히 드웨인, 그럴 것 같지는 않군요. 내가 들은 바로 공사는 저쪽 저 땅만 한대요. 만약에 그 이상으로 개발 계획이 잡혀 있다면 당연히 내가 알고 있겠죠. 보십쇼, 여기 손님 땅은 겨우 6에이커밖에 안 돼요. 이전 주인이 팔아치운 땅이 몇백 에이커든 간에 그중에서 6에이커는 손님 거라 이거죠. 이 근방 땅은 덴버에 접근성이 좋아서 가치가 올라가고 있어요. 6에이커만 사두시면 얼마든지 안전해요. 세율도 큰 부담은 없죠. 이 6에이커가 손님이나 손님의 가족한테 완충장치가 돼줄 것이고 시간이 지나면 틀림없이 가치가 올라가서 투자로도 괜찮죠, 예?"

야드만은 친근한 척 리오나드의 어깨를 철썩 때리며 다시 헛간으로 들어가려고 몸을 돌렸다. 고객을 인도해 헛간을 통과해서 진입로로 나갈 요량이었다. 드웨인 더참을 상대하기에 야드만의 인내심은 슬슬 구멍이 나려고 했다. 야드만은 명랑한 말투로 서두르자며 그의 마지막 말마디들을 뱉어놓았다. 외운 듯한 말인데, 자기는 여기보다 좀 나은 곳 어디로 나가야 되겠다고 말한 것이다.

쇠스랑이 리오나드의 손에 쥐어 있었다. 가죽 장갑 덕택에 자루가 손에 착 붙었다. 리오나드는 그 무겁고 삐죽삐죽한 연장을 가까스로 거름 더미에서 뽑아내어 들어 올렸고, 한마디 경고도 없이 야드만이 막 바깥으로 한 걸음 내디디려는 그때, 재빠르게 뒤를 쫓아가서 날카로운 쇠스랑 날을 그의 뒷등 어깨 쪽에다 콱 찔러 넣어, 그가 균형을 잃고 앞으로 고꾸라지게 만들었다. 그리고 얼이 나가도록 놀란 야드만이 뒤를 돌아보고 손으로 쇠스랑 날을 쥐려고 할 때, 리오나드는 쇠스랑을 재차 찔러 아무런 보호가 없었던 사내의 목을 맞혔다.

그다음에 일어난 일들을 리오나드는 또렷이 기억할 수 없었다.

갑자기 야드만이 무릎을 꿇고 있었다. 야드만이 더러운 헛간 바닥에 엎어져서 몸부림을 치고, 지푸라기며 흙 조각이 소용돌이치는 꺼먼 피에 떠내려갔다. 야드만은 살려고 발버둥치고 있었고, 피를 철철 흘리고 있었고, 비명을 지르려고 안간힘을 쓰고 굳은 얼굴로 그를 내려다보고 서서 쇠스랑으로 다시 찌를 태세를 취한 리오나드 앞에 공포에 질려 우는소리를 했다. 두 어깨의 완력을 다해 그리고 무게를 실어서 리오나드는 쇠스랑을 박아 넣었다. 녹이 슬어 무뎌지기는 했지만 아직 사람의 피부를 뚫을 정도로는 날카로웠다. 이미 너덜너덜해진 야드만의 목에, 야드만의 턱에, 야드만의 쳐든 얼굴, 아직도 놀라움이 가시지 않은 얼굴에. 가죽 재질 카우보이 모자가 깔끔하게 벗겨져 날아가 몇 걸음 저편에 내려앉았다.

리오나드는 분노에 차서 헐떡이며 그를 굽어보고 섰다. 말이 턱턱 막혀 나오고 두서가 없었다. "이제 알겠지! 맛 좀 봐라, 너 이놈의 살인자 새끼야."

그런 뒤에 휘청휘청 헛간을 나왔다. 이제 몹시도 피로했기 때문이다. 마지막으로 잠을 잤던 게…… 기억이 나지 않았다. 비행기에서 이리저리 몸이 쏠려가며 잔 신통치 않은 잠밖에 없다. 그리고 혹시 그가 집에 전화를 걸었다면, 전화벨 소리는 솔트힐 랜딩의 텅 빈 집에 따르릉 따르릉 울릴 것이다. 혹시 발레리의 휴대전화에 건다면 그 전화는 받는 사람이 있을 리 없다, 벨도 울리지 않을 것이다.
자동차 진입로에서 리오나드는 우뚝 서버렸다. 거기에는 서버밴이 야드만이 세워둔 그 자리에 주차되어 있고 에어데일테리어가 뒷좌석 유리창에 붙어 발작하듯 짖어대고 있었다. 묵직한 쇠스랑은 아직 그의 손에 쥐여 있는 채였다. 리오나드는 할 일이 남았다는 것을 알았다. 두 손이 욱신거리고 어디 뼈에 금이라도 간 것처럼 쿡쿡 쑤시는 통증이 있는데 그러고 보면 십중팔구 손뼈에 금이 간 건 사실일 것이다. 하지만 선택의 여지가 없었다. 아직 할 일이 남아 있었다. 야드만의 개는 증인이니까, 야드만의 개가 그를 알아볼 수 있으니까. 그는 조심스럽게 서버밴으로 다가갔다. 에어데일은 미친개처럼 날뛰고 있었다. 리오나드는 뒷문 하나를 열 수가 있었고 야드만이 했던 것처럼 개를 불렀다. 명령하고 달래고 해가면서, 하지만 차는 지면에서 차체가 너무 높이 올라가 있어 안으로 윗몸을 기울이기가 어려웠고, 다루기 힘든 쇠스랑을 사용하기란 불가능에 가까웠다. 리오나드는 자기 몸을 슥 보고 바지에 온통 피가 튄 것을 발견하여 공포에 찼다. 신발에다, 양말까지! 정신이 나가서 날뛰는 저 개는 피 냄새를 맡은 것이었다. '주인의 피 냄새를 맡았지, 이놈이 아는구나.' 리오나드의 가슴속에서 무엇인가가 거세게 소리를 내었다. 제대로 생각을 해봐야 한다. 두뇌를 엄습하는 흐리멍덩함을 극복해야만 한다. "카스파! 이리 와!" 외쳐보지만 눈치 빠른 개는 앞좌석에만 움츠려 박혀 있었다. 리오나드는 서투른 자세로 서버밴 뒷좌석에 기어올라 쇠스랑을 겨누고 개를 찍으려고 앞으로 내찔렀는데 그저 좌석의 가죽 시트 뒷면에 걸릴 뿐 맹렬히 짖는 소리가 아까보다 더 커진 것만 같았다. 앞좌석 너머로 몸을 기울여 개를 붙들려고 손을 휘저으면서, 야드만이 개에게 욕하던 것처럼 욕하는데 막바지에 몰린 절박함, 분노, 낙담으로 인해 반쯤 흐느끼는 와중에 어떻게인지 순식간에 개가 리오나드의 손목에 이빨을 박아넣는 데 성공했고 리오나드는 놀람과 아픔으로 소리를 지르고 허겁지겁 서버밴에서 뒤로 기어 나오며 쇠스랑도 끌고 나왔다. 진입로에 서서, 발밑에서 땅이 빙그르르 기우는 것만 같은데 리오나드는 어리둥절한 채 살이 찢겨 피가 흐르는 상처를 뚫어지게 보았다. 콱콱 저려오는 아픔…… 개한테 물렸네? 누구네 개가 덤벼들었나?

　문득 시선을 들자 픽업트럭이 울퉁불퉁한 길을 따라 다가오고 있었다. 카우보이모자를 쓴 남자가 운전석에 앉았고, 옆자리에는 여자가 탔다. 뜻밖이라는 듯 미소 짓던 그들의 얼굴이 리오나드의 손에 들린 쇠스랑을 알아채고 빤히 바라보는 얼굴로 바뀌었다. 남자의 음성이 그를 불렀다. "저기요, 도움이 필요하신 거 아니세요?"

운이 좋아

샬레인 해리스

내 보험사 담당자가 현관문을 두드렸을 때, 나는 아멜리아 브로드웨이와 서로 발톱에 네일 컬러를 발라주고 있던 참이었다. 내가 고른 색상은 '얼음 위의 장미'였다. 아멜리아는 '매드 버건디 체리 글라세'를 선택했다. 아멜리아가 내 발을 양쪽 모두 끝마치고 나는 아멜리아의 왼발 발톱 세 개를 마저 발라야 하는데 바로 그때 그레그 어버트가 우리를 방해했다.

아멜리아는 한 달째 나와 함께 살고 있었다. 낡은 우리 집에 누군가 함께 사는 사람이 있다는 것이 꽤나 좋구나 생각하던 참이다. 아멜리아는 뉴올리언스에서 온 마녀로, 그 동네 마녀 친구들에게 알리고 싶지 않은 마법적인 불행을 겪은 터라 나와 함께 여기서 뭉개고 있었다. 게다가 허리케인 카트리나가 몰아치는 바람에 집이라고 돌아갈 곳이 아예 없어지기도 했다. 적어도 당분간은 없게 된 판국이었다. 우리 아담한 고향 마을 본템프스는 피난민들로 터질 듯했다.

그레그 어버트는 전에 막심한 피해를 입힌 화재가 난 후에 우리 집에 온 적이 있다. 하지만 내가 아는 한 지금은 나에게는 무슨 보험도 필요치 않다. 고백하자면 그가 무슨 목적으로 왔는지 나는 퍽이나 궁금했다.

아멜리아는 그레그를 흘긋 올려다보았는데, 모랫빛 머리카락과 테 없는 안경에 별로 관심이 동하지 않자 내가 그레그를 안락의자 쪽으로 이끌어가는 동안 새끼발가락 발톱에 하던 칠을 마저 했다.

"그레그, 이쪽은 제 친구 아멜리아 브로드웨이예요. 아멜리아, 그레그 어버트야."

아멜리아는 조금 더 관심을 두어서 그레그를 쳐다봤다. 나는 아멜리아에게 그레그도 그녀의 동종 업계 사람이라고 말해준 터였다. 그레그의 어머니가 마녀였고, 그 덕택에 그쪽에 한 발을 담근 그레그는 보험에 든 고객들을 보호하는 데 마녀 마술이 퍽이나 쓸만하다는 것을 알아차렸다. 그레그의 보험사에서 보험에 든 차 중에 주문이 걸려 있지 않은 차는 한 대도 없다. 본템프스에서 그레그의 자그마한 재능에 관하여 알고 있는 사람은 나 하나뿐이다. 작고 독실한 우리 마을에서 마녀 마술이란 건 갈채받을 것이 못 되니까. 그레그는 고객들에게 늘 새로 산 차나 주택에 두라며 행운의 토끼

발토끼 발을 지니면 행운이 깃든다는 미신. 요즘에는 비슷한 모양의 액세서리로 대신한다을

건네주곤 했다.

아이스티나 물, 아니면 코카콜라라도 마시겠느냐는 의무적인 권유를 사양한 후에, 그레그는 의자 끄트머리에 걸터앉았다. 나는 도로 긴 소파 한쪽 끝자리로 갔다. 다른 쪽 끝자리는 아멜리아가 차지하고 있었다.

"차를 몰고 들어오는데 보호 주문이 느껴지던걸. 굉장히 훌륭했어." 아멜리아를 향해 그레그가 말했다. 그는 내 탱크톱에 눈을 주지 않으려고 안간힘을 쓰는 중이었다. 누가 찾아올 줄 알았더라면 브래지어를 했을 것이다.

아멜리아는 아무렇지 않은 척하려고 했다. 아마 네일 폴리시 병을 들고 있지 않았더라면 어깨라도 으쓱했을 것이다. 그을린 살갗에 운동선수 같은 몸, 윤기 도는 짧은 갈색 머리를 지닌 아멜리아가 기분 좋게 여기는 것은 자기 외모뿐이 아니다. 아멜리아는 마녀로서의 능력에 대해서야말로 진정 자부심을 갖고 있었다. "특별한 것도 아닌데." 별로 그럴싸하지 못한 겸손을 보이며 아멜리아가 말했다. 하지만 그러면서도 그레그를 향해 방긋 미소를 보냈다.

"오늘은 나한테 무슨 용건이 있나요, 그레그?" 내가 물었다. 한시간 있으면 일하러 가야 하는데, 그러려면 긴 머리를 포니테일로 올려 묶어야 한다.

"당신 도움이 필요해." 그레그는 시선을 억지로 내 얼굴로 끌어올려서 그렇게 말했다.

그레그를 상대로 변죽을 울릴 건 없다.

"그래요, 어떻게?" 단도직입적으로 나온다면 나도 그러면 되지.

"누가 우리 대리소 일에 손을 대고 있어." 그레그의 목소리가 갑자기 열기를 띠었고, 나는 그가 파멸의 위기에 봉착했음을 알 수 있었다. 그레그는 아멜리아만큼 쩌렁쩌렁 생각을 쏴대는 사람은 아니었다. 아멜리아가 하는 생각이라면 거의 전부를 읽을 수 있다, 마치 입으로 말한 것처럼. 그레그는 그렇지는 않았지만 그래도 그의 내부에서 무엇이 어떻게 돌아가고 있는지 나는 읽을 수 있었다.

"우리한테 말해봐요." 아멜리아는 그레그의 생각을 읽을 수 없으니까.

"아, 고마워." 내가 뭔가를 해주기로 한 것처럼 그레그가 말했다. 그의 생각을 정정해주려고 입을 벌렸지만, 그레그가 힘겹게 얘기를 밀고 나갔다.

"지난주에 사무실에 갔더니 누군가가 서류철들을 뒤졌더라고."

"아직도 마지 바커를 쓰고 있어요?"

그레그가 끄덕였다. 길 잃은 햇살 한 줄기가 그의 안경알에 반짝거렸다. 시절은 9월이고 루이지애나 북부 지역은 아직도 퍽이나 덥다. 그레그는 눈처럼 흰 손수건을 꺼내 이마를 톡톡 찍어냈다. "우리 집사람 크리스티를 사무실에 들이긴 했지, 일주일에 사흘을 한나절씩 출근해. 마지는 전일제로 고용한 거고." 그레그의 아내 크리스티는 마지가 성마른 것만큼이나 나긋나긋한 여자다.

"서류철을 뒤졌다는 건 어떻게 알았어요?" 아멜리아가 물었다. 네일 폴리시 병은 뚜껑을 돌려 잠가 커피 테이블 위에 놓았다.

그레그는 숨을 깊이 들이마셨다. "지난 2~3주간 누가 밤에 사무실에 들어왔던 것 같다고 느끼고 있었지. 하지만 없어진 건 아무것도 없었어. 바뀐 것도 없었고. 내가 건 보호 주문은 멀쩡했어. 그런데 이틀 전에 사무실에 들어갔더니 서류철을 넣어두는 주 캐비닛 서랍 하나가 열려 있는 거야. 물론 밤에는 서랍을 다 잠그거든." 그레그는 말했다. "열쇠로 맨 위 서랍을 잠그면 전체가 잠기는 구조의 서류철 보관함이란 말이야. 고객들의 서류가 거의 다 노출됐을 수 있단 얘기지. 하지만 매일같이 오후에 일을 마칠 때 마지가 여기저기 단속하고 캐비닛을 잠근단 말이야. 내가 무슨 일을 하고 있는지 수상하게 여기는 사람이 있으면 어떡하지?"

그 생각에 그레그가 간까지 떨리도록 겁을 내고 있다는 게 눈에 보였다. "캐비닛을 잠갔는지 기억나냐고 마지한테 물어봤나요?"

"물론 물어봤어. 버럭 화를 내더군, 마지 성질 알지? 그러면서 분명히 잠갔다고 그러더라고. 집사람도 그날 오후 시간 일을 했는데 마지가 캐비닛을 잠그는지 어떤지 유심히 보지 않아 기억이 안 난대. 그런데 테리 벨플뢰르가 그놈의 개 가지고 들어놓은 보험 건을 재차 확인하고 싶다고 딱 일 끝날 때쯤 해서 사무실에 들렀지. 어쩌면 마지가 자물쇠 채우는 걸 그 사람이 봤을지 몰라."

그레그가 하도 넌덜머리 난다는 투로 말하는 바람에 나도 모르게 테리를 변호하고 말았다. "그레그, 테리라고 좋아서 그렇게 구는 건 아닌 줄 알잖아요." 나는 부드럽게 말하려고 애썼다. "나라를 위해 싸우다가 그 꼴이 된 거예요. 그러니 우리가 좀 양해해줘야죠."

그레그는 잠시 동안 뚱하고 있었지만 그 순간을 넘기자 기분을 풀었다. "알아, 수키. 그 양반이 그 보험 든 개 때문에 안절부절못해서 그러는 거지."

"무슨 얘기예요?" 아멜리아가 물었다. 나에게 호기심이 때때로 고개를 쳐든다면, 아멜리아의 경우에는 도저히 호기심은 참을 수 없이 용솟음친다. 아멜리아는 누구에 대한 그 어떤 일이든 다 알고 싶어 한다. 텔레파시 능력은 나 말고 아멜리아한테 갔어야 했다. 아멜리아라면 그 능력을 장애로 여기기는커녕 오히려 좋아했을지 모른다.

"테리 벨플뢰르는 앤디의 사촌이야." 내가 말했다. 경찰청 형사인 앤디는 아멜리아도 멀롯에서 만난 적이 있었다. "문 닫는 시간 지나고 바 청소 끝난 다음에 오곤 해. 가끔씩 샘 대신 일해. 아마 네가 저녁에 일하는 날이 별로 없어서 못 봤나 봐." 아멜리아도 가끔씩 바에 설 때가 있었다.

"테리는 베트남전에 참전했다가 포로로 붙잡혔는데, 고생을 심하게 했대. 몸에도 마음에도 심한 흉터가 남았지. 개에 대한 얘기는 딴 게 아니고, 테리가 사냥개를 좋아해서 계속 값비싼 카타훌라견犬을 사들이거든. 그 집 개한테 자꾸 무슨 일이 나. 지금 키우는 암컷이 새끼를 여러 마리 낳았는데 어미 개랑 강아지들한테 안 좋은 일이나 생기지 않을까 테리가 안절부절못하고 있다는 거지."

"정신이 좀 불안정하다는 얘기야?"

"심하게 고생한 사람이잖아. 어떨 때는 멀쩡해."

"아하." 아멜리아는 문득 머리 위에 전구가 퐁 떠오른 표정이었다. "백발이 돼가는 적갈색 머리인데 장발이고, 앞에서부터 벗겨져가는 그 남자 맞지? 뺨에는 흉터가 있고, 커다란 트럭 몰고?"

"그 사람 맞아."

아멜리아는 그레그 쪽을 보았다. "최소한 두 주 이상을 건물이 닫힌 후에 누가 안에 들어왔던 것 같다고 그랬잖아요. 부인은 아니란 말이죠? 그 마지라는 사람도 아니고."

"집사람은 저녁에는 항상 나랑 같이 있어. 애들을 따로따로 어디 데려가야 하는 일만 아니면. 그리고 마지는 새삼스럽게 밤중에 다시 사무실에 오지 않아도 될걸. 매일같이 하루 종일 사무실을 지키는 게 마지인데. 혼자 있을 때도 많다고. 그게 말이지, 건물을 지키는 주문들은 내가 보기에는 문제가 없어. 그래도 계속 다시 걸고 있지만."

"주문 얘기 좀 해보세요." 이야기는 아멜리아가 제일 좋아하는 분야에 이르러 있었다.

아멜리아와 그레그는 몇 분 동안 이야기를 나누었는데, 귀 기울여 들어봐도 나로선 이해할 수가 없었다. 심지어 읽어낸 생각조차 이해가 가지 않았다.

마침내 아멜리아가 말했다. "그래서 어떻게 하자는 건가요, 그레그? 그러니까 왜 우리를 찾아온 거냐고요."

그레그가 찾아온 건 사실 나지만, '우리'가 되는 기분도 꽤 괜찮았다.

그레그는 아멜리아를 보았다가 나를 보았다. "누가 내 서류철을 열어봤는지, 왜 그랬는지 수키가 알아내주었으면 해. 난 루이지애나 북부 지역에서 제일가는 펠리컨 스테이트 보험 대리인이 되려고 열심히 일했단 말이야. 이제 와서 사업 말아먹기는 싫어. 아들이 멤피스의 로도스에 갈 건데 거긴 학비가 싸지 않아."

"경찰에 안 가고 왜 나한테 왔는데요?"

"내 정체를 또 누가 알게 하고 싶지 않아." 그레그는 동요하고 있으면서도 그렇게 뻗댔다. "경찰이 내 사무실에 와서 물건들을 뒤지다 보면 그 부분이 드러나기 십상이잖아. 게다가, 수키 너도 알겠지만 너희 집 부엌 고치는 데 내가 아주 넉넉히 돈 조달해준 것도 있지 않았어?"

우리 집 부엌은 몇 달 전에 누가 불을 질러서 홀딱 타 무너졌다. 이제 막 재건축을 끝낸 참이었다. "그레그, 당신이 하는 일이 그러잖아요. 그게 어째서 내가 고마워해야 하는 일인지 모르겠네요."

"방화 사건들에 대해서는 내 재량이 크다고. 본사에다 네가 자작극을 벌인 것 같다고 보고할 수도 있었어."

"그런 짓을 할 마음은 아니었겠죠." 그레그의 싫은 면을 보고 있는 중이었지만 나는 침착했다. 아멜리아는 그야말로 코에서 불을 뿜을 기세였다. 정말로 격분하고 있다. 하지만 나는 그레그가 그 가능성을 꺼내 보인 것을 이미 부끄럽게 생각한다는 사실을 알았다.

시선을 내리깔아 자기 손에다 두고 그레그가 말했다. "아니, 그러진 않았을 거야. 그런 소릴 해서 미안해, 수키. 누군가 온 동네에 내가 무슨 일을 하고 있는지 떠벌릴까 봐 겁이 나서 그만. 어째서 나한테서 보험을 든 사람들이 그렇게……, 그렇게 운이 좋은지를 떠벌리는 날에는……. 범인을 찾아내는 일, 네가 어떻게 좀 해줄 수 없겠어?"

"오늘 저녁에 식구들 데리고 저녁 먹으러 오세요. 데리고 오면 내가 한번 봐줄게요." 내가 말했다. "나보고 찾아달라는 이유가 사실은 그거잖아요. 맞죠? 가족 중 누군가 관련 있을 거라고 짚고 있잖아요. 아니면 직원이든가." 그레그가 고개를 끄덕이는데, 의지가 지없는 표정이었다. "내일 그쪽에 가서 마지하고 얘기해볼게요. 당신이 잠깐 와달라고 그랬다고 할 거예요."

"그래. 내가 휴대전화로 전화를 걸어서 누구한테 사무실에 들러달라고 할 때도 있으니까. 마지도 믿을 거야."

아멜리아가 말했다. "나는 뭐 해요?"

"음, 수키하고 같이 행동해줄래요? 수키는 당신이 못 할 일들을 해낼 수 있고, 그 반대 경우도 있을 테죠. 당신들 둘이서 도와준다면……."

"좋아요." 아멜리아는 그렇게 말하며 그레그에게 환히 빛나는 커다란 미소를 베풀어주었다. 그녀의 아버지는 마녀이자 웨이트리스인 아멜리아 브로드웨이 표 완벽한 백색 치아 스마일을 완성시켜주느라 한 재산 들였을 게 틀림없다.

손님이 온 것을 뒤늦게 알아차리기라도 한 듯 고양이 보브가 때맞춰 통통걸음으로 끼어들었다. 보브는 그레그 바로 옆 의자로 뛰어울라 주의를 기울여 그레그를 조사했다. 그레그도 보브 못지않게 긴장하고 고양이를 내려다보았다.

"해서는 안 될 일을 하고 지내는 건 아닌가요, 아멜리아?"

"보브한테 무슨 이상한 점은 없어요." 아멜리아는 그렇게 말했다. 사실이 아니다. 아멜리아는 검은색과 흰색 털을 가진 고양이를 번쩍 들어 올려 두 팔에 안고는 그 부드러운 털에 코를 묻었다. "그냥 덩치 좋은 늙은 괭이일 뿐이지. 안 그래, 보브?" 그레그가 그 화제를 그쯤 해두자 아멜리아는 마음을 놓았다. 그레그는 가겠다고 일어섰다.

"어떻게든 도와만 준다면 정말 고맙겠어요." 그러고는 갑자기 직업적인 태도로 바뀌어 이렇게 말했다. "자, 행운의 토끼 발 하나 서비스하죠." 그는 주머니에 들어 있던 조그만 인조 모피 덩어리 하나를 나에게 건넸다.

"고마워요." 나는 그걸 침실에 두기로 했다. 그쪽 방면으로 행운이 좀 있어줘야 할 텐데.

그레그가 가고 나서, 나는 허둥지둥 일할 때 입는 옷(검은색 바지에, 왼쪽 가슴에 '멀롯'이라는 글자가 자수로 들어가 있는 하얀 보트네크 티셔츠)으로 갈아입고, 긴 금발을 빗질해 포니테일로 묶고는 식당 주점으로 향했다. 아름다운 발톱을 뽐내기 위해 신발은 테바 샌들을 신었다. 오늘 저녁이 비번인 아멜리아는 보험대리인 사무실에 가서 한번 잘 살펴보고 올까 한다고 말했다.

"조심해. 진짜로 거기 누군가가 얼쩡거리고 있다면 위험할 수도 있어."

"내 끝내주는 마녀 파워로 놈들을 싹 쓸어버림 되지." 아멜리아의 농담은 반만 농담이었다. 아멜리아가 자신의 능력에 관해서는 정확하게 파악하고 있다. 실수로 보브 건 같은 일을 냈을 정도니까. 보브는 원래 젊고 강마른 남자 마녀로 괴짜 공부벌레풍의 미남이었는데 아멜리아와 밤을 보내던 중 불운하게도 이 꼴이 되고 말았다. 아멜리아가 중대 마법을 시도했다가 결과가 별로 성공적이지 못했던 일은 그때 한 번이 다가 아니다. 내 얼굴에서 염려를 읽고 아멜리아가 재빨리 말했다. "그것도 그렇고, 보험대리인 사무실 같은 델 누가 굳이 침입하겠어? 도대체 얘기가 영 우습잖아. 그래도 그레그의 마법을 꼭 좀 검사해봤음 좋겠어. 혹시 누가 마법에 손을 댄 흔적이 있나 보게."

"그게 돼?"

"이봐, 그쯤은 기본이야."

그날 밤 식당 주점이 조용해서 나로서는 한시름 놓았다. 수요일이라 저녁 시간에 손님이 엄청 많은 날은 아니긴 했다. 본템프스 시민들은 수요일 밤에 많이들 교회에 가니까 말이다. 내가 갔을 때 우리 사장 샘 멀롯은 보관실에서 맥주 상자 수를 헤아리느라 바빴는데, 그것만 봐도 사람이 적다는 걸 알 수가 있다. 당번 웨이트리스들은 자기가 마실 음료를 만들고 있었다.

손가방을 샘의 책상 서랍에 던져 넣고(샘이 그러라고 비워둔 서랍이

다) 내 담당 테이블들을 인계받으러 홀로 나갔다. 나와 교대해 당번이 끝난 여자는 허리케인 카트리나 때문에 피난 온 사람인데 나와는 잘 모르는 사이다. 그녀는 나에게 손을 흔들어 보이고 가게를 떠났다.

한 시간이 지난 후 그레그 어버트가 약속한 대로 자기 가족들을 데리고 들어왔다. 멀롯에서는 손님이 마음대로 자리를 잡고 앉는다. 그래서 나는 몰래 고갯짓을 해 내가 담당한 구역의 식탁을 알려 주었다. 아빠, 엄마, 십 대 아들딸로 이루어진 핵가족이었다. 그레그의 아내인 크리스티는 그레그와 마찬가지로 어중간하게 밝은 색의 머리카락에 그레그와 똑같이 안경도 썼다. 중년답게 편안한 몸매를 지녔고 어떤 면으로 보나 특출한 데라고는 없었다. 꼬마 그레그(실제로 사람들이 그 애를 그렇게 부른다)는 아버지보다 키가 10센티미터 정도나 크고 체중도 한 15킬로그램은 더 나갔으며 아이큐 지수가 대충 10은 높았다. 물론 더 똑똑하다고 해도 학교 점수로나 똑똑한 거지만 말이다. 열아홉 살 먹은 애들이 다 그렇듯 녀석도 세상 물정에는 깜깜이다. 딸인 린제이는 머리 색을 원래보다 대략 다섯 단계쯤 밝은 색으로 탈색하고 한 사이즈 아래의 옷 속에 억지로 몸을 끼워 넣은 모습이었는데, 어서 가족들을 떨쳐버리고 싶어 안달이 나 있었다. 그래야 '금단의 남자 친구'를 만날 수 있을 테니까.

일가족의 음식과 음료를 주문받는 사이에 나는 다음과 같은 사실들을 알아챘다. 첫째, 린제이는 자기 외모가 크리스티나 아길레라 같다고 착각하고 있다. 둘째, 꼬마 그레그는 장래에 지루하기 짝이 없는 보험 일 쪽으로는 나가지 않겠다고 생각한다. 셋째, 크리스티는 그레그가 누군가 딴 여자한테 마음이 가 있는지도 모르겠다고 생각한다. 왜냐하면 그레그가 요즘 자꾸만 정신을 딴 데 팔고 있기 때문이다. 충분히 상상이 가겠지만, 사람들의 마음으로부터 들려오는 것과 그들이 직접 말해주는 것을 따로따로 챙기는 건 정신적으로 무척 힘이 든다. 그렇기 때문에 나는 종종 힘겨운 미소를 띠고야 말며, 그런 표정을 보면 어떤 사람들은 얘가 돌았나 생각한다.

마실 것부터 갖다 주고 그들의 음식 주문을 주방에 전달한 후에 나는 사소한 용무를 핑계 삼아 어버트 일가 주위를 맴돌며 탐색해보았다. 너무나도 판에 박힌 일가족이라 두통이 올 지경이었다. 꼬마 그레그는 자기 여자 친구 생각을 하느라 여념이 없었고, 그 바람에 나는 알고 싶지 않은 것들까지 샅샅이 알게 되었다.

그레그는 근심에 빠져 있었다.

크리스티는 자기 집 세탁실의 건조기 생각을 하고 있었다. 이쯤해서 새 제품을 사야 하는 게 아닐까 하고.

자, 어떤가? 대개의 사람들이 생각한다는 게 이렇다. 크리스티는 또 마지 바커의 장점(능률적이고, 충성스럽고)과 사실은 그 여자가 지긋지긋하게 싫은 자신의 진심 사이에 경중을 가늠해보고 있었다.

린제이는 몰래 만나는 남자 친구 생각을 하는 중이었다. 온 세상 십 대 여자애들이 다 그렇듯이 린제이도 자기 부모가 우주 제일로 답답한 사람들이라고 믿어 의심치 않으며 성가신 부모 따위 아예 제쳐놓았다. 부모한테는 뭐 하나 통하는 게 없으니까. 린제이한테

214

이해가 되지 않는 것은 왜 더스틴이 자기 식구들을 만나게 해주지 않는가 하는 점이었다. 집이 어딘지도 안 가르쳐주고. 린제이가 얼마나 시적인 영혼을 가졌는지 더스틴 말고는 아무도 알아주지 않는다. 린제이가 사실 얼마나 끝내주게 멋진지, 그런데도 사람들이 얼마나 심하게 그녀를 잘못 보고 있는지 더스틴 말고는 아무도 모른다.

십 대 애들의 머릿속에서 이런 생각을 엿들을 때마다 한 푼씩 누구한테 동전을 받았더라면 지금쯤 나는 영능력자 존 에드워드만큼이나 부자가 되었을 거다.

음식 나오는 창구에서 벨 소리가 들려와서, 나는 어버트 가족이 주문한 음식을 멀롯의 현 요리사한테서 받아 오려고 종종걸음으로 건너갔다. 두 팔에 첩첩이 접시들을 얹고 식탁까지 날랐다. 온몸을 훑어보는 꼬마 그레그 녀석의 시선을 견뎌내야 했지만 그거야 일할 때면 번번이 있는 일이다. 남자들은 도무지 어쩔 수가 없다. 린제이는 내가 있는지 없는지 아예 인식도 하지 못했다. 그녀는 더스틴이 낮 동안에 뭐 하고 지내는지에 대해 왜 그렇게까지 비밀스럽게 굴까 궁금해하고 있었다. 어차피 학교에 있을 거면서!

아하, 이거다. 이제 뭐 좀 알 것 같군.

그런데 린제이는 바로 대수 시험에서 D를 받은 일을 생각하기 시작했다. 부모님이 성적을 알게 되는 날이면 외출 금지를 먹을 텐데, 그러면 한동안 더스틴을 만날 수 없다. 새벽 2시에 침실 창문을 타고 기어 나가지 않는 한은. 린제이는 그 방안을 진지하게 궁리하기 시작했다.

린제이를 보니 서글프기도 하고 내가 나이를 먹었다는 느낌도 들었다. 한편으로는 무척 똑똑한 사람이 된 기분이었다.

어버트 일가족이 음식값을 치르고 식당을 나갈 때쯤에는 나는 그 사람들이 다 지긋지긋했다. 내 머릿속은 지쳐서 휑한 상태였다. 기묘한 느낌인데 말로는 도무지 표현할 길이 없다.

그날 밤 남은 당번 시간 동안 나는 터벅터벅 발을 끌며 일했고, 시간이 되어 뒷문으로 퇴근하게 되었을 때에는 '얼음 위의 장미'를 칠한 발톱 끝까지 만족스러웠다.

"이봐!" 차 문을 열고 있을 때 뒤에서 목소리가 났다. 나는 숨 막히는 비명과 함께 손에 든 열쇠로 후려칠 태세로 홱 몸을 돌렸다.

"나야." 아멜리아가 신나서 말했다.

"맙소사, 아멜리아, 나한테 그렇게 살금살금 다가오지 마!" 나는 차에 기대 늘어졌다.

"미안해." 말은 그렇게 했지만 별로 미안해 보이지 않았다. 아멜리아가 말을 이었다. "있잖아, 나 보험대리점에 가서 훑어봤어. 뭐가 나왔게!"

"뭔데?" 별로 열성적이지 않다는 게 티 난 것 같았다.

"너 뭐야, 지친 거야?"

"난 방금까지 내내 세상에서 제일 전형적인 가족의 마음속을 들으면서 일했어. 그레그는 걱정하고, 크리스티도 걱정하고, 꼬마 그레그는 섹스 생각에, 린제이는 비밀 연애 중이야."

"그래그래. 그런데 비밀이 뭔지 알았어?"

"걔의 남자 친구가 뱀파이어일지도 몰라."

내 말에 아멜리아는 힘이 축 빠졌다. "이런, 이미 확인해본 거야?"

"확실하지는 않아. 그래도 그것 말고 다른 매혹적인 사실들은 내가 알지. 알아주는 사람 하나 없이 살아온 린제이를 그 사람은 둘도 없이 잘 이해해준다는 것도 알고, 그래서 그 풋내기 녀석이 '일생일대의 연인'이라고 생각한 린제이가 그 녀석과 잘까 보다 생각한다는 것도 알거든."

"그렇구나, 나는 그 남자가 어디 사는지 알아. 거기 한번 들러보자. 네가 운전해. 나는 준비할 게 있어." 우리는 아멜리아의 차에 탔다. 내가 운전석에 앉았다. 아멜리아는 핸드백에 손을 넣어 거기 가득 찬 작은 밀폐 용기들을 뒤적거리며 뭔가 찾기 시작했다. 밀폐 용기들은 금방이라도 발동시킬 수 있는 마법들을 담아놓은 것들이다. 약초며 다른 재료들을 말이다. 내가 아는 건 박쥐 날개 정도이지만.

"앞마당에 '팝니다' 푯말을 세워놓은 커다란 집에 혼자 살아. 가구도 없이. 겉보기에는 열여덟 살 같아." 아멜리아는 그 집을 가리켰다. 컴컴하고 외떨어진 집이었다.

"흐으으음." 우리는 눈을 마주쳤다.

"네 생각은 어때?" 아멜리아가 물었다.

"뱀파이어야. 거의 확실해."

"그럴 수도 있겠지. 하지만 왜 낯선 뱀파이어가 본템프스에 와 있지? 왜 다른 뱀파이어들이 그에 대해 모를까?" 오늘날의 미국에서는 뱀파이어여도 괜찮지만, 뱀파이어들은 여전히 주목받지 않는 삶을 유지하려고 한다. 자기들끼리 워낙 단단히 단속하고 지낸다.

"모르는지 아는지 어떻게 알아? 알지도 모르잖아."

좋은 질문이다. 우리 동네 뱀파이어들이 일일이 나한테 말해야 하나? 내가 공식 뱀파이어 의전관 같은 것도 아닌 것을.

"아멜리아, 너 뱀파이어 뒤를 캐고 다녔단 말이야? 영리한 일이 아닌데."

"내가 처음부터 송곳니가 튀어나올 줄 알고 시작했던 건 아니잖아. 보니까 그 남자가 어버트의 집 가까이에 얼씬거리고 있는 걸 봤기에 뒤를 따라와봤을 뿐이야."

"한창 린제이를 유혹하는 중이었을 거야. 전화를 해주는 게 낫겠다." 내가 말했다.

"하지만 이게 그레그의 일과 무슨 관계가 있을까?"

"몰라. 그 남자애 지금 어디 있어?"

"린제이의 집에 있어. 결국 바깥에 차를 세웠어. 여자애가 나오기를 기다리고 있는 것 같아."

"정신 나간 녀석." 나는 어버트의 랜치 스타일 집을 좀 지나쳐 간 곳에 차를 세우고, 휴대전화를 열어 팽타지아에 전화했다. 이 동네 뱀파이어 바가 단축 번호로 저장되어 있는 것은 별로 상쾌한 일이 못 된다.

"팽타지아, '한 모금이 있는 바'입니다." 낯선 목소리가 말했다. 본템프스를 비롯한 이 지역 전체가 인간 피난민들로 포화 상태인 것과 마찬가지로, 슈리브포트의 뱀파이어 공동체도 사정이 비슷했다.

"수키 스택하우스예요. 에릭과 이야기해야 해요. 부탁해요."

"아, 그 텔레파시 능력자시군. 미안합니다, 스택하우스 양. 에릭과 팸은 오늘 밤 밖에 나갔습니다."

"우리 본템프스에 혹시 누구 새로 온 뱀파이어가 머물고 있는지 여부를 좀 알려주실 수 있을까요?"

"조사해볼게요."

몇 분 후 그 목소리가 다시 돌아왔다. "클랜시는 없다는데요." 클랜시는 에릭의 부부관쯤 되었고, 나를 별로 좋아하지 않았다. 클랜시는 심지어 전화를 받은 남자에게 내가 왜 그걸 알려고 하느냐고 물어보지도 않았다. 나는 그 모르는 뱀파이어에게 수고해주어서 고맙다고 인사하고 전화를 끊었다.

곤란한 상황에 처했다. 에릭의 부관인 팸은 내 친구 같은 존재이고, 에릭은 때때로 그 이상이다. 그들이 자리에 없고 보면 할 수 없이 우리 동네 토박이 뱀파이어인 빌 콤프턴에게 전화해야 했다.

나는 한숨을 쉬었다. "빌한테 전화해야겠다." 아멜리아는 내 과거사를 충분히 알고 있어서 내가 그 생각을 한다는 게 왜 그렇게 힘든지 이해했다. 나는 마음을 단단히 먹고 전화를 걸었다.

"네?" 서늘한 목소리가 받았다.

하나님, 감사합니다. 난 혹시라도 빌의 새 여자 친구 셀라가 받을까 봐 얼어 있었다.

"빌, 나 수키예요. 에릭하고 팸은 연락도 안 되는데 좀 문제가 생겼어요."

"뭐죠?"

빌은 언제나 말이 적은 남자였다.

"마을에 젊은 남자 하나가 있는데 뱀파이어 같아요. 만나본 적 있는 친구예요?"

"여기 본템프스에?" 빌은 놀라고 기분이 나쁜 게 분명했다.

그것이 내 질문에 대답이 되었다. "네, 그리고 클랜시는 본템프스에 새로운 뱀파이어를 맡지 않았다고 했어요. 그래서 당신이 이자를 만났을지도 모른다고 생각했죠."

"아뇨, 그건 그자가 아마 나와 마주치지 않으려고 주의하고 있다는 뜻이겠죠. 당신 어디 있어요?"

"어버트네 집 바깥에 차를 대놓고 있어요. 그 친구가 이 집 십 대 딸한테 흥미가 있거든요. 우리는 길 건너 팔려고 내놓은 집 차량 진입로에 주차했어요. 하그로브 블록 한가운데요."

"금방 가죠. 그에게 접근하지 말도록 해요."

누가 접근하겠나. "빌은 내가 바보인 줄 아나 봐." 나는 말을 시작했고, 아멜리아는 이미 '나도 화가 나!' 하는 표정을 짓고 있었다. 그때 운전석 문이 벌컥 열리고 흰 손이 내 어깨에 달라붙었다. 나는 꺅 소리를 질렀다. 다른 손이 내 입을 막았다.

"닥쳐, 숨 쉬는 것아." 빌의 목소리보다 더 차가운 목소리가 말했다. "밤새 내 뒤를 계속해서 따라다닌 게 너지?"

그때 나는 아멜리아가 조수석에 앉아 있는 줄을 모르는구나 하는 생각이 들었다. 그건 다행이었다.

말을 할 수가 없었기 때문에 나는 고개를 약간 끄덕였다.

"왜지?" 뱀파이어가 으르렁거렸다. "나한테 뭘 원하는 거야?" 뱀파이어는 나를 먼지떨이처럼 흔들어대어 나는 온몸의 뼈가 전부 탈골될 것 같았다.

그때 아멜리아가 차 맞은편으로 뛰쳐나가서 빙 돌아 우리에게 달려오면서 밀폐 용기의 내용물을 그의 머리에 뿌렸다. 물론 나는 아멜리아가 무슨 말을 하고 있는지 몰랐지만 그 효과는 극적이었다. 뱀파이어는 놀라서 덜컥 얼어붙었다. 문제는, 그가 내 등을 자기 가슴에 대고 풀어낼 수 없게 꽉 붙잡은 채로 얼어붙었다는 것이다. 나는 그 뱀파이어에게 찰싹 달라붙은 자세로, 그의 왼손은 여전히 내 입을 세게 막았고, 오른손은 내 허리를 둘러 감고 있었다. 지금까지, 텔레파시 능력자 수키 스택하우스와 마녀 아멜리아 브로드웨이 조사팀은 제대로 일을 해내지 못했다.

"아주 잘먹혔지, 응?" 아멜리아가 말했다.

나는 간신히 머리를 약간 움직였다. "그래, 내가 숨만 쉴 수 있었으면." 나는 그렇게 말하고, 말하느라 숨을 낭비하지 말걸 하고 생각했다.

그때 빌이 다가와 상황을 살펴보았다.

"이 바보 같은 여자, 수키가 갇혔잖아요. 주문을 풀어요." 빌이 말했다.

가로등 아래에서 아멜리아는 뚱해 보였다. 나도 주문 풀기는 그녀가 잘 못하는 일이라는 것을 불안을 느끼며 떠올렸지만, 달리 뭘어떻게 해볼 도리가 없었다. 그래서 아멜리아가 역주문을 걸도록기다리고 있었다.

"이게 듣지 않으면, 내가 이놈의 팔을 부러뜨리는 데 1초밖에 안걸려요." 빌이 내게 말했다. 나는 고개를 끄덕였다……기보다는 그냥 머리를 몇 밀리미터 움직였다. 할 수 있는 건 그게 전부였기 때문이다. 몹시도 숨이 갑갑해졌다.

갑자기 작은 '펑!' 소리가 공중에 나더니, 그 어린 뱀파이어가 나를 놓아주고 빌에게 달려들었다. 그러나 빌은 이미 그곳에 없었다. 그는 소년의 뒤에서 팔 한쪽을 붙잡아 뒤로 비틀어 올렸다. 소년은비명을 질렀고, 그들은 땅으로 쓰러졌다. 나는 누가 경찰에 전화하지 않을까 생각했다. 새벽 1시 이후의 거주 구역치고는 소리와 활동이 컸다. 그러나 불은 하나도 켜지지 않았다.

"자, 말해." 빌은 아주 단호하게 말했고, 소년도 그것을 안 것 같았다.

"왜 이러는데?" 소년이 대들었다. 그는 뾰족뾰족한 갈색 머리에마른 체격이고, 코에 두어 개의 다이아몬드 징을 박았다. "이 여자가 날 따라다니고 있었어. 뭐 하는 여자인지 알아내야 했다고."

빌은 묻는 듯이 나를 쳐다보았다. 나는 아멜리아 쪽으로 고갯짓

222

을 했다.

"넌 제대로 된 여자를 잡지도 못했어." 빌이 말했다. 그 어린애에게 좀 실망한 것 같았다. "여기 본템프스에는 왜 왔나?"

"카트리나에게서 도망 왔지." 소년이 말했다. "홍수 후에 병에 든 혈액이 다 떨어지는 바람에, 내 아버지는 인간에게 말뚝 박혔어. 나는 뉴올리언스 변두리에서 차를 한 대 훔쳐서 번호판을 바꾸고, 그 도시를 탈출했지. 여기에는 동틀 녘에 도착했어. '팝니다' 표시가 있고 창 없는 욕실이 있는 빈집을 찾아서 들어갔고. 나는 이 지역 여자애와 사귀고 있어. 매일 밤 한 모금씩 마셔. 그녀는 전혀 몰라." 그가 코웃음을 쳤다.

"당신이 알고 싶은 게 뭐죠?" 빌이 내게 물었다.

"너희 둘이 그 여자애 아버지의 사무실에 밤에 들어갔어?" 내가 물었다.

"그래, 한두 번." 그가 히죽히죽 웃었다. "그 여자애 아빠 사무실 안에 긴 의자가 있거든." 나는 그 녀석을 한 대 갈겨서 그런 헛소리를 다 뽑아내어 버리고 싶었다. 그러다 실수로 코에 박힌 보석을 때릴 수도 있을 거다.

"뱀파이어가 된 지 얼마나 됐어?" 빌이 물었다.

"아……, 아마 두 달쯤."

좋아, 그건 많은 것을 설명해준다. "그래서 에릭에게 신고해야 하는 줄 몰랐군. 그래서 자기가 하고 있는 일이 바보 같고, 그러다 말뚝 박힐 수도 있다는 걸 깨닫지 못한 거야."

"바보짓에는 이유가 많죠." 빌이 말했다.

"너 거기 있는 서류들을 훑어봤어?" 내가 그 소년에게 물었다. 그는 약간 멍한 것 같았다.

"뭐?"

"그 보험 사무실에 있는 파일 훑어봤냐고."

"어, 아니. 왜 내가 그런 짓을 해? 나는 한 모금 마시려고 그 여자애를 끌어안고 있었던 것뿐이야, 알아? 너무 많이 마시지 않으려고 정말 조심했다고. 합성 물건을 살 돈이 하나도 없단 말이야."

"아, 넌 정말 멍청하구나." 아멜리아는 이 어린애에 질렸다. "제발 네 상황에 대해서 좀 뭔가 배워라. 갈 곳 없는 뱀파이어는 갈 곳 없는 사람과 마찬가지로 도움을 받을 수 있어. 너는 그냥 적십자에 합성 혈액을 부탁하면 돼. 그러면 그들이 공짜로 좀 나눠준다고."

"아니면 그 지역 보안관이 누군지 알아볼 수도 있었지." 빌이 말했다. "에릭은 곤란에 처한 뱀파이어를 절대로 쫓아 보내지 않았을 거야. 네가 그 여자애를 깨물고 있는 걸 누가 발견했으면 어쩔 뻔했어? 그 애는 동의할 수 있는 나이가 안 되었다고 들었는데." 뱀파이어에게 피를 '기증'하는 일에 대한 동의 이야기다. 더스틴은 멍해 보였다.

"그래요. 그 애는 린제이, 내 보험대리인인 그레그 어버트의 딸이에요. 그레그는 누가 밤에 자기 건물에 들어오고 있는지 우리가 알아내주었으면 했어요. 아멜리아와 나에게 조사해달라고 부탁했죠." 내가 말했다.

"자기 일은 자기가 할 것이지." 빌은 아주 침착하게 말했지만, 손은 불끈 쥐고 있었다. "이봐, 네 이름이 뭐지?"

"더스틴." 이 녀석은 심지어 린제이에게 진짜 이름을 댔다.

"좋아, 더스틴, 오늘 밤 우리는 팽타지아에 간다. 에릭 노스먼이 자기 본부로 사용하는 슈리브포트의 바야. 그가 거기서 너와 이야기하고, 널 어떻게 할지 결정할 거야."

"난 자유 뱀파이어야. 내가 가고 싶은 데로 갈 거야."

"5구역에서는 안 돼. 넌 이 구역 보안관인 에릭에게 간다."

빌은 그 젊은 뱀파이어를 밤의 어둠 속으로 걸어가게 했다. 아마 자기 차에 태워 슈리브포트로 데려가는 듯했다. 아멜리아가 말했다. "미안해, 수키."

"최소한 그놈이 내 목을 부러뜨리는 건 막았잖아." 나는 사려 깊은 척하려고 하면서 말했다. "우리는 아직 원래 문제를 풀지 못했어. 밤에 사무실에 들어가 마법을 흐트러뜨린 건 더스틴과 린제이였던 것 같지만, 서류를 뒤져본 건 더스틴이 아니었어. 어떻게 그들이 그곳을 통과할 수 있었을까?"

"그레그한테 그 사람 마법 이야기를 들어보니 그 사람, 마녀로서는 별로 대단치는 못하더라. 린제이는 가족의 일원이잖아. 그레그의 마법은 외부인들을 막는 것이기 때문에 사정이 달랐지. 그리고 때로 인간용으로 만들어진 주문에 뱀파이어들은 빈 구멍으로 받아들여져. 하여간 그들은 살아 있지 않으니까. 내 '얼어붙어라' 주문은 뱀파이어 특화로 만든 거라고." 아멜리아가 말했다.

"다른 누가 마법 주문을 뚫고 들어가서 장난을 칠 수 있었을까?"

"마법 면역자."

"응?"

"마법에 영향을 받지 않는 사람들이 있어. 그런 사람은 드물지만 존재해. 나도 전에 딱 한 명 만나봤지."

"면역자는 어떻게 탐지할 수 있어? 무슨 특별한 진동 같은 거라도 내뿜어?"

"그들에게 마법을 부렸다가 실패하는 과정을 거치지 않고 알아낼 수 있는 사람은 매우 숙련된 마녀뿐이야. 그레그는 아마 한 사람도 못 만나봤을걸."

"테리 보러 가자. 그 사람은 밤을 꼴딱 새우니까." 내가 제안했다.

테리의 오두막집에 가자, 개 한 마리가 으르렁거리는 소리가 우리의 도착을 알렸다. 테리는 3에이커의 숲 속 한가운데서 살았다. 그는 대체로 혼자 있는 것을 좋아했고, 그가 느끼는 사회적 필요는 때때로 바텐더 활동을 하는 것으로 다 충족되었다.

"저건 애니일 거야. 그 사람의 네번째야." 맹렬하게 높아지는 개 짖는 소리에 내가 말했다.

"아내? 개?"

"개. 개 중에서도 특히 카타홀라 종. 첫번째는 트럭에 치였던 것 같아. 그리고 하나는 독약을 먹었고, 하나는 뱀에 물렸어."

"세상에, 불운이로구나."

"그래, 그런 가능성이 있다면. 아마 누군가가 그렇게 만들고 있는 것 같아."

"카타홀라는 무엇에 쓰는 개야?"

"사냥. 짐승 몰이. 테리에게 그 종의 역사에 대해 이야기시키지 마, 제발 부탁이니까."

테리의 트레일러 문은 열려 있었고, 애니는 우리가 친구인지 적인지 보려고 계단에서 뛰어나왔다. 짖기는 상당히 짖어댔지만 우리가 가만히 있자 애니는 마침내 내가 아는 사람이라는 사실을 기억해냈다. 애니는 22킬로그램쯤 나가는 꽤 큰 개다. 카타홀라라는 종을 딱히 좋아하지 않는다면, 그 종은 예쁘지 않다. 애니는 갈색과 붉은색의 여러 가지 색조였고, 한쪽 어깨와 다른 쪽 어깨가 완전히 색이 달랐다. 뒤쪽 절반은 반점으로 덮여 있었다.

"수키, 강아지 고르러 왔어?" 테리가 외쳤다. "애니, 손님들 들여보내." 애니는 순순히 뒤로 물러섰지만, 우리가 트레일러로 접근하는 모습을 계속 지켜보고 있었다.

"그냥 보러 왔어요. 아멜리아를 데려왔는데, 얘도 개를 좋아해요."

아멜리아는 순전히 고양이 파이기 때문에, 내 뒤통수를 한 대 갈기고 싶다고 생각하고 있었다.

애니의 강아지들과 애니는 작은 트레일러를 완전 개판으로 만들었지만, 그 냄새가 꼭 불쾌한 것은 아니었다. 테리가 아직 키우고 있는 세 마리 강아지를 우리가 보는 동안 애니 자신은 바짝 경계 자세를 유지하고 있었다. 테리의 흉터가 난 손은 개를 다룰 때 부드러웠다. 애니는 충동적인 나들이를 갔다가 신사 개 몇 마리와 마주쳤던지라, 강아지들은 종류가 다양했다. 강아지들은 사랑스러웠다. 강아지들은 다 그렇다. 그러나 그 강아지들은 확실히 독특했다. 코와 주둥이 부분이 흰, 붉은 기가 도는 짧은 털로 덮인 덩어리를 집어 들자 그 강아지가 꼼지락거리며 내 손가락에 코를 킁킁거리는 것이 느껴졌다. 우와, 귀엽잖아.

"테리, 애니 때문에 걱정되세요?" 내가 말했다.

"그래." 그가 말했다. 자기가 좀 제정신이 아니기 때문에, 테리는 다른 사람들의 별난 점에 매우 관대했다. "내 개들에게 일어난 일에 대해 생각하다 보니 그런 일들이 다 누군가가 일으키고 있는 건 아닌가 하는 생각이 들기 시작했어."

"개들 보험은 전부 그레그 어버트에게 드셨나요?"

"아니, 다른 개들은 리버티 사우스의 다이앤에게 보험을 들었어. 그런데 그 개들에게 무슨 일이 일어났는지 봐. 보험대리인을 바꾸기로 했더니, 모든 사람이 그레그가 르나르 군에서 가장 운이 좋은 개자식이라고 하더라고."

강아지가 내 손가락을 씹기 시작했다. 아야. 아멜리아는 우중충한 트레일러 안을 둘러보고 있었다. 깨끗했지만, 가구 배치는 가구 자체와 마찬가지로 엄격히 실용적이었다.

"그래서 그레그 어버트의 사무실에 가서 서류철을 뒤지셨어요?"

"아니, 내가 왜 그러겠어?"

사실, 나는 그럴 이유를 하나도 생각해낼 수가 없었다. 다행히 테리는 왜 내가 알려고 하는지에는 흥미가 없는 것 같았다. "수키, 누가 바에서 내 개에 대해 생각하거든, 뭐든 알게 되는 대로 내게 말해줄래?"

테리는 나에 대해 알고 있다. 그건 모든 사람들이 알지만 내가 필요할 때까지는 아무도 이야기하지 않는 공동체의 비밀이다.

"알았어요, 테리. 그럴게요." 그것은 약속이었고, 나는 그와 악수를 했다. 나는 아쉬운 마음으로 강아지를 임시 우리에 도로 넣었고, 애니는 강아지가 멀쩡한지 확인하기 위해 초조하게 검사했다.

우리는 그렇게 아무것도 모르는 채로 곧 떠났다.

"그러면 누가 남았지? 그 가족이 그렇게 했다고는 생각하지 않고, 뱀파이어 남자 친구는 혐의가 풀렸고, 현장에 있던 유일한 다른 사람인 테리는 그러지 않았어. 다음엔 어디를 살펴봐야 하지?" 아멜리아가 말했다.

"마법으로 단서를 찾을 것 같지는 않니?" 지문을 밝혀내기 위해 마법 가루를 뿌리는 상상을 하면서 내가 물었다.

"어, 아니."

"그러면 그냥 논리로 헤쳐 나가자고. 범죄 소설에서 하는 것처럼 말이야. 소설에서는 그냥 논리를 따져서 문제를 풀어내잖아."

"좋아, 해보자. 기름값 덜겠네."

우리는 집으로 돌아와 부엌 테이블에 마주 앉았다. 아멜리아는 직접 차 한 잔을 끓였고, 나는 무카페인 콜라를 마셨다.

내가 말했다. "그레그는 누군가가 자기 사무실에 있는 서류철을 훑어보고 있다고 겁을 먹었어. 누군가가 사무실에 있다는 부분은 풀었지. 그건 그 사람 딸과 그녀의 남자 친구였어. 그러면 서류철 부분이 남았네. 자, 누가 그레그의 고객들에게 관심을 가질까?"

"어떤 고객이 생각하기에 자기가 요청한 보험금을 그레그가 충분히 지불하지 않았다거나 고객들을 속이고 있는 거 아닌가 의심할 가능성은 얼마든지 있겠지." 아멜리아는 차를 한 모금 마셨다.

"하지만 왜 서류를 뒤져볼까? 그냥 국립보험대리인협회에 불만을 제기하거나 하지 않고?"

"좋아. 그럼……, 다른 유일한 해답은 또 다른 보험대리인이야. 왜 그레그가 계약하는 건마다 그렇게 경이로운 행운이 깃드는지 궁금한 사람. 운이라든가 그 싸구려 인조 토끼 발 때문이라고는 믿지 않는 사람."

마음속의 허섭스레기들을 치우고 그 문제를 생각해보면 아주 간단한 일이었다. 나는 범인이 같은 사업을 하는 사람일 거라고 확신했다.

나는 본템프스에서 영업하는 나머지 다른 세 명의 보험대리인을 잘 알고 있었지만, 확실히 하기 위해 전화번호부를 살펴보았다.

"지역 대리인들부터 시작해서 하나하나 찾아가보자. 나는 상대적으로 여기서 낯선 사람이니까, 내가 보험을 더 들고 싶다고 그들에게 말하면 돼." 아멜리아가 말했다.

"내가 너랑 같이 가서 그들을 살펴볼게."

"대화 도중에, 내가 어버트 대리점 이야기를 꺼내지. 그러면 그 사람들이 딱 그 생각을 하게 될 거야." 아멜리아는 충분히 질문한 끝에 내 텔레파시 능력이 어떻게 작동하는지 잘 이해하고 있었다.

나는 고개를 끄덕였다. "내일 아침 제일 먼저 시작하자."

우리는 그날 밤 유쾌하고 자극적인 기대감을 느끼며 자러 갔다. 계획이란 멋진 것이었다. 스택하우스와 브로드웨이가 행동에 돌입한다.

다음 날은 우리가 계획한 대로 시작되지는 않았다. 그 한 가지는, 기온이 떨어졌다는 것이다. 서늘했다. 비가 쏟아지고 있었다. 나는 몇 달 동안 다시 입지 못하리라는 것을 느끼며 반바지와 탱크톱을 서글프게 밀어놓았다.

첫번째 대리인인 다이앤 포치아를 지키는 직원은 온순했다. 우리가 진짜 대리인을 보겠다고 고집하자, 알마 딘은 흙받이처럼 얼굴이 구겨졌다. 밝은 미소와 멋진 이빨을 지닌 아멜리아는 딘 여사가 다이앤을 사무실 밖으로 불러줄 때까지 밝은 웃음을 던졌다. 녹색 바지 정장을 입은 땅딸막한 중년 여자 대리인이 나와 우리와 악수했다. 내가 말했다. "제 친구 아멜리아를 우리 동네 보험 대리인에게 전부 데리고 다니고 있어요. 그레그 어버트부터 시작해서요." 나는 그 말의 결과에 최대한 열심히 귀를 기울였지만, 내가 들은 것은 직업적인 자존심…… 그리고 절망의 기미뿐이었다. 다이앤 포치아는 최근 처리한 보험금 청구 건의 숫자에 겁을 먹고 있었다. 그것은 비정상적일 정도로 높았다. 그녀가 지금 생각하고 있는 것은

판매뿐이었다. 아멜리아는 내게 작게 손을 흔들었다. 다이앤 포치
아는 마법 면역자가 아니었다.

"그레그 어버트는 누가 밤에 자기 사무실에 침입했다고 생각하
더라고요." 아멜리아가 말했다.

"우리도 그래요." 다이앤은 정말로 어리둥절한 것 같았다. "하지
만 아무것도 가져가지 않았어요." 그녀는 도로 정신을 차리고 자기
목적으로 돌아갔다. "그레그가 아무리 잘 맞춰 준다고 해도 우리 쪽
요율이 한결 나을걸요. 우리 쪽 보상 범위를 확인해 본다면 아가씨
도 수긍할 거예요."

그다음, 머리에 숫자가 가득 찬 채로 우리는 베일리 스미스에게
갔다. 베일리는 제이슨 오빠의 고등학교 동기였기 때문에, 우리는
거기서 약간 더 오래 머물며 '걘 요새 어떻게 지내?'를 이야기해야
했다. 그러나 결과는 똑같았다. 베일리의 유일한 관심사는 아멜리
아의 계약을 따내는 것이고, 또 아마도 그녀를 데리고 나가 한잔하
는 것이었으리라. 아멜리아를 데려가도 자기 아내가 소식을 듣지
못할 장소를 생각해낼 수 있다면 말이지만.

베일리도 사무실에 침입을 당했다. 그의 경우에는 창문이 부서
졌다. 그러나 아무것도 가져간 건 없었다. 나는 베일리의 두뇌에서
사업이 하향세라는 것을 똑바로 들었다. 내리막길이었다.

존 로버트 브리스코의 사무실에서 우리는 다른 문제와 맞닥뜨
렸다. 존 로버트는 우리를 만나려고 하지 않았다. 그의 직원인 샐리
런디는 불타는 칼을 가지고 그의 개인 사무실 문을 지키는 천사 같

았다. 우리는 고객 한 명이 들어갈 때 기회를 잡았다. 한 달 전 충돌 사고를 당한, 약간 주름살이 진 여자였다. 여자가 말했다. "이게 어떻게 이럴 수 있는지 모르겠어요. 존 로버트와 서명을 한 순간 사고를 당했어요. 그다음 한 달이 지나가고 또 사고를 당했죠."

"들어오세요, 핸슨 부인." 샐리는 그 작은 여인을 내실로 데려가면서 우리에게 의심이 가득한 시선을 던졌다. 그들이 들어간 순간, 아멜리아가 편지함에 있는 서류 더미를 뒤지는 바람에 나는 크게 놀랐다.

샐리가 자기 책상으로 돌아오자 나는 말했다. "우리 나중에 다시 올게요. 지금 당장은 다른 약속이 있어서요."

우리가 문밖으로 나오자 아멜리아가 말했다. "저거 청구서야. 몽땅." 마침내 비가 그쳐서 아멜리아는 레인코트 후드를 벗어 넘겼다.

"뭔가 잘못됐어. 존 로버트는 다이앤이나 베일리보다 더 크게 당했어."

우리는 서로를 바라보았다. 마침내 내가 우리 둘 다 생각하던 것을 말했다. "그레그가 자기가 받을 정당한 행운의 몫보다 더 많이 가져가는 바람에 무슨 균형을 망가뜨린 거야?"

"그런 일은 들어본 적이 없어." 아멜리아가 말했다. 그러나 우리 둘 다 그레그가 우주적인 균형을 서툴게 무너뜨렸다고 믿었다.

"다른 대리점의 누구에게도 마법 면역자는 없었어. 그러면 존 로버트나 그의 직원일 거야. 둘은 내가 살펴보지 못했으니까." 아멜리아가 말했다.

"이제 그 사람아 점심 먹으러 갈 시간이야." 내가 시계를 내려다 보며 말했다. "아마 샐리도 가겠지. 그이들이 차를 세워둔 건물 뒤 쪽으로 가서 붙잡고 시간을 끌어볼게. 넌 가까이 있어야 하지?"

"주문을 쓰려면 그게 더 낫겠지." 아멜리아가 말했다. 아멜리아 는 차로 달려가 차 문을 열고, 자기 핸드백을 꺼냈다. 나는 서둘러 건물 뒤로 갔다. 주 도로에서 한 블록 거리이지만 배롱나무로 둘러 싸여 있었다.

나는 존 로버트가 점심 먹으러 사무실에서 나왔을 때 간신히 그 를 붙잡았다. 그의 차는 더러웠고, 옷차림은 부스스했다. 존 로버트 는 전락했다. 내가 전에 그 사람을 본 적은 있지만, 대화를 해본 적 은 없었다.

"브리스코 씨." 내가 부르자 그가 머리를 돌려 휙 쳐다봤다. 그는 혼란스러운 것 같다가, 얼굴이 맑아지면서 미소를 지으려고 했다.

"수키 스택하우스, 맞죠? 스택하우스 양, 얼굴 본 지도 정말 오래 됐군요."

"멀롯에 많이 안 오시는 것 같아요."

"맞아요, 저녁에 아내와 아이가 있는 집으로 갈 때가 많으니까. 집에서 벼라별 일이 다 벌어지니 말이에요."

"그레그 어버트의 사무실에는 더러 가시나요?" 나는 부드럽게 보이려고 하면서 물었다.

존 로버트는 오랫동안 나를 바라보았다. "아뇨, 내가 뭐 하러 거 길 가겠어요?"

나는 그의 머리에서 곧장 생각을 들어 내가 무슨 소리를 하고 있는지 존 로버트가 전혀 모른다는 것을 알 수 있었다. 그러나 샐리 런디가, 자기가 상사를 보호하기 위해 그렇게 노력했는데도 또 그를 붙잡고 이야기하는 모습을 보고 귀에서 김을 뿜으며 다가왔다.

존 로버트는 자기 오른팔인 여자를 보자 안도하며 말했다. "샐리, 이 젊은 아가씨가 내가 최근에 그레그의 사무실에 갔는지 알고 싶다는군."

"당연히 그렇겠죠." 샐리가 말했고, 존 로버트조차 그녀의 목소리에 어린 독기에 눈을 깜박였다.

그때 나는 알았다. 내가 기다리고 있던 이름이었다.

"당신이군요. 당신이 그 사람이에요, 런디 씨. 왜 그런 짓을 하고 있었죠?" 지원군이 있다는 사실을 몰랐다면 나는 겁을 먹었을 것이다. 지원군 얘기를 하자니 말인데…….

"내가 무슨 짓을 했다고?" 그녀가 쇳소리를 질렀다. "네가 감히, 무슨 배짱으로, 무슨 깡으로, 그런 걸 내게 묻는단 말이야?"

샐리 런디에게 뿔이 돋아났다고 해도 존 로버트를 이 이상 겁에 질리게 하지는 못했을 것이다. 그는 매우 초조해하며 말했다.

"샐리. 샐리, 당신 좀 앉아야 할 것 같아."

"사장님은 몰라요!" 그녀가 악을 썼다. "모르셔서 그래요. 그 그레그 어버트, 그놈이 악마와 거래하고 있다고요! 다이앤과 베일리는 우리와 같은 배를 탔고, 그 배는 가라앉고 있어요! 그레그 어버트가 지난주에 청구서를 몇 장 받았는지 아세요? 세 건이에요! 새

계약은 얼마나 많이 했는지 아세요? 서른 건이라고요!"

존 로버트는 그 숫자를 듣자 문자 그대로 비틀거렸다. 그러나 그는 이렇게 말할 정도로 정신을 차렸다. "샐리, 터무니없는 비난을 해서는 안 돼요. 그레그는 좋은 사람이에요. 절대 그런 일은……."

그러나 그레그는 그랬다. 멋모르고 한 일이긴 하지만.

샐리는 내 정강이를 차줄 좋은 기회라고 생각했고, 나로서는 그날 반바지 대신 청바지를 입어서 정말 다행이었다. '좋아, 이제 바로 해, 아멜리아.' 나는 생각했다. 존 로버트는 팔을 풍차처럼 휘두르며 샐리에게 고함을 치고 있었고 (하지만 그녀를 잡아 누르려고 움직이지는 않는다는 것을 나는 알아차렸다) 샐리는 목이 찢어져라 마주 소리를 치며 그레그 어버트와 그를 위해 일하는 나쁜 마지 년에 대한 감정을 터뜨리고 있었다. 샐리는 마지에 대해 할 말이 많았다. 증오 투성이였다.

샐리를 간신히 팔 하나 거리쯤 떨어뜨려 놓고 나서, 나는 내일이면 내 다리에 시퍼렇게 멍이 들 거라고 확신했다.

마침내, 마침내 아멜리아가 숨 가쁘고 어수선한 모습으로 나타났다. 그녀가 헐떡거렸다. "미안. 믿지 못하겠지만, 다리가 차 시트와 문턱 사이에 끼는 바람에 넘어지고, 열쇠는 차 밑으로 떨어지고 해서……. 하여간, 콘젤로 얼어붙어라!"

샐리는 발을 휘두르다 멈추는 바람에 마른 한쪽 다리로 균형을 잡고 서 있었다. 존 로버트는 절망의 몸짓으로 두 손을 공중에 올리고 있었다. 그의 팔을 건드려보자 전날 밤 얼어붙은 뱀파이어처럼 딱딱하게 느껴졌다. 최소한 그는 나를 붙잡고 있지는 않았다. "이제 어쩌지?" 내가 물었다.

"네가 알 거라고 생각했지! 그레그와 그의 운에 대해서 그들이 생각하지 못하게 해야지!"

"문제는, 그레그가 주변의 모든 운을 다 써버린 것 같아. 그냥 차에서 나오려고 했을 뿐인데 네가 당한 일들을 생각해 봐."

아멜리아는 맹렬히 생각에 잠기는 것 같았다. "그래, 그레그하고 이야기를 좀 해야겠다. 하지만 우선은 이 상황에서 벗어나야지." 아멜리아는 오른손을 얼어붙은 두 사람을 향해 들고 말했다. "아 아미쿠스 쿰 그레그 어버트.그레그 어버트에게 우호적이 되어라"

겉으로 보기에는 조금도 우호적이 된 것 같지 않았지만, 변화는 그들의 마음속에서 일어나고 있을 터였다. "레겔로.녹아라" 아멜리아가 말하자 샐리의 발이 땅으로 세게 내려왔다. 초로의 여자는 약간 휘청거렸고, 나는 그녀를 붙잡았다. "조심해요, 샐리 씨. 여기서 약간 균형을 잃으셨어요." 다시 걷어차이지 않기를 바라면서 내가 말했다.

샐리는 놀라서 나를 바라보았다. "여기서 뭐 하고 있는 거예요?"

좋은 질문이었다. 나는 거리 하나 위쪽에 있는 금빛 아치를 손으로 가리키며 말했다. "아멜리아와 저는 맥도널드로 가려고 주차장을 가로지르던 참인데요. 여기 이 뒤에 이렇게 많이 나무를 심어놓은 줄은 몰랐어요. 우리는 그냥 앞쪽 주차장으로 돌아가서 차를 타고 갈까 봐요."

"그게 나을 겁니다. 그렇게 하면 아가씨 차가 우리 주차장에 주차되어 있는 동안 무슨 일이 일어날지 걱정하지 않아도 될 테니까." 존 로버트가 말했다. 그는 다시 우울해진 것 같았다. "분명 뭔가가 차에 와 부딪히거나 그 위에 떨어지든가 할걸요. 어쩌면 그 훌륭한 그레그 어버트에게 전화를 해서 내 불운의 흐름을 깨는 법을 아느냐고 물어봐야 할 것 같아요."

"그러세요. 그레그는 당신과 이야기하면 좋아할 거예요. 장담하지만 행운의 토끼 발을 아주 많이 줄 거예요."

"그래, 그레그는 확실히 괜찮은 사람이죠." 샐리 런디가 동의했다. 그녀는 약간 멍하지만 변함없는 상태로 몸을 돌려 도로 사무실로 들어갔다.

아멜리아와 나는 펠리컨 스테이트 사무실로 왔다. 우리는 둘 다 이 일 전체에 대해 매우 깊은 생각에 잠겨 있었다.

그레그는 안에 있었다. 우리는 그의 책상 앞 고객이 앉는 편에 털썩 앉았다.

"그레그, 당신 그 주문을 그렇게 많이 쓰는 걸 그만둬야 해요." 내가 말했고, 왜인지 설명했다.

그레그는 겁을 먹고 화가 난 것 같았다. "하지만 나는 루이지애나에서 제일가는 대리인이야. 기록이 끝내준다고."

"난 당신이 뭘 바꾸게 만들 수는 없어요. 하지만 당신은 르나르 지구의 모든 행운을 빨아먹고 있어요. 이제 다른 사람들을 위해 그걸 좀 풀어줘야 해요. 다이앤과 베일리는 너무나 많이 상처를 입어서 직업을 바꿀까 생각하고 있어요. 존 로버트 브리스코는 거의 자살할 지경이고요."

그레그의 명예를 위해 말하자면, 일단 우리가 상황을 설명하자 그는 겁에 질렸다.

"내가 주문을 고칠게. 불운을 좀 받아들이겠어. 다른 모든 사람의 몫의 행운까지 내가 다 써버리고 있었다니 믿을 수가 없어." 그는 여전히 기분 좋아 보이지는 않았지만, 한발 물러났다. 그리고 풀이 꺾여 물었다. "그러면 밤에 사무실에 있었던 사람들은?"

"그건 걱정 마요. 다 처리했어요." 최소한 그랬기를 바란다. 빌이 그 어린 뱀파이어를 슈리브포트로 데려가 에릭을 만나게 한다는 게 그가 다시 돌아오지 않는다는 뜻은 아니니까. 그러나 그 커플은 자기들의 상호 탐험을 하기 위해 아마 다른 곳을 찾아낼 것이다.

"고마워." 그레그가 우리와 악수를 하며 말했다. 사실은 그레그가 우리에게 수표를 끊어주었고, 우리는 그런 건 필요 없다고 단호히 말하긴 했지만 그것도 좋았다. 아멜리아는 자랑스럽고 기분 좋아 보였다. 나 자신도 매우 기운이 났다. 우리는 세상의 문젯거리 두 개를 없앴고, 모든 일이 우리 때문에 더 잘되었다.

"우리는 조사관 노릇을 썩 잘했지." 집으로 차를 몰아가면서 내가 말했다.

"물론이지. 잘했을 뿐만이 아니야. 우린 운이 좋았어." 아멜리아가 말했다.

아버지날

마이클 코넬리

희생자의 자그마한 몸뚱이가 응급실 커튼 안에 동그마니 남겨져 있었다. 의사들은 회생을 위한 노력을 그치고는 엄숙하게 물러났고, 그러면서 침상 주위에 비닐 커튼을 둘러쳐놓았다. 병원이 세워지고 운영되고 목적하는 바는 전적으로 죽음을 피하려는 것이다. 그 노력이 실패로 돌아갔을 때, 그 광경을 보고 싶어 하는 사람은 아무도 없다.

커튼은 반투명했다. 커튼을 젖히고 들어오려고 접근하는 해리 보슈의 모습이 유령처럼 비쳤다. 보슈는 격리 커튼 안으로 들어와 죽은 아이와 단둘이 먹먹하게 서 있었다. 남자아이의 시신은 큼직한 금속 침상의 4분의 1도 채 차지하지 않았다. 사건을 수천 건이나 수사해본 보슈였지만 이 어린 꼬마의 생명 잃은 몸뚱이라는 광경만큼 그의 가슴을 건드린 것은 지금껏 없었다. 15개월이라. 어린애의 월령만 한 기간에 벌어진 사건들이 여전히 월별로 계산되고 있다는 것이 무엇보다 견디기 힘들었다. 자칫 너무 오래 머물러 있다가는 만사에 의문을 제기하기 시작할 것이라는 사실을 보슈는 알고 있었다. 인생의 의미가 뭔지, 나는 대체 뭘 위해 사는지 등등.

보기에는 그냥 잠이 든 것 같았다. 보슈는 빠르게 시신을 살펴 멍든 곳이나 학대의 흔적이 없는지 조사했다. 발가벗은 채 아무것으로도 덮여 있지 않은 어린애의 살결은 갓난아기 같은 분홍색이었다. 보슈는 아이의 이마에 나 있는, 오래된 긁힌 상처 자국 말고는 아무런 외상 흔적도 발견할 수 없었다.

보슈는 장갑을 끼고 아주 조심스럽게 시신을 움직여 모든 각도에서 점검했다. 이렇게 하면서 그의 마음은 더욱 우울해졌지만 수상한 점은 전혀 보이지 않았다. 할 일을 다한 후 보슈는 홑이불로 시신을 덮었다. 왜인지는 모르지만……. 그런 뒤에 침상 주위에 둘러친 비닐 커튼 사이로 도로 빠져나왔다.

어린애의 아버지는 복도 끝 별도의 대기실에 있었다. 나중에 그 작자에게도 가봐야겠지만, 우선은 아이를 이송해 온 구급대원들이 가지 않고 기다리다 질의응답에 응하기로 되어 있었다. 보슈는 그 사람들을 찾아보았고 둘 다를 찾아냈다. 나이 든 사람 하나에 젊은 이가 하나다. 한쪽은 스승 역할이고 한쪽은 배우는 중이겠지. 두 사람은 북적이는 응급실 대기 공간에 앉아 있었다. 보슈는 조용히 얘기할 수 있게 밖으로 나가자고 청했다.

유리문이 열리자마자 대번에 여름철의 건조한 열기가 엄습했다. 라스베이거스 카지노에서 밖으로 나가는 기분이었다. 그들은 방해를 받지 않도록 옆으로 걸어갔지만 회랑의 처마 그늘 밖으로 나가지는 않았다. 보슈는 자기 신분을 밝힌 후, 일이 끝난 즉시 구조 시도에 대하여 서면 보고서를 제출해줘야겠다고 말했다.

"일단은, 전화받은 얘기부터 좀 해주시죠."

나이 든 쪽 구급대원이 이야기했다. 이름이 티콘틴이라고 했다.

"우리가 도착했을 때 애는 이미 심장이 완전히 정지 상태였습니다." 티콘틴은 그렇게 서두를 뗐다. "한다고 했지만 기껏해야 얼음을 대서 이송하는 게 최선이었죠. 애를 이리로 실어 와서 전문의 선생들이 손쓸 길이 있나 알아보려고 했습니다."

"그 자리에서 바로 체온을 쟀습니까?" 보슈가 물어보았다.

"제일 먼저 했죠. 41도가 넘더군요. 그러니 우리가 도착하기 전에 어린애가 42도나 43도까지도 올라갔을 거라는 얘기가 됩니다. 그렇게까지 갔는데 회생할 도리가 없지요. 그렇게나 쪼그마한 어린 것이 말입니다."

티콘틴은 구조할 수 없는 사람을 구조해 오라고 파견되었다는 사실에 낙담하기라도 한 듯 절레절레 고개를 저었다. 보슈는 수첩을 꺼내어 재었다는 체온을 적으면서 머리를 끄덕였다.

"그때 시간은 아십니까?"

티콘틴이 말했다. "우리가 12시 17분에 도착했죠. 체온을 잴 때까지 3분 이상 걸리지는 않았을 겁니다. 제일 먼저 하는 일이거든요. 절차가 그렇죠."

보슈는 다시 끄덕이고 시간을 적었다. 오후 12시 20분. 체온 옆에다가 그렇게 적었다. 그리고 고개를 들자 응급실 주차장으로 서둘러 들어오는 차 한 대가 있어 눈으로 그 자를 좇았다. 차가 자리를 찾더니 보슈의 파트너 이그나시오 페라스가 내렸다. 보슈가 병원에 온 사이 페라스는 사고 현장으로 직행했던 것이다. 보슈는 페라스에게 손짓을 보냈고 페라스는 성난 듯 걸음을 빨리했다. 뭔가 보고할 내용이 있구나 하고 보슈는 짐작했지만 구급대원들 앞에서 얘기하게 하고 싶지는 않았다. 페라스를 구급대원들에게 소개하고 즉시 원래 하던 질문으로 돌아갔다.

"현장에 도착했을 때 아이의 아버지는 어디 있던가요?"

"뒷문 가까이 바닥에 애가 있었습니다. 사람들이 아이를 안으로 데리고 들어온 게 거기였던 거죠. 아버지는 애 옆에 엎드려 있던가 그랬습니다. 다들 그러듯이 소리를 지르고 울고 하면서요. 바닥을 발로 쾅쾅 구르고."

"뭔가 말한 것은 있었습니까?"

"그때 바로는 없었어요."

"그럼 언제 말을 했죠?"

"애를 이송하면서 구급차에서 응급 처치를 하기로 했더니 같이 오고 싶어 하더군요. 그건 안 된다고 그랬죠. 사무실에서 누구한테 차로 데려다 달라고 하라 그랬습니다."

"정확히 뭐라고 말하던가요?"

244

"그냥 '우리 애랑 같이 가고 싶어요, 아들이랑 같이 있고 싶어요' 그러던걸요."

페라스는 아픔을 느끼는 것처럼 머리를 흔들었다.

"어느 시점이 됐든, 무슨 일이 있었던 건지에 대해 아기 아버지가 말한 게 있습니까?"

보슈의 질문에 티콘틴은 파트너를 보았고, 젊은이는 고개를 저었다. 티콘틴이 말했다.

"없습니다. 그런 얘긴 안 했어요."

"그러면 어떻게 된 일인지 알게 되신 건 어떻게 해서죠?"

"글쎄요, 일단은 출동할 때부터 듣고 출동한 거죠. 그리고 거기 갔더니 그 사무실 직원 여자 하나가 얘기해줬어요. 우리를 데리고 건물 뒤로 돌아가면서 말해줬습니다."

보슈는 이쯤이면 들을 얘기는 다 들었다고 생각했지만 문득 다른 생각이 났다.

"그 장소 실외 기온은 못 재보셨죠? 혹시라도 재보셨나요?"

구급대원들은 서로 얼굴을 마주 봤다가 보슈를 보았다. 티콘틴이 말했다.

"잴 생각을 못 했군요. 하지만 최소한 35도는 됐을 거예요. 산타 애나가 이렇게 솟구치는 판이니. 6월이 이렇게 더웠던 게 언젠지 기억도 안 납니다."

보슈는 밀림에서 지냈던 6월을 기억했지만 그 기억에 빠져들 마음은 없었다. 구급대원들에게 감사를 표한 뒤 도로 업무에 복귀시켰다. 수첩을 치우고 파트너를 바라보았다.

"자, 그럼 현장 얘기를 해보게."

"해리, 이 작자를 고발해야 해요." 페라스가 성급히 말했다.

"왜지? 뭔가 발견했나?"

"발견한 게 문제가 아니에요. 어린애잖아요, 해리. 애아빠라는 사람이 그래, 이런 일이 벌어지게 할 수 있어요? 어떻게 잊어버릴 수가 있냐고요?"

페라스는 6개월 전에 첫아이를 얻어 아빠가 되었다. 보슈는 익히 알았다. 자기 자식이 태어난 그 경험으로 페라스는 프로 아빠로 변신했고 매주 월요일이면 새로 찍은 아이 사진을 무더기로 들고 수사팀에 출근했다. 보슈가 보기에는 어린애 모습이 지난주나 이번 주나 매한가지였지만 페라스에게는 그렇지 않았다. 페라스는 아빠가 되고 아들이 생겼다는 것이 좋아 죽을 지경이었다.

"이그나시오, 자네 감정하고 사실, 증거는 구분을 지어야지. 안 그래? 알면서 그러나. 마음 좀 가라앉히게."

"알아요, 안다고요. 제 말은 그게, 도대체 어떻게 깜박 잊을 수가 있냐는 말이죠. 무슨 말인지 아시겠죠?"

"그래, 알아들었네. 그 부분 머릿속에 새겨두고 진행해보세. 그러니까 자네가 그쪽에서 발견한 걸 말해보라고. 누구와 얘기했나?"

"실장하고 했습니다."

"그 남자는 뭐라던가?"

"여자예요. 그 여자 실장 말이 애아빠가 10시 조금 지나서 뒷문으로 들어왔다고 했어요. 판매원들은 누구나 뒤쪽에 차를 대고 뒷문으로 드나든대요. 그래서 아무도 어린애를 보지 못했던 거죠. 어린애 아버지는 휴대전화로 통화하면서 사무실로 들어섰어요. 전화를 끊고 나서는 팩스 온 것 없느냐고 물어봤죠. 팩스는 안 와 있었고요. 그래서 그자가 또 한 통 전화를 했고, 실장이 통화 내용을 들으니 왜 팩스 안 보내느냐고 묻더래요. 그 통화 후에는 팩스가 오기를 기다리고 있었고."

"얼마나 기다렸다던가?"

"실장 말로는 별로 오래 기다리진 않았대요. 하지만 팩스 내용이 구매 제안서라서 받고 나서는 고객에게 전화를 걸었고, 그걸로 시작해서 한참이나 전화와 팩스가 오간 겁니다. 그러는 사이에 애는 까맣게 잊고 있었죠. 최소 2시간 동안이나요. 해리, 2시간이나 말이에요!"

보슈는 파트너 못지않은 분노를 느꼈다. 하지만 그는 페라스보다 20년이나 더 오래 이 일에 몸담아왔고, 그래서 그래야만 할 때 어떻게 분노를 갈무리할지 또 언제 그것을 터뜨려야 하는지 알고 있었다.

"해리, 그것 말고 또 있어요."

"뭔가?"

"아이가 성한 몸이 아니었대요."

"실장이 아이를 목격했대?"

"아니, 제 말은 원래부터 그랬다는 거예요. 태어날 때부터. 실장 여자 얘기로는 그게 참 엄청난 비극이었대요. 어린애는 장애가 있었어요. 눈이 안 보이고 귀도 안 들리고, 잘못된 게 한두 가지가 아니었다고요. 15개월이나 됐는데 걸음마도 못 하고 말도 못 하고 심지어는 기지도 못 했대요. 울기만 엄청 울었다고 해요."

보슈는 고개를 끄덕이면서 이 정보를 나머지 그가 이미 알고 있던 사항들에 접합, 누적시켰다. 바로 그때 또 한 대의 차량이 속도를 내어 주차장으로 진입했다. 그 차는 응급실 앞 구급차 자리에 멈추더니 여자 한 사람이 뛰쳐나와 응급실로 뛰어 들어갔다. 시동도 끄지 않고 문도 열어둔 채였다.

"저 사람이 아이 어머니겠군. 우리도 들어가는 편이 낫겠어."

보슈는 응급실 문을 향해 반쯤 뛰는 걸음으로 서둘렀고 페라스가 뒤따랐다. 두 사람은 응급실 대기 공간을 통과하여 복도 끝으로 갔다. 거기 독방에 아이 아버지를 대기시켜둔 터였다.

그 방에 접근하면서 보슈는 울부짖고 통곡하는 소리도, 가슴을 치는 소리도 듣지 못했다. 들려도 놀랍지 않을 소리들인데. 문은 열려 있었고, 보슈가 들어서자 죽은 남자아이의 부모가 서로 끌어안고 있는 광경이 보였다. 하지만 그들의 뺨에는 한 줄의 눈물 자국도 나 있지 않았다. 1초의 반의반 정도 될 짧은 찰나 보슈가 느낀 인상은 젊은 부모의 얼굴에 안도감이 떠올라 있다는 것이었다.

보슈가 들어오는 것을 보고 부부는 서로 떨어졌다. 페라스가 보슈 뒤를 따라 발을 들여놓았다.

보슈가 물었다. "헬튼 씨? 헬튼 부인?"

부부는 동시에 고개를 끄덕였다. 다만 남자 쪽이 보슈가 부른 이름을 정정했다.

"제가 스티븐 헬튼입니다. 여기 제 아내 이름은 알린 해든이라고 부르고요."

"로스앤젤레스 경찰에서 일하는 보슈 형사입니다. 이쪽은 파트너인 페라스 형사. 아드님이 변을 당해 참으로 유감스럽습니다. 아드님 윌리엄 군의 죽음을 수사하여 정확히 어떤 일이 발생했는지 알아내는 것이 저희의 업무입니다."

헬튼은 고개를 끄덕였다. 그의 아내는 남편 쪽으로 한 걸음 다가가 남편의 가슴에 얼굴을 묻었다. 무엇인가 무언중에 오간 이야기가 있다.

"꼭 지금 해야 합니까? 우리 귀여운 꼬마를 잃고 만 게 방금 일인데……."

"네, 그렇습니다. 지금 바로 해야 합니다. 치사 사건 수사니까요."

"사고였어요. 전부 제 잘못입니다. 하지만 그건 사고였다고요." 헬튼의 나약한 항의였다.

"그래도 치사 사건 수사가 됩니다. 방해받지 않고 두 분과 따로따로 말씀 나누고 싶습니다만. 여기서는 중간에 끼어드는 일이 생길 테니, 서에 가서 면담에 응해주시겠습니까?"

"우리 애는 두고 가나요?"

"아드님 시신은 병원 측에서 검시관실로 이송하도록 조치할 겁니다."

"해부한단 말이에요?" 아기 어머니가 히스테릭하게 물었다.

"검시관실에서 시신을 조사하고 사법해부가 필요한지 여부를 결정할 겁니다. 자연사가 아닌 변사의 경우 무조건 검시관 관할로 들어가도록 법률에 정해져 있습니다."

보슈는 그렇게 말하고 나서 혹시 좀더 항의를 하는지 지켜보았다. 더 이상 말이 나오지 않자 보슈는 뒷걸음질 쳐 물러서면서 가자는 몸짓을 했다.

"파커 센터까지 저희가 차로 모시겠습니다. 최대한 아픔을 드리지 않도록 하겠다고 약속드리죠."

3층 살인특별과 사무실에 이르러, 그들은 슬픔에 잠긴 부부를 각각 다른 신문실에 넣었다. 일요일이라서 구내식당은 닫혀 있었으므로 보슈는 엘리베이터 대기 공간에 설치된 자동판매기로 참을 수밖에 없었다. 보슈는 코카콜라 한 캔과 치즈 크래커 두 봉지를 뽑았다. 이 사건 전화를 받고 출동할 때 아직 아침 식사 전이었던지라 지금은 배가 고파 죽을 지경이었다.

크래커를 먹으면서 페라스와 전반적인 의논을 하는 동안 보슈는 느긋이 시간을 들였다. 헬튼이든 해든이든 부부 양쪽 다 상대편이 먼저 경찰과 면담을 하고 있다고 믿게 할 참이었다. 직업상의 요령이자 전략의 일부다. 양쪽 모두 상대편이 대체 무슨 말을 하고 있을지 궁금할 것이다.

"됐어." 마침내 보슈가 말했다. "내가 들어가서 남편을 맡지. 자네는 옆방에서 지켜보든지 아니면 아내 쪽에 붙어서 한판 돌려보든지 해. 자네 하고 싶은 대로."

역사적인 순간이었다. 수사관 경력상 보슈는 페라스를 25년 이상 앞선다. 보슈가 선생이고 페라스는 학생이었다. 아직 풋풋한 두 사람의 공조 관계에서 지금까지는 보슈가 페라스에게 책임지고 공식 취조를 하게 해준 적이 없었다. 그런데 바로 지금 하라고 하는 것이다. 페라스의 얼굴에 떠오른 표정을 보면 보슈의 뜻을 알아차린 게 분명했다.

"제가 여자를 맡아서 얘기해보라고요?"

"그래, 안 될 게 뭔가? 자네가 충분히 할 수 있지."

"선배님이 남자를 데리고 하시는 걸 먼저 보고 나서 해도 괜찮겠죠? 그러면 선배님도 제가 취조하는 걸 보실 수 있으니까요."

"아무렇든 자네가 편한 쪽으로 하게."

"고마워요, 해리."

"나한테 고마워할 일이 아니야, 이그나시오. 자네가 잘한 걸세. 이제 충분히 자격이 돼."

보슈는 크래커 포장지와 빈 캔을 책상 옆 쓰레기통에 버렸다.

"뭐 하나 좀 해주겠나. 인터넷에 접속해서 〈LA타임스〉에 최근 이 비슷한 건이 실린 적 있는지 조사해봐. 무슨 말인지 알겠지? 어린애가 변을 당한 사건으로. 있는지가 궁금한데, 만약에 그런 기사가 있다면 그걸 가지고 이야기 틀을 짜볼 수 있을 거야. 근거가 될 수 있을 거라고."

"당장 하죠."

"난 관찰실 화상 장비를 준비해두지."

10분 후 보슈는 스티븐 헬튼이 기다리고 있는 3번 신문실에 들어섰다. 헬튼은 아무래도 서른 살로는 보이지 않았다. 여윈 몸과 볕에 탄 피부, 그야말로 부동산 판매업자로 보이는 생김새다. 척 보아도 경찰서에는 단 5분도 있어본 적이 없는 사람이었다.

헬튼은 당장 항의했다.

"뭣 때문에 이렇게 오래 걸립니까? 난 지금 막 아들을 잃었어요. 그런데 사람을 한 시간이나 방에 처박아둬요? 당신네들 절차가 이렇습니까?"

"그렇게까지 오래 걸리진 않았어요, 스티븐. 하지만 부득이하게 기다리게 한 점 미안합니다. 부인과 먼저 이야기를 했거든요. 그게 원래 생각보다 오래 걸렸죠."

"아내하고 무슨 얘기를 했다는 거죠? 윌리는 내내 내가 데리고 있었는데요."

"지금 남편분 이야기를 듣는 것과 똑같은 이유로 이야기를 나누었죠. 늦어져서 죄송합니다."

보슈는 헬튼이 앉아 있는 작은 탁자 맞은편 의자를 끌어내어 거기 앉았다.

"우선 와주시고 인터뷰에 응해주신 데 대하여 감사드립니다. 체포되었거나 한 건 절대 아닌 줄 잘 알고 계시죠? 원하시면 얼마든지 가셔도 좋습니다. 하지만 법률상 사망 사건에 대하여 저희는 조

252

사를 해야만 한답니다. 그렇고 보니 선생님이 협조해주셔서 참 감사합니다."

"전 단지 이 일을 얼른 해서 넘겨버리고 싶을 따름입니다. 그래야 단계를 밟을 수 있을 테니까요."

"무슨 단계 말씀이죠?"

"글쎄요. 뭐가 됐든 거쳐야 할 단계가 있겠죠. 정말이에요, 저로서는 생전 처음 겪는 일이니까요. 그 있잖습니까, 슬픔과 죄책감과 애도 말입니다. 우리 생활에 윌리가 합류한 지 그리 오래되지는 않았지요. 하지만 우린 애를 몹시도 사랑했답니다. 이건 정말 끔찍한 일이에요. 제가 실수했죠, 이제부터 일평생 그 실수의 대가를 치르며 살아가게 될 겁니다, 보슈 형사님."

보슈는 하마터면 그 실수의 대가를 남은 평생으로 치른 것은 바로 댁의 아들이라고 말할 뻔했지만, 이 작자를 적대적으로 대하지는 않기로 했다. 대신에 그저 고개를 끄덕이면서 헬튼이 진술하는 동안 거의 눈을 내리깔아 자기 무릎을 보며 말했다는 점을 메모해두었다. 시선을 피하는 것은 진실을 말하고 있지 않음을 시사하는 고전적인 몸짓 언어이다. 또 다른 단서는 헬튼이 두 손을 눈에 보이는 데 두지 않고 무릎 위에 내려놓고 있다는 점이었다. 숨길 것이 없는 진실한 사람은 두 손을 탁자 위에, 보이는 데에 둔다.

"처음부터 얘기해보죠. 하루의 시작부터 말씀해주십시오."

보슈의 요구에 헬튼은 고개를 끄덕이고 이야기를 시작했다.

"저희 부부가 제일 바쁜 날이 일요일입니다. 둘 다 부동산업을 하고 있거든요. 형사님도 저희 간판을 보셨을지 모르겠습니다. '해든 앤드 헬튼'이라고요. PPG에서 제일 규모 있는 업체입니다. 오늘 알린은 정오에 오픈하우스 행사가 있고, 그 전에 개별적으로 집을 보여주기로 한 약속이 두어 개 있었어요. 그래서 윌리는 제가 데리고 있을 예정이었죠. 보모가 금요일 날 또 일을 그만둬서 달리 아이를 봐줄 사람이 없었습니다."

"보모는 어쩌다가 관뒀습니까?"

"그쪽에서 안 나오겠대요. 그냥 관둔 겁니다. 윌리는 좀 손이 많이 가는 애라……. 몸이 성치 않거든요. 그러니까 그런 말씀입니다, 몸 건강한 정상아를 데리고 있는 부모가 같은 돈을 준다면 뭐 하러 장애가 있는 애를 붙들고 있겠냐고요. 그러다 보니 저희 집엔 보모들이 줄줄이 바뀌었죠."

"그러니까 부인이 집 보여줄 건이 여럿 잡혀 있어서 오늘은 그동안 선생이 아드님을 돌보기로 되어 있었다는 말씀이군요."

"그렇다고 저는 일을 안 했느냐 하면 그건 아닙니다. 잘하면 3000달러 중개료가 들어올 매매 건의 흥정을 하고 있었는걸요. 중요한 건이었어요."

"그 일 때문에 사무실에 들어가셨던 거군요?"

"맞습니다. 거래 제안서가 들어와서 거기에 회신을 해줄 참이었어요. 그래서 윌리를 채비시켜 차에 태우고 일하러 들어갔지요."

"그때 시각이 어떻게 됐나요?"

"10시 10분 전쯤입니다. 저쪽 중개인한테서 전화를 받은 게 대충

9시 30분쯤이었죠. 매수자가 한 발짝도 안 물러난다고요, 한 시간 내로 회신을 줘야 한다고 못박았죠. 그래서 우리 매도자에게 대기하고 계시라고 하고, 윌리를 챙긴 다음, 팩스를 받으려고 사무실로 들어갔습니다."

"댁에 팩스 기가 있나요?"

"있습니다. 하지만 거래가 낙착되면 다들 저희 사무실에 모여야 계약을 진행할 수 있으니까요. 사무실에 계약실이 있고 서식도 전부 거기 비치돼 있답니다. 거래 물건에 대한 서류철도 제 사무실에 있고 말이죠."

보슈가 끄덕였다. 그렇게 말하니 그럴 법도 하다 싶었다.

"좋아요, 그러면 선생이 사무실로 향하시고……."

"그렇습니다. 그리고 두 가지 일이 일어난 거죠……."

헬튼이 두 손을 눈에 보이는 범위 안으로 끌어 올렸지만, 그건 단지 손으로 얼굴을 가려서 눈을 숨기려 그런 것이었다. 고전적인 표식이다.

"무슨 두 가지 일이죠?"

"제 휴대전화로 전화가 왔어요. 알린한테서 온 전화였죠……. 그리고 윌리는 차 시트에서 잠이 든 겁니다. 알아들으시겠어요?"

"알아듣도록 말씀을 해보세요."

"전화가 오는 바람에 정신이 그쪽으로 팔렸는데, 이제 윌리 쪽으로는 주의가 분산되지 않게 된 거죠. 애가 잠들었으니까요."

"흠. 그랬군요."

"그래서 윌리가 거기 있다는 걸 잊고 말았어요. 하나님, 용서해주세요. 애를 데리고 나왔다는 걸 그만 잊어버렸단 말입니다!"

"알았습니다. 그래서 그 뒤에는 어떻게 됐죠?"

헬튼은 두 손을 떨어뜨려 도로 눈에 보이지 않는 위치로 보냈다. 눈으로는 한순간 보슈를 보았다가 이내 탁자 윗면을 보았다.

"PPG 뒤편 제 전용 주차 공간에 차를 대고, 건물 안으로 들어갔어요. 계속해서 알린과 통화하면서요. 우리 매수자 중 한 사람이 더 마음에 드는 물건이 나타났다고 계약을 철회하고 싶어 했죠. 그래서 알린하고 그 얘기를 했던 겁니다. 수완을 부려서 이 상황을 잘 처리하려면 어떻게 해야 할까 하고요. 들어갈 때 저는 통화를 하고 있었습니다."

"그래요, 그건 알았습니다. 안에 들어가서는 어떻게 됐습니까?"

헬튼은 바로 대답을 하지 않았다. 탁자 윗면을 보고 앉은 채 옳은 답을 얻으려고 기억을 뒤지는 듯했다. 보슈가 채근했다.

"스티븐? 그러고 나서 어떻게 됐냐고요."

"매수자 측 대리인에게 구매 제안서를 팩스로 보내달라고 해뒀죠. 그런데 팩스가 안 와 있더군요. 그래서 아내와 통화하던 걸 끊고 그 대리인한테 전화했어요. 그러고 나서는 팩스 옆에서 기다렸죠. 기다리는 동안 메모철을 훑어보고, 나한테 전화했던 사람들에게 전화 걸어줄 곳이 몇 군데 있었고요."

"메모철은 뭐였습니까?"

"전화 온 것 메모입니다. 부동산에 붙여둔 우리 회사 광고판을 보고 사람들이 전화를 하는 겁니다. 광고에다 우리 집 전화번호나 휴대전화 번호는 넣지 않거든요."

"전화 회신은 몇 통화나 하셨습니까?"

"겨우 두 통 했던 것 같아요. 한 통은 자동 응답 메시지가 나왔고 또 한 사람하고는 짧게나마 통화를 했고요. 기다리던 팩스가 들어왔지요. 그 팩스 때문에 사무실에 갔던 거거든요. 그래서 통화는 그만했습니다."

"그럼 그 시점에 시각은 몇 시였습니까?"

"모르겠어요. 대충 10시 10분쯤일까."

"그 시점에는 아드님이 아직도 주차장의 차 안에 있다는 사실을 인지하고 계셨던 거죠?"

헬튼은 또다시 시간을 끌며 대답을 철저히 궁리했으나, 이번에는 굳이 보슈가 채근하지 않고도 입을 열었다.

"아닙니다. 애가 차 안에 있다는 사실을 제가 알고 있었다면 애초에 거기 남겨두지 않았을 테니까요. 차에 타고 있을 때부터 애 일은 잊어버렸던 거예요. 아시겠습니까?"

보슈는 몸을 뒤로 기대었다. 알고 한 말이건 모르고 한 말이건 간에 헬튼은 방금 법적인 총탄 하나를 싹 피했다. 만약 헬튼이 스스로 아들을 차 안에 남겨두었다는 사실을 인지했다면, 설사 몇 분 안에 돌아올 생각이었다고 할지라도, 방기에 의한 치사죄로 고발할 때 강력한 근거로 작용한다. 하지만 헬튼은 정답을 제시하여 교묘하게 그 질문을 해결했다. 미리 예상하기라도 한 것처럼.

"좋습니다." 보슈가 말했다. "그다음은 어떻게 됐습니까?"

헬튼은 애석한 듯이 고개를 젓고는 옆 벽을 보았다. 그 벽이 바꾸려 해도 바꿀 수 없는 과거로 향해 난 창이기라도 한 것처럼 물끄러미 바라보았다.

"난, 그러니까, 거래를 성사시키는 데 몰두했던 거예요. 팩스가 들어왔고, 우리 고객한테 전화를 걸었다가, 다시 회신 팩스를 다시 그쪽으로 보내고 말이죠. 그뿐이 아니라 저쪽 중개인하고 한참을 이야기했죠. 전화로 말입니다. 우리는 거래에 낙착을 보려고 무진 애를 쓰고 있었습니다. 그러기 위해 그쪽이나 저나 각자 고객을 한 걸음 한 걸음 이끌어줘야 했거든요."

"2시간 동안 말입니까?"

"그래요, 그렇게나 오래 걸렸습니다."

"그러면 윌리엄을 주차장에 대놓은 차 안에 놔두었다는 게 생각난 건 언젭니까? 온도가 35도나 되는 차에다가?"

"아마 그게……, 잠깐만요, 난 온도가 몇 도인지 몰랐습니다. 그 말씀은 좀 아니죠. 내가 차에서 나온 건 10시쯤이고 그때는 35도가 아니었단 말이에요. 35도씩 될 리가 없잖아요. 차 몰고 가던 길에 에어컨도 안 틀고 왔는데요."

헬튼의 태도에는 비탄도 죄책감도 전혀 깃들어 있지 않았다. 이제는 숫제 그런 척 가장하려는 기색조차 없었다. 보슈는 이 사내가 몸이 성치 않았던 자기 자식, 이제는 떠나버린 자식에게 애정이나 친밀감 따위 갖고 있지 않았다는 심증을 굳혔다. 윌리엄은 그저 어뗗게든 처리해야 할 짐 덩어리에 지나지 않았고, 그래서 사업이라든가 집을 팔고 돈을 버는 문제가 대두되면 쉽게 잊어버릴 수 있는 존재였던 것이다.

하지만 이 이야기 전체를 놓고 볼 때 어느 부분이 범죄인가? 이 남자에게 아동을 방치하여 위험에 처하게 한 '방기' 혐의를 적용해 기소할 수는 있겠지만, 그런 경우 법정에 가면 아이를 잃은 것으로 충분히 벌을 받은 셈이라고 보는 일이 많았다. 헬튼은 자기 아내와 함께 딱한 사람들이라고 동정을 받으며 풀려나와서 자유의 몸이 되어 원래 살던 대로 살게 될 것이다. 그리고 아기 윌리엄은 무덤 속에서 썩어가겠지.

몸짓 단서들은 늘 앞뒤가 들어맞는다. 보슈는 본능적으로 헬튼이 거짓말쟁이임을 알았다. 그리고 윌리엄의 죽음이 절대 사고가 아니었다는 믿음도 생겨났다. 자기 자신이 아기 아버지라서 들끓는 감정으로 대번에 비약해버린 파트너와는 달리 보슈는 신중한 관찰과 분석을 통하여 이 지점에 이르렀다. 이제는 좀 더 힘을 넣어 밀고 나갈 때였다. 헬튼에게 미끼를 던져 자칫 실수를 저질러주는지 한번 볼 때다. 보슈가 물었다.

"현 시점에서 지금까지 하신 진술에 무엇인가 덧붙이고 싶은 사항은 없습니까?"

헬튼은 깊은숨을 후 뱉어놓더니 천천히 고개를 저었다.

"말씀드린 게 전부입니다. 슬픈 이야기죠. 신에게 맹세컨대 일어나지 않았으면 좋았을 일이에요. 하지만 일어나고 말았습니다."

면담 내내 이쪽을 보지 않던 헬튼은 이때서야 처음으로 보슈를 똑바로 쳐다보았다. 보슈는 그의 시선을 맞받으며 한마디 질문을 던졌다.

"결혼 생활은 잘 돌아가고 있습니까, 스티븐?"

헬튼이 시선을 피해서 다시금 그 보이지 않는 창을 응시했다.

"무슨 말씀인지요?"

"말 그대롭니다. 결혼 생활은 원만하시냐고요? 그렇다든지 아니라든지 대답하고 싶은 대로 대답하세요."

"네, 원만합니다." 헬튼은 힘을 주어 단언했다. "아내는 뭐라고 얘기할지 모르겠습니다만 내 생각에 우리 결혼은 아주 탄탄합니다. 무슨 말씀을 하시려고 그러시죠?"

"글쎄요. 때때로, 손이 많이 가는 어린애가 생기고 보면, 결혼 생활이 팍팍해지기도 하지 않나 싶어서 말입니다. 제 파트너가 얼마 전에 아이를 낳았죠. 어린애는 건강합니다만 돈이 빡빡해요, 그 친구 안사람은 아직 직장에 복귀 못 한 상태고요. 선생도 아시겠죠, 쉽지가 않습니다. 윌리엄처럼 여러 가지 장애가 있는 어린애를 건사해야 한다면 얼마나 힘이 들지 저 같은 사람은 상상으로나 알 일이죠."

"그렇죠. 그게, 저흰 뭐 그럭저럭 해나갔습니다."

"보모는 노상 관두고 말이죠."

"그렇게까지 힘들진 않았어요. 관둔다고 하면 크레이그스 리스트⟨미국 최대의 생활정보 사이트⟩에 구인 공고를 내서 다른 사람을 구하고 그랬죠."

보슈는 고개를 끄덕이고 뒤통수를 긁적였다. 그렇게 하면서 뒤쪽 벽 높은 곳 환기구 안에 설치된 카메라를 향해 손가락 하나를 흔들어 동그라미를 그려 보였다. 헬튼이 앉아 있는 자리에서는 그런 보슈의 행동을 볼 수 없었다.

"두 분이 결혼하신 건 언제였죠?"

"2년 반 되었습니다. 계약 건으로 만났죠. 아내는 매수인 쪽 중개인이었고, 난 매도인 쪽이었고요. 우리 둘이서 일을 원만하게 성사시켰죠. 서로 힘을 합치면 어떨까 하고 이야기가 나왔는데, 그러다 정신 차려보니 어느새 연애 중이었어요."

"그러다가 윌리엄이 태어났군요."

"네, 그렇습니다."

"그 후로는 여러 가지로 사정이 달라졌겠어요."

"그랬죠."

"그러면 부인께서 임신 중이었을 때 의사들이 아이에게 이러이러한 문제점이 있노라고 두 분께 알려줄 수는 없었을까요?"

"진찰을 해봤더라면 이야기해줄 수 있었겠죠. 하지만 알린은 일 중독자예요. 항상 바쁜 여자가 돼놔서요. 몇 번이고 병원 예약도 빼먹고 초음파 검사도 빼먹고 그랬죠. 의사들이 문제가 있다는 걸 발견했을 때에는 이미 너무 늦은 뒤였어요."

"그 일로 아내분을 탓하셨나요?"

헬튼이 해쓱하게 질렸다.

"아니요, 물론 절대 안 그랬습니다. 이것 보세요, 이게 오늘 일어난 사건하고 무슨 관계가 있습니까? 그러니까, 이런 질문은 도대체 왜 하시는 거냐고요?"

보슈가 탁자 위로 길게 몸을 걸쳤다.

"아주 큰 관련이 있을 수 있습니다, 스티븐. 오늘 무슨 일이 일어났으며 왜 그 일이 일어난 것인지를 밝혀내려는 참이거든요. '왜' 일어났는지를 밝히는 부분이 만만치 않죠."

"사고였다고요! 아이가 차에 있다는 걸 내가 '잊어버렸단' 말입니다, 알아들었어요? 난 이제 무덤에 갈 때까지 '내가 저지른' 실수 탓에 내 아들이 목숨을 빼앗겼다는 걸 잊지 못할 겁니다. 그걸로 충분치가 않단 말입니까?"

보슈는 뒤로 몸을 기대며 아무 말 하지 않았다. 헬튼에게 말을 더 시키고 싶어서였다.

"아들이 있습니까, 형사님? 아들이든 딸이든 자식이 있으세요?"

"딸이 하나 있죠."

"아, 그래요? 그럼 자, 아버지날 즐겁게 보내십시오. 얼마나 다행입니까. 형사님은 지금 내가 겪고 있는 일을 겪을 일이 절대 없길 바랍니다. 정말이에요. 이건 눈곱만큼이라도 웃고 시시덕거릴 일이 아니라고요!"

보슈는 오늘이 아버지날인 줄 까맣게 모르고 있었다. 지금에야 알아차리는 바람에 집중하던 신경이 흐트러졌다. 보슈의 사고는 여기서 1300킬로미터 저편에서 살고 있는 딸아이에게로 날아갔다.

딸이 열 살이 될 때까지 딸과 함께 아버지날을 보낸 건 딱 한 번뿐이었다. 그러니 보슈는 어떤 아버지인가? 여기 이 자리에 앉아서, 또 다른 아이 아빠를 붙들고 그의 행실과 심보를 속속들이 캐내려고 하고 있는데, 정작 자기 자신에게 그 잣대를 들이댄다면 무사통과 못 할 줄은 스스로 안다.

그때 문에서 노크 소리가 났고 순간적인 생각은 그저 순간으로 끝났다. 페라스가 문을 열고 들어왔다. 손에 서류철 한 권을 들고 있었다.

"잠깐 실례합니다. 선배님, 이 서류 좀 보셔야겠는데요."

페라스는 서류철을 보슈에게 건네주고 방을 나갔다. 보슈는 그 서류철을 자기와 헬튼 사이 탁자에 올려놓고 열어보았다. 그렇게 함으로써 헬튼은 안의 내용을 보지 못하게끔 했다. 서류철 안에 끼워져 있는 것은 어떤 인터넷 화면을 출력한 것과 페라스가 손으로 쓴 포스트잇 쪽지였다.

메모는 이랬다. '크레이그스 리스트에 광고 없음.'

출력물은 10개월 전에 〈LA타임스〉 온라인 페이지에 떴던 기사였다. 랭카스터에서 아이 엄마가 차에다 어린애를 남겨두고 잠깐 우유를 사러 가게에 달려 들어갔는데 그사이 그만 차 안의 고열로 아이가 죽었다는 기사다. 아이 엄마는 하필이면 가게가 강도를 당하는 와중에 들어갔던 것이다. 그탓에 점원과 함께 가게 뒤쪽 방에 꽁꽁 묶여 있게 되었다. 강도들은 가게를 뒤집어엎어놓고 도망쳤다. 피해를 당한 이들은 한 시간 만에 발견되어 풀려났는데, 그때에는 차 속에 남아 있던 아이가 이미 열사병으로 숨진 후였다. 보슈는 기사를 재빠르게 훑어보고는 서류철을 척 닫아 내려놓았다. 그리고 아무 말 없이 헬튼에게 시선을 보냈다.

"뭡니까?" 헬튼이 물었다.

"그냥 추가 정보하고 연구실 보고서 같은 겁니다." 보슈는 거짓말을 했다. "그런데 참, 〈LA타임스〉를 구독하고 계십니까, 선생?"

"네, 왜 그러시죠?"

"그냥 궁금해서요. 궁금한 것뿐입니다. 자, 그럼 이제 윌리엄이 세상에 살아 있던 15개월 동안 보모를 총 몇 명이나 고용하셨는지 기억이 나십니까?"

헬튼은 고개를 저었다.

"모르겠습니다. 적어도 열 명은 됩니다. 오래 붙어 있지를 않았어요. 아이를 감당 못 했죠."

"그러면 선생은 크레이그스 리스트에 접속해서 보모 구인 글을 올리셨단 말이지요?"

"네."

"한데 보모가 또 한 명 금요일에 일을 그만두었다고요?"

"네, 얘기했잖습니까."

"관둔다는 말도 없이 그냥 관둔 겁니까?"

"아니요, 다른 데 일자리를 구했다면서 관두겠다고 말했어요. 거기가 자기 집에서 더 가깝다느니 기름값을 준다고 했다느니 거짓말을 꾸며댔죠. 하지만 우리 부부는 왜 관두는지 다 알고 있었어요.

그 여잔 윌리를 감당할 수가 없었던 거예요."

"그 얘기를 이번 금요일에 와서 했나요?"

"아니요, 미리 말을 했죠."

"그게 언제였습니까?"

"2주 전에 말했으니까, 금요일부터 되짚어서 2주 전이겠네요."

"그래서 이제부터 새로 올 보모는 대기하고 있습니까?"

"아니요, 아직 없습니다. 구하는 중이었어요."

"하지만 주위에 수소문을 하고 다시 구함 글을 올리고, 그런 일은 하고 계셨겠지요?"

"그럼요. 그런데 이것 보세요, 이런 얘기를 왜 꼭……."

"스티븐, 질문 끊지 마세요. 선생 부인께서 윌리엄을 선생 손에 맡기기가 꺼림칙했다고 말했단 말입니다. 너무 힘이 들어 자칫 회까닥할지도 몰라서 말이죠."

헬튼은 충격받은 얼굴이었다. "네? 아내가 왜 그런 말을 합니까?" 진술은 왼쪽 영역으로부터 나왔다. 보슈가 바랐던 대로다.

"저야 모르죠. 그 말이 사실입니까?"

"아니에요, 사실이 아닙니다."

"아내 되는 분은 이 일이 우연한 사고가 아니었을지도 모른다고 염려하고 계셨어요."

"그건 완전히 정신 나간 소립니다. 아내가 그런 말을 했을 리가 없어요. 당신이 거짓말을 하는 거죠."

헬튼은 앉은 채로 몸을 틀어서 몸의 방향은 방구석을 향한 채 보슈를 똑바로 보기 위해 고개를 돌렸다. 또 한 가지 증표다. 보슈는 자기가 과녁에 근접해 조여가고 있음을 알았다. 승부를 걸어볼 때가 지금이라는 판단이 섰다.

"부인께서는 선생이 〈LA타임스〉에서 보신, 랭카스터에서 차 안에 남겨져 죽은 어린애 기사 얘기를 했어요. 열사병으로 사망했죠. 그 기사를 보고 선생이 착상을 하게 된 건 아닌지 근심스러워하고 있더군요."

헬튼은 앉은 채로 몸살 난 듯 몸을 뒤흔들더니 앞으로 몸을 숙여 탁자에 팔꿈치를 짚고 두 손을 머리카락 사이에 찔러 넣었다.

"하나님 맙소사, 그 여자가 그래……."

헬튼은 말을 맺지 못했다. 보슈는 도박이 판돈을 따 들였음을 알았다. 헬튼의 마음은 아슬아슬한 난간 위를 달리고 있었다. 이제 밀어서 떨어뜨릴 때였다.

"윌리엄을 차 안에 두었다는 사실을 잊었던 게 아니죠, 그렇죠? 스티븐?"

헬튼은 대답하지 않았다. 도로 두 손에 얼굴을 파묻었다. 보슈는 몸을 앞으로 기울여 소곤거리는 소리로만 말해도 되게끔 했다.

"선생은 일이 어떻게 될지 알면서 아이를 차 안에 둔 겁니다. 미리 계획한 일이죠. 그랬기 때문에 새로 보모를 구하느라고 구태여 광고를 내지도 않았던 거예요. 앞으로는 보모가 필요 없을 줄 알고 있었으니까."

헬튼은 쥐 죽은 듯 움직이지도 않고 그대로 있기만 했다. 보슈는 계속해서 작업을 진행했다. 책략을 바꾸어서 이제 공감을 표하기 시작했다.

"충분히 이해할 수 있는 일입니다." 보슈가 서두를 떼었다. "그러니까, 그 아이가 살아봤자 앞으로 인생이 어떻겠어요? 어쩌면 자비롭게 목숨을 거두어준 거라고 하는 사람들도 세상엔 있을 겁니다. 아이는 스르르 잠이 들어서 다시는 깨어나지 않는 거죠. 전에도 이런 사건들을 다루어본 일이 있습니다, 스티븐. 사실 죽는 방법치고 그렇게 나쁜 방법은 아니에요. 듣기에는 끔찍하지만, 실제로는 그렇지 않죠. 그냥 피곤해 졸음이 와서 잠이 드는 거니까요."

헬튼은 여전히 두 손에 얼굴을 묻은 채였지만, 그런 채 머리를 흔들었다. 아직도 아니라고 우기는 건지 아니면 무엇인가 다른 것을 떨쳐내려는 몸짓인지 보슈는 알 수 없었다. 그래서 보슈는 기다렸고, 잠시 늦춘 시간은 결국 보상을 받았다.

헬튼이 나직이 말했다. "아내가 생각한 겁니다. 더 이상 견딜 수 없어 한 건 아내라고요."

순간 보슈는 헬튼을 잡았음을 인지했지만 겉으로는 아무 내색하지 않았다. 보슈는 계속해서 작업을 진행했다. "잠깐만요. 아내분 본인은 이 일에 전혀 가담하지 않았다, 이 일은 선생 생각에 선생 계획이었다, 아내분이 선생한테 전화를 걸었던 건 그런 짓 하지 말라고 말리려 한 거라고 말씀하시던데요."

헬튼이 두 손을 떨어뜨려 탁자를 쾅 쳤다.

"그건 거짓말입니다! 그 여자 짓이라고요! 우리한테 그런 애가 태어났다는 걸 창피하게 생각했단 말입니다! 아내는 애를 데리고 어디 나가지도 못하고, 우린 아예 외출을 할 수가 없었어요! 그 애가 우리 인생을 엉망진창으로 만들어서 아내는 날 보고 어떻게든 하라고 그랬습니다! 어떻게든 하라는 게 뭘 어떻게 하라는 건지 아내가 다 말해준 거예요! 단 한 목숨 희생으로 두 목숨을 구하는 셈이라고 그 여자가 그랬단 말입니다."

보슈는 탁자를 가로질러 앞으로 기울였던 몸을 도로 끌어당겼다. 다 됐다. 이제 끝났다.

"좋아요, 스티븐. 무슨 말인지 알아들었어요. 그럼 그 얘길 전부 들어봅시다. 그런데 이 시점에 댁의 권리를 고지해주어야겠소. 그런 다음에, 말할 마음이 나면, 나하고 얘기를 하는 겁니다. 나는 들을 테니 얘기를 하세요."

보슈가 심문실에서 나오자 이그나시오 페라스가 거기 있었다. 복도에서 보슈를 기다리고 있었다. 파트너가 주먹을 쳐들었고 보슈도 주먹을 올려 상대방의 손가락 마디에 가볍게 마주쳤다.

"아주 끝내주던걸요. 놈을 데리고 한 발 한 발 끝까지 걸음마를 시키셨어요." 페라스가 말했다.

"고맙네. 검사도 그렇게 감탄해줬으면 좋겠군."

"하나도 걱정할 거 없겠는데요."

"글쎄, 자네가 다른 쪽 방에 들어가서 마누라 쪽을 불게 해놓으면 정말 걱정이 없겠지."

페라스는 놀란 빛을 띠었다.

"지금도 저보고 여자 쪽을 맡으라고 하세요?"

"자네가 맡아. 한 발 한 발 이끌어서 검사 책상에 쌍으로 보기 좋게 올려드리세."

"최선을 다하겠습니다."

"좋아. 가서 장비 점검하고 아직 저 안에 녹화 돌아가고 있나 확인하게. 난 잠깐 전화 한 통 걸고 와야겠어."

"그러세요, 해리."

보슈는 강력반실로 돌아가서 자기 책상 앞에 앉았다. 손목시계를 확인해보고 홍콩은 지금 늦은 시각이겠구나 짐작했다. 어쨌든 그래도 휴대전화를 끄집어내어 태평양 건너로 전화를 걸었다.

딸아이가 명랑한 목소리로 전화를 받았다. 보슈는 자기가 아예 무슨 말을 할 필요가 없다는 것, 그저 딸아이가 "여보세요" 하는 그 한마디를 듣기만 해도 심정이 충만해진다는 것을 알았다.

"그래, 우리 꼬마. 아빠다."

"아빠!" 딸아이가 외쳤다. "아버지날 축하해요!"

보슈는 바로 그 순간 자신이 진정 행복한 사내임을 깨달았다.

개 산책시키기

피터 로빈슨

개들이 해변에서 놀기 좋은 시절인 8월이 와서 산책용 판잣길은 북적거렸다. 개 주인들마저도 후끈한 열기에 불평을 할 정도였다. '왕귀'가 마음껏 뛰놀 수 있는 큐 해변으로 나가 한데 모아 지은 건물들 주위를 두른 울타리를 따라 개를 산책시키면서, 로라 프랜시스는 흡사 뜨거운 샤워를 하고 난 뒤 욕실 안에 갇혀버린 기분이었다. 왕귀는 킁킁 덤불 냄새를 맡다가 래브라도 리트리버 한 마리와 같이 놀려고 앞으로 쑥 나가고 로라는 예전에 거기서 본 일이 있는 몇 사람들을 향해 인사를 건넸다.

"둘이 아주 사이가 좋아 보여요." 옆에서 누가 말했다.

로라는 돌아보았다. 이 남자 아는 사람 같다고 생각했지만 해변에서 본 건 아닌 듯했다. 어디서 봤는지 분명치 않았다. 말쑥하게 쏙 뺀 생김새로 여자들이 혹할 것 같은 스타일의 미남인데, 잘 발달된 근육과 쑥 들어간 허리에 섭섭하지 않게 하얀 티셔츠와 몸에 달라붙는 청바지를 입었다. 이 남자를 어디서 만났더라?

"왕귀는 참 어쩔 수가 없어요. 암컷만 보면 정신을 못 차리고 달려든답니다."

"괜찮아요, 레인이 알아서 잘 대처할 테니까요."

"레인이라고요? 개 이름치고는 흔치 않네요."

남자가 어깨를 으쓱했다. "그런가요? 인도주의 협회에서 저 녀석을 데려온 게 비 오는 날이었거든요. 엄청나게 퍼붓던 날이죠. 아무튼, 영국 동화책 주인공 이름을 따서 개 이름을 붙이는 당신이 그런 말을 하다니요."

로라는 뺨이 뜨뜻해졌다. "어렸을 때 어머니가 읽어주곤 하셨어요. 저는 영국에서 자랐거든요."

"억양만 들어도 알겠군요. 참, 전 레이라고 합니다. 레이 라나간이에요."

"로라 프랜시스예요. 만나서 반가워요."

"로라? 영화에서 따온 이름인가요?"

"할머니 이름을 물려받은 거예요."

"저런. 진 티어니를 좀 닮았는데 아쉽네요. 닮았잖아요?"

로라는 진 티어니가 아랫니 돌출녀나 꽉 끼는 스웨터를 입은 가슴 큰 여자로 출연한 영화가 있었던가 기억을 뒤졌다. 두 가지 모두 해당되는 몸으로서 로라는 아마 그런 것은 별거 아닌가 보다고 생

272

각했다. 로라의 얼굴이 다시금 붉어졌다. "고마워요."

두 사람은 어색하고 신경 쓰이는 침묵 속에 서 있었다. 개들은 옆에서 서로 노닥거렸다. 그러다가 아주 갑자기 로라는 레이를 어디에서 보았는지 기억이 났다. 맙소사, 그랬구나. 그게 이 사람이었어. 텔레비전 광고에 나오는 사람. 남성용 애프터셰이브인지 데오도런트인지의 광고에 웃통을 벗고 허리까지 맨몸으로, 지금처럼 딱 붙는 청바지만 입고 나왔던 남자. 잡지에서도 본 적이 있다. 심지어 로라는 그를 두고 공상해본 적도 있었다. 로라 위에 올라타서 그르렁거리며 마라톤을 뛰는 로이드 대신에 이 사람과 함께 침대에 든 것을 상상했던 것이다.

"왜 그래요?" 레이가 물었다.

로라는 화끈거리는 뺨 위에 내려온 머리카락 한 줄기를 쓸어 넘겼다. "아무것도 아니에요. 그냥 댁을 어디서 봤는지가 기억났어요. 배우이시죠, 그렇죠?"

"제 업보인 셈이죠."

"여기는 영화 찍으러 오셨나요?" 듣기에는 얼빠진 소리 같지만 꼭 그렇지만도 않았다. 저만큼 내려가면 스튜디오들이 있고, 토론토는 밴쿠버 못지않게 북쪽의 할리우드로서 이름이 쟁쟁한 곳이다. 그것은 필름 후작업 회사를 경영하는 로이드가 늘 하는 소리다.

"아니요, 업계 용어로 '휴식을 취하는 중'이죠."

"아."

"일은 두어 개 줄 서 있죠. 광고 찍을 것들이 있고, CBC의 새 법률 드라마에서 작은 역을 하나 하기로 했고. 대충 그런 일들이에요. 또 거기다 뭐가 되었든 기회가 닿는 일들이 있겠죠."

"굉장히 멋진 직업 같아요."

"그렇지도 않아요. 생업이죠, 뭐. 솔직히 말해서 기술자들이 음향이랑 조명을 제대로 맞추는 동안 어정거리고 있는 게 대부분이거든요. 그런데 그쪽 일은 어때요? 무슨 일을 하시나요?"

"저요?" 로라는 엄지손가락으로 자기 가슴을 가리켰다. "없어요. 제 말은 그러니까, 전 그냥 가정주부예요." 사실 그대로 말했다고 로라는 생각했다. '가정주부'라는 단어야말로 로라가 자기 자신을 가리켜 할 수 있는 한 가지 말일 터였다. 그러나 로라는 실은 가정주부도 못 되었다. 알렉사가 집안일을 도맡아 하고, 정원 일은 폴이 맡고 있었다. 로라는 눈 치우는 일까지도 외주 업체를 고용해서 시켰다. 그러니 쇼핑하고 왕귀를 산책시키는 일 말고 남아나는 시간에 로라가 하는 일이 뭐가 있는가? 때때로 저녁 준비를 하기는 하지만 식당 예약을 하는 일이 더 잦았다. 로라가 살고 있는 퀸스 거리 동쪽 구역에는 훌륭한 식당이 너무너무 많았다. 어떤 음식이 먹고 싶든 간에, 일식이든 그리스 음식이든 중식이든 이탈리아 요리든 얼마든지 다 있다. 그러니 사 먹지 않는 게 아까운 일이었다.

밝고 현기증 나는 햇살이 사정없이 내리쬐고, 철사 울타리 너머 펼쳐진 물은 주름 잡힌 파란 침대보 같았다.

"뭐 한잔하실래요? 아니, 특별히 어쩌자는 게 아니라 날이 워낙 뜨거워서요."

로라는 레이의 그 말에 심장이 콩닥거리는 것을 느꼈다. 거기에 더해서 솔직하게 인정하자면, 기분 좋은 뜨끈함이 아랫배로 퍼져 올라왔다. 로라가 말했다.

"나이스. 아니, 저, 그러니까, 좋다고요. ……저기, 카페나 맥줏집에 개를 데리고 가면 아무래도 정신없을 것 같지 않아요? 차라리 우리 집에 오시면 어때요? 멀지 않아요. 실버 버치랍니다. 냉장고에 차가운 맥주가 있고 나올 때 에어컨도 켜놓고 왔어요."

레이가 그녀를 보았다. 정말 아름다운 눈을 가졌다고 로라는 생각했다. 지금 같은 빛 속에서 그 두 눈은 특히 더 강철 같은 푸른빛으로 보인다. 푸른 눈과 짙은 색 머리카락, 파괴적인 조합이다. 레이가 말했다. "좋죠. 괜찮으시다면 그렇게 해요. 앞장서시죠."

두 사람은 왕귀와 레인의 목줄을 잡고 퀸가를 걸어 올라갔다. 길은 어린애를 태운 환한 빛깔 유모차들을 밀고 가는 지역 주민과 관광객들로 북적였다. 오시코시와 비고시와 버켄스톡투성이였다. 사람들은 가게 진열창을 기웃거리고, 스타벅스 실외 좌석에 반바지를 입고 앉아 프라푸치노를 마시며 〈글로브 앤드 메일〉을 읽고 있는가 하면, 아이스크림 가게에는 바깥까지 줄이 생겨 있었다. 차들은 굼벵이 걸음을 하고 있지만 배기가스 냄새보다 코코넛 향 선블록 크림 냄새가 더 진동을 했다.

큼직하고 외떨어진 로라의 집은 머리 위로 드리워진 덤불에 잘 감추어진 기다란 층계 길을 올라간 끄트머리에 서 있었다. 그래서 일단 거리에서 진입로로 꺾어 들면 사람 눈에 띌 염려가 없었다. 눈에 띈들 뭐 어떻다는 건 아니고. 로라는 속으로 혼잣말했다. 하나도 거리낄 거 없잖아.

실내에 들어서자 살 것 같았다. 개들마저도 더위에 헐떡이며 풀썩 엎드려 찬 공기를 즐기는 모습이었다.

"집 좋네요." 한가운데에 조리대를 설치하고 머리 위로 갈고리를 늘어뜨려 냄비며 프라이팬을 걸어놓은 현대식 주방을 둘러보며 레이가 말했다.

로라는 냉장고를 열었다. "맥주? 코카콜라? 주스?"

"괜찮으시면 맥주로 할게요."

"벡스 괜찮아요?"

"딱 좋죠."

로라는 레이 몫의 벡스를 따고 자기 몫으로는 오렌지 주스를 따랐다. 섬유질을 더 첨가한 주스다. 로라의 심장은 두방망이질 치고 있었다. 어쩌면 열기 때문일까, 집으로 걸어오는 동안 더위를 먹어서? 로라는 레이가 맥주를 들이켜는 모습을, 그의 목울대가 꿀럭거리는 것을 바라보았다. 그러면서 오렌지 주스를 한 모금 홀짝이는데 잘못해서 주스가 조금 입가로 흘러 턱으로 흘러내렸다. 냅킨을 집어 주스를 닦으려고 미처 몸을 움직이기도 전에 레이가 성큼 앞으로 나서며 그녀 쪽으로 몸을 굽히고 로라의 아랫입술 밑 오목하게 굴곡진 곳에 혀를 대었고, 주스 방울을 핥았다.

로라는 그의 열기를 느끼고 부르르 떨었다. "레이, 난 잘 모르겠어요. 그러니까…… 우리가 이런 일을……, 난……."

최초의 키스는 피가 날 정도로 격렬했다. 두번째 키스에서 기어이 피가 터졌다. 로라는 떠밀려 냉장고에 기댔다. '이번 주의 할 일' 쪽지를 물려둔 미키마우스 자석이 한쪽 어깨에 배겼다. 레이가 홀트 렌프류 블라우스를 잡아 뜯어 벌릴 때 로라는 순간적으로 겁에 질렸다. 나 무슨 짓을 하는 거람, 생판 모르는 남자를 이런 식으로 집에 들여놓다니! 어쩌면 연쇄살인마나 뭐 그런 것일지도 모르는데. 하지만 그의 입이 유두를 덮쳐오자 공포는 순식간에 쾌감으로 바뀌었다. 로라는 신음하고 그를 꽉 끌어당겨 자기 몸에 갖다 붙이며 두 다리를 벌렸다. 레이의 손이 그녀의 길고 헐렁한 스커트 밑으로 움직여 허벅지의 맨살을 어루만지고 두 다리 사이를 문질렀다.

로라는 살면서 이렇게 푹 젖어본 적이 없었다. 그리고 이렇게나 격렬히 원해본 일도 없었다. 기다리고 싶지 않았다. 어찌어찌 식당의 정찬 테이블 쪽으로 방향을 잡은 그녀는 허리띠와 지퍼 부분을 잡고 남자를 확 끌어당겨 둘이 함께 뒤로 넘어갔다. 넓적다리 뒷부분이 식탁 모서리에 부딪쳤고, 로라는 식탁 위에 몸을 늘어뜨렸다. 그러느라고 워터포드 크리스털 잔 두 개를 쓸어버려 잔들은 바닥에 떨어졌다. 개들이 짖었다. 팬티를 벗어 던지고 그녀의 인도에 따라 부드럽게 몸속으로 진입하는 레이는 굳세고 훌륭했다.

"해요, 레이. 나를 범해줘요." 로라가 숨소리에 실어 말했다.

레이는 그녀를 범했다. 로라가 주먹을 쥐고 식탁을 내리칠 때까지, 그래서 로열 덜튼 찻잔과 받침 접시 세트가 바닥에 떨어져 깨진 크리스털 잔들을 뒤따를 때까지 그녀를 범했다. 개들은 꺼울꺼울 울부짖었다. 로라도 울부짖었다. 레이가 절정에 다다르려고 하는 것을 느끼자 로라는 그를 꽉 그러안으며 말했다. "날 깨물어요."

레이는 깨물었다.

"정말이지 저놈의 개새끼 처치해버려야 되겠어." 그날 저녁 식사 후에 로이드가 말했다. "세상에, 당신을 그렇게 물다니! 광견병이나 무슨 병을 옮겼을 수도 있잖아."

"바보 같은 소리 마요. 왕귀가 광견병은 무슨 광견병. 사고였다니까 그래요. 어쩌다 그렇게 된 것뿐이라고요. 내가 좀 심하게 해서 그런 거예요."

"그게 아슬아슬하다는 거야. 다음번엔 우편배달부를 물 수도 있어. 아니면 거리에서 어느 집 애를 물지도 모르지. 그러면 어떻게 될지 생각해보라고."

"왕귀를 처치한다느니 그런 일은 없어요. 이 얘긴 끝이야. 앞으로 내가 더 조심할게요."

"당신이야 그렇게 말하겠지." 로이드는 말을 끊었다가, 물어볼 것을 끄집어냈다. "그런데 내가 했던 얘기 좀 생각해봤어, 당신?"

아, 맙소사. 그만 좀 하지. 로라는 생각했다. 로이드는 이 집을 싫어했다. 해변에 사는 것도 싫고 토론토도 싫다, 다 팔아 치우고 밴쿠버로 이사해서 키칠라노에 살든가 아예 포인트 그레이로 나가 살자고 했다. 해마다 364일씩 비가 내리건, 먹을 만한 거라곤 스시와 알팔파 싹뿐이건 상관없었다. 로라는 극락으로 가 살고 싶지 않았다. 그녀는 지금 사는 이 동네가 맘에 들었다. 이날 오후 일이 있고는 더더욱 그랬다.

로이드가 추근추근 졸라댈수록 로라는 몸 위에 실렸던 레이의 육체에 대한 달콤한 회상에 넋을 놓았다. 자기 목의 연한 살에 파고들던 레이의 하얀 치아, 그 단단하고 날 선 감촉. 둘은 또 그 짓을 했다. 이번에는 침대에서 했다. 로이드와 함께 눕는 침대에서. 두번째는 좀더 천천히, 덜 급하게, 더 부드럽게 했다. 하지만 뭐가 어찌 되었든 처음보다 더 좋았다. 따뜻이 물결치고 조수처럼 차오르던 쾌감이 아직도 생생했다. 무너지는 파도처럼 사타구니 사이를 달려 아랫배로 치미는 쾌감. 그리고 바로 지금, 앉아서 로이드가 밴쿠버로 후작업 회사를 이전하면 얼마나 유리할지에 관하여 늘어놓는 이야기를 듣고 있는 지금도 다리 사이에 느껴지는 흐뭇한 뻐근함이 있다. 그쪽에는 일거리가 잔뜩 있다고. 할리우드하고 연계가 된단 말이야. 로이드가 말했다. 하지만 이사한다면 다시는 레이를 볼 수 없을 것이다. 이사 얘기가 못 나오게 막는 일이 그 어느 때보다도 더 절박하게 다가왔다. 어떻게든 해야 한다.

"여보, 난 그런 얘기 좀 안 했으면 좋겠어요."

"언제 제대로 얘기한 적이나 있었어?"

"내가 밴쿠버를 어떻게 생각하는지 알면서 그래."

"그렇게까지 비만 오고 그러진 않아."

"꼭 비만 갖고 그러는 게 아니잖아. ……아, 정말. 그냥 좀 살면 안 돼요?"

로이드가 한 손을 쳐들었다. "좋아, 됐어. 오늘 밤엔 그만하자." 그러고는 자리에서 일어나 술 저장고 쪽으로 걸음을 옮겼다. "코냑이나 한잔해야겠군."

예의 그 푹 꺼지는 느낌이 로라를 덮쳤다. 이제부터의 수순을 로라는 알고 있었다.

"어디 있어?" 로이드가 물었다.

"뭐가요?"

"내 술잔. 제일 아끼는 브랜디 술잔 있잖아. 아버지가 사주신 거."

고급 목재를 깐 마룻바닥에서 쓸어내 버린 깨진 유리 조각들을 떠올리며 로라가 말했다. "아, 그거. 얘기하려고 했는데, 미안해요. 잘못해서 깨뜨렸어. 설거지 기계가 그만."

로이드가 믿을 수 없다는 눈으로 돌아보았다. "내가 제일 아끼는 크리스털 술잔을 설거지 기계에다 집어넣었다고?"

"알아. 미안해요. 바빠서 정신이 없어서."

로이드가 찡그렸다. "바빠서? 당신이? 당신이 도대체 바쁠 일이 뭐가 있어? 저놈의 개새끼 산책이 바빠?"

로라는 웃어넘기려고 해보았다. "집안일이 얼마나 많은지 당신이 반만 알아도 그런 말 못 할걸."

로이드는 빤히 보는 눈길을 거두지 않았다. 그가 눈을 가늘게 떴다. "오늘 아주 스펙터클한 날이었구먼. 안 그래, 여보?"

로라가 한숨 쉬었다. "그랬나 봐. 매일이 그렇지, 뭐."

"그럼 할 수 없이 이걸로나 마셔야겠군." 로이드는 또 하나의 크리스털 술잔에 레미 마틴을 넉넉하게 따랐다.

저것도 충분히 좋잖아, 깨뜨린 잔이나 별 차이도 없네. 로라는 생각했다. 따지고 보면 저 잔이 오히려 더 비싼 물건일 거다. 하지만 저 잔은 로이드의 잔이 아니다. 로이드의 그 처량한 늙다리 아버지가 사준 술잔이 아닌 것이다. 그 개 같은 작자, 영혼까지 썩어 문드러지라지.

로이드는 생각에 잠긴 듯 앉아서 코냑을 홀짝였다. 그가 다시 말을 걸 때 로라는 술잔의 테두리 너머로 자신을 쳐다보는 남편의 눈빛을 콕 집어 식별할 수가 있었다. 딱 저 눈빛. "좀 일찍 자면 어때?" 로이드가 말했다.

로라는 위가 꼬이는 듯한 기분으로 이마에 손을 올렸다. "오늘 밤엔 관뒀으면 해요, 여보. 미안하지만 나 머리가 지끈지끈 아파."

일주일이 다 가도록 레이가 보이지 않아서 혹시 이 동네를 떠난 게 아닌가 로라는 두려워 미칠 것 같았다. 스타가 되러 할리우드로 갔나. 남자들의 상투 수법으로 그녀를 이용만 하고 버린 건가. 아무튼 둘이 함께했던 건 그때 한 번뿐이고, 레이는 그녀에게 사랑한다느니 하는 말 따위 한 적도 없는 것이다. 같이 한 일이라고는 섹스가 전부다. 상대방에 관하여 정말 아는 것은 하나도 없다. 전화번호도 주고받지 않았다. 로라가 터무니없게도 두 사람이 천생연분이라는, 운명적인 만남이라는 느낌을 가졌을 따름이다. 어리석은 환상임에 틀림없었다. 하지만 레이를 보지 못하고 지나는 하루하루

로라는 그 환상으로 칼날이 저미듯 가슴이 아팠다.

그러다 어느 날, 해변에 다시 레이가 나왔다. 마치 어디 간 적도 없다는 듯이 나와 있었다. 오랫동안 보지 못한 친구라도 되듯 개들이 서로를 반기는 동안 로라는 냉랭한 척했지만, 욕망은 산불처럼 그녀의 몸을 꿰뚫고 활활 불타올랐다.

"안녕하세요, 처음 뵙네요." 로라가 인사했다.

"미안해요. 일이 들어오는 바람에. 샴푸 선전인데, 그 자리에서 한다 안 한다 결정을 해줘야 했어요. 어쩔 수 없이 나이아가라 폭포에 로케이션을 갔죠. 나한테 화났어요? 아니죠? 전화해서 얘기하고 할 상황도 못 되어서 그랬는데." 레이가 말했다.

"나이아가라 폭포요? 로맨틱해라."

"신부가 결혼한 후에 실망하는 것 중 두번째라죠."

"예?"

"오스카 와일드. 오스카 와일드가 한 얘기예요."

로라는 키득키득 웃으며 손으로 입을 가렸다. "아, 이해했어요."

"당신을 데려가고 싶었는데요. 우리 둘이 같이 갔으면 실망 같은 거 안 했을걸. 보고 싶었어요."

로라가 뺨을 붉혔다. "나도 그리웠어요. 차가운 맥주 드실래요?"

"이봐요, 내 방에 안 갈래요? 별거 아닌 임대주택 꼭대기 층이지만 에어컨도 나오고, 또……."

"또 뭔데요?"

"음, 그러니까, 이웃집이……."

차마 그에게 그런 말을 할 수는 없었지만, 로라는 '자기 침대에서' 레이와 그 짓을 한다는 데서 형언할 수 없는 열락감을 느꼈기에 레이의 아파트가 얼마나 멋지고 시원한 곳이든 도저히 그쪽으로는 가고 싶지 않았다. 침대보를 갈고 세탁도 했지만 로라는 밤에 잠자리에 들면 여전히 레이의 냄새를 맡을 수 있다고 상상했고, 이제 더욱더 레이의 체취를 자기 침대에 배어들게 하고 싶었다.

로라는 말했다. "이웃들은 걱정하지 마요. 낮 동안은 다들 나가고 없으니까. 유모들도 이 지역에 발붙이고 지내려면 남의 비밀은 지켜줘야 하고요."

"안심할 수 있어요?"

"절대 걱정 없어요."

그래서 그렇게 진행이 되었다. 일주일에 한 번, 두 번, 때로는 세 번이라도 그들은 실버 버치에 있는 로라의 큰 집으로 갔다. 때로는 위층으로 올라갈 짬도 없이 하느라고 첫판을 식당의 테이블에서 해치웠지만 대개는 킹사이즈 침대에서 했다. 서로의 몸과 쾌감을 느끼는 부위를 알아감에 따라 점점 더 모험적으로, 실험적으로 하곤 했다. 로라는 약간의 고통이 퍽이나 자극이 될 때가 있다는 것을 깨달았고, 레이는 기꺼이 그에 협조했다. 두 사람은 온갖 체위, 온갖 구멍을 다 시험해보았으며 하다 하다 더 할 것이 없으면 처음부터 다시 시작했다. 이야기도 나누었다. 아주 많이 했다. 농탕질을 치는 사이사이에. 로라는 레이에게 결혼 생활이 도무지 행복하지 않다는 이야기를 했고, 레이는 전처가 자기를 버리고 자기 회계사에게 갔다는 이야기를 했다. 그의 이력이 러셀 크로만큼 상종가를 치지 못한다는 게 이유였다. 그의 은행 잔고를 보면 몹시도 노골적으로 드러나는 사실이었다.

그러다 어느 날, 『카마수트라』에도 나오지 않을 만큼 특별히 도전적인 체위를 해보고 나서 잠깐 숨을 돌리던 중에 로라가 말했다. "로이드는 밴쿠버로 이사 가고 싶어 해요. 노상 그 얘기를 한다니까요. 자기주장이 통할 때까지 절대 포기하는 법이 없어요, 그 사람은."

레이가 몸을 굴리더니 팔꿈치를 짚었다. "떠나면 안 돼요."

단순한 얘기다. 정말 딱 부러진다. '떠나면 안 돼요'라. 로라는 눈을 반짝이며 그를 바라보았다. "알아요. 당연하죠. 난 못 떠나요."

"이혼해버려요. 나랑 살아요. 우리 둘이 평범하게 살았으면 좋겠어요. 다른 사람들처럼 여기저기 같이 다닐 수 있게. 저녁에 외식도하고, 영화도 보러 가고, 휴가도 가고요."

그야말로 로라도 소원하던 바였다. "진심이에요, 레이?"

"진심이고말고요." 레이는 잠깐 사이를 두었다가 말했다. "사랑해요, 로라."

로라의 눈에 눈물이 스며났다. "어머나, 어떡해." 로라는 레이에게 입 맞추며 자기도 사랑한다고 말했다. 그리고 몇 분이 지나 두 사람은 도로 하던 대화를 이어갔다. "남편과 이혼은 못 해요." 로라가 말했다.

"아니, 대체 왜요?"

"일단은, 그 사람이 가톨릭이에요. 교인이라고 착하게 사는 건 하나도 없지만 이혼은 꿈도 못 꿀 사람이에요." 사실 그보다는 남편의 죽은 아버지, 성가대 소년 궁둥이나 쫓아다니는 식으로 독실했던 한심해빠진 그 노인네가 이혼은 절대 불가였던 거라고 로라는 속으로 생각했다.

"그리고⋯⋯?"

"음, 돈 문제가 있죠."

"돈이 어떻게 돼 있는데요?"

"돈은 내 돈이에요. 그러니까, 우리 아버지한테 상속받은 돈이죠. 아버지는 발명가셨는데 재료를 몇 년이나 썩지 않게 지켜주는 정말 별것 아닌 첨가제 하나로 크게 떴지요. 아무튼 아버지는 많은 돈을 버셨고 자식이 나 하나라서 아버지 재산을 내가 다 받았어요. 로이드의 필름 후작업 회사도 처음 시작할 때 내가 돈을 댔죠, 지금처럼 잘나가기 전부터요. 만약에 남편이랑 이혼하면 그 '무실책 배우자 법'에 걸리는 상황이라 그 사람이 전 재산의 절반을 갖게 돼요. 공평한 일이 아니잖아요. 당연히 전부 나한테 권리가 있어야 맞지."

"난 돈은 아무래도 좋아요. 내가 원하는 건 당신이에요."

로라는 레이의 뺨을 만졌다. "다정도 해라, 레이. 나도 우리 둘이 함께할 수만 있다면 돈 따위 땡전 한 닢 없어도 상관없어요. 정말 돈 따위가 다 뭐람. 하지만 그렇게 돼선 안 되잖아요. 엄연히 돈이 있는데. 내가 가진 건 전부 당신 거예요."

"그럼 뭔가 방법이 있을까요?"

로라는 그의 가슴에 한 손을 올려 보드라운 체모를 쓸어내리며 밋밋한 복부와 그 아래까지 손을 보냈다. 그의 팔에 새겨진 독수리 문신에 입을 맞추었다. 로라는 텔레비전 광고와 잡지 화보를 떠올렸고, 지금 봐도 여전히 섹시하다고 생각했다. 침대 옆에서 개들이 잠시 설치는가 싶더니 도로 잠이 들었다. 오전에 실컷 운동을 시킨 후였다. "그리고 집도 있지요." 로라가 말을 이었다. "로이드의 생명 보험도 있고. 배액 보상돌연사, 사고사의 경우 2배의 보험금이 나온다인가 뭐 그런 거예요. 무슨 얘긴지 잘은 모르겠지만 하여튼 정말로 큰돈이라고요. 한참 동안 먹고살 수 있는 돈이죠. 카리브 해 근처에라도 가서⋯⋯, 아니면 유럽도 좋죠. 난 늘 파리에서 살아보고 싶었어요."

"무슨 얘기를 하는 거예요?"

로라는 잠시 입을 다물었다가 말했다. "만약에 로이드가 사고를 당한다면 어떻겠어요? ⋯⋯아니, 잠깐 내 말 좀 들어봐요. 그냥 사고가 난다 치고 생각해보자고요. 그럼 우리가 전부 갖게 돼요. 집이랑, 보험금이랑, 회사랑, 내 상속 재산이랑. 전부 우리 게 되는 거예요. 그리고 우리 둘이 늘 함께 지낼 수 있어요."

"사고라고요? 당신 얘기는 그러니까⋯⋯."

로라는 손가락을 들어 그의 입술을 눌렀다. "안 돼요, 그런 말 하지 마요. 말하면 안 돼요."

하지만 레이가 입 밖에 내어 말했건 하지 않았건 그녀는 알고 있었다. 당연히 레이도 알았다. 그 말이 무엇인지. 그리고 그 사실이 로라의 등뼈를 타고 찌르르한 쾌감을 흘렸다. 한참 후에 레이가 말했다. "아는 사람을 수배해볼게요. 전에 좀 그런 일을 한 적이 있어요. 몬트리올에서 경찰관 흉내를 냈죠. 모 씨 아들이 말썽에 휘말려서 그 사람을 위해 청탁을 넣었거든요. 모 씨가 누군지 당신은 알 필요 없지만, 하여튼 그 사람한테 인맥이 있어요. 그 사람 그때 일이 잘 풀려서 정말 좋아하면서 그런 말을 하더군요, 만약에 나한테 뭔가 필요한 일이 생기면……."

"잘됐네요. 그럼 당신한테 부탁할게요." 로라가 그렇게 말하며 일어나 앉았다. "그 사람 찾을 순 있는 거죠? 그 사람이 뭔가 조치를 취해줄까요?"

레이는 엄지와 검지로 그녀의 왼쪽 유두를 꼬집고 눌렀다. "해줄 거예요. 하지만 쉬운 일이 아니에요. 내가 몬트리올에 가봐야겠어요, 가서 만나봐야죠. 하지만 지금 당장은 더 급한 용무가 있어서 안 되겠는걸요."

그게 무슨 말인지 로라는 눈으로 보아 알았다. 그녀는 스르르 미끄러져 내려가 입안에 그를 받아들였다.

시간은 늘 그렇듯이 흘러가게 마련이다. 날씨가 선선해졌다. 하지만 레이와 로라의 정열은 식을 줄을 몰랐다. 추수감사절이 지나자마자 일기예보는 기온이 큰 폭으로 떨어질 거라고 예보하면서 토론토 시민들에게 따뜻하게 껴입을 것을 독려했다.

로라와 레이는 따뜻하게 껴입을 필요가 없었다. 장미 무늬 조각 이불은 침대 발치 마룻바닥에 떨어져 있고, 헉헉대는 두 사람은 아예 땀으로 목욕을 했다. 로라가 말 타듯 레이 위에 올라탄 채 둘이 함께 자지러지는 절정을 향해 달려가는 중이었다. 끝을 맞이했을 때, 로라는 옆으로 몸을 굴려 떨어져 나가는 대신에 그대로 레이의 몸 위에 남아 앞으로 기댔다. 딱딱해진 유두가 그의 가슴팍에 스쳤다. 레이가 드디어 몬트리올에 있는 아는 사람을 만나고 온 탓에 일주일이나 서로 못 본 터였다.

"당신이 안다는 그 사람한테 얘기해뒀어요?" 숨을 고르고 나서 로라가 물었다.

레이는 두 손을 깍지 끼어 머리 뒤에 받쳤다. "했죠."

"그 사람이 알아요? ……그러니까, 그 사람이 해줬으면 하는 일이 뭔지 똑바로 알고 있는 거죠?"

"알아요."

"충분히 시간을 들여서 기다렸다가 완벽하게 이때다 싶은 기회를 노려야 한다는 걸……."

"그 사람이 직접 나서는 게 아니에요. 그 사람이 이 일을 맡길 인물은 전문가예요, 우리 예쁜이 아가씨야. 알아서 할 거예요."

"딱 적당한 시점이 오면 정말 해주겠죠? 사고처럼 보여야 해요."

"해줄 거예요. 걱정 마요."

"있잖아요, 당신 자고 가고 싶으면 자고 가도 돼요. 로이드는 밴쿠버에 가 있어요. 아마 부동산이나 물색하고 있을 거예요."

"정말 틀림없어요?"

"목요일까지는 돌아오지 않을 거예요. 우린 그냥 일주일 내내 침대 속에 누워 있어도 돼요." 말하면서 로라가 부르르 떨었다.

"추워요, 우리 예쁜이?"

"조금요. 겨울이 오나 봐요. 으슬으슬 춥지 않아요?"

"그러고 보니까 좀 추운가."

로라는 침대에서 펄쩍 뛰쳐나가서 반대편 벽까지 깡충깡충 뛰어갔다. "그러면 그렇지. 온도 조절 장치가 아주 낮게 맞춰져 있어요. 로이드가 떠나기 전에 내려놨나 봐요." 로라는 온도 조절 장치를 돌려 난방을 켠 후에 다다다 달려 돌아와서 침대 위로 뛰어올랐다. 그러고는 다리를 벌려 레이 위에 올라탔다. 레이가 또다시 몸속으로 밀고 들어오자 로라는 헉하고 숨을 들이켰다. 너무나 정력적이다. 이번에 그는 로라가 주도하게 내버려두지 않았다. 로라의 두 어깨를 잡고 밀어 자빠뜨리자, 케케묵었지만 여전히 흐뭇한 정상 체위를 취했다. 그러고는 어찌나 세게 방아를 찧었던지 로라는 침대가 부서지지나 않을까 싶었다. 이번에 로라는 오르가슴에 달할락 말락 할 때에 이런 생각을 했다. 만약 바로 이 순간에 죽는다면, 순수한 열락의 경지에 오른 채로 죽는다면 영원히 행복할 거라는 생각이었다. 그때 온도 조절 장치가 딸깍 들어오고, 집이 폭발하여, 로라는 소원을 이루었다.

'가스 폭발로 개 두 마리 타 죽어' 로이드 프랜시스는 다음 날 아침 〈토론토 스타〉에서 그 제목을 읽었다. '집주인들도 이 끔찍한 사고로 사망'

얼씨구. 숫자 세기가 두 번 다 엉터리로군. 로이드는 그렇게 생각했다. 그는 지금 밴쿠버의 로브슨 가 노천카페에서 민소매 옷을 입고 카푸치노를 마시며 앉아 있었다. 한파가 살기등등하게 동부 지역을 엄습하는 동안에도 서부 해안 지역은 평년 기온을 훨씬 웃도는 기록적인 포근한 날씨를 만끽하고 있었다. 게다가 비도 오지 않았다.

실은 로이드는 폭발에서 죽은 것이 집주인 부부 두 명이 아니라 둘 중 한쪽뿐이고, 그 일이 사고가 아니었다는 사실을 알고 있는 터였다. 사고와는 거리가 멀다. 로이드는 자기 아내가 백수로 놀고 있는 배우 놈과 '위대한 정열'을 즐기고 있다는 사실을 알아차린 그 순간부터 지금까지 모든 일을 아주 세심하게 계획했다. 눈치채는 데에는 어려움이 없었다. 우선 첫째로, 아내가 거의 하루도 거르지 않고 침대보와 베갯잇을 빨아대기 시작했다. 물론 실제로 빨래 자체는 알렉사한테 시켰지만 말이다. 로라가 조심한다고 했어도 한 번은 로이드의 눈에 침대보에 묻은 핏자국이 띄었다. 또 로라는 그간에 부부 관계 갖기를 더더욱 꺼렸다. 몇 번인가 그가 달래고 구슬려 관계를 갖게 되었을 때에도 그녀는 척 보면 알 만큼이나 생각이 딴 데 가 있었고, 그래서 그는 속된 말로 깜박깜박 과녁을 놓치곤 했던 것이다.

로라가 조심성이 없었다는 것은 아니다. 신만이 아시리라! 필시 로라는 샤워기를 틀어놓고 몇 시간씩 서 있었을 것이다. 아무리 그랬어도 로이드는 장담할 수 있었다. 로라의 몸에 다른 남자의 체취가 감돌고 있다는 것을. 의심을 하게 되자, 당연한 수순으로 로이드는 그저 가만히 결정적인 날을 기다렸다가 두 사람이 해변에서 돌아오는 모습을 목격했다. 그다음부터 그 사내 레이 라나간이 어디 살고 무슨 일을 하는지 (아니면 무슨 일을 하려고 하는데 일이 없어서 노는지) 알아내는 것이야 어려울 게 없었다. 로이드는 자신이 가진 탐정의 재능이 퍽 만족스러웠다. 어쩌면 직업을 잘못 택했는지도 모른다. 로이드는 계획적 살인에도 상당히 솜씨가 좋다는 사실을 스스로 실연해 보였고, 그래서 자기 아내와 아내의 정부가 휘말려 죽음을 당한 그 폭발이 결코 비극적인 사고가 아니었음을 증명할 수 있는 사람은 아무도 없으리라 확신했다. 천천히 가스가 새고, 시간이 가면서 쌓이다가, 우발적인 전기 스파크나 그냥 불꽃이라도 만나면, 꽝!

로이드는 카푸치노를 한 모금 홀짝이고 크루아상을 한입 물어뜯었다.

"딴생각에 푹 빠지셨네요." 앤마리가 말했다. 가슴이 깊이 파인 하얀 상의와 짧은 청치마를 입어 사랑스러운 그녀는 로이드 맞은편에 앉아 있었다. 짙은 색 머리카락이 오밀조밀한 계란형 얼굴 주위를 감싸고 있다. 사람 애를 태우는 저 새빨간 입술이라니. "무슨 생각 하세요?"

"아니, 아무 생각 안 해. 그보다 아무래도 난 오늘 토론토로 돌아가는 비행기를 타야 할 것 같은데. 잠깐만 있다 올 거지만 말이야."

앤마리는 풀이 확 죽었다. 정말 표정이 풍부한 아가씨다, 기쁨이

건 실망이건, 쾌감이건 고통이건 숨김없이 보여준다. 이번에 그녀의 표정은 분명히 실망한 표정이었다. "어머나. 꼭 가셔야 해요?"

"아쉽지만 가야 할 것 같아." 로이드는 앤마리의 손을 잡아 어루만졌다. "내가 처리해야 할 중요한 용건이 있어. 하지만 될 수 있는 대로 빨리 돌아오겠다고 약속할게."

"그럼 갔다 오면 나하고 보러 갔던 그 스패니시 해변 근처 집을 얻는 거죠?"

"내가 출발하기 전에 사겠다고 얘기를 넣어두지. 그런데 당신 명의로 사야 돼."

앤마리가 콧등에 주름을 지었다. "알아요. 세금 문제 때문이죠."

"바로 그래. 착한 아가씨지." 사소한 선의의 거짓말일 뿐이다. 로이드는 스스로에게 그렇게 말했다. 하지만 만약 그가, 아내가 비극적인 폭발 사고로 죽은 바로 다음 날 멀리 떨어진 도시에서 새로 집을 산다면 모양이 좋지 않을 터였다. 이것이야말로 용의주도한 계획이요, 완급 조절이다. 앤마리도 이해해줄 것이다. 결혼한 상태로 배우자와 별거하는 일은 복잡하고 까다롭다. 세법만큼이나 복잡하다. 그리고 실제로 중요한 것은 바로 그가 앤마리를 사랑한다는 것을 앤마리가 알고 있다는 점이다. 장례식이 끝난 후에 로이드는 어쩌면 '한동안 어디 다른 데 가 있고' 싶어질지도 모른다. 그다음에는 토론토가 자꾸만 로라 생각을 불러일으켜서 견딜 수 없어질 것이고, 그렇다면 그가 어딘가 다른 곳으로 이사하는 것도 충분히 이해할 만한 일일 것이다. 말하자면 밴쿠버라든가. 온당한 기간 동안 애도한 후에는 '누군가를 만나 교제하는 것'도 얼마든지 용인될 수 있는 일이리라. 예를 들어 앤마리와 만나는 거다. 그리고 새 출발을 한다. 그것이 로이드 프랜시스가 품고 있는 생각이었다.

보비 에이큰 형사는 자기 책상으로 내려앉은 보고서가 영 마음에 들지 않았다. 정말이지 탐탁지 않다. 그는 경찰 본부에서 나와 번화가에서, 칼리지 가 40번지에서 일했으므로 일반적인 상황이었다면 로라 프랜시스와 레이 라나간 이야기는 들을 일도 없었다. 해변 지역은 55과 담당이었다. 하지만 지금은 일반적인 상황이 아니고, 또 사건인지 아닌지 아리송한 건들을 집중적으로 들여다보는 것이 에이큰의 업무 중 하나이기도 했다. 겉보기에는 만사 탈 없이 깨끗해 보이는데 어느 누군가는 그렇게 생각하지 않는 사건들이다. 이번에 그 누군가는 살인 사건을 다루어보고 싶어 죽을 지경인 젊고 야심찬 순찰 경관이었다. 정말 뭔가가 있단 말입니다. 경관이 말했다. 뭔가 이건 아니다 싶은 게 있다니까요. 그리고 파일을 들여다보면 들여다볼수록 풋내기가 한 말이 무슨 뜻인지 보비 에이큰도 알 것 같았다.

현장 감식 결과는 이상 없었다. 물론이다. 화재 처리반과 과학 감식 센터는 늘 그렇듯이 그 현장에서도 훌륭하게 일했다. 그러한 가스 폭발은 불행히도 오래된 집에서 흔히 발생하곤 하는 사고인데, 낡은 집의 주인들이 더러 오랜 기간 보일러를 수리하거나 교체하지 않기 때문이었다. 실버 버치에서 폭발한 집도 딱 그랬다. 사고가 나는 것은 시간문제다.

하지만 하나님이 보우하사 경찰의 일이란 감식만이 능사가 아니었다. 이 일에는 다른 고려할 요소들이 있었다. 그것도 세 가지나.

에이큰은 재차 서류를 쭉 훑어보면서 드는 생각을 종이에 썼다. 바깥의 칼리지 가에는 비가 오고 있었고, 에이큰이 창밖을 내다보자 보이는 것은 우산 꼭대기뿐이었다. 시내 전차가 우르릉우르릉 지나가며 상부 전력선에서 불꽃을 튀겼다. 자동차들이 배수로의 물을 밟아 촥 물보라가 졌다.

에이큰은 메모를 했다. 무엇보다 먼저, 수사관들과 매체들이 애초에 생각했던 것과는 달리 피해자들은 부부가 아니었다. 남편인 로이드 프랜시스는 사업차 밴쿠버에 출장을 갔다가 사건 다음 날 뉴스를 듣자마자 비행기를 타고 돌아왔으며, 아내가 죽었다는 사실뿐 아니라 웬 남자와 함께 자다가 죽었다는 사실을 마주하여 두 배로 넋이 나갔다. 그런데 출장이라니, 남편한테는 썩 좋은 알리바이로군.

모른다고 로이드는 말했다. 그 남자가 누군지 자기는 전혀 모르겠다고. 하지만 그자의 이름이 레이 라나간이라는 사실, 그리고 때로는 배우 노릇을 하고 때로는 잡범으로 시시한 사기와 협잡으로 전과를 달고 있는 위인이라는 사실을 밝히는 데는 셜록 홈스가 필요 없었다. 라나간은 지난 3년간은 범죄 기록이 없이 깨끗했으며 텔레비전 광고와 CBC 방송사가 방영을 중단하기 전 〈다빈치 수사대〉와 〈머독 미스터리〉 같은 텔레비전 시리즈에서 단역을 해서 생계를 이었다. 하지만 에이큰은 그게 꼭 라나간이 아무 짓도 하지 않았다는 뜻은 아님을 알고 있었다. 잡히지만 않은 것뿐이다. 따지고 보면 라나간은 분명히 한 가지는 저지른 짓이 있다. 로이드 프랜시스의 아내와 놀아나는 짓. 그리고 그로 인해 치른 대가는 그가 그때까지 저질렀던 그 어떤 범죄로 인한 것보다 훨씬 더 가혹했다. 라나간이 방송사 돈도 빨아먹어보려고 했을지 모른다고 에이큰은 의심했지만 이제는 놈이 거기에 손을 뻗칠 일은 절대로 없을 것이다.

두번째로 에이큰의 신경에 거슬리는 것은 보험금과, 큰 그림으로 본 돈의 구도였다. 집과 로라 프랜시스의 생명에 걸려 있는 두둑한 보험금이 다가 아니고 거기에는 또 후작업 회사가 있었다. 이제 막 상당한 이익을 올리기 시작한 회사다. 로라가 유산으로 받은 돈은 아직도 상당한 금액이었는데 주식이니 채권이니 하는 투자로 묶여 있었다. 누구든지 그 전부를 손에 넣게 된다면 대단한 부자라고 할 수 있을 것이다.

그다음으로는 로이드 프랜시스라는 인간이 있다. 경보를 울린 그 젊은 순찰 경관은 로이드와 함께 불탄 집터로 갔을 때 그자에게 뭔가 이상한 점이 있다고 생각했다. 겉으로 드러난 것은 아니었다. 이거라고 꼭 집어 말할 수 있는 것은 없었다. 하지만 경찰관의 육감이 있었다. 계산이 딱 들어맞지 않을 때 느껴지는 그런 감각이다. 에이큰은 아직 로이드 프랜시스와 얘기해보지 않았지만 이쯤 되면 만나봐야 하는 게 아닌가 생각하기 시작했다.

왜냐하면 최종적으로 한 가지 반론의 여지가 없는 뚜렷한 사실이, 자석이 쇳가루에 일정한 형태를 만들듯이 나머지 모든 사실들에 연결되기 때문이었다. 에이큰은 로이드 프랜시스가 학교를 나온 직후인 이십 대 초반에 5년 동안 냉난방 설비 기사로 일했음을 알아냈다. 가스보일러에 대해 그렇게 잘 아는 사람이라면 보일러가 뻥 터질 시각에 현장에 있을 리는 천만 없지 않겠는가 하는 것이 에이큰의 추측이었다.

경찰이 왔다 간 후 로이드는 다소 겁이 났다. 하지만 그래도 자기는 끄떡없을 거라고 믿었다. 한 가지는 확실했다. 그자들이 이것저것 많이도 사실 확인을 했다는 점이었다. 로이드의 신상은 물론 죽은 남자의 신상도 캤다. 도대체 로라는 그따위 낙오자 놈한테 뭘 보고 홀렸던가? 전신에 '잡범' 도장이 찍혀 있는 놈이었는데.

그러나 로이드를 가장 걱정스럽게 만든 것은 무엇보다도 그 에이큰이라는 형사가 자기 과거에 관하여 꿰고 있는 것 같다는 점이었다. 특히 그가 냉난방 설비 일을 했던 사실을 안다는 게 꺼림칙했다. 경찰은 로이드가 그 일을 5년간 했다는 사실을 아는 것으로 끝이 아니고 그가 했던 일들 하나하나, 해결한 모든 문제들을, 손보러 갔던 보일러들 전부의 상표명까지 다 알고 있는 것만 같았다. 놀라서 입이 딱 벌어질 정도였다. 로이드는 그에 대하여 거짓말을 하지 않았다. 아무것도 부인하려 하지 않았다. 그랬다가는 단박에 의심의 눈초리만 한층 날카로워지고 말 테니까. 하지만 진실을 말한 것은 온도 조절 장치에 손을 대어 누군가 난방을 켜면 집이 폭발하도록 간단히 조작할 수 있는 남자라는 그림을 선명하게 만들었다.

행운인 것은 현장 감식에서 나온 증거는 하나도 없다는 사실이었다. 경찰에 증거가 없다는 사실을 로이드는 뻔히 알았다. 로이드는 그럴 리 없다고 생각하지만, 만약에 무슨 흔적이 있었다 하더라도 불길에 타 사라졌을 것이다. 로이드는 그저 자기 진술을 고수하기만 하면 되었다. 그러면 그자들은 결코 아무것도 증명하지 못할것이다. 의심이야 마음대로 하라지. 하지만 살인 혐의로 기소하는데 의심은 충분한 근거가 될 수 없다고.

장례식 이후로 로이드는 빅토리아 파크와 댄포스의 전세 콘도에들어서 숨죽이고 지냈다. 쇼퍼스 월드 건너편이다. 밤이면 거리가소란스럽고 좀 무시무시한 감도 있었다. 로이드도 느꼈다. 조심하지 않으면 강도를 만나기도 십상일 동네다. 누가 뒤에서 쫓아오는것 같은 느낌이 들어 당황한 것도 한 번이 아니었다. 그러나 로이드는 피해망상처럼 굴지 말자고 스스로를 타일렀다. 이 동네에 오래살 것도 아니니까. 적절한 기간 동안 상을 입은 후에는 밴쿠버로 갈것이고, 불쌍한 아내가 그토록 끔찍한 죽음을 맞은 이 도시에 차마돌아올 마음을 먹지 못하겠다고 결론지을 것이다. 아직 회사 동료몇 명은 떠나겠다는 그의 결정을 유감스러워할지 모르지만, 토론토에 로이드 프랜시스라는 사람이나 그에게 닥친 일에 대하여 그렇게 크게 신경 쓸 사람은 사실 남아 있지 않았다. 일단 지금은 모두 로이드가 어느 정도 우울에 빠져 있다고 생각했다. '상실감을 극복하려' 하고 있다고. 머지않아 로이드는 자유롭게 앤마리와 '만나게' 될 테고 새 삶을 시작할 것이다. 그때쯤에는 돈도 전부 그의 것이 되어 있으리라. 변호사와 회계사들이 주무를 만큼 주무르고 나면. 이제 다시는 그가 가진 재산과 성공이 전부 누구 덕택인지 아내가 생색내는 소리를 얌전히 듣고 있을 필요가 없다.

실버 버치 폭발 사고는 로이드의 집과 아내만 결딴낸 게 아니라 그가 몰던 차도 망가뜨렸다. 은색 사륜구동 지프였는데 로이드는 밴쿠버로 이주할 때까지 구태여 차를 새로 구해 탈 생각이 없었다. 밴쿠버에 가면 근사하게 빠진 작고 빨간 스포츠카를 살 생각이었다. 그는 아직도 간간이 스튜디오에 얼굴을 비췄다. 주로 일들이 어떻게 되어가나 보러 들르는 것뿐이고, 다행히도 그의 임시 주거는 빅토리아 파크 지하철역에 가까웠다. 로이드는 얼마 가지 않아 통근길에 TTC토론토 대중교통를 타는 것이 아무렇지 않아졌다. 사실을 말하면 오히려 좋았다. 역에서는 난동꾼들이 꼬이지 않게 하려고 클래식 음악을 틀어준다. 열차에 올라 자리가 있으면 앉아서 책을 읽었다. 자리가 없으면 사랑하는 앤마리에 대한 달콤한 생각들에 넋을 놓았다.

그리하여 인생은 그렇게 계속되었다. 기다리고 또 기다린다. 온당하게, 의심을 불러일으키는 일 없이 행동을 취할 수 있는 때가 오기를. 경찰은 다시는 찾아오지 않았다. 로이드의 자백이 없는 한 사건을 성립시키는 건 도저히 무리라는 것을 깨달은 게 분명했다. 그리고 로이드의 자백은 결코 얻지 못할 것이다. 이제 날짜는 11월 말이다. 토론토에서 가장 음산한 달이라고 단언할 수 있다. 하지만 최소한 눈은 아직 내리지 않았다. 하루하루 우중충한 잿빛 하늘이 이어질 뿐이었다.

그러한 날 중 어느 하루에, 로이드는 사람 북적거리는 세인트조지 지하철역 동부선 플랫폼에 서서 혹시 행동 개시를 앞당겨도 될까, 바로 다음 주로 앞당겨도 될까 생각해보았다. 최소한 '한동안 떠나 있을' 수는 있지 싶었다. 어쩌면 크리스마스를 넘길 만큼 오래 떠나 있어도 괜찮을 것이다. 이제쯤이면 그래도 되겠지, 되지 않을까? 사람들은 그가 토론토에서 로라를 여읜 후 맞는 첫 크리스마스를 차마 도저히 견딜 수 없었다고 이해해줄 것이다.

맹렬한 속도로 역에 진입하는 열차가 시야에 들어올 때에, 로이드는 그렇게 해야겠다고 막 마음을 굳힌 참이었다. 이제 금방 앤마리를 보게 된다는 생각에 흥분한 나머지 로이드는 일종의 조급한 심정으로 플랫폼 끝에 너무 바짝 다가섰고, 그의 등 뒤에서는 인파가 밀치락달치락했다. 로이드는 무엇인가 딱딱한 것이 뒤허리를 쿡 찌르는 것을 느꼈고, 다음 순간 두 다리가 휘청하고 힘이 풀리며 몸이 앞으로 쏠렸다. 스스로 멈출 수가 없었다. 로이드는 열차 운전사가 어떻게 해볼 틈도 없이 들어오는 열차 앞으로 고꾸라졌다. 그의 마지막 생각은 앤마리가 밴쿠버 국제공항에서 잘 가라고 손을 흔드는 모습이었다. 다음 찰나 지하철 차량이 그에게 육박해 부딪쳤으며 열차 바퀴가 그의 몸을 조각조각 찢어발겼다.

인파 속에서 누군가 비명을 올렸고 사람들은 출구를 찾아 뒤로 달아나기 시작했다. 로이드 바로 뒤에 서 있었던, 지팡이를 든 쇠약해 보이는 노인은 혼란을 틈타 여유롭게 빠져나가려고 몸을 돌렸다. 그러나 얼마 가지 못해서 누추한 차림을 한 젊은 남자 두 사람이 군중 속에서 솟아나와 노인의 양팔을 붙들었다. "아니, 도망 못 가지." 한 명이 말했다. "이쪽이야." 그렇게 두 남자는 노인을 위쪽 거리로 끌고 올라갔다.

보비 에이큰 형사는 이스탄불에 여행 갔다 온 동료가 사다 준 '걱정 염주'를 만지작거리고 있었다. 걱정거리가 있어서 그러는 것은 아니다. 그냥 습관이었고, 그러고 있으면 마음이 아주 차분해졌다. 오늘은, 따져보면, 아주 근사한 하루였다.

로이드 프랜시스 때문이 아니다. 에이큰은 프랜시스가 이렇게 죽었건 저렇게 죽었건 실은 별로 마음이 쓰이지 않았다. 에이큰의 눈에 로이드 프랜시스는 비록 증명할 수는 없었어도 냉혈의 살인범이었고 충분히 당할 만한 일을 당했다. 아니다, 에이큰을 기분 좋게 만든 것은 그가 프랜시스를 감시하라고 붙여두었던 위장 잠입 형사들이 세인트조지 지하철역에서 노인으로 변장하고 있던 '꽥꽥이 미키'가 손에 든 지팡이의 뾰족한 끝으로 프랜시스를 미는 광경을 목격하고 놈을 잡아 왔기 때문이다.

조직범죄 담당 부서에서는 지금까지 몇 년 동안이나 미키를 뒤쫓고 있었지만 그자를 엮을 만한 건수를 도무지 잡아내지 못했다. 그들은 미키가 일상적으로 몬트리올의 한 거대 범죄 조직을 위해 일한다는 사실을 알았고 미키가 손댄 일이 어떤 식인지도 알았다.

미키는 이제 곧 협상에 응할 참이었다. 사면해주고 증인 보호 프로그램에 넣어주는 대가로 자기가 맡아 한 청부 살인 건부터 시체들이 묻혀 있는 장소까지, 몬트리올 범죄 조직과 한 일들에 대하여 아는 대로 전부 털어놓는 거래다. 조직범죄과는 이런 행운 앞에 너무 좋아서 바지에 지릴 지경이었다. 그러니 보비 에이큰에게는 승진이 기다리고 있을지도 모른다.

에이큰을 어리둥절하게 만든 것은 단 하나 '왜?'라는 문제였다. 로이드 프랜시스가 뭘 했기에 폭력단의 심기를 건드렸나? 무엇인가 빠진 것이 있었다. 그리고 주인공들이 사망한 지금 아마도 영영 그 비밀은 밝혀낼 수 없을 거라고 생각하자 마음이 찝찝했다. 꽥꽥이 미키는 물론 아무것도 모른다. 그자는 단순히 주문이 떨어지자 그대로 했을 뿐이다. 로이드 프랜시스를 죽이는 것 따위 그에게는 파리 한 마리 때려잡는 것이나 다를 게 없었다. 프랜시스 살해 사건은 아마도 후작업 회사와 관련된 것일 공산이 높겠다고 에이큰은 결론지었다. 조직들이 영화 사업에 손을 대고 있다는 건 잘 알려진 사실이다. 조금 더 파보면 좀 더 자세한 내용이 나오겠지만 에이큰에게는 그럴 시간이 없었다. 그렇기도 하고, 그런 게 이제 와서 무슨 상관이 있겠는가? 모든 조각이 딱딱 들어맞게 사건을 밝혀내지는 못했을지라도 일은 좋은 방향으로 잘 풀리지 않았는가. 라나간과 프랜시스는 죽었고 꽥꽥이 미키는 이제 곧 줄줄 불게 될 것이다. 그 아내, 로라는 참 안됐다. 나이도 젊었고, 에이큰이 판단할 수 있는 자료로 보기에는 외모도 그럴싸한 여자였는데. 그렇게 젊은 나이에 죽어서는 안 되는 거였다. 하지만 그런 게 운이지. 그 여자가 자기 집 침대에서 라나간과 등 두 개 달린 짐승 놀이를 하며 놀아나지만 않았어도, 정말이지, 오늘까지 멀쩡히 살아 있었을 것을.

분명히 오늘은 근사한 날이다. 서류를 옆으로 제쳐놓으며 에이큰은 그렇게 결론지었다. 날씨까지 한결 나아졌다. 에이큰은 창밖을 내다보았다. 11월의 토론토에 인디언 서머가 와 있었다. 태양빛이 칼리지가와 용가의 아파트 창에 광채를 입히고 사무실에서 일하던 사람들이 거리로들 나왔다. 남자들은 양복 상의를 벗고 여자들은 민소매 여름 원피스 차림들이다. 시내 전차가 우르릉거리며 지나쳐 갔다. 메인행이다. 메인인가. 쭉 나가서 해변 가까이지. 보행자 도로와 퀸가의 카페들에는 사람들이 북적이리라. 개를 산책시키러 나온 사람들도 우글우글하겠지. 에이큰은 봐서 이따가 자기도 재스퍼를 그쪽으로 데리고 나가 뜀박질을 시켜줘야겠다고 생각했다. 누가 알겠는가, 해변에서 개를 산책시키다 보면 누군가와 뜻밖의 만남이 생길 수도 있다.

모자 족인 母子 足印

제레미아 힐리

커다란 현장 감식 가방을 어깨 위로 둘러멘 테스 캐시디는 그 집 정문을 지키던 정복 경관이 카일 헤이에스 형사 경위에게 하는 말을 들었다. "경위님, 이거 아주 고약합니다."

헤이에스는 그냥 고개만 끄덕해놓고, 뒤미처 생각났다는 듯이 테스를 흘긋 돌아보았다. "자네 비위는 좀 어떤가, 캐시디?"

프로다운 능력을 놓고 넌지시 비꼬는 것 같은 말에 발끈해서 테스가 대꾸했다. "지금까지는 아무런 문제도 없었네요."

헤이에스는 순찰 경관 옆을 지나쳤다. "언제나 처음이란 게 있게 마련이지."

형사 뒤를 따라 들어가면서 테스는 그 정복 경관 안색이 영 푸르딩딩해진 것과 그가 전율을 억누르고 있다는 것을 알아차렸고,

CSU의 다른 전문 인력들이 이것을 '데뷔전'이라고 부르던 걸 상기했다. 어떤 사람이 처음으로 담당하게 된 살인 사건과 부검을 가리키는 말이다.

"흐음. 굳이 검시관을 기다리지 않아도 사인은 뻔해 보이는군." 헤이에스가 작업실 안에 있던 정복 경관에게 말했다.

테스는 작은 사이즈의 동양풍 깔개 위에 사지를 펼치고 쓰러진 시신을 한 번 보고, 곧 눈길을 다른 쪽으로 돌리며 심호흡했다.

집은 맥맨션판에 박힌 양식의 화려한 저택. 맥도널드 체인점처럼 흔하다고 맥맨션이라 불림인데, 아주 큰 거실이 있어서 작업실에 이르려면 그곳을 가로질러 와야만 했다. 작업실은 차라리 서재라고 불러야 할 것 같았다. 바닥에서 천장까지 책장을 짜 넣었고, 꽂혀 있는 책들도 테스가 부자들의 집에서 보아왔던 예술 애호가연하는 가죽 장정 양장본들이 아니었다. 아니다, 소설책과 여행 안내서가 잔뜩 있고, 책 표지는 손을 타서 닳은데다 심지어 찢어지기까지 했다. 한 번 이상 읽은 책들이라고 테스는 짐작했다. 테스는 난독증 탓에 책하고는 별로 인연이 없었다. 테스의 언니 조앤이 자신들의 부모는 알고도 모른 척하고 있던 그 장애의 실상을 교장 선생님께 알리지 않았더라면 테스는 7학년중학교 1학년에서 낙제했을 것이다. 하지만 테스는 항상 애서가, 독서가에 대한 은밀한 동경을 품고 있었다.

그러니까, 바로 지금 죽어 엎어져 있는 이 남자 같은 사람에 대한 동경이다. 헤이에스가 정복 경관에게 물었다. "이름은 나왔나?"

"사망자는 제더버그, 마틴입니다. 가운데 이름의 머리글자 D는

데이비드를 줄인 거고요."

"누가 시신을 발견했지?"

"부인입니다. 나네트 제더버그. 롤링스가 지금 주방에서 함께 있습니다."

테스는 롤링스를 알고 있었다. 다정다감한 성격의 순찰 경관으로 그녀 자신도 남편을 여읜 처지였다.

"다른 가족은?"

"아들 하나뿐입니다. 이름은 스티븐, V를 쓰는 스티븐이죠. 연락을 취해서 지금 이리 오는 중입니다."

헤이에스가 끄덕였다. "흉기는 어떻게 됐지?"

"아직 발견하지 못했습니다, 경위님."

"캐시디, 자네 의견은 어떤가?"

테스는 성으로 불리는 것을 개의치 않았다. 어느 정도 존중해준다는 뜻도 있으니만큼 실은 그렇게 불러주는 게 고맙기도 했다. 하지만 테스는 헤이에스 형사가 그러는 건 스스로 감정에 완충장치를 두려는 것임을 알고 있었다. 왜냐하면 '카일'은 테스의 언니한테는 '조앤'이라고 이름을 불렀기 때문이다. 조앤이야말로 사건 수사에 손발을 맞출 때 그가 데리고 오고 싶어 하는 파트너였다. 캐시디자매 중 언니인 조앤은 출산을 3주 앞두고 출산휴가 중이었다. 헤이에스는 태어날 그 아기의 아버지가 자기였더라면 얼마나 좋았을까 생각하는 사람이다. 헤이에스의 간곡한 바람도 덧없이 조앤은 남편감으로 법의 집행관보다 법률가 쪽을 선택하여 아서라는 변호사와 결혼을 했지만 말이다.

지금 조앤은 출산이 임박해 병원에 입원해 있다. 그리고 테스는 끔찍하기 이를 데 없는 범죄 현장에서 자기 언니에게 차이고 괴로워하는 형사의 지휘를 받고 있는 참이다.

"캐시디, 내가 지금 혼잣말을 하고 있나?"

"죄송합니다, 경위님." 테스는 억지로 눈길을 돌려 시체를 보았다. "두개골이 푹 팬 모양으로 봐서 도끼였을 것 같아요. 아니면, 차량 진입로에 RV가 세워져 있었으니까 캠핑용 손도끼일까요?"

"자네한테는 그나마 행운이군, 캐시디. 나도 그럴 거라고 생각하네." 헤이에스는 여윈 남자의 상체 곁에 쪼그려 앉았다. "양손과 아래팔에 방어흔이 없어. 그러니 내 짐작엔 여기 이 뒤통수의 상처가 제1타였다고 하겠네. 그러고 나서 피살자가 엎어지면서 옆으로 바닥에 넘어진 후에, 2타부터…… 글쎄 한 6타까지? 바닥으로 찍은 거지." 헤이에스가 일어났다. "발도 맨발이군. 그리고 피로 찍힌 족흔이 있는데 거실에는 아무런 자취가 없어. 그러니 피살자는 피습 당시에 이미 여기 작업실에 들어와 있었던 걸세. 쫓겨서 들어온 게 아니라."

테스는 떠오른 생각을 입 밖으로 냈다. "아니면 작업실로 달려왔을 수도 있죠."

"뭐라고?"

테스는 서재를 둘러보았다. "만약 누가 자기를 죽이려고 한다는 걸 제더버그 씨가 알고 있었다면, 어쩌면 마지막으로 자기 책들을 보면서 죽고 싶었을지도 몰라요."

형사 경위 카일 헤이에스는 테스를 물끄러미 보기만 했다. "캐시디, 자넨 괴짜야."

그 말이 누구한테서 나온 것인지를 생각해볼 때, 조앤 언니가 전에 얘기해준 게 있어서인지, 테스는 이를 칭찬으로 받아들였다.

찍혀 있을지도 모를 지문을 채취하고자 주방 살림에 분말을 묻히며, 테스 캐시디는 헤이에스가 나네트 제더버그와 면담하는 내용을 들을 수 있었다. 다만 실제로 그들 모습을 눈으로 보면서 대화를 들은 것은 아니었다. 마치 라디오를 크게 틀어놓고 극본 읽는 소리를 듣는 것 같았다.

헤이에스: 남편분께 적이 있었습니까?

제더버그: 아니요, 아니에요. 마티는 의료 기기 분야에서 일했어요. 그이는 언제나 사람들을 돕는 일을 했지 누굴 해치는 사람이 아니었어요.

헤이에스: 적이 아니라도 누구든 남편분을 해치고 싶어 할 만한 사람을 좀 생각해보시겠습니까?

제더버그: 롤링스 경관님한테 얘기한 그 남자 하나뿐이에요.

헤이에스: 그 남자라?

롤링스: 제더버그 부인이 길에 차를 몰고 가는데 부인 말씀에 따르면 '거구의 사내'가 부인 쪽으로 걸어오더랍니다. 즉 북쪽으로 온 거죠. 이 집에서 두 집 위쯤 되는 곳에서요.

헤이에스: 제더버그 부인, 그 남자의 모습을 말로 설명해주실 수 있겠습니까?

제더버그: 잘 모르겠어요. 그게…… 경관님이 지금 얘기하셨지만, 그 남자는…… 그러니까, '거구'였어요. 프로레슬링 선수 같은 덩치였죠, 아마? 그런데 거구에다 또 악당 같기도 했어요.

헤이에스: 악당 같았다고요?

제더버그: 걷는 모습이요. 그리고 머리를 내젓는 것도. 꼭 무슨 일이 있어서 굉장히 화난 사람 같았어요.

헤이에스: 그 남자의 얼굴을 제대로 보셨습니까?

제더버그: 아뇨. 전…… 전, 그냥 지나가면서 흘긋 본 것밖에 없어요. 하지만 그자는 절 봤어요, 빤히 쳐다보더라고요. 쳐다보는 줄은 알았지만 전…… 그러니까, 솔직히 말씀드려서 그 남자 모습이 무섭게 생겼기에, 그래서 전 그냥 계속 차만 몰았어요. 그런데 여기 집에 와 보니까 현관문이 열려 있고…… 오, 맙소사! 마티가 안에서 그만…….

롤링스: 자, 자, 부인. 이 화장지로 눈물 닦으세요.

선량한 경관이다, 롤링스는.

뒤에서 부르는 소리가 들렸을 때, 테스는 분말 도포를 거의 끝내가던 참이었다. "캐시디, 경위 양반 어딨는지 알아요?"

정문으로 들어올 때 만났던 안색 푸르뎅뎅한 정복 경관이었다. "주방에 있어요, 부인 되는 분하고요."

"아들이 왔어요. 아들은 어디 있으라고 할까요?"

"헤이에스 형사한테 물어보세요. 하지만 처음에는 아무 말 하지 말고 그냥 불러내세요. 엄마는 모르게 아들하고 얘기해보고 싶어 할 수도 있으니까. 얘기 소리가 안 샐 곳에서요."

"정확히 말하면, 새엄마예요." 스티븐 제더버그가 말했다.

이제 테스는 서재 입구에서 작업 중이었고 헤이에스가 거실에서 손아래 젊은이와 짝이 맞는 안락의자에 마주 앉아 있는 모습을 볼 수 있었다. 아들은 아버지를 닮았다. 호리호리한 체격에 검은 곱슬머리, 그리고 야물커유대인들이 쓰는 챙 없는 작은 모자를 뒤통수에 머리핀을 꽂아 고정해놓고 있었다.

예리한 흉기로 찍힌 상처보다야 훨씬 보기 좋다. 하지만 시신의 모습을 다시 떠올려보고 테스는 피살자가 모자 따위는 쓰고 있지 않았고 주위에 떨어져 있지도 않았다는 생각을 했다.

헤이에스가 말했다. "내가 다소 불편한 질문을 좀 해야겠는데 그런 줄은 알고 있겠지?"

"경위님, 우리 아버지가 방금 처참하게 살해당한 상황인데 경위님하고 면담을 마치기 전에는 제가 나네트를 만나볼 수도 없다면서요. 그러면 별수 있나요. 질문할 거 빨리 하시고 끝내세요, 새엄마한테 가보게요."

젊은 애가 제법 배짱이 있네. 테스는 생각했다.

헤이에스가 말했다. "아직까지 흉기를 못 찾고 있어. 부모님이 이 집 어디에 도끼나 손도끼 같은 것 둔 게 있는지 아나?"

"집 안에 있느냐는 말씀이시면, 집엔 없어요. 하지만 아빠한테 도끼가 하나 있긴 있었을걸요. 캠핑카 안에요."

"밖에 서 있는 RV 말이야?"

"네. 아버지는 일 관계로 여행을 많이 하셨어요. 하지만 주로 컨벤션이 열리는 도시나 큰 병원 같은 데로 비행기를 타고 출장 가시는 거였죠. 아빠는 항상 그런 데 말고 나라 곳곳을 다녀보고 싶어 하셨어요. 그래서 의료 기기 회사를 좋은 조건으로 사겠다는 제안이 들어오니까 회사를 팔았어요."

"아버지가 얼마 받으셨는지 말해줄 수 있을까?"

잠깐 침묵이 흐르고. "수사하시는 데 정말 그런 것도 알아야 합니까?"

"그래."

또 한 번의 침묵. "좋아요. 아버지는 저한테 아버지 변호사랑 함께 그 건을 잘 만들어보라고 부탁했어요."

"어째서지?"

"내가 회계학 학위를 갓 딴 참이었거든요. 그래서 나한테는 훌륭한 경험이 될 거라고 생각하신 거죠. 실제로 좋은 경험이었어요. 종합해서, 우리 재산이 300만 달러 규모로 계산이 나왔고요."

"우리?"

테스는 눈길을 들어서 제더버그 청년이 어금니를 무는 모습을 보았다. "우리 아버지 재산요. 그 얘기예요." 청년은 고개를 설레설레 흔든다. "집도 팔려고 내놓을 참이었어요. 아빠는 그러다가 지독하게 뒤통수 한 방 먹을 거라고 내가 말했었는데…… 맙소사, 죄송해요."

아들은 어린애처럼 두 주먹으로 눈을 비비기 시작했다. 테스의 마음은 온통 그쪽으로 쏠려 있었지만 그녀가 할 일은 마저 분말 도포를 끝내는 것이었다.

헤이에스가 말했다. "괴롭겠지. 안다."

"그럼요." 테스는 같이 들린 소리가 아마 손바닥으로 자기 허벅지를 후려치는 소리였을 거라고 생각했다. "그럼요, 잘 아시겠죠. 경위님, 왜냐하면 경위님은 이게 일이니까요. 하지만 우리한테는 우리 삶이에요."

아들 녀석은 배짱도 있고 인간미도 있구나. 테스가 생각했다.

이어서 스티븐 제더버그는 거의 웃음소리가 아닌가 싶은 소리를 내었다. "기묘한 일은 말이죠, 아빠는 자기가 불이 나서 죽게 될 거라고 언제나 노심초사하고 계셨다는 거예요."

"불이 나서?"

"그래요. 아빠가 태어난 병원이 한 일주일 후에 홀딱 타서 무너졌대요. 그리고 또 우리 아버지가 처음 마련했던 창고에 벼락이 떨어졌는데, 그때 아빠 2층의 자기 책상 앞에 앉아 있었다죠. 그리고 아빠가 회사를 팔려는 결심을 하기 직전에 뉴욕 로체스터에서 호텔에 있는데 그때도 불이 났어요." 아들은 고개를 수그렸다. "이렇게 돌아가시게 될 거라곤…… 전혀 생각도 못 하셨을 거예요."

헤이에스가 목청을 가다듬었다. "아버지가 '지독하게 뒤통수 한 방 맞을 거'라는 얘기는 무슨……?"

"아아, 세금 때문에요." 제더버그는 얼굴을 들어 경위를 보았다. "두 분이 이 집에 양도소득세 면제 최소 기간보다는 훨씬 오래 거주하셨거든요. 그러면 집이 있는 게 어느 시점에 가서는……."

테스는 스티븐 제더버그가 하는 이야기를 그 이상은 제대로 이해하고 따라갈 수가 없었다. 하지만 듣기에는 흥미로웠으므로, 나중에 이 문제에 관하여 형부인 변호사 아서에게 물어봐야겠다고 마음먹었다.

만약 이 범죄 현장 일이 언젠가 끝이 나기는 난다면 말이지만. 그러면 병원에 조앤을 면회 갈 수 있을 것이다.

"아가씨는 경찰로 일하기에는 너무 귀엽게 생겼군."

'제에에에바아알 조오옴!' 테스는 속으로 외쳤다. '도대체 남자들은 어디서 저런 쓰레기 같은 대사를 주워듣고 오는 거야? 인터넷에 '병신 닷컴' 같은 데라도 있나?'

테스는 RV의 입구 계단에 서서 스티븐 제더버그가 말한 캠핑용 손도끼를 찾으려고 막 차 안에 몸을 들이민 참이었다. 말을 한 남성은 사십 대에 머리가 벗겨진 사람인데 부지 구획 울타리 너머로 테스의 눈총을 빤히 맞받았다. 그의 정신은 테스의 얼굴보다는 엉덩이에 더 팔려 있었다.

테스가 물었다. "그런데 누구시죠?"

"피트요."

"피트가 성인가요?"

남자는 껄껄거리며 웃는다. "아니요, 이름이지. 피트 오데배시언."

이런 괴상한 이름을 기억할 가능성은 제로다. "철자를 불러주시겠어요?"

오데배시언이 철자를 불렀다.

테스가 물었다. "그럼 옆집 주민이신가요?"

"그럼, 그러니까 지금 여기 서 있잖소."

"제더버그 씨 댁에 대해서 해주실 만한 말씀이라도 있으세요?"

"글쎄. 조용한 사람들이었어요. 그거 하난 확실하지. 파티 열어서 난장판으로 노는 일도 없고. 아마 색시가 남편보다 한참 젊다 보니까 그랬겠죠."

"나이 차이가 얼마나 나는데요?"

"사실 전에 어쩌다 그 얘길 한 적이 있었소."

테스는 이 작자가 '어쩌다'라는 단어를 제일 크게 말한 것을 듣고 있었다.

오데배시언이 말했다. "그 자리에 있었던 사람들이 서로서로 10년씩 차이가 나더구면."

"그 자리에 있었던 사람들이라면, 그러니까?"

"흠. 마티가 제일 나이가 위였죠. 쉰여섯이니까. 내가 그다음으로 마흔일곱이고, 그다음은 낸이 서른여섯이고, 그다음으로 스티비가

314

스물다섯이고."

나네트라는 이름 대신에 '낸'이라고 줄여서 불렀다. "이웃집 분들에 대해서 또 얘기해주실 건 없습니까?"

오데배시언은 어깨를 으쓱했다. "그다지 독실한 종교인들은 아니었소. 아들내미는 독실해지자고 마음먹은 것 같긴 합디다만. 야물커를 늘 쓰고 다니는 걸 보면 말이오."

테스는 유대교인이 쓰는 특유의 정수리만 가리는 동그랗고 작은 모자를 떠올렸다. "가족이 화목했나요?"

"괜찮았어요, 내가 말할 수 있는 범위 내에서는. 마티와 낸이 스티비가 나가 살게 도움을 줄 수밖에 없었던 것 같아요. 학자금 대출을 받아서 새로 사업을 시작한다는데 사무실도 있어야 하고 독립해 살 아파트도 필요하고, 그런 것 있잖소. 그러더니 마티가 회사를 소유하고 경영하는 일에서 긴급 탈출을 하기로 작심하고 여기 이 캠핑카를 산 거요. 마티는 늘 일없이 이 차 주위를 맴돌면서 부산을 떨었는데 심지어 어떤 때는 문 닫는 걸 깜박하기도 했어요."

"문 잠그는 걸 잊었다는 말씀이시겠죠?"

"아니, 아예 문을 꽉 닫지도 않고 놔뒀다는 얘기요. 다람쥐인지 스컹크인지가 차에 들어가서 둥지를 틀지 않은 게 놀랍지."

"제더버그 부인은 어땠나요?"

오데배시언이 실눈을 떴다. "어땠냐니, 뭐가 말이오?"

조심성 있는 대꾸다. 테스는 머릿짓으로 RV를 가리켰다.

"많이 반대했나요?"

"아아. 그렇죠. 멋지고 대단한 야외 활동에 대해서 아무래도 마티가 낸보다는 더 열을 올리고 있다는 느낌이었다고 할까."

"제더버그 부인이 그런 말도 했나 봐요?"

"이렇다 저렇다 말을 많이 한 건 없소. 하지만 부부가 캠핑카를 몰고 시험 주행 삼아 나갔던 게 기억나는구려. 나중에 정말로 그걸 타고 전국 여행을 가겠다고 말이지. 낸이 갔다 와서 한 얘기는 죄다 차가 달리는 게 영 안전한 느낌이 안 들었다는 둥, 머리가 쿵 부딪치고 팔꿈치가 뭐에 걸리더라는 둥 하는 것뿐이었소. 캠핑카가 보기에는 엄청나게 커 보이지만 마티가 나한테 잠깐 획 나갔다 오기나 하자고 해서 나도 타봤는데 꼭 무슨 잠수함 내부 같더구먼. 그래서 캐비닛 모서리며 문지방에 나도 계속 부딪치고 박고 그랬거든. 게다가 옻독이 오르고 벌레에 물리고 말이오. 부부가 처녀 항해 나갔다가 낸이 그래 가지고 돌아왔지."

"제더버그 부부가 의견이 맞지 않았던 건 그 사안 하나에 대해서만이었나요?"

"아가씨랑 나랑 한잔하면서 얘기하면 어때요? 듣고 싶은 얘기 내가 다 해줄 수 있는데."

맙소사. "예컨대 제더버그 부인한테…… 친분이 있는 남자분이 있었다든가 하는 일이라도 혹시……?"

"나는 제쳐놓고 말이지?"

일관성이 꼭 미덕은 아니다. 특히 어떤 여자의 남편을 죽일 동기가 있지 않느냐고 암시를 받았다면. 하지만 테스가 한 말은 간단했다. "네."

"먼저 목부터 축이는 건 어떻소?"

"그보다, 제 생각에는 손부터 잡아보고 싶네요."

오데배시언은 깜짝 놀란 듯했다. "진심이오?"

"네. 선생님이 이 캠핑카에 타신 적이 있다면 선생님 지문을 채취해서 배제해야 하거든요."

"그건 내가 생각한 거하고는 좀 얘기가 다른데."

"안됐네요. 지금 바로 넘어와서 협조해주시든지, 아니면 하루 이틀 구치소에서 끌탕을 하시다가 판사 명령 받고 협조하시든지, 좋으실 대로 하세요."

피트 오데배시언은 테스에게 실망스러운 눈길을 보냈다. "어떻게 된 건지 아가씨가 아까같이 귀엽게 보이지가 않는구면."

CSU의 문을 통과하여 지휘 본부로 향하면서, 카일 헤이에스 형사 경위는 테스에게 말했다. "피살자 지갑이 없어졌어. 하지만 피살자가 서재에 보관 중이던 현금 다발하고 부인이 주방에 감춰놨던 현금은 둘 다 그대로 있어."

집안 사정에 어두운 살인강도일 가능성을 보여주는 대목이었다. 테스는 범죄 현장에서 사용된 증거 수집 봉투들을 등록하다 말고 눈길을 들었다. 헤이에스가 서로 색상이 다른 서류철 두 개를 들고 있는데 어느 쪽도 부서에서 사용하는 서류철 색상이 아니었다.

"그건 뭐예요?"

"개인 서류철이야. 피살자가 했던 사업 관련하고 부인의 박물관 근무 건하고. 부인은 박물관 안내원이었더군."

"그게 뭐죠?"

"캐시디, 자넨 좀 여기저기 돌아다녀야 되겠어. 박물관 안내원은 여행 안내원처럼 사람들한테 설명해주는 사람이야."

테스는 성질을 억눌렀다. "고마워요."

헤이에스가 서류철 두 권을 테스 옆 탁자에 올려놓았다. "가족이 고인을 오늘 저녁에 장례 치르고 싶어 해."

"왜 그렇게 서둘러서요?"

"종교적인 이유래. 검시관은 무슨 말인지 알더군. 그래서 제더버 그 건을 제일 앞으로 당겼어. 그렇긴 한데, 결정을 부인이 할 경우 우리가 보게 될 행사는 묻는 게 아니라 태우는 게 될 모양이야."

"화장을 한다고요?"

"그 집 아들 하나만 여러 해 동안 퍽이나 신실한 신도로 살았나 봐. 그래서 아들은 매장을 하는 게 종교적으로 합당하다고 그러는데, 장의사에서도 그렇다고 해. 거야 자연스럽지, 매장으로 하면 돈을 더 많이 받을 테니까."

테스가 그 모든 이야기들을 속속들이 곱씹어보고 있는데 헤이에스가 말했다. "난 커피 좀 마셔야 되겠어. 자네가 어떻게 잘하고 있나 10분 있다가 다시 들어오지."

'자네도 뭣 좀 사다 줄까' 하는 말도 없다. 테스가 말했다. "여기 있을게요."

헤이에스가 나가면서 문을 닫자마자 테스는 서류철들 쪽으로 주의를 옮겼다. 회사의 사주가 그 자신 것도 개인 서류철을 만들어두었다니 조금 놀라웠다. '마틴 제더버그'라고 쓰여 있는 서류철을 열어서 테스는 그가 했던 의료 기기 판매 사업에 대한 것과 결국 회사를 팔기에 이르기까지의 과정에 받은 서한들에다 또 은퇴 조건에 관한 편지도 몇 통 읽었다.

그런 다음 '나네트 제더버그' 서류철로 바꾸어 잡았다. 생년월일로 보아 부인은 남편보다 너끈히 20년은 젊었다. 오데배시언이 테스에게 말해준 대로다. 직장 이력은 대단치 않았다. 간호조무사, 식당의 접객 담당자, 그 소위 '박물관 안내인'.

운 좋게도 딱 7분을 찍었을 때 테스는 자기가 하던 등록 작업으로 돌아와 있었다. 왜냐하면 헤이에스가 때 이르게 문으로 들이닥쳤기 때문이다. 게다가 손에는 아무것도 든 게 없었다.

"커피는 어쨌어요?"

"캐시디, 흉기가 나왔어."

"흉기요?"

"그래. 그게 아마 우리가 찾던 거 아니었나? 그렇지 않아?"

처음으로 맞이하는 조카의 탄생을 지켜볼 기회에, 테스는 말없이 작별을 고했다.

피 묻은 손도끼를 조사하라고 파견대에서 배치한 정복 경관은 도끼를 그대로 땅바닥에 놓아둘 만한 지각이 있었다.

헤이에스가 그 여경관에게 물었다. "신고자 신원은 나왔어?"

"파견대에 확인해보겠습니다, 경위님. 하지만 그쪽에 죽치고 있으라는 말은 없었는데요."

테스는 흉기로부터 대략 3미터쯤 떨어진 곳 한 덩어리 풀밭 위에 메고 온 가방을 내렸다. 감으로는 어쩐지 전화로 신고한 사람이 누군지 밝혀지지 않을 것 같았지만, 911 비상 전화는 신고자 신원정보를 갖고 있으니 최소한 번호 추적은 해볼 수 있을 터였다.

십중팔구 그 또한 출처를 확인 못 할 선불 전화기겠지만.

"캐시디, 이쪽 진행 맡아서 해볼 마음 있나?"

하루 종일 이 기회를 기다렸다. "옙, 하겠습니다."

테스는 자세를 수그리며, 손도끼가 어떻게 해서 이 자리에 와 있게 되었을지 그림을 그려보려고 했다. "제더버그네 집에서 한 5킬로미터는 되죠, 그렇죠?"

"야구장이야. 그리고 부인이 소위 '거구의 남자'가 걸어가는 걸 봤다고 말한 그 방향이지."

커다란 지문이 두 개 있었다. 아마도 엄지 지문이겠지. 손잡이에 피로 찍힌 지문인데, 두 개 외에 다른 것들은 너무 뭉개져 있어 소용없을 것 같았다. "제더버그 부인 얘기에서 그 사내가 피투성이 손도끼를 들고 있었다는 말은 들은 기억이 없는데요."

"자네가 그 여자하고 면담한 건 아니었지. 부인은 감정이 복받쳐 있었어. 충분히 빼먹고 말할 만하지. 특히 자기 말처럼 그 사내를 '흘긋 훔쳐봤을' 뿐이라니까 말이야."

"그런데 다른 사람들이 봤을 거란 말이죠. 덩치 큰 남자가 묘하게 행동하는데 당연히 주의가 끌렸을 거예요. 살인 흉기를 뭐하러 이렇게 멀리까지 가지고 올까요?"

"그 사내가 가방에 넣어 왔을 수도 있지. 아니면 그냥 미친 자일 수도 있고."

"하지만 왜 피를 닦아내지 않았다죠? 아니면 흉기를 숨기거나요. 묻을 수도 있었을 텐데?"

헤이에스와 정복 경관이 둘 다 웃음을 터뜨렸다.

"왜 그래요?"

경위는 아직도 클클 웃으면서 말했다.

"캐시디, 자네 좀 느리구먼. '손도끼를 묻는다다툼을 그치고 화해한다는 뜻의 관용어'고?"

"아."

컴퓨터 앞에 붙어 앉아서 테스는 욕을 했다. 멸실 방지를 위한 손도끼 자루의 접사 사진들을 찍은 후에 테스는 자루의 표면에서 두 개의 잠재 지문을 완벽하게 떠냈다. 그런데 둘 다 주 데이터베이스에서도, 연방 데이터베이스에서도 잡히지가 않았다.

그리고 집 안에는 제더버그 가족 세 사람의 것이 아닌 지문은 하나도 없었고, RV에서도 가족이나 이웃집 사람 피트 오데배시언 것 말고는 아무것도 나오지 않았다.

테스는 그 네 사람을 모두 컴퓨터에 돌려보았다. 마찬가지로 꽝이었다. 즉 아무에게도 범죄 기록이나 군에 복무한 사실이나 또는 열두 가지쯤 되는 면허 및 허가 중 어느 것도 취득하고자 신청한 일이 없다는 뜻이다.

좋은 소식은 테스가 이 사건에 대하여 할 수 있는 모든 일을 이미 다했다는 것이었다. 그러니 이제는 공식적으로 테스가 병원에 가지 못하게 발목을 잡을 일은 하나도 없다.

"아들이야." 새로 아빠 된 사람이 말했다. 불빛 휘황한 복도에서 눈을 빛내며, 손에는 딱딱한 종잇조각을 들고 있었다.

테스는 아서에게 미소 지었다. "정말 축하해요! 언니는 어때요?"

"아주 좋아. 모두 순조로워. 아직 좀 늘어져 있는데, 제왕절개를 해야만 했기 때문에 그런 것뿐이야."

그렇다면 전신마취에서 풀린 직후일 테니까, 늘어져 있다는 것도 말이 된다.

아서는 딱딱한 종이를 들어 올렸다. "그리고 이것 좀 봐. 정말 최고로 귀엽지 않아?"

테스는 그 '최고로 귀엽다'는 것을 흘긋 보다가, 곧장 뚫어지게 들여다보았다. 그러다 붙어 있는 표지를 읽었다. "모자 족인이라는 게 무슨 뜻이에요?"

아서가 설명해주었다.

테스는 고개를 끄덕했다. 한 번. 두 번, 세 번. "형부, 결혼한 한 쌍이 집을 팔려고 하면 그게 어떻게 되나요?"

"뭐가 어떻게 돼?"

"세금 문제요." 테스 캐시디가 말했다. "간단하게 말씀해주세요."

테스는 형사 경위 카일 헤이에스를 믿고 맡길 수밖에 없었다. 헤이에스는 테스가 말하는 대로 하겠다고 했다.

그들은 둘 다 제더버그네 집 거실에 부인 나네트, 아들 스티븐 그리고 이웃집 사람 피트 오데배시언과 함께 자리를 했다.

부인은 손목시계를 확인하고는 목소리에 날을 세웠다.

"이것들 봐요, 이제 30분 있으면 내 남편의 장례식이 시작된다고요. 대체 어쩌자는 거죠?"

헤이에스가 불렀다. "캐시디?"

이미 칼은 뽑혔다. 테스는 긴 숨을 내쉬었다.

"여러분의…… 엄지발가락 지문을 떴으면 합니다."

"무슨, 뭐를 뜬다고?" 오데배시언이 물었다.

"손도끼 자루에 찍힌 지문이 발견되었습니다. 그리고 도끼날에 묻은 피는 고인과 DNA가 일치했죠."

아들이 말했다. "그래서요?"

"그 지문들은 댁의 새어머니가 롤링스 경관에게 한 진술에 나오는 것 같은 어떤 '거구의 사내'가 남긴 엄지손가락 지문이든지, 아니면 누구 다른 사람의 엄지발가락 지문일 테죠."

제더버그 부인이 말했다. "이해가 안 되네요."

테스는 그녀를 보았다. "제가 이 생각을 하게 된 건 몇 시간 전에 산부인과에 입원해 있는 언니를 만나러 갔다가예요. 병원에서 '모자 족인'이라는 걸 찍더라고요. 엄마와 아기의 지문과 족문을 찍는다는 뜻이었어요. 엄마의 엄지손가락 지문을 찍고, 아기의 족문을 찍어요. 그렇게 해서 혹시라도 아기가 바뀌거나 할 여지가 절대 없게끔 하는 거죠."

스티븐 제더버그가 받았다. "방금도 말했지만, 그래서요?"

"살인 흉기에 찍힌 지문들은 우리가 가진 어떤 데이터베이스에도 올라 있지 않았어요. 그러니 만약 그 '거구의 사내'가 지문들의 임자가 아니라 치면, 아마도 여러분 중 한 사람의 지문이겠죠."

오데배시언이 물었다. "변호사를 불러야 하는 상황입니까?"

정말 고맙게도 헤이에스가 끼어들어 거들어주었다. "그냥 여기 캐시디가 여러분 엄지발가락 지문을 뜨게만 해주시면 됩니다. 아셨지요?"

나네트 제더버그가 한숨을 쉬었다. 하지만 그러면서도 신발을 벗기 시작했다.

"어처구니없는 얘기네요." 의붓아들의 말이었지만 어쨌든 그도 같은 일을 시작했다.

오데배시언은 말했다. "난 싫소. 변호사하고 얘기부터 하겠소."

이제 헤이에스는 어조에 철심을 박았다. "선생도 협조를 해주시든가, 아니면 판사가 순순히 따르라는 지시를 내려줄 때까지 구치소 감방 안에 앉아 계시든가 하십시오."

테스가 속으로 생각했다. '손가락 지문을 찍자고 내가 했던 얘기랑 똑같네.' 그리고 말했다. "잠깐이면 돼요. 그리고 이렇게 해주셔야 변호사 상담비 같은 걸 치르실 필요가 없죠."

오데배시언은 또 한 번 밥맛 떨어졌다는 눈빛을 테스에게 쏘았지만 몸을 굽혀 신발 끈을 풀었다.

세 사람 모두 맨발이 되자 테스는 그들의 엄지발가락에 잉크롤러를 굴려 지문을 찍었다. 그랬건만, 손도끼에서 채취한 지문과 그들의 발가락 지문을 비교해보자 일치하는 것이 없었다.

"다 시간 낭비였네요." 테스의 가방에서 나온 헝겊 조각으로 엄지발가락에 묻은 잉크를 닦아내면서 스티븐 제더버그가 말했다.

"그런 것 같군요." 헤이에스가 고개를 내저었다.

테스는 마지막으로 한 번 더 시도해보기로 했다. 병원에서 형부가 이야기해준 내용을 가지고. "제더버그 씨, 회계사시죠. 결혼 상태에 있는 부부가 집을 팔기로 한다면 일이 어떻게 되나요?"

"그 얘긴 경위님께 전부 설명드렸는데."

"다시 설명해주실 수 있을까요?"

새엄마의 한숨과 매우 비슷한 한숨이 나왔다. "부부가 주 거주지인 집에 들어가서 상당 기간을 살았다면 매매의 순지분은 어느 지점까지는 세금을 물지 않아도 돼요. 그런데 아빠는 차익이 남고 안 남고는 상관 않겠다고 하셨죠. 차라리 양도소득세가 나오면 나오는 대로 물고 새 인생을 시작하고 싶어 하셨어요." 차량 진입로 쪽으로 슬쩍 고갯짓을 했다. "RV 떠돌이 생활 말이죠."

"만약 매매가 이루어지기 전에 부부 중 한쪽이 사망하면요?"

"그러면 살아 있는 쪽에게는 '강화된 기준'이 적용되죠. 사망한 배우자의 지분인 부동산의 절반에 대하여 사망한 그날의 시장 적정가 그대로 유지가 되니까, 상황에 따라 잘하면 몇십만 달러나 절약이……" 아들은 테스를 보았다가 헤이에스를 보았다가 다시 테스를 보았다. "잠깐만요. 무슨 얘기를 하려는 거죠?"

경위가 고개를 끄덕였고, 테스가 말을 이었다. "아드님은 새로 회계사 일을 시작하게 된 데다 학자금 대출을 받은 것도 있고, 사무실과 아파트 집세도 내야 하는 걸 생각해보면 집을 판 돈을 양도소득세는 하나도 물지 않고 아드님이 물려받게 되신다면 참 편리하겠어요. 아버님이 소유하셨던 의료 기기 회사를 매각한 대금은 관두고라도요."

"어이쿠, 이거 정말 끝내주는데." 오데배시언이 말했다.

스티븐 제더버그의 얼굴이 꿈틀하고 일그러졌다. "나네트?"

새엄마는 눈을 깜박였고, 테스는 그 여자의 코 옆으로 눈물 한 방울이 흘러 내리는 것을 볼 수 있었다. "만약 내가 마티와 함께 죽었더라면 스티비 네가 그 '강화된 기준'이라는 것의 혜택을 보겠구나. 그런 거지?"

"나네트, 어떻게 나를 그렇게 생각……."

"다만, 저희는 일이 그렇게 벌어졌다고 생각하지 않아요." 테스가 말했다.

오데배시언은 가슴 앞으로 단단히 팔짱을 끼어서 거의 자기 자신을 끌어안은 듯한 모습이 되었다. "이거, 갈수록 진풍경이야."

알고 있는 사실들을 하나하나 꼽으면서, 테스는 부인을 똑바로 보았다.

"첫째, 당신은 남편보다 20년이나 나이가 젊었어요. 그리고 자신의 젊음과 남편의 돈을 캠핑카 떠돌이 생활을 하면서 허비하게 된 판인데, 그 계획이 마음에 들지 않았죠. 둘째, 양도소득세에 관한 정보를 헤이에스 경위에게 먼저 나서서 말한 사람은 당신 의붓아들이지 당신이 아니에요."

"스티븐은 회계사예요. 물론 스티븐이 그 얘기를 꺼냈겠죠."

"셋째, 당신은 방금 그 '거구의 사내' 범인설을 바로 내던지고 의붓아들이 살인을 했다는 쪽으로 아주 빨리 옮겨 타더군요."

"이건 정말⋯⋯."

"넷째, 남편분이 돌아가시기 전에 당신은 남편과 이 집에 단둘이 있었어요. 시신도 당신 혼자 발견했죠. 다섯째, 당신은 간호조무사를 한 적이 있었어요. 그래서 모자 족인을 찍는 절차에 대하여 알고 있어요. 여섯째, 남편 분이 태어난 병원은 불에 타서 무너졌고, 그러니 그의 모자 족인 기록은 남아 있지 않을 거예요. 즉 우리가 그 족문을 감식해볼 방법이 아예 없을 거라는 뜻이죠. 작고도 멋진 거짓 단서를 잘도 흘려놓으셨네요."

테스는 나네트 제더버그의 살결에서 혈색이 싹 빠져나가는 것을 지켜보고 있었다. "일곱째, 당신은 고인을 화장하려 했죠. 고인이 평생토록 불을 무서워하며 살았다는 걸 알면서도 아랑곳없이 말이에요. 고인의 아들은 아버지가 땅에 묻히는 걸 바라고 있었는데도."

헤이에스가 말했다. "우리가 부군의 시신을 발견했을 때, 발바닥을 보니 피투성이더군요. 여기 캐시디가 돌아가신 분의 엄지발가락 지문을 뜨기 전에는 장례식은 더 이상 진행되지 않을 겁니다."

테스는 아들의 표정이 배가된 슬픔으로 일그러지는 것과, 나네트 제더버그가 욕설과 울음을 동시에 터뜨리는 것을 지켜보았다.

뱁스

스콧 필립스

"방문자 센터여행자에게 숙소를 소개, 예약해주는 곳에서 방 때문에 전화 왔지요?" 계산대 뒤에 앉은 여자에게 말을 건다. 시각은 밤 11시, 나는 새벽 4시부터 줄곧 차를 타고 온 참이다. 눈을 뜨고 있는 데 도움을 주었던 하얀 십자가들이 얼굴을 바꾸어 나를 어떻게 하려고 할 정도까지는 아직 아니었지만 머지않아 그때가 올 것이고 그러면 어디에 차를 박아 뒈진 자들이 자는 잠을 자게 될 텐데, 내게는 그런 일이 벌어지기 전에 처리해야 할 사업상의 용건이 있다.

　"아, 간디 씨죠? 어서 오세요. 예약이 되셔서 참 행운이세요. 지금 현재 소비자 가전 전시회가 진행 중이니 방문자 센터에 들르신 건 정말 잘 생각하신 거예요." 여자는 표주박 같은 몸매에 긴 머리는 끄트머리가 다 갈라졌고 자연적으로는 발생하지 않는 색조의 검은

색으로 염색을 했다. 페이즐리 무늬 바지의 허리 고무줄과 블라우스 아랫단 사이로 우유처럼 하얀 소용돌이 모양의 배꼽이 엿보이고 그 주위로는 약간의 검은 털이 외설적으로 춤을 추고 있다. 여자가 작은 칸막이 앞에 걸려 있던 열쇠를 벗겨내어 나에게 건네주는데, 칸막이에는 편지봉투 세 장이 비스듬히 끼워져 있다. 내가 지적한다.

"그 칸에 편지가 들어 있네요."

"지나갈 때마다 이 방을 잡는 남자분이 있거든요. 판매원이죠."

그러면 난 지금 누가 먼저 빌려놓은 방을 전대하게 된 셈이다. 상관없다. 뭐가 됐든 방을 잡은 것만으로 다행이다. 내가 이 도시에 차를 몰고 들어와 바로 만난 방문자 센터 여직원들도 그렇게 말했다. 작고 소박한 모텔이에요. 하지만 엄청 깨끗하답니다. 방바닥을 싹 핥아 먹을 수도 있을 정도로 깨끗해요. 나는 실외 층계를 통하여 수영장을 굽어보는 2층 발코니로 올라간다. 수영장에는 소변 색깔을 띤 뿌연 물이 채워져 있다. 남녀 한 쌍이 물가에 앉아서 담배를 피우며 서로 아무 말도 없이 험한 눈길만 주고받고 있다. 그러다 한 사람처럼 동시에 시선을 들어서 내 쪽을 본다.

"뭘 꼬나보고 자빠졌냐, 호모 새끼야?" 여자가 말한다. 여자가 입은 티셔츠에는 'CRS중국요리증후군 때문에 몸이 아파요'라고 쓰여 있다. 여자의 유두가 꼿꼿하게 일어서 있어 면 티셔츠에 비쳐 보이는데, 바로 이 순간 이 유두야말로 지구상에서 내가 가장 보고 싶지 않은 유두다 싶다. 혹시 테레사 수녀의 유두보다는 조금 나을까. 여자는 몸무게가 아무리 잘해야 36킬로그램 정도밖에 안 나갈 것 같고, 평생 골초로 산 듯한 여윈 얼굴을 가졌다. 재클린 오나시스 스타일의 선글라스를 끼고 있는데도 눈이 푹 들어간 게 보인다.

"언놈이 주먹 좀 얻어먹고 싶은가 보지." 함께 있던 남자가 말한다. 남자는 너무 심한 비만이라 내가 보기에는 저렇게 살이 흘러넘치도록 끼여 앉은 정원용 의자에서 일어날 수 있을 것 같지도 않지만, 그자를 똑바로 응시해보니 흰소리가 아니라는 게 느껴진다. 싸움을 머릿속에 그려본 결과 나는 둘 중 하나라고 결론짓는다. 저자가 나를 쓰러뜨리고 180킬로그램은 될 듯한 비계로 깔아뭉개든가, 아니면 내가 주위를 빙빙 돌며 춤을 추어서 심장마비가 올 때까지 저자를 지치게 만들든가.

"미안합니다!" 소리를 치고, 발코니를 따라 걸어가며 36번 문패를 찾는다. 방은 모퉁이를 돈 곳에 있다. 몇 채의 주택이 있어 그 뒷면 끄트머리를 마주 본 방이다. 그중 어느 집 뒷마당에서 개 한 마리가 내가 시야에 들어오기가 무섭게 맹렬히 짖어대고 내가 방에 들어간 후까지도 짖기를 멈추지 않는다.

'방바닥을 싹 핥아 먹을 수 있을 정도로 깨끗하다 이 말이지.' 빠르게 한 바퀴 둘러본 후에 나는 생각하고, 이 모래투성이 거칠거칠한 카펫에 기름 흠뻑 두른 달걀 프라이라도 근사하게 부쳐내어 그 신나게 지껄이던 방문자 센터 여직원 아가리에 꾸역꾸역 처넣어주었으면 하는 바람을 갖는다.

타월 천으로 만든 가운이 한 벌 욕실 문 안쪽의 옷걸이에 걸려 있다. 필시 그 판매원의 가운이겠지. 그 작자는 대머리일 게 틀림없는데, 이 우라질 객실은 온갖 곳이 다 머리카락 천지이기 때문이다. 베개에도 머리카락, 변기에도 머리카락, 욕조 배수구 주위에도 머리카락이 범벅이다.

내가 여기 온 건 놀러 온 게 아니다. 지난 몇 달을 위치타에 있는 새아버지의 스트립 클럽에서 바텐더로 일한 끝에 이제 LA로 돌아가는 길이다. 내가 그곳에 팽개치고 떠났던 이전의 생활로 돌아갈 수 있으리라는 어리석은 기대를 품고서. 내 친구 스킵에게 그쪽으로 돌아가게 됐다고 미리 경보 전화를 걸었더니 스킵은 나에게 한 가지 제안을 했다. 라스베이거스를 거쳐서 올 것 같으면 이름이 '뱁스'라는 스트립 댄서를 만나서 건네주는 물건을 받아 오라고, 그러면 200달러를 주겠다고 했다.

내가 운반하게 될 것이 결정형 메스암페타민^{각성제 마약}이라는 것쯤 굳이 스킵에게 물어보지 않아도 뻔했다. 나 자신은 마리화나 쪽을 더 많이 피우고 가끔씩 애시드^{환각제 마약}나 약국 스피드를 한 방씩 곁들이는 게 취향이다. 메스를 하면 이가 근질근질하니까. 하지만 200달러를 준다면야 내가 얼마든지 써줄 수 있고, 또 스킵은 좋은 녀석이다. 뭐, 한 2년 안에 녀석도 난폭한 괴물로 변신할 테고 내가 이혼당하지 않으려면 녀석이 우리 집 소파에 더 이상 기신거리고 있지 못하게 뻥 차내버려야 할 테지만. 그런데 내가 결혼했냐 하면 그렇지는 않다. 아직은 안 했다.

스킵이 알려준 번호로 전화를 거니 뱁스는 늦은 밤이라고 지랄

같이 굴지도 않고 놀라거나 하지도 않고, 그냥 나에게 어디로 오라고만 한다. 스트립 클럽에서 몇 블록 거리인 '구르는 주사위'라는 술집으로. 30분 안에 갈 테니 그쪽에서 보자고 그녀가 말한다. 나는 다저스 모자를 쓰고 있겠다고 한다.

시간은 자정이 지났는데 아까 새로 안면을 익힌 친구들은 아직도 수영장 옆에 나와 있다. 두 사람을 지나쳐 가면서 나는 빨리 눈길을 보내고 여자에게 한 눈을 찡긋해 보인다. 여자는 20분 전에 마주친 나를 기억하는 기색이 요만큼도 없다. 여자의 애인도 아무런 반응이 없는데, 이번에는 잠이 들어 있기 때문이다.

'구르는 주사위'는 기괴한 인간들의 소굴이다. 술집 안에 조금이라도 온정신인 사람은 하나도 없어 보이는데, 비쩍 마른 몸에 차림새가 흐트러진 바텐더가 특히 더 그렇다. 처음에는 신경 쪽으로 무슨 희귀한 장애라도 있는 놈인 줄 알았다. 한참을 기다려서야 그자가 내 쪽으로 비트적비트적 다가오더니 바 위에 손을 짚어 몸을 가눈다. 뼈가 툭툭 불거진 큼지막한 손인데 오른손 손마디에 꽤 크게 반창고를 붙이고 있다. 연갈색 반창고 거즈를 뚫고 핏자국이 배어나 보인다.

나는 생맥주를 한 잔 시키고 동전 넣고 게임하는 비디오 포커 기계 앞에 죽치기로 한다. 하트와 다이아몬드가 아주 예쁘장한 흐린 분홍색으로 나오는 기계다. 한 번에 5센트 동전 하나씩 걸면서 하고 있는데 곧 그게 실수임이 드러난다.

"와! 진짜, 뭐 하는 거야, 자기. 걸 거면 5센트짜리가 뭐야. 그렇게 찔끔찔끔 하다가 한판 크게 나면 엿 되는 거 알아?" 내 옆의 이 여자는 작달막하고 약쟁이처럼 빼빼 말랐는데, 눈 밑이 부은데다 시커멓게 다크서클이 져 있다. 내가 만나게 될 여자에 대해서 이론적으로 어떨 것이다 하는 예상 따위 할 수 없지만 그래도 이 여자가 뱁스가 아니기를 바라는 마음이 절로 이는 데에야 도리가 없다.

"시간 보내느라고 하는 거예요. 친구 기다려요."

"아, 씨발! 친구는 내가 해줄게." 여자는 목쉰 소리를 내는가 싶더니, 설마 그렇게까지 세게 때릴 수 있을 줄은 꿈도 못 꾸었을 만큼 세차게 내 등을 후려치면서 낄낄 웃어젖힌다. "농담이야. 하지만 친구 해도 좋지. 난 니키야." 여자가 소매를 걷어서 비전문가가 넣은 5센트 니켈 주화 모양 문신을 보여준다. 이두박근 위쪽에다 1달러 은화만 한 크기로 새겨 넣었다. 제퍼슨 얼굴이 열 받은 표정이다. 약물중독자의 팔에 문신으로 새겨지게 된 게 만족스럽지 않은 것 같다. 아니면 제퍼슨의 뺨 위치에 나 있는 크게 덧난 뾰루지 탓에 그렇게 보이나. "'니켈 주화 값 한 통화'교도소에서 5분으로 제한된 통화시간을 의미를 줄여서 니키지. 뭔 말인지 알아?"

사실은 알지만, 나는 고개를 저어서 모르겠다는 뜻을 보인다.

"형무소 생활 마쳤다 이거야, 자기. 굵직하게 다섯 번 들락거렸지. 내가 무슨 짓 했는지 알아?"

"몰라요."

"자기한테 말해주지도 않을 거야. 자기랑 나랑 좀더 친해질 때까지는 안 해줘."

"그러시든가."나는 말하면서 중서부 출신으로서 내 핏속에 배어 있는 예의범절을 저주한다. 그 탓에 얘기에 말려들어버렸다. 나는 눈길을 출입문 쪽으로 던졌다 게임기로 던졌다 한다. 5센트 주화 하나를 더 집어넣고 카드를 뽑으니 9 카드 세 장과 퀸 카드 두 장이 다. 맞았네.

"내가 미쳐, 지금 봤어? 니켈 한 닢 걸어갖고는 좆도 아무것도 못 따잖아, 자기야. 그러니까 25센트씩은 걸었어야지. 그렇게 걸어야 판돈이 붙지."

"말했잖아요, 시간 보내는 중이라고." 니키의 짧은 금발은 삐죽 삐죽 뻗쳐 있는데, 두피에서 풍겨나는 퀴퀴한 냄새를 맡아보건대 아무래도 머리카락이 곤두서 있는 건 미용실에서 발라준 젤이나 무스 덕택이 아니고 감지 않아서 떡진 탓에 그런 게 아닌가 싶다.

"당신은 이름이 뭐야?"

"테이트."

"그 친구라는 사람은 여자야, 테이트?"

"응."

"여자 친구라. 그러니까 그런 거야? 섹스 상대 같은 거?"

나는 그녀를 뚫어져라 본다. 씨발, 도대체 이 여자가 지금 뭘 어쩌자는 생각인지 알아내려고 해본다. 여자의 얼굴에는 재미있어 죽겠다는 표정이 어려 있다. 유치하고 백치 같은 표정이다. 악의가 숨어 있는지 아닌지 도무지 분간할 수가 없다.

"그런 건 아니지 싶은데."

"왜냐면 당신이 나한테 무슨 크게 기대하는 거라도 있을까 봐 그래. 왜냐면 난 100퍼센트 다이크레즈비언 중 남성적인 유형니까."

"난 상관없어요." 나는 클럽 네 장과 다이아몬드 한 장을 받아서 다이아몬드를 스페이드로 바꾸어 받는다.

"어우, 이런! 그건 진짜 꽝 났다. 5센트씩 걸고 있으니까 뭐 별건 아니지만. 저쪽에 5달러짜리 기계들도 있는데 저건 해봤어?"

"아니."

"내 여친이 말이야, 지금은 죽은 앤데, 한 번에 2000달러를 시원하게 따냈단 말이거든. 그 계집애가 나한테서 훔쳐 간 돈을 전부 갚으려고 그러더라고."

미끼를 물지 않는 게 똑똑한 거겠지만, 5센트짜리 포커 게임보다야 이 여자 쪽이 재미있다는 생각이 슬슬 드는 바람에 나는 무신경한 짓을 해치운다. 미끼를 문다. "죽다니, 어쩌다 죽었지?"

니키는 몸을 기울여 내 귓속에 대답을 속삭여 넣으며 도중에 스쳐 간 내 콧속에 담배와 김빠진 맥주와 잇몸병이 혼합된 냄새를 가득 채운다. "내가 그년을 죽였지."

"맙소사, 설마." 나는 고개를 끄덕이며, 감탄과 들은 대로 덥석 믿는 어수룩함과 동정심 사이에서 절묘하게 균형을 맞춘 반응을 보여주려 애쓴다.

"쌍년이 씨발 내 마스터 카드에다 3만 달러 빚을 만들어놓고 쨌다니까. 내가 그랬거든, '씨발 년아, 너 이래 놓고 무사하지는 못할 줄 알아.' 하지만 난 씨발 그 계집애를 사랑했단 말이야. 그래서 씨발 가슴이 너무 아팠어."

"그 건으로 큰집에 갔다 온 거야?"

"씨발, 그건 아니지. 갔다 온 건 코카인 좀 꿍친 걸로 갔다 온 거고. 벳시 년하고 담판 붙은 건 바로 지난주 일인걸. 이봐, 내가 방금 해준 얘기 씨발, 아무한테도 안 할 거지? 알지? 당신도 죽여야 되는 건 내가 싫거든."

"아무한테도 얘기 안 해." 나는 이게 얼마만큼 걱정을 해야 할 일인지 궁금해하면서 또 오늘 하루 차를 몰아오는 길에 툭툭 튀어나왔던 하얀 십자가들을 욕한다. 다섯 개였나? 아니, 여섯 개야. 일곱 개? 아니, 여섯 개였다고. 세 개는 새벽4시에 첫번째로 잔 모텔에서 봤고 세 개는 유타에 있었지. 거기가 유타가 맞나?

"왜냐하면 나 진짜로 자기한테 그러기는 싫다 이거야. 왜냐하면 내가 자기 좋아하거든. 자기야, 자기 참 잘생겼는데. 자기 잘생긴 거 알아?"

"고마운 말씀인데." 칭찬을 받았으면 인사를 하라고 어머니가 가르쳐준 대로 내가 말한다.

"내가 100퍼센트 레즈비언이라고 그랬잖아, 그거 사실은 80퍼센트 레즈비언이라는 얘기였거든. 내 말 무슨 말인지 알아?"

"아."

"자기 입술 진짜 큼지막하네. 거의 깜둥이 입술 같은데. 누구한테 그런 말 들은 적 없어?"

"딱 그렇게 말한 건 아니지만." 나는 바텐더를 건너다보았지만 여기는 뭐로 보나 손님들이 서로 집적거리고 시비를 걸지 못하게 끔 교통정리를 해주는 술집이 아니다.

"그 입술로 내 보지를 빨아주면 기분이 어떨까 생각 안 할 수가 없네. 자기, 보지 맛 좋아해, 테이트?"

사실을 말하면, 그 맛이야말로 이 세상에서 내가 제일 좋아하는 맛이다. 그렇기는 한데 이 시점에는 즉시로 목구멍 저 안쪽에서 간질간질 구토 반사가 일어난다. 참으려고 해도 목구멍이 열려 방금 넘긴 맥주를 게워내게 될 판이다.

내 어깨를 짚은 낯선 손길은 구원의 손길에 다름 아니다. 하지만 나는 그 탓에 맥주를 더러운 카펫 위에 흘리고 만다. 뒤를 돌아보고, 길게 기른 짙은 색 머리카락을 끌어 올려서 길고 우아한 목 뒤로 묶어 늘어뜨린 여자와 마주 본다.

"테이트?" 그녀가 말한다. 그녀의 음성은 음조가 높고 놀랍도록 듣기 좋다. "내가 스킵의 친구 뱁스예요." 그녀는 니키를 건너다본다. "미안해, 니키. 새로 사귄 친구 내가 좀 데려갈게."

여자들끼리의 서열에서 뱁스는 니키보다 윗길인 게 분명하다, 니키가 찍소리 없이 꼬리를 말고 물러나 바 쪽으로 가는 걸 보면. 뱁스가 말한다. "난 택시를 타고 와서요. 당신이 운전하고 가도 되겠어요?"

"그런 데서 기다리게 해서 미안해요." 주차장을 나설 때 뱁스가 말한다. 처음에 딱 보고 든 생각은 '예쁘다, 곱상한 얼굴에 눈도 크고 내가 좋아하는 스타일이네' 하는 거였지만 얼굴을 보면 볼수록 점점 더 그녀의 개성이 드러난다. 결론은 뱁스가 진짜 미인이라는 것이다. "내가 가는 데 그렇게 오래 걸릴 줄 알았더라면 어디 좀더 나은 장소를 일러줬을 텐데 말이죠." 뱁스는 이어서 몇 초 동안 내 외모를 뜯어보는데, 지난밤에 입고 잤던 옷차림 그대로이다 보니 약간 신경이 쓰인다. "덩치 크시네. 그건 잘됐어요."

이 말을 어떻게 알아들어야 할지 모르겠다. 칭찬 같기는 한데. 그래서 나중에 머리 터져라 열을 올려서 되씹고 곱씹을 거리로 삼자고 지금은 치워놓는다. "아까 그 술집에 당신이 단골이라니, 어째 상상이 잘 안 되네요."

"사실은 손님이 아니에요. 거기 주인이죠."

"정말요?" 스킵은 당신이 스트립 댄서인가 뭐 그런 거라고 하던데. 하마터면 그런 말을 덧붙일 뻔한다. 내가 만나리라고 예상한 여자는 차라리 니키 쪽에 가까웠지 뱁스 같은 사람하고는 거리가 멀었기 때문이다. 뱁스는 품이 헐렁한 셔츠에 청바지 차림으로 화장도 진하지 않다. 게다가 내가 지난 몇 달 동안 이야기 나눠본 여자들 중에서 뱁스만큼 똑 부러지게 말하는 여자는 없었다는 생각이 절로 든다.

"그래요. 전 주인이 죽었는데 내 남자 친구가 그 집 단골이었거든요. 그래서 '에라, 모르겠다. 그냥 여길 사서 그이한테 하라고 하자' 생각했죠. 그랬는데, 별로 잘한 거 같지는 않네요. 그렇죠? 바에 있던 사람이 내 남자 친구예요."

"그, 어, 오늘 바에 서 있던 그 사람이?"

"네, 그 멍하니 정신 빠진 얼굴을 한 남자요. 전에는 그렇지 않았어요. 그 사람한테 술집을 사주는 게 아니었나 봐요."

"그런가 보네요." 신호에 차를 멈췄는데 다음 신호로 넘어가는데 한참을 끌었다. 그사이에 몸집이 조그마한 할머니 한 분이 발을 끌며 길을 건너간다. 할머니는 라스베이거스에는 전혀 어울리지 않는다. 밤 1시 45분에 혼자 거리에 나와 있을 사람이 아닌 건 고사하고 말이다.

"저 딱하게 나이 잡순 아줌마 좀 봐요. 집에 태워다 주겠다고 해야 할 거 같은데, 그랬다간 저 노인네 기겁해서 심장마비가 오겠죠. 그런데 당신은 라스베이거스에 무슨 일로 왔나요?"

"LA로 돌아가는 길이에요. 노스릿지 지진이 난 후에 몸을 피했죠. 위치타에 가서 몇 달 동안 바텐더로 일했어요."

"위치타? 농담이죠?"

"아닌데요."

"내가 위치타에서 컸어요! 뭐, 몇 년 산 정도지만. 아빠가 맥코넬 기지에 주둔하고 계셨거든요. 작은 강아지를 키웠는데 이름을 틴치라고 지었죠."

"틴치? 〈남부의 노래〉 팬인가요?"

"맞아요, 그 영화 정말 좋아해요. 내용이야 이래저래 정치적으로 올바르지 못한 것투성이라는 말을 듣고 있고 또 그게 사실이겠지만 워낙 내가 어렸을 때 본 영화라서 그렇게 객관적으로 보질 못하겠어요. 또 하나 진짜 좋아했던 만화영화는 〈살루도스 아미고스〉예요. 그거 봤어요?"

"일부만 봤죠. 석사 논문을 디즈니 만화영화에 대해서 썼거든요." 사실을 말하자면 그렇지는 않다. 논문은 서던 캘리포니아 대학교에 다니던 내 사촌이 썼다. 하지만 내가 그 주제에 관하여 보통 사람들보다 아는 게 많은 건 틀림없는 사실이고, 이토록 멋진 생명체로부터 그런 마니아급 질문을 받으니 아주 기분이 얼떨떨하다.

"그 젠장맞을 만화영화들을 어렸을 때 진짜 진짜 좋아했죠. 처음으로 춤추는 일을 하게 됐을 때 예명을 '틴치'라고 했다니까요. 믿어져요?"

그러면 댄서는 댄서로구나. 안면을 튼 지 10분 남짓 지난 이 시점에 나는 이미 절반을 살짝 넘을 정도까지 사랑에 빠져 있고, '구르는 주사위'의 바를 지키던 그 갈대 녀석이 내 경쟁자라면 볼 것도 없이 내가 따먹었다 생각한다.

하지만 때가 늦은 시간이다 보니, 앞서 말했던 중서부 출신자의 예의범절도 소용없이 나는 머릿속에 제일 먼저 떠오른 질문을 하고야 만다. "춤춰서 번 돈으로 어떻게 술집을 샀죠?"

"누가 아직도 댄서랬어요?" 뱁스는 빙긋 웃음을 보이는데, 갸우뚱 고개를 기울이고 미소 짓자 치열이 다 드러나 보인다. 윗니가 좀 많이 튀어나왔다는 걸 나는 비로소 알아차린다. 그녀의 얼굴은 덕분에 완벽해진다. 뱁스는 그것 외에 다른 말은 하지 않고, 그래서 나도 더 이상 캐물을 수가 없다. "여기서 좌회전해요."

벌써부터 신경 쓰였어야 하는 일 하나가 이제야 내 신경을 거스른다. "이봐요, 나하고 얘기하던 그 니키라는 여자, 아는 여자죠?"

"맙소사. 당연하죠."

"그 여자가 나한테 자기 여자 애인을 죽였다고 말하던데요." 이 말을 하면서, 나는 미세한 덱세드린중추신경 자극제 입자들이 내 척수를 타고 뇌로 치솟아 오르는 걸 느낀다.

뱁스가 코웃음을 친다. "설마요."

"니키 말론 그 애인이라는 아가씨가 자기 마스터 카드에 3만 달러 빚을 걸어놓고 달아났대요."

"생각 좀 해봐요, 테이트. 당신이 은행이면 그 니키 같은 제정신 아닌 미친년한테 3만 달러 한도짜리 마스터 카드를 발급해주겠어요?"

"안 해주겠죠."

"그러니까, 그 여자가 직업 칸에 뭐라고 써 넣겠냐고요? 마약중독자 창녀라고 쓸까요, 메스암페타민 제조업자라고 쓸까요?"

이 말을 듣자 뇌로 치받쳤던 덱세드린 입자들이 도로 스르르 꺼져 내리고 비교적 침착한 기분이 나를 점령한다. 우리는 이제 그럴싸한 동네로 접어드는 참이다. 이상하게 텅 비어 있는 주택 단지다. 길에 다니는 차도 없고, 주차해놓은 차도 안 보이고, 아무 데도 불빛 하나 비치지 않는다. 늦은 시각까지 텔레비전을 보고 있는 사람이나 잠이 오지 않는 독서가도 없고 밤중에 개 산책시키는 사람도 없다.

마침내 우리가 다다른 곳은 등을 전부 휘황하게 켜놓은 맥맨션이다. 차 세 대쯤 들어가는 차고가 있는 집인데도 집 앞 길가에 차두 대가 주차되어 있다. "혹시 〈오메가 맨〉 봤어요? 이 집이 꼭 거기나오는 집 같네요."

"수상쩍은 느낌이죠, 그렇죠? 단지가 미처 준공되기 전에 개발업자가 파산했고 지금은 재판을 받고 있어요. 어찌어찌 몇 채는 임대가 되어서 남는 방들을 전대하려는 세입자들을 받았죠."

"여기가 당신 거처인가요?" 혹시라도 그녀가 나를 자기 집으로데리고 들어가주지 않을까 하는 희망을 품고 묻는다. 딱한 몽상일뿐이라는 건 알지만.

"무슨, 아니에요. 내 집은, 변두리 영화관이라 쳐도 여기보다는그래도 훨씬 더 나은 데라고요. 여긴 당신이 스킵한테 갖다 줄 선물을 가지러 온 거예요. 길가에 세워요. 가로등에 너무 가깝게 대진말고." 뱁스는 가방을 열어 권총 한 자루를 건네준다. 나는 캔자스총각이고 사냥은 어릴 적부터 했지만 진짜 권총을 쥐어본 적은 지금껏 한 번도 없다. 그래서 뱁스에게는 실망스럽게도 나는 살아 있는 물고기를 쥐듯 어정쩡하게 권총을 든다.

"똑바로 겨누어 들고 검지를 방아쇠울에 얹어둬요."

"이건 뭐에 쓸 거죠?" 내가 묻는다.

"이 작자는 아주 개새끼예요. 당신은 그냥 한쪽에 서서 덩치 큰걸 보여주고 있으면 돼요. 그러다 혹시 상황이 팽팽해지면 손에 쥔

걸 허리띠에서 뽑아 그자가 볼 수 있게 해줘요."

최근 30초 동안 들은 이야기 중 뭐 하나라도 마음에 드는 게 있다는 건 아니지만, 그중에서도 가장 탐탁지 못한 부분이라면 바로 총기를 바지에다 찔러 넣고 있으라는 얘기다. 그렇긴 해도 뱁스의 눈앞에 약한 꼴을 보인다는 건 도저히 못 참을 일이고, 또 뱁스는 이미 차에서 내린 후였으므로 나는 그녀 뒤를 따라 저택 문으로 간다.

문이 열리자, 일흔 살쯤 먹어 보이는 무표정한 할머니가 한마디 말도 없이 우리를 안으로 들인다. 할머니는 탱크톱에 반바지를 입었는데 그 탓에 한쪽 정강이에 커다랗게 딱지 앉은 상처 자국이 드러나 보인다. 마치 바짓가랑이가 한쪽만 달린 바지를 입고 차량 진입로를 끝에서 끝까지 좍 미끄러져 간 것 같은 상처다.

거실에는 중간 정도에서 제법 섹시한 정도까지의 젊은 여자 세명이 〈캅스〉를 보고 있다. 라스베이거스를 무대로 한 경찰 드라마인데, 여자들은 체포극이 자기들이 익히 아는 거리에서 벌어진다는 데 흥분을 느끼고 있는 듯하다.

"저기 봐, '로니스'야." 한 여자가 말한다. 길고 자글자글한 붉은 머리에 사마귀만큼이나 큼직큼직한 주근깨가 있고, 문을 열어준 할머니와 마찬가지로 한쪽 무릎에 커다랗게 딱지가 져 있다. 여자는 텔레비전을 보면서 길고 빨간 손톱 끝으로 딱지를 뜯으려고 집적거린다.

"나 완전 저기 저 남자 본 적 있다." 그 여자의 친구들 중 하나가 말한다.

"어느 쪽 남자? 경찰? 삐끼?"

"삐끼도 아니고 삐끼 지망생 정도 될까, 돈이 생기면 한잔하러 들르고 그래."

"역겹다."

"클라인딘스트 어딨지?" 뱁스가 묻지만 여자들이 못 들은 체하자 그녀는 리모컨을 잡아 텔레비전을 꺼버린다. 단박에 아우성이 터진다. 뱁스가 다시 한 번 더 큰 소리로 묻는다.

빨간 머리는 상처 딱지 뜯던 걸 멈추고 반쯤 몸을 일으킨다. "식당에 있다, 개년아. 씨발, 내 리모컨 이리 내."

뱁스가 리모컨을 텔레비전 뒤로 던져 넣어버려서 다시 한 번 불평의 합창이 터져 나온다. 그리고 나는 뱁스 뒤를 따라 주방을 통과하여 어두운 방으로 들어간다. 거기에는 한 남자가 풀 먹인 흰 셔츠 위에 내 눈에는 아무래도 블랙잭 딜러가 입는 조끼처럼 보이는 것을 착용한 모습으로 정수리 위에서 똑바로 비쳐 내려오는 조명을 받으며 앉아 있다.

사내는 솔리테어^{혼자 하는 카드 게임}를 하고 있고 투명한 녹색 일체형 선글라스를 썼는데, 그 탓에 시체가 살아 돌아다니는 것처럼 얼굴빛이 창백해 보이는데다 내 눈에는 진짜 딜러라기보다 영화에 나오는 딜러 같기만 하다. 내 역할을 명심하고, 뱁스가 탁자 쪽으로 걸어가는 동안 나는 문설주에 기대서서 두 팔을 가슴 앞에 팔짱 낀다. 내가 예상한 건 뭔가 영화에 나오는 것 같은 긴장감 어린 조용한 협상과 그에 이은 빠른 퇴장이었고, 그래서 난 꿈쩍하지 않겠다는 태도로 한껏 점잔을 빼고 버텨 선다. 특히 바지에 총을 꽂고 있으니 든든하다. 마치 거시기가 하나 더 달린 것처럼 근사한 기분이 든다.

뱁스가 꺼낸 첫마디는…… "이 씨발 거짓말쟁이 사기꾼 새끼."

이 말에 비로소 사내가 카드놀이를 하다 말고 눈길을 든다. "너 나한테 갚을 거 있지, 클라인딘스트."

"너한테 빚진 건 좆도 없는데." 사내는 나를 건너다본다. 나는 한껏 키가 커 보이게 서서 한 손을 가랑이 쪽으로 가져간다. 아드레날린이 용솟음친다. "이 계집년은 뭐야? 네 구멍 사러 온 놈을 달고 온 거야?"

사내는 방금 내가 깜박 혹했달까 좋아한달까 하는 여자를 모욕했다. 게다가 나는 뾰족뾰족 솟아 있던 십자가들을 너무 많이 본 탓에 아직도 좀 상태가 그렇다. 그리고 이제 막 여덟번째와 아홉번째 십자가가 생각났다. 저녁 8시쯤 해서 지나온 도로변 주유소에서 툭 튀어나왔지. 그 십자가들 사이에서 나의 본능적인 용감무쌍함과 극적인 상황에 힘입어, 나는 나중에 복기해보면 전술적 오류라고 여길 만한 짓을 저지르고 만다. 총을 뽑아서 클라인딘스트의 얼굴에 정통으로 겨눈다.

뱁스가 1000분의 1초 사이에 나를 흘긋 본다. 놀란 얼굴이다. 하지만 다음 순간 가방에서 또 한 자루 권총을 꺼내어 자기도 사내의 얼굴에 겨눈다. "불 켜봐, 테이트."

"테이트?" 클라인딘스트가 말한다.

"어깨라고 데리고 온 놈 이름이 테이트야? 아이고, 맙소사! 사람 돼지겠네."

나는 방 불을 켜고 말한다. 킬러처럼 말하려고 애를 써본다. "성이 테이트다."

방 안에는 거울이 여러 개에 황동 고정쇠며 장식 부품들이 있어서 불을 켜니 하얗다. 어두웠을 때처럼 폼 나는 분위기는 아니다. 그리고 클라인딘스트는 상상했던 것보다 퍽이나 나이가 젊다. 아마 서른에서 서른다섯쯤 된 모양이다. "다르바 개년한테 네가 가진 거 몽땅 다 이리 들고 오라고 그래." 뱁스가 시킨다.

사내는 주방 쪽으로 고함을 치고, 텔레비전 드라마에 나오는 십대 가출 청소년처럼 보이는 여자 하나가 모습을 드러낸다. 바짓가랑이를 싹둑 잘라낸 핫팬츠를 입고 셔츠 자락을 가슴 밑에서 묶기까지 했다. "냉큼 가서 몽땅 다 들고 와." 사내가 말한다. 그리고 나자 우리 셋은 뻘쭘하니 서 있다. 아니, 최소한 남자 둘은 그렇다. 뱁스는 전혀 아무렇지도 않은 듯 편해 보인다.

잠시 후, 다르바가 알루미늄포일로 겉을 싼, 크기가 제법 되는 꾸러미 네 개를 들고 다시 문간에 모습을 보인다.

"가져가." 클라인딘스트가 말한다. "뒤끝은 없다?"

"지긋지긋한 새끼." 뱁스가 내뱉고, 꾸러미 한 개를 열어서 손가락 끝에 찍어 좀 킁킁거리며 맛을 본다. 신경이 곤두서 있다 보니, 그녀가 나보고 맛 한번 보라고 권하지 않는 게 다행스럽다. 뱁스는 나머지 세 꾸러미를 대충 눈으로만 훑어본 후 꾸러미들을 도로 싸서 챙긴다. "다시는 이런 식으로 엿 먹이고 지랄하지 마."

우리는 거실 쪽으로 발을 떼는데, 아직 거실에 닿기도 전에 클라인딘스트가 뒤에서 우리를 보고 뭐라고 고함을 지른다. 나는 몸을 돌려 그자가 오라지게 커다란 총을 대충 우리 둘이 있는 쪽으로 겨눈 걸 본다. 내가 꽥 소리를 치면서 방아쇠를 당기지만, 경악스럽게도 총에서는 그냥 딸깍 소리만 날 뿐이다. 나는 클라인딘스트 방향으로 총구를 향하고 계속 딸깍 딸깍 하고 있고 그사이에 뱁스는 총을 쏴서 클라인딘스트의 무릎을 맞힌다. 그자는 총을 떨어뜨린다. 그 소리가 마치 마룻바닥에 역기를 떨어뜨린 소리 같다. 클라인딘스트는 피투성이 무릎을 움켜잡으며 고꾸라지는데 그러면서 갯과 동물 족보에 이름을 올릴 것처럼 꺼윽꺼윽 울어댄다. 가엾은 다르바는 식당 문간에 선 채 누군가 자기에게 뭘 어떻게 하라고 말해주기만을 기다리는 것 같다.

"빌리를 병원에 데려다 줘야 할 거야." 나가는 길에 얼음이 되어 있는 세 명의 〈캅스〉 팬에게 뱁스가 말한다.

우리는 차로 달음질쳐가 올라타고, 차를 몰아 모퉁이를 돌아 내뺀다. 그 주택 단지를 벗어날 때까지 나는 말을 아낀다. "왜 내 총은 발사가 안 됐죠?" 내가 묻는다. 내 귀로 들어도 칭얼거리는 것 같은 소리라 굴욕감이 든다.

"아하, 그러니까 내가 당신한테 장전된 총을 줘야 된다 그 말이네요. 알지도 못하는 사람한테."

뱁스가 말하고, 내 가슴은 살짝 금이 가지만, 5분 사이에 벌어진 일들로 인하여 뱁스라는 사람이 내가 앞서 품었던 환상을 넘어서는 면모를 지니고 있는 것 같다는 생각에 나도 나름 대비가 되어 있다. "맙소사, 내가 당신보고 그 작자한테 총을 겨누라고 그런 게 아니잖아요. 하마터면 우리 둘 다 죽었을 수도 있어요."

"이제 조직에서 나서서 당신을 추적하게 되나요?" 내가 묻는다.

"무슨 조직요? 왜요?"

"거물 마약상을 털었으니까?"

"빌리 클라인딘스트가? 나 좀 살려줘요. 빌리 그 새끼 끽해야 전달책이에요. 오늘까지 전달책이었다고 해야겠네요. 아무튼 이젠 그냥 절름발이 블랙잭 딜러일 뿐이죠. 조직으로 치면 당신이나 매한가지로 저 아래 따까리라고요. 하여튼 우리가 가져온 건 나하고 내 친구 산드라 거예요."

"여자들이 그 작자를 차에 태워 병원에 데리고 가든가 구급차를 부르든가 해줄까요?"

뱁스는 고개를 젓는다. "그러든 말든 요만큼도 신경 안 써요, 진짜로. 그래도 그 작은 계집애 다르바를 생각하면 딱하긴 딱해요. 그 새끼 애인인 거 같은데, 그것만으로도 감당이 안 될 정도로 한심하고 가엾죠." 그녀는 나를 건너다보면서 고개를 설레설레 흔든다. "그렇기는 해도 만사 잘 풀렸어요. 그 작자가 다리에 이거 한 방 먹은 거 빼고는." 뱁스는 유감스러운 듯한, 느슨한 미소를 보이며 그렇게 말한다. "빌리 씨발 클라인딘스트 새끼."

나는 그녀의 집까지 차로 태워다 준다. 또 다른 주택 단지다. 오

350

르막길 위에 있어서 멀찌감치 스트립 클럽의 불빛이 보인다. 뱁스는 어느 정도 진정이 되었고, 대화는 도로 친근감 있게 수작을 거는 쪽으로 흘러간다. "들어와서 이거 좀 맛볼래요?" 뱁스가 권한다.

"아뇨, 고맙지만 관둘래요." 나는 반쯤은 그녀가 굳이 들어오라고 우길 줄로만 안다. 스피드 맛을 보라는 건 구실이고 나를 안으로 데려가서 같이 한판 뛰자는 얘기일 줄로. 하지만 뱁스는 고집하지 않는다. 그냥 포장된 꾸러미 중 스킵의 몫을 나에게 건네주고는 자기 집 문을 연다.

"만나서 반가웠어요." 그녀가 말한다.

"혹시 LA에 올 일이 있으면 전화해요. 둘이 옛날 영화 보러 가자고요." 나는 그녀가 집 안으로 들어갈 때까지 진입로에서 차를 빼지 않은 채 기다린다.

시내로 향하면서, 이른 아침 하늘을 물들이는 저 명멸하는 휘황한 불빛들을 바라본다. 이젠 더 이상 앞길에 도사리고 있을, 불쑥 터져 나와 나를 휘어잡을 순간적인 졸음이 두렵지 않다. 그리고 나에게는 생전 처음으로, 라스베이거스에 정말로 좋아하는 것이 생겨났다.

죽음과도 같은 잠

숀 셰코버

그레이브디거 피스는 눈을 떴을 때 이미 몸을 일으켜 앉은 자세였다. 악몽에 시달린 지 여러 해가 지났지만 얼굴과 팔뚝에 땀이 배어 끈끈했고 심장은 두방망이질 치고 있었기에 아마 꿈을 꾸었나 보다고 짐작했다. 사실을 말하면, 요즘 들어 그레이브디거 피스는 꿈을 기억 못 했다. 절대로. 하나도.

죽음과도 같은 잠.

침대 협탁에서 유리잔을 집어 물을 마셨다. 디지털시계는 3시 23분을 기록하고 있었다. 그레이브디거는 일어서서 습기가 찬 티셔츠를 껍질 벗듯 벗어버리고 얼굴과 두 팔을 훔쳤다. 티셔츠를 빨래 바구니에 던져 넣고, 직직 발을 끌며 부엌으로 갔다. 짐빔을 몇 온스 넣은 인스턴트커피. 한밤을 끝내는 음료다.

그레이브디거는 거실에 해당하는 공간의 긴 의자에 앉아 술로 장난을 친 커피를 마시면서 금속 지붕을 두드리는 빗소리에 귀 기울였다. 텔레비전의 죽어 있는 잿빛 화면을 물끄러미 바라보았다. 켜봐야 소용없다. 뭐가 나올지 뻔히 알았고, 그 무엇도 지난 세 시간을 바꾸어놓을 수는 없을 터였다. 그래도 그레이브디거는 텔레비전을 켰다. 텔레비전은 끄기 전 맞춰져 있던 그대로 살아나서 CNN 채널을 비추었다. 뉴스도 변한 게 없었다. 시신들이, 아무튼 남아 있는 시신의 잔해들이 미국 땅으로 돌아왔다. 최근친에게 부고가 갔고 라마디에서 참살된 다섯 명의 민간인 하도급자들 이름이 대중에게 공개되었다.

'민간인 하도급자'라. '용병'을 각 가정에서 시청하시기에 거북하지 않게끔 완곡하게 표현한 말이다. 그레이브디거가 현장에서 뛸 때에는 그런 완곡한 용어가 불편한 적이 없었는데 지금은 듣기만 해도 환장할 것 같았다.

원래 알자지라에서 방송되었던, 심히 압축된 디지털비디오가 텔레비전 화면에 비쳤다. 다섯 구의 시신들. 길거리 한복판에 한 무더기로 던져 쌓아놓았다. 불이 탄다. 스물너덧 명쯤 될 이라크 젊은이들이 불을 둘러싸고 춤을 춘다. '신은 위대하시도다!'와 '미국에 죽음을!' 그리고 그레이브디거가 알아들을 수 없는 또 다른 말들을 되뇌면서. 이어서 텔레비전은 다섯 미국인들의 사진을 보여준다. 이십 대 후반의 백인 애송이 네 명과 사십 대 후반의 흑인 사내 한 명이다.

그레이브디거는 숨을 깊이 들이마셨다가 후우 내쉬었다. 그리고 손마디가 하얘지도록 움켜쥐었던 오른손에서 의식적으로 힘을 풀었다. 자칫 커피가 담긴 머그잔을 산산조각 낼 뻔했다. 텔레비전 화면에 비친 사람들 중 젊은 치들은 모르는 얼굴이지만, 그러나 월터 잭슨은 알고 있었다. 알 뿐 아니라 10년 전 나이지리아에서는 그 사람 밑에서 복무했다. 그때 다른 인생을 살 무렵, 그레이브디거 피스가 아직 마크 틴들이었던 무렵에.

막사에서는 담배 냄새와 뭉근히 찐 염소 고기 냄새 그리고 남성 호르몬이 충만한 일곱 사내들 제각각의 몸 냄새가 났다. 모기장을 친 창문으로 불어 들어오는 실바람 한 줄기 없었다. 그렇다 보니 담배 연기는 흐릿한 불빛 속에 안개처럼 자욱했다.

마크 틴들은 45구경 총탄 세 개를 탁자 한가운데 던졌다. "색시들, 판돈들 올리시지."

"엿 같은 아프리카." 월터 잭슨이 내뱉고는 카드를 던졌다. "난 죽었어." 월터는 국방색 티셔츠로 새까만 윗몸을 닦았다. "도대체 식는 법이 없군. 밤에도 후끈거리니."

"병장님은 남부 출신 아니십니까. 더위 타실 체질이 아니실 텐데요." 라울 그레이엄이 말하고는 마크를 향해 총탄 세 개를 단지에 던졌다. "좆도 아닌 패 가지고, 올려."

월터 잭슨은 의자에 앉은 채 몸을 젖혀 기대고 쿨러에서 코카콜라 한 병을 그러쥐었다. "밀레지빌도 덥긴 하지만 가끔씩 숨통은 틱

위준단 말이야." 그는 지포 라이터 모서리로 병뚜껑을 날리고 단번에 반병을 들이켰다. 그런 다음 시원한 병을 가슴에 대어 흐릿해진 푸른색 문신 위로 굴렸다. 제1특전대 기장은 아직 알아볼 만했다. 어긋맞긴 화살 두 대, 가운데에는 전투용 대검이 칼끝을 위로 향하게 새겨져 있다. 그 아래 부대의 강령이 있다. 데 오프레소 리베르De Oppresso Liber, 압제로부터 해방을.

그 강령 밑에다 월터 잭슨이 덧붙여놓았다. '아니면 말고.'

마크 틴들은 잭슨이 군 생활을 어쩌다가 개똥같이 망해먹었는지 물어본 일이 없었다. 하지만 잭슨이 그 때문에 쓴물을 삼켰고, 군대도 지금 그들이 몸담고 있는 세계보다 하나도 고상할 것 없다고 생각한다는 것은 알고 있었다. 어느 쪽이 됐든 돈을 제일 많이 주는 편에 서서 싸운다.

마크는 군에 복무한 적이 없었다. 돈을 보고 용병이 된 것도 아니었다. 그는 단지 이것저것 죽여 없애고 싶었을 뿐이다. 타인에게 고통을 가하고 싶었다. 그의 아버지가 했던 것처럼.

탁자를 둘러싸고 다른 세 사내들은 차례차례 손깍지를 끼었고, 마크는 하나 남은 적수에게 매서운 눈길을 쏘았다.

"몇 장?"

"세 장." 라울이 말했고, 마크는 카드 세 장을 그림이 밑으로 가게 하여 탁자 건너편으로 튕겨 보냈다.

"그럼 딜러도 한 장 받겠어." 마크가 말했다.

"기껏 만든 스트레이트 아까울 텐데." 라울이 빙그레 웃으며 말했다.

맙소사. 라울은 힘 하나 안 들이고 그를 열 받게 만드는 데 일가견이 있었다. 마크가 비웃었다. "플러시야, 병신아." 그러고는 자기 판돈 무더기에서 총탄 여섯 개를 갈라 단지 안에 보탰다. "자, 내가 굵은 알을 쌌나 확인하고 싶거든 여섯 알 바치고 해보시지."

월터 잭슨이 일어서서 발치의 개인 물품함에서 깨끗한 셔츠를 꺼내 입었다. "틴들, 그레이엄 돈 갈취하는 거 끝나면 나하고 일 좀 하지. 경계선 순찰이야. 개자식들이 매일같이 더 가까이 기어든단 말이야."

브라이언 빌링스가 침상에서 일어나 앉으며 읽던 책을 덮었다. "제가 가죠, 병장님."

"아니, 넌 안 돼."

"아, 도대체 왜 광나는 일은 보배둥이한테만 떨어지죠?"

"아가리 닥쳐, 빌링스." 틴들이 카드에서 눈도 들지 않고 말했다.

빌링스가 미처 대꾸하기 전에 잭슨이 말했다. "틴들이 너보다 윗길이니까 틴들이 가는 거다. 내가 이때껏 본 백인 애새끼들 중에 제일 조용한 놈이지, 특전대 말고는."

"열라 감사합니다, 병장님." 마크 틴들이 말했다. "라울, 게임을 하는 거야, 마는 거야? 나 가야 돼."

"카드를 깔지 판돈을 올릴지 지금 고민 중이잖아."

마크 틴들이 카드를 탁자 위에 엎어놓았다. "먹어라." 틴들은 탁자에서 일어서 보조 무기를 장착했다.

라울이 낄낄 웃고 단지를 끌어당겼다. "그 플러시 아깝게 될 거라고 내가 그랬지?"

"또 헛다리 짚었어, 똘똘아. 난 계속 허풍 떨고 있었거든. 가진 패 좆도 없다고."

월터 잭슨이 M-16을 어깨에 둘러멨다. "가자고, 보배둥이."

아침이 되고도 그레이브디거는 여전히 텔레비전을 외면했다. 숙취로 구역질이 올라온 채로 그는 제대로 된 아침밥을 차렸다. 달걀 세 개와 베이컨 네 줄, 통밀빵 세 쪽. 거기다 커피. 언제든지 커피다. 커피에 버번이나 쫙 칠까 하는 생각도 들었지만 그러고 싶은 충동 자체가 빨간불이었다. 그래, 좋다. 전날 밤에는 술을 마셨다. 하지만 지금은 아침이지 않나. 하루 일과를 마치기도 전에 술을 마셨던 건 몇 년이나 전의 일이다. 그레이브디거는 판단을 미뤄두고 블랙커피를 들기로 했다. 마크 틴들이 뒤통수 언저리에서 슬금슬금 기어 나오려고 하는 게 느껴졌고 그 때문에 걱정스러웠다. 그 작자를 죽여 뭉갠 지 여러 해다. 되돌아갔다가는 망한다.

나는 그레이브디거 피스다. 설거지를 하면서 그는 되새겼다. 그게 내 정체야.

이틀을 연이어 비가 왔는데 아직도 꿈쩍없이 빗발이 내리치고 있다. 그레이브디거는 비닐 판초 우의를 걸치고 묘지기 오두막으로 걸어갔다. 거기서 직원들에게 진흙투성이가 될 오늘의 업무를 지시할 것이다. 직원 중에는 조수인 샘, 아무도 언제부터인지 기억

못할 만큼 오래도록 마운트 플레전트 공동묘지에서 일해온 샘이 있고, 서른이 다 돼가지만 정신연령은 열두 살인 샘의 아들 보비가 있다. 흑인 애송이 녀석들 래리와 제이미는 고등학교를 갓 졸업하고 대학 갈 돈을 모으려고 일하고 있었다.

그리고 그 나머지, 인생 낙오자들이 있다. 그레이브디거는 트위들덤과 트위들디라고 불렀다. 어디서 유래한 단어인지 모르다 보니 둘은 그 별명을 기분 좋아 하는 듯했다. 헤비메탈 마니아인 십대 머저리 두 명, 어찌어찌해서 간신히 고등학교는 마쳤다. 하지만 대부분의 사람들이 공동묘지에서 일하고 싶어 하지 않으니 그레이브디거는 시험 삼아 그 애들을 써보기로 했다. 마크 틴들을 죽여 없앤 후로 이어진 길고 긴 하찮은 행동들 중에서 가장 최근의 것이었다. 인류의 일원으로서 그의 입지를 굳혀줄 하찮은 행동들.

지금까지는 머저리 애송이들이 그럭저럭 괜찮았다. 간신히 그럭저럭. 뭐든 잽싸게 해치우는 데 신기록을 세울 일은 전혀 없고, 월요일이면 종종 숙취에 절어서 나타나는데다, 그레이브디거 자신도 짚이는 바 있는 대로 점심을 하고 오면 허구한 날 연기 냄새가 폭 배어 있곤 했지만 말이다. 하지만 파야 할 무덤들이 있고 매장해야 할 시신들이 있고, 게다가 풀은 깎아야 하지 않겠는가. 그러니 이제 남은 여름 막바지까지 그들을 데리고 있기로 했다. 다만 다음번 임시 고용철에는 다시 부를 계획이 없었다.

그레이브디거는 자동조종장치로 아침 회의를 마치고 직원들을 해산시켰다. 허리띠에 찬 무전기가 들어와 지직거리며 그를 사무실로 불렀다. 그레이브디거는 ATV에 뛰어올라 더운 여름비를 뚫고 공동묘지 정문 가까운 곳 본관 건물로 몰아갔다. 접수원은 한마디 말도 없이 앞장서서 그를 사장에게 데려갔다.

"와줘서 고맙네, 그레이브디거. 뭐 한잔 줄까? 커피 들겠나?"

"아니요, 괜찮습니다." 와줘서 고맙다니, 무슨? 게다가 이 배려 깊은 어조는 또 뭔가? 사장은 마치 고객을 상대할 때처럼 말하고 있었다.

"자네한테 들어오라고 한 이유가, 지금……, 흠, 지금 시신이 한 구 들어왔다네. 매장할 시신인데 방금 도착했어. 장례 의식은 안 해, 그냥 매장만일세. 비용은 고용주가 부담한다는군."

"알았습니다."

"고인이 자기 유언장에 썼다네, 여기에 영면하고 싶다고 말이야. 자네가 수석 묘지기이기 때문이지." 사장은 무슨 서류 한 장을 들여다보다가 옆으로 치웠다. "고인 이름이 월터 잭슨이네. 친구 사이였나 보지?"

방이 빙그르르 돌았고 그레이브디거는 두 눈을 감았다.

"안됐네, 그레이브디거. 잠깐이라도 마음 좀 추스르고 있게나. 나는 밖에서 기다릴 테니."

은제품 같은 달은 딱 이동하는 데 필요한 만큼의 빛을 비춰주고 있었다. 달이 더 밝았더라면 두 사람은 꼼짝없이 위험에 노출되었을 테고, 달이 아예 없는 밤이었다면 플래시를 사용하지 않을 수 없기에 더한층 상황이 나빴을 것이다. 지금이 딱 좋았다.

마크 틴들과 월터 잭슨은 막사에서 500미터 떨어진 경계선까지 편안한 걸음으로 당도했다. 하지만 경계선 순찰은 조바심 날 만큼 느리게 진행되었다. 잭슨이 그렇게나 자주 말하던 대로였다. "빨리 빨리 가든가 조용히 가든가 둘 중의 하나야. 둘 다는 못해."

소리 없음이란 일종의 느림을 요하며, 이에 이르는 엄한 제어 능력은 극히 적은 수의 몇몇 사람들만이 지닌 자질이었다. 군 관계자 대다수가 도저히 이를 참아내지 못하나 이 기술에 통달한 이들도 있었다. 네이비 실과 특전대 그리고 극소수의 용병들이었다. 마크는 자기 능력에 정당한 자부심을 지니고 있었다. 그럼에도 밟아서 와작 소리가 날 수 있는 잔가지나 자기가 입은 바지 천의 부스럭 소리, 심지어는 자기 숨소리 그 자체에도 일일이 신경을 썼다. 하지만 그보다 더 조용히 움직일 수 있는 사람은 아무도 없었고 그의 기척은 월터 잭슨의 귀에조차 들리지 않았다.

경계선을 따라 100미터를 나아가는 데 한 시간이 넘게 걸렸다. 마크가 선두에서 걸었고 그의 지휘관은 10미터 뒤에서, 문자 그대로 그의 발자국을 따라 밟으며 뒤따랐다. 야시경은 필수였지만 이 무더위 속에서는 몇 십 미터 전진하고 야시경을 벗은 후 눈에 찬 땀을 훔쳐내는 도리밖에 없었다. 20미터 전진하면 마크는 그 자리에 멈춰 서고 잭슨이 천천히 두 사람 사이의 간격을 좁혀 들었다. 수신호로 '이상 무' 사인을 주고받았다. 그런 후에 마크가, 지금까지보다 더 느리게 천천히, 다시 출발했다.

몇 십 미터를 가서 마크는 적진을 보았다. 작은 언덕이 막고 있었던 탓에 시야도 가렸고 소리도 안 들렸다. 그래서 적진이 눈앞에 나타났을 때 두 사람은 바싹 다가가 있었다. 지나치게 가까웠다.

마크는 한 손을 쳐들어 다가오지 말고 멈춰 서도록 잭슨에게 신호하고, 키 큰 풀 속으로 몸을 굽히고는 규모를 파악했다. 작은 천막 다섯이 둥글게 진을 쳤고 한가운데에는 모닥불이 타고 있었다. 남자 아홉이 모닥불에 빙 둘러앉았는데, 여섯은 보조 무기를 찼고 셋은 마체테날이 넓고 무거운 칼를 무릎 위에 얹어두었다. 마크가 보기에 긴 화기火器는 없는 듯했다.

그때, 산들바람이 불어왔다. 야영지를 가로질러 불어온 부드러운 한 줄기 바람에 불이 화다닥 소리를 내고 더 많은 빛을 던졌다. 그 바람은 연기를 직통으로 마크에게 날려 보냈고, 마크는 눈이 아리고 눈물이 고이며 코가 간지러웠다.

마크 틴들은 재채기를 했다. 밤이 산산조각 났다.

그레이브디거는 빗속에 서서, 삽을 써서 밑의 흙으로부터 잔디를 떼어 올렸다. 수석 묘지기 관사를 둘러싼 묘역은 대부분 으리으리하게 지어 올린 묘실들이 선점한 후였으나 그는 월터 잭슨이 가까이에 묻히기를 원했고, 그래서 이 묏자리를 징발했다. 그의 주거 정문에서 한 10여 미터 떨어진 위치다. 뗏장을 한쪽에 놓은 뒤 그는 작은 굴착기를 써서 구덩이를 파며 물 먹은 흙은 반대편의 방수포 위에 버렸다.

관이 도착했고, 직원들이 구덩이 안으로 관을 내렸다. 지긋지긋하게 퍼붓는 비 탓에 땅바닥은 진창이었고 아래쪽으로는 50센티미터쯤이나 되게 물이 고여 있었다. 밀폐된 관은 무덤 안에 둥둥 떠 이리저리 움직였다.

그레이브디거는 물 빼기용 전동 펌프를 가져오라고 샘을 보냈다. 그리고 자기 주거로 후퇴해서는, 마크 틴들과 월터 잭슨이 찍혀 있는 사진 한 장을 찾아 낡은 보관함 안 잡동사니를 뒤졌다. 전생의 물건들 중 간직하고 있는 건 오직 그 사진뿐이었다. 마크 틴들을 죽이고 그레이브디거 피스가 되었을 때 그 나머지 것들은 깡그리 내던져버렸지만, 잭슨은 그의 생명을 구해주었고 아무리 해도 그것만은 없앨 수가 없었다. 이제 그 사진을 옛 친구와 함께 영면에 들도록 할 것이다.

그는 사진을 부엌 식탁 위에 두고, 침실로 가서 진흙 묻은 옷을 모조리 벗었다. 월터 잭슨에게 장례식은 따로 없으리라. 그저 매장되기만 할 뿐. 그러나 최소한 애도하는 사람이 한 명은 있을 것이다. 쓸데없는 허식일지는 몰라도, 그래도 상관없다. 그레이브디거는 벽장을 열어 한 벌뿐인 양복을 꺼내 입었다.

욕실 거울 앞에서 넥타이를 맸다. 그러면서 넥타이 매듭만 보고 그 위는 보지 않으려고 애썼다. 하지만 도저히 안 볼 수가 없었다. 자기 자신의 시선을 피해서 그는 왼뺨에서 턱으로 그어져 내려온 가늘고 허연 흉터를 뜯어보았다. 나이지리아에서 마체테에 맞아 생긴 흉터였다. 그리고 눈이 마주치자, 마크 틴들이 그를 마주 쏘아

보고 있었다. 제기랄! 엿 같은! 그는 약장 문을 홱 당겨 열어 거울을 치워버리곤 욕실에서 도망쳐 나왔다. 그러면서 계속 생각했다. 난 내가 누군지 알아. 난 내가 누군지 알아. 난 내가 누군지 알아……

사진을 손에 쥔 채 그레이브디거는 다시 더운 여름비 속으로 향했다. 판초 우의 따위 좆 까라 그래. 그는 양복을 입고 빗속에 서서 월터 잭슨에게 합당한 송별을 해줄 작정이었다. 빗발은 더 거세져서 얼굴에 몰아치며 그가 무덤가에 갈 때까지 땅바닥을 보게끔 만들었다. 그레이브디거는 눈길을 들었고, 사진을 떨어뜨렸다.

놈들이 관으로 서핑을 하고 있었다. 트위들덤이 관 위에 올라서서 두 다리로 관을 흔들어 출렁이는 물결을 만들어냈다. 서퍼 포즈를 척 하고 잡더니 〈하와이 파이브 오〉의 주제가를 불러댔다. 트위들디는 한쪽에 비켜서서 낄낄 웃어대고 있었다.

그레이브디거는 신음을 내지르며 달려들려다가, 다음 순간 자신을 억제했다. 핏줄을 타고 아드레날린이 전신을 도는 동안 그는 부들부들 몸을 떨었다.

트위들디가 웃음을 그쳤다. "아이쿠, 이런 젠장."

트위들덤은 관에서 펄쩍 뛰어내려 무덤구덩이를 나왔다. "그냥 잠깐 논 것뿐이에요, 아저씨."

"너흰 해고야. 두 놈 다."

"뭐 어쨌다고 그래요. 영감태기는 이미 죽었잖아요."

목소리가 갈라지지 않게 하는 데 그레이브디거의 모든 의지력이 다 들어갔다. "내 묘지에서 꺼져. 빌어먹을! 지금 당장, 내 손에 다

치기 전에."

　나이지리아는 감옥살이하기에 정말 고약한 동네였다. 특히 백인한테는. 월터 잭슨도 자기 몫의 고문을 견뎌내야 하기는 했으나 그의 감방에는 침상이 있고 바닥에는 변기 노릇을 하는 구멍도 있었다. 마크 틴들의 옥살이는 한층 고되었다. 간수들이 매일같이 두들겨 패서 그는 때때로 갈비뼈가 나가는가 하면 왼쪽 팔이 부러진 적도 있었다. 겨우 숨이 붙어 있게 할 만큼의 음식과 물만 주었고, 종종 한 끼와 다음 끼 사이에 며칠씩 날짜가 지나기도 했다. 그의 감방에는 아무것도 없었는데 콘크리트 바닥에 배수 구멍조차 뚫려 있지 않았다. 그래서 그는 자신의 오물 속에서 연명해야 했다.
　넉 달째의 어느 날인가 간수들은 마크 틴들의 부츠를 벗겨버린 후 발바닥을 채찍질했다. 그의 발은 얼마 안 가 감염이 되어서 자주색으로 붓고 고름이 흘렀다. 아무런 치료도 받지 못하여 그는 고열에 시달렸다. 번번이 환각이 찾아왔고, 차츰 제정신을 잃어갔다. 어떤 날은 정신이 또렷하다가 다른 날에는 펄펄 미쳐 날뛰며 자기 똥을 몸에 문대고 벽을 향해 울부짖고, 발작이 온 간질 환자처럼 온몸을 뒤틀었다. 그러다 의식을 잃는다. 깨어나면 약간이나마 온정신이 돌아온다. 다음번에 미쳐 날뛸 때까지는…….
　그들이 붙잡힌 지 꼭 6개월 되는 날에 간수들이 마크 틴들을 감방에서 질질 끌어내더니 호스를 대어 씻기고는 월터 잭슨과 한방에 넣었다. 반듯하게 각 잡힌 군복 입은 남자가 감방으로 들어섰다.

"내일 아침에 당신들 둘 중 하나는 미국으로 송환될 겁니다. 누가 갈지는 당신들이 정하시오." 그 남자는 말보로 담배 한 갑과 종이 성냥을 월터 잭슨에게 건네주고 가버렸다.

잭슨은 담배에 불을 붙여 마크 틴들의 입술에 물려주었다. 그런 다음 자기가 피울 것에 불을 댕겼다. 몇 분 동안 두 사람은 조용히 담배를 피웠다.

"꼴이 영 별로구먼, 보배둥이." 잭슨이 말했다.

마크 틴들은 비틀린 미소를 지어 보였다. "그러는 병장님도 좀 여위셨습니다."

"이봐, 나는 완전 호강이었어. 여긴 자네의 짐승 우리에 비하면 숫제 빌어먹을 리츠칼튼 호텔방이지."

"그래요, 여긴 꽤 괜찮네요. 저도 여기라면 한동안 살겠어요."

월터 잭슨은 피우던 담배를 바닥에 비벼 끄고 또 한 대를 붙였다. "빌어먹을, 자네를 여기서 내보내지 못하면 그 다리 두 짝 모두 망가지고 말 거야."

"어떻게 되든 다리는 망가지게 생겼는데요." 두 사내는 서로 고개를 끄덕였고, 마크 틴들의 얼굴에 소리 없는 눈물이 흘러내리기 시작했다.

잭슨이 슬쩍 다가와서 두 팔을 젊은이의 어깨에 둘렀다. 아이를 감싸는 아버지처럼 그를 안았다. "내일 자네가 여기서 나가거든 다 과거의 일로 잊어버리게, 마크. 돌아보면 안 돼."

마크는 그럴 수 없다는 말조차 꺼내지 못했다.

그레이브디거 피스는 자기 목소리에 잠을 깨었다. "재채기한 것 죄송해요, 병장님." 재채기를 해서 죄송합니다. 빌어먹을. 병장님을 두고 와서 죄송합니다. 살아서 죄송합니다.

침대 옆의 시계가 막 자정을 지났음을 알려주었다. 겨우 세 시간 잤다. 머저리들이 가버린 뒤에 그는 월터 잭슨의 무덤에서 섬프로 물을 빼고 손수 삽을 들어 흙을 덮었다. 노동을 해서 아드레날린을 소모시켜야만 했다. 무덤이 다 덮이자 그는 집으로 돌아왔고, 엉망이 된 양복을 쓰레기통에 처박았다. 그러고는 욕조 안에 들어가 누워서 오랫동안 술을 마셨다. 조금 울어보려고 애를 썼지만, 울지 않은 지가 몇 년이나 지나서 도저히 눈물이 고이지 않았다. 결국에는 포기하고, 술잔을 끝까지 비운 뒤에, 잠자리에 들었다.

이제 그는 다시 일어났고, 신경이 몸 밖에 드러난 듯 험한 기분이었다. 책을 읽어보려고 했으나 그럴 수가 없었다. 냉장고에서 맥주를 꺼냈지만 따지는 않았다. 텔레비전 앞에 앉았지만 켜지 않았다. 마침내 비가 그쳐 있었고, 침묵이 귓속에 먹먹하니 울렸다.

그때 그 소리가 들렸다. 밖에서 들려오는 소리. 말소리였다.

그는 옷장을 열어 거기 넣어둔 모스버그 산탄총을 잡으려다가, 안쪽 더 깊숙이 손을 넣어서 총 대신 마체테 한 자루를 끄집어냈다.

달은 보름에 가까웠고, 월터 잭슨의 무덤까지 걸어가는 사이에 눈이 빛에 익숙해졌다. 그레이브디거는 오른손에 마체테를 들고 왼손에 손전등을 들고 있었다. 트위들디가 거기 서서 무덤에 오줌을 갈기고 있다가 끝나자 물건을 도로 바지춤에 집어넣었다. 무덤에 가까운 호화 묘실 옆에는 트위들덤이 스프레이 래커 깡통을 손에 들고 서 있었다. 벽에 쓴 문구는 이랬다. '그레이브디거네 깔치 내가 따먹었다!'

그레이브디거는 딸각 손전등을 켰고, 애송이들은 둘 다 얼어붙었다. 놈들은 도망을 가야 옳았다. 하지만 그러지 않고, 도리어 덤벼들었다.

그래서 마크 틴들은 녀석들을 조각조각 베어버렸다.

즐거운 응원단

메건 애보트

우리는 모두 차에 타고 있었고 그때쯤 코치님은 째려보는 눈이 되었는데, 눈빛이 전에 대對웨스턴 전에서 코치님이 킴에게 예의 그 바스켓 토스^{한 명을 공중으로 던져 올리는 묘기}를 하라고 이야기했는데 나중에 실제로 킴이 그걸 하려고 보니까 우리가 봐도 모호크 체육관 마룻바닥이 너무 딱딱한 게 보여서 아무래도 하면 안 되지 않을까 했지만 이미 관두기엔 늦었고 그래서 킴이 이를 악물고 도전을 하고 이제 막 공중으로 날려는 참에 코치님은 말리지도 못하고 그냥 보고 있어야 했고 실제로 그냥 보고 있었던 그때, 그때의 눈빛이랑 좀 비슷했다. 그날 밤에는 온 학교가 킴의 묘기에 열광했다. 코치님은 축하한다며 킴하고 밖에 나가 밥을 사줬고 킴이 허리 아래 조그맣게 수말 문신을 했는데 그 돈까지 자기가 내주었다. 모두들

부러워 죽었다.

하지만 지금 차에 타고 있는데 그런 눈빛을 하고 있으니 나는 오늘 밤에는 누가 위험천만하게 딱딱한 바닥에 착지할 참인가 궁금했다. 혹시 이번에는 코치님일까.

내 옆자리에서는 킴이 만날 거품이 나도록 짝짝 씹어대는 껌을 입 가장자리에 물고 한 번 짝 씹을 때마다 시큼한 포도 향을 공기 중에 풍풍 뿜어내면서 손가락을 꼽아가며 조막만 한 자기 몸뚱어리에 술을 들이부었다가 구역질을 했던 일들을 뽑아보고 있었다. 부모님이 부엌 찬장에 둔 도수 높은 검은딸기술을 마시고 그랬고, 쇠 맛 나는 스트로 맥주를 혀 위에서 굴렸던 그때랑, 토니 마리노의 지하실에서 마셨던 때랑, 이런 식으로 줄줄이 목록이 나왔다.

베스는 앞좌석 코치님 옆자리에 앉아 있었다. 뒤에서 끈을 묶는 탱크톱을 입고 끄트머리에 작은 구슬이 달린 조임 끈이 달랑거렸다. 코치님은 마리화나 한 대를 붙여 문 채, 보기에는 지루해하는 것 같았지만, 아닌 줄 내가 안다. 우리는 완전 흥분에 차 있었다.

우리 모두가 코치님에 대해서 엄청 많은 얘기를 했다. 그래도 미인이지 않냐, 차도 참 제대로다, 원하는 건 남편이 전부 다 사준다던데, 남편은 번화가의 번질번질한 고층 건물에서 만날 일만 하고 있대, 치아 완전 하얗지, 허리 좀 봐, 더 가늘었다간 없어지겠어, 근데 보는 눈이 좀 꼬이지 않았니, 그치 너도 보면 알 거야, 근데 그래서 더 흥미가 가잖아, 빛이 비쳐 반짝이는 게 완벽 그 자체인 노란

버터 빛 금발이랑 테니스 팔찌^{팔목 길이의 사슬형 팔찌}도 매력 있지만 말이야.

코치님은 하나도 나이가 들어 보이지 않았다. 나이는 아마 스물여섯 살일 텐데 작년에 이미 세인트레지나에서 응원단을 주 대회에 진출시킨 바 있었고, 우리는 모두 그걸 바랐다. 게으른 애들이랑 베스 같은 애들까지도 모두 주 대회에 나가고 싶어 했기 때문에 코치님이 하라는 대로 뭐든지 할 작정이었고, 나중에 코치님 관련으로 일이 묘하게 돌아가서 상황이 좀 우스워지기 시작한 뒤로도 그건 계속 그랬는데, 아무튼 그게 과학 과목을 가르치는 심슨스 선생님하고 같이 파티를 하는 꼴은 아니었으니까……, 왜냐하면 코치님은 거의 우리 친구나 마찬가지였기 때문이다. 사실은 절대 아니었지만.

코치님이 오기 전에는 설렁설렁 연습도 그냥 우리가 하고 싶은 대로 하고 그랬다. 베스가 응원단장이었는데 걔는 뭐든 자기 좋을 대로만 했다. 코치님이 부임해 오면서 하신 말씀이 앞으로 단장 같은 것은 없다, 자기가 유일한 단장이며 이제부터 채찍질을 해서 우리를 가다듬어놓겠다는 거였다. 레모네이드 다이어트가 어쩌니 저쩌니, 여름방학 사이에 누가 임신중절을 했니 어쩌니, 수다 떨며 보내던 시간은 이제 끝이다. 이제 제대로 공연 준비를 해야 한다. 코치님은 그렇게 말했고 애들도 일부는 그 말에 좋아했다. 우리가 빠릿빠릿하게 못하면 코치님은 어김없이 관중석 오르내리기를 시켰는데 끝도 없는 호루라기 박자에 맞추어 관중석 계단을 팡팡 차고 올라갔다 내려왔다 하는 거였다. 다음 날이 되면 종아리가 배겼다. 우리는 실력이 썩 늘었고 부상도 전혀 입지 않았는데, 왜냐하면 코치님이 빡빡하게 표를 짜서 달리기를 시킨 덕분이었다.

그런데 코치님은 정말 가진 게 많고 재능이 넘치는 사람이라서 언제든지 보는 사람을 궁금하게 만들었다. 우리는 사물함 앞에서 코치님에 관한 이야기를 하고 여럿이 차에 꼭 끼게 타서도 하고 밤에 전화로 하고, 코치님 남편은 도대체 어떨까 그리고 코치님 집은 어떨까 그리고 응원단은 대학 때 했던 걸까 그리고 대학은 어디서 다녔을까 궁금해했다. 직접 물어보기는 어려웠다, 왜냐하면 코치님은 철두철미 일만 아는 사람이었기 때문이다. 처음에는 말이다. 그런 질문은 선생님이 뭐라고 말을 할 때 틈을 보아 슬쩍 하는 거다. 이를테면 '내가 주말 내내 이 연속 동작을 검토해봤거든' 같은 말을 할 때 '코치님, 주말에는 뭐 하셨어요? 남편이랑 영화 보러 가셨어요?' 하고 물어본다든가 하는 식으로.

그랬던 게 좀 달라져서 만사에 코치님이 바짝 조여놨던 분위기가 어디로 갔는지 날아가버린 건 축구 시즌이 끝나가면서였고 우리는 만반의 준비가 되어 있었다. 기회를 놓치지 않고 딴짓하며 노닥거릴 준비 말이다. 코치님하고 스터드 하사님하고 둘이 만난다, 우리 화제는 온통 그거였다. 우리는 그 두 사람이 코치님 아우디에 타고 있는 걸 상상했다. 코치님이 두 다리를 높이 쳐들고 두 사람 다 금발에 하얀 살색으로 막 온몸에서 광채가 나고. 우리는 하사님의 단단한 근육질 몸이 궁금하고 코치님이 하사님 하고 싶은 대로

다 하게 해줄까 궁금했다。안 그럴 이유가 어디 있겠는가? 스터드 하사는 영화배우 같은 미남이고, 베스는 자기는 하사님하고 같이 뛰고 구를 수 있다는 이유 하나만으로도 방위군에 입대할 맘이 든다고 말했다. 많은 여자애들이 학교 식당 앞 하사님이 앉아 있는 모병 안내 테이블 주위를 좋아라고 어정거리며 안내 팸플릿을 만지작거렸다. '날개를 펼쳐라', 팸플릿에 쓰여 있는 문구였다. 베스는 이전에는 한 번도 스터드 하사 이야기를 한 적이 없었는데 이제는 하사님한테 몸을 착 밀착시키고 그의 총 감촉을 느껴보고 싶다고 말하고 다녔다. 베스가 말하길 한번은 복도에서 하사님하고 스쳐 지나가면서 응원단복 치마를 팔랑 내둘러봤더니 하사님이 '그거 참 보기 좋구나' 했다고 했다.

그러니까 그 일은 이런 식으로 벌어진 것이다. 그때가 연습 시간이었는데 우리는 코치님을 기다리고 있었고, 코치님이 안 오고 해서 다른 여자애들은 운수를 보는가 하면 머리를 하나로 쫑쫑 땋기도 하고 스태프의 땅딸막한 허벅지를 흉보고 다이어트 탄산음료를 소리 내어 빨아대는 중이었는데 킴과 베스와 나 셋이서는 슬며시 복도 탐험을 나갔다.

방과 후의 학교는 언제나 색다른 느낌이 든다. 덩어리로 뭉친 표백제와 소독약 얘기가 아니라 그 이상으로 색다른 뭔가가 있다. 거기에는 아이들이 있고 선생님들이 있고, 하지만 체육관이 아닌 바깥에는 여기저기 그들이 기어들 만한 낯선 구멍이, 그게 어디인지 언제일지는 몰라도 하여튼 숨겨져 있어서, 3층 층계참에 물리학자

나리들이 우르르 죽치고 서서 슈퍼볼의 낙하 속도를 측정하고 있는가 하면 과학수사 클럽 애들이 언어 실험실에 들어가서 사형 제도를 놓고 짖고 뜯고 있기도 하고, 길고 긴 복도 끝에 지쳐빠져서 차림새가 엉망인 애들이 푹 수그리고 늘어져 있는가 하면 신경 예민한 미술 교사 포울러 선생님의 손전등 불빛이 도예실 바깥으로 희뜩희뜩 비쳐 나오기도 한다.

우리가 무슨 그르렁거리는 소리를 들은 것은 4층 교사 휴게실 쪽으로 걸어가던 참이었다. 어떤 소리인가 하면 밤에 자기 전에 아빠가 호랑이가 나오는 동화책을 읽어주면서 호랑이 소리를 흉내 낼 때하고 비슷했다.

베스는 대번에 눈을 빛냈고 나도 아마 베스 생각이 맞을 거라고 생각했는데, 베스가 문을 밀어 열었다. 나라면 안 열었을 거다. 바로 거기서 우리는 전부 적나라하게 본 것이다. 여자는 몸에 실오라기 하나 안 걸쳤고, 남자는 고스란히 제복을 입은 채인데, 그 쫙 갖춰 입은 녹색 군복에서 빠진 건 베레모와 바지뿐이었다. 그것들은 바닥에 떨어져 있었다. 우리가 두 사람을 봤다는 것은 그 정신 나간 것 같은 아랫도리 밀어치기를 봤다기보다 주로 코치님을, 코치님이 두 손 두 무릎을 짚고 밀림 방지 카펫 위에 엎드려 있는 걸 본 거였다. 꿈결 속을 노니는 듯 분홍색으로 달아오른 얼굴에 떠오른 쾌감과 놀라움과 마음먹고 못된 짓을 하는 악동의 표정, 코치님이 그런 얼굴 하는 건 본 적도 없는 그런 표정을 보았다는 거다. 우리를 상대할 때는 전혀 그런 낌새도 없었는데, 그렇게나 엄격하고 확실하고 거리를 두는 여자였는데, 아주 차가운 기계 같기만 하더니, 이런. 코치님의 유방이 하얗게 후드득 흔들리고, 스터드 하사의 한 손은 코치님 머리카락에, 찬란한 금발 속에 보란 듯이 묻혀 있었다.

얼마 후 코치님 사무실에서, 코치님은 블라인드를 내려서 문 유리를 쳐 가리고 담배 한 줌을 끄집어내 던져놓더니 자기도 그중 한 개비를 붙여 물었다. 우리도 한 개비씩 집었고 내 기억에는 내 담배에 불을 붙여준 게 코치님이었던 것 같은데, 그때 내가 코치님 눈을 들여다봤고 코치님의 눈빛은 불안하게 널을 뛰었다. 우리가 어떻게 나올지 알 수가 없었던 것이다. 베스는 불량하게 등을 구부린 자세로 늘어져 앉아 다리를 위로 뻥뻥 차올리는가 하면 코치님 책상 앞면에 발을 대고 버티었다.

우리는 다 함께 뻐끔뻐끔 담배를 빨았고, 코치님은 붉게 상기된 얼굴로, 한 가닥 흐트러진 머리 줄기가 이마에 달라붙은 채로, 우리에게 그 일이 어떻게 된 것이며 하사님과 자기 사이의 애정사니까 우리가 이해해줘야 한다(다만 코치님은 하사님이라고 안 하고 '돈'이라고 이름을 불렀다)고 설명하면서 그 사람이 코치님 인생에 미소를 가져다주는 유일한 상대고 코치님의 하루하루는 매일같이 발목을 잡는 미련한 계집애들(우리 같은 애들 말고. 우리는 다르다고 코치님은 말했다. 우리 말고 캐리나 섀넌이나 젠이나 켈리 같은 그런 애들 말이다)을 막대기로 이리 몰고 저리 몰아 드와이트 D. 아이젠하워 기념 체육관의 니스 칠 된 바닥에 세워놓고 보면 그 계집애들은 한심한 말총머리나 팔랑거리고 따박따박 말대꾸나 하고 늑장이나 부리고 바닥에 껌을 뱉고 생리가 어쩌니 저쩌니 남자 친구가 이랬니 저랬니 우는소리나 하는데 종일 걔들 상대나 하는 거라고 했다. 이런 식으로 하루를 보내면 그다음에는 집에 가서 아이를 본다. 코치님한테 딸이 있다는 건 우리가 이미 아는 사실이었는데 전에 한 번 아이스크림 가게 주차장에서 아이를 데리고 있는 걸 목격한 적이 있어서였다. 온종일 시끄러운 유치원에서 시달리고 설탕을 잔뜩 먹은 어린애는 얼굴이 새빨개서 입을 삐죽삐죽 금방 울려고 하고, 게다가 남편은 밤 뉴스 시간까지 일을 할 때도 많아서 온 집에 짜증과 근심 분위기만 떠돌고 남편 머리카락은 서른한 살 나이에 벌써 탈모가 왔다고 했다. 돈 같은 사람이 내미는 도움의 손길을 필요로 하지 않을 사람이 누가 있겠는가? 텔레비전에 나오는 사람처럼 곱상하게 생긴 얼굴에, 살짝 그을린 피부에, 고마워하는 여성에게 그 어디로든 꽃다발을 가져다 바치는 광고 속 사나이같이 부드러운 입술에, 머리 뒤로는 후광처럼 아른아른 빛이 비치고 이해심 가득한 구원의 미소로 반짝이는 치아를 보여주는 남자인데?

아무래도 이런 것들은 돈과 코치님이 교사 휴게실 바닥에서 하고 있던 짓과는 별로 관련이 없는 것 같았지만, 어쩌면 관계있을 수도 있을 것이다. 우리는 있다고 결론지었다. 담배 연기를 길게 들이마셔 마음을 너그럽게 하고서 우리는 관계있다고 결론지었다.

그 이후로 우리는 정말 친밀해졌다. 베스까지도 말이다. 연습을 마친 후 때때로 함께 쇼핑몰에 갔다. 우리가 코치님 청바지가 마음에 든다고 했더니 코치님은 자기가 바지를 사는 가게에 우리를 데려가주었고, 거기서 몇 시간이나 시간을 보낸 후에 우리는 가장자리에 나풀나풀 주름이 잡힌 탱크톱과 섬세하게 봉제된 꽉 끼는 청바지와 장식 굽이 달린 부츠 그리고 번쩍번쩍 화려하게 달랑거리는 기다란 목걸이들로 터질 듯한 쇼핑백들을 들고 가게를 나왔다.

몇 번인가는 끝나고 코치님 집에 가기도 했는데 그러면 코치님은 석쇠 위에 스테이크용 고기를 척척 올리고 와인을 몇 병이나 따서 우리는 집 앞 데크에 앉아 하늘이 어두워질 때까지 노닥거렸다. 코치님 남편이 밤 11시쯤 돌아왔는데 그때쯤 우리는 상당히 술에 취해 있었고 심지어는 코치님까지 취해 있었던 것 같은 게, 킴이 윗도리를 벗어젖히고 마당을 막 이리저리 뛰어다니면서 수풀에 대고 남자애들 나오라고 소리소리 지르는데 코치님은 그냥 깔깔 웃기만 했던 것이다. 그러면서 우리더러 너희도 이제 남자애들 말고 다 큰 진짜 남자를 만날 때가 됐다고 말했는데 바로 그때 코치님 남편 브라이언이 나타났고 우리는 모두 이거 진짜 웃기다고 생각했지만 브라이언은 피곤한 얼굴로 노트북컴퓨터를 열면서 우리보고 좀 조용히 해줄 수 없겠냐고 그랬고 우린 그만 빵 터지고 말았다.

베스는 계속 자기는 하나도 안 취했다고 우겼지만 걔는 취했다는 걸 인정할 애가 아니었고, 옆걸음으로 브라이언 옆에 가 붙어서는 자꾸만 직장 얘기를 물어보고 일이 맘에 드는지, 출퇴근길은 어떤지 물어보았다. 브라이언은 그냥 베스를 한번 보더니 부모님이 걱정하시지 않겠느냐고 말하고 코치님한테 자꾸만 이런 식으로 눈

짓을 해서, 코치님이 마침내는 차로 우리를 집에 데려다 주겠다고 말했고 그렇게 차에 탔지만, 가던 길에 우리는 캔 맥주 6개들이 한 팩을 사가지고 호수로 가서 마지막으로 시원하게 만세 한 번만 부르자고 결정했다. 그런데 거기에는 웬 남자들이 호숫가에 트럭들을 세워놓고 웅기중기 모여 있었다. 우락부락 거칠어 보이는 남자들이었다.

그들은 보기에 공장에서 일하는 사람들 같은 게, 자동차 공장 노동자들이 신는 것 같은 밑창이 두꺼운 부츠를 신고 있었다. 그렇긴 해도 생긴 게 좀 귀여웠고 또 코치님이 계속해서 그들에게 말을 건네는데 그게 말하자면 '내가 데리고 있는 애들 마음에 들어요?' 어쩌고 하는 식이었다. 남자들 중 한 명은 나이는 젊으면서 무슨 옛날 텔레비전 스타처럼 콧수염을 기르고 있었는데 코치님이 마음에 들었는지 계속해서 코치님을 자기 트럭에 태우려고 했지만 코치님은 고개를 살래살래 젓고 미소 지으면서 그럴 시간 없다고 말했다. 우리는 남자가 아무리 괜찮게 생겼어도 코치님이 절대 저런 사내 가까이에는 가지 않을 줄을 알고 있었다. 아무리 말을 해서 꿀을 바르며 자기한테 끝내주는 피울 것들이 있다느니 마력을 올려놓은 힘 좋은 트럭에 태워 번화가의 도박장으로 드라이브시켜주겠다느니 꼬드겨도 말이다. 아니, 누가 도박장에 가고 싶다고 했나? 구질구질한 번화가도 그렇고?

킴과 나는 아주 재미있었는데 베스는 영 재미없어하면서 계속 때록때록 눈을 굴리다가 그 사내에게 호박이 굴러들길 기다릴 거면 볼링장이나 세븐일레븐에 가서 수준 비슷한 여자나 낚아보지 그러느냐고 말했다. 그 사내가 얼굴이 벌게져서 빈 병을 집어 던지기에 코치님이 가자고 하고 우리 모두 쌌는데 코치님은 깔깔거리고 웃고 우리도 웃고 아마 베스도 조금은 웃었던 것 같다. 그렇게 재미있게 놀았다.

　다음 날에, 베스는 우리를 보고 일이 어떻게 돌아갈지 알았어야 했다면서 사실 그 남자는 코치님이 좋아하는 스타일이라느니, 돈 하사님도 군복만 아니면 아마 딱 그런 남자일 거라느니 말했다. 베스는 코치님이 즐길 수 있는 동안에 즐기는 편이 좋을 거라면서, 왜냐하면 앞으로 몇 년이면 코치님은 필시 어린애를 또 하나 싸질러 놓게 될 거고 허리가 빵 반죽 부풀듯 풍풍 살이 쪄서 미처 깨닫기도 전에 응원단이 아니라 필드하키 코치 노릇을 하게 될 거니까, 그렇게도 말했다.

　월요일이 되어서, 코치님은 연습 시간에 베스를 무리할 정도로 심하게 굴렸다. 나이가 백 살이나 된데다 우리만 한 나이의 십 대 딸이 있었던 이전 코치 같으면 절대로 하지 않았을 훈련이었다. 베스는 보통 저 하고 싶은 대로 하는 아이였지만 코치님이 흰 눈을 뜨고 베스를 째려보는데 자기가 앞으로 어떻게 될 거랬는지 얘기를 들어 다 알고 있다는 티를 냈고, 그러다 보니 두 사람 다 눈에 시커멓게 감정이 치받친 게 정색을 하고 아주 장난이 아니었다. 베스가 말했다.

"이봐요, 코치님. 내가 아는 사람 중에 누가 코치님을 알던데요."

"랭필드, 넌 관중석 오르내리기를 하고 있어야 하는 거 아니니?" 코치가 말했는데 아닌 게 아니라 그랬다. 베스는 연습에 지각했고 지각하면 그걸 한다.

"우리 언니 애인이 코치님을 안다고 그러더라고요. 톰 켄달이라고요."

"글쎄, 난 모르겠는데. 근데 그 껌 좀 뱉어라, 랭필드. 언제까지 그렇게 혀 날름거리면서 말할 거니." 우리 모두 조금은 낄낄거렸다.

"그게 말이죠." 베스는 개의치 않고 껌을 딱딱 씹으면서 말했다. "그 오빠 말로는 고등학교 다녔을 때부터 코치님을 알았다던데." 베스가 빙긋이 웃음을 보였다.

코치님은 우리 학교를 다녔다. 모두가 아는 사실이다. 하지만 그건 10년 전 일이었다.

"아, 그러니. 난 그 사람 기억이 안 나는구나." 코치님은 대꾸했고 그런 얘기 하려거든 딱 3초 주겠다는 눈으로 베스를 보았다.

하지만 베스는 여유 만만 시간을 끌었다. "그 오빠가 연감을 보여줬어요. 치어리더 아니셨죠, 네?"

"랭필드, 연습해야 하니까 시간 끌지 마라."

"알았어요, 코치님." 베스가 말했다. 얼굴에는 음흉한 웃음이 비칠락 말락 했다. 베스가 코치님이 실린 연감을 보여준 것은 나중에 탈의실에서였다. 너풀거리는 머리카락에 도수 높은 핑크색 테 안경을 꼈고 뚱뚱하게 살이 쪄 한쪽 귀에서 다른 쪽 귀까지 턱받이를 두른 것처럼 보였다. 코치님 이름 밑에는 특별활동 한 것이 하나도 적혀 있지 않았다. 베스는 톰 켄달이 해준 얘기로 모두들 코치님을 뚱땡이라고 불렀다고 했다. 그나마 조그마한 관심이라도 줄 때의 이야기였지만.

우리는 뭐, 별로 상관없다고 말했다. 우리는 코치님이 좋았고 사연이 어땠는지야 알 게 뭐겠는가. 베스는 계속해서 사진이 어쩌면 이렇게 꼴 보기 싫냐느니, 원래는 뭐 하나 볼 것 없는 폭탄이었다느니, 정말 기도 안 차는 일 아니냐느니, 고등학교 때 응원단에 끼지도 못했던 사람이 이래라저래라 하는 걸 우리가 왜 고분고분 들어줘야 하냐느니 떠들어댔다. 베스가 원래 그렇다.

베스 생각에는 그 연감이 더 심하다고 생각한 모양이었다. 자기가 좋아하는 돈 하사님을 낚아챈 것보다 더, 수백 배나 더 나쁘다고 생각하는 것 같았다. 그리고 그녀는 그것에 대해 굉장히 여러 차례 말했고 베스의 이야기는 독처럼 조금씩 우리에게 스며들었다. 심지어 코치를 볼 때마다 예전의 뚱뚱한 소녀였던 모습이 겹쳐서 보일 지경이었다. 비록 지금의 그녀는 날씬한 몸에, 금발에 근사하고 완벽한 모습일지라도 말이다. 마치 그녀가 걸친 옷과 다른 모든 것 (프렌치 매니큐어를 한 손톱들과 멋지게 그을린 피부, 팽팽하게 조여진 몸의 선까지)이 가짜이며 당장이라도 사라질 수 있을 것만 같았다. 설명할 수는 없었지만 우리는 점차 그렇게 느끼기 시작했다.

그다음 연습 때에는 분위기가 달랐다. 뭐랄까, 우리는 코치님이 그에 대해 뭔가 말을 하기를 기다리고 있었던 것 같다. 물론 코치님이 그런 얘기를 할 것 같지는 않았지만 말이다. 아니면 베스가 또 그 얘기를 들추어 깐족거리기를 기다렸는지도 모른다. 하지만 실제로는 누구도 무슨 말도 하지 않았고, 베스가 자기 엄마하고 이번에 캡티바로 크리스마스 여행 갈 때 입을 새 비키니 수영복을 사러 가야 되니까 연습을 조퇴하겠다고 말했는데 코치님이 그 얘길 아예 못 들은 척하니까 베스는 그냥 어깨만 으쓱하고 샐쭉이 웃더니 4시 반쯤 그냥 가버렸다. 그런 뒤로 한동안 베스는 몇 번인가 그런 식으로 코치님 신경을 건드렸고 코치님이 조만간 한번은 철퇴를 내리치지 않을 수 없을 것 같았다. 언젠가 켈리가 우리와 겨루던 상대편 응원단 여자애한테 게임 도중 가운뎃손가락을 날렸을 때처럼 말이다. 하지만 코치님은 혼내지 않았고, 그렇게 모든 것이 흐지부지되어갔다.

크리스마스 직전의 일이다. 코치님이 우리 모두를 연습 후에 남게 했다. 우리는 코치님 사무실에서 담배를 피웠고 킴은 코치님 책상 위에 올라앉아 다리를 흔들며 아침 드라마에라도 출연한 것처럼 담배 든 손을 내저었다.

코치님이 자기는 전화 한 통 걸어야겠다고 말했고, 코치님 목소리가 꿀처럼 끈적끈적한 걸로 보아 돈한테 전화하는가 보다고 우리는 훤히 짐작이 갔다. 통화를 마친 후에 코치님이 다른 방위군 남자들도 올 텐데 우리 모두 파티에 가서 놀지 않겠느냐고 물었고 우리는 다 함께 '우와, 그럼요!'라고 대답하고 베스는 새로 산 탱크톱을 입고 돈 하사님을 빼앗을 거라고 말하고 코치님은 '대걸레 자루처럼 빼빼한 애가, 그래, 어디 잘해보렴' 하고 대답해서 우리가 다 까르르 웃었다.

차 안에서, 신경이 완전 붕붕 떠 있고, 믿을 수 없이 신이 났다. 킴은 계속해서 '자, 군인 아저씨들이랑 노는 거야!' 하면서 소리를 쳐댔다.

호텔은 시내의 동쪽 끄트머리에 있었는데 별로 근사하진 않았다. 그래도 돈이 방 두 개에 조그마한 주방까지 딸린 스위트룸을 잡아놓았고 방들은 서로 문으로 통하게 되어 있는데 거기에는 돈 말고도 방위군 대원 네 명이 있었지만 옷이 그냥 청바지 차림이라서 그건 좀 실망스러웠다. 하지만 바에다 술 하나는 잔뜩 채워놓아서 럼주랑 칵테일 믹서랑 온갖 것들이 다 있었다. 방위군 대원들은 우리가 가자 정말 좋아했고 코치님은 남자들을 향해 너희들 나한테 신세 진 줄 알라고 큰소리쳤다.

아마 그게 한두 시간쯤 지난 뒤였을 텐데, 킴과 나는 남자들 중 두 명과 함께 카드놀이를 하고 있었고 남자들은 이름이 셰피와 프라인이라고 했는데 프라인은 계속해서 주먹으로 탁자를 쾅쾅 쳤다. 방이 눈앞에서 핑핑 돌아서 나는 여기서 더 마시면 안 되겠다는 생각을 했다.

물을 좀 마시려고 자리를 떴는데 베스와 코치님이 미니 주방에서 이야기하는 걸 본 게 바로 그때였다. 코치님은 손가락 위에 코카인을 들고 있는데 나는 전에도 한두 번 축구부 애들이 가지고 있는 걸 본 적이 있었지만 우리는 코카인은 안 했다. 그런 약을 했다가는 퇴학을 맞는다. 하지만 베스는 하고 싶어 안달이 나 있었다. 코치님, 제발요. 베스가 조르고 코치님은 계속해서 안 된다고 고개를 젓고 그렇지만 결국에는 베스한테 치아 위에 올려놓기만 할 거라면 주겠다고 해서 베스가 그렇게 했다. 베스는 너무 심하게 취해서 얘는 집에 데려다 줄 수가 없겠구나 싶었다. 할 수 없이 걔네 엄마한테 전화를 걸어서 베스가 몸이 안 좋아 우리 집인지 킴네 집인지에서 자고 간다고 얘기해야 할 판이었다.

"흠. 나라면 저 애를 프라인하고 같이 있지 못하게 할 거야." 코치님 등을 주물럭거리면서 돈이 말했다. "프라인이 저 계집애를 한입 베어 먹고야 말걸. 저 자식은 도무지 자제를 못한다니까. 쟤 다리를 닭뼈처럼 쫙 찢어서 오물오물 씹어 먹을 거라고."

그러고 나서 코치님과 돈은 긴 의자에서 서로 엎치고 덮치느라 정신이 없다가 마침내는 침실 두 개 중 하나로 들어갔고, 나는 집에 갈 차편이 날아갔구나 생각했다. 베스는 보기에 금방이라도 까무룩 정신을 잃을 것 같았다. 비록 남자들한테 계속해서 '그래, 총은 어디다 팔아먹었냐!', '그러고도 너희가 군인이냐!' 하고 고래고래 소리치며 주정을 부리고 있기는 했지만 말이다.

프라인은 서 있는 자세가 흔들흔들하면서도 베스에게 눈길을 못

박았다. 베스의 탱크톱은 거의 벗겨질 지경으로 흘러내려서 잘 태운 어깨가 드러나 있었다. "너 이거 맛 좀 보고 싶은 거 아니야?" 프라인이 베스에게 말했고 베스의 얼굴은 하얘져서 아무래도 이제 그만 가야 할 것 같았다.

나는 일이 돌아가는 게 아무래도 꺼림칙했다. 하지만 킴은 셰프와 춤을 추고 있었고 아무렇지 않게 생각하는 것 같은데다가 둘이 같이 춤을 추자고 끌기에 나도 한몫 꼈다. 그리고 미처 알아차리지 못한 사이에 베스는 어디로 없어져버렸고 프라인도 사라졌다.

나는 침실 앞에 가서 문을 두드리며 코치님을 불렀는데 코치님은 침실에서 나오려고 하지 않았고 얼핏 코치님이 키득키득 웃는 소리가 들린 것 같기도 했다. 젊은 여자애들같이 숨죽여 웃는 그런 소리 말이다. 코치님은 도무지 나올 생각을 안 했고 나는 문을 두드리고 두드리고 또 두드렸다.

건너편 욕실 쪽에서 베스가 구역질을 하는 소리가 내 귀에 들려왔고 나는 저러면 아마 프라인이 그만하겠지 생각했는데 소리를 들어보니 그만두는 것 같지가 않았다.

셰프는 계속 아무 일 없다는 말만 하고 있었지만 갑자기 그렇지가 않다는 사실을 깨닫게 되었는지 프라인 이 새끼 정말 등신 새끼라면서 건너와서 문을 쾅쾅 두들기기 시작했다. 프라인이 문을 열었는데 바지를 끌어 올리는 중이었고 베스는 바닥에 널브러져 있는데 사방에 토해놓은 게 보였다.

프라인은 얼굴이 시뻘게져서 물을 틀어 입고 있는 셔츠의 오물을 씻어내려고 했는데 셔츠가 토사물 범벅이었다. 그러면서 소리치기를 베스가 정말 멍청한 어린애라서 자기가 진짜로 혼 좀 내주려고 했는데 관둔 거니까 다행인 줄 알라고 했다. 하지만 베스는 청바지가 벗겨져서 발목에 말려 있고 속옷도 똑같이 발목에 내려와 있었고 그래서 난 프라인이 이 이상 더 뭘 어떻게 하려고 했다는 건지 알 수가 없었다.

킴이 도와서 베스의 옷을 도로 입히려고 했다. 베스의 눈꺼풀이 파르르 떨리고 눈을 뜨는데 걔 얼굴이 내가 전에는 한 번도 본 적이 없는 그런 얼굴이었다. 다른 사람이 그런 얼굴 한 것도 본 적이 없다. 셰프와 프라인은 주먹다짐이라도 벌이려는 참이었는데 프라인이 말하기를 씨발 집어치우라고, 데려와놓고 지랄이냐고 했다. 마침내 침실에서 나온 돈은 몹시 성이 나서 셰프와 프라인에게 너희들은 진짜 형편없는 자식들이라며 바깥에서 자기하고 얘기 좀 하자고 했다.

돈이 침실 문을 열린 채로 두었기에 안을 들여다보았더니 코치님이 침대에 있었다. 침대보 한 장 덮고 누워 있다가 공주님처럼 귀엽게 공중으로 두 팔을 뻗어 기지개를 켰다.

나는 코치님한테 왜 내가 두드렸을 때 문을 열어주지 않으셨냐고 물었고 코치님은 나를 쳐다보았다. 반들거리는 두 눈에 덮인 열기 어린 몽롱함을 떨쳐버리려고 머리를 흔들더니 나를 보는 것이었다.

나는 프라인이 욕실에서 베스에게 무슨 짓을 했다고 말했다. 추울 때처럼 이가 덜덜 떨리는 게 느껴졌다. 침실이 너무나 추웠다. 마치 높은 고도의 공기처럼 차가워 폐가 다 아팠다.

"프라인이 베스한테 무슨 짓을 했다고? 흠. 뭘 어떻게 했는데?" 코치님이 물었다.

나는 뭐라고 대답해야 할지 몰랐다. 생각으로는, '내 얼굴 보면 모르세요?' 싶었다. 생각으로는, '그 자식이 한 짓을 코치님은 그래 뭐라고 말하실 건데요?' 했다.

코치님의 입 가장자리에 뭐가 반짝했다. 꼭 미소를 지으려고 하는 것처럼. 그때였다, 내가 안 것은. 그러니까 그건 코치님이 체육관에 버티고 서 있고, 목에 호루라기를 걸고 서 있고, 코치님은 시치미를 떼고 혼자 고고하게 있는 그때에 우리는 쿵쾅쿵쾅 관중석 계단을 뛰어 오르내리는데, 코치님이 그만 됐다고 할 때까지 발을 팡팡 차면서 뛰고, 코치님은 전혀 그만두게 할 생각이 없어 보이는 그런 것이었다.

"코치님." 나는 말을 시작했지만, 끝맺지는 못했다.

교차로

빌 크라이머

그들은 벌써 3주째 살인을 안 했다. 일단은 로이 바커가 영 재미없어하는 참이었다.

"포트워스로 돌아가자." 앞이 납작한 포드의 뒷좌석에서, 로이는 몇 번인가 위아래로 몸을 굴렀다. "촌뜨기, 시골뜨기 지겨워 죽겠다."

로이, 더브 둘리 그리고 잭 스크래치는 최근 들어 중서부 텍사스에서 많은 시간을 보냈다. 늘 노상을 이동하면서 에덴, 라이징 스타, 뮬런^{향초의 일종,} 제퍼산들^{바람} 같은 이름들이 붙은 흙먼지투성이 소읍들을 지나곤 했다. 브라운우드와 밸린저에서 밤을 보내고, 멀리 애빌린이나 샌앤젤로까지 떠돌아다니며 한 번씩 변변찮은 시골 은행을 털곤 했지만 거기서 별 재미는 보지 못했다. 적어도 로이한테는 충분치 못했다.

"포트워스에서는 우리가 가는 거 안 좋아해." 더브가 말하고 씩 웃었다.

차를 몰고 있는 것이 더브였다. 그는 허리가 두툼하고 어깨가 넓었으며 근육은 강철 케이블 같았다. 목소리가 높아서 꼭 여자 목소리 같았는데, 그렇다고 누가 더브에게 감히 그런 말을 한 적이 있었다는 것은 아니다. 더브를 아는 사람이라면 절대 못 한다. 로이는 전에 더브가 어떤 사내를 술집 걸상에 가로로 내리박아서 척추를 부러뜨려놓는 광경을 본 적이 있었다. 단지 쳐다보는 눈길이 마음에 들지 않는다는 이유로 그랬던 것이다. 더브의 성깔을 뒤집어놓는 데에는 많은 도발이 필요 없었다.

"포트워스의 경찰들은 우릴 감옥에 넣든 그냥 죽여 없애든 어느 쪽이든 하려 들걸. 아니, 그냥 죽이고 싶어 할 거야." 더브가 말했다.

한 달 전에 그들은 포트워스에서 은행 한 군데를 강도하면서 남자 두 명을 죽였다. 두 명 중 하나가 청원경찰이었다. 경찰은 그런 일을 좋아하지 않는다. 하지만 로이는 그렇다고 해서 조금이라도 거리끼지 않았다. 더브도 마찬가지로 개의치 않았다. 로이 생각에는 잭인들 그따위 것 신경이나 쓰려나 싶었지만, 그래도 잭은 아직은 포트워스로 돌아갈 때가 아니라고 누누이 말을 하고 있었다. 마치 뭔가 복안이라도 있는 것처럼. 하지만 만일 잭에게 무슨 생각이 있다고 하면 그는 아직 그게 뭔지 말을 하지 않은 채였다.

"어때, 잭?" 로이가 짤막짤막한 손가락을 서로 짝 마주쳤다. 기도

라도 하고 있나 싶은 자세였다. "포트워스로 돌아가자고 하면 넌 어쩔래? 가서 재미 좀 보자고, 응?"

잭 스크래치는 면도를 해야 할 것 같은 얼굴이었는데, 사실은 늘 그 모양이었다. 잭은 보조석에 앉아서 창밖에 펼쳐진 메마른 갈색 초원을 내다보고 있었다.

"아직 안 돼." 잭이 고개도 돌리지 않고 말했다.

로이는 한숨을 지었다.

잭의 성질을 돋우려고 그런 건 아니다. 잭은 더브처럼 울컥하는 성깔은 아니었지만, 만약에 잭을 성나게 만든다면 그때는 확실히 손을 봐줄 위인이었다. 틀림없다. 잭이 두목이다. 그들 모두 여기에 동의하는 바이다. 그 사실에 대해서는 아예 옥신각신할 여지가 없었다. 일당은 잭이 하자는 대로 했다.

로이는 좌석에 깊숙이 엉덩이를 들이고 기대앉아 입을 닫쳤다. 차 안은 후끈했고, 열린 창으로 들어오는 바람도 아무런 도움이 되지 못했다. 로이는 덧입은 양복 상의 아래에서 셔츠가 살에 찰싹 달라붙었다. 맥주가 있었더라면, 아니, 뭐가 됐든 차가운 마실 것이 있었더라면, 하다못해 그냥 맹물이라도 좋으니……. 로이는 정말 아쉬웠지만 근처에 가게 따위는 전혀 보이지 않았다. 편편한 갈색 대지와 바싹 말라비틀어지고 햇볕에 색이 변하여 갈색이 되어버린 목화 줄기들 말고는 달리 눈에 보이는 것 자체가 없는 판이었다.

포드는 속도를 높여서 먼지투성이 길을 달려갔다. 수탉 꼬리 같은 먼지구름을 뒤로 끌면서 달렸다.

노인은 의자를 기울여 등받이가 벽에 받쳐지도록 한 채 앉아 있었다. 주유기 한 개짜리 자그마한 휴게소 겸 가게의 벽으로, 그것이 십자로에 있는 단 한 채의 건물이었다. 노인은 푸른 면직의 노역자용 셔츠에다 바래다 못해 거의 허예진 멜빵바지를 입고 있었다. 노인의 등 뒤 광고판들은 비바람에 페인트가 벗겨져 나가서 잿빛을 띠었다.

태양이 건물 뒤에서 솟아오른 지 이미 두어 시간이 지났지만 노인은 여전히 그늘 속에 앉아 있었다. 노인은 길게 뻗어 있는 길을 바라보았고, 아이가 다가오는 것을 볼 수 있었다.

아이가 매일 오전 중 거의 같은 시각에 모습을 나타낸 것도 오늘로 사흘째였다. 노인은 다소간 아이의 등장을 기대하는 마음이 있었다.

아르마딜로 한 마리가 죽은 잡초들과 바싹 마른 옥수숫대들이 깔린 들판에서 쪼르르 달려 나왔다. 들판에는 십자 기둥에 묶어 세운 허수아비가 있었다. 허수아비의 옷은 너덜너덜 누더기에 가까웠고 밧줄로 허리띠를 묶고 있었다. 노인이 보기에 그런 허수아비로는 까마귀 한 마리인들 쫓아버릴 수 있을 것 같지 않았지만 어차피 옥수수 작황이 너무나도 형편없으니 그런들 어쩌랴 싶었다.

아르마딜로는 흙길 가에서 딱 멈추더니 그대로 가만히 있었다. 흡사 골골이 무늬가 진 갈색 돌덩이처럼 보였다. 저놈이 저러고 아이가 오는 것을 기다리는 것 아닌가 싶기까지 했다. 하루 전 아이가 찾아왔을 때쯤에는 어디서 왔는지 난데없는 매 한 마리가 나타났다. 매는 하늘에서 휘이익 급강하해서는 울타리 위에 내려앉았다. 그리고 그 전날에는 또 들판에 사는 야생 토끼가 어디서 튀어나온 건지 껑충껑충 뛰어왔다. 동물들은 다들 아이를 한참이나 뚫어져라 바라보았다.

탓할 수 없는 일이라고 노인은 생각했다. 저절로 눈길이 끌리는 아이였다. 처음 가게에 왔을 때, 아이는 권총 한 자루를 허리춤에 쑤셔 넣은 모습으로 나타났다. 권총 때문에 바지허리가 처져서 엉덩이에 걸려 있었다. 권총은 오래된 M1911이었는데 누군가, 아마도 아이의 아빠가 20년쯤 전에 전쟁에서 돌아오면서 집으로 가져왔을 법한 총이었다. 아빠가 아닐 수도 있고. 노인이 눈으로 본 것은 그저 그 총이 검고 반들반들 윤이 난다는 것이 다였다. 손질이 잘되어 있는 것 같았다.

"그 총은 뭐 하려고 들고 다니느냐?" 노인이 첫날에 물어본 말이었다. "무법자들이 돌아다녀서 걱정이 되더냐?"

아이는 요만큼도 웃지 않았다. 나이는 열세 살보다 더 먹지는 않았다. 얼굴에 쫙 뿌려진 주근깨들과 한 가닥만 말을 안 듣고 뻗친 빨간 머리 탓에 보기에는 더욱 어려 보였다. 하지만 덩치는 나이에 비해 큰 편이었다.

"아무것도 걱정 안 해요. 곰이 쫓아올 때를 대비해서 갖고 다니죠." 아이가 말했다.

노인이 일평생 살아오면서 이 지역에 곰 따위는 나온 적이 없었고, 언제가 되었든 곰이 산 적이 있기나 했는지 의문이었다. 하지만 아이가 노인을 상대로 우스갯소리를 하고 있는 것 같지는 않았다.

"코카콜라 사 마실 돈 5센트 가지고 있어요. 한 병 파실 수 있으세요?"

두 사람은 안으로 들어갔다. 실내에는 노인의 아내가 카운터 너머 현금 계산기 곁에 서 있었다. 그것이 안노인의 일이었다, 그 자리에 서 있다가 현금으로 물건을 사는 사람에게서 돈을 받는 일. 안노인에게도 나무 의자가 있어서 때때로 거기 앉기도 했지만 그래도 주로 서 있었다. 서 있어야 단골이 아닌 뜨내기손님들이 콩 통조림을 슬쩍해 가지 못하게 감시할 수 있기 때문이었다. 안노인은 바깥노인이 붉은색과 흰색으로 칠해진 냉장 박스에서 코카콜라 한 병을 꺼내어 아이에게 가져가는 동안 아무 말도 하지 않았다. 냉장 박스 옆면에는 '얼음처럼 시원한'이라고 쓰여 있었는데, 냉장고 안에 음료수병들이 실제 얼음 위에 보관되어 있으니만큼 그 말 그대로였다. 얼음은 전날 배달되어 온 것이라 거의 다 녹아내렸다. 노인은 냉장고 옆면의 병따개로 코카콜라 병을 땄고 병뚜껑은 챙 소리를 내며 뚜껑받이 속으로 넘어갔다.

"그 5센트 돈 이제 보여줄 거냐, 아니면 날 그냥 이대로 세워둘 셈이냐?" 노인이 말했다.

아이는 주머니 속에 손을 찔러서 5센트 동전을 끄집어냈다. 노인은 아내 쪽으로 고갯짓을 했고 아이는 안노인에게 동전을 가져갔다. 안노인이 돈을 보고 판매를 알리는 종소리를 울렸다. 현금 계산기가 챙 울리면서 서랍이 밀려 나왔다. 안노인이 동전을 나무 서랍

속 정해진 장소에 집어넣고, 서랍을 밀어 닫았다.

아이는 다시 노인 쪽으로 걸어와 코카콜라를 받았다. 노인은 밖으로 나가 자기 의자에 앉았다.

"당신한테 무슨 말이라도 하던가?" 그날 밤 노인이 아내에게 물었다. 노부부는 가게 뒤에 붙은 두어 칸짜리 살림집 공간에서 살고 있었다.

"한마디도 안 합디다. 그냥 콜라를 쭉쭉 마시면서 가게 물건을 둘러보던데요." 안노인이 말했다.

가게 물건이라고 해야 말할 거리도 못 되었다. 근방에 사는 사람들은 이따금 초코바 한 개 사 먹을 정도의 돈밖에는 가진 것이 없었다. 아니면 자기들이 직접 길러 먹을 수 없는 식료품 몇 가지를 사는 것뿐이다. 길러 먹는 식량이라는 것도 대단치 못했다, 이처럼 건조한 기후에서는. 몇몇 사람들은 배를 곯았다. 적은 수가 아니었다.

"당신 생각에는 그 애가 여기 와서 뭘 하는 것 같아?"

노인의 아내는 고개를 저었다. "알 게 뭐예요. 마틴네 아이인가 보던데요."

노인은 마틴 일가를 알았다. 너무나도 가난해서 교회당 쥐라도 그 가족에 비하면 벤 검프보다 더 잘사는 것처럼 보일 정도다. 그 가족은 한 달인가 두 달쯤 전에 팰론으로 이사 왔는데 가게에는 한 번도 온 일이 없었다. 돈이 없기 때문이었다. 그리고 자기네에게 뭐하나라도 외상을 줄 리가 없다는 것도 물론 알았을 것이다.

"그 애 태도가 반듯하고 우리를 성가시게 하지 않는 이상, 가게에 온다고 꺼려지지는 않아요." 안노인이 말했다. "그 아이 돈도 돈이잖아요. 아무리 바지에다 총을 쑤셔 박고 온다고 해도 말이죠."

"그야 그렇지." 그렇게 말했지만 노인은 그게 염려가 되었다.

그것이 아이가 가게에 왔던 지난 이틀간 밟아간 수순이었다. 노인은 아이가 어디서 5센트를 손에 넣었는지가 궁금했다. 당연히 자기 식구한테서 받은 것은 아닐 것이다. 만약에 마틴네 집 아이라면 그럴 수가 없었다.

그리고 또 권총 문제도 그렇다. 그래도 노인은 아이가 어떻게 권총을 갖게 되었는지 묻지 않았고 아이도 말하지 않았다. 아이는 그저 권총과 5센트 동전을 가지고 슥 나타나서 코카콜라를 마시면서 마치 무엇인가를 기다리는 것처럼 한동안 어정거리다가는 또 그렇게 슥 가버렸다.

아이는 오늘 아침에도 딱 그 시각에 맞추어 왔다. 오다가 걸음을 멈추고 아르마딜로를 바라보았다. 아르마딜로도 아이를 마주 쳐다보다가 곧 서둘러 내뺐었다. 사람들은 아르마딜로가 뛸 줄 안다고는 생각 안 하는데, 실은 아르마딜로도 달린다. 게다가 빠르다. 이놈도 아예 거기 있지도 않았던 것처럼 옥수수 줄기 사이로 쏙 숨었다. 아이는 가게를 향하여 터벅터벅 걸어왔다.

노인은 고개를 절레절레 젓고는 뒤로 기울였던 의자를 앞으로 숙여서 앞쪽 두 다리가 바닥을 치게 했다. 의자가 바로 놓이자 노인은 일어서서 아이에게 코카콜라를 꺼내주려고 안으로 들어갔다.

더브가 핸들을 홱 꺾어서 밭에서 튀어나와 차 앞을 쪼르르 달려간 아르마딜로를 치려고 했다. 더브는 자기가 차를 모는데 동물들이 끼어드는 것을 좋아하지 않았다. 더브는 아르마딜로를 치지 못하고 비껴갔지만, 차가 갑자기 요동을 치는 바람에 잭과 로이는 앉았던 자리에서 몸이 튕겨났다.

"빌어먹을! 조심해 몰아, 더브. 날 차 밖으로 날려 보낼 참이야?"

더브는 고개를 반쯤 돌려서 로이를 시야에 넣었다. "나한테 차를 이리 몰아라 저리 몰아라 가르치는 거야?"

로이는 아무 말 말고 닥치고 있을걸 싶었다. 더브는 성질이 더럽고 예민한 놈이었다.

"트집을 잡으려는 건 아니야."

"안 그러는 게 좋을 거다."

로이는 속으로 더브에게 주먹 한 방 먹여주고 싶은 생각이 간절했다. 이 몇 대를 분질러놓든가 콧잔등을 뭉개놓고 싶었다.

"요 앞 갈림길에 가게가 하나 있어." 잭 스크래치가 말을 해서 줄줄이 달려가던 로이의 생각을 끊었다. "거기 가면 차가운 거 한 모금 마실 수 있을 거야, 로이."

'그러면 가게가 있겠구나' 하고 로이는 생각했다. 잭이 있을 거라고 했으니까 있을 것이다. 때때로 잭은 도무지 알 도리가 없을 것 같은 일들을 알고 있었다. 로이는 오싹한 일이라고 생각했으나 그런 말을 하지는 않았다. 자기 말고는 아무도 그걸 꺼림칙하게 여기지 않는 것 같았다.

398

"너도 뭔가 마실래, 더브?"

"코카콜라 한 모금 빠는 것도 좋지."

"그거 좋겠다." 로이가 말했다. 손가락이 꿈틀꿈틀 회가 동했다. "돈은 내나?"

"물론 내야지." 잭이 말했다.

로이는 상을 찡그리고 무슨 말을 하려고 했지만 잭이 그냥 내버려두지 않았다. "진담이야. 너희들 행실 조심해. 우리는 세 명의 준법 시민인 거야. 시골로 하루 놀러 나온 신사들이라고."

"알았어." 더브가 꼭 저다운 여자 목소리로 말했다.

로이는 설사 그게 코카콜라 한 병이라 해도 사고 꼭 돈을 내야만 한다는 이야기에 더브도 자기만큼이나 심사가 편치 않다는 것을 느낄 수 있었다. 그들은 총을 가지고 있고 또 총 쓰는 것을 좋아한다. 이 황무한 시골구석 외진 곳에서 그들을 막아설 사람은 아무도 없다. 잭 스크래치를 빼고는.

"저기 있군." 더브가 말했다.

정말로 길을 따라 저만치 내려간 곳에 가게가 있었다. 로이는 열기가 피워 올린 일렁이는 아지랑이 사이로 그 집을 보았다. 조금 센 바람이 옆에서 불어닥치면 그대로 홀라당 넘어갈 것처럼 생겼다.

"우리 기름도 다 떨어져가." 더브가 말했다.

잭은 더브에게 주유기 옆에 붙여서 차를 대라고 말했고 더브는 그대로 했다. 가게에서 늙은이 한 명이 나왔다. 노인은 차 쪽으로 발걸음을 떼기 시작했으나 잭이 차에서 내리자 멈추어 섰다. 로이는 좌석을 쫙 밀어서 뒷문으로 내렸고, 더브는 운전석 문으로 내렸다. 그들 모두 검은 양복을 상의까지 갖춰 입어서 어깨에 거는 총집에 꽂힌 권총들이 겉에서는 안 보였다.

"꽉꽉 채우쇼." 더브가 말했다.

노인은 눈을 껌벅였고, 몇 번인가 마른침을 삼켰다.

"뭐 하는 거야, 영감. 채우라니까." 더브가 말했다.

노인은 또다시 마른침을 삼켰다. 더브가 한 발 발을 내디뎠다.

그제야 노인이 움직였다. 노인은 주유기 쪽으로 건너가서 노즐을 빼 들고 크랭크를 돌려 주유 미터의 숫자들을 모두 영으로 맞추었다.

세 명의 사내들은 노인을 무시하고 가게로 들어갔다. 가게 안을 비추는 조명은 천장으로부터 드리워진 짧고 나달나달한 전선 끝에 달린 작은 전구 한 개뿐이었다. 사탕 진열대 앞에 아이 하나가 서 있었다. 베이비 루스 초코바를 보면서 콜라를 마시는 중이었다. 노인의 아내가 현금 출납대 뒤에 서 있었다.

"뭐가 필요하세요?" 할머니가 말했다.

아이는 안노인을 올려다보았다가, 마치 남자들이 들어오는 소리를 못 들었다는 듯이 그제야 뒤를 돌아보았다. 정말 못 들었던 것인지도 모른다. 하지만 그자들을 본 순간 아이는 눈이 휘둥그레졌다. 아이의 허리춤에 꽂힌 권총에 대해서는 아무도 말하지 않았다.

"뭐가 필요하세요?" 안노인이 다시 말했다.

남자들은 할머니에게는 관심도 주지 않았다. 더브와 로이는 냉장 박스로 가서 열어보았다.

"코카콜라 마실래?" 더브가 말했다.

"닥터페퍼 있어?"

"아니, 닥터페퍼는 없어. 코카콜라는 있어. 마실 거야, 말 거야?"

"마셔."

더브는 냉장 박스에서 코카콜라 두 병을 꺼내고 뚜껑을 닫았다. 한 병을 로이에게 던져주고는 자기 것을 땄다.

로이는 받은 콜라에 눈길을 주었다가, 더브를 쳐다보았다. "던지면 안 되잖아. 따면 거품이 터져서 엉망이 될걸."

더브는 가타부타 말이 없었다. 자기 콜라를 한입에 반병이나 쭉 마시기만 했다.

로이가 냉장 박스 쪽으로 걸어와 자기 코카콜라 병마개를 땄다. 거품이 넘쳐 나와 병에서 흐르고 로이의 손에도 흘렀다.

"빌어먹을." 로이가 말했다.

"숙녀분 앞에서 그런 말을 쓰면 안 되지." 더브가 말했다.

"말하는 거 갖고 나한테 이래라저래라 하지 마." 로이가 말했다.

로이는 더브가 자기를 자꾸 치받는 게 지긋지긋했다. 더브를 겁내는 것에도 진력이 났다. 자기 권총을 사용할 일이 좀처럼 없는 것도 지겨웠다.

"내가 이래라저래라 한들 네가 뭘 어쩔 건데?" 더브가 말했다.

"이럴 거다." 로이가 말하고, 코카콜라 병을 떨어뜨렸다.

노인은 가게 안에 자기 아내와 그 아이와 함께 있는 자들이 누구인지 알고 있었다. 잭 스크래치 일당이다. 다른 놈들일 수가 없었다. 노인은 라디오에서 그자들에 관한 이야기를 들은 바 있었다. 그 일당이 어떻게 구속을 피해 서부 텍사스를 멋대로 돌아다니고 있는지 들어서 알았다. 노인에게는 전화가 없다. 어떻게 해야 할지 알 수가 없었다.

노인은 아이의 권총이 생각났다. 달음질을 쳐 가게로 돌아와 문을 벌컥 열었다.

남자들 중 두 사람이 서로 마주 보고 자기들 권총을 뽑아 들고 있었다. 화가 나서 얼굴이 뻘겋게 일그러진 채였다. 철망 문이 목조건물의 벽에 부딪치는 소리가 총소리처럼 크게 났고, 남자들은 몸을 돌렸다. 둘 다 동시에 총을 쏘았다. 노인은 몸이 붕 뜨며 도로 가게 밖으로 내동댕이쳐졌다. 얼굴에는 놀란 표정이 떠올라 있었다. 노인의 셔츠 앞판은 새빨갰다.

안노인이 찢어지는 비명을 질렀다. 로이는 총구를 돌려 안노인의 머리를 쏘았다. 안노인은 계산대 뒤로 쓰러졌다. 그녀가 서 있던 자리 뒤의 진열 선반에 놓여 있던 통조림들에 온통 피가 튀었다.

로이가 웃음을 터뜨렸다. 총소리로 귀가 쟁쟁 울렸지만 로이는 재미를 보아서 기분이 좋았다. 자칫하면 일이 더럽게 될 참이었는데 용케 잘 풀렸다. 저놈의 늙은이 덕택에. 노인이 더브의 주의를 로이로부터 돌려주었다.

문제는, 자기들이 한 짓이 아무래도 선을 넘어서 잭을 성나게 만들어버린 것 같다는 점이었다. 잭이 행실 반듯하게 하라고 주의까지 주었는데 지금 사람을 둘이나 죽여놓았다. 잭이 이 사태를 마음에 들어 할 리가 없었다.

로이는 아슬아슬하게 제때에 몸을 돌려서 더브가 잭을 쏘는 광경을 볼 수 있었다. 잭의 38구경이 빙글빙글 돌며 뒤로 날아가 표백제 병을 깨뜨렸다. 표백제의 독한 냄새가 총연 냄새와 뒤섞였다.

더브는 문으로 뛰쳐나갔다. 그는 땅바닥에 널브러진 시체를 뛰어넘어 포드로 돌진해 갔다.

로이에게는 두 가지 선택지가 있었다. 노부부가 살았던 방들로 도망쳐 들어가서 뒤쪽으로 이곳을 벗어날 문이 있는지 볼 수도 있고, 아니면 잭을 끝장내버릴 수도 있었다.

대단히 고심할 만한 선택은 못 되었다. 더브가 지금쯤 차에 갔을 텐데 로이는 탈것을 원했다. 잭에게는 참 안된 일이었다.

잭은 바닥에 고인 표백제 위에 앉아 있었다. 그래 가지고야 양복이 성할 수가 없을 것이다. 오른손은 완전히 피범벅이 되어 손가락에서 마룻바닥에 흐른 액체 속으로 선혈이 뚝뚝 방울져 떨어졌다.

"미안해, 잭. 이유는 알지?"

잭은 대답하지 않았다. 그는 아이를 바라보았다.

아이가 고개를 끄덕였다. 마치 이것이 그동안 아이가 기다려온 바로 그것이었다는 듯이. 아이는 바지춤에서 45구경을 뽑아서 그 총을 잭에게 던져주었다. 목욕용 스펀지만큼밖에 무게가 나가지 않는 것처럼 가볍게 던졌다.

로이는 그 모든 것들이 느린 동작으로 일어나는 것처럼 눈을 번히 뜨고 보고 있었다. 권총이 천천히 포물선을 그리며 회전하는 것, 잭의 왼손이 뻗어 나와 그 총을 공중에서 낚아채는 것까지.

그다음으로 로이가 깨달은 사실은 잭이 그에게 세 방을 쏘았다는 것이었다. 그 뒤로는 로이는 아무것도 알지 못하게 되었다.

노인은 주유 펌프를 잠그지 않았던 것인데, 땅바닥으로 넘쳐흐르는 가솔린을 더브는 전혀 눈치채지 못했다. 더브는 잭이 걱정되어서 정신이 없었다. 잭이 자기를 뒤따라올 것을 그는 알고 있었다. 설사 총에 맞았더라도 쫓아올 놈이다. 더브는 죽이려고 총을 쏘았는데 어떻게 된 일인지 총알이 빗나갔다. 왜 빗나갔는지 알 도리도 없고 빗나간 이유나 따지고 앉아 있을 시간도 없었다.

더브는 트렁크 핸들을 돌려서 세차게 트렁크를 열어젖히고 기관단총에 손을 뻗었다. 총은 낡은 퀼트 보로 싸서 가운데를 묶어놓았는데, 더브는 리본 모양으로 매듭지은 끈을 잡아당겨 풀고 거추장스러운 퀼트 보 끝을 젖혔다.

잭이 자기를 잡으러 올 때까지 기다리는 대신에 더브는 휙 몸을 돌려 쏘아대기 시작했다. 무거운 45구경 총탄들이 들이박혀 건물을 찢어발겼다. 풍상에 낡은 판자를 때린 총탄들은 그대로 푹푹 벽을 관통하면서 나무 부스러기들을 날렸다.

가게 안에서는 통조림 깡통이며 유리병들이 폭발했다. 안에 든 내용물들이 벽과 바닥에 범벅으로 튀어서 벽에 난 구멍들마다 비껴 들어오는 햇살 가닥들 아래 번질거렸다.

잭과 아이는 납작하게 엎드려 있었다. 표백제로부터 얼굴을 돌리고, 너무 깊이 숨을 들이마시지 않으려고 애썼다.

사격에 잠시 사이가 뜨자 잭이 일어섰다. 그리고 문으로 갔다. 더브는 포드 안에 앉아 있었다. 시동을 걸어보려고 죽어라 점화장치를 켜대었다.

"더브!" 잭이 불렀다.

더브는 조수석 창으로 이쪽을 보았다. 더브의 얼굴이 새하얗게 질렸다. 점화장치가 작동을 했고, 더브는 거세게 기어를 넣었다. 더브의 발이 클러치에서 미끄러지고 차가 1미터도 채 가지 못해서 엔진이 꺼졌다. 주유기의 호스 끝이 기름 탱크에서 뽑히면서 가솔린을 땅바닥에 좍좍 뿜어냈다.

더브는 기관단총을 놓아둔 조수석으로 몸을 던졌다.

잭이 세 발 더 총을 쏘았고, 세 발 모두 포드의 뒤 범퍼에 들어가 박혔다. 그 총격이 불꽃을 튀겨서 가솔린 증기에 불을 댕겼다. 순식간에 차는 활활 타올랐고 불길이 가솔린이 쏟아진 땅바닥 위로 화르륵 번져갔다.

더브가 자세를 세우며 기관단총 총구를 창밖으로 내밀어 걸쳐놓은 것은 차가 폭발하기 직전이었다. 잭이 다시 가게 안으로 들어올 때에 바깥에는 뜨거운 금속들이 비처럼 쏟아져 내렸다.

아이는 산산조각 난 차의 부분들이 지붕을 때리는 소리를 들었고, 들어서는 잭을 보았다. 불길이 잭의 바로 뒤에 타오르고 있어서 그의 모습이 마치 불로 된 길을 걸어온 사람처럼 보였다. 노인의 셔츠에도 불이 붙었다.

잭은 권총을 아이에게 던져주었다. 아이는 쉽게 총을 받아서 태어날 때부터 쥐고 태어나기라도 한 듯 자연스럽게 손에 잡았다.

"이제 네 거다." 잭이 말했다.

"전부터 내 거였어요." 아이가 그에게 말했다.

"이제는 다를 거야."

불길이 가게 벽에 이르렀다. 가게가 불타기 시작했다.

"밖에, 뒤쪽에 낡은 후피가 있어요." 아이가 말했다. "차가 굴러갈지 모르겠네요."

"굴러갈 거다." 잭이 말했다. "운전은 할 줄 아니?"

"배운 적이 없어요."

"내가 가르쳐주마."

잭이 오른손을 위로 쳐들었다. 이제 보니 손이 그렇게 심하게 다친 건 아니었다. 잭은 계산대 너머로 몸을 굽혀서 바닥에 떨어진 자기 총을 주워 들었다. 겉옷 자락을 젖히고 총을 총집에 넣었다.

"떠날 준비가 됐나?" 잭이 아이에게 물었다.

아이는 고개를 끄덕였고, 둘은 가게 안을 통과하여 문으로 갔다. 쓰러진 안노인 옆을 지나칠 때 아이는 그 모습을 내려다보았다. 안노인의 얼굴 부분에는 거의 남은 것이 없었다.

"메스껍니?" 잭이 물었다.

"아뇨." 아이가 말했다.

자동차는 가게 뒤편에 있었다. 아이가 말한 대로였다. 오래된 A형 쿠페인데, 색상은 짙은 녹색이고 먼지를 함빡 덮어쓴 채였다. 잭이 운전석에 탔다. 아이는 잭의 반대편에서 차에 올랐다.

잭은 급유 밸브와 타이밍 레버를 조작했다. 스로틀을 당기고, 초크를 걸고, 한 발로 시동 장치를 밟았다. 차가 바로 털털털 돌아가기 시작했다.

"우리 어디로 가요?" 아이가 물었다.

"어디든 다 가자." 잭 스크래치가 답했고, 아이는 빙그레 웃었다.

잭은 이제 불길에 휩싸인 가게로부터 주유 펌프가 폭발하기 직전에 아슬아슬하게 차를 뺐었다. 불의 공이 공중으로 떠올랐고, 가게는 종잇장처럼 타올랐다.

아르마딜로 한 마리가 휘몰아치는 흙먼지에 그 형상이 묻힐 때까지 차를 바라보고 앉아 있었다. 그러고 나서는 가버렸다.

악마의 땅

스티브 호큰스미스

뉴욕 주 뉴욕 시 5번가 175번지
스미스 앤드 어소시에이츠 출판사
유리어스 스미스 씨 앞

　친애하는 스미스 씨.
　이 편지가 귀하와 귀하의 회사 동료분들 손에 확실히 가닿으리라 믿습니다. 분명 여러분 모두 업무로 아주 바쁘신 중이겠죠. 지난달에 제가 원고를 보낸 『이 선로가 아니다, 또는 록하트의 마지막 저항, 철도 모험소설』에 대한 여러분의 반응이 아직 저에게는 소식이 오지 않은 것을 보면 말입니다.
　이렇게 편지를 쓴다고 해서 저에게 손톱만큼이라도 귀하를 재촉

하려는 조급한 마음이 있다는 뜻은 아닙니다. 오히려 정반대죠. 훌륭한 와인처럼…… 아니, 좀더 민주적으로 말해보자면 으깬 옥수수 술밑으로 빚은 한 단지의 밀주처럼 나의 책 역시 시간이 지날수록 오직 그 가치가 무르익을 따름일 테니까요. 그렇기는 해도, 대중 흥미도의 예를 살펴본다면 그 술을 증류해 내리도록 촉발한 사건들의 발생 시기가 더 먼 과거일수록 그 술을 타 마시는 빈도수가 줄어드는 경향이 있다고 첨언은 해도 되겠죠. 아무리 서던퍼시픽 급행열차 징발 같은 짜릿한 일화라 해도 시간과 함께 빛을 잃어갑니다. 좋은 와인이나 밀주나 결국에는 식초가 돼버리듯이 말입니다.

하지만 무엇 때문에 귀하에게 이 점을 지적하겠습니까? 성공적인 출판업자로서 귀하는 말 그대로 쇠이 경우에는 철도가 되겠습니다가 뜨거울 때 때려야 한다는 교훈의 중요성을 잘 알고 계실 것임에 틀림이 없습니다. 그러므로 이것이 귀하의 일반적인 속도라고 짐작되는 바, 철저한 계산과 심사숙고를 거치느라 한없이 시간을 끄는 속도로 일을 진행하도록 그저 맡겨두도록 하겠습니다.

만의 하나라도 귀사의 분들이 나를 위해 서두르지는 마십시오. ……서두른다면 오히려 여러분 자신을 위해서 서둘러야 할 것입니다!

아닙니다, 내가 오늘 편지를 드리는 것은 귀사의 회신을 쓸데없이 (어쩌면 꼭 필요한 것이겠지만) 서두르게끔 재촉하고자 함이 아닙니다. 오히려, 나의 책이 그냥 묵혀져 있는 동안 그런 재촉은 하지 않기에 이처럼 편지를 드립니다.

마지막으로 귀사에 보냈던 편지에서 언급했듯이, 스릴과 섬뜩한 자극 그리고 아슬아슬한 곤경 탈출의 양으로 판단할 때 저의 형님과 저에 비해본다면 귀사에서 출판한『데드우드 딕 매거진』이며『소년 탐정 빌리 스틸』의 주인공들은 집 안에 처박혀 지내시는 연세 지긋한 노처녀 할머니들처럼 보입니다. 그 딕 영감태기나 꼬마 빌리는 매달 꼬박꼬박 싸움에 휘말리곤 합니다만, 구스타프 형과 저에게는 매일매일 목숨에 또는 사지에 새로운 위협을 받지 않고 지나가는 날이 없을 정도입니다. 말도 마십쇼, 저는 자다가 소변을 보기 위해 침대에서 일어나기가 도무지 내키지 않을 지경입니다. 변소에 가는 길에 미쳐 날뛰는 아파치 족에게 공격을 당하거나 해적에게 납치되고 말 거라는 두려움 때문에요.

그 좋은 예로서 우리 형제에게 엄습했던 가장 최근의, 거의 대재앙이 될 뻔했던 일을 말씀드리도록 해주십시오. 여담이지만, 그러고 보면 이 이야기는 귀사의 잡지에 게재되어도 아주 착 들어맞겠습니다. 말하자면 '제시 제임스 총서' 같은 제목으로요. 아니, '큰 뻘겅이와 영감 뻘겅이 총서'가 한결 낫긴 하겠네요.

귀하의 기억을 환기시켜드리자면 큰 뻘겅이와 영감 뻘겅이란 저와 제 형 구스타프를 가리키는 말입니다. 우리 형제의 별명은 언젠가 소몰이꾼으로 일하며 소 떼를 몰고 갔던 여행길에 붙게 된 것입니다. 소몰이꾼들이 흔히 하는 것처럼 별명을 거꾸로 갖다 붙이는 습관은 적용되지 않았지만요. 소몰이꾼 중 뚱뚱한 사람은 보통 '빼빼'라는 별명이 붙고 여윈 사람은 '뚱보'가 됩니다. 또 멍청한 위인은 '교수 선생'이라 불리죠. 하지만 저의 경우 확실히 크다는 데 조금치도 불분명한 점이 없습니다. 영감 뻘겅이는 그냥 따지자면 영감은 아니겠죠, 우리가 사는 이 지구 위에서 보낸 세월이 고작 스물일곱 해이고 보면. 하지만 형은 행동하는 게 영감 같은 편이고, 갑자기 확 요통이 도진 므두셀라처럼 성미도 까다롭게 벌컥벌컥 화를 잘 내는 사람으로 비칠 때가 많습니다. '뻘겅이'라는 말에 대해서는 우리 형제의 머리카락 색깔에 기인한 것이라 하겠습니다. 그 색상은…… 뭐, 짐작하시겠지만 아무래도 청회색이라고는 할 수 없으니까요.

서던퍼시픽 철도 탐정 노릇을 하던 우리가 최근에 그 일자리를 잃게 되었으므로 (철도 회사는 회사 재산이 엉뚱한 데 가 있는 것을 만족스럽게 여기지 않습니다. 예컨대 머그잔이나 신호등이나…… 흠, 기관차 같은 것 말입니다만) 영감 뻘겅이와 저는 S. P의 고향 샌프란시스코에서 일자리도 없고 친구도 없고 돈도 없어 거의 무일푼에 가까운 신세가 되어버렸습니다. 당연히 팰리스 호텔에 가서 록펠러 집안, 로스차일드 집안 사람들이나 그곳을 찾아오는 또 다른 살찐 괭이 같은 작자들과 나란히 환영을 받을 처지는 못 되었죠. 그래서 우리는 대신에 '바바리 해안'이라는 이름으로 알려진 구역에 가게 되었던 것입니다. ……뱃사람들과 포주와 그 외 부둣가에 버글거리는 질 나쁜 패거리들 속으로요.

물론, 그 바바리 해안이라는 동네가 그 나름 유명한 곳이기는 합니다. 댄스홀과 싸구려 술집 도박장과 노상강도와 논다니들과 언제나 그곳에 물씬 감도는 죄악의 분위기로 이름 높죠. 그리고 실제 그 동네는 알려진 명성보다 한 수 위입니다. 아니, 오히려 한참 더 아래로 저질이라고 말하는 편이 어울리겠군요. 하지만 만약 한 무리의 젊은 가축 몰이꾼들이 5개월에 걸친 소몰이를 마치고 마침내 해방되어서 야만스럽게 난동 부리는 광경을 본 적이 있다면 이제 그 뒤로 무엇이 거칠고 험악하다고 충격을 받을 일은 거의 없다고 하겠습니다. 토요일 밤의 닷지 시를 떼어다가 카우보이모자들을 전부 선원모와 중산모로 바꿔 씌우고 소란과 난동을 네 배로 불리면, 그곳이 바로 바바리 해안입니다. 우리 형제는 괜찮을 거라고 생각했습니다.

우리는 태평양 바닷가에 붙은 하숙집에 숙소를 정했습니다. 우리보고 어서 오라는 듯이 하숙집 이름이 '카우보이의 쉼터'였거든요. 소몰이꾼보다는 반들반들한 그분들이 더 많이 돌아다니셔서 '바퀴벌레의 쉼터'라고 이름을 지었더라면 더 정확했을 겁니다. 하숙집이 판잣집 같고 영 허술하기는 해도 작전기지로서 몇 가지 장점이 있었는데, 가장 중요하게는 (형의 생각에) 방값이 쌌고, (내 생각에) 아래층의 선술집에서 파는 술값이 쌌죠. 그 외에 또 핑커턴 국립 수사기관의 이 지역 지부가 걸어서 겨우 20분 거리에 있다는 점이 있었습니다. 짧게나마 철도 탐정 노릇을 하다가 얻은 찰과상과 명이 다 나으면 바로 찾아가려고 작정한 곳이 거기였으니 말입니다.

영감 뻘겅이는, 귀하도 아시겠지만 (귀하가 지금쯤은 저의 책을 읽은 뒤이고 그 책의 출판을 제대로 된 규모로 진행해내는 데 필요한 거액의 자금을 확보하는 과정에 있을 따름이라고 가정한다면요) 머릿속에 자기가 최고의 탐정이 될 거라는 생각을 품고 있었습니다. 형이 이처럼 남 보기에 해괴한 생각을 품게 된 것은 귀사의 경쟁사 중 한 곳의 출판물에 최근 다시 등장한 작고한 대탐정 셜록 홈스 덕택입니다. 내가 '남 보기에' 해괴하다고 쓴 것은 실제로 구스타프 형이 탐정 노릇에는 진짜 타고난 재능을 가졌음을 보여주었기 때문입니다. ……설사 형이 그런 재능을 입증하려고 하면 일이 파국으로 끝나는 경우가 많기는 했더라도 말입니다.

그 점에 대해 생각건대, 그 일들이 시작부터 재앙인 경우도 있었을 수 있군요…… 지금 말씀드리려는 이야기가 거의 그 짝입니다.

진짜배기 수수께끼를 붙들어 그 주변을 냄새 맡고 돌아다닐 때가 아니라면, 아시겠지만, 영감 뻘겅이는 자기 재주를 낯선 사람들에게 실습해보기를 좋아합니다. 짜 맞추어볼 수 있는 단서들을 한데 모아 그 사람 인생의 특정한 면모를 가늠해보는 것입니다. 이를테면 형이 나에게 이렇게 말합니다. '방금 마누라한테 쫓겨났군.' 뺨에 연지 자국이 있고 손에 든 커다란 짐 가방에서는 구겨진 셔츠 끄트머리가 삐죽이 나와 있는 우거지상의 신사를 턱짓으로 가리키면서 한 말입니다. 아니면 이렇게 말합니다. '저 여자가 청소하러 들어갈 때는 은식기는 자물쇠를 채워둬야 될걸.' 눈동자를 이리저리 굴리는 하녀 복장의 여자와 지나쳐 가면서 한 말입니다. 그 여자가 느닷없이 전당포로 쑥 들어가버리기 일보 직전에요. 여자의 한

쪽 팔 아래 긴 꾸러미에서는 천에 감싸여 둔탁해진 금속성의 챙그랑 소리가 나고 말이죠.

하루는 구스타프 형과 내가 '카우보이의 쉼터' 아래층 선술집의 구석 탁자에 죽치고 앉아 있는데, 그때도 이 소일거리가 발단이 된 거라고 생각하시면 되겠습니다. 형은 관찰과 추리를 하느라 정신을 날카롭게 벼리려는 참이었고 나는 스팀 맥주거품 많은 맥주를 가지고 정신을 무디게 만들려는 참이었습니다. 그렇게 어영부영 하루 오후를 즐겁게 보낼 수 있을 것 같았죠.

실제로 즐겁기도 했습니다. 어떤 놈이 쓸데없이 우리를 죽여버리자는 생각 따위를 하게 된 바로 그 순간 이전까지는 말입니다.

그 의문의 어떤 놈이란 샌프란시스코 신문들이 '깡패'라고 칭하는 유형의 사내였습니다. 젊고, 머리가 떡진 건달패 놈이 풍신하게 큰 프록코트에 빨간 우단 조끼를 입고 펠트 모자를 난봉꾼처럼 삐딱하게 기울여 쓰고 흔해빠진 구식의 비웃는 표정을 짓죠. 그자는 몇 탁자 건너에 자기와 비슷하게 쫙 뺀 옷차림에 비웃음을 띠고 있는 짝패 하나와 함께 앉아 있었던 것인데, 그자들의 색색거리는 귀엣말 소리와 낮고 음험한 웃음소리를 들어본다면 남의 뒤통수 후릴 꿍꿍이를 짜고 있음이 그야말로 확실했습니다. 이렇다 보니, 당연히도 제 형의 관심을 끌기에 이르렀고 형은 전심으로 주의를 기울였습니다. ······사실, 너무 전심으로 주의를 기울인 까닭에 결국에는 그 자체가 어느 정도 주의를 끌고 만 겁니다.

"이 씨××이 지금 뭐하자는 거야?" 두 깡패 놈들 중 하나가 을러

댔습니다. 귀사의 식자공이 인쇄판에 짜 넣을 수 없다고 거절할 것임에 틀림없는 단어로 나의 형을 부르면서 말입니다.

"말썽을 빚을 생각은 없는디요." 구스타프가 대꾸했습니다.

"너 씹××가 먼저 야렸잖아."

깡패 놈이 앉았던 자리에서 일어섰습니다. 서봐야 키는 165센티미터 정도밖에 안 되긴 했는데…… 15센티미터짜리 칼을 휙 뽑아 휘둘러대니까 갑자기 골리앗처럼 보이더군요.

"왜 사람을 야리고 자빠졌냐, 씹××야?"

"이봐요, 친구들." 내가 따고 들어갔죠. "지가 여기 우리 씹××를 대신해서 말해줄 순 없지만 지 눈에는 뭐가 보이는고 하면 지금 빌어먹게 커다란 주머니칼이 보이는구먼요. 그리고 솔직히 말씀드려서 지는 그게 안 보였음 좋겠어요. 그러니까 칼은 저기로 쪼매 치우시고 지가 맥주 한잔 사면 어떻겠습니까요, 예?"

"××× 닥쳐라, 병×× ×끼야. 내가 이 ××× ×끼하고 얘기하는 중이잖아." 그 젊은 건달 놈이 우리 탁자 쪽으로 한발 내딛는데 눈은 형만 보고 부라리고 있었죠. "눈깔은 왜 처 ××× 자빠졌냐? 너 씹××, 혹시 뭔 짭새 끄나풀이냐?"

"아닙다." 영감 뻘겅이는 말했고……, 딱 그 말만 하고 말았습니다. 우리 형이 머릿속 생각이 기름칠을 한 듯 쌩쌩 돌아가는 재간둥이일지는 모르겠지만 말하는 걸로 치자면 가끔씩 기름칠은커녕 파리 끈끈이처럼 혓바닥이 철써덕 달라붙는 때가 있습니다. 그 상황에서 그렇고 아니고가 큰 상관 있었다는 말씀은 아니지만요.

깡패 놈이 한 걸음 더 우리 쪽으로 다가들자 놈의 친구도 덩달아 일어섰죠. 이 두번째 놈은 제 짝패보다 덩치가 큰데다 부르쥐는 주먹 한쪽에, 보니까 금색 띠가 빛을 흘리는 거 아니겠습니까. 놋쇠 링을 낀 겁니다. 칼만큼 치명적이지는 않을지 모르지만 그래도 몸을 지키기 위한 무기라고는 뼈와 살갖으로 된 맨주먹 맨손밖에 없는 우리 형제보다 보기부터 한결 위험스러운 건 사실이었습니다.

척 봐도 '혓바닥에 기름칠'이 우리 형제를 이 깡패 놈들한테서 벗어나게 해주지 못하리라는 건 뻔했습니다. 이자들이 이해하는 건 매끄러운 게 아니라 그저 '거친' 겁니다. 그렇다면 그렇게 해주자고 나는 작심했습니다.

"좋아, 이 머저리 같은 소×× 보×× 기×××들아." 나는 일어서면서 으르렁거렸습니다. "네놈들이 자초한 거다."

깡패 놈들은 그 자리에 우두커니 서서 뭐가 뭔지 모르겠다는 얼굴이었습니다. 분명히, 이전에는 소×× 보×× 기×××들이라는 말을 얻어들은 적이 없었던 거죠.

나는 걸상을 집어 들었습니다.

"여러분은 모두들 비키시는 게 좋겠심다." 그때 가게에 있었던 나머지 한 팀의 손님에게 말했습니다. 피코트를 입은 선원 두 명이 있었는데 우리가 마치 저 거리에서 멜로디언 반주에 맞춰 춤추는 캉캉 댄서라도 되는 것처럼 자리에 앉은 채 흘끔흘끔 이 사소한 의견 대립을 곁눈질하고 있었죠. "인자 쪼금 있으면 이 자리서 무진장 나뭇조각이 튀고 골이 튈 테니 말임다."

선원들이 자리를 몇 걸음 뒤로 물리더군요.

"고맙습니다." 나는 반동을 주어서 걸상을 머리 위로 번쩍 쳐들어 올리고, 야구에서 타자가 첫 공을 기다리듯이 깡패 놈들을 떡하니 쳐다보았죠. "한 줌어치도 안 되는 것들을 쓸어버릴라치면 내는 팔꿈치 부딪치지 않게 자리가 넉넉한 것이 마음에 든다 이 말이더라고."

"야, 아우야. 걸상 내려."

나는 영감 뻘겅이를 흘끔 돌아보았습니다. 형은 아직도 자기 자리에 그냥 앉아 있는 정도가 아니라 어찌나 꼼짝도 않고 있는지 형까지 가구 토막인 건가 착각이라도 하겠더군요.

"관찰력으로 내로라 뽐내는 사람치고는 형 아무래도 뭔가 뻔히 보이는 걸 하나 놓치고 있는 것 같아." 내가 말했습니다. "예를 들어, 바로 지금으로 말하자면, 저쪽에 시퍼런 사×××를 손에 쥐고 서 있는 저것들은 갓 따 온 양귀비꽃이 아니라 이거여."

"아아, 거기 두 놈들은 내 걱정거리가 아니여." 형이 말했죠.

두 깡패 놈들 중에서 키 작은 놈이 피식 웃더군요. "씨×××, 걱정 좀 해야 될 거다, ×댕아."

"아니여. 느덜은 우리한테 손 하나 대덜 못할 것이여." 구스타프가 머릿짓으로 왼쪽을 척 가리켰습니다. "나가 맴이 조마조마한 건 산탄총 때문이구먼."

"산탄총?"

나는 내 어깨 뒤를 좀 더 잘 보려고 고개를 쭉 뽑았습니다.

거기에 우리 하숙집 여주인이, '카우보이 매그'라고들 부르는 그 여자가 술 따르는 바 뒤에 총신을 짧게 줄인 산탄총을 양손에 들고 서 있는 것이었습니다.

　"총이 겨눈 것은 느그들 둘인 것 같다만, 그려도 말이여……." 영감 뻘겅이는 말을 계속했습니다. 깡패 놈들보고 하는 말이었죠. "저른 물건은 말이여, 총탄이 쫙 퍼지면서 나간다 이 말이여. 산탄이 터졌다 하면은 고중에 한 알이 누구한테 얻어 박힐지 알 수가 없으니까 말이여."

　"아주머니." 나는 예의 바르게 목례를 하면서 그렇게 부르고, 들었던 걸상을 살며시 마룻바닥에 내려놓고 자리에 앉았습니다.

　"웃기고 있네!" 칼을 든 건달 놈이 저 스스로 돌아볼 생각은 하지도 않고 짖었습니다. "그따위 소리에 넘어갈 줄 아냐!"

　"잘 들어, 이 씨×× 염× 등× ×끼들아!" 매그가 쩌렁쩌렁 기염을 토하면서, 혹시라도 자기 목소리가 충분히 크지 못했을 경우를 대비하여 산탄총에게도 한마디 말을 시켰습니다. 노리쇠를 짤까닥 젖혀서 말이죠. "씨×× 뒈× 우리 집에서 우리 ××× 같은 쌍××의 손님들한테 개×× 박×× 하는 건 금지야. 그러니까 니×× 염×× 시×××의 ×대강이를 싸쥐고 썩 나가. ……기어 나가서 네놈들의 시××× 같은 ××× 똥×에다 마음대로 처××××나 하든가!"

　그러니까, 우리 가축 몰이꾼들이 세상 견문이 최고로 넓은 사람들은 아닐지 몰라도 욕지거리에 대해서라면 우리도 이 지상의 그 어떤 사내 못지않게 많이 배운 사람들 아니겠습니까.

소×× 보×× 기×××들이라는 말이 후진 길모퉁이라고 아무데서나 주워들을 수 있는 욕설은 아니라 이겁니다. 아시죠.

그렇기는 하지만 순수하게 더러운 입담의 폭과 깊이로 따져볼 때 카우보이 매그는 저를 아주 까마득히 앞섰습니다. 정말 솔직히 말씀드리자면 그 여자가 한 말을 저는 반도 채 알아듣지 못한 상태였습니다.

그래도 여자가 무슨 말을 하려고 한 것인지는 알고도 남음이 있었죠. 만약 저 깡패 놈들이 당장 싸쥐고 내빼지 않는다면 놈들의 시××× 같은 ××× 똥×에다 납 탄알을 채워주겠다, 그 뜻이었습니다.

깡패 놈들은 내뺐습니다. 대뜸.

"××질." 매그가 이 연발 산탄총을 도로 바 뒤로 내려 간수하며 클클거렸습니다. "이만하면 내 우×× 씹××에서 쌍××× ×× 같은 짓거리는 하지 말아야 된다는 걸 배웠겠지."

(귀하가 이쯤 되면 바바리 해안 대화법의 풍취를 충분히 만끽하셨으리라 믿기에, 더 이상은 귀찮게 ×××를 써 넣지 않겠습니다. 그냥 마음대로 개×× 씹×× 쌍××을 매 단어마다 끼워 넣으시면 됩니다. 그러면 구스타프 형과 제가 들은 대화를 거의 그대로 들으시는 셈입니다.)

"도와주셔서 참으로 감사하구먼요." 제가 말했습니다.

매그는 바에 척 하니 앞으로 기댔습니다. 기세도 그렇지만 몸집도 보통을 넘는 여자가 되어놓으니 한순간 목선이 깊이 파인 드레스 위로 젖가슴이 쏟아져 내리나 싶었습니다. 풍요의 뿔에서 호박

덩어리가 쌍으로 데굴데굴 굴러나오는 형국으로요.

"내가 만약에 당신들 둘이 짭새 끄나풀이라고 생각했더라면, 쫓아내는 건 당신들 쪽이 되었을 거야." 매그가 말했습니다. "당신들 카우보이지, 그렇지?"

"아주머니, 셜록 홈스 뺨치는 명탐정이십니다." 제가 말했죠.

영감 뻘겅이는 눈을 되록되록 굴렸습니다. ……쓰고 있는 새하얀 '평원의 우두머리' 모자카우보이모자의 초기 형태의 넓은 챙 아래에서 말입니다. 아무리 침 뱉으면 닿을 만큼 태평양에 가까이 와 있어도 형은 여전히 당장이라도 치섬 길텍사스에서 캔자스에 이르는 이송로로 소 떼를 몰고 올라갈 것 같은 옷차림을 고집했습니다. 그리고 아무리 내가 싸구려 양복을 사고 중산모도 새로 사서 도시 사람처럼 꾸민다고 꾸며봤자 아직은 쫙 빼입은 멋쟁이로는 통하지 않는다는 걸 나 스스로 잘 알고 있었습니다. 대평원 사투리에다 햇볕에 바짝 그은 살갗으로는 무리입니다.

"소몰이꾼을 보면 맘이 약해지는 편이신가 봅니다. 그런가요?" 매그에게 그렇게 말해보았습니다.

"이 매그가 어딜 맘이 약해진다는 거야!" 그 여자는 대뜸 버럭 소리를 지르며 어깨를 흔들었고, 그러자 젖가슴이 우리가 캘리포니아 대지진 한복판에 있기라도 한 것처럼 요동하더군요. "하지만 뭐, 그렇지……. 사람들이 나를 '카우보이 매그'라고 부르는 게 내가 양복쟁이들한테 환장해서 그러는 건 아니거든. 예전에는 바바리 해안에 끊임없이 일꾼들이 지나갔지. 몬트레이와 소노마에서 소 떼를 몰고 오곤 했어. 지금은 그렇게 오질 않아. 그래서 당신들 같은 진짜배기 목동 총각들이 한동안 와 있어주면 내가 기분이 좋지. 그래…… 하여튼 간에 당신들은 어쩌다가 여기까지 오게 된 거야?"

"악운 탓이죠, 거의요." 내가 말했습니다. 그러고는 우리가 겪은 고생담을 삭제 축약판으로 들려주었습니다. (무삭제 완전판은 현재 스미스 앤드 어소시에이츠 사에 독점 출판 검토를 준 상태이죠. ……일단은요.)

"그럼 지금은 무일푼이라는 거네, 응?" 내가 이야기를 마치자 매그가 그렇게 말했습니다.

'안 그랬으면 우리가 이런 쓰레기 굴에 와서 묵겠습니까?'라는 말은 그저 조금 무례한 정도가 아닌 것 같아서 나는 그저 한마디만 하고 말았죠. "그렇죠."

"그래. 그 문제는 내가 도와줄 수 있지. 소몰이꾼들은 부두에 가면 언제든지 일을 얻을 수가 있거든. 그거 알아? 당신들은 밧줄 매듭짓는 솜씨도 좋고 땀 좀 흘리는 일이라도 꺼리지 않으니까 말이야. 내가 요거 한 가지 가르쳐주지."

매그는 크게 부풀린, 희끗희끗해가는 검은 머리카락 어디에선가 몽당연필을 끄집어내어 그날의 모닝콜 목록 첫 장에다가 무엇을 끼적이기 시작했습니다.

"카우보이 매그가 보냈다는 말만 하면 돼."

매그는 종이를 기다랗게 쪽 찢어내어 나에게 건네주었습니다. 내가 받으려고 다가서자 대번에 눈에 보였는데, 그 위에는 이런 단어들이 끼적여 있었습니다.

'퍼시픽 스트리트 35번지 – 조니를 찾을 것.'

"형은 부둣가 노역자가 돼서 운을 시험해볼 마음이 들어?" 내가 영감 뻘경이에게 물었습니다.

형은 어깨를 으쓱하더군요. "굶어 죽을 마음은 안 드는 것 같구면."

나는 남은 맥주를 한입에 꿀꺽하고, 구스타프 형은 두 모금으로 잔을 싹 말리고 나서 우리는 그곳을 나섰습니다.

밖에 나오자, 머리 위의 하늘은 깨끗이 개어서 파랬습니다. …… 그리고 그 하늘 밑 거리는 북적북적하고 더러웠죠. 우리의 자그마한 해안 한 귀퉁이는 죄악의 소굴이 너무나 빽빽하게 들어차 있어서 사람들은 그곳을 '악마의 동산'이라고 이름 붙였는데, 아닌 게 아니라 이날 그곳은 지옥에서도 특히 붐비는 구역의 온갖 양태를 보여주고 있었습니다. 술 취한 남자들이 거대한 가축 떼처럼 무리를 지어 비틀거리는 걸음걸이로 주점에서 댄스홀로, 댄스홀에서 창 집으로, 창 집에서 한 바퀴 빙 돌아 다시 주점으로 새롭게 맴돌기를 시작하기 위해 몰려갑니다. 그이들이 발길을 멈추는 것은 오직 소변을 보거나, 토하거나, 아니면 정신을 잃을 때뿐입니다. 그리고 그중 어디거나 상관없이 그들은 십중팔구 그러는 중에 자기 지갑으로부터 해방됩니다. 난생처음으로 한 푼 없는 빈털터리인 것도 좋은 점이 있구나 싶을 지경이었습니다. 소매치기들이 우리를 털어봐야 주머니 속 보풀밖에는 털어 갈 것이 없을 테니까요.

사람을 오염시키는 이 수렁 속을 힘겹게 헤치고 퍼시픽 스트리트 35번지에 이르는 데 거의 15분이나 걸렸습니다. 그리고 그 15분 사이에 우리 형제의 눈에 비친 퇴폐와 타락이란 대다수의 기독교인들이 평생 걸려 봄직한 양보다 한결 많았던 것입니다. 나는 행로의 끝에 무엇이 기다리고 있을지 딱히 또렷한 예상은 하지 않았습니다. 그냥 조합 건물이나 선적 사무실 같은 게 있지 않을까 했죠. 그래서 그 건물이 또 하나의 토굴 같은 싸구려 술집인 것으로 드러나자, 나는 거기에 놀라기보다는 오히려 나 자신의 순진함에 놀랄 지경이었습니다. 바바리 해안 토박이들이 진짜로 일터 같은 걸 마련해놨을 리가 없죠. 아니, 만약에 그런 게 세워진다면 지역사회 분위기를 해치는 밉상 시설이 될 겁니다.

"형 먼저 들어가슈." 내가 영감 뻘겅이에게 말했습니다. 그렇다는 얘기는, 내가 보도 위에서 한동안 기다리고 서 있었다는 뜻입니다. 왜냐하면 형이 전혀 안에 들어가려는 낌새도 안 보였기 때문이죠. 형은 그저 거기 서서 소굴 같은 술집 출입문을 물끄러미 쳐다보기만 했습니다.

"이건 문이라고 하는 것이여." 도움이 되려나 싶어 설명해주었습니다. "사람들이 이걸 밀고 건물 안으로 들어간다 이거여. 그렇게 하면 굴뚝을 타고 내려가지 않아도 안으로 들어갈 수가 있으니까 말이여. 한번 시험해보지그래?"

구스타프가 술집을 보고 혼자 고개를 끄덕했습니다. 그곳은 꼴이 험악한 싸구려 주점이었죠. 면허도 없는 술장사로, 겉치레 따위 할 생각이 없어서 아예 가게 이름도 안 붙인 그런 곳 말입니다. 그

곳이 술집이라는 사실은 술에 취해서 비틀거리며 들어갔다가 더심하게 취해서 비틀거리며 나오는 남자들의 행렬이 끊이지 않는것으로 알 수 있었을 따름입니다.

"분위기가 영 구리지 않냐, 엉?" 영감 뻘겅이가 말했습니다.

"수박밭 똥거름처럼 구리지. 하지만 부둣가에서 일하는 친구들이 다 그런 거 아니겠어? 안 그래?"

"그런 사람들도 있겠지만 분명히 다른 게 있어."

"분명히 다른 거라니 뭐 말이야? 짚이는 거라도 있어?"

형이 고개를 절레절레 흔들었죠. "딱히 뭘 집어서 말한 건 아니야. 없어."

"그럼 뭐야? 형의 홈스 탐정 나리 추리력 때문에 못 들어가고 선거야?"

"아니여. 그냥 내 육감이여." 영감 뻘겅이는 길바닥에 침을 뱉으려고 고개를 돌렸다가, 또다시 눈을 가늘게 뜨고 싸구려 술집의 문을 째려보았습니다. "너도 수상한 여관집들이 있다는 거 알 거 아니여. 사람들이 풍문으로 수군거리는 목장 집들도 있고 말이여. 똑똑한 친구들은 들르지 않고 돌아가는 그런 집들 말이여."

"알지."

"흐음……."

구스타프 형은 다시 침을 뱉었습니다. 그러더니, 위로 손을 뻗쳐서 내 중산모를 귀에 닿도록 확 눌러 내렸습니다.

"이거 봐!" 나는 항의했습니다.

형은 처음에는 오른쪽으로 몸을 기울였다가 다시 왼쪽으로 기울여 내 뒷머리를 꼼꼼히 살폈습니다.

"아니여. 이걸론 될 일이 아니로구먼. 그놈의 쪼그마한 중절모란 놈들은 도대체가 챙이 좁아 터져설랑 말이여."

"아니, 형! 지금 도대체 무슨 얘길 하고 있는 거야?"

영감 뻘겅이가 내 모자챙을 뒤로 기울여서, 앞쪽으로는 숫제 이마가 다 나올 만큼 발랑 젖혀 쓴 모양으로 만들어놓았습니다.

"머리카락 말이여." 형이 말했죠. "내가 내 머리카락을 감춰도 되기야 하겠지마는 나헌티는 콧수염이 있지 않겄냐. 그걸로 우리 둘이 티가 딱 나니까 소용이 없지."

형은 나를 잠시 째려보고 있더니 결국에는 무뚝뚝하게 고개를 끄덕였습니다.

"됐다. 겨우 어찌어찌 통하기는 하겄다. 우리 둘이 생긴 게 닮지 않은 것이 다행이지. 뻘건 머리카락만 빼놓으면 그다지 닮은 데가 없잖아."

"어, 그래. 그래서 내가 하나님께 매일같이 감사합니다, 기도를 하지. 이제 무엇 때문에 미치광이 모자장수 노릇을 하는 건지 얘기 좀 해주지그래? 내 머리카락을 가리는 게 왜 그렇게 중요해?"

"그것은 저 토굴 같은 술집에 우리가 함께 들어가지 않으려고 그러는 것이여."

"같이 안 들어가?

"그려, 그러지 않을 것이여. 내가 먼저 들어갈 거고 들어가서 그

'조니'가 누군지 하여튼 그 작자를 보자고 말하기 전에 조금 정찰을 해볼 거여. 그런 다음에 너는 한동안 좀 뜸을 들이고 들어와설랑 우리 둘이 서로 모르는 사이인 것처럼 굴라 이거여. 만약에 만사 다 괜찮게 술술 풀려나간다 싶으면 내가 내 모자를 벗을 것이니까 너는 그때 건너와서 자기소개를 하도록 혀. 하지만 그때까지는, 너는 뒷전에서 대기 타고 있었으면 좋겠어. ……만약의 경우를 대비해서."

"무슨 만약의 경우를 대비해? 대낮에 술집에서 일은 무슨 일이 난다고 그래?"

구스타프 형은 도로 그 거지 같은 술집 쪽으로 돌아섰습니다.

"대낮이라지만 과연 어떤지 어디 두고 보자고." 형은 엄숙하게 말했습니다. 그러고는 안으로 들어갔습니다.

그다음 몇 분을 나는 옷을 반밖에 안 걸친 모습으로 거리에 쫙 깔려서 지나가는 행인들을 붙잡고 매음굴의 제 '집'으로 가서 '재미' 좀 보자고 꼬드기는 매춘부들을 구경하면서 보냈습니다. 재미를 보는 거에 대해서야 일반적인 원칙상 반대하지 않습니다. 그건 전혀 아니죠. 하지만 개인적으로 매독에 걸려서 삿대질하며 물고 뜯는 게 하하 호호 즐거울 일이라고는 생각 안 합니다. 나는 솔깃하지 않았습니다.

일이 뭐가 어떻게 되든 영감 뻘겅이가 하고 싶은 정찰을 하는 데 그렇게 오랜 시간이 필요할 것 같지는 않다고 나는 생각했습니다. 최소한 바깥에서 보기에 그 술집은 보통 집에 딸린 변소만 한 크기였거든요. 그 장소를 탐색한다고 해봐야 고개 몇 번 돌릴 것도 없이 끝이 날 겁니다.

그래서 시간 끌 것도 없이 나는 성큼성큼 안으로 들어갔습니다. 그리고 내 생각이 반만 맞았다는 걸 금세 깨닫게 되었죠. 분명히 그 장소는 작았습니다, 드문드문 놓여 있는 탁자는 겨우 대여섯 개가 다고, 관 짝 두 개 붙인 것만 한 길이나 될까 싶은 바가 있고, 천장은 하도 낮아서 내가 만약에 좀 통통걸음으로 걸었다가는 정수리 뚜껑에 나무 가시가 얼어 박히게 생겼더군요. 하지만 그 실내는 어둡고 시끄럽기도 했습니다. 그래서 형을 찾아보려는 생각이라도 하기에 앞서 우선 잠시 내 감각을 가다듬어야만 했습니다.

세상에 박쥐와 부엉이만을 위해 영업하는 주점이 있다면 바로 그곳이었습니다. 그 정도로 어둠침침한 공간을 헤쳐 나갈 수 있는 건 박쥐하고 부엉이 말고는 따로 없을 테니까 말이죠. 나는 바에 몸으로 가 부딪쳤고 눈에 잘 뵈지도 않는 남자에게 맥주를 주문했습니다. 그리고 그 사내가 잠시 후 맥주잔을 내려놓았을 때 내가 그걸 알아차린 것은 눈으로 봐서가 아니라 소리를 듣고서였습니다. 그렇기는 해도 내가 맥주에 집중하는 동안 눈이 컴컴한 실내에 적응이 되었고, 몇 모금 넘긴 후에는 영감 뻘겅이가 어디 있는지 포착이 되더군요. 형은 바의 반대쪽 끝에 있었습니다. 짙은 색 양복을 입은 사내 옆에 서 있는데 이 작자 몸집이 어찌나 크고 네모지고 또 둥글둥글 살이 올랐는지 누구한테 피클을 담은 나무통이라고 해도 통하겠더군요. 나는 이 작자와 구스탸프 형이 함께 바 위로 몸을 굽히고 각자 술을 홀짝이며 낮은 음성으로 이야기를 나누고 있는 것으로 보아 그자가 그 '조니'인가 보다 짐작했습니다.

우리 형의 '평원의 우두머리' 모자는 아직 그대로 머리 꼭대기에 올라앉아 있었습니다. 나는 맥주를 마셔가면서 좀 엿들어보려고 죽어라 귀를 기울였습니다. 운 나쁘게도 다른 손님들이 쉴 새 없이 으하하, 크하하, 웃고 떠들고 있어서 (그 손님들이란 대부분 외국 선원들, 이 동네 취객들, 아니면 그 두 부류를 먹잇감으로 삼을 깡패 놈들이었는데) 이자들의 소리 탓에 영감 뻘겅이와 조니가 속삭이는 낮은 목소리는 말짱 꼬르륵 가라앉아 하나도 들리지가 않았습니다.

내가 거기서 한 5분쯤 상류사회 귀부인이 차 모임에서 그럴 것처럼 입 끝으로 홀짝홀짝 맥주를 맛보고 있으려니까 바텐더가 바 건너편 내 앞에 와 서서 내 잔에다 더러운 손가락을 흔들어댔습니다. "술을 마시는 거야, 아니면 증발되길 기다리고 있는 거야?" 나는 단숨에 맥주잔을 번쩍 들어서 목구멍에 콸콸 부어 넣고, 바 테이블 위에 5센트 동전을 탕 때려놓았습니다. "한 잔 더 부탁합니다."

바텐더는 거품 덮인 주전자에서 맥주를 따라 내 잔을 채웠는데, 주전자도 그걸 쥔 사람만큼이나 더러웠습니다─거의 비슷하게 더러웠지만 아슬아슬하게 바텐더 쪽이 더했죠.

"여긴 술집이야." 주전자를 내려치듯 세게 내려놓으면서 그 작자가 으르대었습니다. "기대고 설 게 필요한 거면 나가서 가로등에나 기대서든가." 나는 고개를 끄덕여주고 새로 나온 맥주를 기운차게 한 모금 꿀꺽 들이마셨습니다. (새로 나온 맥주라고 했지만 말 그대로 새로 따라준 맥주라는 뜻입니다. 맥주 자체는 어찌나 김빠진 맛이 나던지 메이플라워호에 실려 미국으로 건너온 거라고 해도 놀라지 않을 지경이었죠.) 바텐더가 슬슬 저쪽으로 걸음을 돌리자 나는 내가 술 취한 미친놈처럼 굴지 '않은' 탓에 너무 지나치게 눈길을 끈 것은 아니었기를 바라며 오른쪽을 슬쩍 훔쳐보았습니다. 조니는 나에게 등을 돌리고 구스타프 형 쪽을 향해 섰는데, 그자의 널찍한 등이 내 시선을 가리고 있었죠. 형으로 말할 것 같으면 내 눈에 보이는 거라고는 형의 모자뿐이었습니다. 형은 아직 모자를 쓴 상태였습니다. 그 정도는 분간이 되었죠. 하지만 모자의 각도가 보기에 영 요상했습니다. 모자가 앞으로 숙여져 있는데 모자챙이 거의 제자리에서 위아래로 움직이는 꼴이 마치 영감 뺄경이가 바 테이블 위에 윗몸을 수그리고 무엇을 읽느라고 그러는 것만 같았습니다. ……그런데 그럴 리는 없는 줄을 내가 안다 이 말입니다. 우리 형의 글 읽는 실력이나 메기가 포커 치는 실력이나 비슷비슷한데요.

내가 막 몸을 뒤로 젖혀서 좀더 잘 보려고 하는 그때에, 바텐더가 느닷없이 꽥 고함을 쳤습니다. "키스! 키스!"

바텐더가 보는 쪽을 보았더니 술집 안 저쪽 끝에 엉망으로 흠집이 난 낡은 피아노 한 대가 놓여 있었습니다. 그리고 비쩍 마른 몸, 면도 안 한 얼굴의 영감태기 하나가 그 옆 걸상에 사지를 척 늘어뜨리고 앉아 있더군요. 가슴에 턱을 받치고 눈은 감은 채로요.

"일어나, 키스! 밥값은 해야지!" 바텐더가 호령했습니다. "그래, 일어나요! 한 곡 쳐주시오, 키스!" 누군가가 소리쳤습니다. "〈석별의 노래〉 어때요?" 또 다른 사람이 외쳤고, 손님들 대부분은 와하하 커다랗게 웃음을 터뜨렸습니다. 나머지 몇 명은, 나도 그중 하나였습니다만, 이게 뭔가 싶어 웃을락 말락 하면서 키스가 기운 없이 눈을 껌벅이고 깨어나서 걸상을 피아노 앞쪽으로 질질 끌고 가는 걸 바라보고 있었죠. 이건 분명 뭔가 이 술집에서 통하는 우스운 의례인 모양이지만, 웃고 고함치는 소리들에 잔혹한 날이 서 있었습니다. 소싸움에 보내는 환호성처럼 말입니다.

늙은이는 기다란 두 팔을 머리 뒤까지 쳐들더니 그대로 잠깐 공중에 멈춰 있었습니다. 그런 뒤에 건반에 양손을 쾅 하고 내리 때렸습니다.

그렇기는 하지만 그냥 아무렇게나 후려친 건 아닙니다. 키스는 화음을 친 겁니다. 낮고 불길한 음조의 화음이었죠. 그걸 요란하고 빠르게 두 차례 되풀이하여 꽝꽝 치고는 그 여운이 공중에 시커먼 구름처럼 떠돌게끔 잠시 있었습니다.

그런 다음에 한 줄기 햇살이 음침한 분위기를 가르고 내리비쳤습니다. 즉, 밝은 음률이 울려 나와 비록 낡고 조율 안 된 피아노지만 그래도 명랑하게 메아리친 것입니다. 경쾌하다 못해 거의 정신이 돈 것 같은 소리였습니다.

"런던 다리가 무너지네._{유명한 전래동요}"

웃음소리가 더 많이 터져 나왔고 몇몇 사내들은 실제로 노래를 따라 부르기 시작했습니다. 하지만 공연은 오래 지속되지 못했습니다. 그 노래를 한 번 빠르게 훑듯이 치고 나자 키스는 바로 연주를 마쳐버리더군요. 그러고는 자기 걸상을 원래 쉬던 그 자리로 끌고 가서 피아노에 몸을 고이고 축 늘어져 눈을 감는 것이었습니다.

여흥거리가 없어지자 장내 분위기는 무척이나 처량해졌습니다. 정말이지 벨라 유니온이나 다른 대형 생음악 주점들은 이곳을 겁낼 필요가 요만큼도 없을 터입니다. 하지만 그래도 그 공연은 아주 갈채를 받았습니다. 사람들은 여전히 손뼉을 치고 발을 구르고 있었습니다. 연주하던 영감태기는 도로 스르르 잠이 들었는데도 말입니다.

나는 바 저쪽 끝으로 눈길을 던져보았습니다. 형하고 나하고 서로 눈알을 굴리거나 어깨라도 으쓱할 줄 알고 그랬던 겁니다. 그런데 눈길을 나누고 자시고 할 것도 없었습니다. 왜냐하면 거기에는 눈짓을 받아줄 사람이 아예 없었거든요.

영감 뻘겅이가 사라졌습니다.

조니는 바에 기대고 몸을 내밀어 바텐더와 무슨 말을 속살거리고 있는 중이었고, 그래서 나는 마침내 그자의 듬직한 어깨를 비켜서 저편을 볼 수 있게 되었는데, 그래 봐야 내 눈에 보이는 건 벽뿐이었다 이겁니다. 나는 목을 이쪽으로 뽑았다 저쪽으로 뽑았다 하면서 실내를 좀더 살펴보았습니다만, 헛수고였습니다.

키스가 피아노 건반을 간질이는 걸 보느라고 눈길을 돌린 지 한 1분밖에 안 지났습니다. (건반을 간질인다기보다 실컷 패주었다고 하는 게 더 사실에 가깝긴 하겠군요.) 그런데 그 짧은 시간에 영감 뻘겅이가 도대체 어떻게인지 자리를 떴다 이겁니다. 그런데 그렇다고 형이 앞문으로 나갔을 리는 없지요, 내 코앞을 걸어 지나가지 않고야 그럴 수는 없으니까요. 그리고 뒷문은 저쪽에, 피아노 곁에 있었습니다. 형이 그쪽으로 나갔으면, 마찬가지로 내가 봤을 겁니다.

말하자면, 우리 형이 간혹 못되게 성질을 부릴 때도 있기는 했습니다. 그리고 솔직히 이놈의 형 그냥 어디로 가버리면 좋겠다고 생각한 적이 있는 것도 사실입니다. 하지만 정말로 형이 벌떡 일어나서 그것을 실행하리라고는……, 무슨 평 하고 터지는 연기 같은 것도 없이 그냥 꺼져버리리라고는 결코 꿈도 꾸어보지 못했습니다. 형이 모습을 감춘 것은 너무나 갑작스러운 일이어서, 사실 난 내가 정신이 온전치 못한 건 아닌가 의심할 지경이었습니다. 구스타프 형이란 그저 내 상상의 산물이 아닌가 염려가 되더군요. 정신이 이상하신 우리 프란츠 삼촌이 한때 감자 한 알을 '베렌손 씨'라고 부르면서 친구로 삼았던 것처럼 말이죠.

내가 정신이 돈 게 아니라는 증거는 금세 발견되었습니다. 그건 동시에 무엇인가 고약한 음모가 진행 중이라는 증거이기도 했죠.

나는 영감 뻘경이가 서 있던 위치를 다시 훔쳐보았습니다. 그리고 덩치 크고 살집도 두둑한 조니 옆으로 바 위에 반쯤 찬 유리잔이 두 개 놓여 있는 것을 포착했습니다. 바텐더가 술잔 하나를 집어 들더니 바 밑에다 술을 비워버리고 더러운 행주로 빡빡 문질러 윤을 내기 시작하는 게 아니겠습니까.

만약 형이 소변이 급해져서 슬쩍 화장실(아니, 이 장소의 성격으로 보아 화장실이 아니라 뒷골목이었겠지요)에 갔다면 왜 바텐더가 형의 술잔을 닦는다는 말입니까? 그리고 만약 구스타프 형이 그냥 척 일어나서 나가버린 것이라면 왜 나가면서 나를 안 데리고 간단 말입니까?

그 얘기는 즉 우리 영감 뻘겅이가 사라진 게, 제 발로 나간 게 아니라는 뜻이었습니다. 형은 납치를 당한 것입니다.

나는 바텐더의 발치 쪽을 보았습니다. 넘어가서 바텐더의 일꾼 단화 위에 머리부터 거꾸로 박지만 않을 한도 내에서 최대한 바 위로 몸을 내밀어서 살펴봤죠. 그럴 리는 없어 보이지만, 그래도 구스타프 형이 낙인찍을 준비가 된 소처럼 꽁꽁 묶여 옴짝달싹 못한 채 바 뒤에 놓여 있지 않다는 것을 내 눈으로 확인해야 했으니까요.

물론 형은 거기 그러고 있지 않았습니다. 내가 거기서 본 것이라고는 구정물 양동이, 맥주 꼭지처럼 보이는 것(아마도 마실 만한 맥주를 몰래 따로 꿍쳐놓고 특별 대우를 해줘야 할 손님한테만 부어주려는 것이었겠지요), 여러 가지 병이 뒤죽박죽 들어 있는 상자들, 그리고 알아두면 좋을 정보로 카우보이 매그의 것과 똑같은 총신을 짧게 한 엽총이 있었는데 그것까지가 다였습니다. 이건 틀림없이 「바텐더 지침서」에 규정으로 올라 있는가보다 싶었습니다. '위스키에 물 타기' 항목과 '소몰이꾼에게는 외상 사절' 항목 사이에 떡하니 '바 아래에 산탄총을 둘 것' 이렇게요.

내가 자기 쪽을 넘겨다보는 것을 바텐더가 보고는 어찌나 시어빠진 눈으로 나를 째리던지, 그 눈빛에 물을 타서 레모네이드로 팔아도 되겠더군요.

나는 억지로 미소를 지었습니다.

"나한테 신경 쓰실 거 없슴다, 선생. 말씀하신 거 잘 알아들었거든요." 나는 맥주잔을 집어 들어 단박에 반잔을 내 편도선 위에 촤라락 퍼부었습니다. "꿀꺽, 꿀꺽, 꿀꺽, 맞죠?"

바텐더는 구태여 대답까지 해줄 마음이 없었습니다. 나야 그런들 아무렇지도 않았죠. 바로 그때 내게 필요한 것은 무시를 당하는 거였으니까요. 나는 스스로 어떻게든 빡세게 머리를 굴려봐야만 했습니다. 빠르게.

물론, 이러한 수수께끼를 풀어내기에 적당한 사람은 영감 뺄경이 본인입니다. 그런데 그 장본인이 납치를 당한 판이니 그걸 형하고 의논한다는 게 될 일이 아니지 뭐겠습니까. 그리고 법에 호소한다는 건 아예 택해볼 수 있는 방법이 못 되었습니다. 바바리 해안은 경찰관들에게 위태로운 장소입니다. 그래서 최소한 열 명 이상 조를 짜지 않고는 이 근처에 얼씬이라도 하는 법이 없었습니다. 내가 경찰관을 한 명이라도 보려면 한 열두 블록은 걸어 나가야 할 상황이었죠.

하지만 내가 의지할 수 있는 인물이 하나 있기는 하다는 사실이 떠올랐습니다. 하긴 그 사람도 손 닿는 데 있는 게 아니기는 마찬가지였지만요. 셜록 홈스 씨 말씀입니다. 그래요, 홈스에 달통한 사람은 구스타프 형 맞습니다. 하지만 형이 홈스를 아는 건 오로지 나를 통해서 알게 된 거였습니다. 내가 그 위대한 탐정에 관한 존 왓슨의 이야기를 밤이면 밤마다 형에게 읽어주었다 이겁니다. 형이 추론에 관하여 들은 것은 무엇이든지 나도 얻어들은 바 있었습니다. 그 저 들은 것을 실제로 활용하기만 하면 되는 것입니다.

나는 눈을 내리감고 영감 뻘겅이가 무엇보다 좋아하는 홈스 인 용구들을 긁어 올렸습니다.

"증거를 전부 손에 넣기 전에 가설을 세우는 것은 치명적인 실수 이다."

쓸데없습니다.

"사소한 것들이 결국 가장 중요하다."

쓸데없습니다.

"명백한 사실보다 더 잘 사람을 속이는 것은 없다."

쓸데없습니다. ……게다가 더럽게 바보 같습니다.

"불가능한 것을 제외하면 거기서 남는 것이, 아무리 그럴 것 같 지 않아 보인다 해도 진실일 수밖에 없다."

이 말에 따르자면 내가 내릴 수 있는 결론은, 형이 천장을 뚫고 날아간 것도 아니고 마룻바닥을 파고 땅속으로 내려간 것도 아니 라 치면, 내가 등을 돌린 사이에 조니와 바텐더 둘이서 형을 홀딱 집어삼켰다는 것이겠죠.

쓸데없습니다. 쓸데없습니다. 쓸데없습니다.

단…….

실제로 내가 등을 돌리기는 돌렸죠. 사실 아닙니까? 그런데 왜 돌렸습니까? 처량하게 늙은 영감태기가 피아노를 가지고 난리 법 석을 떠는 걸 보자고 그랬던 겁니다. 바텐더가 노인네한테 치라고 해서 그렇게 된 겁니다.

키스 영감태기의 짧은 연주는 아마 딴 데 정신을 팔게 하려는 술수였을 겁니다. 하지만 어디로 딴 데 정신을 팔게 한다는 겁니까? 영감태기는 양쪽 문 중 어느 쪽도, 누구의 눈길도 전혀 가리지 않았습니다. 그냥 왕창 시끄러운 소리를 냈을 뿐이죠.

그러니 그 작자가 가린 것은 시야가 아니라 십중팔구 소리 쪽이 아니겠습니까. 감춰진 문이 열리는 소리요. 필시. 아니면 그 어떤 비밀 장치가 작동하는 소리이든가.

"불가능한 것을 제외하라." 홈스가 말했습니다. 좋습니다. 우리 형이 왼쪽이나 오른쪽으로 끌려가지 않았다고 한다면 남는 것은 오직 위 아니면 아래쪽뿐입니다. 아무래도 둘 중 한쪽은 아마 그렇게까지 불가능하지는 않았던가 봅니다.

나는 머리를 뒤로 홱 젖혀서 남은 맥주를 들이부었습니다. 그러면서 구스타프 형이 서 있던 위치 바로 위의 천장을 흘긋 훔쳐보았습니다. 서까래와 거미줄밖에 볼 것은 아무것도 없었습니다.

나는 유리잔을 내려놓고 주머니에서 10센트 주화 하나를 끄집어냈습니다.

"막잔이니까 호밀 위스키 한 잔 줘요." 바텐더에게 말하고, 곧이어 동전을 손가락 사이로 흘리면서 '이런 젠장' 하고 말했습니다. 내 돈을 도로 주워 든 다음에 나는 바 앞 저쪽 끝의 마룻바닥을 자세히 살펴보았습니다.

다시 몸을 펴고 일어섰을 때, 나는 빙그레 웃음 짓고 있었습니다.

……그리고 이를 갈고 있었죠.

"여기 있심다, 친절하신 주인 양반." 나는 최대한 기분 좋게 꾸며 말을 했습니다. 내가 얼마나 그놈의 바텐더 자식 머리통을 병마개 뽑듯이 뽑아버리고 싶었는가를 생각해볼 때 그만하면 잘한 겁니다. 나는 10센트 동전을 그자 앞에 놓았습니다. "이번에는 홀짝홀짝 감질내는 꼴 보실 일이 없을 겁니다. 두고 보십쇼."

말없이, 노려보면서, 바텐더는 짤막한 유리잔을 탕 소리가 나게 내려놓더니 담배즙 색을 띤 액체를 한 번 쪼록 부어 잔을 채웠습니다. 맛 역시 거의 담배즙 맛이 나더군요.

나는 그 술을 단번에 꿀딱 넘겨버리고 빈 잔을 도로 바 위에 놓았습니다.

"거스름은 가지세요."

고맙다는 말도 못 들었습니다. 바텐더는 그저 내가 내려놓은 키 작은 잔을 홱 낚아채어 너덜너덜 쥐 파먹은 쪼그마한 넝마 조각으로 딱 한 차례 훔치고는 도로 한쪽에 치워놓기만 했습니다. 다음번의 돈 내는 손님에게 그걸 그대로 내줄 셈이라 이 말이죠. 내가 나가려고 몸을 돌릴 때 바텐더는 어슬렁어슬렁 제 덩치 큰 짝패 조니 쪽으로 돌아갔습니다.

문을 향하면서, 사실은 단걸음에 뛰쳐나가고 싶었지만 나는 보통으로 편안한 걸음걸이를 유지했습니다. 조니와 바텐더 놈이 나를 주시하고 있지는 않은지, 그러다 혹시라도 내 중산모 아래 빼꼼히 삐져나온, 딸기처럼 새빨간 짧게 친 머리카락 한 오라기를 눈치챈 거나 아닌지 한번 흘끔이라도 뒤를 돌아보지 않는다는 것이 참으로 고문이더군요. 하지만 만약 사소한 요소들이 진정 가장 중요하다 치면 그처럼 진짜 별것 아닌 조바심의 표현도 얼마든지 의심을 불러일으키기에 충분할지 모릅니다. 그리하여 내가 우리 형을 구할 실낱같은 기회를 그만 와작 뭉개게 될는지도 모릅니다.

형이 어디에 있는지 마침내 알아냈는데, 등판에 산탄총 총알을 한 대접이나 얻어맞아서야 내가 그 장소에 이를 도리가 없지 않겠습니까.

나는 가까스로 시선을 똑바로 앞으로만 두었습니다.

밖으로 걸어 나오자 햇빛이 눈이 멀 지경으로 밝았습니다만, 몇 번 눈을 깜박이자 춤추던 먹 점들은 사라졌습니다. 나는 여전히 느긋한 걸음을 유지하여 거리로 발걸음을 떼어놓았습니다. 혹시 모르니까요.

그러기는 했지만, 첫번째 길모퉁이에 이르기 전에 나는 결국 스스로 어깨 뒤를 넘겨다보도록 허락하고 말았습니다. 취객들과 싸구려 계집들, 싸움질하는 놈들은 잔뜩 보였지만 조나 바텐더 놈은 흔적도 없더군요.

나는 홱 뒤로 돌아 서둘러서 그 술집 쪽으로 돌아갔습니다.

그렇기는 해도 도로 술집으로 들어간 건 아닙니다. 그 대신에, 술집 바로 뒤, 술집과 나란히 나 있는 좁다란 골목길로 접어들었습니다. 한 열 발짝 성큼성큼 큰 걸음을 떼었더니 거기 술집 건물에서 툭 불거져 나온 경사진 뚜껑 문이 있더군요. 폭풍 대비용 지하실 출입문이었습니다. 나는 몸을 굽혀 금방 부서질 듯한 쌍여닫이문을 조심스럽게 당겨보았습니다.

잠겨 있었습니다. 안에서 빗장을 질러놓은 것입니다.

나는 동작을 멈추고 할 수 있는 방도를 따져보았습니다. 그리고 최고로 좋은 방안이라 해야 얼마나 썩어빠진 냄새가 풍기는지 깨닫고 한숨지었습니다.

나는 문을 두드렸습니다. 가볍게. 처음에는 예의 바르게, 그러고 나서 바바리 해안에서는 누가 됐든 무슨 일이 됐든 예의 바르게 하는 법이 없다는 게 생각나서 다시 거칠게 두드렸습니다.

"누구요?" 문 아래에서 한 남자가 물었습니다.

억양도 가성도 내 정체를 들통 낼 다른 어떤 실마리도 나오지 않기를 기도하며 나는 대답을 감행했습니다.

"조니."

"벌써?" 문에 막혀 희미하게 들리는 질질 끄는 발소리가 가까이 왔습니다. "좀 이르지 않아, 응?"

"그래?" 나는 굵직한 소리로 말하면서 조니의 말소리가 혀짤배기소리가 아니기만을 바랐습니다. 문이 덜컹거렸습니다.

나는 뒤로 물러섰고, 문이 아니라 내가 덜덜 떨리는 지경이었지만 방법은 단 한 가지뿐임을 명심했습니다.

"아니, 그냥 아직 날이 어둡지도 않았고……."

쌍여닫이문이 벌러덩, 열리기 시작했습니다.

"그리고 아직 넷밖에…… 으이이이익!"

그자가 내 얼굴을 본 때쯤 나의 발길질은 거의 그자의 얼굴에 다가가 있었습니다.

영감 뻘겅이가 걸핏하면 신이 나서 들추어내는 대로, 나는 내 발을 내 입안에다 썩 쉽게 집어넣을 수가 있습니다. 그렇긴 해도 내가 다른 사람의 입에다 발을 처넣기로는 이것이 처음이었습니다. 뭐, 그렇게 깊이 들어가지는 않았죠. 당연합니다. 그냥 그 사내가 앞니를 잃고 뒤로 붕 날아 도로 지하실에 처박히게 만든 것뿐입니다.

나는 그자를 따라 뛰어 내려가 놈이 첫 신음을 내지르기 전에 위장 있는 데에 두 방 발끝을 질러 넣었습니다. 그자는 빼빼 마르고 꾀죄죄하니 키도 작은 친구였는데, 내가 본 것이 아니었더라면 그런 사내를 그렇게 거칠게 다룬 게 어쩌면 찝찝했을지도 모르겠습니다. 지하실 깊숙이 그늘진 곳에 무엇이 쌓여 있는 것이 나의 눈에 띄었습니다.

사람이었습니다. 네 명의 남자들이, 내가 술집 마룻바닥에서 발견한 틈새 바로 밑에 놓여 있는, 오래되어 썩은 침대요 위에 네 활개를 펴고 엎어져들 있었습니다. 비밀 문이었던 것이죠. 밑에서 보았더니 목제 널이 있어서 그걸 뽑으면 함정 문이 떨어지게 돼 있고, 관절부가 있는 쇠막대가 천장을 뚫고 올라가는데 아마도 바 밑에 숨겨진 여벌의 맥주 꼭지로 이어져 있을 것 같았습니다.

그렇기는 해도 그 시점에 나는 '어떻게' 그 일이 이루어졌는지는 별 상관이 없었습니다. 나를 진짜로 뒤집히게 만든 건 '누구를' 건드렸느냐 하는 것이었죠. 왜냐하면 쌓여 있는 남자들 맨 위에 길게 뻗어 있는 것이 우리 형이었기 때문입니다. 형의 몸은 바텐더의 행주처럼 축 늘어져서 살아 있는 것 같지도 않았습니다.

나는 내가 방금 장화 끝을 먹여 땅에 쓰러뜨린 왜소한 사내를 무섭게 부라리며 어쩌자는 생각도 없이 그냥 한쪽 발을 다시 번쩍 들어 올렸습니다. 그 순간 나의 머릿속에 무슨 생각이 있었던지 도저히 이야기할 방법이 없습니다. 그때의 기분은 마치 아무런 생각도 들지 않고 그냥 빨간색과 검은색이 폭발하는 듯, 그리고 증기기관에서 증기를 배출할 때의 찢어지는 굉음이 울리는 듯했습니다. 내가 무엇을 하려고 했던지 지금도 잘 모르겠습니다. ……그 딱한 졸개 놈을 곤죽이 되도록 밟아 뭉개버릴 참이었겠지요, 아마. 당연히 그자도 그것을 짐작했습니다.

"안 돼혀, 션생휨! 하지 마셔혀!" 피범벅이 된 입으로 그자가 부르짖었습니다. "죽은 게 아니혜혀! 전 치킨의 부하거든혀!"

나는 그자의 얼굴 위에 한 발을 띄워놓은 채로 멈추었습니다. 혹시 내 발길질 한 방이 이자의 머릿속 무엇인가를 차 날려버린 건가 싶더군요.

"무슨 소리를 하는 것이여?"

"치킨이혀, 샹하이 치킨! 조니 디바인이혀! 그 샤람회 여희 주인이에혀! 우리는 인신매매단이지 살인자가 아니라구혀!"

나는 도로 발을 더러운 바닥 위로 내려놓았습니다.

"인신매매단?"

그 말을 하고 보니 신문이며 잡지에서 바바리 해안에 대한 기사를 읽었던 기억이 살살 떠오르기 시작했습니다. 샹하이^{강제 납치 노역} 라는 단어도 나와 있었죠.

"그 말인즉슨 저 사람들을 바다에 나가는 배에다 팔아넘기려고 했다, 이거야?"

왜소한 사내가 고개를 끄덕였습니다. "노르훼히 고래잡이 어선에서 막 주문이 들어온 참이어서혀, 정박하자마자 열두 명이나 배에서 뛰쳐내려버려서혀, 새로 충원을 해야 된다고혀."

구스타프 형과 형 밑에 쌓인 남자들을 눈이 빠져라 들여다본 결과, 가슴들이 아주 미미하게 오르락내리락하는 것을 알아챌 수 있었습니다. 고르지 않은 호흡의 귀에 거슬리는 숨소리도 들려왔죠.

"그냥 약을 써서 취하게 만든 것뿐이거든혀. 술에다 아편제를 타서혀. 나중에 일허나면 두통이 나겠지만 그냥 그게 다라구혀."

"어이구, 그렇겠지." 형 쪽으로 발을 떼면서 내가 말했습니다. "일어나기는 일어나도, 태평양 한복판의 웬 물 질질 새는 나무통에 타고서 일어날 거라 그 말 아니여?"

치킨에게 당한 사람들 쪽으로 가까이 가다가, 나는 그들 뒤편의 그늘진 구석 자리에 또 하나의 무더기가 있는 것을 알아차렸습니다. 너끈히 스무 개는 되어 보이는 모자들이, 그 맨 꼭대기에 흡사 산꼭대기에 덮인 눈처럼 우리 형의 하얀 스테트슨 모자가 얹힌 채로, 더미를 이루고 쌓여 있었습니다.

그러고 나서 보니 구스타프 형의 이마에는 자줏빛으로 부어오른 혹이 나 있는 게 아니겠습니까. 그놈의 두통이란 게 그저 아편제 탓만은 아닐 것이라는 이야기였죠.

　나는 제때에 빙그르르 몸을 돌려서, 그 좀생이 인신매매범 놈이 비틀거리며 제 발로 일어나서 손에 블랙잭_{검은 가죽으로 싼 쇠 곤봉}을 치켜들고 나를 향해 다가오는 것을 딱 마주했습니다.

　"이 친구 고맙구면." 내가 말했습니다. "이제 '이래도' 찜찜한 기분 따위 안 가져도 되겠는디?"

　'이래도'라고 함은 입에 담기 무엇한 곳에 재빠른 발길질 일격을 날리고 곧바로 돌려차기 한 방으로 그 작자의 콧잔등을 주저앉히면서 혼절시킨 것을 말합니다.

　나는 인신매매범 놈을 영감 뺄겅이 대신 이제 곧 선원이 될 사내들의 무더기 맨 위에 올려놓았습니다. 그들을 치킨의 그렇게 부드럽지는 않은 게 틀림없는 손에 맡겨놓고 자리를 뜬다는 게 마음에 좋지는 않았습니다만, 아무리 나처럼 덩치가 큰 남자라 해도 한 번에 그렇게 많은 수의 세상모르고 늘어진 사람들을 다 떠멜 수는 없는 노릇이고, 또 선심을 쓰다가 자칫 우리 모두가 다시 한 번 붙들려서 팔려 갈 수도 있었습니다. ……아니면 일이 그보다 더 안 좋게 돌아갈 수도 있고요.

　나는 구스타프 형을 어깨에 떠메어 등에 덜렁덜렁 늘어뜨린 채 숙소로 돌아갔습니다. 이쯤 되면 다른 곳에서였다면 분명히 호기심을 불러일으키는 장면이었을 겁니다. 하지만 그곳은 바바리 해안이었고, 내가 받은 관심이라고는 때때로 툭툭 날아오는 '둘 중 하나라도 술이 강하니 다행이네그려!' 같은 아는 척하는 소리가 다였

습니다. '카우보이의 쉼터'의 우리 방으로 돌아왔을 무렵, 영감 뻴
경이가 깨려고 움찔거리기 시작했습니다.

"형, 괜찮은 거여?" 네 활개를 편 구스타프 형을 우리 침대에다
눕혀놓고 내가 한 번 물어보았습니다.

구스타프 형은 눈꺼풀을 퍼들퍼들 떨더니, 곧 휘둥그렇게 눈을
떴습니다. 형은 팔로 지탱하고 일어나 앉아서 한 손으로 머리를 눌
렀습니다.

"씨××, 지금 여기서 뭐 하고 있는 것이여?" 형이 신음했습니다.

그렇습니다. '씨××, 지금 여기서 뭐 하고 있는 것이여?'라고 말
했다 이겁니다. '고맙다, 아우야'도 아니고 '어떻게 나를 찾아낸 거
야?'도 아니고 '너에게 영영 고마워할 빚을 졌으니 앞으로 내 목숨
이 붙어 있는 한 다시는 널 보고 불평을 터뜨리지 않겠다'도 아니고
말입니다.

"우리가 뭘 하고 있느냐고?" 내가 말했습니다. "글쎄, 형이야 바
닥에 쓰러져 있어야 할 때에 일어나 앉아 있는 중이지. 그리고 나로
말할 것 같으면, 정신을 못 차리고 누워 있을 때의 형이 더 좋은 것
같다고 생각하고 있구먼."

영감 뻴경이는 힘없이 손을 저어 우리가 방구석에 쌓아놓았던
전쟁 가방을 가리켰습니다.

"저거 빨리 꾸려라. 가야 되겠다."

나는 왜냐고 물어보려고 입술을 떼었지만 말을 채 뱉기도 전에
관두었죠.

"그래." 내가 말하고, 당장 짐을 쌌습니다.

5분 뒤, 나는 걸음걸이가 불안정한 구스타프 형을 부축해서 층계를 내려왔습니다. 층계의 발소리를 듣고 카우보이 매그가 아래층 술집에서 기어 나왔습니다.

"개털해장술 한잔 하지그래, 총각들?"

카우보이 매그는 최대한 상냥한 어조로 그렇게 권했습니다. 내가 뒤로 끌고 있던 우리 가방들을 보기 전의 이야기지만요. 그걸 보자 그 즉시 매그의 미소는 찡그림으로 변했습니다.

"우리 형을 이 꼴로 만든 건 개가 아니여. 치킨이지. 그리고 뱀 같은 년 하나하고." 내가 말했습니다. "그 말을 하자니까 말인데, 도무지 기억이 안 나는구먼? 아줌마 별명이 어떻게 붙은 건지 다시 한 번 말해볼 테여?"

카우보이 매그는 문 앞에 뿌리를 박고 섰습니다. 퉁퉁한 팔뚝과 두 다리로, 손을 허리에 짚고 떡하니 버티고 서니까 이건 숫제 철벽이 따로 없더군요.

"나하고 계산 마치기 전에 나갈 생각은 아예 하질 말어."

"그러려고 꿈도 안 꿔." 영감 뻘겅이의 목소리는 여전히 쉬어터진 소리로 떨려 나왔습니다. 형이 내 등을 한번 툭 쳤습니다. "아우야, 괜찮겠냐?"

"물론 괜찮지."

나는 형을 살짝 밀어서 벽에다 기대 세워놓고 우리 가방들을 내려놓은 다음, 우리 매그 아줌마하고 제대로 계산을 마쳤습니다.

기록을 위하여 말씀드려둡니다만, 저는 지금껏 단 한 번도 숙녀를 때린 일이 없고 앞으로도 결코 그런 일은 안 할 겁니다.

하지만 한마디 덧붙이게 해주십시오. 한 가지 명백하고 중요한 사실을 말입니다. 카우보이 매그는 숙녀라고는 할 수 없었습니다.

1893년 8월 8일 캘리포니아 오클랜드의 코스모폴리탄 여인숙
귀사의 출판 성공을 빌며 (또한 그에 대한 희망을 품고)
오토 암링메이어로부터

킴 노박 효과

게리 필립스

여기에 내가 이러고 있다. 소소하게 짭짤한 사기를 쳐가면서 정말로 누구를 해치는 일은 없이 잘 살던 내가 어쩌다가 이 꼴로 꽁꽁 묶여서, 두 개의 톱질 모탕 위에 걸쳐놓은 18밀리미터 두께의 합판 위에 가슴을 대고 두 팔을 쫙 벌린 자세로 엎드려 있게 되었나 말이다. 내 몸에 딱 맞춰 지은 옥스퍼드 라파엘로 셔츠는 너덜너덜 찢어져 나갔다. 카우보이모자를 쓴 이 부루퉁한 촌뜨기 놈이 내 뒤에 떡하니 서서 피 흐르는 내 등의 맨살에다 묵직한 버클이 붙은 허리띠를 한 번 더 내리칠 채비를 하고 있는 것이다. 또 한 명의 악당은 규격형 주택의 미완성 벽체 골조에 기대서 있다. 이놈은 자기 아이팟에서 흘러나오는 〈워렌 지번 명곡선〉 앨범의 노래에 맞추어 까닥까닥 머릿짓을 하고 있었다.

"머리 잃은 소기관총 사수 롤런드.노래 제목" 모자 쓴 놈이 내 몸에서 살점 한 점을 더 파내는 동안 기댄 놈은 입을 움직여 그렇게 읊고 있었다. "그 사내에 대해서 말을 하자면…….노래 가사" 그자는 빙그레 웃었고, 아무 생각 없이 성글어빠진 턱수염을 긁적였다. 그리고 병에 담긴 생수를 한 모금 더 마셨다.

모자 쓴 놈은 로저 클레멘스가 속도를 내려고 할 때처럼 어정쩡하게 팔을 뒤로 빼더니, 한 대 더 후려쳤다. 가죽 띠가 내 살갗에 작렬하며 버클 모서리가 또 한 가닥 밭고랑을 파놓았다.

"비르어어머글." 천으로 입에 재갈이 물려진 채 나는 비명을 질렀다.

"이제 불 채비가 돼가나 본데." 기댄 놈이 하품을 하며 말했다. 그자는 골조가 앙상한 벽에서 몸을 바로 세웠다. 벽에는 와이어로 된 배선이 뼈대로 세운 나무 기둥에 뚫려 있는 구멍을 통하여 뱀처럼 구불구불 얽혀 있었다. 그자는 귀에서 이어폰을 빼어 자기 아이팟에다 요령 있게 돌돌 감았다. 그러고는 아이팟을 조심스럽게 목제 가로장을 잇댄 곳 위에다 올려놓았다.

모자 쓴 놈이 의심스럽다는 투로 말했다. "그래요? 몇 대 더 사랑의 토닥임을 안겨주면 확실해질 것 같은데요."

개새끼가 더럽게 열심이다.

"조지 주교가 여기 도착했을 때 정신이 있어야 말이 되지." 기댔던 놈이 지적했다. "여기 이 입술에 꿀 바른 새끼가 기절해서 정신이 나가 있으면 그 개쌍놈이 우리 가죽을 벗겨놓을 거야."

450

"그건 그렇겠네요." 놈의 동포가 마지못해 동의했다. 모자 쓴 놈은 팔뚝으로 이마를 훔쳤다. 생짜 합판으로 껍데기만 지어놓은 집의 2층에서는 푹푹 찌는 라스베이거스의 열기가 특히 더 숨을 막았다. 이런 더위에도 불구하고 기댄 놈은 풍신하게 볼륨감 있는 나일론 바람막이를 입고 선글라스를 끼었으며 머리에는 야구 모자를 쓰고 있었다.

우리는 도면상 주 침실로 지정되어 있는 장소에 있었다. 레드 록 캐니언의 지대 높은 평지에 짓고 있는 주택들이다. 연봉의 다른 쪽 사면에, 우묵하게 아늑한 골짜기 저 아래에는 내가 단골인 18홀 골프 코스가 있다. 그 너머로는 서멀린 산지 공원의 끄트머리가 달린다. 거기 마지막으로 갔을 때는 비박을 했다.

기대 섰던 놈이 이쪽으로 걸어와서 자기 물 남은 것으로 내 등을 적셔주었다. 대단한 건 아니었지만 그래도 나는 말없이 고마움에 찼다. 일이 되어가는 것이 얼마나 우스꽝스러운가. 우리가 굵다란 두목 놈의 행차를 기다리는 동안 나는 지난 일을 떠올렸다. 아직 두 주도 되지 않았다, 그때 나는 골프 실력이 늘던 참이었고 역외은행 불법자금용 계좌의 잔고는 빵빵했으며 내 사무실에서 1970년대 후반의 섹시 스타 제리 로클린의 완벽 보존판을 상대로 그 짓도 했던 것이다. 왕성한 정력으로 했노라고 덧붙여도 될 것이다. 제리 로클린은 제2차 세계대전 영화 〈지하 세계의 애바〉에 나온 배우인데, 그 영화는 사도마조히즘이 흠뻑 배어 있는 장치들로 가득하다.

"고마웠어요, 상냥한 아저씨." 일을 다 치르고 나서 여자가 농담을 했다. 그 끝내주게 탄탄한 앵무조개 모양 엉덩이의 오른쪽 볼기 짝 아랫부분에는 진짜 제리 로클린이 1978년 그 시절에 도색 잡지 「갤러리」에 실린 화보에서 하고 나와 유명해진 두더지 문신이 그려져 있었다. 그 문양을 꿈꾸듯이 바라보다가 내 사무실 창밖을 보자, 거기에는 레인보 대로의 전망이 펼쳐져 있었다. 인생은 진정 멋졌다.

다시 옷을 갖추어 입은 후에, 제리는 내 책상에 올라앉아 살결을 그을린 근육질의 다리를 꼬았다. 그녀는 꽁초에 불을 붙여 깊이 빨았다. 여자의 진짜 이름은 헬렌 호바트였다. 나이는 서른여섯 살이고, 원래 캘리포니아 주 리돈도 해안 출신이랬다. 하지만 우리가 막 성대하게 마친 장난질에 그녀는 제리 로클린과 비슷한 외모로 분하여 참여했다. 마침 로클린이 그녀가 좋아하는 배우였던 것이다.

"정말 내가 저 아랫집에 다시 가야만 되겠어요?" 여자가 연기를 후 내뿜으며 나에게 마리화나를 권했다.

나는 마리화나 연초를 받아서 조금 맛을 본 후에 대답했다. "지금 같아서야 목표물이 크랩스 판에서 널 보고 점찍게 만들 도리가 없잖아, 안 그래?"

그녀는 무거운 한숨을 쉬고는 화려한 동작으로 책상에서 내려왔는데, 젤을 넣어 부풀린 그 근사한 한 쌍의 젖가슴이 흔들리는 모양을 보노라니 최면이라도 걸릴 것 같았다. "하지만 난 이 모습이 좋아요. 당신도 좋잖아요." 그녀는 연기를 더 빨아들인 후에 마리화나 연초를 책상 가장자리에 걸쳐놓았다.

나는 앞으로 걸음을 뗴었고 우리는 입을 맞추었다. 그러는 동안에 여자가 내 손을 끌어다가 자기 다리를 천천히 쓸어 만지게 했다. 순간적으로 쾌락에 혼이 빠졌지만, 결국에는 내가 본론으로 얘기를 돌렸다. "의사는 다 준비가 되어 있어. 그리고 네 가슴은 이대로 둬도 된다고 일찌감치 얘기가 된 거 아냐." 나는 향수 뿌린 목덜미를 입술로 집적이면서 웅얼웅얼 말했다.

"그렇지만요." 헬렌은 말을 하려고 서두를 꺼냈지만 그냥 관뒀다. 내가 억지로 자기를 재수술 받게 할 수 없다는 것은 그녀도 알고 있었다. 하지만 동시에 자기가 제리 로클린의 외모로 계속 가겠다고 고집을 피운다면 그것은 곧 향후 수입이 쏠쏠한 건수들은 끝장이라는 뜻인 줄도 알았다. 나와 마찬가지로 헬렌도 그 작고 예쁘장한 녹색 물건들^{지폐를 말함}에 중독되어 있으니까.

"알았어요." 그녀가 말하고, 나에게 마지막으로 쪽 입을 맞춰준 후 꽁초를 핸드백에 넣어 챙기고 느슨한 걸음걸이로 내 사무실을 나갔다. 나는 내 조그마한 개인 욕실 거울을 이용하여 외모를 점검하여 머리카락은 그럭저럭 괜찮은지, 마리화나 때문에 눈이 충혈되지는 않았는지 확인했다. 그러고 나서 깔개 밑에 스포츠 기념품이 들어 있는 원통형 유리관을 간수해둔 바닥 금고를 열었다. 나는 투명 아크릴 보관 케이스에 싸인, 1973년 7월 21일 애틀랜타에서 열린 브레이브스 VS 필리스 경기의 프로그램 책자 낱장을 금고에서 꺼냈다. 그러고는 유대교 회당에서 연설하는 멜 깁슨처럼 악당의 미소를 짓고 모든 것을 다 제자리에 집어넣었다. 알루미늄 서류

가방을 손에 들고서 나는 방을 나섰다.

40분도 채 지나기 전에 나는 브리저의 블루 벨벳 라운지에서 은퇴한 왕년의 치과 병원 갑부 엘든 더들리와 마주 앉아 있었다. 실은 이 거리를 따라 몇 블록만 가면 '닥터 더들리 할인 치과 병원' 분점이 하나 나온다. 이를 드러내고 활짝 웃는 더들리의 얼굴은 30년쯤 전에 찍은 사진이지만, 3D 로고로부터 위세도 당당히 잇몸에 염증이 나고 치아 파절이 된 시민 계급을 굽어보고 계시다.

"이거 대단하구먼." 내가 그의 손에 올려놓은, 그리 진짜라고는 할 수 없는 진품 보증서를 꼼꼼히 살피면서 더들리가 말했다. 그 몹쓸 것에 박혀 있는 홀로그램이야말로 내가 특히 더 자부하는 걸작이었다. 타이완의 실험실은 솜씨가 아주 제대로였다. 더들리는 케이스에 든 프로그램 낱장을 다시 집어 들더니 깊이 음미했다. 1973년의 그 일자에 행크 애런이 700호 홈런을 쳤다. 부인할 길 없는 무쌍의 위업을 달성한 동시에 베이브 루스의 홈런 수를 끝내 넘어선 것이다. 사람들이 배리 본즈에게 바라는 그 무엇이든지 행크 애런은 스테로이드 따위 맞는 법 없이 해냈다. 그것도 시기심에 찬 촌무지렁이 백인 놈들의 인종차별적인 살해 협박 앞에 꿋꿋이 버티면서 해냈단 말이다. 분명 나는 전문 사기꾼이 맞다. 하지만 진품과 마주치면 찬사를 보낼 줄도 안다.

지금도 그렇게 하고 있지만, 나는 골동품점이며 가재도구 처분 벼룩시장을 샅샅이 훑던 중에 천운으로 그 상서로운 날의 프로그램 책자를 손에 넣었다. 그 나머지 일, 즉 행크 애런의 사인 및 보증서를 위조하는 것과 최고의 스포츠 관련 기념품 수집가들 사이에 깔아놓은 나의 인맥을 가동시키는 것은 그저 바로 요거다 싶은 물고기를 낚아 들이는 낚시질이었을 따름이다.

"좋아요. 거래하도록 하지." 크랜베리 주스를 홀짝이면서 더들리가 말했다. 나는 공경하는 태도로 그 물품을 건드리며 말했다.

"이것은, 선생님의 입장에서 현명한 투자일 뿐만이 아니라 자녀분들께 물려줄 수 있는 보배로운 유산입니다."

더들리가 쿵 하고 코를 울렸다. "손주라면 혹시 몰라. 아들놈은 나하고 눈도 마주치지 않아요."

더들리의 하소연이었다. 이자는 이런 식이었다. 때때로 그렇게 하나 마나 뻔한 교훈담을 되새김질하는 것이다. 나는 아무 말도 하지 않았다. 그냥 의자에 깊숙이 앉아서 손가락들을 마주 세우고 더들리가 1만 5천 달러 수표를 쓰도록 기다렸다. 웨이트리스가 우리 테이블에 들렀다.

"신사분들, 마실 것 더 채워드릴까요?"

"우린 다 마셨어요." 내가 말하고, 딱 적당한 간격을 두어서 덧붙였다. "노린. 이름이 노린이죠?"

치과 의사 더들리가 수표책에서 시선을 들었다.

"네. 할머니 이름을 딴 거랍니다." 웨이트리스는 네온등처럼 빛나는 미소를 띠고는 우리 계산서를 써준 후에 몸을 많이 드러내는 단출한 의상으로 미끄러지듯 멀어져갔다. 자연스럽게 내가 계산서를 집었다. 더들리는 웨이트리스의 뒷모습을 응시하고 있었다.

"무슨 일 있으십니까?" 내가 물었다.

"그래요, 아…… 아니." 더들리가 수표를 건네주면서 물었다. "원래부터 저 아가씨가 우리 테이블 서빙을 봤던가요?"

나는 어깨를 으쓱였다. "이제부터 교대 근무 시작인가 보죠." 나는 자리에서 일어나 작별을 고하면서 더들리에게 한 번 더 그의 투자가 정말 시기적절하고도 효과적인 것이었다고 확신시켜주었다. 나는 노린이라는 이름을 가진 웨이트리스를 가까이 지나쳐 설렁설렁 걸어 나오면서 더들리가 그녀를 빤히 쳐다보고 있다는 것을 확신했다. 그 웨이트리스는 한심하게도 걸스 곤 와일드Girls Gone Wild, 여성의 신체노출에 집중하는 오락프로그램급의 언사를 지절거리며 아예 말로 전희를 해대는 서던 캘리포니아 대학교 사교클럽 남자애들 두어 명을 공손한 미소로 응대하면서 팁을 벌고 있었다. 녀석들은 손마디에 털이 숭숭 나가지고 침이나 질질 흘리는 머저리들은 이렇게 놀고 즐긴다는 걸 보여주려고 라스베이거스에 온 게 틀림없었다. 나는 내 자동차인 플래티늄색 300에 올라 에어컨을 켜고 셀린 디온의 CD를 틀었다. 무슨 말을 하리, 나는 그년이 시원하게 쫙 뽑아내는 노래 곡조를 정말로 좋아한다. 나는 차를 몰고 번화가 카지노의 제조실에 뭘 좀 실으려고 들렀다. 그런 다음 내가 쓰는 사람을 만나러 나갔다.

마티아스 슈타이너는 또 한 편의 〈지하 세계의 애바〉를 찍을 마음이 있다면 나치 의사 역으로 캐스팅하고 싶게 생긴 영감이다. 중키에 몸집이 두툼하고 그 나이에도 꽤나 근사하게 근육이 붙은 어깨를 지니고 있었다. 왕년에 뒤셀도르프 대학에서, 아니면 그가 다닌 독일의 시설 이름이 뭐였든 간에 거기서 레슬링을 했던 게 명백했다. 연필처럼 가는 콧수염을 길렀고 희끗희끗 센 머리는 멋을 부려 다듬었으며, 유행에 따라 쓰고 있는 무테안경이 푸른 강철빛 눈을 가려서 다소 인상을 편하게 만들었다. 슈타이너의 손은 피아니스트 손처럼 길쭉길쭉했다. 그리고 그의 골프 실력이 나보다 낫다는 점은 나에게 정말 한없이 짜증 나는 일이었다. 아무리 슈타이너가 나보다 한 20년은 더 살았다지만 말이다.

"쇼나를 시켜서 헬렌에게 전화하라고 해두겠네. 헬렌 예약은 내일모레로 하지." 수술실 복도에서 슈타이너가 말했다. 새로 고용한 접수원이 버저를 울려 나를 뒤쪽으로 들여보내준 참이었다.

"이번 애는 어디서 왔어요?" 이름이 쇼나라는 새 접수원을 두고 물어본 말이다. 조각상 같은 미녀인데 스물너덧 살밖에 안 되어 보였다. 옛날에 한때는 헬렌이 슈타이너의 접수원이었다.

슈타이너는 내 팔꿈치를 붙들고 자신의 개방형 사무실로 나를 데려갔다. 슈타이너는 뭐니 뭐니 해도 여자 생각을 하고, 여자를 만지고, 여자 냄새를 맡고, 여자한테 들이대는 것보다 더 좋아하는 게 없었다. 그는 허약한 아내를 두었다. 비록 여성의 살 냄새에 사족을 못쓰고 쫓아다니는 위인이지만 아내를 보살펴야 한다거나 하는 상황이 되면 수발은 또 제대로 하는 사람이니, 완전 괴물딱지 같은 작자는 아니다.

"쇼나 청이라고 해. 네바다 라스베이거스 대학교에서 경제학과

19세기 영문학을 공부하고 있다네." 우리는 슈타이너의 사무실에 한 걸음 들어선 위치에 있었고 슈타이너는 혹시 자기 아내가 도청기라도 깔아놓지 않았나 걱정하는 듯이 눈을 가늘게 뜨고 방 안을 휘휘 둘러보았다. "쇼나는 웹사이트에서 대학 학비를 마련했지. 왜, 아침부터 여자를 구경할 수 있는 그런 사이트들 많지 않나. 자기 남자 친구에 대해 불평을 늘어놓고 고양이 밥을 주고, 그런 걸 다 보여주는 것 말이야." 슈타이너가 빙긋이 웃으며 혀끝으로 윗입술 중앙 부분에 침을 칠했다. "물론 그런 일들을 할 때는 짧따란 잠옷이나 실크 속옷만 입고 있었지. 상당한 수의 남성 시청자에 여성 시청자들까지 붙었더라고."

온라인에서 본 그러한 육감적 이미지들을 머릿속에 떠올리면서, 슈타이너는 잠시 발뒤꿈치에 체중을 싣고 뒤로 몸을 기울였다.

"우리 부업에 대해서 쟤한테 한마디라도 퉁겨줘봤어요?" 대화좀 해보자는 취지로 그렇게 물었다. 쇼나가 온라인으로 그런 일을 했다는 점을 볼 때 어쩌면 절도에도 취미가 있지 않을까 싶었다. 아니면 그냥 더하고 뺄 것도 없는 노출광일는지도 모른다. 어느 쪽이든 간에 쇼나는 썩 괜찮은 재목일 것 같았다.

"아직 안 했네. 하지만 맞아, 저 애는 물건이야. 돈푼깨나 있는 얼간이들 중에는 아시아의 여신님이니 드래건 레이디ᵖᵃˡᵐ ᶠᵃᵗᵃˡ니 하는 것에 환상을 품은 놈들이 드글드글하니까."

슈타이너는 모순이라는 면에서 연구 대상이었다. 그는 나와 작당해서 벌이는 사기극을 관습과 순응을 내세우는 유력자들에게 반격을 가할 한 가지 방법이라고 정당화했다. 그의 환자들에 대해서 말하자면 턱 아래 살이 늘어진 허세 강한 남자들이며 햇볕을 쬐어 노화가 온, 입에서 보드카 냄새를 풍기는 금발 여자들이 중력과 시간을 기만할 수 있다고 현혹되어 그를 찾아온다. 하지만 나는 또한 알고 있다, 그 보드카 금발들이 비벌리힐스에서부터 기꺼이 비행기로 날아와서 수술을 받을 만큼 첨단의 실력을 지닌 그가 턱살을 잡아주는 싸구려 시술이나 외래로 받은 처진 뱃살 당겨 올리기를 치 떨리게 싫어한다는 사실을.

"여기 있어요." 나는 약 꾸러미를 그의 책상 위에 얹어놓았다. 카지노에 있는 내 인맥에게서 받아온 것이었다. 의사 선생의 약점은 여자만이 아니었다.

슈타이너는 약물을 간수해 넣고는 서랍을 다시 잠갔다. 랜돌프 스콧이 그의 뒤 벽에서 우리를 내려다보고 있었다. 슈타이너는 또 영화에 나오는 카우보이면 죽고 못 사는 광팬이라서 그와 같은 인물 사진을 여러 장 가지고 있었다. 글렌 포드, 더 듀크^{존 웨인의 별명}, 이스트우드 등등의 사진들을 벽에다 압정을 꽂아 붙여두었다. 사진마다 전부 사인이 되어 있다. 포드의 사진은 나에게서 산 것이었다. 맞다, 서부극 기념품 수집가들을 상대하는 것도 꽤나 쏠쏠한 돈벌이가 된다.

"노린은 접선했어?" 도로 슈타이너의 사무실을 나와 걸어오면서 그가 물었다.

"했죠. 난 아직도 그 작자의 죽은 마누라 이름을 끌어다 쓴 건 너무 딱 갖다 맞춘 짓이지 싶어요."

"우리는 모두 두번째 기회를 가질 수 있다고 믿고 싶어 한다네."
슈타이너가 아쉬운 듯이 그렇게 말했다. "언제까지고 심장이 이성
을 지배하는 법이지. 그렇지 않나?"

나는 이의를 제기했다. 내가 조사해본 바로 그 치과 의사는 신비
주의에 경도되어 있는 걸로 드러났고, 그러니 더들리가 이 노린이
자기가 여읜 아내의 환생인가 하고 혹할 가능성이 조금이라도 더
높아 보인 것도 사실이다. 이렇게 대놓고 킴 노박히치콕 영화 〈현기증〉에
서 1인2역으로 분한 미국 배우 놀이를 한 것은 이번이 처음이었다. 나는 그
게 사기극에 징크스가 되지 않기를 빌었다.

미녀 접수원 앞에서 의사 선생과 악수를 하자니 흡사 내가 무슨
영업 뛰는 제약 회사 판매원이라도 된 것 같았다. 어찌 보면 맞는
말이기도 하다. 나는 쇼나 청에게 고개를 까닥해 알은체했고 쇼나
는 두어 가지 다른 의미로 해석될 수 있을 짧은 미소를 지어 그에
답했다. 의사 선생이 인정한 것 이상으로 많은 이야기를 털어놓았
는지도 모를 일이다. 딱이다, 말할 것도 없다. 쇼나는 후보감이다.

얼굴을 철썩 후려친 매 한 대에 나는 백일몽에서 깨어나 유쾌하
지 못한 현재 상황으로 정신이 돌아왔다.

"이제 정신 집중이 되냐, 머저리야?" 모자 쓴 놈이 구두코에 쇠를
씌운 부츠로 내 가슴을 쿡 찌르면서 질문을 던졌다. 그들은 급조한
탁자 위에 묶었던 나를 풀어 내려서 구석에 아무렇게나 던져둔 참

이었다. 짧게 분 바람이 파란 비닐 시트의 창문 역할을 위해 잘라내 뚫어둔 부분을 팔락거리게 했다.

"주교가 금방 이리로 온다는군." 기대 섰던 놈이 통화를 마친 휴대전화를 주머니에 찔러 넣으면서 말했다. 그자는 팔짱을 끼고 서서 불쌍한 내 모습을 내려다보았다. "그러면 본게임 시작인 거야. 당연하지. 그렇지 않냐, 주둥아리에 꿀 바른 새끼야?"

나는 기진맥진한 채 가까스로 놈들의 면전에 가운뎃손가락을 쳐들었다. 죽도록 두들겨 팰 줄 알았는데 그러지를 않고 모자 쓴 놈과 기대 섰던 놈 둘이 코미디언 크리스 락의 TV프로그램이라도 본 듯이 큰 소리로 웃어댔다. 빌어먹을! 왜 아니겠나, 저놈들이 모든 패를 쥐고 있는 판인데.

약을 너무 많이 하지 않도록 해야 한다는 건 알고 있다. 나는 의사란 말이다, 정말이지. 한때는 손님이 많은 의사였고, 이 황홀한 마약이 신체적으로나 정신적으로 어떠한 영향을 미치는지 주유소에서 차 앞 유리나 닦고 있는 약물중독자보다야 더 잘 알고 있다. 하지만 이놈이 주는 그 느낌이란, 글쎄, 거의 섹스와도 같다 이 말이다. 그렇지 않은가?

내가 아는 건 또 내가 지금 여기 무덤 속처럼 깜깜한 나의 사무실에 앉아서, 내 스테레오에서는 나직하게 바그너의 음악이 흐르는데, 그것은 사람을 둔감하게 만드는 정상성의 자장가를 뛰어넘는 간선도로 같은 음향으로 현재의 일들이 모두 그로부터 멀어진다.

그리고 그럼에도 더 많은 분말을 흡입할수록 일종의 타성의 스로틀이 나를 감싼다. 내게 비친 내 모습은 오만 래퍼들이 다 따라 하는 그 영화에서 이민자 폭력배 파치노가 연기했던 인물 같다. 코카인이 나에게 줏대를 갖게 한다. 그래야만 할 상황에 처했을 때 가운데 서랍에 들어 있는 권총에 손을 뻗을 배짱을 줄 것이다.

나는 이것을 반드시 믿어야만 하는데 왜냐하면 나와 손잡고 도플갱어^{생령生靈} 사업체를 굴리고 있는 인물은 영웅적인 사내가 못 되기 때문이다. 나는 머리를 처박고 가루를 좀 더 흡입한다. 마인 고트!^{독일어, 'My God'을 의미} 이 물질 정말 끝내줍니다. 나는 콧구멍에 묻은 잔여물을 쓸어내어 검지의 손톱 쪽에 묻은 약간의 분말을 핥는다. 물론 내가 그 녀석이 겁쟁이라고 말하려는 건 절대 아니다. 간담이 두둑한 놈이 아니라면 그 녀석이 획책하는 그런 대담한 사기극을 자행할 도리가 없다. 점찍은 상대방이 보고 싶어 하는 대로를 반영한 거짓 영상을 투사할 줄 알아야 하는데, 그에게는 확실히 그런 재주가 있다.

하지만 그 녀석에게 나는 뭔가? 나, 한때는 외과 의사였으나 지금은 저희 스스로 영구히 그 모습을 유지하려는 자뻑족들에게 만화책에나 나올 하트 모양 엉덩이나 만들어주고 앉아 있는 자. 나는 코카인을 더 하고, 기다려본다. 아래층으로 내려가서 온도 조절이 되는 좌석과 서라운드 음향 장치가 달린 내 캐딜락 CTS에 탈 수도 있겠지. 내가 내 할 일을 해주고 얻은 이익금으로 산 차다. 하지만 그걸 타고 어디로 간다지? 서멀린 근처에 새로 얻은 콘도에 있으면 아주 안락하다. 그리고 정말이지, 코카인을 더 하고 한층 더 분석을 해볼수록 내가 바로 핵심 자산이지 싶다. 그렇지 않은가?

여기 내가 이러고 있다, 내가 아까 차를 몰고 그 녀석의 사무실로 가서 쇼나에 대해 내가 알아낸 중요한 소식을 전하려고 했다. 신경이 쓰여서 전화로는 말할 수 없었다. 코카인은 경계심을 부추기는 약이다. 그런데 그러다가 그 카우보이모자를 쓴 덩치 좋은 놈이 그 녀석을 강제로 잡아가는 광경을 엿보게 되었다. 어떤 놈인지 잘 안 보이는 또 한 명 일당이 차 운전대를 잡고 있었다. 그 두 놈의 맥히스⟨거지의 오페라⟩의 노상강도 주인공들이 힘을 합쳐 그에게서 우리 작전의 여타 세부 사항과 함께 내 이름도 짜내게 될 것이다. 만약 그들이 그 녀석을 처리해버리는 게 아니라 단순히 돈을 제시하면 어떻게 될까? 아니면 약을 투여한다면? 실로시빈이나 스코폴라민을 신중하게 사용한다면 약물이 정신을 혼란시키거나 공포심을 유발하거나 피해망상증을 일으킴으로써 하여튼 그 녀석이 지껄이게 만들수 있다.

하지만 그가 정말 내 이름을 분다 쳐도, 그자들이 굳이 나를 어떻게 하려고 할 까닭이 있을까? 내가 보기에는 그들의 두목이 나는 계속 가담시키고 싶어 할 것 같은데, 만약 두목이 이 사업을 계속 진행시킨다 치면 말이지만. 그런데 안 그럴 이유가 무엇일까? 그어깨 놈들의 통솔자가 누구든 간에 분명 여러 방면으로 능통한 자일 것이고, 모종의 조직원일 게 틀림없다. 그 녀석이 잡혀간 게 개인적인 문제 때문만 아니라면 말이다. 보이긴 꼭 그래 보였는데. 아마 그런 거였겠지. 그리고 만약 그렇다고 한다면 그때는 나의 모든 걱정이 근거 없는 것이리라. 그러니 약은 그만해야 한다. 그만해야지, 요거 한 줄만 더 흡입하고 그만할 거다.

"정말이지 멋지고 재주 있는 분이시네요." 쇼나 청이 겸허히 말했다. 그녀는 마시던 마가리타 잔을 테이블에 내려놓고는 그 칠흑 같은 머리채를 찰랑 나부껴 보였다. "하지만 당신한테든 혜르 독토르독일어, '의사 선생님'을 의미한테든 내가 뒷돈을 드릴 이유는 뭐가 있나요?" 쇼나는 손가락 한 개를 세워 보였다. "그러니까, 당신이 부르는 대로 소위 '리모델링'을 하는 데 드는 비용이랑 최초 발견자 보수랄까 하는 것 이상으로 돈을 줘야만 할 이유가 있나요? 진정으로 생각을 해본다면 애초에 당신이 이 일에 필요할 건 또 뭐겠어요?"

나는 일부러 깡패의 정부 같은 차림을 시켜놓은 웨이트리스에게 손짓으로 술 두 잔을 추가로 시켰다. 리버헤드 카지노의 3층 게임 룸은 '니티스'라고 불린다. 쇼나는 자기 계산에 따라 포켓볼 당구대에 몸을 많이 걸치고 자세를 가다듬은 후 정확하게 큐볼을 때렸다. 기다리고 있는 구멍에다 자기 공을 정확히 쳐 떨어뜨렸다. 나는 큐대를 다룰 줄 아는 여성을 높이 산다. 쇼나는 당구대의 좁은 쪽 변으로 돌아가서 눈으로 다음 샷을 재었다.

"관건은 그저 일이 잘 돌아가게끔 마련을 하는 것만이 아니거든." 내가 말했다. "목표물을 줄 세워놓는 데에도 분명히 전문가의 솜씨가 필요한 거야." 말이 내가 의도한 것보다 더 험하게 나왔다.

이 계집이 나를 따버리고 잘나가게 놔둘 수는 없었다. "하지만 물론 당신 말이 맞아. 꼭 내가 필요할 건 없지. 다만 당신이 목표물과 물고 빨고 뒹굴던 걸 그만두고 몸을 빼게 될 때 그 늙다리 불평꾼의 성질을 달래줄 사람이 누구겠어? 그 문제를 풀어보라고, 그린 호넷 아가씨야."

"변태 영감태기를 찾는 것은 그리 어렵지 않아요. 그중 반수는 코로 리도카인^{마취} 진통제을 맡든가 부모님 팬티를 휘두르든가…… 아니면 그러고 싶어 하죠."

큐볼이 7번 공을 스쳐 때려서 공이 빙글빙글 회전했지만 궤적은 거의 나오지 않았다. 쇼나는 당구대 위에 내가 쳐볼 만한 여지를 거의 남겨주지 않았다. 하지만 나는 담담했다. 확신에 찬 자세로 각을 잡았다. "내 아이디어를 가지고 가지를 쳐보려고 그러나? 그런 생각이야?"

쇼나가 화사하게 웃었다. "그런 얘긴 안 했어요, 고향 친구님. 당신이 제 몫을 쏠쏠히 해주는 분야가 있을지 두고 봐도 되겠죠."

"이제 내가 헛치게 하려고 확 끌어당기는구면." 그렇게 말해놓고 과연 헛쳤다. 줄이 들어간 내 큐볼은 완충 패드가 붙은 당구대 가장자리에 맞고 튀었다.

쇼나는 다음 타 방향을 잡았다. "아니. 하지만 이 작전이 다른 쪽으로도 먹히겠구나 하는 생각은 했어요."

"무슨 뜻이지?"

"고독한 미망인들도 잔뜩 있잖아요. 당신도 알 텐데요. 사실을 말하자면, 통계학상으로, 얼마간 저축한 돈이 있는 늙은 여편네들이 늙은 남자들보다 더 많다고요." 쇼나는 큐대를 쳐서 큐볼을 쿠션에 붙이며 또 한 개 공을 빠뜨렸다.

"이 빠진 할멈들이 틀니 해 넣을 자금을 빼앗지는 않을 거야. 그런 건 내 계획하고 다르다고." 내가 고집했다.

"저런, 미안해요." 쇼나는 다시 한 번 그 환한 미소를 던졌다. 내가 성이 났어도 그거면 먹힐 거라는 걸 잘 알고 지은 미소였다. "그래도 핵심은 그대로예요. 당신은 시장의 가능성을 속속들이 다 활용할 생각이 없는 거잖아요."

"어쩌면 당신이 들어와서 그 일을 해도 괜찮겠지. 우리 사업에 써먹을 근육남들을 적당히 찾아서 한번 줄을 세워보자고." 내가 제의했다.

쇼나는 마지막 공을 때려 넣으면서 이 제안을 고려해보는 듯했다. "누가 알아요, 내가 한 학기 휴학하고 당신의 작업 라인을 어떻게 근사하게 확장시킬지 본을 보여줄 수도 있겠죠." 쇼나는 큐대로 중앙 포켓을 겨누고는 부드러운 직격으로 8번 공을 집어넣었다. "나중에 봐요, 멋쟁이 씨."

나는 그 자리에 서서 그녀가 디자이너 진에 감싸인 그 끝내주는 엉덩이를 살짝살짝 흔들면서 걸어 나가는 것을 보고 있었다. 그래, 맞다. 우리 청 양은 진짜배기 야심가다. 그러니 내가 조심하지 않으면 쇼나 청은 이번 당구 게임에서 그랬듯이 나를 한 번에 갈아뭉개고 앞서 나갈 것이다. 그리고 나는 그만 이 판에서 떨려나고 말 것이다.

"정말이지, 계속 이러실 필요는 없어요."

"당신 얼굴에서 지금 그 표정을 보는 게 나의 즐거움이야." 내가
말했다.

그녀는 침대 위에서 하품을 하고 기지개를 켰다. 내가 방금 선사
한, 다이아몬드를 박은 화이트 골드 목걸이가 그녀의 기막힌 청동
빛 살결 위에 눈부시게 빛나고 있었다. 노린은 (이 여자가 그때 그 노린
이 아니라는 거야 물론 나도 안다. 틸사에서 보냈던 잃어버린 그 시절 나와 만
난 노린은 아닌 것이다) 자기를 물끄러미 내려다보고 서 있던 나를 자
기 쪽으로 당겨 가 몸을 밀착했다.

"고마워서 어쩌죠?" 그녀가 키득거리며 내 사각팬티로 손을 뻗
었다. 아이고, 이런! 요즘 여자들이란. 나는 요새 와서 전통적인 속
옷들을 챙겨 입지 않게 되었는데 그래서 다행이었다. 벗어 던지는
데 훨씬 더 손이 많이 간다. 그녀는 도로 침대 위에 드러누워서 내
시야 가득히 군살 없는 젊은 몸매를 뽐냈다. 입은 것이라고는 내가
사준 프릴 달린 팬티 한 장이 전부다. 나는 이 무슨 혼자 얼이 나간
바보란 말인가. 이렇게 눈부신 미인이 보기에 나는 얼마나 형편없
이 한심한 존재일까. 물리도록 향락에 취하려 라스베이거스를 싸
돌아다니는 가슴 근육 빵빵한 젊은것들이 잔뜩 으르렁거리고 있으
니 이 여자는 그중 아무라도 골라잡을 수 있을 텐데. 하지만 내가
지금 이렇다. 비천한 내 현실의 노예가 되어 이러고 있다.

"왜 그래요, 귀여운 자기?"

나는 침대 끝에 앉았고 그녀가 가까이 다가들었다. "내가 단 1분이라도 당신이 나에게 진정으로 마음이 있다고 생각할 만큼 정신 나간 놈은 아니야." 그녀의 머리카락을 어루만지며 내가 말을 꺼냈다. "그 술집에서 당신한테 난초꽃과 초콜릿 토끼를 보내면서 무슨 십 대 애새끼처럼 열을 올렸지." 한 손으로 내 얼굴을 훔쳤다. "왜 나를 만나주기로 한 거야?"

"그렇게 혼자서 자신 없는 소리 그만해요, 엘든. 내가 말했잖아요. 내 또래의 남자들은 전자오락을 하며 자라서 괴물을 쏴 죽이거나 화면에서 움직이는 가슴이 풍선만 한 여자들하고 섹스를 하거나 해왔어요. 〈MTV 크리브스유명인의 집을 탐방하는 리얼리티 프로그램〉에 나오는 것 같은 집이랑 〈펌프 마이 라이드중고차를 개조하는 리얼리티 프로그램〉에 나오는 차를 어떻게 하면 살 수 있을까 침을 흘리는 애들이라니까요."

그녀는 심하게도 투실투실한 내 배에다 입을 맞추었다. "난 전에도 그랬고 지금도 그렇고 당신같이 경험 많은 남자가 나에게 흥미를 가졌다는 게 아주 으쓱하고 기분 좋아요."

나는 그녀의 어깨를 붙들었다. 나도 그렇고 그녀도 그렇고 그렇게 세게 움켜쥘 줄은 몰랐을 만큼 세게. "내가 미쳤으면 어떡하지, 노린? 당신이 그 사람이 아니라는 것은 충분히 잘 알고 있어. 아내는 30년도 더 전에 죽었으니까. 이 세상에 이름이 노린인 여자는 차고 넘치게 있을 거고 라스베이거스에도 분명히 있을 만큼 있겠지.

468

그리고 당신은 정말이지, 그 사람이랑 좀 닮았단 말이야. 하지만 그 사람은 당신처럼 이런 몸매는 아니었고 또……."

나는 말을 뚝 그쳤다. 창피하기도 하고 흥분되기도 한 감정이 한꺼번에 밀려들었다.

"그분은 이런 것 안 해주셨죠? 그렇죠, 엘든?" 그녀는 나를 밀어서 벌렁 눕히고…… 모종의 기술을 실시했다고 해두자. 나는 예순일곱 나이를 먹도록 다소 폐쇄적으로 살아서 그런 건 경험해본 일도 없었다. 그런 후에 그녀는 나도 그에 마주 응하도록 했다. 오, 맙소사! 하지만 내가 믿기에 그게 바로 미국 은퇴자 협회 잡지의 공식 추천 기사에서 읽은 내용대로일 것이다. 인생의 황금기에 마음의 활력을 유지하기 위해서는 매일같이 무엇인가 새로운 것을 배워서 정신을 예리하게 해야 한다고 했다. 그날 밤 나는 바늘 뺨치게 예리했다.

나중에 저녁을 먹으려고 옷을 갖춰 입고 나서 내가 그녀에게 물었다. "나를 떠나기로 결정하거든 잽싸게 실행해줘. 그래 주겠지? 그러는 편이 이별을 쉽게 받아들일 수 있을 거라고 나도 마음을 가다듬었으니까. 배에 주먹을 한 방 맞는 것처럼 말이야. 알았지?"

"왜 자꾸 그런 말씀만 하세요? 그리고 저한테 이렇게 다정하게 잘해주시는 분을 제가 왜 떠나겠어요?" 그녀는 머리를 빗고 있었다. 내가 이전에 벌써 알아차린 대로 그녀는 거울을 보지 않았다. 나는 아름다운 여자들은 한결같이 자기 외모를 가다듬고 저녁 외출을 위해 최고로 단장을 할 거라고 지레짐작해왔던 모양이다. 하지만 그러고 보면 이 두번째 노린과 같은 여인들에 관하여 내가 아는 것이 뭐가 있었는가? 그녀는 내 뺨을 톡톡 두드리고는 내 양말 끝이 도르르 말릴 만한 눈길을 내게 던졌다.

물론 저녁 식사 자리에서도 전과 마찬가지로 우리 둘의 관계가 어떤 것인지 궁금해하며 힐끔힐끔 보는 그런 사람들이 있었다. 안 팔리고 낡아빠진 나의 농담에 까르르 웃는 그녀의 웃음소리와, 다른 아이들을 속여서 자기 대신 울타리를 칠하게 해놓았을 때의 톰 소여 같은 내 빙긋 웃음을 훔쳐본다. 샘이 나서들 저러는 게지. 나는 내심 그렇게 다짐한다. 여기 내가 있다, 특별히 잘생기지도 잘나지도 않았지만 나도 라스베이거스에서 운 좋게 부를 거머쥔 사람들 중 하나다. 행운의 수레바퀴가 나에게 좋도록 돌아가준 것이다.

다음 날 나의 사무실에서. 내가 앉아서 행크 애런의 사인이 들어간 보물을 어쩌면 그 거래로 인해 이러한 행운이 온 것일까 감탄하며 완상하고 있는데 개인 회선 전화가 울렸다.

"조지 주교님." 목소리를 듣자마자 내가 말했다. "오늘은 무슨 일로 전화 주셨습니까?" 나는 이야기를 들었다. 조지 주교는 내가 요즘 노린과 함께하는 것에 대해 걱정스럽게 생각했다. 나이가 문제가 아니었다. 나는 사업상의 이유로 그가 세심히 구축해놓은 공식 이미지에도 불구하고 조지 주교가 여전히 여러 갈래의 결혼 생활을 하고 있다는 사실을 알고 있었다. 그의 셋째 마누라가 열일곱 살이라는 사실도 알고 있었다. 내 나이와 노린의 나이 차이는 문제가 되지 않았다. 이 전화는 한층 더 세속적인 성격의 것이었다.

"아니에요, 아닙니다. 그 애가 그런 건 물어보지도 않았어요." 나는 좀더 뻗대었다. 에이블 조지 주교는 좀처럼 언성을 높이는 일이 없다. 그러나 태도는 끈덕진 사람이었다. "그래요, 난 걔가 그냥 칵테일 바의 웨이트리스인 걸로 알고 있습니다. 뭐라고요? 내가 왜 그런 짓을 하겠습니까, 조지 주교님? 내가 한동안 우리의 신앙에 그리 굳건하지 못하긴 했습니다. 주교님도 아시듯이요. 하지만 그녀가 유대인이 아닌 건 그와 아무런 관련이 없습니다." 주교가 말을 했고, 들은 후에 내가 말했다. "우리 두 사람이 서로를 흡족하게 하기는 이제 그른 것 같군요."

나는 어린애가 아니다. 어떤 대답을 해야 그가 만족할지 알고 있었다. 사실상, 나는 그의 탐색이 어디로 향할지도 잘 알고 있었다. 아, 물론 상세한 것까지는 알 수 없지만 그가 자기 판단에 나에게서 마땅히 받아야만 한다고 여겨지는 것을 쥐어짜내리라는 것은 알았다. 늘 그랬지 않던가?

저 모르몬 변태 놈 정말 소름 끼쳐. 나를 그저 돈 보고 쫓아다니는 멍청한 계집인 줄로만 알고 있다는 게 다행이지. 그자는 내가 리오에서 〈아가씨와 건달들〉에 나온 줄도 모르고, 여름 휴양지 공연에서 〈뻐꾸기 둥지 위로 날아간 새〉의 수간호원 역을 한 줄도 모르니까. 나는 내 배역을 연기하는 법은 잘 알고 있다고. 날 당황하게 만들 일은 도저히 못 할걸. 나에게 온통 냉랭한 눈길을 쏘아대는 그 경호원 두 명이 붙어 있으니까 더욱더.

그 사람이 조용한 음성으로 예의 바르고 매끄럽게 요구할 때와 또 자리에 앉아서 편안히 몸을 기댈 때, 그 사치스러운 지팡이며 뭐며 다 참 그렇지. 엘든은 그래도 어느 정도는 줏대가 있다는 걸 보여주었어. 나를 두둔하는 말을 해주고 진실로 우리 둘을 위해 나서서 말했지. 그건 뭔가 새로운 것이었어. 왜냐면 그 새끼가 그를 쳐다봤으니까, 분명해. 그걸 꾸준히 얻는다는 것은 남자를 강하게 만든다.

엘든은 이미 후벼 팔 준비가 되어 있었고, 나도 일을 할 차례였다. 나는 다시 한 번 다리를 벌리고 그에게 올라타서 기분 좋은 소리를 질렀다. 미안, 엘든. 넌 그냥 끝장을 내기 위한 도구일 뿐이야. 너랑 그 광대 녀석은 내가 조금이라도 복수할 줄 알았겠지? 다른 계집애들처럼 말이야. 이건 그 자식의 생각이었고, 그 자식이 꾸민 일이었으니까. 스스로 친 사기를 믿기 시작한 사기꾼보다 최악인 건 없지.

"모르몬 귀뚜라미라고 아나?"

설사 내가 피를 뱉어내지 않고 말을 할 수 있었다손 치더라도 대답 안 했을 것이다. 주교가 도착했을 때, 제 두목한테 가산점을 쌓아 받고 싶은 궁리에 가득 찬 모자 쓴 놈이 구석에 몰려 겨우 몸을 일으키려던 나를 늦신하게 때려눕혔던 것이다.

"모르몬 귀뚜라미란 건, 실은 귀뚜라미가 아니야. 베짱이지."

주교는 자기가 신고 있는 타조 가죽 부츠를 흘긋 내려다보았다가 도로 나의 얼어터진 얼굴을 보았다. 그는 내 가까이에 앉아 있었다. 접이의자에 황제처럼 정좌하고 앉아 커다란 손으로 거무스름한 원목 지팡이를 그러쥐고 있었다. 지팡이는 대가리 쪽에 은으로 무슨 새 모양을 만들어 붙인 것이었다. "아주 큼지막한 곤충이지. 날지는 못하지만. 그놈들은 산쑥이며 알팔파 같은 잡풀에 붙어서 그걸 갉아 먹고 사는데, 난 향기로운 노랑데이지와 하늘나리가 만발한 들판을 놈들이 쑥대밭으로 만들어놓은 걸 여러 번 보았지. 징그러운 것들이 심지어는 저희 동족도 먹어치워버린다니까." 색이 옅은 눈동자에 잠시 우수가 어리는가 싶더니, 주교는 다시 나에게 초점을 맞추었다.

"최초 정착민들이 밀 농사를 건질 수 있었던 건 그놈의 빌어먹을 버러지들을 잡아먹어준 갈매기들 덕택이었어." 조지 주교는 말했다. 그러면서 옛날에 가지고 있었던 그 잭 커비 만화책들에서 오딘이 미친개 토르를 보던 그런 눈빛을 부라리면서 나를 깔아 보았다. 한 옛날에 떠나가신 내 어머니한테 받은 유일한 유품이 그 만화책들이다. 나를 길러주었어야 했을 몇 군데 위탁 가정들 중 한 곳에서 살던 시절에.

"그 의미를 자네는 알겠는가? 여기에 갈매기들이 있단 말이야, 대양으로부터 온 새들이라고. 캘리포니아로부터 와서 유타의 사막에 사는 우리를 구원해주었다 이 말일세." 그는 갈매기 대가리 모양 장식이 달린 지팡이 끝으로 나를 가리켰다.

나는 한마디 대답도 우물거릴 수 없었다. 내가 뭘 어쩌기를 바라는 거지? 고해라도 할까?

"조지프 스미스의 영혼이 그때에 우리와 함께했죠. 지금도 함께 하고요."

"자네의 이사벨『구약성서』에 나오는 요부이 엘든 더들리에게 돈을 갈취해서 사라졌어. 현금으로 20만 달러쯤 되지. 그 사람이 꼭 필요할 때를 위해 따로 간직하고 있던 돈이란 말일세."

"무슨 말인지 난 몰라요." 그래, 맞다. 퍽이나 얼뜬 변명이다. 하지만 내가 죽사발이 되었다는 것으로 이자가 만족감을 느끼게 해주고 싶은 마음은 들지 않았다. 이자가 나를 붙잡았을 뿐만 아니라 내가 그 치과 의사에게 그의 노린으로 만들어 배치했던 계집이 나를 따돌리고 날았단 말이다. 그 얼마나 슬픈 일인가?

내 살가죽을 무두질하는 데 실컷 힘을 뺀 모자 소년은 손수건으로 얼굴을 닦고 있었다. 그러다가 기댔던 놈이 건네준 생수를 꿀꺽꿀꺽 들이켰다. 조지 주교, 나무의 옹이 같은 낯짝에다 에이브 링컨 같은 턱주가리를 가진 키만 삐쩍한 그 개자식이 빙긋이 웃었다. 미소 한번 역했다. "자넨 외롭고도 유복한 남자들에게 그들의 잃어버린 옛사랑인 척하는 여자들을 갖다 붙여서 돈을 벌고 있더군."

그의 생각이 거의 맞긴 하다. 장기간에 걸친 사기극을 진행할 때는 당연히 그래야 하듯이 나도 목표물에 대해 배경 조사를 했다. 하지만 나는 여자들에게 목표물의 죽은 아내나 고등학교 시절 첫사랑 상대가 되라고 시시콜콜한 옛 추억이며 날짜들을 한없이 주입하면서 들들 볶은 적은 전혀 없다. 그런 식으로 사기를 치다가는 얼뜨기도 금세 눈치를 챈다. 내 접근법의 오묘한 점은 여자가 등신 새끼한테 죽은 처나 옛날 애인을 연상케 한다는 데 있다. 한편으로는 자기들이 십 대 시절에 보았던 여배우들한테 열을 올리는 놈들도 있다. 암, 심지어 목표물 중에는 이런 놈도 있었다. 소프트웨어를 만들어서 갑부가 된 방구석퉁이인데 자기 고등학교 시절 여선생한 테 그런 식의 연정을 품고 있었다. 그래서 내가 슈타이너를 시켜서 헬렌의 외모를 그를 낚을 수 있을 만큼만 살짝 리모델링했다. 우리는 몸이 아픈 것으로 되어 있는 그녀의 아들을 구하기 위해 그가 서 명을 해서 넘겨준 스톡옵션으로 30만 달러 이상의 돈을 빨아냈다. 이 작전에는 병원 침상에 누워 쌕쌕 숨을 쉬며 땀을 흘리도록 우리가 고용한 아역 배우도 포함되어 있었다. 자식을 배우로 만들려는 극성 엄마가 아이의 경력을 쌓기에 급급했던 것이다. 인간들이란.

착상은 히치콕의 바로 그 영화 〈현기증〉을 보고서 얻게 된 것인 줄 알겠지. 남쪽에서 한탕 하고 나서 숨어 지내던 시절의 어느 날 밤 엘 몬트의 모텔 방에서 텔레비전으로 보았다. 영화 속에서는 지미 스튜어트가 킴 노박에게 죽어라 매달린다. 그녀가 고소공포증 탓에 구하지 못했던 또 다른 여인을 연상시켰기 때문이다. 다만 당연히도 지미는 농간에 놀아났던 것으로 밝혀진다. 그 여자나 지금 여자 둘 다 킴 노박이고, 죽은 여자는 지미를 성적인 집착이라는 심리학적 함정으로 끌어들이려고 사기 비슷한 것을 친 것이다. 그리고 그리하여 내가 킴 노박 효과란 것을 창안해냈다.

나는 여기에 있는 개떼의 우두머리가 필시 더들리의 병원 체인에다 돈을 투자하고 있는 거라고 생각했다. 근면히 뒷조사를 했기에 그 치과 의사가 지금은 그래도 전에는 모르몬교도였다는 것을 알고 있었다. "내 여자가 꿀꺽했다면 나는 어떻게 찾았지?"

조지 주교는 예의 그 구식 궐련용 파이프여성들이 주로 애용한다를 써서 담배를 피우고 있었다. 이 작자가 그러고 있으니 파이프가 게이 같지 않고 그냥 무시무시하기만 했다. "여자의 종적을 찾을 때 나는 거꾸로 작업을 하지." 그자가 잠잠한 공기 속으로 한 줄기 연기를 뿜어내었다. "'블루 벨벳'의 바텐더가 나에게 말해주더군. 100달러에 말이야. 자네가 그 여자를 고용해서 거기 박아놨다고. 그러면서 자기는 모종의 오해로 인한 건 때문에 자네한테 신세를 진 바 있다고 했어. 분명히 자네가 그자를 손아귀에 넣고 필요할 때 써먹으려고 조작한 건이었겠지." 그는 재를 떨었다. "그걸로 내가 자넬 뒤쫓게 됐지." 팔을 넓게 벌려 보였다. "그래서 자넨 여기 와 있는 거야."

"그래서 원하는 게 뭡니까?"

"내가 자네의 새 짝패일세, 친구. 그러니까 자넨 나에게 돈을 갚게 될 거야, 이자를 붙여서."

썩을. "정말 그거요?"

주교는 일어서서 내 다리를 자기 지팡이로 쿡 찔렀다. "그래, 그렇게 되는 걸세. 자네는 자네 하던 일을 계속하라고. 조사를 하고 여자를 골라." 그자는 무딘 이를 드러내었다. "자네가 용케도 찾아내 이 사업에 투입하는 것 같은 앙큼한 여자들에 대해서는 내가 식견이 없으니까 말일세. 하지만 우리가 따라붙어볼 만한 특정한 사업가와 정치가들에 대해서는 나도 생각이 있지."

"훌륭하군요."

"이자를 씻겨." 조지 주교가 힘쓰는 부하 놈에게 시켰다. 모자 쓴 놈이 바닥에 나뒹군 나를 낚아 올리려고 했지만 비틀거리더니, 한 무릎을 꺾고 엎어졌다. 숨을 헐떡거렸다.

"이게 무슨." 놈이 말했다. 그러고는 쓰러진 코뿔소처럼 벌렁 나자빠졌다. 조지 주교가 이 광경을 바라보고 있는데 기대 섰던 놈이 말했다. "가요." 나에게 한 말이다. 이자의 손에 총이 들려 있었다.

"뭐야, 이게 무슨 일이야?" 주교 나리께서는 놀라서 허둥거리며 자기 어깨 놈을 향해 입을 벙긋대었다. 그자가 눈을 가늘게 뜨더니 못생긴 얼굴을 후드 쓴 놈 쪽으로 가까이 들이댔다. 그러고는 하하, 웃기 시작했다. "대단하군. 아주 영리해."

우리는 체계적으로 지팡이를 땅땅 짚어대는 주교 나리를 공사 중인 방 안에 놔두고 나왔다. 바깥의 어스름 속에서 기대 섰던 놈이 나를 도와 아까 둘이서 나를 실어 왔던 최신형 머스탱에 태워주었고, 우리는 차를 몰아 몇 명의 투자자 중에 주교가 한자리 꿰차고 있는 2층짜리 미완성 건물들의 개발 사업지를 뒤로하고 떠났다. 애리조나 주와의 접경 가까이에 있는 93번로의 모텔에서 한 방에 들어가자 거기 헬렌이 우리를 기다리고 있었다. 헬렌은 여전히 제리 로클린의 외모 그대로였다. "우리 이제 라스베이거스에서는 더 이상 환영받지 못하게 되었나 봐." 헬렌이 내 꼬락서니를 보고 던진 농담이었다.

기대 섰던 놈은 이미 풍신하던 외투를 벗어버린 후였는데 이제
는 셔츠도 벗어서, 쇼나 청이 가슴을 가리기 위해 입은 스포츠 브라
와 둘둘 만 붕대가 드러났다. 쇼나는 가짜 수염과 풀을 비벼 떼었
다. 원래의 자연스러운 속쌍꺼풀을 가리고 대신에 임시로 서양인
처럼 둥근 눈을 만들려고 눈꺼풀에 발랐던 풀이다.

나는 침대 가장자리에 걸터앉았다. "둘이서 이 작업을 어떻게 꾸
민 거야?"

"주교가 버트한테서 당신 이름을 듣고 나서 당신에 대해서 이리
저리 탐문을 했지." 헬렌이 말했다. 버트는 블루 벨벳의 바텐더 이
름이다. "내가 이 얘길 들은 건 시저스 VIP 라운지에서 일하는 내
여자 애인한테서야."

나는 쇼나 청을 바라보았다. 이미 속옷까지 싹 벗어버렸다. 이 여
자가 모자 쓴 놈을 거꾸러뜨리려고 생수에 타서 건네준 약이 뭐든
간에 자기가 가장하려고 한 후드 쓴 녀석한테도 그걸 먹였을 것이
라고 나는 추측했다. 척 봐도 너무 뻔한 여자다운 신체 조건을 좀
더 남자 같은 형태로 바꾸기 위해서 부피감 있는 패딩 외투를 입었
던 것이다. 쇼나를 가리키며 내가 말했다. "너희 둘이 벌써부터 서
로 아는 사이였군."

쇼나가 대답했다. "그래. 우린 당신이랑 의사 선생을 주의해서 지
켜봐야겠다고 생각했지."

그건 정말 개똥 같은 이야기다. 둘 다 나에게나 그 약쟁이 의사
에게나 피해 본 것 눈곱만큼도 없다. 저희가 뭔가 노리는 게 있어

서 나나 슈타이너를 함정에 빠뜨렸던 거고, 주교가 끼어드는 바람에 또 다른 기회가 굴러든 것뿐이다. 게다가 내가 흠씬 두들겨 맞게 내버려뒀는데 그건 그래야만 저희가 나를 구출해줬을 때 고마워할 것이기 때문이었다. 이년들이 나한테서 뭔가 원하는 게 있는 거다.

"길을 타고 움직이는 편이 좋겠어." 헬렌은 일어나서 채비를 차리기 시작했다.

나는 쨀 수도 있었다. ……아무튼 쨀려고 시도는 할 수 있었다. 쇼나가 권총 총구를 내두르고 있는 게 그저 폼만은 아닌 줄을 명심하고 있는 터라 못 했다. 이 두 명의 음모를 꾸미는 예쁜이들이 누구 딴 병신 머저리 새끼를 붙들고 농간을 부리게 내버려두고 말끔하게 쨀고 튀었어야 했는데 말이다. 하지만 내가 바로 이 사업을 계획한 사람 본인이고, 아무런 이득도 못 보고 계집년들에게 내 사기극 중에서 최고로 벌이가 좋은 사업을 내줄 수야 천만 없는 노릇이었다.

알고 보니 헬렌이 기댄 놈에게, 그러니까 진짜 말인데, 그놈에게 한동안 작업을 치고 있었던 것이었다. 놈은 제리 로클린을 알기에는 나이가 너무 젊었지만 헬렌이 그 외모로 수작을 걸자 홀딱 혼이 나갔다. 바로 그래서 헬렌이 재수술을 받기 싫다고 떼를 썼던 거다. 헬렌은 최근에 그놈한테서 주교가 모르몬교 쪽이 아닌 사업 인맥을 보유하고 있다는 것과 어쩌어쩌한 선출된 공직자 부류의 인간들과 친하게 어울리고 있다는 것을 얻어들은 터였다. 그의 인맥은 비단 네바다에 국한되지 않았다.

그 멋진 캘리포니아의 라구나 해변으로 장소를 바꾸어서, 슈타이너가 내 외모를 바꾸어주었다. 프랭크 게리가 디자인한, 유리와 석재로 지은 태평양을 굽어보는 독신자 아파트를 가진 과부들이 오랫동안 만나보지 못한 파도타기꾼 아들 같은 얼굴로 말이다. 나는 여자의 발톱을 깎아주고, 복용해야 할 약을 제때 복용하게 챙겨주고, 로션을 발라 등 마사지를 해준다. 그러다 보면 음…… 또 다른 할 일이 생겨나곤 한다고만 말해두자. 무슨 말인지는 알 거다. 웩.

아무튼 도망은 칠 수 없었다. 내 진짜 이름과 얼굴은 주교 나리 덕택에 모종의 국가 안보 감시 목록에 등재되어버렸다. 나와 친분이 있는 부정직한 변호사 모 씨가 귀띔해주기로는, 이로 인하여 나의 해외 계좌에 들어 있는 예금액에도 뭔가 안 좋은 조짐이 드리워져 있다고 한다. 적어도 지금 현재엔 그렇다, 내가 그 문제를 해결하기 전까지는.

그래, 나도 안다. 상황이 어째 좀 거꾸로 되었다. 하지만 나는 또한 몇몇 과부들의 남성 친구들을 줄 세우기도 한다. 그 여자들이 자기네 볼일을 볼 수 있게끔 말이다. 그러니 내가 나이 지긋한 아가씨네 집 데크에 앉아서, 둘이서 문대고 비비는 시간을 보낸 후 여자가 낮잠에 든 동안에, 나는 멜롯와인 제조용 포도의 한 종류을 마시며 주황색으로 변해가는 하늘을 바라보고 있다. 음향 장치에서 셀린 디온이 〈마지막 출발 비행 편〉에 관한 노래를 부른다. 그리고 나는 언젠가 마지막 비행 편을 잡아타고 떠나는 꿈을 꾸어본다. 더 이상 킴 노박 효과에 사로잡힌 몸이 아닐 때에 말이다.

수록 작가 소개

패트리샤 애보트Patricia Abbott

데뷔 이래 순문학과 장르문학을 오가며 50편이 넘는 단편소설을 발표했다. 『*Murdaland*』, 『*Plots with Guns*』, 『*Pulp Pusher*』, 『*The Thrilling Detective*』, 『*Hardluck Stories*』, 『*Spinetingler*』, 『*Beat to a Pulp*』 등에 참여했다. 「*My Hero*」로 2008년 데린저 상을 받았고 「*a Saving Grace*」는 2007년 가장 뛰어난 범죄소설들의 앤솔로지인 『*a Prisoner of Memory*』에 수록되기도 했다. 2011년 소설집 『*Monkey Justice*』를 e-book 으로 출간, 호평을 받았고 2013년 3월, 소설집 『*Home Invasion*』을 역시 전자책으로 출간했다.

톰 피치릴리Tom Piccirilli

1993년 「*Sentences*」로 데뷔, 그 후 단편소설과 장편소설, 에세이, 서평, 시에 이르기 까지 전 방위적으로 다양한 글쓰기 활동을 해왔다. 『*The Cold Spot*』, 『*The Midnight Road*』, 『*Headstone City*』, 『*A Choir of Ill Children*』을 비롯하여 스무 권이 넘는 장편 소설을 발표했다. 브램스토커상을 네 차례 수상했으며 월드판타지상, 국제 스릴러 작가협회상, 리마지네르 대상에 노미네이트되었다. 2009년 에드거상 최종후보로 올랐고 2008년, 2009년 2년 연속으로 국제 스릴러작가협회상을 수상했다.

마틴 에드워즈Martin Edwards

1955년생. 본명은 케네스 마틴 에드워즈. 옥스포드에서 수학했으며 1980년 변호사 자격증을 따고 1984년 메이스&존스 로펌의 파트너 변호사가 되었다. 2006년 텍스 턴상의 최종 후보였던 작품 『*The Coffin Trail*』을 비롯하여 『*The Cipher Garden*』, 『*The Arsenic Labyrinth*』 등이 포함된 '호수 구역 미스터리' 연작이 그의 대표작이다. 또한 해리 데블린이 나오는 8권의 장편소설 가운데 첫번째 작품인 『*All the Lonely People*』 은 CWA 존 크리시 메모리얼 대거상의 최종 후보였다. 2008년에 「책 제본가의 도 제」로 CWA 단편상을 수상했다. 그밖에 16권의 앤솔로지를 편집했고 8권의 논픽 션을 출간했다. 2011년 CWA 공로상을 수상했다.

T. 제퍼슨 파커T. Jefferson Parker

1953년 미국 로스앤젤레스에서 태어나 남부 캘리포니아 토박이로 성장했다. 캘리 포니아 대학교 어바인 캠퍼스를 졸업했으며 처음에는 기자로서 글쓰기를 시작했다. 1985년 데뷔작『*Laguna Heat*』를 출간했으며 이 작품은 HBO에서 영화로 만들어졌고 〈뉴욕타임스〉 베스트셀러에 올랐다.『*California Girl*』,『*Silent Joe*』 그리고 「스킨헤드 센트럴」로 에드거상을 세 번이나 수상했다. 이제까지 에드거상 최우수 추리소설 부문에 두 차례 이상 이름을 올린 작가는 파커를 포함하여 단 3명에 불과하다.

낸시 피커드Nancy Pickard

1945년 미국 미주리주 캔자스시티에서 태어났고 현재도 그곳에 살고 있다. '제니 케인' 시리즈와 '마리 라이트풋' 시리즈의 작가이다. 그녀가 발표한 다수의 단편소설이 '그해의 추리소설'로서 여러 선집에 수록되었다. 매커비티상을 다섯 번, 애거서상을 네 번, 앤서니상과 셰이머스상을 각각 한 번씩 받았다. 그녀는 이 대표적인 4대 추리문학상을 모두 수상한 유일한 작가이다.

조이스 캐롤 오츠 Joyce Carol Oates

1938년 헝가리 이민자 집안에서 태어났고 뉴욕 락포드에서 자랐다. 1959년 단편 「*In the Old World*」로 데뷔한 이래 수많은 작품을 발표해왔다. 퓰리처상에 4회 노미네이트되었고 오헨리상을 두 번이나 수상했으며 브램스토커상, 펜/말라무드상, 월드판타지상, 내셔널 북 어워드, 프랑스 페미나상, 시카고트리뷴 문학상, 미국인본주의협회 올해의 인본주의자상 등을 수상했다. 현재 미국예술학회 회원이자 프린스턴 대학교의 석좌교수로 있다.

마이클 코넬리Michael Connelly

1956년 필라델피아 출생. '범죄 스릴러의 제왕'이라 불리는 그의 작품들은 35개 국 이상에서 번역 출간되었으며 에드거상, 앤서니상, 매커비티상, 〈로스엔젤레스 타임스〉 최우수 미스터리/스릴러상, 셰이머스상, 딜리스상, 네로상, 배리상, 오디상, 리들리상, 일본 '말타의 매'상, 프랑스 '38구경'상과 그랑프리상, 이탈리아 프리미오 방카렐라상, 스페인 페페 카르발로상을 수상했다.『링컨 차를 탄 변호사』는 2011년 매튜 매커너히 주연으로 영화화되었다. 2003~2004년 미국 추리작가협회 회장을 역임했다. 「아버지날」은 지금까지 18편에 달하는 작품이 발표된 LA 경찰청 형사 '해리 보슈' 시리즈에 속한 단편이다.

피터 로빈슨Peter Robinson

1950년 영국에서 태어났다. 현재는 캐나다 토론토와 영국 요크셔를 오가며 살고 있다. 1987년부터 시작되어 20여 편이 넘게 발표되었고 15개 언어로 번역 출간된 '앨런 뱅크스 경위' 시리즈의 저자이다. 「Missing in Action」로 2000년 에드거상을 수상했고 그밖에 아서엘리스상을 5회, 앤서니상, 배리상, 매커비티상 등을 수상했다.

제레미아 힐리Jeremiah Healy

러트저스 대학교와 하버드 대학교 로스쿨을 졸업했다. 보스턴을 배경으로 하는 사립탐정 '존 프랜시스 커디' 시리즈와 '메이리드 오클레어' 법정스릴러 시리즈(테리 드베인이라는 필명으로 발표)를 썼다. 지금까지 18권의 장편소설과 60편이 넘는 단편소설을 발표했고 16차례에 걸쳐 셰이머스상을 수상했거나 노미네이트되었다. 국제범죄소설작가협회(IACW) 회장을 맡았고 세계적인 미스터리 컨벤션인 '부셰컨'에 2004년 초대 손님으로 참석하기도 했다. 「모자 족인」은 그의 '테스 캐시디' 시리즈에 속한 단편이다.

스콧 필립스Scott Phillips

1961년생. 최근에 가장 각광받은 범죄소설 작가 중 한 명이다. 2000년의 데뷔작 『The Ice Harvest』는 〈뉴욕타임스〉 '올해의 주목할 만한 책'에 선정, 그해 캘리포니아 도서상을 수상했으며 다수의 미스터리 문학상에 노미네이트되었고 2005년 존 쿠삭, 빌리 밥 손튼이 주연한 영화로 제작되었다. 두번째 장편소설 『The Walkaway』는 '사악한 재미로 가득하다'라는 평가를, 세번째 소설 『Cottonwood』는 '어둡고 위험한 범죄소설의 걸작'이라는 평가를 받았다. 현재 미주리주 세인트루이스에 아내, 딸과 함께 살면서 집필 활동을 계속 하고 있다.

숀 셰코버Sean Chercover

캐나다 토론토에서 태어나고 성장했으며 미국 시카고와 뉴올리언스에서 사립탐정, 보안 컨설팅, 개인 경호원 등으로 일했다. 2008년 발표한 데뷔작 『Big City Bad Blood』가 셰이머스상, 검슈상, 크라임스프리상, 로베이상 등에서 최우수 신인상을 탔고 ITW 스릴러상, 아서엘리스상, 배리상, 앤서니상에 노미네이트되었다. 2009년 두번째 장편소설 『Trigger City』로 딜리즈상, 크라임스프리상의 최우수소설 부문을 받았다. 이번 「죽음과도 같은 잠」도 에드거상에 노미네이트되었던 작품이다. 현재 캐나다 토론토에서 가족과 함께 살면서 전업작가로 글을 쓴다.

매건 애보트Megan Abbott

1971년 미국 디트로이트에서 태어나 성장했다. 범죄소설 『Queenpin』과 『Die a Little』, 1930년대 여자 살인마 위니 루스 주드의 이야기를 바탕으로 쓴 소설 『Bury Me Deep』 등을 출간했다. 또한 하드보일드 소설과 필름누아르 장르에서의 백인 남성주의를 주제로 한 연구서 『The Street Was Mine』을 썼고 누아르 장르의 여성 작가 단편선집인 『A Hell of a Woman』에 편자로 참여했다. 에드거상, 배리상, 앤서니상을 수상했다. 〈타임〉은 2011년에 그녀를 '우리가 사랑하는 23명의 작가' 중 한 명으로 꼽았다. 현재 뉴스쿨 대학교와 뉴욕 대학교에서 문학을 가르치고 있다.

빌 크라이더Bill Crider

텍사스 대학교에서 학위를 받았고 여러 대학에서 20년간 영어를 가르쳤으며 2003년 정년퇴임한 후에는 전업작가로 활동하고 있다. 지금까지 50권 이상의 장편 소설을 비롯하여 무수히 많은 단편소설을 썼다. 잭 매클레인, 잭 부캐넌 등의 필명으로 작품을 발표하기도 했다. 1987년 「Too Late to Die」로 앤서니상의 최우수 신인 부문을 받았고 『Death on the Island』로 셰이머스상에 노미네이트되었다. 청소년 SF소설인 『Mike Gonzo and the UFO Terror』로 황금오리상을 수상했다. 홈페이지 www.billcrider.com

스티브 호큰스미스Steve Hockensmith

1968년 켄터키주 출생. 카우보이 탐정 '암링메이어 형제' 시리즈의 저자이다. 암링메이어 형제가 처음 등장한 것은 「Dear Mr. Holmes」에서였는데, 셜록 홈스를 숭배하는 이들 형제는 그로부터 세 권의 장편소설에 모습을 등장했다. 그 중 첫번째 작품인 『Holmes on the Range』로 2007년 에드거상, 앤서니상, 셰이머스상의 최우수 신인 부문에 노미네이트되었으며 그 뒤를 이어 『On the Wrong Track』, 『The Black Dove』, 『World's Greatest Sleuth!』 등이 출간되었다. 2010년 『Pride and Prejudice and Zombies』를 썼다.

개리 필립스 Gary Phillips

LA 출생. 공동체 활동가로서 레이건 정부 시대에 경찰의 폭력, 인종차별 등에 맞서 투쟁했다. 미국 중산층의 안온함에 숨겨진 무시무시한 사건을 주로 다루며, 흑인 주인공을 내세우는 경우가 많다. 아카식에서 나온 선집 『Orange County Noir』의 편저와 DC/버티고에서 출간한 범죄 만화 『Cowboys』가 있다. 2013년 흑인이 주요 인물로 등장하는 펄프픽션 선집 『Black Pulp』를 편집했다. 홈페이지 www.gdphillips.com

옮긴이 이지연

서울여자대학교를 졸업하고 현재 전문번역가로 일하고 있다. 『복제 인간 사냥꾼』,
『횃불을 들고』, 『마음을 읽는 소녀 린』, 『어스시의 마법사』 등을 옮겼다.

밤과 낮 사이 1

ⓒ 조이스 캐럴 오츠 외, 2013

초판 1쇄 인쇄일   2013년 3월 20일
초판 1쇄 발행일   2013년 3월 30일

지은이 조이스 캐럴 오츠 외   옮긴이 이지연   펴낸이 강병철
주간 정은영   책임편집 임자영 이서하   저작권 김영란
마케팅 장성준 박제연 이동후 전연교 최은석   e-사업부 정의범 김혜연

펴낸곳 자음과모음   출판등록 1997년 10월 30일 제313-1997-129호
주소 121-840 서울시 마포구 서교동 396-33
전화 편집부 (02)324-2347, 경영지원부 (02)325-6047
팩스 편집부 (02)324-2348, 경영지원부 (02)2648-1311
이메일 literature@jamobook.com   커뮤니티 cafe.naver.com/cafejamo

ISBN 978-89-5707-718-4 (03840)
     978-89-5707-720-7 (set)